UNE SIMPLE HISTOIRE D'AMOUR

Volume 1

10, Place des Cinq-Martyrs-du-Lycée-Buffon
75015 Paris – France
www.editionscharleston.fr

ISBN : 978-2-36812-694-3

Maquette : Patrick Leleux PAO

Charleston s'engage pour une fabrication écoresponsable ! Amoureux des livres, nous sommes soucieux de l'impact de notre passion et choisissons nos imprimeurs avec la plus grande attention pour que nos ouvrages soient imprimés sur du papier issu de forêts gérées durablement.

Pour suivre notre actualité, rejoignez-nous sur Facebook (Éditions.Charleston), sur Twitter (@LillyCharleston) et sur Instagram (@LillyCharleston) !

Louise Tremblay d'Essiambre

UNE SIMPLE HISTOIRE D'AMOUR

Volume 1

L'incendie suivi de *La déroute*

Roman

CHARLESTON

L'INCENDIE

Chers lecteurs,

Ce livre, il est à vous, juste à vous ! Après toutes ces années de fidélité, je vous l'offre, avec tous mes plus sincères remerciements pour cette amitié qui va de vous à moi et de moi à vous. Ça me fait chaud au cœur. Ça me donne envie de continuer, encore et encore.

J'offre aussi ce livre à Sylvain. Un ami et beau-frère que j'aimais beaucoup et qui nous a quittés un peu trop vite. Merci pour ces livres que tu avais lus avant moi et que tu m'as recommandés…

« L'amour d'une famille, le centre autour duquel tout gravite et tout brille. »

Victor Hugo

NOTE DE L'AUTEURE

Ça y est ! Sur mon calendrier, j'avais dessiné une petite étoile dans l'espace réservé au 6 septembre 2016. Une sorte de pense-bête pour me rappeler que les vacances ne sont pas éternelles ! Cependant, quand j'avais choisi la date, au mois de juillet précédent, septembre me paraissait bien loin de ma réalité estivale, faite de soleil et de repos au quotidien… Voilà que j'y suis déjà !

Comme le temps passe vite, éminemment plus vite, au fur et à mesure que l'on vieillit…

C'est donc ce matin que je vais plonger dans un nouvel univers et j'ai vraiment l'impression de me tenir sur la plate-forme du dix mètres ! Depuis hier, j'ai le vertige. La nuit n'a pas été très bonne, je vous l'avoue, à cause de ce trac fou qui m'envahit, chaque fois que je m'installe devant l'ordinateur… Encore une fois, je n'y échapperai pas. Malgré tous les bons mots d'encouragements que vous m'avez fait parvenir, et je vous en remercie, il n'en reste pas moins que j'ai peur et que je doute. De moi, des mots, des personnages…

Dehors, c'est encore l'été et la tentation de repousser l'échéance que je m'étais fixée pour me remettre à l'écriture est passablement forte. Pourquoi pas ? Après tout, je n'ai ni patron ni horaire, n'est-ce pas ? C'est la beauté de mon travail, cette liberté totale devant les obligations ! Mais n'ayez crainte, je vais résister à cette envie de paresse prolongée, car le désir de connaître enfin tous ces nouveaux personnages est aussi très vif et très réel. Toutefois, ce faisant, je me piège moi-même ! En effet, je sais pertinemment que dès l'instant où nous aurons échangé un premier regard entre nous, ces mêmes personnages deviendront un patron intransigeant. Ce seront eux qui planifieront mes horaires, qui présideront à mes réveils de plus en plus matinaux, qui dicteront mes heures prolongées devant l'écran ou la feuille, et ils peuvent être impitoyables, croyez-moi !

Je sais tout cela.

N'empêche que l'écriture m'a manqué. D'un livre à l'autre, cela me semble de plus en plus évident : j'ai le plus beau métier du monde ! Il me fait voyager dans le temps et l'espace. Il me fait rencontrer ces êtres d'exception que sont mes personnages ; il me permet de rencontrer des hommes et des femmes attachants, et ici, c'est à vous, chers lecteurs, que je fais référence.

Je vous aime, j'espère que vous le savez !

Je vais donc oublier que dans ma cour, c'est encore l'été, et que j'aimerais bien m'y installer pour lire au soleil. Non, je vais plutôt me tourner vers cet homme que je croise en rêve depuis quelque temps. Je vous en ai déjà parlé sur ma page « Face de Bouc » ! Il ne sait pas encore que je suis à quelques pas de lui, en train de l'observer, puisqu'il ne s'est pas tourné vers moi. Il a autre chose en tête, c'est évident !

En ce moment, il a les épaules voûtées et ses deux mains réunies dans son dos sont secouées de spasmes nerveux. L'homme, vêtu d'une simple chemise blanche en tissu grossier et d'un pantalon avachi, les croise et les décroise sans arrêt. De là où je me tiens, j'entends même ses jointures qui craquent, par moments, tellement il est crispé. Nul besoin de la moindre explication, car le paysage que j'ai devant les yeux parle de lui-même : dans la nuit mourante, la lueur des dernières braises d'une maison calcinée se joint aux premières clartés du jour. Un fatras de poutres noircies, des meubles à moitié brûlés, des cendres fumantes, voilà tout ce qu'il reste de cette maison, que l'étranger fixe intensément. À le voir aussi nerveux, j'en déduis que c'était sa maison. Il n'en reste vraiment plus rien, sauf une cheminée qui se dresse inutilement vers le ciel.

L'image est pathétique, grotesque, désespérante.

À cause d'un écriteau de bois arraché aux flammes et jeté un peu n'importe comment sur la terre gorgée d'eau, je sais aussi que cette maison était son lieu de travail.

« Jaquelin Lafrance, cordonnier »

C'est ce que je peux lire, de là où je me tiens. Devant l'attitude de cet inconnu, je devine que ce Jaquelin Lafrance, c'est lui. Pauvre homme. Ce qu'il est en train de vivre doit être terrible, ce qu'il a vécu durant la nuit encore pire. La peur, la fumée, la chaleur… J'aurais envie de m'approcher, de glisser un bras autour de ses épaules, juste pour qu'il sache que je suis là. Mais comme pour l'instant, il n'y a personne près de lui, je vais donc me faire discrète et respecter sa solitude. À voir le vide autour de ce Jaquelin, après un tel désastre, je comprends que c'est lui qui a demandé à être seul.

Je suis actuellement dans un village tout droit sorti de mon imagination, mais combien semblable à des centaines d'autres qui existent vraiment : une église et son presbytère, un couvent et son clocher, ce qui me fait penser que ce gros bâtiment gris doit probablement servir d'école pour les jeunes de la paroisse. La petite cloche de bronze doit donc tinter régulièrement durant les jours de semaine, parfois en écho à celle de l'église. Si je me retourne, je vois un magasin général. Ce commerce est facile à reconnaître avec sa porte grillagée, sa longue galerie abritée, et son affiche colorée qui se balance tout doucement dans la brise du petit matin. De l'autre côté de la rue, il y a une grosse maison blanche avec une plaque à côté de la porte. Peut-être est-ce le bureau d'un médecin, d'un notaire ? Nous serions donc dans un village d'importance. Je ne sais pas encore. Quand le soleil sera levé, j'irai me promener pour pouvoir me faire une opinion.

Si je tourne la tête, j'aperçois un bâtiment imposant, un peu à l'écart. Il doit bien faire plus de deux étages. Il est en planches teintes de ce rouge qu'on appelle communément « sang-de-bœuf ». Cette bâtisse me semble en très bon état. C'est un moulin à bois. Je le sais, car lors d'une balade en campagne, j'ai eu la chance d'en visiter un, vestige d'une autre époque. Curieux, cependant, de voir un tel bâtiment ici, alors que nous sommes entourés de champs. Ça aussi, je le sais, car je crois entendre des vaches meugler au loin.

Je tends l'oreille…

Oui, ce sont bien des vaches, mais quand on prête attention, on entend aussi les remous d'une rivière. Voilà pourquoi il y a un moulin et tout ce que ça laisse supposer d'activités et de possibilités d'emploi. C'est donc évident que nous sommes dans un village de plusieurs centaines d'habitants, une sorte de petite ville comme il y en avait à l'époque, prospère et agréable. Je regarde autour de moi tandis que je prends conscience que le bruit de l'eau domine peu à peu le crépitement des braises en train de refroidir lentement. Ce gargouillis uniforme sert donc de bruit de fond à tout le village. C'est plutôt agréable. Peut-être que Jaquelin Lafrance pourrait trouver un emploi au moulin en attendant de reconstruire sa maison ? S'il se tourne vers moi, je vais lui en parler.

C'est donc ici, au petit matin, que je vous avais donné rendez-vous. Dans un village que j'aurais envie d'appeler Sainte-Adèle-de-la-Merci, allez donc savoir pourquoi ! Il y a certaines choses comme celle-ci qui s'imposent à moi sans que je l'aie décidé. Le nom des villages et l'époque où se déroulent mes histoires en font partie.

Je ne sais rien et, brusquement, la suggestion est là, immuable, venue je ne sais trop d'où !

Maintenant, si vous me suivez bien et que vous prêtez attention aux détails, vous verrez qu'il y a un cimetière, à l'ombre de grands arbres probablement centenaires.

Puis, si on se retourne complètement, au croisement d'une rue secondaire, on voit une sorte de grange, doublée d'une écurie. Les portes sont grandes ouvertes et je peux y voir une poignée d'hommes en train de s'activer autour d'une imposante charrette surmontée d'un tonneau de bois, plutôt impressionnant. À sa base, il y a une espèce de robinet, ou plutôt un bras de métal qui ressemble à une pompe à eau, comme on en voit parfois dans les très vieilles maisons. Ça doit être ce que les pompiers volontaires du village utilisent en cas d'incendie, je ne vois rien d'autre. Pas surprenant, dans de telles conditions, que toutes ces maisons construites en bois y passent au grand complet quand un feu se déclare ! En fait, je crois que l'on tente de préserver les maisons avoisinantes beaucoup plus que l'on essaie de sauver celle qui est en flammes. Quelques longues échelles sont appuyées contre le mur extérieur et les deux chevaux aux grosses pattes poilues ont regagné leur stalle. Ils ont, en ce moment même, le museau plongé dans leur auge d'avoine.

Je ne saurais dire avec précision en quelle année nous sommes, mais à première vue, le XXe siècle n'est pas très avancé. Les rues du village sont de terre battue et les seuls trottoirs visibles sont ceux qui longent l'artère principale, de part et d'autre. Ils sont construits en planches de bois, grisonné par les intempéries. Pour éclairer l'ensemble, le soir venu, il n'y a que trois becs de gaz : un devant l'église, un autre devant le presbytère, et un dernier, devant le couvent. J'en conclus que nous sommes donc à cette époque où les curés avaient le bras long et jouaient un rôle important dans l'administration, tant municipale que provinciale !

C'est donc ici que je vais vivre durant les prochains mois, pour ne pas dire les deux prochaines années : un pied dans le XXIe siècle avec ma famille, sur le bord de ma rivière, et le second posé dans le passé, en compagnie de ce Jaquelin Lafrance et de tous ceux qui voudront bien se joindre à lui.

Voilà, je suis prête. Le trac se dissipe peu à peu. Ouf ! C'est donc ici, maintenant, que je vais vous inviter à entrer dans le village avec moi. Dans un instant, nous allons nous approcher tout doucement de l'étranger ; ou peut-être allons-nous marcher vers cette petite maison un peu plus loin, là où j'aperçois un trait de lumière à la fenêtre. J'hésite encore…

Le soleil se lève lentement, là-bas, sur ce village, tout comme il se lève ici aussi, au-dessus de ma rivière. Mes amies les outardes sont devant chez moi et elles glissent paresseusement sur l'eau. La journée sera belle, c'est à n'en pas douter, mais sera-t-elle heureuse ?

PREMIÈRE PARTIE
AUTOMNE 1922

CHAPITRE 1

À Sainte-Adèle-de-la-Merci, village de bonne dimension, situé quelque part entre Québec et Trois-Rivières

Le mardi 31 octobre 1922, sur la rue principale du village, dans une petite maison de planches blanchies à la chaux, au toit de tôle noire, à tout juste un jet de pierre de la maison en ruines

MAINTENANT QUE LES ENFANTS s'étaient rendormis, Marie-Thérèse se donna la permission de trembler un bon coup, le temps d'évacuer la panique vécue au cours des dernières heures. Jamais, de toute sa vie, elle n'avait eu aussi peur que cette nuit et elle priait le Ciel que cela ne se reproduise jamais.

Avec mille et une précautions pour ne rien renverser, elle porta la tasse de thé à ses lèvres et elle en aspira une longue gorgée réconfortante, tandis que, de l'autre côté de la table, toujours en robe de nuit, avec un châle jeté négligemment sur ses épaules pointues, une dame aux cheveux gris tout ébouriffés prenait place à son tour en bousculant une chaise. Le temps d'avaler, elle aussi, une bonne lampée bien chaude, puis elle poussa un long soupir de soulagement, ou peut-être bien de découragement, difficile à dire, avant de demander, d'une voix étouffée pour ne pas réveiller les enfants :

— Ça va, Thérèse ?

La femme ainsi interpellée sursauta. Elle était encore jeune et particulièrement jolie, malgré la grande fatigue qui dessinait de larges cernes sous ses yeux. Elle leva la tête, secoua sa longue chevelure mordorée, et fixa sa tante Félicité durant un bon moment, avant de laisser tomber, dans une longue expiration :

— Que c'est que vous voulez que je vous réponde, ma tante ? Ça va pas pantoute, c'est ben certain, pis j'espère que vous le comprenez. Mais j'vas quand même vous dire que ça va. Ouais... J'vas dire que ça va pas trop pire, rapport que les enfants sont tous vivants. Mais pour tout le reste...

Ce furent ces derniers mots, « tout le reste », lourds d'incertitude et de tourments, qui firent déborder le vase. Le visage de la jeune femme fut vite inondé de larmes provoquées par une épouvante encore perceptible, mais aussi d'anéantissement face à un revers du destin aux allures de tragédie.

— Mais que c'est qu'on va faire, astheure ? demanda-t-elle en inspirant difficilement entre deux sanglots. Qu'est-ce qu'on va ben pouvoir faire, ma tante ? Avez-vous juste une petite idée de ce qui nous attend ? On a pus rien, Jaquelin pis moi, pus rien pantoute ! Pas même une guenille !

— De la guenille, ça se remplace ! rétorqua vivement la vieille dame, sans la moindre complaisance ni dans le ton ni dans le propos. Avec des enfants, par exemple, c'est pas mal plus dur à faire. Ça fait que compte-toi chanceuse, ma pauvre fille, vu que c'est rien que du bien matériel que vous avez perdu, ton mari pis toi. Remercie plutôt le Ciel d'avoir ben voulu protéger toute ta famille. Savoir que tout le monde est vivant pis en santé, c'est le principal, dans votre grand malheur.

— Je le sais ben, c'est justement pour ça que je viens de vous dire que ça va pas trop pire.

Marie-Thérèse parlait tout en reniflant. Elle devait envisager l'avenir sans le moindre délai. En effet, six enfants dépendaient d'elle, et la jeune femme n'avait ni le loisir de s'apitoyer sur son sort ni celui de se laisser abattre. S'apitoyer ne faisait pas partie des possibilités qui s'offraient à elle. Le temps de boire une tasse de thé bien chaud et bien fort, et Marie-Thérèse Gagnon, dite maintenant Lafrance, aurait retrouvé tous ses esprits.

La jeune mère tourna nerveusement la tasse entre ses doigts durant un long moment, songeuse et lointaine, puis elle secoua encore une fois vigoureusement la tête, comme si elle se reprochait cette apparente perte de temps. Un dernier soupir mêlé de sanglots, accompagné d'une longue inspiration, puis elle posa un regard déterminé sur sa tante, avant d'ajouter, un certain défaitisme dans la voix :

— C'est ben beau de savoir qu'on est tous en vie, pis d'en être reconnaissante au Bon Dieu, j'en conviens, mais ça change rien au fait que nous v'là ben démunis, mon homme, les petits, pis moi.

Telle était la réalité de Marie-Thérèse, en ce matin du 31 octobre : à l'exception des siens, elle n'avait plus rien, et se lamenter sur son sort ne changerait pas la donne. Félicité tendit alors la main pour venir la poser sur celle de sa nièce.

— C'est ben certain, ma belle ! Ce que tu viens de dire là, c'est un fait indéniable, approuva-t-elle sans ambages. Vous avez pus grand-chose, ton mari pis toi, c'est le cas de le dire.

— Comment c'est que j'vas habiller les enfants, t'à l'heure, pour les envoyer à l'école ? On a été réveillés en catastrophe, en plein milieu de la nuit. J'te jure, y avait de la boucane jusque dans nos chambres. Une boucane à pas voir où mettre les pieds, par-dessus le marché. Pas besoin de vous dire qu'on a pas cherché à s'habiller. La seule chose qu'on voulait, c'était sortir de là au plus vite…

Marie-Thérèse fit une pause, tout son être encore imprégné de la peur incroyable qui lui avait tordu les entrailles quand Jaquelin l'avait réveillée.

— Grouille, Marie ! avait-il ordonné en la secouant sans ménagement. Debout pis vite, le feu est pris en bas dans la cuisine ! Ça brûle de partout… Les armoires, les murs… Faut qu'on sorte d'ici, avant que l'escalier se mette à flamber avec. Ça presse ! Prends la petite Angèle, pis sors par la porte d'en avant. Pendant ce temps-là, j'vas aller chercher les plus grands dans la chambre d'à côté.

Au même instant, les cloches du couvent s'étaient mises à sonner à toute volée pour alerter les pompiers volontaires, ce qui signifiait que les flammes étaient déjà visibles depuis le couvent. Ce fut comme un coup de poignard et Marie-Thérèse avait sauté en bas du lit. Protégeant sa figure avec son bras pour arriver à respirer, elle avait retrouvé ses pantoufles du bout des orteils et avait franchi les quelques pas la séparant du berceau de la petite Angèle.

En sortant de sa chambre, Marie-Thérèse avait entendu un formidable grondement, comme si la maison se révoltait et rugissait sa colère d'être ainsi agressée. Sur le mur, au bas de l'escalier, les flammes dessinaient des formes cauchemardesques. Rabattant un pan de sa couverture de bébé sur le visage d'Angèle, Marie-Thérèse avait descendu l'escalier à tâtons, une main sur la rampe et l'autre tenant fermement son enfant. Larmoyante et la gorge déjà irritée, elle avait retenu son souffle, tant il y avait de fumée autour d'elle. Elle aurait voulu courir, mais elle n'y voyait rien.

Marie-Thérèse ne s'était arrêtée qu'une fois sur le trottoir, à bonne distance du danger. Au même instant, Jaquelin sortait avec les cinq autres enfants, les plus jeunes titubant d'avoir été arrachés à leur sommeil, et, pour une première fois depuis de longues minutes, la jeune mère avait inspiré longuement, toussotant quelques relents de fumée. Elle avait ensuite tendu son bras libre pour accueillir le petit Ignace tout contre elle. Le bambin n'avait pas encore quatre ans et il tremblait comme une feuille, de froid comme de peur.

— … en jaquette ! compléta Marie-Thérèse en levant les yeux vers sa tante. Y a ben juste mon Jaquelin qui a eu le temps de sauter dans son pantalon avant de tous nous réveiller.

Après des paroles si défaitistes, Félicité tapota affectueusement la main de Marie-Thérèse, ce qui était en décalage avec le ton employé depuis le début de cette conversation.

— Arrête de t'en faire avec les vêtements perdus pour l'instant, bougonna-t-elle. Comme la moitié de la paroisse est venue aux nouvelles durant la nuit, pis que l'autre moitié doit déjà être au courant de votre malheur, y a pas personne qui s'attend à vous voir endimanchés ce matin ! Pis je pense pas que les bonnes sœurs vont espérer tes enfants pour les cours d'aujourd'hui. En plus, demain, c'est la Toussaint, c'est donc congé. C'est une bonne affaire, ça là ! Tes enfants vont avoir le temps de se remettre un peu, avant d'affronter leurs amis à l'école. Pis nous autres, ben coudonc, ça va nous donner le loisir de nous organiser pour voir convenablement au plus pressant.

Devant tant de bon sens, Marie-Thérèse esquissa un petit sourire contrit.

— Vous avez ben raison, ma tante… Faut-il que je sois fatiguée pour dire des âneries pareilles !

Marie-Thérèse déposa sa tasse et se frotta longuement les paupières du bout des doigts. Elle était épuisée et aurait bien voulu avoir le droit de se recoucher pour dormir un peu, elle aussi, comme les enfants. S'endormir profondément pour finalement se réveiller, quelques heures plus tard, et constater que tout cela n'avait été qu'un vilain cauchemar.

Malheureusement, il n'en serait rien.

D'une part, Marie-Thérèse n'avait pas vraiment le temps de se reposer et, d'autre part, les pertes étaient trop grandes pour espérer que tout se règle en deux coups de cuillère à pot.

Quoi qu'en dise sa tante, Marie-Thérèse n'avait vraiment plus rien ! Ni sa belle robe blanche pour les dimanches d'été, ni ses jolies bottines en cuir d'agneau qu'elle portait pour plaire à son Jaquelin.

À cette pensée, quoique bien superficielle, une grande lassitude s'abattit sur les épaules de Marie-Thérèse.

Pour atténuer toute la tristesse qu'elle ressentait, pour l'obliger à s'éloigner un bref moment, la jeune femme se concentra sur la pièce autour d'elle, et se mit à l'examiner minutieusement. Un peu comme pour ne pas sombrer dans le découragement le plus total.

Le décor lui était familier et elle pouvait y retrouver de nombreux souvenirs. Des souvenirs plutôt agréables dont Marie-Thérèse admettait qu'ils étaient particulièrement les bienvenus.

Tout au long de son enfance, et à maintes reprises, d'ailleurs, elle avait fait de longs séjours chez sa tante, la sœur de son père, pour le simple plaisir de sa compagnie, ou pour fuir trois frères aînés plutôt embêtants. Alors oui, cette cuisine chaleureuse dégageait un réconfort appréciable, en ces heures de grand désarroi. Néanmoins, ce n'était pas ici qu'elle aurait dû être, à cette heure matinale, mais dans la sienne, à préparer le repas des enfants, tout en planifiant sa journée.

Marie-Thérèse avait prévu de faire des conserves de légumes ce jour-là, pour finir de vider le jardin avant les premières grandes gelées.

À cette simple pensée, Marie-Thérèse soupira de déception.

Si les légumes avaient probablement été épargnés parce que le potager était dans le fond de la cour, loin de la maison, elle n'avait ni chaudron pour les préparer, ni l'endroit pour les entreposer, ni le cœur d'entreprendre la corvée. Et encore moins le temps de s'y mettre.

Marie-Thérèse contint les quelques larmes de découragement qui lui picotaient déjà le nez.

Trop de choses à prévoir à court et à long termes, à organiser pour le quotidien, à remplacer rapidement… La jeune femme en avait le tournis et elle détestait se sentir ainsi bousculée. Femme pratique et consciencieuse, elle était agacée de ces imprévus.

Les légumes devraient donc attendre un peu. Elle espérait que tout ne serait pas perdu, parce que, maison ou pas, il allait falloir manger durant ce long hiver qui s'annonçait.

Elle en parlerait plus tard avec sa tante, quand celle-ci passerait lui donner un coup de main, comme elle en avait l'habitude à la période de la mise en conserve. Tout comme Marie-Thérèse, Félicité Gagnon aimait bien faire des provisions. Son petit côté écureuil, disait-elle en riant. Ensemble, elles aimaient bien préparer l'hiver.

Cependant, cette année-là, le rituel ne serait pas respecté : le destin en avait voulu autrement. Et ce n'était pas qu'un mauvais rêve.

Marie-Thérèse avait la gorge nouée, et, cette fois-ci, elle ne put retenir quelques larmes supplémentaires. Elle les ravala aussitôt, en s'essuyant promptement les yeux.

Par la fenêtre au-dessus de l'évier, elle constata que le jour était levé, même si le soleil, lui, n'avait toujours pas passé la barre de l'horizon.

— J'ai l'impression d'être juste un gros paquet de nerfs, confia-t-elle enfin à sa tante, en tournant la tête vers elle. Si Jaquelin me voyait comme ça, il serait pas ben fier de moi…

La vieille dame leva les yeux au plafond, dans un geste d'impatience.

— C'est maintenant que tu dis n'importe quoi, ma pauvre enfant ! Jaquelin a toujours été ben fier de toi, c'est clair comme de l'eau de roche. Pis dis-toi ben, ma fille, que ton mari doit pas en mener tellement plus large que toi, à l'heure où on se parle. Ce que tu vis en dedans de toi, ta tristesse pis ton découragement, ça doit ressembler pas mal à ce que lui aussi ressent.

— Peut-être, oui…

Curieusement, sur ce point, Marie-Thérèse avait l'air nettement moins certaine que sa tante.

— Comment voulez-vous qu'on sache vraiment ce que Jaquelin peut éprouver dans le fond de son cœur ? demanda-t-elle en soupirant. Avec lui, c'est jamais facile de savoir les choses, rapport qu'il parle pas tant que ça, mon mari…

À ces mots, il y eut un silence, que Félicité ne chercha pas à briser, puisque sa nièce avait raison. Dans le village, il n'y avait pas plus silencieux et effacé que Jaquelin Lafrance.

— Quant aux enfants, poursuivit alors Marie-Thérèse avec un regain d'énergie dans la voix, c'est vous qui avez raison, ma tante. C'est ben certain qu'ils voudront pas aller à l'école, t'à l'heure. Il y a pas personne qui aime ça, être montré du doigt par tout un chacun, pis il y a une bonne chance que c'est ce qui se passerait à la seconde où ils rentreraient dans leur classe… On rit pus, leur maison a brûlé ! Ça fait que toutes les têtes se tourneraient vers eux autres, pis ça, c'est pas le diable agréable. De toute façon, pour l'instant, les enfants ont surtout besoin de dormir. C'est des grosses émotions, des ben grosses émotions, qu'ils ont vécues la nuit passée…

Pendant un bref moment d'intériorité, Marie-Thérèse revécut l'intensité des flammes de l'incendie, puis elle précisa, la gorge serrée :

— Vous auriez dû entendre les cris d'Agnès, ma tante ! C'était juste avant que vous arriviez. Ma fille était devenue comme folle. Elle arrêtait pas de dire qu'elle voulait retourner dans la maison pour chercher sa poupée Rosette. Vous savez, celle avec des vrais cheveux que son oncle Ovila lui a donnée pour sa fête ? C'est elle qu'Agnès voulait retrouver, ça pis rien d'autre. Une vraie crise de délire, son affaire ! Pourtant son père venait tout juste de la sauver des flammes, elle aurait dû être calme, rassurée… Ben non ! Les braillages d'Agnès étaient tellement exagérés que ça m'a donné froid dans le dos. Pourtant, Dieu sait qu'il faisait chaud, à côté de la maison qui s'était mise à brûler comme une torche… Pis Agnès qui toussait comme une malade à cause de toute la fumée qu'elle avait déjà respirée. Elle s'écorchait la gorge, tellement elle hurlait après sa poupée, pis moi, ben, ça me faisait mal pour elle… Un vrai cauchemar, ma tante. C'était un vrai cauchemar d'enfer que de l'entendre crier pis tousser comme ça…

À ce souvenir, Marie-Thérèse se remit à trembler.

— Comme si de voir partir ma maison en fumée suffisait pas, il a fallu qu'Agnès en rajoute une épaisseur... murmura-t-elle tristement. J'ai ben peur, ma tante, que les enfants vont avoir de la misère à s'endormir ce soir, pis demain soir, pis…

— Et pour un bout de temps, coupa la tante Félicité, toujours sur ce ton rauque et peu avenant qui était le sien. Ça va probablement causer des mauvais rêves pour plus qu'une semaine, ça c'est ben certain. Pis on peut rien y faire, ma pauvre fille, sinon essayer de les rassurer au besoin. C'est fait de même, la vie : il y a des hauts, pis il y a des bas. Même que des fois, on a vraiment l'impression que tout vient de s'arrêter pour de bon, qu'on finira jamais par s'en sortir, que des images d'enfer, justement, vont nous poursuivre de même jusqu'à la fin des temps… Mais au bout du compte, tout finit toujours par se tasser, crois-moi… Savais-tu ça, toi, qu'il y avait eu un incendie chez ton grand-père Gagnon, du temps que toute la famille demeurait encore dans le troisième rang Ouest ? Ça avait pas été un aussi gros feu que le tien, c'est sûr, mais quand même, les pompiers s'étaient déplacés… La cuisine y avait passé au complet, ma grand-foi du Bon Dieu ! Heureusement que c'était le printemps pis que l'étang débordait. On a pu pomper de l'eau en masse, pis sauver le reste de la maison. N'empêche… On a eu peur de tout perdre, c'est le moins que je peux dire. Pis avec le temps, une fois les dégâts réparés, pis avec la vie, aussi, qui s'est mis à ressembler à celle d'avant parce qu'on avait pas le choix de continuer d'avancer, ben, on a fini par pus y penser, à notre feu. Ça va être pareil pour toi pis tes enfants, ma Thérèse. Ce que t'as vécu cette nuit va se retrouver tout ben mélangé, pêle-mêle avec tes autres souvenirs. Les bons comme les mauvais. Pis inquiète-toi donc pas pour demain : on va se donner le temps de voir à toute pour que tes enfants manquent de rien. Ils se promèneront pas en jaquette dans la rue, crains pas ! Jaquelin pis toi, vous avez ben du monde pour vous aider… Ouais, ben du monde… Il y a tes frères pis ta sœur, pis des voisins en masse… Dis-toi aussi que des enfants de l'âge des tiens, il y en a plein la paroisse. Ça fait que des chemises pis des culottes, des robes pis des manteaux, tu devrais en recevoir plus que tu vas en avoir de besoin. Ça va être pareil pour tout le nécessaire de ta maison… Je te le dis, moi ! Tu vas finir par te retrouver aussi ben équipée qu'avant.

— Vous êtes sûre de ça, ma tante ?

— Bonne sainte Anne, Thérèse ! M'as-tu déjà entendue mentir ? C'est ben certain que je suis sûre de ça. Rappelle-toi les grands vents qui ont arraché la grange de Paul Turcotte, il y a pas cinq ans. Pis l'inondation chez les cousins de ton mari, sur le chemin du Bas-de-la-Rivière, y a deux printemps de ça… Tout le monde a trouvé du temps pour les aider à radouler leur maison ou ben à remonter leur grange. Pis à droite comme à gauche, on a fini par trouver assez de cossins en bon état pour remplacer ceux qu'ils avaient perdus. Quand le malheur frappe, on sait se tenir, à Sainte-Adèle-de-la-Merci… De toute façon, quand ben même la paroisse au grand complet décidait de vous bouder, je suis là, moi. Penses-tu vraiment, ma pauvre enfant, que j'vas vous laisser comme ça, ton mari pis toi, sans même un toit sur la tête pis un peu de manger dans l'assiette ? Ma maison est peut-être pas la plus grande de la paroisse, je t'ostinerai pas là-dessus, mais on va se tasser, c'est tout. Ça va nous garder au chaud pendant l'hiver, si jamais votre maison était pas encore finie de rebâtir avant les grands froids.

Toute cette longue tirade avait été déclamée sur le ton habituel employé par Félicité Gagnon : maussade et distant. Mais la dernière phrase, en revanche, avait été enveloppée d'une pointe de légèreté, s'emmêlant joliment aux mots bruts détaillant durement une réalité difficile. « Après tout, pensait la vieille dame, depuis un moment déjà, ça ne serait pas désagréable de tous vivre ensemble sous le même toit durant quelque temps. »

C'était ce qu'elle avait voulu laisser entendre par ses derniers mots et Marie-Thérèse l'entendit en ce sens. Elle répondit à la générosité de sa tante Félicité par un pâle sourire.

Elle était ainsi faite, la Félicité, encline à prendre la vie et ses impondérables avec un grain de sel, en toutes circonstances, dénichant solution sur solution, et trouvant toujours le côté positif des choses, ce qu'elle ne manquait jamais de souligner, sur ce ton bourru qu'elle affectionnait. La vie était ce qu'elle était, disait-elle, pleine de surprises, bonnes et mauvaises, et personne n'était à l'abri des aléas du quotidien. Fallait juste apprendre à s'en accommoder et à en tirer le meilleur parti possible. Néanmoins, elle n'était pas insensible aux malheurs des autres, et, malgré des apparences d'indifférence, elle était une femme de cœur, toujours prête à aider son prochain, comme elle le déclarait parfois.

— Si on est pas capables de venir au secours de nos semblables, aussi ben mourir tout de suite, disait-elle en rougissant, quand on cherchait à la féliciter pour sa belle générosité. Voyons donc ! Gardez vos boniments pour les autres parce que moi, j'en ai pas besoin. Il y a surtout pas de quoi faire une montagne avec ce que j'ai fait. J'ai pour mon dire que c'est juste normal d'épauler ses voisins. Vous pensez pas, vous ?

Tout le monde le savait dans la paroisse, car en cas de catastrophe, Félicité Gagnon était toujours la première à accourir pour offrir son aide. Raison de plus, quand « ce prochain » était sa nièce préférée, celle qu'elle avait toujours un peu considérée comme étant la fille que le Ciel lui avait refusée.

— Bon ! Pour l'instant, ma pauvre enfant, la seule chose que t'as à faire, c'est d'aller rejoindre ton mari, conseilla-t-elle finalement, tout en repoussant sa chaise pour se relever. C'est avec lui que tu vas pouvoir gérer ça au mieux. Tu peux pas prendre de décisions importantes sans lui demander son avis. C'est quand même lui le chef de famille, non ?

— Je le sais ben… C'est sûr que Jaquelin a son mot à dire pour tout. Pis peut-être qu'il va avoir besoin de moi, aussi, pour essayer de trouver une manière de dire les choses pour annoncer la mauvaise nouvelle à son père... Le pauvre vieux va ben en faire une syncope ! La maison pis la cordonnerie, c'étaient son patrimoine, comme il disait, son héritage donné en avance. Il était tellement fier d'avoir pu faire ça pour son fils...

— Ben que c'est que t'attends, d'abord ? Finis-moi ce thé-là au plus vite, ma grande, prends ma veste de laine accrochée au clou, pis mes godasses à côté de la porte d'en avant, parce que les tiennes sont encore toutes mouillées de l'eau des pompiers. Ensuite, grouille-toi, pis file retrouver ton homme. Si les petits se réveillent, m'en vas m'en occuper, crains pas. En espérant ton retour, j'vas mettre quelques bûches dans le poêle pour le ranimer. Il est temps de se mettre en train. Que c'est que tu dirais d'un bon bouilli, avec du p'tit lard salé ? Ça nourrit son homme, pis ça fait du bien en dedans !

Quand Marie-Thérèse sortit de la maison de sa tante, elle aperçut aussitôt son mari, un peu plus loin, de l'autre côté de la rue, à mi-chemin entre le trottoir et les vestiges de leur ancienne maison. En apparence, le pauvre homme n'avait pas bougé d'un poil.

Le cœur de Marie-Thérèse se serra.

Depuis toutes ces heures, Jaquelin était donc resté là, immobile, les mains dans le dos, à regarder le vide, là où se dressait sa maison. Autour de lui, le village commençait à s'activer tranquillement, comme si de rien n'était, mais ça ne semblait pas l'atteindre.

Jambes écartées, droit comme un piquet, Jaquelin Lafrance fixait intensément les derniers filets de fumée qui montaient vers le ciel d'un bleu intense, présage d'une belle journée d'automne.

En réalité, perdu dans ses pensées, Jaquelin ne voyait rien du tout.

La nuit qu'il venait de vivre tournait en boucle dans son esprit, jusqu'à lui donner la nausée, un mal de cœur bien réel, intensifié par l'odeur âcre qui se dégageait des ruines fumantes.

Un poing pressé contre sa bouche, Jaquelin réprima un haut-le-cœur.

Oublierait-il un jour le bruit, la chaleur, la peur ? Oublierait-il ce sentiment d'inquiétude qui accélère instantanément les battements du cœur éveillé par l'odeur de la fumée, et cette sensation d'avoir été plongé vivant dans les flammes de Lucifer ?

Oublierait-il surtout l'horreur ressentie après s'être aperçu qu'Agnès avait échappé à leur attention ? Il avait à peine eu le temps de voir une petite forme blanche se glissant dans la maison. Puis un cri, comme une plainte assourdie.

— Rosette ! Rosette !

Son cœur s'était littéralement arrêté de battre, remplacé par un affolement, une épouvante à en couper le souffle. Sans comprendre le danger, Agnès était retournée dans la maison pour chercher sa poupée.

La maison crépitait déjà comme un fétu de paille quand Jaquelin, sans se poser la moindre question et sans dire un mot, s'était précipité vers la porte pour retourner en enfer. La chaleur lui avait aussitôt tailladé la peau, la fumée lui avait tiré des larmes, tandis qu'il étouffait à la recherche d'un filet d'air.

Ça avait été un véritable miracle d'avoir pu apercevoir sa fille, figée au bas de l'escalier en proie aux flammes. Avalé par le grondement du brasier, son cri ressemblait à un murmure.

Oui, un véritable miracle que Jaquelin l'ait entendue et qu'ils aient pu sortir vivants de ce monstrueux feu de forge qui dévorait leur maison à toute allure.

Alors non, Jaquelin Lafrance ne voyait pas la belle journée qui commençait. Incapable de réprimer un long bâillement, signe d'une tension qui commençait tout juste à baisser il se demanda naïvement ce qu'il allait faire de sa journée. Et pourtant, il n'arrêtait jamais, sauf le dimanche, parce que ce jour-là, le travail rémunéré était interdit par l'Église et qu'il était un fervent catholique.

Depuis l'âge de douze ans Jaquelin Lafrance travaillait à la cordonnerie, jour après jour. D'abord aux côtés de son père, Irénée, dont il avait tout appris, puis tout seul, quand ce dernier avait décidé qu'il en avait assez de travailler. Du jour au lendemain, sans le moindre préavis, le vieil homme était parti s'établir à Montréal, chez sa fille Lauréanne, confiant à son fils la maison et l'atelier.

— À toi de gérer tout ça, astheure, avait-il déclaré à Jaquelin. Je pense t'avoir tout ben montré, ça fait que tu devrais être capable de te débrouiller sans moi. J'ai envie de me reposer, me semble que je l'ai mérité. Comme je te l'ai dit, t'à l'heure, à part le petit loyer que t'auras à me payer jusqu'à ma mort, une fois par mois, tu peux considérer que la maison pis l'atelier t'appartiennent en partie. Ça, mon gars, ça veut dire que tu dois ben l'entretenir, parce que j'vas demander des comptes. Je te confie un bien en bon état, t'as pas le droit de pas t'en occuper. Du moins de mon vivant. Après, t'en feras ben ce que tu voudras parce que ça sera à toi pour de bon. Le notaire a un papier important qui explique tout ça. Au besoin, tu pourras t'en servir pour fermer le clapet à ceux qui pourraient avoir des objections.

C'était il y a dix ans, et Jaquelin, jusqu'à la veille, avait fait de son mieux pour que la maison reste en parfait état. De toute façon, au-delà des exigences de son père, c'était dans la nature du jeune homme de faire en sorte que les choses soient bien faites. Toutefois, en réalité, cela devait faire plus d'une vingtaine d'années que Jaquelin réparait des souliers.

Ça en faisait ça, des bottines et des galoches !

Jaquelin pensa alors au loyer qui serait dû dès le lendemain et à toutes ces commandes laissées en plan qui ne rapporteraient rien. Un frisson désagréable lui chatouilla le bas du dos.

Lui demanderait-on un remboursement pour les chaussures qui avaient disparu dans l'incendie, elles aussi ?

Avait-on le droit de l'exiger ? Après tout, il n'y avait pas grand monde dans la paroisse qui avait les moyens de s'offrir une paire de chaussures neuves. Allait-il être obligé de tout payer à leur place ?

Jaquelin l'ignorait. Son père ne lui avait jamais expliqué ce qu'il faudrait faire, dans une telle situation, parce qu'un feu, ce n'est pas une situation qu'on aime prévoir.

Et qu'adviendrait-il du loyer qu'il envoyait par lettre, rigoureusement, tous les premiers du mois ? Fallait-il vraiment le payer demain ? Avait-il encore l'obligation de s'acquitter de cette dette, puisqu'il n'y avait plus ni maison ni atelier ?

Jaquelin songea alors qu'avec les pièces de monnaie qu'il rangeait dans le petit coffre en fer-blanc caché dans le cagibi, sous l'escalier, il pourrait peut-être faire face aux clients les plus capricieux et satisfaire aux règles établies par son père, si jamais celui-ci continuait d'exiger sa part, bien entendu.

Il soupesa l'idée, puis il poussa un long soupir quand il se demanda si ça fondait, dans un incendie, les sous et les quarts de piastre ? De cela non plus, il n'avait pas la moindre idée. Et si, par le plus grand des hasards, il lui restait quelques pièces éparpillées sous les cendres, nul doute qu'il en aurait besoin pour tout ce qu'il allait devoir remplacer.

À commencer par la maison elle-même et quelques meubles essentiels…

Devant une telle réalité, Jaquelin, philosophe, se dit alors qu'il valait peut-être mieux se taire, et ne pas se vanter de ce qu'il pourrait éventuellement sauver du désastre qui venait de le frapper cruellement. Quant à son père, il s'entendrait avec lui pour payer les intérêts plus tard. Le vieux, comme Jaquelin surnommait son père au plus profond de ses pensées, devrait comprendre et accepter un tel arrangement car il n'avait pas d'autre solution à proposer.

Une fois ce constat bien établi et sa décision prise, le regard de Jaquelin se porta du côté de la cordonnerie.

Combien d'heures y avait-il passé, au fil des décennies ? L'essentiel de sa vie s'y était déroulé, et l'image de la pièce s'imposa machinalement à son souvenir. La table, les bobines de gros fil ciré, les lanières de cuir, les peaux bien tannées et bien tendues, l'étau, les outils, proprement alignés sur le mur...

Jaquelin tressaillit. Certains outils avaient peut-être résisté aux flammes, pourquoi pas ?

Les poinçons, surtout, en gros fer solide, les ciseaux et les marteaux, les crochets et les alènes. Si les manches avaient sans doute brûlé, les têtes, elles, devaient être encore en bon état. Puis, à la cuisine, il y avait peut-être quelques casseroles, un peu de vaisselle, des chaudières... Même le gros chaudron en fonte, tiens ! Cet ustensile lourd et difficile à soulever quand il était plein avait probablement résisté à la chaleur du brasier.

Peut-être...

Jaquelin se sentit brusquement fébrile. Il lui tardait d'aller vérifier. Plus tard, dans la journée, quand la fumée aurait fini de se dégager des décombres, il s'aventurerait à travers les débris pour constater par lui-même ce qui avait échappé à l'incendie et qu'il pourrait récupérer.

— Ouais, c'est ça que j'vas faire de ma journée, grommela-t-il pour lui-même, soulagé tout de même d'avoir trouvé quelque chose d'utile à faire. Faute de mieux, m'en vas aller fouiller dans les ruines pour essayer de trouver quelque chose d'encore utilisable.

Ensuite, le soir venu, une fois son opinion faite sur ce qui était urgent et ce qui pouvait attendre un peu, sur ce qu'il aurait pu récupérer et ce qui était une perte totale, Jaquelin écrirait une lettre à son père pour lui annoncer la mauvaise nouvelle. Il demanderait à lui parler d'avenir. Face à face, tous les deux.

Irénée Lafrance pourrait-il venir, s'il vous plaît, faire un tour à Sainte-Adèle-de-la-Merci ?

Ouais, voilà ce qu'il écrirait et en quels termes. Jaquelin demanderait poliment conseil à son père et cette délicate attention aiderait sans doute à faire accepter l'annonce du désastre. Il rédigerait cette lettre avec Marie-Thérèse, bien sûr, parce que lui, il n'était pas très habile à dire les choses d'importance, et encore moins à les écrire. Sa femme, en revanche, trouvait toujours les bons mots et elle savait les employer joliment.

Un profond soupir souleva les épaules de Jaquelin.

En fait, tout ce qu'il connaissait dans la vie, Jaquelin Lafrance, c'était le cuir et les souliers. Ça, oui, il connaissait très bien, mais pour le reste, malgré des apparences d'homme sûr de lui, le pauvre Jaquelin se sentait bien souvent démuni quand Marie-Thérèse n'était pas là. Elle était son phare dans la nuit et sa bouée d'ancrage.

Jamais, de toute sa vie d'homme, Jaquelin n'aurait pu imaginer qu'un jour, il aimerait à ce point.

Qu'allaient-ils devenir tous les deux, maintenant que la cordonnerie n'existait plus ? Et lui, avec quoi allait-il nourrir sa famille ?

Si Jaquelin était passé maître dans l'art de raccommoder les vieilles bottines, et on s'accordait à dire qu'il avait un grand talent en la matière, son expertise s'arrêtait là. Mais qui aurait pu lui en vouloir ? Il n'avait jamais rien fait d'autre dans la vie, le pauvre Jaquelin, car son père y avait vu, exigeant sa présence à l'atelier dès son plus jeune âge.

— Comme ça, m'en vas t'avoir à l'œil, mon gars. J'ai pas le choix. J'suis seul pour vous élever, ta sœur pis toi.

Ainsi, Jaquelin n'avait jamais rien fait d'autre dans une maison, pas même semer un jardin ou repeindre un mur. Irénée Lafrance se targuait d'avoir les moyens financiers d'engager des journaliers pour tout ce que lui n'avait pas le temps de faire, et ce fut pour cette raison que Jaquelin n'avait rien appris de tout ce que les garçons de son âge apprenaient habituellement.

— Maintenant que tu sais lire, écrire, pis compter, t'as même pus besoin d'aller à l'école. À partir de demain matin, m'en vas te montrer le métier, Jaquelin. Pour toi, il y a rien d'autre de plus important.

Irénée Lafrance n'avait jamais songé à demander si la chose plaisait à Jaquelin. Quand il décidait quelque chose, il s'attendait à ce que ses volontés soient respectées et c'était ce que Jaquelin avait fait. Émettre le moindre commentaire, le jour où Irénée lui avait montré la porte de la cordonnerie de son index noueux, n'aurait rien donné d'utile. Le gamin qu'il était savait pertinemment qu'il ne lui restait plus qu'à obéir.

Ce fut ainsi qu'une grande partie de son enfance et de sa jeunesse avait passé, le jeune garçon restant confiné à la cordonnerie, six jours par semaine, alors que le dimanche était consacré à la messe et aux vêpres. Dans les premiers temps, même le fait d'être marié à Marie-Thérèse n'avait pas changé grand-chose aux habitudes de la famille Lafrance. Il avait fallu le départ définitif de son père pour la ville pour que Jaquelin ait enfin l'impression de pouvoir respirer un peu plus librement. Un peu…

C'était dix ans auparavant.

Comme dorénavant il serait seul maître à bord, quelques mois sans nouvelles de son père le confirmant, Jaquelin avait pris l'habitude de s'en remettre aux frères de Marie-Thérèse pour venir donner un coup de main à l'entretien de la maison. En retour, cependant, Jaquelin s'occupait de leurs souliers gratuitement et il leur faisait un prix d'ami pour ceux des enfants.

Si la maison n'avait pas brûlé, la vie aurait très bien pu continuer ainsi, sur sa lancée ! Même si, après tant d'années de vie routinière, Jaquelin avait l'impression de n'apprécier que modérément le travail qu'il faisait du matin au soir. Mais au moins, il tirait honorablement son épingle du jeu et sa famille ne manquait de rien.

Sur ce point, Jaquelin était tout de même très fier de lui !

Il se disait que le jour où son père décéderait et qu'il n'aurait plus de loyer à payer, à son tour, il aurait enfin les moyens d'engager des journaliers. Sa fierté d'homme n'aurait plus à souffrir régulièrement de devoir s'en remettre aux beaux-frères pour l'aider.

Mais voilà ! Tout était parti en fumée, en deux petites heures à peine.

Devant un tel constat, un long frisson secoua les épaules de Jaquelin. En cette fin d'octobre, malgré la présence du soleil levant, il ne faisait pas très chaud. Toutefois, ce n'était pas à cause de l'humidité du petit jour que Jaquelin Lafrance avait frissonné. Trop de pensées dans sa tête, probablement, trop d'impondérables, d'incertitudes et d'inquiétudes. Il y avait surtout toute une vie qui venait de défiler en accéléré dans sa tête, sa propre vie, et il en ressortait tout étourdi.

S'il fallait que son père lui en veuille, le tienne responsable, exige un remboursement…

Jaquelin secoua vigoureusement la tête, comme pour faire taire toutes ces réflexions malsaines qui l'assaillaient depuis tout à l'heure, sans véritable suite logique. Le pire était derrière lui, il devait se le répéter. Le cauchemar était fini. Le feu était éteint et les enfants n'avaient rien. C'était là l'essentiel.

Il les aimait tant…

Brusquement, Jaquelin prit conscience que les ruines de la maison dégageaient encore une certaine chaleur et, curieusement, il la trouva réconfortante. Cette sensation de n'avoir rien à faire malgré l'urgence de toutes ces décisions à prendre lui apparut tout à coup comme une sorte de délivrance.

Depuis le temps qu'il rêvait d'avoir sous le nez autre chose que l'odeur du vieux cuir et celle, insoutenable, des pieds mal lavés…

Ce feu était-il une réponse à toutes ses prières, à toutes ses impatiences, à tous ses rêves restés en jachère ?

À cette pensée, une sensation d'épouvante lui coupa le souffle : la senteur tenace et âcre des poutres calcinées lui semblait tout à coup bien douce. Même la nausée s'était éloignée.

Pas de bottines, ce matin… Ni demain ni après… Et il en irait ainsi, pour un bon moment, du moins. Cette perspective lui fut soudainement très séduisante.

— En attendant de reprendre le collier, murmura-t-il précipitamment pour lui-même, essayant ainsi de calmer la sensation déroutante de se sentir en quelque sorte responsable de l'incendie, m'en vas finir par trouver une solution pour voir aux miens… Ouais, faut que je trouve quelque chose à faire en attendant que la cordonnerie retrouve sa place dans le village, pis tout va ben aller... C'est sûr que j'vas trouver une solution, pis c'est sûr que j'suis cordonnier pour le rester. Ouais... J'suis pas trop vieux pour tout rebâtir pis tout recommencer, mais j'suis quand même trop vieux pour changer de vie. N'empêche que je peux trouver un autre métier en attendant... C'est juste pour passer le temps, pis voir à ma famille pendant la construction, que j'vas essayer de trouver un autre métier.

Cela aussi, il allait l'écrire dans la lettre qu'il enverrait à son père. « Le vieux » verrait bien que son fils n'était pas un lâche, puisqu'il n'avait pas l'intention de rester inutile durant des mois.

Qu'est-ce que son père pouvait demander de plus ?

La seule chose qu'il n'écrirait pas, cependant, c'était que cette perspective de changement temporaire prenait l'allure d'une courte récréation dans la monotonie de sa vie.

« Ça va me changer les idées, pis en même temps, ça va être utile... pensa Jaquelin en soupirant. Ouais, c'est de même que je dois voir ça, sinon, le père me le pardonnerait jamais. »

Pendant ce temps de réflexion, un peu plus loin dans la rue, Marie-Thérèse avançait à pas lents, indécise et gênée, les pans du chandail de sa tante Félicité étroitement croisés sur sa poitrine.

Elle avait toujours été un peu intimidée par Jaquelin Lafrance, qu'elle percevait, encore aujourd'hui, comme étant d'une autre génération. Jaquelin n'ayant pas fréquenté l'école très longtemps, Marie-Thérèse n'avait pas eu l'occasion de le côtoyer vraiment, durant leurs jeunes années et, quand il lui avait été présenté, elle l'avait vu comme un étranger.

En effet, une première rencontre avait été organisée par leurs pères respectifs, amis de longue date. Quoi de mieux, n'est-ce pas, que de souder une longue amitié sincère par les liens sacrés du mariage qui uniraient deux de leurs enfants ? On ne formerait désormais qu'une seule et même famille, et cette éventualité réjouissait tant Irénée Lafrance que Victor Gagnon.

Comme Marie-Thérèse avait eu dix-sept ans au printemps, les deux hommes jugèrent que le temps des présentations était venu.

À cette époque, on disait de Marie-Thérèse qu'elle était une très jolie fille. Assez grande, sa longue chevelure aux reflets dorés tombait librement sur ses épaules et, malgré une certaine retenue naturelle, elle esquissait volontiers de petits sourires taquins qui illuminaient aussitôt son regard noisette. Comme elle jouissait d'une excellente santé, elle était donc une candidate parfaite pour le mariage.

Quant à Jaquelin, jeune homme tout en jambes, au visage anguleux et au regard opaque, il avait fêté ses vingt-deux ans au mois de juin. Unique successeur à la cordonnerie de son père, il pouvait se vanter d'avoir un avenir plutôt prometteur, puisque tout le monde avait, un jour ou l'autre, une paire de savates à faire réparer. De toute façon, il fallait voir ce que son père avait accumulé au fil des ans pour s'en convaincre. Il était donc, lui aussi, un excellent candidat pour le mariage, malgré cette grande réserve qui le caractérisait, venue de cette vie de solitaire imposée par Irénée Lafrance.

On fit donc comme les pères avaient décidé. Et les choses étant ce qu'elles sont, l'assiduité de l'un avait séduit la candeur de l'autre, et une certaine timidité commune avait fait le reste.

Après neuf mois de fréquentations régulières, depuis l'automne jusqu'au printemps, dans le salon des Gagnon, comme le voulaient les convenances de l'époque, les deux jeunes gens unirent leurs destinées devant le curé de Sainte-Adèle-de-la-Merci, par un sombre matin de juin 1909.

« Pour le meilleur et pour le pire », avait spécifié le curé, l'une promettant alors d'obéir à son mari, et l'autre s'engageant à protéger son épouse. Bien entendu, les deux époux s'étaient juré fidélité jusqu'à ce que la mort les sépare.

Cela avait fait treize ans au printemps dernier.

Les années avaient passé, plutôt vite ; six enfants étaient nés, c'était prévisible ; et au bout du compte, les habitudes s'étaient créées d'elles-mêmes.

Pourtant…

Pourtant, Marie-Thérèse avait trop souvent, hélas ! la vague impression de vivre avec cet étranger qu'un jour on lui avait présenté. Taciturne, travailleur acharné, la plupart du temps, Jaquelin ne faisait que traverser la maison en coup de vent.

— Passe une bonne journée, Marie !

— Toi aussi, mon mari.

Oh ! Ils échangeaient bien quelques politesses supplémentaires, le matin au réveil ; et, sur le coup de midi, sans jamais différer son devoir d'épouse, Marie-Thérèse portait un bol de soupane* à son mari.

— C'est consistant pis pas trop lourd. J'veux rien d'autre, Marie, avait déclaré Jaquelin d'une voix catégorique, au lendemain des noces.

En ces premiers temps de leur vie commune, la jeune femme n'avait pas voulu le contredire, alors elle n'avait pas insisté, même si elle n'était pas tout à fait d'accord. Une bonne soupe aux légumes, celle qui embaumait la maison depuis qu'elle s'y était installée, peu après le repas du mariage, avait, elle aussi, des vertus. Mais si la soupane était ce que son mari désirait comme dîner, pourquoi la lui refuser ? Après tout, Marie-Thérèse avait promis obéissance !

Ainsi, au son de l'angélus, la jeune femme entrait dans l'atelier, six jours par semaine, un bol fumant à la main. Les époux se contentaient alors d'un bonjour et d'un merci, fort occupés qu'ils étaient de part et d'autre. Ils ne se revoyaient qu'en fin de journée, lorsque Jaquelin quittait enfin son atelier, épuisé, les yeux rougis, et les épaules endolories. C'était à ce moment de la journée qu'ils se

---

* Bouillie à base d'avoine, servie habituellement au petit déjeuner (Toutes les notes sont de l'éditeur).

parlaient le plus, tandis qu'ils échangeaient quelques banalités du quotidien.

— Cyrille a eu 100 % dans sa dictée d'ce matin, tu sais. Il me l'a montrée sur l'heure du dîner. J'suis pas mal fière de notre garçon.

— Tant mieux pour lui. T'as ben raison : c'est vrai que Cyrille est un bon garçon. On peut peut-être envisager de belles études pour lui ! De mon côté, j'ai eu la visite de Mme Lacroix. Elle s'est enfin décidée à faire réparer ses vieilles bottes en loup marin. Il était temps !

Pour cette conversation quotidienne, Jaquelin s'installait toujours confortablement dans la chaise berçante, et, entre deux réparties, il tirait de longues bouffées sur sa pipe en écume. Pendant ce temps, devoir oblige, Marie-Thérèse veillait aux derniers préparatifs du souper.

« Comme dans toutes les familles », se disait alors la jeune femme, qui trottinait sans relâche de la table à l'évier et de l'armoire au gros poêle à bois, soit pour dresser les couverts soit pour saupoudrer les derniers assaisonnements.

Marie-Thérèse était surtout rassurée par cette routine qui était la leur.

Jamais elle n'aurait eu l'idée de se plaindre d'avoir à tout faire seule, en cette fin de journée, tout comme elle jugeait normal que son homme se repose après ses longues heures d'ouvrage. La jeune femme pouvait très bien le comprendre, parce que, de son côté, elle était aussi affairée que lui. En effet, du matin au soir, elle vaquait seule aux repas, au lavage, à la couture, au potager, aux conserves, aux enfants et même à certaines réparations de la maison, celles qui étaient à sa portée. C'est pourquoi, un peu plus tard, elle aurait droit, à son tour, à quelques minutes de repos, alors qu'elle s'installerait seule au bout de la table pour manger rapidement son repas, après avoir servi toute la famille.

Comme le disait si bien sa tante Félicité, la vie était ainsi faite. De labeur et de repos, d'étés et d'hivers, de hauts et de bas, de routine la semaine et de messe le dimanche. Alors, Marie-Thérèse ne s'était jamais posé de questions sur sa vie de femme mariée. Jaquelin travaillait fort de l'aube au crépuscule et, au matin des noces, elle s'était engagée à le seconder du mieux qu'elle le pouvait. Si, avant le souper, son mari voulait se détendre un peu, il en avait le droit le plus légitime. À elle de voir à ce que les enfants soient calmes afin de respecter le repos du chef de famille. Toutefois, Marie-Thérèse reconnaissait que son mari était un bon père, capable de s'intéresser aux faits et gestes de ses fils et de ses filles, même s'il le faisait de loin, sans jamais intervenir directement, mais aussi et surtout sans jamais lever la main sur eux, ce qui était déjà bien mieux que dans la plupart des familles.

— Pas question d'être comme mon père, disait Jaquelin quand il se retrouvait dans l'intimité avec sa femme. Si mes fils veulent pas suivre mes traces, eh ben, ils seront jamais obligés de le faire. Dieu m'en est témoin ! Pis laisse-moi te dire aussi, Marie, qu'à leur âge, ils ont encore le droit de jouer. Les obligations viendront ben assez vite. Ça veut pas dire pour autant qu'ils vont échapper aux corvées. Ça non ! J'ai pour mon dire que c'est juste normal de s'entraider dans une famille... Même ta tante Félicité le dit ! À toi de gérer tout ça, ma femme... Ouais, c'est à toi de décider pour les enfants, en tenant compte, ben entendu, de ce que je viens de te dire. Moi, j'ai ben assez de mon travail à la cordonnerie sans être obligé de voir aux enfants pis à l'entretien de la maison en plus. Tout ça, ça me regarde pas vraiment.

C'était à peu près le seul discours que Jaquelin eût jamais fait de toute sa vie d'homme marié. De temps en temps, il le répétait, pour être bien certain que Marie-Thérèse ne l'oublie jamais. Le reste du temps, il se contentait de lâcher quelques mots d'une banalité parfois un peu désespérante. Néanmoins, sous cette apparente indifférence face à la vie quotidienne, Jaquelin Lafrance devait tenir à sa famille et à son épouse, puisqu'il honorait celle-ci régulièrement.

N'était-ce pas la preuve qu'il devait aimer Marie-Thérèse ?

Comme cette dernière éprouvait un plaisir intense dans les bras de son mari, elle concluait que leur amour était sincère et partagé. Si les enfants étaient la conséquence de ces moments d'intimité, ceux qu'elle choyait entre tous, alors il y aurait des enfants !

D'autant plus que Jaquelin n'avait rien contre !

Voilà pourquoi, en ce petit matin d'octobre, avec une légère appréhension, la jeune femme approchait de son mari en se répétant qu'ils devraient être capables, tous les deux, de se soutenir mutuellement pour traverser cette terrible épreuve.

Sans dire un mot, Marie-Thérèse s'arrêta tout contre son homme et elle se contenta de glisser une main dans la sienne. Spontanément, leurs doigts s'entremêlèrent, le temps d'une étreinte, vive, presque douloureuse, puis Jaquelin retira sa main pour l'enfouir dans une poche de son pantalon. Ils étaient sur la place publique, ils n'avaient pas à s'afficher ainsi. En revanche, comme il voulait tout savoir au sujet leurs enfants, il demanda :

— Et, Marie ? Les enfants vont bien ?

— Oui, Jaquelin, crains pas, les enfants vont bien. Agnès aussi.

En entendant ce nom, Jaquelin frissonna encore au souvenir qu'il gardait de la nuit d'épouvante qu'ils venaient tous de vivre. Puis l'ombre d'un sourire soulagé traversa son visage émacié. Il tourna la tête vers Marie-Thérèse et le regard qu'ils échangèrent à cet instant bien précis eut la même intensité que celui qui les avait unis tous les deux quand il était ressorti de la maison avec la jeune Agnès dans ses bras. Un regard qui disait la gratitude, le soulagement et la confiance mutuelle.

— C'est tant mieux si les enfants vont bien, soupira-t-il. Pour ça, ma femme, m'en vas dire merci au Bon Dieu. Dans notre malheur, Il s'est montré généreux. Tu le sais comme moi que les enfants, c'est ce qu'il y a de plus important, dans notre vie à tous les deux. S'il avait fallu qu'on en perde un…

— Tais-toi, oiseau de malheur ! Parle surtout pas comme ça, tu vas tenter le diable. On a tout perdu, c'est sûr, mais comme tu viens de le dire, on a gardé l'essentiel… J'ai dit la même chose, ou presque, à ma tante Félicité... Ouais, heureusement, les enfants vont bien. Je vois ben qu'on pense pareil toi pis moi, pis c'est comme une petite chaleur dans ma tristesse. Pour l'instant, ils dorment tous à poings fermés. Même Agnès... Merci, Jaquelin, d'avoir sauvé notre fille en risquant ta vie pour elle.

— J'aurais jamais pu faire autrement, Marie. Comment un père pourrait entendre crier sa fille sans rien faire ? Moi, j'étais pas capable. Tant mieux si pour astheure, Agnès dort comme les autres... Dans ce cas-là, je m'en ferai pas pour les enfants. M'en vas plutôt prendre la journée pour fouiller dans les ruines. Des fois que je pourrais retrouver quelques affaires.

À ces mots, Marie-Thérèse jeta un regard en coin vers son mari. Quelle drôle d'idée que de vouloir fouiller les ruines !

Néanmoins, elle hocha la tête en guise d'assentiment. Elle-même n'y aurait pas souscrit, jugeant l'entreprise dangereuse, mais si Jaquelin voyait la chose possible, pourquoi pas ? Après tout, le moindre prétexte pour voir un peu de positif dans ce grand malheur était le bienvenu. Alors, elle déclara l'idée excellente.

— J'y aurais pas pensé, mais je trouve que c'est une bonne idée que t'as eue là, approuva-t-elle sans trop hésiter.

— Probable qu'il y aura pas grand-chose de bon, nuança Jaquelin. Mais on sait jamais.

— Ça vaut quand même la peine d'essayer, renchérit Marie-Thérèse. Juste quelques affaires, ça vaut mieux que rien pantoute.

— C'est ce que je me dis, moi avec.

Les deux époux échangèrent alors un second regard qui en disait long. Entre eux, c'était parfois suffisant pour comprendre que, de part et d'autre, on pensait la même chose.

— Ouais, j'suis ben d'accord avec toi, réitéra Marie-Thérèse, tout en ramenant les yeux sur les restes de la maison. Comme ça, si tout est sous contrôle de ton bord, m'en vas te laisser à tes affaires, Jaquelin... Ah oui ! Je voulais te dire aussi que ma tante Félicité est prête à tous nous garder chez elle, du moins, le temps qu'on se revire de bord.

— C'est ben gentil de sa part. Tu lui diras merci pour moi en attendant que je le fasse plus tard. C'est quelqu'un de bien, la tante Félicité.

— T'as raison de dire ça : ma tante est pas mal dépareillée quand vient le temps d'aider quelqu'un… On est chanceux de l'avoir dans notre parenté. M'en vas y transmettre tes remerciements, crains pas.

Sur ce, Marie-Thérèse tourna les talons pour se diriger vers la maison de sa tante. Pourtant, il lui semblait, devant la gravité de la situation, que tout n'avait pas été dit.

Hésitante, la jeune femme ralentit le pas avant de s'arrêter complètement. Si les enfants s'éveillaient, la tante Félicité y veillerait. Pourquoi, alors, tant se presser ? Marie-Thérèse hésita encore un peu pour la forme, puis elle se demanda ce qu'elle pourrait bien dire et surtout comment, pour faire savoir à Jaquelin qu'à travers l'épreuve vécue en ce moment, elle continuait de l'aimer de manière inconditionnelle.

Une bouffée de tendresse étreignit le cœur de Marie-Thérèse.

N'écoutant alors que l'émotion qui s'imposait si fort en elle, Marie-Thérèse ajouta précipitamment :

— Ça a été toute une nuit, hein, Jaquelin ? lança-t-elle par-dessus son épaule. Une vraie nuit d'épouvante. Ben contente, tu sauras, que ça soit fini tout ça, même si le futur est pas le diable encourageant.

— On va finir par s'en sortir, Marie.

La voix de Jaquelin se voulait réconfortante.

— Compte sur moi, ajouta-t-il, sur le même ton.

— Oh ! J'ai pas de doute là-dessus. Je le sais, va, que je peux compter sur toi.

En prononçant ces quelques mots, un fragile sourire effleura les lèvres de Marie-Thérèse.

— Ouais, je le sais depuis longtemps, Jaquelin, que je peux compter sur toi, répéta-t-elle avec conviction. T'es quelqu'un de fiable, tu l'as toujours été. Pis ma tante

Félicité aussi, c'est quelqu'un sur qui on peut compter, toi pis moi… Ouais… Pis ça, c'est juste en attendant que mes frères pis ma sœur rappliquent… Ça devrait pas tarder pour qu'on les voie apparaître dans le décor. Eux autres avec, ils vont pouvoir nous aider, j'en suis certaine… Comme tu vois, on sera pas tout seuls pour voir à l'avenir.

Le regard perdu sur l'horizon, où le soleil se levait lentement, Jaquelin hochait doucement la tête, à chaque nom que Marie-Thérèse prononçait, et au timbre de sa voix, de plus en plus fort, il devina qu'elle était en train de revenir vers lui.

— C'est vrai qu'on est chanceux que t'aies une grosse famille, Marie, déclara-t-il solennellement quand il sentit la présence de sa femme à ses côtés. Parce que c'est pas de mon bord qu'on peut espérer de l'aide, avec ma sœur qui vit à Montréal, pis mon père avec. De toute façon, le vieux m'a déjà donné tout ce qu'il avait à me donner. Il se gêne surtout pas pour me le répéter, chaque fois qu'on se voit, lui pis moi. Ça fait qu'il lèvera pas le petit doigt pour nous aider, ça, je le sais… Oh oui que je le sais !

Puis, dans un élan de confiance, par besoin de se sentir épaulé, réconforté, il murmura :

— Tu vois, Marie, mon père, en partant, m'avait confié sa maison pis son travail… Regarde ! Regarde-moi donc ce qu'il en reste.

Que d'amertume, que de déception dans ces quelques paroles criantes de désespoir !

Marie-Thérèse le ressentit jusqu'au fond de son cœur et, sans hésitation, elle s'approcha de Jaquelin jusqu'à le toucher. D'une main tremblante tendue devant lui, le pauvre homme mesurait l'ampleur du désastre.

— Te rends-tu compte, Marie ? La vie de deux générations de Lafrance a été réduite en cendres, pis c'était moi qui en avais la responsabilité.

Jaquelin baissa la tête, pétri de remords comme s'il y était pour quelque chose dans tout ce gâchis. Il sentait la lourdeur de Marie contre son bras et l'envie de se blottir tout contre elle se fit presque violente.

C'était au creux des bras de sa femme que Jaquelin Lafrance avait appris que la vie pouvait être belle.

Toutefois, cette émotion, ce désir de rapprochement ne dura pas. Un homme ne se devait-il pas d'être fort dans l'adversité ? C'était ce que son père lui avait toujours enseigné, à force de taloches parfois, parce qu'il fut une époque où le petit Jaquelin avait facilement la larme à l'œil. Trop facilement, comme le lui reprochait durement Irénée Lafrance.

Le Jaquelin d'aujourd'hui se redressa. Il renifla pour retenir les larmes qu'il n'avait pas le droit de verser, et annonça, d'une voix raffermie :

— Maintenant que ça fume presque pus, m'en vas essayer de m'approcher de la maison. Pis, toi, pendant ce temps-là, va rejoindre les enfants, Marie.

Marie…

Il n'y avait que de la part de Jaquelin que Marie-Thérèse acceptait d'être ainsi interpellée.

C'était la seule marque de tendresse entre eux, car autrement, Jaquelin restait plutôt distant, même dans l'intimité avec elle. « C'est dans son tempérament », se disait parfois Marie-Thérèse, quand il lui arrivait d'être un peu déçue ou peinée, alors qu'elle aurait bien aimé une accolade amoureuse ou un geste de réconfort. Mais son homme était de nature réservée. Tout le monde le savait dans le village, elle comme tous les autres. Pourquoi, alors, aurait-il été différent avec elle ? Juste parce qu'elle était sa femme ? Quelle idée !

Cela faisait bien des saisons, maintenant, qu'elle avait accepté cet état de choses et si, avec tout le monde, la jeune femme exigeait que le « Thérèse » soit bien présent quand on s'adressait à elle, cette obligation ne concernait pas son époux.

Pourtant, Marie-Thérèse avait toujours aimé son prénom. Elle disait qu'il faisait moins ancien que bien d'autres appellations à la mode, comme les Carmen et les Marthe, que l'on entendait si souvent.

Avec Jaquelin, ça avait été différent dès les premiers temps, et pour cause !

En effet, la jeune femme savait depuis toujours que Thérèse avait été le prénom de la mère de Jaquelin, morte en couches lors de sa naissance. Après tout, cette femme-là avait été l'épouse du cordonnier du village et tout le monde, parmi les anciens, l'avait bien connue. Il arrivait même, encore aujourd'hui, que l'on parle d'elle, et toujours avec respect, car Thérèse Lafrance avait été une femme appréciée partout où elle était allée.

Ainsi, quand Marie-Thérèse avait été présentée à Jaquelin, elle s'était dit que le destin avait peut-être voulu cette coïncidence et que le jeune homme serait peut-être heureux d'avoir enfin la chance de prononcer ce prénom qu'il devait bien chérir dans le secret de son cœur. Cependant, la première fois où Jaquelin avait osé l'appeler par son prénom, après des mois de fréquentations, il avait buté sur le mot, des trémolos plein la voix. Marie-Thérèse n'avait alors rien dit, rien exigé. Si Jaquelin voulait l'appeler tout simplement « Marie », eh bien soit, il en irait ainsi avec lui.

Uniquement avec lui !

Ce matin-là, devant les vestiges de leur maison, Marie-Thérèse se rappelait fort bien cet instant précis de leur vie commune, celui où elle avait compris que, pour Jaquelin Lafrance, bien des choses seraient différentes, et qu'elle acceptait cette perspective avec des frissons dans le cœur.

Ce jour-là, Marie-Thérèse s'était dit que ça devait être ça, ce qu'on appelait l'amour, et elle ne s'était pas trompée.

À ce souvenir, la jeune femme se permit donc de passer une main furtive sur les épaules de son mari, puis elle recula de quelques pas et se mit à détailler à haute voix ce qu'elle ferait de sa journée. Comme l'avait si bien souligné sa tante, c'était Jaquelin, le chef de famille, il avait donc son mot à dire sur tout.

— Je sais pas ce que t'en penses, commença-t-elle, mais je me suis dit que pour l'ordinaire de la maison, il y a pas de presse, rapport que je saurais pas où mettre tout ce qu'on pourrait nous donner. C'est pas grand, chez ma tante, pis son hangar sert d'écurie pour sa jument… Pour les vêtements, par exemple, ça urge un peu plus. Ma tante a dit qu'elle va m'aider, pis on va voir à ça un peu plus tard dans la journée. Avec la parenté pis les voisins, qui vont sûrement venir aux nouvelles, c'est comme rien qu'on devrait arriver à s'en sortir.

— Je te fais confiance, Marie. La maison pis tout ce qui va avec, c'est toi qui connais ça. Je te l'ai déjà dit. Pour le reste, m'en vas prendre la journée pour penser ben comme faut à mon affaire, pis m'en vas te revenir avec mes décisions à soir.

— Merci pour ta confiance, Jaquelin... J'vas faire tout ce qui est dans mon pouvoir pour qu'on puisse se tirer d'affaires le plus vite possible. Ça serait pas pire si demain, notre vie reprenait un peu plus le bon chemin. Crains pas, m'en vas tout faire pour ça... Il reste juste une affaire, je pense... Je le sais ben, va, que pour les enfants, j'ai pris l'habitude de tout décider par moi-même, mais à matin, me semble que c'est pas pareil... J'aimerais savoir si t'es d'accord pour qu'on les laisse tranquilles pour la journée. Pas d'école pis pas de devoirs non plus. Que c'est t'en penses, Jaquelin ?

À ces mots, Jaquelin haussa les épaules. Cela aurait pu être une marque d'indifférence, alors qu'en fait, c'était une preuve de confiance absolue à l'égard de Marie-Thérèse.

— Si c'est ce que tu penses qu'on doit faire, on fait comme tu dis, approuva-t-il d'un ton grave. Les enfants, c'est ton domaine, Marie. Tu connais ça pas mal plus que moi, même si je tiens fort à eux autres.

— Bon... Astheure, j'ai l'impression d'avoir tout dit... Quand t'auras faim, tu viendras nous voir, ma tante pis moi. Normalement, on bougera pas de chez elle.

Marie-Thérèse essayait de mettre de l'enthousiasme dans sa voix, comme si parler avec une certaine légèreté allait ramener une forme de normalité dans leur vie. Une vie qui n'avait plus grand-chose de normal depuis la veille au soir.

— Quand j'ai quitté la maison, poursuivit-elle sur ce même ton un peu exalté, ma tante Félicité était en train de préparer tout ce qu'il faut pour faire un bon bouilli de légumes. Avec une poule, pis un peu de lard salé, comme t'aimes. Me semble que ça te ferait du bien de te nourrir un peu. Pis faudrait que tu penses à te reposer un brin, aussi. Ça a été de ben grosses émotions, tout ça. Même pour un homme solide comme toi.

Malgré l'évidente sagesse de ces propos, Jaquelin resta impassible. Quand Marie-Thérèse se mettait à parler comme un moulin, ça l'agaçait un peu. Même si, la plupart du temps, ils voyaient les choses d'un même œil, la façon de l'exprimer était parfois aux antipodes.

Jaquelin poussa un léger soupir d'impatience.

Comment sa femme pouvait-elle penser à se reposer, après une telle catastrophe ? À l'entendre, c'était comme si tout allait reprendre sa place en un claquement de doigts ! Le village en entier serait là pour eux. La nourriture et les vêtements allaient apparaître comme par magie et le gîte, en attendant la reconstruction, serait fourni par la tante Félicité…

« Tout le monde va nous aider » avait dit Marie-Thérèse.

Allons donc !

Jaquelin ne voyait pas la situation avec une même insouciance. Leur maison n'allait tout de même pas renaître de ses cendres en criant « lapin »…

À cette pensée, Jaquelin poussa un second soupir, plus long et plus bruyant. Marie-Thérèse allait devoir accepter que leur vie ne serait plus la même pour un bon moment, et c'était peut-être à lui que revenait le devoir de le lui faire comprendre. Voilà pourquoi il s'empressa de rétorquer, d'une voix un peu cassante :

— Je me reposerai ben quand je l'aurai décidé, quand j'aurai une petite idée de ce qu'on va faire à partir de demain…

Si les mots et la manière de le dire avaient quelque chose de froid, d'impersonnel, il n'en restait pas moins que le message était pertinent. Quelqu'un devait penser à l'avenir, au-delà du linge et des repas, et c'était son rôle à lui. Après tout, il était le père, le soutien de famille.

Intimidée par le ton employé, Marie-Thérèse recula d'un second pas, aucune réplique ne lui venant spontanément à l'esprit.

— C'est pas à toi de me dire quoi faire, poursuivit Jaquelin, le regard fixé sur les ruines qui ne fumaient presque plus. Retourne chez ta tante, Marie, on se reverra plus tard.

Tout en parlant, Jaquelin avait enfin tourné la tête vers sa femme. Il lui jeta un bref regard par-dessus son épaule et déclara froidement, parce qu'il ne voyait pas comment le dire autrement pour qu'elle comprenne, que lui ne voyait pas les choses sous le même angle qu'elle :

— Si toi t'as du temps à perdre, comme t'as l'air de le penser, prends donc quelques minutes pour réfléchir à ce que je pourrais écrire à mon père. On regardera ça ensemble ce soir.

Sur ce, Jaquelin revint face à la maison, signifiant par là que la conversation venait de se terminer.

Devant cette autorité manifeste, Marie-Thérèse comprit le message sans la moindre hésitation : la discussion était close et elle savait pertinemment qu'elle ne reverrait son mari qu'à la fin du jour. Par habitude, elle cacha son désappointement et son envie de se blottir tout contre lui. Après tout, Jaquelin n'avait pas tout à fait tort : ce n'était ni le bon moment ni le bon endroit pour échanger des familiarités. Le geste qu'elle avait osé tout à l'heure, en caressant ses épaules, devait l'avoir incommodé et il venait de le lui signifier.

Plutôt que de s'arrêter à sa déception, Marie-Thérèse s'obligea plutôt à ne voir que les belles qualités de son homme, dont ce sens des responsabilités, et elle accéléra le pas en direction de la maison de sa tante Félicité.

Entre femmes, toutes les deux, elles discuteraient, à leur manière, des jours à venir.

Elles apporteraient quelque remède à bien des petits problèmes du quotidien qui ne concernaient pas vraiment les hommes, dont celui des vêtements qui faisaient cruellement défaut, celui de la nourriture qu'il faudrait multiplier comme les pains et les poissons de l'Évangile, et celui des cahiers pour l'école qu'il faudrait bien remplacer.

Et tout cela avec de l'argent que Marie-Thérèse n'avait pas.

Mais tant pis !

Félicité Gagnon avait dit que la famille Lafrance allait s'en sortir et cette femme-là avait une expérience de la vie nettement plus grande que celle de Marie-Thérèse. Elle pouvait donc s'y fier.

Et surtout, toutes les deux, elles prendraient soin des enfants qui auraient sûrement besoin de réconfort.

Il y avait là de quoi occuper le cœur, l'esprit et le temps de n'importe quelle femme, durant toute une journée.

Avant même d'avoir franchi le seuil de la porte, Marie-Thérèse avait oublié sa brève déconvenue.

Quand Jaquelin se pointa finalement chez la tante Félicité, le soleil venait tout juste de se coucher. Le cordonnier avait parlé avec la plupart des hommes du village, venus aux renseignements, et il savait pouvoir compter sur eux.

Il pourrait compter aussi et surtout sur ses beaux-frères, venus le voir en délégation, avec son beau-père, Victor Gagnon, en tête. Ensemble, ils avaient discuté de la reconstruction.

— On va en parler au patron, quand on va rentrer au moulin, t'à l'heure, avait déclaré Ovila, l'aîné des frères de Marie-Thérèse, l'éternel célibataire et le parrain de la jeune Agnès. Il devrait pouvoir faire quelque chose pour toi. C'est un bon gars, le patron, pis il a une grosse famille, lui aussi. M'en vas te revenir là-dessus dans pas longtemps.

Malgré le fait que Jaquelin Lafrance ne se soit jamais vraiment mêlé à la vie paroissiale, tous les hommes du village ou presque avaient fait un détour par la maison du cordonnier. Ce geste, même empreint de curiosité, avait réconforté Jaquelin. Marie avait raison de dire qu'ils n'étaient pas seuls dans leur malheur. Ce soir, ils en reparleraient ensemble. Après tout, il s'était peut-être montré un peu dur à l'égard de sa femme, qui essayait de l'encourager.

Avant de quitter les ruines qu'il venait de fouiller minutieusement, Jaquelin s'était accordé un dernier moment d'introspection devant ce qui restait de sa maison. Il trouvait que, dans la pénombre, le trou béant laissé par l'incendie était moins visible, moins oppressant. Il se fondait à la noirceur naissante, ne laissant que l'obscurité habituelle de la nuit. Face à l'avenir qui s'ouvrait devant lui, ça semblait moins angoissant.

Puis, lueur d'espoir, Ovila était passé le voir à nouveau, en fin d'après-midi. Avec un peu de chance, avait-il annoncé, la maison allait bientôt renaître de ses cendres.

— Tu vas avoir tout le bois nécessaire pour entreprendre les travaux, Jaquelin. Les planches un peu moins droites pis les poutres mal équarries vont être à toi, gratis, pis autant que tu vas en avoir de besoin, à part de ça ! C'est le patron en personne qui me l'a dit. On a du bardeau de finition aussi. Pour toi. De la seconde qualité, mais il est beau pareil. Quant à la main-d'œuvre, tu sais que tu peux compter sur nous autres, pis sur pas mal d'hommes du village. Ça devrait pas traîner en longueur. Ça se fera pas du jour au lendemain, c'est ben certain, on a chacun nos jobs, pis l'automne est déjà ben avancé. Mais quand même... Je dirais qu'avant le printemps, tu devrais être revenu chez toi avec ta famille.

Voilà pourquoi, quand il entra enfin dans la cuisine de la tante Félicité, épuisé, mais soulagé, Jaquelin était porteur de bonnes nouvelles. Toutefois, avant même qu'il n'ouvre la bouche, ce qui attira son attention, ce fut le monticule de vêtements qui encombrait une bonne partie de la table, au point où il en oublia ce qu'il avait voulu annoncer dès son arrivée. Au premier coup d'œil, il eut même l'impression que la famille Lafrance allait se retrouver avec des garde-robes mieux garnies qu'avant l'incendie.

De toute évidence, de leur côté, les femmes n'avaient pas chômé.

Piteusement, Jaquelin souleva le léger barda qu'il avait à la main droite, tandis que de la gauche, il tenait par une poignée le lourd chaudron en fonte.

Malgré la journée éprouvante qu'il venait de vivre et l'énergie du désespoir qui l'avait porté tout au long de ses fouilles, le peu de biens qu'il avait récupérés tenait dans une besace improvisée.

Quant à l'argent, il avait été l'heureuse surprise de la journée. Heureusement intactes, de nombreuses pièces alourdissaient les deux poches de son pantalon, laissant entrevoir une certaine éclaircie devant eux.

Toutefois, l'odeur qui se dégageait de l'homme et de ses biens était si puissante, à la limite du supportable, qu'elle s'imposa rapidement dans la pièce pourtant de belle dimension.

Jaquelin avait tout juste posé le bout des pieds dans la cuisine de Félicité Gagnon que celle-ci se précipita vers lui, un doigt sous son nez pour obstruer ses narines.

— Tu parles d'une idée, toi, de rentrer cette poche-là pis ton chaudron tout noirci dans ma maison ! lança-t-elle d'une voix nasillarde.

Elle éloigna Jaquelin d'une main, tandis que de l'autre, en retenant son souffle, elle ouvrit tout grand la porte.

— Tu t'en rends peut-être pas compte, mon homme, mais ça pue sans bon sens, ton affaire ! expliqua-t-elle en poussant Jaquelin dans le dos. S'il te plaît, tu vas me laisser ça sur la galerie pour la nuit. J'y verrai demain… Pis tu vas aller dans le fond de la cour, à côté de la pompe à eau du jardin, pour te laver un peu. Tu sens la morue séchée ! À quoi t'as pensé, bonne sainte Anne ? M'en vas t'apporter une barre de savon pis des guenilles pour te laver, pis Marie-Thérèse va s'occuper de trouver du linge propre pour toi. Ça devrait pas être trop dur, on en a reçu plus qu'on en avait de besoin. Allez, Jaquelin, sors de ma cuisine !

La tante Félicité était bien la seule femme à laquelle Jaquelin obéissait sans la moindre opposition. Peut-être était-ce à cause de son âge, qui imposait le respect, ou encore en souvenir de ce lien d'amitié qui avait jadis uni Félicité Gagnon à sa propre mère.

De toute façon, qui, à Sainte-Adèle-de-la-Merci, ne respectait pas celle que tout le monde appelait « ma tante Félicité » ?

En effet, célibataire de son état, Félicité Gagnon avait servi de mère d'emprunt à bien des jeunes de la paroisse, au fil des années. Qui un conseil, qui un bol de soupe, une oreille attentive ou un lit pour la nuit, plusieurs avaient trouvé sous son toit le réconfort dont ils avaient momentanément besoin.

Dans son tout jeune âge, et avant que son père n'y mette un holà, Jaquelin Lafrance en avait usé et abusé, lui aussi, puisque la tante Félicité habitait à peine à deux pas de la maison du petit garçon qu'il était à l'époque.

Malheureusement, la vie étant ce qu'elle est, à cause de l'école et du travail à la cordonnerie, ils avaient été éloignés l'un de l'autre. Par son mariage, Jaquelin avait eu la chance de renouer les liens avec la vieille dame, et, s'il ne le montrait guère, il en était toutefois fort aise.

Jaquelin fit donc comme la tante Félicité le lui avait demandé et il ressortit de la maison sans discuter. Quand il y revint, de longues minutes plus tard, l'odeur de fumée qui se dégageait de lui, bien qu'encore présente, était toutefois tolérable. Affamé, Jaquelin s'installa à la table, à la première place venue, repoussant du bras une partie des vêtements qui l'encombraient. Il dévora tout ce qui se présenta devant lui, du pain à la tarte aux pommes, en passant par deux copieuses portions de bouilli.

Quand il fut bien repu, une tasse de thé à portée de la main, il demanda à voir les enfants.

— J'ai pas pu m'en empêcher, Marie : j'ai pensé à eux autres une bonne partie de la journée. J'aurais tellement aimé ça trouver quelques jouets qui leur appartenaient, mais il y avait pus rien. N'empêche que j'ai ben envie de les voir pareil.

— Ça se comprend. Pour les plus vieux, m'en vas aller les chercher tout de suite. Ils sont en haut, à préparer leurs lits de fortune pour la nuit. Pour les plus petits, par exemple, va falloir que t'attendes demain pour les voir. Ma sœur Henriette est venue chercher Ignace pis Angèle avant le souper. Nos deux plus jeunes vont être pas mal plus à l'aise chez elle qu'ici, rapport que ma sœur est mieux équipée pour voir aux tout-petits.

— C'est ben correct de même. Ça a plein de bon sens. J'irai les voir après la messe, demain matin. Pour l'instant, ce que j'ai à dire, ça regarde pas vraiment les plus jeunes, de toute façon. Ils comprendraient pas grand-chose à tout ce qui s'en vient. Mais je tiens à ce que les plus grands soient là, par exemple. D'une certaine manière, m'en vas avoir besoin d'eux autres. Pis de toi avec, Marie.

La décision que Jaquelin Lafrance avait prise concernant leur avenir immédiat tomba sur sa famille comme une calamité supplémentaire.

Les jeunes Lafrance, de Cyrille, l'aîné, à Conrad, le plus jeune à vivre chez la tante Félicité, en passant par Agnès et Benjamin, le regardèrent, décontenancés. Du haut de leurs six, huit, dix et douze ans, ils ne comprenaient pas trop ce qui se passait.

Quant à Marie-Thérèse, tout aussi désemparée que ses enfants, elle jeta un regard furtif vers sa tante.

Un imperceptible haussement d'épaules de la part de Félicité attesta que la vieille dame n'y comprenait goutte, elle non plus. Alors, Marie-Thérèse reporta les yeux sur son mari, en train de boire une gorgée de thé comme si de rien n'était.

Marie-Thérèse pinça les lèvres, signe chez elle d'un certain agacement. Mais qu'est-ce qui lui prenait de vouloir partir ainsi ?

Brusquement, Marie-Thérèse se sentit abandonnée, désemparée. Ça ne ressemblait pas du tout à Jaquelin de fuir ainsi ses responsabilités.

La jeune femme retint alors le long soupir de découragement qui avait soulevé sa poitrine, et elle le laissa filer tout en douceur, presque silencieusement, pour n'incommoder personne, surtout pas Jaquelin.

Toutefois, les mots entendus ramenèrent Marie-Thérèse à la réalité, qui la frappa de plein fouet : leur maison venait de brûler, ils avaient tout perdu, ils étaient encore tous ébranlés, et son mari venait d'annoncer, bien calmement, qu'il avait décidé de s'éloigner pour les prochains mois.

Sourcils froncés, la jeune femme fixa son mari sans dire un mot.

Il n'y avait rien à comprendre dans cette réaction imprévue, alors que, de toute évidence, Marie-Thérèse n'était pas d'accord.

Voilà donc tout ce que Jaquelin Lafrance avait à proposer pour prendre soin de sa famille, elle qui se retrouvait devant le néant ? Il allait partir pour les chantiers et les laisser se débrouiller sans lui ? Ça ressemblait à une fuite et Marie-Thérèse jugea que c'était inadmissible.

Habituée à ne jamais répliquer contre son mari en présence des enfants, et tout à fait d'accord avec ce principe, la jeune femme laissa tout de même échapper un gémissement d'incompréhension. Une fois n'étant pas coutume, les circonstances justifiaient amplement cet accroc à leurs habituelles conventions.

Une plainte échappée malencontreusement, certes, mais qui heurta aussitôt Jaquelin. Il se tourna vivement vers son épouse, alors qu'une ride d'impatience zébrait son front.

— Que c'est qui se passe, Marie ?

— Ce qui se passe ? arriva-t-elle à articuler, malgré le nœud de larmes retenues qui encombrait sa gorge. Il se passe que je comprends pas, Jaquelin. Je comprends pas pantoute. Tu peux toujours ben pas nous laisser tomber comme ça, les enfants pis moi. Ça a pas vraiment d'allure !

— J'abandonne personne, Marie. Ni toi ni les enfants. J'essaye juste de couvrir le manque à gagner. Tu peux toujours ben pas me reprocher ça, non ? Ça va être pour une saison, Marie. Juste pour la saison qui vient.

Tout en parlant, Jaquelin n'avait d'yeux que pour sa femme. Il lui semblait qu'il ne pourrait partir le cœur en paix que s'il arrivait à la convaincre du bien-fondé de sa décision.

— Après, m'en vas revenir à la maison, ajouta-t-il d'une voix qui se voulait apaisante, mais qui restait tout de même détachée, presque froide. Ça, c'est ben certain que j'vas revenir. Je te jure qu'au printemps, tout va reprendre sa place comme avant... Me semble que c'est pas dur à comprendre, ça ! On va tous être ensemble quand la maison va être prête, c'est promis.

Malhabile avec les mots, fort peu enclin aux longs discours, Jaquelin Lafrance était en ce moment le plus malheureux des hommes et cela se voyait jusque dans son regard. Habituellement, quand il était tout confus comme en ce moment, Marie-Thérèse venait à la rescousse de son mari. Mais pas cette fois-ci. Elle avait trop mal.

— Justement, la maison, commença-t-elle... Tu viens de nous dire que mes frères sont prêts à t'aider pour tout reconstruire ! C'est Ovila lui-même qui t'en a parlé. C'est ça que t'as dit, t'à l'heure ! Mon frère, c'est un gars de parole, tu peux t'y fier. S'il dit que la maison va être reconstruite, c'est vrai. Me semble que ça serait important que tu sois là pour y voir, toi avec, non ? Me semble que ça serait juste une sorte de respect envers ma famille, que tu sois là pour les aider. Pis si tout le monde y met du sien, toi comme les autres, la maison va monter plus vite. Me semble que ça aussi, c'est pas trop dur à comprendre. Pis toi, ben, tu perdrais pas la saison au grand complet.

Marie-Thérèse avait la sensation de jouer le tout pour le tout. Elle ne pouvait concevoir que Jaquelin la laisse toute seule pour veiller aux travaux. C'était pourtant ce qu'il venait d'annoncer et c'est aussi ce qu'il se dépêcha de confirmer.

— Quand ben même la maison serait prête au printemps de bonne heure, comme Ovila me l'a laissé entendre, je perdrais quand même assez d'argent pour nous mettre dans la gêne. De toute façon, pourquoi rester ? Tu viens de le dire toi-même : tes frères sont là. Pis ton père avec, il me l'a dit en personne. Ça fait que je peux partir tranquille,

Marie. Ta famille a surtout pas besoin de moi pour bâtir une maison. Pis ça, tu le sais.

— Parce que tu penses que tu vas être plus utile aux chantiers ?

La phrase, lourde de dérision, avait échappé à Marie-Thérèse. Elle n'arrivait toujours pas à comprendre et à accepter ce qui pouvait bien motiver son mari. La confiance absolue qu'elle avait toujours éprouvée à l'égard de son bon jugement était mise à rude épreuve. Elle restait persuadée que ce n'était pas en s'éloignant que Jaquelin Lafrance allait pouvoir aider sa famille. Ils avaient tous besoin de lui, de sa présence. Alors, elle se permit d'insister, tandis que les enfants, décontenancés par un tel dialogue entre leurs parents, se tenaient tête baissée, osant à peine respirer.

— Penses-y comme faut avant de…

— Tais-toi, Marie !

Jaquelin haussait rarement le ton, comme il venait de le faire. Marie-Thérèse en resta bouche bée. Embarrassée et surtout peinée, elle baissa la tête à son tour.

— On a pas à discuter de ça devant les enfants, poursuivit Jaquelin sur le même ton froid, dicté en grande partie par l'incroyable fatigue qu'il ressentait, mais aussi par un peu d'agacement devant l'entêtement de sa femme. On parlera pas de ça non plus devant ta tante Félicité. Ça regarde personne d'autre que toi pis moi, même si d'une certaine manière, on est tous dans le même bateau.

Sur ce, Jaquelin ne put contenir un long bâillement. Puis, d'une voix lasse, il poursuivit, épuisé tout autant par ce flot de paroles qu'il livrait depuis tout à l'heure que par les émotions vécues depuis la veille :

— J'ai ben jonglé avec tout ça durant la journée, Marie. J'ai ben pesé mon affaire, pis c'est ça que j'ai décidé. Je changerai pas d'avis. T'aurais beau m'asticoter jusqu'à demain, c'est ça qui est ça. De toute façon, selon ton frère, à cause de l'hiver qui est à nos portes, pis du travail de tout un chacun, on en a pour plusieurs mois avant que la maison soit prête. C'est ben en masse pour que je pense à faire autre chose pour gagner notre vie. Des mois de temps à rien faire, c'est trop de temps perdu pour moi. Aider tes frères à reconstruire, ça me rapporterait rien pantoute, tandis que monter aux chantiers, même si j'y connais pas grand-chose, ça va quand même me donner un peu d'argent. On va en avoir de besoin. Y a aussi mon père, qui va sûrement apprécier que je cherche à gagner notre vie, en attendant que je reprenne le métier. Comme je le connais, c'est ben important que je fasse de quoi pour m'occuper. Si en plus, il sait que la maison est en train de se faire rebâtir, pis que tout est sous contrôle, il devrait pas trop chialer. Savoir que ton père, qui se trouve à être son ami, va s'en occuper devrait suffire à calmer les humeurs du mien.

Rarement Jaquelin Lafrance avait-il autant parlé, avec une telle fougue et tout d'une traite. Lui qui ne voulait rien justifier devant les enfants venait de le faire d'éloquente façon.

Cependant, ce furent les deux dernières phrases que Marie-Thérèse retint, celles qui éclairaient la situation sous un angle nouveau.

La jeune femme venait de saisir ce qui motivait son mari et, brusquement, elle ne lui en voulait plus. Elle savait, elle avait toujours su l'emprise qu'Irénée Lafrance avait sur son fils. Oh ! Marie-Thérèse et Jaquelin n'en avaient jamais vraiment parlé ensemble. Le sujet était trop délicat pour que la jeune femme ose l'aborder. Mais certaines choses se disent à travers les silences. Et Marie-Thérèse faisait partie de ces femmes qui savent écouter, même le silence. Elle jeta un regard discret vers sa tante Félicité, et, à voir ses lèvres pincées, elle comprit que la vieille dame aussi avait tout deviné.

Bien que devenu un homme et malgré la distance qui le séparait d'Irénée Lafrance, Jaquelin craignait encore et toujours les foudres de son père.

Cela voulait dire que le pauvre homme devait être terriblement malheureux et inquiet. Sa réaction ne laissait aucun doute. Marie-Thérèse n'avait plus envie d'insister.

D'un geste furtif de la main, elle enjoignit Félicité de ne pas intervenir, elle non plus.

— D'accord, Jaquelin, murmura-t-elle enfin d'une voix très calme. Si tu penses que c'est ce qu'il y a de mieux à faire, on va t'écouter, pis on va faire comme tu dis.

— J'espère ben que vous allez m'écouter, Marie, parce que j'ai raison. Astheure, les enfants, ouvrez tout grand vos oreilles. C'est à vous autres que je veux parler. Vous êtes assez intelligents pour avoir compris ce que j'ai dit, pis pour savoir que les mois qui s'en viennent seront faciles pour personne. Ni pour moi, ni pour votre mère, ni pour vous autres non plus. Mais je sais, par exemple, qu'on est capables de passer au travers si on se serre les coudes, pis si vous nous aidez.

La liste des corvées fut succincte. Jaquelin, d'une voix très calme, résuma la situation, sans revenir sur la nuit terrible qu'ils avaient vécue, et leur demanda d'aider leur mère, comme jamais auparavant.

— Au moins durant le temps où moi j'vas être parti. Pis ça sera pas juste mettre la table pis faire la vaisselle, souligna-t-il. Ça, c'est quand tout va ben. Non, à partir de maintenant, tout ce que votre mère va vous demander de faire, vous le faites sans dire un seul mot. C'est-tu clair ?

— Ouais, c'est correct… Vous pouvez compter sur nous autres pour ça.

Cyrille, l'aîné, avait pris la parole au nom de ses frères et sœurs, comme il le faisait habituellement quand un des deux parents s'adressait à toute la famille. Si quelqu'un n'était pas d'accord avec ce qu'il avait déclaré, eh bien, ils en reparlaient plus tard, quand ils se retrouvaient entre enfants, loin des oreilles des parents.

D'un signe de la tête, Jaquelin montra qu'il appréciait une telle réponse. Puis il ajouta :

— Bon ben… C'est tout ce que j'avais à vous dire. Demain, c'est la Toussaint. Après la messe, c'est la criée sur le perron de l'église pour engager le monde pour les chantiers. On saura à ce moment-là si tout va marcher comme je l'espère. Astheure, au lit, tout le monde. C'est des grosses journées qui s'en viennent.

— Pis c'est une grosse journée qui vient de passer aussi.

Cyrille, qui n'avait pas la langue dans sa poche, tenait à faire cette précision. À entendre son père discourir comme il venait de le faire, sans la moindre allusion au feu, le jeune garçon avait l'impression un peu désagréable que la nuit dernière n'était plus qu'un banal incident. Pas un mot sur l'incendie, sur l'épouvante qu'ils venaient tous de vivre, sur les pertes que chacun pleurait. À ses yeux, c'était inadmissible que son père se soit contenté d'envisager l'avenir sans la moindre référence au drame.

Il y avait surtout que, du haut de ses douze ans, Cyrille voyait la situation avec son regard d'enfant et il avait grande envie d'être consolé.

Il avait eu peur, la nuit dernière, très peur, et ce n'était pas le fait d'être l'aîné de la famille qui allait y changer quoi que ce soit. Il avait frôlé la mort, il en était conscient, tout comme ses frères et ses sœurs, d'ailleurs. Il leur en restait à tous des tas de papillons dans le ventre. Cyrille le savait fort bien parce qu'ils en avaient parlé ensemble, tout à l'heure, avant le souper.

Quant à lui, même si d'être considéré comme un « grand » l'obligeait à taire la chose, le simple fait d'avoir à se rendre à l'étage pour passer la nuit lui tordait les entrailles et lui donnait envie de pleurnicher comme un bébé.

Que dire, aussi, de sa sœur Agnès, qui n'arrêtait pas de parler de sa poupée de cire, la belle Rosette, et qui la pleurait comme on pleure un être cher ?

Si, à première vue, les parents n'y voyaient qu'un jouet, Cyrille, de son côté, comprenait la tristesse de sa petite sœur. Lui, c'était sa collection de papillons qu'il avait perdue, et Conrad, son cheval de bois. Son jeune frère aimait tellement ce jouet, fabriqué par leur grand-père Gagnon, qu'il le réclamait pour dormir avec lui toutes les nuits.

Et tout ce que leur père avait trouvé à dire pour les réconforter, c'était qu'il allait partir, et qu'eux, ils devaient aider leur mère durant sa longue absence ?

Pour Cyrille, il y avait un vide à combler. Voilà pourquoi il avait osé parler des heures qui venaient de s'écouler, porteuses de malheur. Quand ils auraient fini de pleurer sur ce qui n'était plus, peut-être pourraient-ils souscrire aux demandes de leur père et essayer de regarder vers l'avenir.

Devant cette précision apportée par son fils aîné, Jaquelin se tourna aussitôt vers lui.

— T'as raison, Cyrille, approuva-t-il, au grand soulagement du gamin. C'est des choses pas mal difficiles qu'on vient de vivre là. Des choses terribles, je le sais. Pis je sais avec que tout le monde y a laissé quelque chose d'important. J'aurais ben voulu vous ramener de quoi, mais j'ai rien trouvé, mon pauvre garçon. Tout a brûlé. Mais faut pas s'arrêter à ce qu'on a perdu, Cyrille. Ça donnerait rien de passer notre temps à brailler sur les affaires qui sont pus là, parce que c'est pas ça qui pourrait les remplacer. C'est ben de valeur, mais c'est de même. Va falloir s'y faire. Pis ça donnerait pas grand-chose non plus d'avoir peur de la nuit à cause de ça.

Tout en parlant, Jaquelin avait soutenu le regard de chacun de ses enfants, à tour de rôle, pour que chacun comprenne que ce discours lui était personnellement adressé. Cyrille, Agnès, Benjamin, Conrad...

Il ne parlait pas souvent, mais quand il le faisait, il tenait à ce que chacun l'écoute et saisisse l'importance que lui-même accordait à ses propos. Comme à ce moment précis, malgré sa grande fatigue, il posait un regard de bonté sur le visage de chacun de ses enfants.

Les yeux dans le vague, Marie-Thérèse écoutait avec attention, tout comme sa tante Félicité.

— C'est un accident, Cyrille, poursuivit Jaquelin en revenant à son aîné. On sait pas vraiment ce qui a causé le feu, juste que ça semble avoir commencé dans la cuisine. Le poêle mal éteint ? L'annexe au charbon qu'on avait allumée parce que la nuit s'annonçait froide ? Peut-être, on le saura jamais vraiment. Je le répète, Cyrille, c'était un accident. Pis les accidents, ça arrive pas tous les jours aux mêmes personnes. Oublie jamais ça, mon gars, pis essaye de regarder en avant plutôt. À partir de maintenant, va falloir travailler ben fort. Tu vas le faire pour ta mère, c'est ben certain, mais tu vas le faire pour moi aussi, même si j'vas être loin pour un boutte. C'est un peu grâce à notre travail à tous mis ensemble que les choses vont finir par reprendre leur place. M'as-tu ben compris ?

— Oui, papa.

— Tant mieux. J'haïs ça être obligé de me répéter, surtout quand j'suis fatigué comme ce soir... C'est toi le plus vieux, Cyrille, ça fait que je compte encore plus sur toi pour donner l'exemple aux plus jeunes. Mais je peux comprendre que tout le monde ait de la peine, pis que tout le monde ait eu peur aussi. C'est juste normal. Moi aussi, vous saurez, j'ai eu peur... Ouais... J'ai eu ben peur de tous vous perdre.

Alors qu'il disait ces derniers mots, le regard de Jaquelin s'attarda sur la jeune Agnès, qui le dévorait des yeux.

Puis, d'une caresse maladroite, Jaquelin ébouriffa les cheveux de son aîné, suivie dans l'instant d'un geste de l'index montrant l'escalier.

— Allez, au lit, les enfants ! On se reverra demain pour la messe.

Les jeunes déguerpirent donc sans demander leur reste, suivis de près par Jaquelin, qui tombait de sommeil.

— Tu vas m'excuser, Marie, mais j'suis ben fatigué. Pour la lettre que je veux écrire à mon père, on fera ça demain, ensemble. T'as raison de dire que ça a été des grosses émotions, tout ça. Je pense que j'vas aller me coucher tout de suite.

— D'accord, Jaquelin... Moi avec, j'vas monter bientôt... Pis merci d'avoir parlé comme tu l'as fait avec les enfants. Ouais... C'était ben beau tout ce que t'as dit, pis ben vrai aussi. Ça fait comme une p'tite douceur sur notre grand malheur.

— J'ai dit ce que je pensais, Marie… Ouais, juste ce que je pensais… Astheure, m'en vas me coucher. Bonne nuit tout le monde. Pis merci encore, ma tante. Sans vous, je me demande ben ce qu'on deviendrait.

CHAPITRE 2

À Montréal, dans la paroisse Saint-Clément de Viauville, sur la rue Adam, dans un quadruplex de pierres grises

Au matin du vendredi 10 novembre, dans la cuisine d'un grand logement habité par la famille de Lauréanne, fille d'Irénée Lafrance, sœur de Jaquelin, et épouse d'Émile Fortin

LA LETTRE LEUR ÉTAIT PARVENUE LA VEILLE, comme de coutume. Si, habituellement, elle arrivait dans la plus parfaite indifférence, à l'exception d'Irénée Lafrance qui l'espérait toujours avec impatience, cette fois ce n'était pas le cas. Lauréanne avait même surveillé l'arrivée du facteur avec une certaine appréhension, sachant pertinemment ce que la lettre contiendrait. Elle savait aussi qu'elle n'aurait pas d'autre choix que de la remettre à son père, comme tous les mois depuis des années. Sinon il la réclamerait à grands coups de jurons, ce qui mettait Lauréanne hors d'elle.

Plus Irénée Lafrance vieillissait, et moins il était poli.

Quand Lauréanne l'avait finalement eue en main, cette fameuse lettre, la veille, en fin d'après-midi, elle l'avait soupesée et longuement observée la boule au ventre.

Voilà, elle n'avait plus le choix !

Sans hésiter, Lauréanne avait glissé l'enveloppe dans la poche la plus profonde de son tablier, comme si cela pouvait la faire disparaître. Elle y reviendrait plus tard, après le souper, quand son père serait bien gavé et qu'il s'installerait à côté du poste de radio pour écouter les émissions présentées par CKAC, nouvelle station à la mode, créée quelques semaines auparavant par le journal *La Presse.*

Au milieu des nouvelles données à la radio, celles venues de Sainte-Adèle-de-la-Merci seraient peut-être un peu plus faciles à avaler.

Néanmoins, le souper était terminé, son mari et son père avaient discuté de tout et de rien, comme d'habitude, puis Irénée s'était installé dans un coin de la cuisine avec sa pipe et son tabac, l'oreille à deux pouces de l'appareil. Lauréanne n'avait pas trouvé le courage de le déranger pour tout révéler à ses hommes, comme elle appelait affectueusement son père et son mari.

Pourtant, cela faisait une longue semaine que, tous les matins, au réveil, Lauréanne se promettait de tout dévoiler dans le courant de la journée. Au bout du compte, jour après jour, elle se couchait sans avoir rien dit.

Maintenant que la lettre était arrivée, la pauvre femme avait eu l'impression de passer la soirée dans un état second.

— T'es ben jongleuse, ma femme, lui avait même souligné Émile, quand elle l'avait finalement rejoint dans leur chambre à coucher.

Lauréanne avait alors joué les ingénues.

— Ah oui, tu trouves ? Me semble pourtant que je suis pas différente que d'habitude.

Épuisé, Émile s'était contenté de cette réponse, même s'il suspectait que sa femme ne lui disait pas tout à fait la vérité. Il avait étouffé un long bâillement avant de remonter la couverture sur ses épaules.

— Bon, si tu le dis…

Heureusement que son mari n'avait pas insisté, car Lauréanne aurait été bien mal à l'aise de tout raconter maintenant, pour ensuite tenter d'expliquer ce qui l'avait poussée à ne rien dire depuis de nombreux jours déjà.

Quand Émile s'était tourné sur le côté pour se laisser glisser dans le sommeil, un discret soupir de soulagement lui avait même échappé, avant qu'elle ne se serre tout contre lui.

Depuis le jour de leur mariage, ou presque, Lauréanne et son mari se couchaient relativement tôt, car ce dernier devait se lever aux aurores. En effet, Émile Fortin, à titre de maître brasseur, métier enviable, se devait d'arriver à la brasserie Molson à la pointe du jour. Ce métier bien rémunéré, s'il était exigeant, permettait à Lauréanne, en contrepartie, de rester à la maison pour s'occuper de son père, à défaut d'avoir à le faire pour leurs enfants. En effet, après seize ans de mariage, Émile et Lauréanne attendaient encore et toujours le passage de la cigogne, sans vraiment y croire encore.

La veille au soir, incapable de s'endormir rapidement comme de coutume, Lauréanne était restée un long moment les yeux grands ouverts sur la noirceur de la nuit, grisonnée ce soir-là par le reflet d'une lune paresseuse qui glissait entre les tentures.

La semaine qui se terminait avait été particulièrement éprouvante pour Lauréanne.

En effet, elle avait passé de longues heures à chercher les mots, à les répéter quand elle croyait les avoir enfin trouvés, pour finalement reculer quand l'occasion de parler se présentait.

Puis la lettre était arrivée.

Lauréanne avait alors compris qu'elle ne pourrait pas tergiverser plus longtemps. Si elle ne donnait pas cette lettre rapidement à son père, celui-ci allait sûrement la réclamer avec insistance et, c'était bien connu, l'impatience d'Irénée Lafrance n'était pas toujours facile à gérer, puisqu'elle se transformait invariablement en imprécations et en mauvaise humeur.

Dans les faits, si Lauréanne n'avait pas eu besoin de lire la lettre pour savoir ce qu'elle contenait, c'était que son voisin, Gédéon Touchette, dit M. Touche-à-Tout, vendeur itinérant de profession, lui avait tout raconté dans les moindres détails, et elle savait fort bien qu'on pouvait se fier à la parole de M. Touche-à-Tout, vendeur de babioles en tous genres.

En réalité, pas un village d'importance sur la rive nord du fleuve, entre Québec et Montréal, n'échappait à ses visites régulières et à son œil vigilant. Le vendeur s'était donc fait un devoir d'annoncer à Lauréanne, quelques jours à peine après l'événement, qu'un grand drame avait frappé la paroisse de Sainte-Adèle-de-la-Merci, et en pleine nuit, par-dessus le marché.

— Vous êtes pas au courant ? Ça parle au diable ! J'aurais vraiment cru qu'on vous avait prévenue... D'abord, je sais pas trop comment vous dire ça...

Les minauderies et les hésitations volontaires étaient chez Gédéon ce que les canapés étaient aux réceptions chez les gens de la haute société : une sorte de mise en bouche pour le plat de résistance, qui n'allait pas tarder. Gédéon Touchette s'écoutait parler un court moment, savourait les mots qu'il choisissait, dégustait les questionnements qu'il voyait naître dans le regard de son interlocuteur, puis, n'en pouvant plus, il finissait par lâcher le morceau avec une sorte d'indifférence calculée qui frôlait la suffisance. Cette fois-ci, il avait donc déclaré, d'une seule traite, que la maison familiale des Lafrance avait brûlé. Il n'en restait plus rien. Puis, sans tenir compte du regard incrédule de Lauréanne, figée d'horreur, M. Touchette s'était permis d'en remettre un peu.

— Même que votre frère est parti aux chantiers, avait-il lâché, toujours sur ce même ton détaché.

De toute évidence, le vendeur itinérant était au fait des moindres détails concernant l'affaire.

— Ouais... Jaquelin a quitté la paroisse dès le surlendemain, avait précisé Gédéon. Comme personne avait été blessé, il a décidé de monter dans l'arrière-pays pour ramasser un peu d'argent durant l'hiver. Du moins, c'est là ce que votre frère Jaquelin aurait déclaré avant de s'en aller.

À ces derniers mots, Lauréanne avait blêmi. Déjà qu'elle avait le souffle coupé, depuis le début de la confidence de Gédéon…

— Ah oui ? La maison de mon père a passé au feu, pis mon frère, lui, il a rien trouvé de mieux que de s'en aller dans le bois ? avait-elle réussi à articuler.

— C'est comme je vous dis ! C'est Gustave Ferron, le marchand général en personne, qui m'a tout raconté ça dans le détail. Il était là, lui, la nuit où la maison a flambé, rapport qu'il demeure pratiquement à côté.

Comme si Lauréanne l'ignorait ! Elle avait tout de même habité le village durant de nombreuses années.

— Ça fait qu'il doit ben savoir de quoi il parle, avait enchaîné Gédéon, imperturbable. Par après, comme de raison, j'suis allé voir les ruines. J'aime toujours mieux voir les choses par moi-même avant d'en parler aux autres. Il avait pas menti, le marchand général : il reste pus rien. Pis votre frère était déjà parti. Apparence qu'il m'avait oublié, parce que personne savait ce que je devais faire des agrafes pis des œillets qu'il m'avait commandés. Mais c'est pas trop grave. Je peux comprendre ça.

Gédéon Touchette avait le visage fendu d'un grand sourire, comme si la nouvelle avait de quoi réjouir.

— Eh ben…

Ce n'était pas le cas de Lauréanne et elle peinait à rassembler ses idées pour tenter de les accorder à ses émotions. Elle avait donc baissé les yeux, le temps d'encaisser le coup, le temps de laisser son cœur s'emballer devant une enfance envolée en fumée, avant de lui ordonner de se calmer, parce qu'après tout, personne n'était mort.

C'était bien ce que son voisin avait dit ? Personne n'avait été blessé et, malgré l'horreur de l'événement, c'était là l'essentiel.

Lauréanne avait donc respiré profondément pour ne pas trop se donner en spectacle, puis elle avait relevé la tête.

C'est alors qu'elle s'était heurtée au gros visage jovial de Gédéon Touchette.

Le sang de Lauréanne n'avait fait qu'un tour et le désarroi légitime qu'elle ressentait avait été remplacé illico par un grand, par un faramineux bouillon de colère.

— On dirait que ça vous fait plaisir, le malheur des autres ! avait-elle craché, prête à en découdre s'il le fallait.

Elle fulminait à un point tel que ses yeux lançaient littéralement des éclairs. Impressionné, Gédéon en avait ravalé son sourire.

— Pas du tout, ma petite madame, s'était-il empressé de rétorquer. Ça me réjouit pas pantoute, le malheur des autres. Que c'est qui vous fait dire ça ?

— Vous avez un grand sourire qui vous va d'un bord à l'autre de la face. Quand j'ai une face de même, moi, c'est que j'suis contente.

— Ben voyons donc ! Que c'est que vous allez penser là, vous ? Regardez-moi, madame Fortin. Regardez-moi ben la face. Vous voyez ben que je ris pus... C'est juste une déformation professionnelle, ça, là. Comme une seconde nature, j'y peux rien. Après tout, faut me comprendre, chus vendeur itinérant, pis j'ai pour mon dire qu'on attire pas les mouches avec du vinaigre. Faut ben que je gagne ma vie comme tout le monde !

— Ouais, mettons...

Lauréanne, qui connaissait le lascar depuis de nombreuses années déjà, n'était pas du tout convaincue de la sincérité de ses propos ni de ses intentions. Ce n'était pas le premier drame qu'il racontait sur le ton mielleux de celui qui boit du petit-lait. Et, malheureusement, ça ne serait pas le dernier non plus. S'il était vendeur itinérant pour gagner sa vie, comme il venait de le rappeler, Gédéon Touchette était aussi un rapporteur hors pair, le porte-panier de tous les faits et gestes des villages visités au cours d'une semaine.

— Vous pouvez me croire ! J'suis pas mal plus fiable que ben des journaux, disait-il régulièrement en bombant le torse, fier de ses révélations.

Habituellement, Lauréanne se moquait gentiment de son voisin quand, de toute évidence, il péchait par exagération. Néanmoins, cette fois-ci, l'événement la touchait de façon si personnelle qu'elle n'était pas d'humeur à en discuter avec lui, ni avec personne d'autre, d'ailleurs. Elle avait besoin de temps et de solitude pour digérer tout ça.

La conversation allait donc s'arrêter là.

Toutefois, Lauréanne estimait qu'il fallait que les choses soient claires entre eux, et ce fut pour cette raison qu'elle précisa, les yeux plantés dans ceux de son voisin :

— Astheure, mon bon monsieur, je vous saurais ben gré de rien dire à mon père. Pas un mot !

— Pourquoi ?

Curieux comme une belette et fouineur jusqu'au tréfonds de toutes les âmes rencontrées, Gédéon Touchette semblait franchement décontenancé.

— Me semble que ça le regarde, votre père, avait-il insisté. Après tout, cette maison-là lui appartient toujours. C'est lui-même en personne qui me l'a dit, l'autre fois.

— Ben justement ! Imaginez-vous le coup de massue que ça va lui donner, le pauvre vieux ! Perdre sa maison, à son âge, c'est comme commencer à mourir à p'tit feu, avant le temps. Pis j'veux pas faire de vilain jeu de mots en parlant de même ! Ça fait que j'vas lui annoncer la mauvaise nouvelle moi-même, au moment où j'vas décider de le faire. Vous, vous allez vous taire, parce que dans le fond, ça vous regarde pas pantoute, pis moi, de mon bord, j'vas attendre que mon père soit dans une de ses bonnes journées pour y parler. C'est-tu assez clair pour vous, ça ?

Le ton était tellement incisif que Gédéon en avait aussitôt oublié la réplique déjà toute prête qui lui chatouillait le bout de la langue depuis un instant.

— Oh ! Pour être clair, ça a l'avantage d'être ben clair. Si c'est ce que vous pensez, madame Fortin... Après tout, c'est vous qui savez quoi faire, hein ? C'est vous qui connaissez votre père.

— Vous pouvez pas si ben dire... Astheure, vous voudrez ben m'excuser, monsieur Touchette, mais j'ai encore ben des choses à faire avant le souper. J'ai une ben grosse fin de journée qui m'attend... Ça fait que je compte sur vous pour garder votre langue, pis je vous dis à un autre tantôt.

Sur ce, sans le moindre sourire de politesse, Lauréanne avait claqué la porte de son logement, laissant son voisin abasourdi sur leur balcon commun. Ouvrant la porte d'à côté, il était entré chez lui en grommelant.

— Tu parles d'un air bête ! Ça m'apprendra aussi à vouloir faire mon smatte. Si j'avais su...

Puis haussant le ton, il avait lancé :

— Janine ? T'es-tu là, ma belle Janine ? J'suis déjà revenu pis faut que je te raconte quelque chose d'important ! Tu me croiras jamais !

Au même instant, Lauréanne s'était réfugiée silencieusement dans sa chambre, à l'autre bout du corridor, en espérant que son père n'avait rien entendu des propos qui venaient d'être échangés à l'extérieur. Elle avait besoin d'être seule pour un moment, le temps de se ressaisir.

Les jambes en coton, Lauréanne s'était laissé tomber lourdement au pied de son lit, puis, machinalement, elle avait porté les yeux vers la fenêtre qui donnait sur la cour, là où sa lessive finissait de sécher, tout en battant mollement au vent. Lauréanne leva les yeux vers le bleu du ciel, comme si, au-delà des cordes à linge et des nombreux poteaux d'électricité, elle allait pouvoir apercevoir le clocher de son village.

La maison de son enfance n'existait plus...

— Tu parles d'une nouvelle, toi, aujourd'hui, avait-elle murmuré, franchement attristée. J'ai pus de maison où rapailler mes souvenirs... C'est ben de valeur, tout ça !

Ce n'est pas que cette maison eût été le témoin d'une jeunesse heureuse, ça aurait été mentir que de l'affirmer avec aplomb. Mais c'était quand même le lieu où étaient gravés les quelques souvenirs qu'elle gardait de sa mère. Notamment une photo des noces de ses parents, accrochée sur le mur de la cuisine, que son père avait tenu à laisser là pour que sa femme continue de veiller sur la maison, selon ses propres termes.

Son frère avait-il pu la sauver ?

Lauréanne poussa un profond soupir. En fait, elle n'entretenait aucun espoir de revoir cette photo un jour, puisque Gédéon Touchette lui avait dit que la maison avait été rasée !

N'empêche que sa mère avait dû veiller sur la maison, comme Irénée Lafrance le souhaitait, puisque personne n'était mort dans l'incendie.

Malgré cela, qu'est-ce que son père allait dire de tout ça ? Comment prendrait-il la nouvelle ? Et surtout, comment la lui annoncer en essayant de le ménager un peu pour éviter une colère épouvantable, pour éviter un excès de rage, de ceux dont il connaissait le secret, de ceux qui avaient toujours fait trembler la petite fille d'hier, et qui continuaient de faire trembler la femme qu'elle était devenue aujourd'hui ?

Irénée Lafrance n'avait plus de maison et il ne l'accepterait pas du tout. De cela, Lauréanne était convaincue.

Bien sûr, le vieil homme n'y habitait plus depuis de nombreuses années, mais cela ne l'empêchait pas de se vanter que cette maison-là, il l'avait construite de ses mains, et que, malgré les apparences, elle lui appartenait toujours. C'était un fait qu'il tenait à préciser, chaque fois qu'il parlait de Sainte-Adèle-de-la-Merci et de toutes les années qu'il y avait vécues.

— C'est un peu comme si la maison était à mon gars, c'est ben certain, parce que c'est lui qui reste dedans avec sa famille. Mais dans le fond, la maison est pas encore à lui. C'est juste quand j'vas mourir que ça va changer. Le notaire a un papier qui explique tout ça, pis un jour, la maison va être à Jaquelin, comme de raison. Mais pour astheure, c'est encore mon bien, pis j'y tiens.

Sachant tout cela, anticipant le pire, Lauréanne avait passé une semaine effroyable, à se demander comment elle allait pouvoir annoncer l'impensable à son père. Ce fut donc dans cet état d'esprit, que la veille, en fin de journée, elle avait glissé la lettre dans le fond d'une des poches de son tablier, parce qu'elle n'avait toujours pas trouvé le courage de parler.

Finalement, il aurait peut-être été plus facile de laisser Gédéon Touchette s'en charger !

Ce matin-là, la lettre était toujours dans la poche de son tablier. Et si l'argent du loyer avait été glissé dans l'enveloppe, comme son frère n'oubliait jamais de le faire, il y aurait aussi une très mauvaise nouvelle l'accompagnant.

Dans quels termes son frère s'était-il adressé à leur père ? Lauréanne l'ignorait totalement. Ça l'angoissait, certes, mais en même temps, son grand bon sens avait réussi à la convaincre qu'après tout, une mauvaise nouvelle comme celle-là, annoncée avec ménagement ou très froidement, resterait toujours bien une fichue mauvaise nouvelle. Alors, elle s'en balançait un peu, des mots choisis par son frère Jaquelin. Chose certaine, quels qu'ils soient, ces mots-là ne laisseraient certainement pas leur père indifférent.

Au bout du compte, ce fut à l'heure du midi que Lauréanne déposa la lettre dans l'assiette de son père, comme elle avait coutume de le faire.

Comme la nuit n'avait pas vraiment porté conseil et qu'elle n'avait toujours rien trouvé à dire concernant l'incendie, Lauréanne avait choisi de faire semblant de ne rien savoir.

Sans se douter de rien, Irénée Lafrance agrippa donc la lettre pour la glisser dans la poche de poitrine de sa chemise, sans avoir oublié, au préalable, de la palper pour voir si l'enveloppe contenait bien les six pièces de cinquante sous que son fils payait tous les mois en guise de loyer. Il fronça les sourcils parce que l'enveloppe lui semblait plus épaisse qu'à l'accoutumée, puis il réclama son repas, en assenant une petite tape guillerette sur la table.

— Envoie, grouille-toi, ma fille ! J'ai faim, pis astheure que j'ai reçu mon argent, m'en vas pouvoir aller acheter mon tabac.

Comme elle tournait le dos à son père, Lauréanne, oubliant momentanément l'essentiel de la lettre, leva les yeux au plafond. Comme si son père avait besoin de cet argent-là pour s'acheter du tabac ! Il n'en disait rien, ne s'en vantait surtout pas devant elle, mais Lauréanne savait fort bien que son père cachait un assez bon pécule sous son lit. Oh ! Elle n'était pas allée jusqu'à compter les pièces de monnaie ou l'argent en papier, elle avait bien trop peur d'être surprise en flagrant délit, mais l'ancienne boîte à café, tout bonnement cachée derrière la vieille valise en carton bouilli, pesait bien lourd !

Cette petite diversion ne dura qu'un instant et Lauréanne repensa aussitôt au message qui devait accompagner les pièces de monnaie. Ce fut suffisant pour qu'une assiette bien garnie apparaisse aussitôt devant les yeux d'Irénée Lafrance. Valait mieux éviter la moindre contrariété en satisfaisant chacun de ses caprices habituels, et être servi rapidement en faisait partie. Tout comme elle avait soigneusement choisi le menu du midi en fonction des préférences de son père.

— Tenez, mon père ! Votre assiette était déjà prête ! Des patates bouillies avec des chops de lard ben grasses, comme vous les aimez.

— Comme j'aime, comme j'aime ! Je préfère avec de la compote aux pommes, tu sauras, pis là, j'en vois pas dans mon assiette.

Irénée n'avait pas attendu d'avoir fini de parler pour se mettre à manger. Ce fut donc la bouche pleine qu'il poursuivit, les mots s'emmêlant aux bouchées. Des mots pas vraiment plaisants, enveloppés de bruits peu ragoûtants.

— De toute façon, tout le monde aime ça, des chops de lard ben grasses, c'est pas nouveau. Arrête de dire que tu fais du spécial juste pour moi, pis arrête, avec, de te montrer plus zélée que tu l'es. T'as toujours été de même, hein, ma pauvre fille ? Toujours en train de te vanter pour tout, tout le temps. C'est fatigant ! Tu peux pas savoir à quel point t'es fatigante, par moments.

Devant son père, Lauréanne avait appris à se taire depuis son plus jeune âge. Elle serra donc les lèvres pour contenir la réplique cinglante qui lui vint spontanément à l'esprit, et elle se contenta de se servir une toute petite assiettée. Non seulement elle anticipait le moment où son père lirait la lettre, et où cela lui couperait l'appétit, mais aussi, malgré une longue habitude de la chose, elle était peinée par ce qu'il venait de lui dire. Ce n'était vraiment pas dans sa nature de se mettre en avant, mais cela, son père ne l'avait jamais compris.

Lauréanne s'installa donc à l'autre bout de la table, loin de son père, et elle mangea du bout des lèvres, jusqu'au moment où Irénée réclama son dessert, après avoir bruyamment repoussé son assiette.

— Et mon dessert, lui ? Tu vois pas que j'ai fini mon assiette ? Faut-tu que je sois toujours obligé de tout demander pour que tu bouges ?

— Ben non, mon père, ben non. Je finissais ma bouchée, c'est tout... Ça sera pas long, m'en vas vous servir. J'ai fait du pouding au pain.

— Encore ?

— ... Je comprends pas. Je pensais que vous aimiez ça, du pouding au pain avec du sirop d'érable ?

— Ouais, j'aime ça... Mais quand ça revient trop souvent, par exemple, on dirait que c'est moins bon... Pis laisse donc faire ! J'ai pus faim ! M'en vas aller faire mes commissions... Attends-moi pas avant le souper. Je veux me rendre jusque chez Morgan. J'ai besoin d'un pardessus pour l'hiver. M'en vas me payer ça avec l'argent de Jaquelin. J'vas me rendre en ville à pied parce qu'il fait soleil pis pas trop froid, pis m'en vas revenir avec les p'tits chars après mon magasinage. On se revoit t'à l'heure !

Et, sans plus de cérémonie, Irénée Lafrance quitta la cuisine.

Quelques instants plus tard, un juron...

Lauréanne sursauta.

Le cri avait jailli exactement à l'instant où la fille d'Irénée commençait à croire que son père allait partir sans ouvrir l'enveloppe. Lauréanne était justement en train de se dire que si son père la lisait en cours de route, le gros de sa colère ne passerait pas sur elle. Ou peut-être encore, pressé de s'en aller, allait-il se contenter de prendre l'argent, sans lire la lettre tout de suite, les grosses pièces de monnaie collées les unes à côté des autres sur un petit carton blanc. Oui, ce fut précisément à l'instant où Lauréanne commençait à soupirer de soulagement que le juron lui parvint.

— Baptême de maudit sacrament !

Lauréanne ferma les yeux d'exaspération devant ce chapelet de jurons, puis, incapable de se retenir, elle lança :

— Mon père ! Vous le savez ben que les gros mots sont pas…

— Fiche-moi patience avec tes règlements, maudite fatigante ! J'ai le droit de dire ce que je veux, tu sauras. Pis c'est pas de ma faute, si je jure comme ça, c'est de la faute à ton frère. C'est juste un sacré bon à rien. Un vrai sans-dessein !

La voix d'Irénée semblait de plus en plus proche de la cuisine.

Lauréanne ferma les yeux un moment, essayant ainsi de calmer la peur qui montait en elle au rythme des pas qui approchaient. Bien qu'elle ne soit plus une enfant, elle ne s'y ferait jamais : les colères de son père lui faisaient toujours battre le cœur et perdre tous ses moyens.

— J'aurais donc dû me méfier, aussi ! clamait Irénée. J'aurais donc dû savoir qu'il serait pas capable de se débrouiller tout seul… Pourquoi je lui ai fait confiance, maudit calvaire ?

Tout en hurlant sa colère, Irénée Lafrance était revenu sur ses pas. Bien campé sur ses deux jambes, occupant tout l'espace dans l'embrasure de la porte, parce qu'il était plutôt costaud, même à soixante-sept ans, il regardait sa fille avec une lueur mauvaise au fond du regard.

Brusquement, le vieil homme cessa ses vociférations.

Irénée envisagea alors Lauréanne avec suspicion, sourcils froncés, lui trouvant tout à coup un drôle d'air, ce qui attisa aussitôt sa colère.

Il y avait de la connivence dans l'air, Irénée l'aurait juré !

Alors, il inspira bruyamment avant de reprendre de plus belle.

— Tu le savais, ma bonyenne, hein ? Avoue que tu le savais pis que t'as décidé de rien dire !

Irénée Lafrance crachait chacun des mots en respirant comme un taureau furieux. Il avait la douloureuse sensation que plus de cinquante ans d'ouvrage avaient été anéantis à cause de la négligence de son fils, et, pour l'instant, il voyait en Lauréanne une complice de la nonchalance de son bon à rien de garçon.

— Jaquelin... Maudit Jaquelin !

Pourquoi le Ciel avait-il permis qu'il ait des enfants pareils ?

— Tu le savais, hein ? demanda-t-il encore une fois, vrillant sa fille d'un regard accusateur.

Chaque mot prononcé ou presque était souligné par une taloche assenée du plat de la main, sur le mur derrière lui, et à chaque claquement sec, Lauréanne sursautait. Curieusement, elle se rappela qu'à une époque c'était Jaquelin qui recevait les gifles de colère de leur père et non le mur. Ce souvenir lui coupa toute envie de répondre.

— Je comprends, astheure, pourquoi tu parlais pas ben ben depuis quelques jours, poursuivit Irénée, toujours emporté par une colère hors de contrôle. J'aurais donc dû essayer de te tirer les vers du nez... C'était ça, hein, tes chops de lard pis ton pouding au pain, t'à l'heure ? Tu devais savoir ce qu'il y avait dans la lettre de Jaquelin pis tu voulais me flatter dans le sens du poil pour me faire avaler la pilule... Sacrament, Lauréanne ! À quoi t'as pensé ? Allez-vous finir, toi pis ton frère, de toujours me prendre pour un cave ?

— C'est pas vrai, ça ! arriva enfin à placer Lauréanne, tandis que son père reprenait son souffle.

La pauvre femme sentait le besoin irrépressible de se défendre. Elle n'était pas responsable du malheur qui tombait sur leur famille et elle tenait à ce que son père le comprenne. Sinon, la vie au quotidien risquait de devenir infernale. De toute façon, depuis son réveil que Lauréanne avait décidé de jouer à celle qui ne savait rien. Alors, elle allait poursuivre la comédie jusqu'au bout.

— Je vous ai jamais pris pour un idiot, pis vous le savez... Dites-moi donc... C'est quoi que j'aurais dû savoir de même, mon père ? Vous parlez pis vous criez pour quelque chose que je sais pas. Je vous suis pas trop, moi, là.

— Ah non ? Tu me suis pas ? Pis tu penses que j'vas avaler ça ? Tu mens, ma pauvre Lauréanne ! Tu l'as d'écrit dans la face, que tu mens. Penses-tu vraiment que j'vas croire que tu savais pas pour la maison ? Tiens, tiens... Regardez-moi donc ça ! J'ai dit le mot « maison » pis t'as tout de suite viré au rouge tomate, ma pauvre fille ! C'est ben clair que t'étais au courant qu'on avait passé au feu pis qu'y restait pus rien... Ça doit être le Gédéon, encore, qui t'a raconté ça... Ça t'aurait pas tenté de m'en parler ? Après tout, cette maison-là est encore à moi... Mais non, t'as rien dit. Des fois je me demande si t'es plus brillante que l'autre... Par-dessus le marché, ton frère a décidé de partir pour les chantiers. C'est ça que Marie-Thérèse a écrit dans la lettre. Parce que je sais ben que c'est elle qui a écrit tout ça, ton frère est pas capable d'aligner deux mots de suite qui ont de l'allure... Pauvre imbécile ! C'est qui, astheure, qui va voir à reconstruire MA maison ? Hein ? Tu le sais-tu, toi ? C'est toujours ben pas les beaux-frères Gagnon qui vont tout décider à ma place. C'est juste normal que cette gang-là donne un coup de main, on est tous un peu de la même famille, mais c'est pas à eux autres d'établir comment on va la reconstruire, cette maison-là. Victor Gagnon a beau être un ami, pis que j'y fais confiance, ça change rien au fait que ton frère aurait dû rester au village pour voir à tout. Pis ça, c'est sans parler de la clientèle ! Si ton frère est pas là, qui c'est qui va s'occuper de la clientèle que j'ai mis des années à bâtir, pis à servir, cinquante-deux semaines par année ? C'est ben clair que le monde de Sainte-Adèle-de-la-Merci va aller voir ailleurs parce que tout le monde a besoin d'un cordonnier, un jour ou l'autre. Pis dis-toi ben, ma fille, que c'est pas juste dans notre paroisse qu'il y a un cordonnier... Qu'il y avait un cordonnier... Sacrament, me v'là qui dis les choses au passé en parlant de ma cordonnerie... Ça me fait mal là ! lança Irénée Lafrance en se frappant la poitrine à grands coups de poing. Ton frère aurait jamais dû prendre une décision comme celle-là sans m'en parler. J'y aurais dit, moi, qu'y serait ben mieux de se regreyer d'outils, pis de s'installer ailleurs dans le village en attendant la reconstruction, question de continuer à servir les habitants de la paroisse. Me semble que c'est pas compliqué à comprendre, ça ? Astheure que Jaquelin est pus là, c'est comme rien que tout le monde va aller au village d'à côté pour faire réparer ses souliers, pis on sait tous que des nouvelles habitudes, ça se prend vite. Pauvre idiot, pauvre imbécile... Y a jamais été capable de réfléchir dans le sens du monde... Voir que ça a de l'allure de se sauver de même... Sacrament... Ton frère, c'est rien qu'un maudit imbécile de sans-génie !

Quand son père dépassait les bornes comme en ce moment, quand les imprécations étaient truffées de jurons, quand les propos étaient empreints de mesquinerie, quand du plat de la main il frappait le mur derrière lui, ponctuant son discours, Lauréanne avait la désagréable impression de ne plus rien avoir dans la tête, son esprit se vidant au rythme accéléré des cris de son père. Pourtant, en temps normal, Lauréanne était plutôt vive et sûre d'elle-même, capable de tenir la dragée haute à n'importe quel interlocuteur. Toutefois, devant son père en colère, injuste et vociférant, elle redevenait aussitôt la gamine qui avait remplacé leur mère à la maison, essayant de toutes ses forces d'enfant de plaire à cet homme irascible qu'était Irénée Lafrance, sans jamais y parvenir réellement, sauf parfois le temps d'un pâté chinois ou d'un pouding au pain un peu mieux réussi.

L'espace d'une seconde, Lauréanne regretta amèrement de ne pas avoir donné cette maudite lettre la veille au soir, quand Émile était à la maison. Devant son gendre, Irénée Lafrance avait appris à contenir son mauvais caractère parce qu'Émile Fortin avait fort bien réussi dans la vie et que, pour cette raison, il méritait tout son respect. De plus, Émile était bien la seule personne à être capable de tenir tête à Irénée Lafrance sans attirer ses foudres. Cet homme-là avait un doigté naturel avec les gens, une diplomatie qui enlevait toute velléité de discorde.

À quoi Lauréanne avait-elle pensé, grands dieux, en repoussant l'échéance jusqu'à l'ultime limite, sans demander l'intervention de son mari ? Pourquoi avait-elle cherché à ménager son père ? Ménageait-il les autres, lui, quand quelque chose ne faisait pas son affaire ?

Sans dire un seul mot, retenant presque son souffle pour contrer les larmes qui menaçaient de déborder, Lauréanne essuya la mauvaise humeur de son père jusqu'à ce que ce dernier ait épuisé tout le vocabulaire qu'il connaissait pour exprimer sa rage.

Au moins Irénée n'avait-il jamais levé la main sur sa fille et ce ne fut pas ce matin-là qu'il commença, malgré la gravité de la situation.

Tout aussi brusquement que la tempête s'était levée, elle s'apaisa. Irénée poussa un long soupir, il fit quelques pas dans la pièce, regardant tout autour de lui, comme s'il revenait d'un long voyage, puis il se laissa lourdement tomber sur la chaise berçante, visiblement épuisé, ébranlé.

Pour la seconde fois, s'il prenait le décès de sa femme en considération, Irénée Lafrance avait la pénible sensation que sa vie venait de s'écrouler.

Qu'avait-il bien pu faire pour mériter un tel châtiment ?

Elle avait pourtant si bien commencé, cette vie de cordonnier !

À dix-sept ans, au décès de son père, son oncle Ferdinand lui avait proposé de devenir son apprenti.

— Je le sais ben que t'es pas fait pour le travail de la terre, mon pauvre garçon. Ça se voit comme le nez au milieu de la face, depuis que t'es un gamin ! Je me demande ben ce que tu pourrais faire d'une terre à labourer ! Loue à tes voisins les champs dont tu viens d'hériter pis viens me rejoindre à la cordonnerie.

La proposition n'était pas tombée dans l'oreille d'un sourd, car effectivement, le vieil oncle Ferdinand avait vu juste : Irénée détestait le travail de la terre, des labours aux récoltes, et l'obligation de devoir aider son père avait toujours exacerbé sa nature prompte et facilement irritable !

En quelques semaines à peine, tous, au village, avaient compris que l'irascible Irénée venait de trouver chaussure à son pied, car contre toute attente, on l'avait vu esquisser quelques sourires. Il faut dire, cependant, qu'il y avait matière à pavoiser !

En quelques mois à peine, le jeune homme avait hérité d'une terre de belle dimension, laquelle avait été louée sans trop de difficulté. Il s'était trouvé un travail à son goût et il avait rencontré la belle Thérèse, lors d'une fête au village voisin. Il venait d'avoir dix-huit ans et il était le plus heureux des hommes. Pour compléter le tout, un mariage en grande pompe avait suivi dans l'année.

À cette époque, la cordonnerie n'était qu'un petit bâtiment sans envergure, mais judicieusement situé en plein cœur du village. Matin et soir, Irénée embrassait sa Thérèse et il quittait le deuxième rang Ouest pour venir au village afin de seconder le vieux Ferdinand, sans jamais se plaindre.

Le jour où son vieil oncle célibataire avait cassé sa pipe et que, pour une seconde fois en quelques années à peine, Irénée Lafrance avait été désigné comme unique héritier, la décision s'était prise d'elle-même : il vendrait la terre ancestrale qui ne lui était d'aucune utilité. Et, avec l'argent ainsi récolté, il construirait une maison sur le terrain de la cordonnerie afin de loger sa famille, puisque sa Thérèse attendait enfin le passage de la cigogne. Désormais, Irénée n'aurait plus à se déplacer matin et soir et il en était fort aise.

Il venait d'avoir vingt-cinq ans.

Dans les mois qui suivirent la construction, la petite Lauréanne vint au monde.

Ce furent les plus belles années de la vie d'Irénée, celles où on le vit sourire le plus souvent.

La naissance de Jaquelin avait toutefois anéanti ses espoirs d'une belle et longue vie aux côtés de son épouse.

Le bébé avait à peine poussé un premier vagissement que la sage-femme lui annonçait que son épouse n'avait pas survécu à la naissance de ce gros garçon de plus de dix livres.

À partir de ce jour, Irénée n'avait plus jamais souri, même si, d'une certaine façon, la vie s'était montrée généreuse à son égard, lui permettant de gagner honorablement son pain et même plus.

Et voilà que du labeur de toute une existence, il ne restait que cendres et tristesse.

Irénée n'était pas certain de pouvoir s'en remettre un jour.

À l'autre bout de la cuisine, Lauréanne n'osait toujours pas intervenir. Elle savait par expérience que le moindre mot jugé inacceptable par son père, que le moindre geste trop bruyant aurait le désagréable pouvoir de relancer le bal des imprécations. Elle sentait la présence brûlante de son père dans son dos et c'était amplement suffisant pour la garder silencieuse.

Lauréanne attendit un bon moment avant de se retourner lentement pour se diriger vers la table afin de retirer les couverts, le plus discrètement possible. Ensuite, toujours sans dire un mot, elle reprit sa place devant l'évier, le regard s'évadant vers la cour. Ce ne fut qu'au moment où elle entendit son père se relever qu'elle osa faire couler un peu d'eau dans le grand lavabo de porcelaine blanche pour commencer à faire la vaisselle.

— M'en vas faire mes commissions, répéta alors Irénée Lafrance, calmement, avant de quitter la cuisine.

Son père était tellement placide que Lauréanne eut l'impression qu'elle venait de rêver cet intervalle de fureur, que la tempête qui avait traversé sa cuisine n'avait tout simplement pas existé.

— Attends-moi pas avant le souper, j'en ai pour un petit boutte.

La voix était lasse et les mots prononcés par Irénée Lafrance s'échappaient avec lenteur. Lauréanne se demanda si c'était une bonne idée qu'il quitte la maison ainsi, tout seul, pour quelques heures. Malgré tout, cet homme-là était son père et il devait être bouleversé.

Et s'il faisait un malaise ?

Un imperceptible haussement d'épaules scella cependant la décision de ne pas intervenir. Selon le médecin consulté pour une vilaine toux, son père était un homme en parfaite santé, et elle-même avait eu sa dose de jurons pour au moins toute une semaine.

— C'est ça, mon père, murmura-t-elle finalement, le bout des doigts trempant dans l'eau chaude qui montait tranquillement au fond de l'évier. Bon magasinage quand même.

— Merci ben.

Quelques jours plus tard, Marie-Thérèse reçut un télégramme lui annonçant l'arrivée de son beau-père, Irénée Lafrance, à la gare de Sainte-Anne-de-la-Pérade le mercredi en milieu de journée.

« Et envoie quelqu'un pour venir me chercher à la gare », avait-il écrit en guise de conclusion.

Le message était clair et Marie-Thérèse leva un regard accablé vers sa tante Félicité.

— C'est pas vraiment poli ce que j'vas dire là, ma tante, mais me semble que j'avais pas besoin d'y voir la face, à lui. Que c'est qu'il s'imagine, le beau-père ? J'ai pas ça, moi, une machine à moteur ou un buggy avec un cheval pour aller le chercher aussi loin, soupira Marie-Thérèse. Pis en plein milieu de la semaine, comme ça, mes frères travaillent au moulin, dix heures par jour. Je peux pas leur demander d'aller à La Pérade à ma place… En plus, le beau-père dit même pas où c'est qu'il va coucher. Gratteux comme il est, il ira sûrement pas à l'hôtel.

À ces mots, Félicité leva un regard résolu vers sa nièce.

— Ça, c'est sûr qu'Irénée ira pas à l'hôtel. Aussi sûr que ma maison est trop petite pour le recevoir à coucher chez moi. Le beau Irénée aura juste à aller chez son cousin Raoul.

— Raoul ? Je pense pas, moi, que c'est ça qu'il a dans l'idée, le beau-père. Je l'ai jamais vu fréquenter son cousin Raoul. Pas très souvent, en tous les cas.

— Et ? Que c'est que ça change ? Ça me dérange pas une miette, moi, ce qu'Irénée Lafrance peut ben penser ou espérer. Ici, ma belle, c'est ma maison. Je l'ai achetée du père Anatole Picard, quand j'avais tout juste vingt-six ans, pis je l'ai payée moi-même de la première à la dernière pièce, avec les cours de piano que j'ai donnés au couvent durant toute ma vie. Ça fait que j'estime que ça me donne le droit d'ouvrir ma porte à qui je veux. Si Irénée Lafrance espère venir chez moi pour une visite ou ben pour un repas, j'suis ben d'accord, pis ça va me faire plaisir de partager ma table avec lui. Mais il viendra pas coucher dans ma maison, par exemple, ou je m'appelle pas Félicité Gagnon. Cet homme-là est trop malcommode pour que j'aie envie de l'endurer plus que quelques heures à la fois. Astheure, on va essayer de trouver quelqu'un pour aller le chercher à La Pérade. Pour ça non plus, faut pas trop compter sur moi. Un long bout de route à l'entendre chialer sur un peu tout, ça dépasse mon bon vouloir. Pis ça sera pas toi non plus, ma pauvre fille, qui vas se taper cette corvée-là. T'en as déjà plein les bras, à voir aux enfants, pis à tout le reste, sans ton mari. Ça fait que ma vieille jument va rester ben sagement dans l'écurie, pis nous deux, on va rester ben calmement dans ma cuisine, pour attendre la visite de ton beau-père. Laisse-moi m'occuper de tout ça, ma belle fille ! J'ai ma petite idée là-dessus.

Ce fut ainsi qu'Irénée Lafrance arriva au village, le mercredi suivant, à l'heure du souper. Félicité n'avait pas eu à demander quoi que ce soit, car le père de Marie-Thérèse, devinant que cette visite ne serait facile pour personne, s'était offert pour aller le chercher à la gare de Sainte-Anne-de-la-Pérade.

— Je le sais ben, va, qu'il est pas facile, Irénée Lafrance. Il l'a jamais été, avait-il déclaré spontanément à sa sœur Félicité, quand celle-ci lui avait parlé du télégramme reçu. Déjà, à la petite école, le grand Irénée était pas mal critiqueux sur tout, mais c'est quand même mon ami, pis le beau-père de ma fille… On va s'occuper de tout ça, inquiète-toi pas ! J'ai pour mon dire que c'est aussi ben que ça soit moi qui aille le chercher. Entre amis, justement, on va pouvoir jaser de tout ce qui est arrivé sans lever le ton.

Pis crains pas, Félicité, m'en vas y passer une chambre, le temps qu'il faudra. J'vas en parler avec Lucienne, mais je suis certain que ma femme va être d'accord avec moi. Comme je la connais, l'invitation va venir d'elle-même parce que ta belle-sœur a l'œil vif ! Ma femme va vite comprendre que ça va être mieux pour tout le monde si Irénée vient crécher chez nous.

Témoin de cette conversation entre sa tante et son père, Marie-Thérèse avait poussé un soupir de soulagement.

— Merci, papa. C'est gentil de penser comme ça. Si vous saviez comment c'est pas facile de vivre toute seule avec les enfants, dans une maison qui est pas chez eux... Me semble que d'avoir le beau-père sur le dos, en plus de tout le reste, ça aurait été la goutte de trop.

— C'est ben ce que je me suis dit en lisant les mots du télégramme. Pas besoin de jongler longtemps pour comprendre qu'Irénée est pas de bonne humeur, ma pauvre fille. J'vas donc m'en occuper.

— Vous êtes ben fin, papa !

— Comment tu veux que ça soit autrement, ma pauvre enfant ? avait ajouté Félicité, malicieuse. C'est normal, dans la famille Gagnon, d'être gentil. Tu l'avais jamais remarqué avant ?

Ce fut ce soir-là, pour une première fois depuis la nuit de l'incendie, que Marie-Thérèse pensa à son mari sans verser la moindre larme. Alors qu'elle se trouvait bien emmitouflée sous les couvertures, seul l'ennui de son homme faisait aller son cœur à toute vitesse et se languir son corps en manque d'affection.

Demain, elle écrirait une longue lettre à Jaquelin. Elle lui raconterait le quotidien devenu le sien par la force des choses. Elle ferait une petite histoire de tout ce qui se passait au village, car lui aussi devait s'ennuyer des siens. Le sommeil la prit par surprise, tandis qu'elle répétait les mots qu'elle voulait écrire.

Au bout du compte, la visite d'Irénée Lafrance dans la paroisse de Sainte-Adèle-de-la-Merci n'avait pas duré plus de quarante-huit heures, et elle avait commencé par un moment de recueillement devant le trou béant laissé par la maison détruite. Le plus gros des ruines avait déjà été ramassé, car personne ne voulait être surpris par la première neige, qui ne devrait plus tellement tarder !

Irénée était resté immobile et silencieux, dans une posture évoquant étrangement celle prise par son fils au moment de l'incendie. Les mains dans le dos, les deux pieds en équilibre instable sur la terre gelée, il avait longuement contemplé la cheminée, seul vestige de cette maison qui avait été sa grande fierté durant de longues années.

— Mon Dieu que c'est dur de voir ça ! avait-il murmuré, bien plus pour lui que pour son ami Victor Gagnon qui, le comprenant, n'avait rien répondu.

Après un très long moment d'introspection, Irénée avait enfin accepté de suivre son ami jusque chez lui.

— J'irai voir ta fille pis mes petits-enfants, demain matin. Pour astheure, j'suis fatigué, ben fatigué... T'aurais pas ça, par hasard, un peu de fort, chez vous ? Même de la bagosse ferait l'affaire. J'suis pas un gros buveur, mais me semble que ça me ferait du bien en dedans. J'ai l'impression d'être gelé jusqu'à la moelle des os !

La soirée avait été consacrée aux souvenirs de toutes sortes.

Le lendemain, Irénée en avait profité pour saluer quelques amis avant de faire un saut chez Félicité, puisque Victor lui avait appris que c'était avec Marie-Thérèse qu'il pourrait discuter de la reconstruction. Au souper, Irénée Lafrance avait déclaré qu'il était prêt à repartir.

— Astheure que j'ai vu ma bru pis mes petits-enfants, m'en vas retourner à Montréal. Je me suis ben entendu avec Marie-Thérèse, pis elle sait exactement quoi faire pis comment le faire. À partir de là, pourquoi est-ce que je traînerais par ici ? J'ai pus l'âge ni l'envie de reprendre le marteau... C'est fou, mais je pensais que le fait de voir un peu de mon ancienne maison allait ramener quelques souvenirs, mais il s'est rien passé. Peut-être ben parce qu'il y a pus rien à voir, rapport qu'il y a pus rien de ma maison. Juste une cheminée, maudit calvaire !

— Garde tes jurons pour toi, Irénée Lafrance. J'aime pas t'entendre parler comme ça.

— Je parlerai comme j'veux, Victor Gagnon... Je voudrais ben te voir à ma place, toi ! Pas sûr que tu parlerais comme un monsieur, si t'avais tout perdu comme moi.

— C'est vrai que ça doit être dur de vivre ce que t'es en train de vivre... J'ai jamais dit le contraire, pis je le penserai jamais non plus. N'empêche que ça doit être ben pire pour ton Jaquelin pis pour ma fille.

À ces mots, la réflexion suivante d'Irénée n'avait pris qu'une fraction de seconde à franchir sa bouche, preuve qu'il y avait longuement pensé.

— Pour ta fille, je dis pas, approuva-t-il dans l'instant. C'est vrai que ça doit être difficile de vivre ailleurs que chez elle avec la tripotée d'enfants qu'elle a. Mais pour mon fils ? Voyons donc ! Si elle avait eu autant d'importance que ça, la maison, Jaquelin serait resté par ici. Tu penses pas, toi ?

Le temps d'une courte inspiration chargée d'impatience, puis Irénée avait poursuivi, sans attendre de réponse :

— Ben non, il est pas resté au village ! Mon fils s'est sauvé comme un voleur. Il s'est débarrassé de la corvée, le maudit lâche ! Viens pas me dire, Victor, que tu penses vraiment que c'est dur pour lui.

— Pour sûr que je pense chacun des mots que je viens de te dire. Dans le fond, un dans l'autre, je reste convaincu que c'est Jaquelin qui a tout perdu. C'est juste une manière de dire quand tu répètes à qui veut l'entendre que la maison t'appartient encore. C'est un fait sur papier, je te l'accorde, mais dans la réalité, c'était Jaquelin qui habitait cette maison-là avec sa famille, pis c'était là en plus qu'il travaillait. C'est une moyenne claque en pleine face qu'il vient de recevoir, ton gars. Toi, tes biens pis tes souvenirs d'importance, ils sont rendus à Montréal, ils sont pas ici. Pis en plus, t'as pas besoin de gagner ta vie. Comme on dit, ton avenir est derrière toi. C'est sûr que ça te revire un homme quand même, de voir sa maison détruite, on serait découragé à moins que ça. Après tout, c'est toi qui l'as bâtie, cette maison-là. Mais une fois que c'est dit, ça change rien à ta vie de tous les jours. Tu vas retourner à Montréal, pis tu vas reprendre tes habitudes dans la maison de ta fille Lauréanne. Tandis que Jaquelin, lui, c'est toute sa vie qui a été mise en jachère pour un moment. C'est pas rien, ça, dans la vie d'un homme.

— Ouais, vu de même…

— Il y a pas d'autre façon de voir ça, mon pauvre Irénée.

— Mettons que t'as raison… Reste quand même qu'il aurait pas dû partir, le Jaquelin. Du moins, pas sans m'en parler. J'ai pour mon dire qu'il aurait mieux fait de remplacer ses outils, de se trouver un petit local, pis de rester ici à faire son métier. Comme moi dans le temps, avant que j'aie les moyens de me faire bâtir une grande maison. Comme ça, Jaquelin aurait pas risqué de voir la clientèle s'en aller ailleurs. Je l'aurais aidé, maudit batince. Je comprends pas sa manière de penser, à mon garçon. Il dit jamais rien. Il aurait dû me demander de l'aide au lieu de faire comme ça. Ben non ! Il a préféré se sauver pis là, on va perdre toute notre clientèle.

— Sans vouloir t'offenser ni dénigrer tout le temps que t'as consacré à la cordonnerie du village, je te dirais qu'il y a pas meilleur que Jaquelin pour réparer les souliers. Il a un vrai don pour travailler le cuir, ton gars. Ça fait que je m'en ferais pas trop pour la clientèle. Elle va lui revenir à la seconde où Jaquelin va rouvrir la cordonnerie.

— T'es sûr de ça ?

— Oh que oui, j'suis sûr de ça.

— Eh ben coudonc… C'est vrai que ça fait un boutte de temps que j'suis parti de la paroisse… Pis c'est vrai, avec, que Jaquelin a dû s'améliorer avec les années. Mais je pensais pas qu'il était apprécié à ce point-là, par exemple… Me semble que du temps où j'étais là, il était pas si fameux que ça.

— Ça, c'est toi qui le dis… On est tous un peu pareil devant nos enfants, non ? On voudrait tellement qu'ils soient les meilleurs qu'on remarque pas vraiment quand ils sont bons.

À ces mots, Irénée resta silencieux un moment avant d'approuver d'une voix songeuse.

— C'est peut-être un peu vrai, ce que tu dis là.

À la demande d'Irénée, les deux hommes étaient passés une dernière fois par la maison brûlée avant de prendre la route vers La Pérade. Durant toute cette discussion, le souffle de leurs respirations montait au-dessus de leurs têtes, car il faisait très froid.

— Et la maison, elle ? avait alors demandé Irénée, comme si le sujet n'avait pas été abordé et examiné sous toutes ses coutures. J'ai eu beau parler avec ta fille, pis j'ose croire que j'peux y faire confiance, j'aimerais mieux entendre ce que toi, tu as à dire à propos de la maison. C'est pas vraiment une histoire de femmes, construire une maison.

— Ah oui ? C'est vraiment ça que tu penses ? Ben pas moi ! Au contraire, je dirais que ma fille Marie-Thérèse, elle vaut ben des hommes… Pis ? C'est quoi que tu veux que je te dise à propos de la maison ?

— Tout ! Qui c'est qui va y voir vraiment ? Faut toujours ben la reconstruire pour que Jaquelin puisse reprendre la cordonnerie. Marie-Thérèse m'a dit que…

— Marie-Thérèse t'a dit exactement ce qui va se passer, avait répliqué Victor, coupant ainsi la parole à Irénée. Pourquoi t'inquiéter ? On a tout pensé ben sérieusement à la reconstruction, Jaquelin le premier. Penses-tu vraiment que ton gars s'est sauvé comme un voleur ? Voyons donc ! Le peu de temps qu'il est resté ici après l'incendie, Jaquelin a pas chômé, laisse-moi te dire ça… Inquiète-toi pas pour ta maison. Jaquelin est pas parti sans avoir vu à tout, sans nous avoir dit ce qu'il espérait…

— Ah ouais ?

— Ouais, comme j'viens de te le dire. Arrête de t'en faire, Irénée ! Tout le monde au village est prêt à donner un coup de main, pis si Jaquelin est parti, c'est pour avoir l'argent nécessaire aux travaux. C'est ben beau de savoir que le bois va être gratis, les dépenses s'arrêteront pas à ça. On en a parlé, Jaquelin pis moi. Durant les travaux, j'vas avancer ce qu'il faut au besoin, Gustave Ferron a accepté d'ouvrir un compte spécial, pis on va régler ça à son retour au printemps prochain.

Au fur et à mesure que Victor Gagnon énonçait ou répétait l'ensemble des mesures prises en vue de la construction, Irénée semblait se détendre. Puis, soubresaut de l'inquiétude, il demanda avec une pointe de suspicion dans la voix :

— Ah ouais, tu vas avancer de l'argent au besoin, toi ? Pourquoi tu ferais ça, Victor ?

Il y avait une indéniable méfiance dans le timbre de voix d'Irénée.

— Après tout, cette maison-là était pas à toi.

Comme si Irénée avait besoin de le répéter !

— Crains pas, je le sais qu'elle est pas à moi… Ni à ma fille, non plus. On sait tous ça. N'empêche… M'en vas quand même travailler comme si elle était à nous autres.

La voix de Victor Gagnon était froide et dure comme l'acier. Qu'Irénée Lafrance, malgré son mauvais caractère, soit un ami était une vérité qu'il ne renierait jamais. Cependant, sa fille et ses petits-enfants auraient toujours priorité sur cette amitié. Qu'Irénée se le tienne pour dit !

— Pis m'en vas te dire pourquoi… Quand la maison a brûlé, c'était quand même ma fille qui vivait dedans avec mes petits-enfants, précisa alors Victor Gagnon de cette même voix glaciale. Tu peux pas savoir à quel point ça m'a donné froid dans le dos.

— Choque-toi pas, Victor. Je faisais juste une remarque.

— Eh bien moi aussi, je fais juste une remarque… Dis-toi ben, Irénée, que ton gars, depuis qu'il est marié à ma fille, il fait partie de ma famille. T'es peut-être le seul à pas le voir, mais c'est un bon garçon, ton Jaquelin. Il a le cœur à la bonne place, pis, chez nous, tout le monde l'aime ben, même s'il parle pas beaucoup. C'est un bon travaillant, pis il fait de la belle job. C'est pour ça que mes gars pis moi, on est prêt à faire notre part. Même que la paroisse au grand complet est en arrière de nous autres. On va faire de notre mieux pour reconstruire la maison. Pour Jaquelin pis Marie-Thérèse, comme de raison, mais pour toi, aussi.

— Pour moi ?

— Ouais, pour toi. Personne, icitte, a oublié que c'est toi qui l'avais bâtie cette maison-là, pour prendre la relève de ton oncle Ferdinand. C'est grâce à toi si Sainte-Adèle-de-la-Merci a pas perdu sa cordonnerie. Ça fait que c'est un peu pour toi aussi qu'on veut que tout reprenne sa place. On est d'accord pour dire que le cœur du village est pus pareil sans la cordonnerie. Même monsieur le curé en a parlé dans un de ses sermons. C'est te dire…

— Ah oui, monsieur le curé a parlé de moi ?

— C'est comme je te dis !

— Eh ben… Ça fait du bien à entendre, tout ça… Ça fait du bien de savoir que le monde a rien oublié. Coudonc… Si tout est sous contrôle, comme ça m'en a l'air, il me…

— Comment tu veux que ça aille autrement ? avait coupé Victor Gagnon, une seconde fois. C'est ben certain que l'hiver est presque là, pis que ça va nous mettre quelques bâtons dans les roues. Mais c'est pas ça qui va nous arrêter. On va prendre le temps qu'il faut pour que ça soit ben fait, mais au printemps, j'suis à peu près certain que la maison va être reconstruite. Comme celle d'avant !

— Pareille ?

— Le plus possible. Pourquoi on changerait ? Elle était pas mal belle, ta maison, pis ben pensée, surtout, pour laisser de la place à la shop sans trop rapetisser les pièces d'habitation. T'avais vraiment fait de la belle ouvrage, et tu le sais. Rappelle-toi comment ta femme Thérèse était fière de toi !

Le compliment et le souvenir avaient fait rougir Irénée. Mal à l'aise, il s'était détourné.

— Ben si c'est de même, m'en vas retourner en ville l'esprit en paix. J'ai pus rien à faire ici… Ouais, j'suis vraiment soulagé de voir que tu prends ça à cœur de même. Merci ben. Je t'en devrai une.

Toutefois, la plus soulagée fut indéniablement Marie-Thérèse, quand Félicité lui annonça que son beau-père était reparti.

— Il est vraiment parti ? Parti pour la ville ?

— Parti pour Montréal, oui ! C'est ton père lui-même qui m'a dit l'avoir reconduit à la gare de La Pérade. Il est même resté sur le quai jusqu'à ce que le train s'en aille, avant de revenir chez nous.

Le sourire de Marie-Thérèse était tout empreint de soulagement.

— Comme ça, le beau-père restera pas par icitte pour le temps des travaux ? demanda-t-elle avec une pointe d'incrédulité dans la voix.

— Tout à fait... Quand je l'ai croisé, au magasin général, ton père m'a dit que c'est lui et toi qui alliez voir aux travaux, comme vous l'avez décidé avec Jaquelin, juste avant qu'il parte. M'est avis, ma Thérèse, qu'on reverra pas Irénée avant le printemps.

— Ben ça, ma tante, c'est une bonne nouvelle. J'vas écrire tout ça à Jaquelin, ce soir. M'en vas y raconter la visite de son père. Ouais... Par la même occasion, j'vas y annoncer que la reconstruction va commencer bientôt, rapport qu'il neige toujours pas.

— Bonne idée, ma fille. J'suis jamais allée sur un chantier dans le bois, c'est ben certain, vu que c'est pas une place pour les femmes, mais on m'a déjà dit que le temps paraissait ben long quand on était dans l'arrière-pays. De la manière qu'on m'a raconté ça, on dirait ben, ma grande foi du Bon Dieu, que le temps est plus long par là-bas que par ici, quand on vit au village. En tous les cas, c'est ça qu'on m'a déjà dit. Ça fait que tu peux écrire à ton homme tous les jours, si tu veux, je pense que ça sera jamais de trop. Pis moi, ben, j'vas faire ma part en te fournissant les timbres !

— Si c'est comme ça, répondit Marie-Thérèse, les yeux brillants, tout en soutenant le regard de sa tante, j'vas y écrire, à mon Jaquelin. Tous les jours, comme vous dites, parce que je m'ennuie de lui comme c'est pas permis.

DEUXIÈME PARTIE
HIVER 1923

CHAPITRE 3

Au camp de la Joffer's Company, sur les bords de la rivière Windigo, dans le baraquement appelé réfectoire

Le dimanche 24 décembre, en fin de soirée, à travers quelques souvenirs et réflexions de Jaquelin

On avait déjà raconté à Jaquelin, entre deux paires de souliers à réparer, qu'un chantier, ça ressemblait à un petit village, et que le dortoir, en fait de poux, de froid et d'inconfort, n'avait rien à envier aux prisons en temps de guerre. Faute d'en avoir vu une photographie, Jaquelin avait accordé un certain crédit à ces propos, entretenant quand même quelques doutes et réserves.

On devait quand même exagérer un peu, non ?

D'un côté, on n'allait sûrement pas construire des villages temporaires au beau milieu de nulle part, sans véritables routes pour s'y rendre ni église pour aller se recueillir le dimanche, et, d'un autre côté, on n'était plus en temps de guerre. Les conditions d'hygiène devaient tout de même être plus adéquates que dans les prisons militaires ; pour Jaquelin, ça ne faisait aucun doute.

Ce fut donc pétri de questionnements que le cordonnier de Sainte-Adèle-de-la-Merci avait entrepris le voyage, après deux journées épuisantes, faites de palabres et de discussions concernant la maison à reconstruire, d'inquiétudes et d'incertitudes quant à l'avenir. Il y avait eu aussi les préparatifs en prévision de la longue saison aux chantiers.

Puis ça avait été le départ.

La boule au ventre, Jaquelin avait quitté les siens, juste après un dîner mangé du bout des lèvres.

Dans quelle galère venait-il de s'embarquer ?

Jaquelin l'ignorait et l'inconnu lui avait toujours fait peur. Cependant, une fois cela admis, avait-il eu vraiment le choix ?

Après toute une journée à soupeser les avantages et les inconvénients d'une telle décision, seul face à la maison à peine refroidie, ou un peu plus tard, tout en fouillant dans ses ruines, Jaquelin avait estimé que non. Quoi qu'il puisse lui en coûter, le bien-être de sa famille et la reconstruction de la maison de son père passaient par ce sacrifice, il en était convaincu.

Le voyage avait donc commencé par quelques heures dans un train bondé qui l'avait mené depuis Sainte-Anne-de-la-Pérade jusqu'à Trois-Rivières, puis, de là, jusqu'à La Tuque. Épuisés, les hommes s'étaient tous retrouvés à l'hôtel pour y passer la dernière moitié de la nuit, dans des chambres partagées à quatre et offertes par la compagnie. C'était une expérience nouvelle pour Jaquelin que de passer une nuit ailleurs que chez lui, dans une chambre où il y avait l'électricité au bout d'un bouton, qu'on pouvait tourner à volonté, et de l'eau courante dans un petit évier installé dans un coin de la pièce. Malheureusement, il n'en avait pas tiré un grand plaisir, car Marie-Thérèse commençait déjà à lui manquer.

Dès l'aube du lendemain, après un copieux déjeuner pris à la salle à manger de l'hôtel, Jaquelin s'était installé dans une charrette tirée par des chevaux, en compagnie de ces mêmes compagnons, et ainsi, ils étaient tous montés à travers bois. Ils avaient longuement et péniblement cheminé par des sentiers sinueux que seul le conducteur semblait apercevoir à travers la forêt grisâtre, dépouillée de toutes ses feuilles. Souvent, les hommes avaient dû descendre de la charrette pour aider l'équipage à traverser des portions de routes défoncées.

Durant tout ce long trajet, la seule personne que Jaquelin connaissait, et uniquement de vue, c'était le contremaître, celui que tout le monde ici appelait le *foreman*.

Jaquelin l'avait rencontré au matin de la Toussaint, sur le parvis de l'église, alors que l'homme était installé à une table de fortune et qu'il prenait en note le nom des volontaires, prêts à monter dans les bois pour tout l'hiver, rabattant à tout moment les feuilles que le vent s'entêtait à soulever. Bien mis, avec chapeau, chemise blanche et cravate sous une gabardine de belle allure, cet homme-là n'avait pas du tout l'air d'un gars de bois. Pourtant, c'était lui qui les accompagnerait tout au long de la route, et de l'hiver, avait-il déclaré au moment des inscriptions, comme si ça allait changer quoi que ce soit à la décision de tous ces hommes venus offrir leurs services.

— On va faire la route ensemble, avec mon *jobber*, avait-il tenu à préciser. Pour astheure, lui, il est au village d'à côté.

Puis, d'une voix un peu brusque, le contremaître avait demandé à Jaquelin, sans lever les yeux de sa feuille :

— Avec ou sans expérience ?

— J'ai pas d'expérience, monsieur. En fait, j'suis cordonnier de métier.

C'est alors que l'homme entre deux âges avait daigné lever un bref regard vers Jaquelin.

— Ah ! C'est vous, ça… J'ai entendu parler de l'incendie… Pas de chance, mon pauvre ami. M'en vas voir ce que je peux faire pour vous aider. Vous avez l'air d'un gars solide, un chic type. Un peu maigre, mais sec. C'est souvent les meilleurs. Passez au magasin général demain matin, c'est là que j'vas m'installer pour faire signer les papiers d'engagement. Préparez votre bagage aussi, au cas où j'aurais besoin de vous. Pas nécessaire de le traîner jusqu'au magasin, par exemple, j'vas vous laisser le temps d'aller le chercher. Demain… Demain, j'vas vous dire si vous me suivez dans l'arrière-pays. Ce soir, mon *jobber* pis moi, on va regarder nos deux listes, les comparer ben comme il faut, pis après j'vas prendre mes décisions. Revenez demain.

Ce fut ainsi que le 2 novembre, en fin d'avant-midi, Jaquelin avait appris qu'il partait pour de longs mois.

— T'as une heure pour rapailler tout ce que tu peux avoir besoin pour les prochains mois.

Il était fini, le temps des politesses, Jaquelin en ferait l'expérience assez rapidement. À partir de ce jour et du fait qu'il avait signé son engagement, le tutoiement s'imposerait entre les hommes. Cette familiarité un peu déroutante pour celui qui s'était toujours fait un devoir de traiter sa clientèle avec beaucoup de respect ferait désormais partie du quotidien. Sauf quand lui-même aurait à s'adresser à ses supérieurs, cela va de soi. Jaquelin comprit rapidement qu'il n'aurait pas d'autre choix que de s'y habituer. Le *foreman* avait droit à tous les égards, puisqu'il représentait le patron, mais le respect de la hiérarchie n'allait pas jusqu'à imposer le vouvoiement entre les hommes, même si certains d'entre eux étaient de vieux habitués.

— Oublie pas des caleçons longs, avait tenu à préciser le contremaître, sachant qu'il s'adressait à un nouveau. Pis des bas de laine en masse, beaucoup de paires de bas de laine ben chauds, pour toujours en avoir d'avance. En janvier, dans le bois, y fait plus que froid, pis tu vas travailler dehors à longueur de journée. Comme tu vas souvent avoir les pieds mouillés, va falloir que tu puisses te changer… Grouille-toi, astheure, si tu veux pas rater la charrette qui part pour La Pérade ! On se retrouve ici, devant le magasin général, à une heure pile.

Puis, dans un rire, le contremaître avait ajouté, tandis que Jaquelin quittait déjà le magasin :

— Oublie surtout pas d'embrasser ta femme. Prends de l'avance pour Noël, pour le jour de l'An, pis pour Pâques avec, tant qu'à y être. On sait jamais… Tu t'en vas pour un bout de temps, mon homme ! En hiver, il est pas question de revenir à la maison, même en cas de mort subite. Les chemins sont bloqués, pis ça passe pas. Sur le chantier, le seul chanceux d'avoir sa femme avec lui, c'est moi, parce que je parle anglais pis que je représente le boss. Astheure, fais ça vite. Si t'es pas là, à une heure tapante, je pars pareil !

Alors Jaquelin s'était dépêché pour ne pas rater le coche. Il avait embrassé sa femme et ses enfants, du moins ceux qui habitaient chez la tante Félicité, puis il était revenu au magasin général pour prendre la route avec une vingtaine d'hommes venus des paroisses avoisinantes. Ils s'étaient alors dirigés vers La Pérade afin de prendre le train en partance pour Trois-Rivières.

Comme cela avait été dit, le contremaître accompagnait les hommes, expliquant que sa femme viendrait le rejoindre au chantier, un peu plus tard durant la semaine. Cependant, habillé cette fois-ci d'une chaude veste à carreaux et de longues bottes qui lui montaient aux genoux, le contremaître correspondait mieux à l'image que Jaquelin se faisait d'un bûcheron, même s'il se doutait bien que ni le *foreman* ni le *jobber* n'avaient à manier la hache.

D'un œil avisé, le cordonnier avait aisément apprécié la qualité du cuir des bottes que chaussait Robert Giguère, dit « Bob le *foreman* », la langue anglaise semblant régir la vie de ce dernier !

Tout au long de la route, Jaquelin Lafrance avait surtout écouté les conversations de ses compagnons. Il était intimidé, lui qui n'avait jamais eu de véritables amis, et, durant ce long trajet, il avait amplement eu le temps d'en vouloir à son père de l'avoir retiré de l'école à tout juste douze ans, pour ensuite le garder cloîtré devant ses marteaux, ses pinces et ses alènes.

— La vie, ça s'apprend en travaillant dur, mon gars ! Pis c'est ce que tu vas faire à partir d'aujourd'hui, avait déclaré Irénée Lafrance, le jour où Jaquelin lui avait présenté le dernier bulletin de sa sixième année.

Jaquelin avait peut-être appris le métier, et très bien, de surcroît, mais il n'avait rien appris de la vie et de l'amitié.

Le peu qu'il en connaissait, c'était avec Marie-Thérèse qu'il en avait fait l'apprentissage. Et, pendant qu'il s'enfonçait à travers bois, chaque tour de roue de la charrette l'éloignait de sa femme. Alors, il s'était demandé ce qu'il deviendrait sans elle, et cela lui avait broyé le cœur et l'estomac. Dans de telles circonstances, Jaquelin Lafrance s'était senti bien démuni, dépaysé et surtout embarrassé, devant tous ces hommes qui parlaient fort et riaient fort. Trop fort pour lui.

Ce fut ainsi, le temps du voyage dans une voiture inconfortable tirée par deux chevaux aux grosses pattes poilues, qu'il redevint le petit garçon de jadis, mal à l'aise devant les étrangers, gauche et gêné, quand venait le temps de répondre.

L'arrivée au camp avait été une heureuse diversion.

À peine un regard autour de lui et Jaquelin avait eu la confirmation qu'on n'avait pas vraiment exagéré, quand on lui avait parlé des chantiers, les comparant à de petits villages.

Il y avait les dortoirs, où on l'avait invité à laisser son paquetage, et il y avait la salle à manger, appelée réfectoire, où il n'aurait jamais le droit d'entrer avant le son de la cloche. Celle-ci, espèce de triangle de métal que le cuisinier frappait à grands coups de fourchette à viande quand le repas était prêt à servir, conviait les travailleurs à prendre leur repas.

Tout cela, pour en avoir entendu parler, Jaquelin s'y attendait.

Mais pour le reste, ça avait été toute une découverte. En effet, il y avait aussi une réserve et des hangars ; la « cache » pour garder la nourriture, où une dizaine de chats s'occupaient des rats et autres ratons, attirés par les denrées alimentaires ; et la cookerie, attenante à la salle à manger, où cuisinait et habitait le chef. Au bout d'une rue en terre battue, se trouvait le bureau servant de magasin général. Les hommes pouvaient s'y procurer leur tabac et quelques articles de première nécessité. C'était là aussi qu'ils recevaient leur courrier, quand il y en avait, quand les routes ou la température en permettaient la livraison.

— En hiver, c'est souvent l'aumônier qui apporte nos lettres pis nos paquets, avait spécifié un des hommes accompagnant Jaquelin. C'est ben le seul homme qui ose braver le froid pis la neige pour monter jusqu'ici. La plupart du temps, l'abbé Duquette nous arrive par le bois, en raquettes, comme les Sauvages, tirant un traîneau avec toutes nos affaires dedans. Je sais ben pas si ça va être encore lui cette année qui va venir nous voir.

— Il y a une chapelle ?

— Non… Non, pas de chapelle. Nos soirées, nos prières, pis la messe, quand on a la chance d'en avoir une, c'est dans le réfectoire que ça se passe.

Intimidé par la grandeur de ce soi-disant village, Jaquelin avait longuement regardé tout autour de lui, fasciné par ce qu'il voyait, lui qui n'avait, pour ainsi dire, jamais quitté sa paroisse. Même le cuir dont il avait besoin pour ses réparations, il l'achetait du marchand ambulant, Gédéon Touchette, dont tout le monde se moquait un peu dès qu'il s'éloignait du village dans sa voiture bringuebalante. Toutefois, depuis quelque temps, on percevait un brin de respect dans les voix, parce que M. Touche-à-Tout avait récemment troqué sa charrette couverte pour un camion affichant fièrement sa vocation.

Fallait-il qu'il soit bon vendeur, le Gédéon, pour avoir pu s'acheter un camion.

Fureteur, soit, grande langue, c'était indéniable, mais serviable comme pas un, Gédéon Touchette savait se faire des amis. Finalement, chacune de ses visites était appréciée, puisque le marchand mettait un point d'honneur à toujours offrir la meilleure qualité de marchandise qui soit et à combler les moindres désirs de ses clients.

— Envoye, Lafrance, avance !

Tiré hors de ses pensées, Jaquelin avait sursauté.

— On a pas fini de faire le tour du campement pis faut que ça soit fait avant le souper.

Jaquelin avait donc suivi jusqu'à la « limerie », où une meule de belle dimension servirait à affûter la lame des haches, leur principal outil de travail, et, bien entendu, il y avait la forge, pour avoir des chevaux bien ferrés en tout temps, puisque les lourdes bêtes faisaient partie du rouage des travaux qui s'effectueraient ici tout au long de l'hiver. Il y avait donc aussi l'écurie et le hangar à foin. Puis venaient la maison du contremaître et la tour des garde-feu.

— Laisse-moi te dire, Lafrance, que le cook est bon ! avait alors lancé un homme marchant derrière Jaquelin au moment où les deux travailleurs repassaient devant le réfectoire pour se rendre au dortoir afin de s'installer. Meilleur qu'à ben des places. Le gros Roger, il aime ce qu'il fait, pis ça se voit. C'est pour ça que je reviens ici, année après année. Tant qu'à vivre loin de tout, pis de tout notre monde, autant que le manger soit bon. Que c'est que t'en penses ?

Les bâtiments, éparpillés sur une assez grande superficie de forêt dépouillée de ses arbres, étaient même reliés par des trottoirs en bois, comme à Sainte-Adèle-de-la-Merci. Des trottoirs qui grondaient comme le tonnerre quand la centaine d'hommes du camp répondait à l'appel de la cloche, les conviant à manger. Jaquelin en avait fait l'expérience dès le premier soir, alors que les hommes se précipitaient en riant vers le réfectoire. De grandes épinettes aux allures de sentinelles délimitaient l'espace de ce village improvisé.

Jaquelin n'en croyait pas ses yeux et il s'était aussitôt promis de faire une description détaillée de tout ce qu'il voyait, dès la première lettre qu'il enverrait à Marie-Thérèse. Pour une fois, il savait déjà ce qu'il pourrait écrire.

— Demain, avait-il pensé, plus tard en soirée, au moment où il s'allongeait sur ce que les anciens appelaient un « lit de beu », à la paillasse faite de branches d'épinettes. Demain, j'vas écrire à Marie. Ce soir, j'suis ben trop fatigué.

À la tête de sa couchette, Jaquelin avait épinglé une photo de sa femme à l'aide d'un petit clou. Cette photo avait été prise alors que Marie-Thérèse n'était encore qu'une toute jeune fille. On l'avait imprimée en sépia et collée sur un carton fort. Toute souriante, Marie-Thérèse tenait à deux mains une grosse pomme que l'on devinait du plus beau rouge. C'était la tante Félicité qui avait offert cette photo à Jaquelin au moment du départ, puisque lui n'avait plus rien.

— Tiens, mon homme, prends ça, avait-elle ordonné, sur le ton le plus ronchonneur qui soit, celui qui arrivait presque à camoufler ses émotions les plus vives. Quand tu t'ennuieras trop, tu pourras la regarder. Moi, vois-tu, pour l'instant, j'en ai pas besoin, rapport que ta femme va rester chez nous pendant une bonne partie de l'hiver. Tu me la redonneras à ton retour, par exemple, parce que j'y tiens ben gros.

— C'est sûr, ça, que j'vas vous la redonner, avait murmuré Jaquelin. Une photo, c'est précieux... Moi, c'est celle de ma mère que je viens de perdre dans l'incendie... La seule que j'avais.

Au même clou pendait le chapelet de Jaquelin, lequel avait survécu à l'incendie, car depuis l'enfance, il le gardait toujours dans une poche de son pantalon. Tout au fond de son havresac, accroché à un montant du lit, tout juste à côté de lui pour l'avoir à l'œil et à portée de la main, bien caché dans deux bas de laine emmêlés, Jaquelin avait glissé tout l'argent récupéré des cendres, celui qui lui restait après avoir donné une poignée de « quarts de piastre » à sa femme, et après avoir envoyé les loyers de l'hiver à son père.

— Au cas où t'en aurais besoin, pendant que je serai pas là, avait-il déclaré en tendant maladroitement l'argent à Marie-Thérèse, venue le rejoindre dans la petite chambre prêtée par la tante Félicité. Si jamais je pars, ben entendu, avait-il ajouté en lui offrant les lourdes pièces en argent. Ça, j'vas le savoir juste demain, après le déjeuner.

Les deux mains tendues devant elle, Marie-Thérèse avait reçu une bonne poignée de pièces de vingt-cinq sous. Elle en était restée bouche bée, car il y en avait bien pour quelques dollars, une véritable fortune à ses yeux.

— Ben voyons donc, mon homme ! Où c'est que t'as pris ça, toi ?

— Dans les ruines. La petite boîte dans le cagibi était toute noircie pis boursouflée, mais elle avait tenu le coup. J'ai pas eu à fouiller trop longtemps pour la retrouver.

— Hé ben… Une petite boîte, tu dis ? C'est drôle, mais j'avais jamais remarqué de petite boîte dans le cagibi.

— Faut croire que je l'avais ben cachée. En plein ce que je voulais.

— Ouais…

Tout en regardant les pièces au creux de ses mains, Marie-Thérèse avait semblé songeuse.

— Je savais pas qu'on avait ça, nous autres, de l'argent, caché dans la maison, avait-elle ajouté, sur un ton de reproche.

Puis, levant la tête, elle avait croisé le regard de son mari, au moment où il lui répondait :

— On avait ça. J'aurais peut-être dû t'en parler… Mais je l'ai pas fait, je sais pas trop pourquoi. Pis ça change rien au fait que j'étais ben soulagé quand j'ai retrouvé ma boîte.

— Je peux comprendre… Ouais, je pense que je peux savoir ce que t'as pu ressentir en retrouvant tout cet argent-là.

Tout en discutant de la sorte, mari et femme se regardaient avec une intensité peu commune, comprenant un peu confusément de part et d'autre qu'à travers la catastrophe qu'ils vivaient depuis la veille, une sorte de complicité différente et plus absolue était en train de naître.

— Ça fait que, demain, avait donc poursuivi Jaquelin sans quitter Marie-Thérèse des yeux, si on m'engage aux chantiers, comme de raison, m'en vas préparer une lettre spéciale pour mon père. J'vas demander au magasin général si on veut ben me changer une partie des cinquante cennes en piastres, pis si ça marche, si M. Ferron veut ben me donner du papier au lieu de mes pièces sonnantes, je pourrais envoyer tout de suite à mon père les loyers pour l'hiver. Pour tout l'hiver. Si je pars aux chantiers, c'est ça que j'vas faire parce que j'vas être sûr de gagner notre vie sans avoir à attendre que la cordonnerie soit prête, pis sans que je sois obligé de piocher dans ma réserve pour vivre. Comme ça, mon père pourra pas venir te chialer dessus à cause que j'aurais pas payé les loyers. Pour toi, ben, ça fera une affaire de moins à t'occuper.

De toute évidence, Jaquelin était soulagé d'avoir récupéré suffisamment d'argent pour lui permettre d'agir ainsi. Le geste calmerait peut-être son père, qui avait la colère facile, et allégerait la tâche de son épouse. Voilà pourquoi il tenait à l'en aviser. Il avait fallu qu'il soit terriblement bouleversé pour ainsi tout révéler à sa femme, car jamais, jusqu'à ce jour, il n'avait parlé de cette obligation imposée par Irénée Lafrance, celle de devoir payer un loyer. Jaquelin avait réussi à se convaincre qu'il n'avait pas besoin de lever le voile sur ce secret qui l'humiliait. Il justifiait son silence en se répétant que Marie-Thérèse avait son lot de préoccupations personnelles, avec la maison et les enfants, et qu'il serait inutile d'y rajouter une inquiétude supplémentaire. De toute façon, se disait-il, persuadé d'avoir raison, une femme comme Marie-Thérèse, aussi gentille et intelligente soit-elle, avait-elle nécessairement besoin de tout savoir ?

Le fait d'avoir tout perdu dans l'incendie avait changé bien des choses, bien des perceptions et des perspectives, Jaquelin commençait à le réaliser avec une acuité croissante.

Ce que Marie-Thérèse, fine mouche, avait aisément compris sans autre forme d'explication.

Elle avait donc fait un pas en avant, déposé l'argent sur la commode, et, de ce geste un peu timide qui commençait tout doucement à lui devenir familier, elle avait caressé l'épaule de son mari. Puis, reculant aussitôt du même pas, elle avait demandé, question d'habiter le silence qui était en train de s'installer entre eux :

— Parce que tu payes un loyer à ton père, toi ?

— Ouais. Depuis le premier jour où il est parti pour la ville, j'ai pas eu le choix. Que c'est que tu croyais, Marie ? Que mon père m'avait donné sa maison de son vivant ?

— Ben…

Marie-Thérèse ne comprenait pas qu'un père puisse agir ainsi avec son fils. Après tout, Jaquelin assurait la continuité, perpétuait la tradition de qualité offerte par les Lafrance.

Ça ne voulait donc rien dire pour son beau-père ?

Marie-Thérèse avait alors levé les yeux vers son mari. Une lueur ardente, faite d'étonnement entremêlé de colère, brillait au fond de ses prunelles.

— Ben oui, c'est un peu ça que je pensais, avait-elle alors avoué d'une voix sourde, empreinte à la fois d'indignation et de désillusion. Vu que c'est nous autres qui vivons dans la maison, pis que ton père était parti pour la grande ville, pour de bon qu'il disait, je pensais que la maison était à toi.

— C'était pas le cas… Pis ça l'est toujours pas, même si elle est partie en fumée.

— Hé ben…

— Ouais, comme tu dis : hé ben… C'est mal connaître mon père que d'imaginer qu'il était pour me donner sa maison comme ça, juste parce que c'est moi qui allais continuer de demeurer dedans, avec toi pis les enfants.

À partir de l'instant où le secret avait été partagé, Jaquelin avait ressenti un immense soulagement. La maison avait été détruite, avec les conséquences que cela allait engendrer, mais lui, étonnamment, il se sentait bien. Et volubile comme jamais. Sans chercher à comprendre ce qui se passait en lui, Jaquelin avait poursuivi :

— Dis-toi ben, Marie, que pour mon père, rester dans une maison ou ben dans une autre, ça veut rien dire. Il s'en fiche pas mal, lui, de l'endroit où je demeure. Pis ça vaut pour vous autres avec. Mais si la maison lui appartient, par exemple, ça change pas mal de choses. C'est là que ça commence à le regarder, pis il faut que je paye ma part. Un point c'est tout, qu'il m'a dit. Pour être juste envers ma sœur, qu'il a ajouté. Qu'est-ce que tu veux que je réponde à ça ? Il a pas tort, le vieux, même si je trouve qu'il exagère un peu, rapport que c'est moi qui dois voir à l'entretien de la maison pis qui paye ce qu'il faut pour ça. Mais on dirait ben que ça suffit pas pour mon père. Du temps qu'il vivait avec nous autres, c'était pas pareil, vu qu'on le nourrissait pis que tu voyais à l'entretien de son linge. Quand il a décidé de partir pour la ville, c'est là que tout a changé. Il se trouvait déjà ben obligeant de me permettre de continuer à vivre avec ma famille dans SA maison en attendant que j'en hérite, le jour où il va mourir. C'est lui-même qui me l'a dit, avec ces mots-là. Tu comprends, astheure, pourquoi il faut reconstruire la maison, pis vite, à part de ça.

Surprise d'entendre discourir son mari de la sorte, Marie-Thérèse s'était bien gardée de l'interrompre, par crainte qu'il se taise, même si la curiosité et l'indignation lui démangeaient le bout de la langue. Elle avait tout simplement tenté d'ajuster ses émotions aux paroles de Jaquelin, qui décrivait une partie de leur vie à deux, un bout de leur réalité qu'elle avait ignorée jusqu'à ce jour.

— Dit de même, c'est sûr que je comprends ben des choses, mon homme, avait-elle répondu, tout en opinant du bonnet. Je comprends même ton envie de monter aux chantiers, mon pauvre Jaquelin. T'as ben fait de me parler de tout ça. Ouais… Ça va m'aider à passer au travers des mois à venir. Que tu sois pas là, ça va être dur pour tout le monde. Pour toi comme pour moi, comme pour nos enfants, c'est sûr. Mais d'avoir appris tout ce que tu viens de me dire, ouais, ça va m'aider à passer au travers, répéta Marie-Thérèse.

Tout en parlant, elle fixait Jaquelin droit dans les yeux.

— On va prier ben fort, l'hiver va finir par disparaître pis toi, ben, tu vas nous revenir pour reprendre ta place au bout de la table.

L'image suggérée par Marie-Thérèse avait fait apparaître un pâle sourire sur le visage aux traits tirés de Jaquelin

Lafrance. Fallait-il que sa femme le connaisse bien pour avoir suggéré ce moment entre tous !

Jaquelin avait alors détourné la tête pour cacher les larmes qui lui montaient aux yeux. La fatigue devait être encore plus grande qu'il le pensait pour qu'il ait envie de pleurer comme un bébé. N'empêche que Marie-Thérèse avait bien raison de croire qu'il serait le plus heureux des hommes le jour où il reprendrait sa place au bout de la table, le soir venu. L'image de cette famille réunie, la sienne, était ce qui donnait un véritable sens à son existence. Ça, et la présence de son épouse à ses côtés pour tout partager.

— Ouais, si jamais je monte aux chantiers, j'vas revenir, Marie, avait-il promis, avec une ferveur nouvelle dans la voix.

Ferveur de sentir un lien particulier se tisser entre Marie-Thérèse et lui. Ferveur, aussi, de se répéter que l'hiver ne serait pas éternel et qu'il allait effectivement revenir pour reprendre sa place. Brusquement, l'espoir en des jours meilleurs prenait une tout autre perspective.

Jaquelin se tourna enfin vers Marie-Thérèse pour poursuivre :

— Si je pars, c'est pour revenir, ça c'est sûr, pis on va tous se retrouver ensemble, chez nous… À ce moment-là, toi avec, Marie, tu vas t'asseoir au bout de la table comme moi, en même temps que toute la famille…

Alors qu'il prononçait ces quelques mots, le regard de Jaquelin s'était mis à briller d'un éclat particulier, comme Marie-Thérèse ne lui avait jamais vu.

— Ouais, c'est de même que j'veux ça, astheure, avait annoncé Jaquelin en attachant encore une fois son regard à celui de Marie-Thérèse. Même si toi tu dis que c'est plus commode de rester debout pour arriver à nous servir dans le sens du monde, ça va changer. T'es pas notre servante, Marie, t'es mon épouse, comme monsieur le curé nous le dit des fois à l'église. Pis en plus, t'es la mère de mes enfants. C'est important de toujours s'en rappeler. Ça fait que ta place est à la table en même temps que nous autres.

Agnès grandit, les gars avec, tant qu'à y être, pis tout ce beau monde-là va pouvoir t'aider à faire le service...

Les yeux embués par l'émotion, Marie-Thérèse avait bu chacune des paroles de son mari. C'était probablement la plus belle déclaration d'amour que cet homme-là pouvait lui faire. C'était toute leur vie à deux que ces quelques mots résumaient, dans la simplicité d'un quotidien qui était le leur, tout en offrant en même temps les mille et une possibilités que l'avenir pouvait avoir en réserve pour eux.

L'automne n'était pas encore fini que déjà la belle Marie-Thérèse se languissait du printemps à venir.

— J'suis un homme chanceux de pouvoir compter sur une femme comme toi, Marie, avait alors déclaré Jaquelin d'une voix solennelle, le regard toujours plongé dans celui de sa femme. Ouais, ben chanceux...

Mal à l'aise devant une telle déclaration faite avec une sincérité qui ne pouvait mentir, Marie-Thérèse s'était sentie rougir.

— Arrête, Jaquelin, tu vas me faire brailler.

— Ben braille, Marie. Pour une fois, je dirai rien. C'est dur, ce qu'on vient de vivre. Très dur. Te rends-tu compte que le pire, dans tout ça, c'est qu'on aurait pu perdre ben plus qu'une maison ?

— Oh oui, je le sais ! J'arrête pas de remercier le Bon Dieu de nous avoir tous gardés en vie. Tu sais pas à quel point je Lui dis merci.

— C'est vrai que dans notre malheur, on a été plus que chanceux... Astheure, si tu le veux ben, on va dormir làdessus, Marie. J'ai ben peur que la journée de demain soit aussi chargée que celle d'aujourd'hui. Il y a ton père qui veut me voir, Ovila aussi, pis faut que je m'entende avec M. Ferron pour les achats à faire concernant notre future maison. M'en vas y demander d'ouvrir un compte spécial, pour pouvoir faire marquer ce que ton frère ou ton père jugeront bon d'acheter. Toi avec, tu pourras t'en servir au besoin. Je paierai tout ça quand j'vas revenir. Si je pars, ben entendu...

Jaquelin avait redit ces derniers mots, comme le refrain d'une chanson, et Marie-Thérèse se demanda si c'était par espérance ou par crainte que son mari se répétait ainsi quand il parlait de la possibilité de monter aux chantiers. « Si je pars, ben entendu »...

— Ça, on va le savoir juste demain, avait conclu Jaquelin. Ça fait ben des imprévus, pis ben des choses à organiser pour une seule journée. Pour y arriver, j'ai besoin de refaire mes forces.

— Je comprends ça, mon mari. Moi avec, j'suis pas mal fatiguée.

Ça avait été le dernier tête-à-tête entre Marie-Thérèse et Jaquelin. Un des seuls de toute leur vie à deux à avoir été aussi long et aussi intense. Comme une mise au point entre eux, une éclaircie où les mots, jusqu'alors jamais prononcés, avaient été suggérés avec suffisamment d'insistance pour être compris.

Entre Marie-Thérèse Gagnon et Jaquelin Lafrance, il était bel et bien question d'amour. Il en avait toujours été question.

La jeune femme s'était lovée contre le dos de son mari et, dans les minutes qui avaient suivi, le sommeil les avait emportés tous les deux dans une nuit sans rêve.

Le surlendemain, Jaquelin était parti, son barda soigneusement préparé par Marie-Thérèse suspendu à une épaule, et une hache à long manche, prêtée par son beau-frère Ovila, en équilibre sur l'autre épaule.

— Fais ben attention, le beau-frère. Ça coupe en vlimeux, cette lame-là !

Recommandation ô combien inutile, puisque Jaquelin craignait son habituelle maladresse avec les outils, comme on craint d'attraper une maladie virulente ou mortelle. Pourtant, il maniait si bien l'aiguille, quand venait le temps de fabriquer une semelle de remplacement !

Le cordonnier sans cordonnerie était donc parti par un froid midi d'automne, la tête haute sous un soleil blême, le visage fouetté par un vent cinglant. Jaquelin Lafrance marchait d'un bon pas, même si, tout au fond de lui, il avait l'impression de trembler comme une feuille, tant il était perturbé par tous ces changements subits survenus dans sa vie. Il se sentait inquiet devant un avenir qu'il ne pouvait qu'imaginer. Il n'y connaissait rien, lui, à cette vie dans les bois, et ça l'angoissait. Mais cela, personne n'était obligé de le savoir, surtout pas Marie-Thérèse. Jaquelin voulait tellement que, tout au long de l'hiver, sa femme garde de lui l'image d'un homme inébranlable, décidé et mesuré, sur lequel elle pourrait continuer de s'appuyer, malgré la distance qui allait les séparer. Il l'espérait à un point tel qu'il en avait paru presque détaché, indifférent au fait qu'il la quittait pour de longs mois.

Puis les semaines avaient passé.

La pluie glaciale de novembre s'était transformée en doux flocons ; le soleil s'était fait de plus en plus rare, de plus en plus froid ; la période des fêtes de fin d'année approchait à grands pas et le village de Sainte-Adèle-de-la-Merci avait retrouvé son décor de carte postale. La crèche n'attendait plus que la naissance de l'Enfant-Jésus.

Peu à peu, Marie-Thérèse s'était finalement faite à l'idée de se retrouver seule ; de décider seule pour les détails concernant la reconstruction de la maison ; de s'occuper seule des enfants, qui grandissaient à vue d'œil. Du moins, c'était ce qu'elle écrivait dans chacune de ses lettres.

« Je m'ennuie, mais j'arrive à passer au travers. »

Chaque jour, au moment où les plus vieux partaient pour l'école, Marie-Thérèse quittait la maison de la tante Félicité pour se rendre chez Henriette et ainsi, elle pouvait s'occuper de ses deux bébés, afin d'alléger la tâche de sa sœur, qui avait elle-même quatre marmots.

Quant à Jaquelin, il n'avait pas vraiment eu d'autre choix que d'apprendre à se mêler aux discussions ; d'apprendre à manier la hache avec habileté et efficacité ; et d'apprendre aussi à manger autre chose que de la soupane pour le dîner. En son for intérieur, il avait été obligé d'admettre qu'il aimait bien tout cela.

« De la soupe aux légumes pis une tartine, c'est encore mieux que de la soupane. Pis c'est ben meilleur ! » avait-il écrit à Marie-Thérèse.

Jaquelin Lafrance était surtout bien aise de cette présence masculine auprès de lui, de ces liens d'amitié qu'il apprenait à créer. Il était heureux de discuter avec ces inconnus qui, peu à peu, devenaient des amis. C'était comme si la vie lui offrait la chance de vivre sa jeunesse une seconde fois, à l'abri des remontrances et des dénigrements. L'air froid de la forêt avait une senteur de liberté jamais connue jusqu'à maintenant et Jaquelin s'en soûlait l'âme un peu plus chaque jour.

Cependant, de part et d'autre, la période des fêtes qui commençait aujourd'hui avait été anticipée comme un moment pénible à traverser, puisqu'il serait enveloppé de nostalgie et d'ennui.

Jaquelin était en train de se le répéter, en ce moment précis, alors qu'il était assis dans le réfectoire avec ses compagnons. Même si le chef Roger s'était surpassé et qu'ils avaient fait bombance pour le souper, Jaquelin s'ennuyait de la tourtière de Marie, de la soupe aux pois de Marie, de la tarte au sucre de Marie, du sourire de sa Marie…

La soirée qui commençait était cependant placée sous le signe de la bonne humeur. Onésime avait sorti son violon et Joachim, son harmonica. Sans se faire prier, bien des hommes s'étaient levés pour se mettre à danser et, à présent, ils s'en donnaient à cœur joie.

— Comme chez les parents au jour de l'An, lança alors Matthias Couture, une espèce d'ours mal léché, immense comme une armoire à glace, mais vif de gestes et de réflexions, et, surtout, agile comme un singe.

Tout en décochant un clin d'œil à Jaquelin, Matthias ajouta :

— Manque juste ma belle grosse Georgianna pour que la soirée soit parfaite !

Jaquelin aussi aurait pu dire qu'il ne manquait que sa belle Marie pour que tout soit parfait. Voilà pourquoi, le cœur lourd, il se contenta de sourire et de participer à la gaieté générale de loin. De toute façon, il n'y connaissait rien, à la danse et à tous ces pas compliqués. Pas plus qu'il ne connaissait les paroles des chansons à boire, celles qu'il entendait à travers bois, depuis qu'il travaillait sur le chantier. Les jours où une ritournelle accompagnait les coups de hache étaient monnaie courante. On disait autour de lui que ça donnait du cœur à l'ouvrage, mais Jaquelin n'en était pas aussi certain, car on n'avait jamais chanté chez Irénée Lafrance.

— Maudite perte de temps, ouais ! Concentre-toi sur ton travail, Jaquelin. C'est ça l'important dans une vie. Le travail !

La seule chanson que Jaquelin connaissait par cœur c'était le Minuit, chrétiens, parce que sa sœur Lauréanne le fredonnait durant l'Avent, chaque fois que leur père s'absentait.

— C'est notre mère qui chantait ça, Jaquelin, lui avait-elle un jour expliqué. Pis laisse-moi te dire qu'elle chantait aussi ben que M. Ferron à la messe de minuit. Ouais… Notre mère aimait ça, elle, fredonner toutes sortes de chansons. C'est un beau souvenir que je garde d'elle.

Tout éberlué, Jaquelin avait alors regardé sa sœur avec ses deux yeux tout grand écarquillés.

— Et le père, lui ? avait-il demandé. Il disait rien ? Ça le choquait pas d'entendre notre mère chanter dans sa maison à lui ?

— Non, dans ce temps-là, notre père disait rien, pis c'était plutôt rare qu'il se choquait. Je me souviens même que je l'ai déjà vu sourire, tu sais !

— Hé ben… J'ai jamais vu ça, moi, notre père sourire… Je savais même pas qu'il était capable de faire ça… Chante encore, Lauréanne, chante-moi la chanson que maman chantait quand Noël s'en venait.

À cette époque, Jaquelin n'avait que sept ou huit ans et le peu qu'il savait de sa mère, c'était Lauréanne qui le lui racontait parfois. Irénée, lui, ne parlait jamais de son épouse décédée. Jamais.

N'empêche qu'en ce moment, même si Jaquelin ne connaissait ni les pas ni les paroles, l'entrain contagieux de ses compagnons l'avait gagné, et quand Joachim délaissa l'harmonica pour se mettre à giguer, c'est de bon cœur que le cordonnier frappa du pied et tapa des mains pour l'encourager.

La fatigue aidant, le calme revint petit à petit dans le réfectoire.

Un homme fit la remarque qu'il serait minuit bientôt et le silence se fit plus lourd de cet ennui irrévocable qui les accompagnait jour après jour. En cette veille de Noël, il s'abattit encore plus brutalement sur chacun d'entre ces hommes qui avaient choisi de s'exiler le temps d'une saison, le temps, bien souvent, de rendre productif ce moment de l'année qui ne l'était guère pour la plupart d'entre eux.

Puis une voix s'éleva pour commencer le compte à rebours.

— Trois, deux, un… Joyeux Noël, tout le monde !

C'est alors que, spontanément, avant que le brouhaha des exclamations ne devienne trop intense, une première voix entonna le Minuit, chrétiens. Pour ces hommes loin de tout, c'était une façon comme une autre de souligner le caractère religieux de la fête, puisqu'il n'y aurait ni messe ni curé. Les réjouissances païennes, comme le disait le vicaire de Sainte-Adèle-de-la-Merci, c'était bon pour le jour de l'An.

Le cantique rejoignit donc tous les bûcherons du camp sans exception, que l'on soit un fervent croyant ou non, et les ramena sur-le-champ chacun dans son village.

La voix qui s'élevait dans le réfectoire était grave et juste, à un point tel que Jaquelin en retint son souffle.

L'envie de se joindre à cet homme qui lui rappelait intensément sa paroisse, sa sœur et son enfance fut si vive que sans même prendre le temps d'y réfléchir, la voix du cordonnier se joignit à celle du chanteur. Pour une fois qu'il connaissait les paroles, Jaquelin n'allait pas bouder son plaisir.

Sa voix de baryton était chaude, intense et envoûtante. Elle fut bientôt la seule à envelopper le réfectoire du camp de la Joffer's Company, sur le bord de la rivière Windigo, une rivière qui n'était plus qu'un filet d'eau entre les deux rives enneigées.

Appuyé contre le chambranle de la porte donnant sur la cuisine, louche à la main, même le chef Roger s'était joint aux bûcherons. Attiré par l'intonation de la voix de Jaquelin, il écoutait religieusement le cantique, quelques larmes sillonnant ses joues rebondies.

Quand Jaquelin laissa enfin filer la dernière note, il y eut des reniflements, une ou deux toux, puis le silence revint en maître. Il allait s'imposer le temps qu'il faudrait pour tempérer certaines émotions mises à vif.

Puis soudain, la voix enrouée de Matthias rappela qu'on était encore au chantier quand il déclara :

— Sapristi, Lafrance ! Tu nous l'avais pas dit que tu chantais ben de même. Un vrai rossignol !

Si on se taquinait parfois, au camp de la Joffer's Company, on ne se moquait jamais. Ce fut donc tout ému que Jaquelin accepta le compliment.

— Merci, Matthias… Mais tu sauras que j'suis le premier surpris… Ouais, j'suis pas mal surpris de voir que j'suis capable de chanter de même, rapport que j'avais jamais vraiment chanté avant ce soir.

CHAPITRE 4

À Sainte-Adèle-de-la-Merci, chez la tante Félicité

Le mardi 23 janvier 1923, dans la petite chambre que Marie-Thérèse partageait avec sa tante, puisque la seconde chambre était celle des enfants depuis le départ de Jaquelin

Cette lettre-là, Marie-Thérèse ne l'attendait pas du tout, surtout pas en hiver, alors que les bordées de neige et les tempêtes s'enchaînaient. Comme on était encore en janvier, elle la vit donc comme un présent du jour de l'An arrivé sur le tard, et, à la première occasion offerte, elle s'enferma dans la chambre pour la lire en toute intimité.

En effet, elle était bien gentille, la tante Félicité, serviable et généreuse, mais elle était aussi très curieuse, et Marie-Thérèse n'était pas du tout certaine de vouloir partager cette dernière lettre avec elle, tout simplement parce que, de billet en missive, Jaquelin était de plus en plus volubile, jusqu'à lui confier quelques-unes de ses pensées les plus intimes. C'était cela qu'elle voulait garder pour elle, la belle Marie-Thérèse, ces quelques mots d'amour et certaines des réflexions personnelles que Jaquelin parsemait dans ses envois, sans la moindre retenue, lui semblait-il. Émue, la jeune femme se disait qu'il fallait que son homme s'ennuie beaucoup pour se permettre une telle liberté. Néanmoins, si Marie-Thérèse savait ressentir de la sympathie et de la tristesse pour son mari exilé au loin, elle se réjouissait quand même un peu de cet ennui, puisque la distance ne semblait pas vouloir refroidir l'ardeur entre eux. Bien au contraire, elle semblait l'exalter et l'envie d'avoir son Jaquelin tout près d'elle n'en était que plus grande.

Installée nonchalamment au bout du lit, une jambe repliée sous ses jupes étalées en corolle, Marie-Thérèse décacheta l'enveloppe avec une certaine fébrilité.

Qu'est-ce que Jaquelin avait de bon à lui raconter, cette fois-ci ?

Dès la première ligne, elle apprit que cet envoi avait été rendu possible grâce à une visite surprise de l'abbé Duquette, venu célébrer la première messe de l'année avec les hommes du chantier. Dans son traîneau, l'aumônier apportait le courrier retenu à Montréal depuis quelques semaines, et le matin du 3 janvier, il repartirait avec celui destiné aux gens du Sud.

« Inutile de dire que j'en profite pour vous envoyer mes vœux de santé pis de prospérité à toi pis à toute ta famille, écrivait cérémonieusement Jaquelin. Salue ben ton père pis tes frères pour moi. Embrasse pis bénis les enfants en mon nom. Dis-leur d'être ben sages, sinon m'en vas leur tirer la pipe quand je vas revenir. Pis je t'envoie aussi un gros bisou du jour de l'An. J'ai hâte de pouvoir le faire en personne, tu sais pas comment.

Astheure les nouvelles d'icitte !

Tu devrais nous voir ! On est ben une quarantaine d'hommes dans le réfectoire, assis en train d'écrire une lettre. On entendrait une mouche voler, je crois ben, si les mouches étaient pas toutes gelées. C'est qu'on s'ennuie, tu sais, encore plus que d'habitude, rapport que c'est le temps des fêtes qui s'achève, pis qu'une occasion comme celle d'aujourd'hui se représentera pas de sitôt, avec toute la neige qui est tombée depuis les dernières semaines. C'est un vrai miracle que l'abbé Duquette ait pu monter jusqu'icitte. Ça fait du bien de pouvoir écrire une lettre en sachant qu'elle va se rendre jusqu'à la maison sans trop de retard. Tout le monde a trouvé quelque chose à écrire.

Hier au soir, après le souper, on a enfin ouvert les lettres et les boîtes qui venaient de nos familles. Des vrais enfants devant leurs étrennes. Tu diras merci à la tante Félicité pour son sucre à la crème. Ça goûte super bon et ça fait du bien. Tout le monde, au camp, avait un petit quelque chose à manger dans son paquet. Même si le chef Roger est un bon cook, son manger ne ressemble pas à ce que chacun mange chez lui. V'là ce qu'on s'est dit, en ouvrant nos cadeaux, pis on s'est tous bourré la face dans nos nananes. Ce matin, on a repris l'ouvrage. Il faisait tellement froid qu'on est tous rentrés gelés jusqu'aux os. Je peux pas dire que j'haïs ça, travailler dans le bois, mais la cordonnerie commence à me manquer. Je te l'avais jamais dit, mais dans le travail des souliers, c'est la mauvaise odeur que j'aime pas beaucoup. Des pieds mal lavés, il y en a plus qu'on pense dans notre paroisse, pis des fois, ça me levait le cœur. Mais icitte, c'est encore pire. C'est tout le dortoir qui pue les pieds pis tout le reste mal lavé, si tu vois ce que je veux dire… Ça fait que je commence à m'ennuyer pas mal de la cordonnerie. Promis, je me plaindrai pus jamais de l'odeur des petits pieds. Tout ça pour te dire que j'aurais une demande à te faire… Je viens de le dire, dans le dortoir, ça pue. Ça sent les bas qui sèchent au-dessus des poêles, pis ça sent les corps qui ont eu chaud. C'est peut-être pour ça, encore plus que pour l'ennui, si les gars qui ont une femme dans le sud ont demandé une bouteille de « sent-bon » dans leur paquet de Noël, pour remplacer celle qui est déjà vide. Je savais pas ça, moi, que le monde emportait de l'eau d'odeur dans leur bagage. C'est ça, ma demande, Marie, je voudrais du sent-bon. Je le sais qu'on est pas ben riches pis que le parfum coûte cher, mais t'aurais-tu ça, toi, un petit mouchoir qui sentirait ton eau de toilette que j'aime ? Tu sais, la petite goutte que tu mets en arrière de ton oreille, des fois ? Je sais que ça a l'air bête comme ça, de te demander du parfum, mais tous ceux qui étaient déjà venus dans le bois ont leur bouteille. Il y en a même qui s'en mettent une goutte dans le cou, après avoir fait leur toilette de la semaine. Moi, je me vois pas trop en train de me mettre du parfum, mais je me contenterais d'un mouchoir qui sent bon, par exemple. À toi de voir comment arranger ça, ma belle Marie.

Bon, j'ai fait le tour, je pense ben.

À part le fait de t'annoncer que j'ai commencé à chanter comme par accident, durant la nuit de Noël, et que j'aime pas mal ça, j'ai pus rien à écrire.

Je t'embrasse fort, je m'ennuie de tous vous autres, pis j'espère ben gros recevoir un petit mouchoir dans ta prochaine lettre.

Ton Jaquelin qui pense à toi. »

Ce fut à la seconde lecture que Marie-Thérèse se surprit à sourire, puis à éclater de rire.

À travers les lignes, elle devinait que son mari était heureux malgré tout et ça lui faisait chaud au cœur. Elle avait bien l'intention de lui poser mille et une questions à son retour, espérant que ce nouveau Jaquelin, capable de mots et de confidences, serait celui qui reviendrait au printemps.

Mais il y avait davantage !

Non seulement elle avait senti que son mari semblait s'épanouir malgré la distance qui les séparait, mais l'image de ce même Jaquelin, plutôt sérieux de nature, le nez enfoui dans un mouchoir de dentelle pour écarter les mauvaises odeurs était trop réjouissante pour garder cette demande secrète.

Brusquement, Marie-Thérèse eut envie de partager sa bonne humeur avec sa tante Félicité.

Elle se précipita hors de la chambre.

— Ma tante, ma tante, vous êtes où, vous là ? J'ai quelque chose à vous montrer. C'est trop drôle !

CHAPITRE 5

Dans le camp de bûcherons de la Joffer's Company, sur le trottoir menant au réfectoire

Le dimanche 11 mars, à l'heure du déjeuner

L'HIVER AVAIT FINI PAR PASSER, tant à Sainte-Adèle-de-la-Merci, petit village engoncé dans un épais tapis tout blanc, où même les voix qui s'interpellaient d'un bord à l'autre de la rue semblaient feutrées, qu'au camp de la Joffer's Company, balayé par les grands vents du nord qui empruntaient malicieusement le tracé de la rivière Windigo pour s'infiltrer jusque dans le moindre interstice entre les planches des bâtiments, là où les voix qui s'interpellaient arrachaient des craquements aux branches des arbres.

Durant plusieurs semaines, depuis les maisons du village jusqu'aux baraques du chantier, les poêles à deux ponts n'avaient pas dérougi.

Puis, petit à petit, les journées s'étaient mises à rallonger et les nuits semblaient moins glaciales. Du moins, les hommes du chantier en avaient-ils l'impression, puisqu'ils ne sentaient plus le besoin de se lever toutes les heures pour remplir « la truie », ce qui faisait plaisir à tout le monde.

Mine de rien, la neige commençait à fondre, un peu plus rapidement à Sainte-Adèle-de-la-Merci que sur les bords de la Windigo, certes, mais du sud au nord, depuis quelques jours, on entendait les corneilles croasser et c'était bien suffisant pour se sentir renaître.

Indéniablement, même si c'était encore l'hiver, il y avait comme une senteur de printemps dans l'air et ça chatouillait tous les esprits.

— Ça sent la sève qui monte, déclara le grand Joachim, en ce matin du 12 mars, alors qu'il sortait du dortoir pour se diriger vers la salle à manger, un peu plus tard que les autres jours de la semaine, puisqu'on était dimanche et que le dimanche, les haches étaient au repos.

Nez en l'air, du haut de ses six pieds six pouces, le grand Joachim reniflait bruyamment.

— Ça veut dire que la drave* s'en vient, répliqua Matthias Couture, cette force de la nature qui semblait faire corps avec la forêt, tant il avait vécu d'hivers dans les chantiers et avait toujours réponse à tout.

À l'instar de Joachim, Matthias humait tout autour de lui, le nez en l'air, comme une bête en train de flairer, et tous les hommes avaient remarqué la pointe d'excitation dans sa voix.

— M'en vas dire au *jobber* de dire au *foreman* que j'suis partant pour la drave, comme d'habitude, lança le colosse. Ça paye ben, pis des fois, quand la rivière veut couler du bon bord, on arrive en bas avant tous les autres.

— Ah oui ? Ça paye plus, si on fait la drave ?

C'était la voix de Jaquelin qui s'était élevée, un peu plus loin, dans la filée des hommes qui sortaient du dortoir.

Jusqu'à ce jour, le cordonnier s'était contenté de tout apprendre du métier de bûcheron sans trop se poser de questions. Malgré une certaine curiosité naturelle,

* Transport de troncs d'arbres flottés.

Jaquelin ne tenait pas nécessairement à savoir à quoi serviraient tous ces arbres coupés. Qu'ils soient transformés en planches ou en papier le laissait plutôt indifférent. Jaquelin bûchait bien et remplissait son quota journalier sans trop de difficulté. C'était amplement suffisant pour se sentir satisfait, selon l'entendement qu'il avait de son travail. On prétendait qu'il était un bon bûcheron, tout comme on avait toujours déclaré qu'il était un excellent cordonnier.

Alors que demander de plus ?

Jaquelin en était même parvenu à se dire qu'une fois de retour chez lui, il aurait de moins en moins besoin de ses beaux-frères, pour gérer l'entretien de la maison. Les gros outils ne lui faisaient plus peur. Preuve, s'il en était besoin, que Jaquelin Lafrance était un homme intelligent, capable d'apprendre tout et n'importe quoi, pourvu que l'on se donne la peine de lui montrer correctement ce qu'il devait faire. Cela venait contredire son père Irénée, qui l'avait toujours traité de bon à rien.

Tout comme le fait de chanter ne nuisait nullement au travail bien fait. Aujourd'hui, Jaquelin en avait la preuve. Depuis la nuit de Noël, il ne laissait pas sa place quand une chanson s'élevait entre les épinettes pour accompagner le bruit des haches et sa production n'en avait pas souffert. Il avait même appris par cœur les paroles de bien des chansons et il se promettait de les apprendre à ses enfants, dès qu'il serait de retour chez lui.

Le soir, avant de s'endormir, Jaquelin avait eu un long hiver pour méditer toutes ces choses et, souvent, c'était avec un vague sourire sur les lèvres qu'il sombrait dans le sommeil, le nez enfoui dans le petit carré de batiste qu'il avait enfin reçu. Tous ces changements apportés à sa vie lui avaient fourni les mots à écrire dans chacune des lettres envoyées à la maison et Jaquelin Lafrance était très fier de lui.

Il avait surtout grande hâte d'en parler de vive voix avec Marie-Thérèse.

Ce qui lui faisait dire, en ce moment, que la profession de draveur en était une comme les autres, et que, s'il en avait envie, il réussirait probablement à l'apprendre aussi.

Pour en savoir un peu plus sur le métier, Jaquelin remonta donc la colonne des hommes à grandes enjambées afin de rejoindre Matthias, qui marchait sur les talons du grand Joachim, et il répéta :

— C'est vrai ça, que faire la drave, c'est payant ?

— Et comment ! Tu fais le salaire d'un mois en une semaine.

— Tant que ça ?

— Parles-en au *foreman*, Lafrance ! intervint Joachim en se tournant brièvement vers celui qui marchait quelques pas en arrière. Il va te le dire, lui, combien ça va payer cette année. Mais habituellement, ça ressemble à ce que vient de te dire Matthias : un bon draveur fait un mois de salaire dans une semaine. Ou à peu près. L'an dernier, ça m'a rapporté huit belles piastres par semaine.

— Parfait, j'aime mieux jouer sûr.

Un peu plus loin sur le trottoir, où marchaient bruyamment tous les hommes en direction de la salle à manger, une voix venait de s'inviter dans la discussion.

— Courir sur des billots branlants qui flottent sur de l'eau glacée, manipuler la gaffe pour défaire les embâcles, dormir pis manger dans des tentes sur le bord d'une rivière ou ben d'une autre, pis surtout être obligé de me servir de la dynamite en cas de besoin, ça me dit rien pantoute.

— Avec ta gang d'enfants, Lafrance, moi, j'irais pas là, argumenta une autre voix, devenue de plus en plus rauque au fil des semaines à cause de l'abus du tabac. D'autant plus que t'as une job steady qui t'attend chez vous. Faudrait ben que t'arrives en un seul morceau pour retrouver ton métier de cordonnier. Pourquoi t'irais prendre des risques inutiles ?

— C'est si dangereux que ça ? demanda alors Jaquelin, les yeux rivés sur la nuque de Matthias, de qui il espérait une réponse claire. Me semble que...

— Écoute-les pas, Lafrance ! coupa ce dernier, tout en tournant brièvement la tête vers Jaquelin. Moi, ça fait des années que j'suis draveur tous les printemps. C'est dur, je dirai pas le contraire, pis risqué, c'est vrai, mais il y a rien de facile dans la vie… Dis-moi un peu, Jaquelin, j'ai l'air d'un gars magané ?

— Non, pas vraiment.

— Bon, tu vois ! J'ai déjà été cageux sur la…

— Cageux ?

— Ouais… Un raftman, si tu préfères, sur la rivière des Outaouais. On fait comme un immense radeau avec les pitounes*, pis on vit dessus durant des semaines, le temps de descendre la rivière… Mais j'aime moins ça. C'est moins excitant, ça paye moins, pis le temps m'a paru pas mal plus long… Non, il y a rien comme la drave pour qu'un homme se sente vivant ! T'as peut-être une gang d'enfants pis une job qui t'attend, c'est vrai, mais ta vie s'arrête pas à ça. D'après ce que tu nous as souvent raconté, le soir, à la veillée, il va te rester un bout de maison à payer quand tu vas rentrer chez vous, non ? Ça compte, ça aussi, dans la décision d'un homme !

— Je sais ben…

Jaquelin était songeur.

— Paraîtrait qu'elle est presque prête, la maison, souligna-t-il alors. Pis pas mal belle, à part de ça. C'est ce que ma femme m'a écrit dans la dernière lettre que j'ai reçue.

Malgré une évidente ouverture aux autres et un plaisir sincère à côtoyer ceux qu'il pouvait dorénavant appeler « ses amis », Jaquelin Lafrance n'en restait pas moins intimidé par les regards qui se posaient parfois sur lui avec insistance. Si ces mêmes regards étaient égrillards, il en perdait alors tous ses moyens, sa nature profonde n'arrivant pas du tout à s'accommoder des grivoiseries. Voilà pourquoi il n'osa ajouter que sa femme avait aussi écrit dans l'unique lettre à lui parvenir depuis les fêtes que même si la maison était habitable, elle allait l'attendre pour y emménager. Cette confidence aurait probablement suscité quelques blagues, et, sur ce point, Jaquelin n'était

* Billot de bois.

pas d'accord avec l'attitude de ses compagnons. Il respectait trop sa femme pour accepter d'entendre le moindre calembour au sujet de leur relation.

« Pas question que je m'installe sans toi, Jaquelin, lui avait gentiment affirmé Marie-Thérèse, après avoir parlé des travaux qui tiraient à leur fin. Cette maison-là, c'est ben plus la tienne que la mienne. Je vas respecter ça. Pis comme j'ai pas envie de voir ton père venir fouiner dans nos affaires avant que t'aies vu la maison, j'ai pas l'intention de lui écrire pour dire que tout est presque prêt, pis que c'est ben beau. Il sait que ça s'en vient, ça suffit. Ça me tente pas de le voir rappliquer ici avant toi. Ça fait qu'on va attendre que tu sois là, les enfants pis moi, pour aller vivre dans la maison neuve. »

Cette délicatesse avait profondément touché Jaquelin, qui gardait cette dernière lettre en permanence sur lui, profitant de chaque occasion pour la relire. Il appréciait particulièrement ce passage où Marie-Thérèse écrivait ne rien vouloir faire de plus tant et aussi longtemps qu'il ne serait pas avec eux. Le déménagement se ferait donc dès son retour dans cette maison qui, selon elle, avait plutôt fière allure.

« Comme celle d'avant, avait-elle précisé. La nouvelle maison est pareille comme celle que ton père avait bâtie. Sauf en dedans... J'ai pensé à notre famille, à nos habitudes à nous autres, pis avec mon père, j'ai choisi de mettre les pièces d'une autre manière. Je pense que tu vas aimer ça. Je t'en dis pas plus, je veux te faire une surprise. En attendant, je le répète au cas où t'aurais envie d'insister : pas question d'aller vivre là sans toi. »

Pourtant, Marie-Thérèse devait en avoir plus qu'assez de passer toutes ses journées à l'étroit avec les enfants, dans la petite maison de la tante Félicité, même si la vieille dame avait le cœur sur la main !

Comme il la connaissait, Jaquelin savait que Marie-Thérèse devait surtout beaucoup s'ennuyer de ses deux plus jeunes, avec qui elle ne passait que quelques heures par jour.

À cette pensée, Jaquelin accéléra encore le pas pour se retrouver tout juste à côté de Matthias.

— Ça dure combien de temps, la drave ? demanda-t-il au moment où les deux hommes grimpaient les quelques marches menant au réfectoire.

D'immenses plats remplis de crêpes les attendaient. Jaquelin l'avait deviné à l'odeur et, à leur vue, il se mit à saliver, comme chaque fois qu'il mettait les pieds dans la salle à manger, à son plus grand étonnement.

En effet, alors que Jaquelin Lafrance avait toujours mangé par principe, parce que la vie le voulait ainsi, depuis qu'il vivait aux chantiers, il avait appris que l'on pouvait aussi prendre plaisir aux saveurs et aux textures des aliments, et que, parfois, l'estomac d'un homme n'avait pas de fond. Quand on lui avait affirmé que le gros Roger était un bon chef, on n'avait pas menti.

— Le temps que dure la drave ? répondit Matthias en tenant la porte grande ouverte. Bof ! Un petit mois, des fois moins.

— Et ça va commencer quand ?

— Ça, par contre, on peut jamais vraiment le savoir à l'avance.

La poignée de porte enfouie dans sa large main, Matthias s'arrêta un moment et il regarda tout autour de lui. Ce matin, sous les rayons tièdes du soleil, la forêt semblait prête à renaître tout d'un coup. Comme si l'hiver allait plier bagage dans l'heure ! Le croassement des corneilles, si lugubre à l'automne, était empreint, en ce moment, d'une joyeuse espérance.

— Ce matin, tu vois, je dirais que ça va commencer dans pas trop longtemps, à cause du temps doux, expliqua Matthias, tout en pénétrant enfin dans la salle à manger, bousculé par tous les hommes affamés.

À titre d'ancien, le colosse s'installait de droit à la première table, celle qui était servie en premier. De la main, il fit signe à Jaquelin de le rejoindre.

— Mais demain, ajouta-t-il en glissant sur le long banc qui faisait office de chaise, on va peut-être se réveiller de retour en hiver. Ça fait qu'on sait jamais vraiment la semaine, le jour, le moment où la drave va commencer. D'abord et avant tout, faut que la rivière soit libérée de ses glaces. Pis ça, mon Lafrance, c'est pas pour aujourd'hui. Ça va avec la température pis le soleil. Quand il se met à pleuvoir, quand mars se termine dans les averses, ça va plus vite, c'est ben certain, mais dans ce temps-là, les rivières sont grosses pis c'est plus dangereux. Ça change avec les années. C'est pour ça que je dis qu'on peut jamais savoir d'avance à quoi ça va ressembler. Pour ma part, ça fait ben des printemps que je fais la drave tous les ans, pis c'est jamais arrivé que deux années de suite soient pareilles.

— Ouais…

— Et ? Est-ce que ça te tente ?

— J'sais pas trop… D'une certaine manière, je dirais que oui, parce que t'en parles avec un grand sourire, pis il y a plein d'énergie dans ta voix. Mais d'un autre côté, ça me fait un peu peur… Jean-Marie a sûrement pas tort quand il dit que ça peut être dangereux. Mais j'vas y penser, pareil. On sait jamais… Astheure, passe-moi donc le pot de mélasse ! Ça me tente pas de manger mes crêpes froides.

Le surlendemain, Matthias promettait au *jobber* qu'il s'occuperait lui-même de Jaquelin.

— Comptez sur moi, m'en vas y montrer le métier. Lafrance, c'est un gars qui apprend vite, on l'a vu dans le bois. Ça a pas été long qu'il coupait autant d'arbres que les anciens. Ça fait que j'suis sûr que l'an prochain, Lafrance va être un vrai, un flotteur, comme moi pis les autres. Tout s'apprend, monsieur. La flotte du bois comme le reste. Suffit d'être prudent, pis ça, Lafrance, il l'est plus que nous tous mis ensemble. J'suis ben placé pour le savoir, rapport que j'ai bûché à côté de lui une bonne partie de l'hiver.

Il fallait plus qu'un nouveau candidat au poste de draveur pour inquiéter le *jobber*. D'une voix indifférente, il approuva.

— Si tu le dis, je me fie à toi. Tu connais Lafrance mieux que moi. M'en vas donc mettre son nom sur la liste de paye, en attendant de voir ce que ça va donner. Au pire, si jamais il change d'idée, un nom, ça s'efface.

Cette dernière précision avait fait sourire Jaquelin qui, rassuré, avait remercié Matthias pour son appui. Comme ce dernier était un homme sérieux et fiable, le cordonnier estimait qu'avec lui, il serait à la meilleure école. Nul doute que le nom de Jaquelin Lafrance allait rester sur la liste de paye ! Néanmoins, une petite crampe lui tordait les entrailles quand il repensait à cette décision prise un peu à la va-vite.

Était-ce l'excitation ? Était-ce la peur qui le rendait aussi fébrile ? Jaquelin n'aurait su le dire avec certitude. Probablement un peu des deux. Chose certaine, cependant, il avait vraiment hâte d'être chez lui, et la simple perspective de gagner quelques jours sur l'horaire prévu lui faisait battre le cœur à toute vitesse. Philosophe, Jaquelin se disait que, dans le cas contraire, ce serait tout de même de l'argent imprévu qui tomberait dans sa poche et ça n'était pas négligeable.

En fin de compte, pour se rassurer, il repensait à sa jeunesse. En effet, quand il était jeune, un des rares plaisirs qu'il avait pu s'offrir sans encourir les remontrances de son père, c'était de grimper dans le grand chêne au fond de la cour, et de s'y installer pour se reposer quelques instants.

Avoir la permission de prendre le temps de ne rien faire tisse des souvenirs impérissables, quand on n'a que douze ans et qu'on s'occupe de vieilles savates, du matin au soir.

Voilà pourquoi ce souvenir était aussi précis.

À l'époque, Jaquelin ne savait pas encore que ce rituel de son enfance aurait un jour une si grande importance, mais aujourd'hui, se revoir installé à califourchon sur une des plus hautes branches du chêne suscitait une nostalgie qui lui était bonne. Il n'était qu'un gamin, certes, mais le temps de croquer une pomme, tandis qu'il furetait du regard un peu partout dans le village, Jaquelin Lafrance se sentait le roi du monde !

Le cordonnier savait aussi que jamais il n'avait perdu l'équilibre quand il grimpait à son chêne, pas plus qu'il n'avait eu le vertige. Pourtant, Dieu sait qu'il montait haut dans son vieil arbre. Ça devait bien vouloir dire quelque chose.

Quand il y repensait, Jaquelin bombait le torse. Quoi que son père ait pu dire de lui, le traitant de tous les noms, parfois, Jaquelin avait sûrement une adresse naturelle qui lui permettait d'envisager le métier de draveur avec assurance.

Et ce fut ainsi, d'une pensée à un souvenir, de l'envie de revoir Marie-Thérèse à l'ennui de sa famille, que la peur d'un accident s'amenuisa au fil des jours qui passaient.

Quand un soubresaut d'inquiétude se manifestait, ou tout simplement pour contrecarrer les objections diverses qu'il se faisait à lui-même, Jaquelin se disait que, si jamais il prenait du retard parce que la rivière avait choisi cette année de se montrer capricieuse, au moins il retournerait à Sainte-Adèle-de-la-Merci avec un supplément d'argent dont il ferait sûrement bon usage.

En attendant le dégel, avec les chevaux bien harnachés, on avait transporté les troncs d'arbres depuis l'orée du bois jusqu'aux berges de la rivière. Pour occuper le temps, on avait continué à faire les lavages de couvertures et de vêtements dans les cuves d'eau bouillante, mais un peu plus souvent que durant l'hiver, en se disant, chaque fois, que c'était peut-être la dernière. Sans l'avoir vraiment choisi, on mangeait un peu moins aux repas parce que les provisions commençaient à baisser et que le commis avait décidé qu'il serait inutile d'en faire venir d'autres.

— Pas de gaspillage, c'est le patron qui veut ça comme ça. On finit les réserves, même si tout est un peu moins frais.

La saison des chantiers tirait à sa fin et personne n'allait s'en plaindre. Autant l'automne venu, certains d'entre ces hommes attendaient avec impatience le jour où ils partiraient pour les chantiers, autant, une fois le printemps arrivé, ils avaient hâte de redescendre en ville. On avait tous un autre métier, ou des amis, ou une famille qui nous attendaient dans le Sud, et chacun d'entre eux avait une raison bien personnelle de vouloir rentrer au bercail.

Le grand Joachim, lui, avait des champs à labourer et à ensemencer, alors qu'il aidait un vague cousin à entretenir sa terre.

Les deux frères Galarneau ne parlaient plus que de leur bateau qui sillonnait les eaux du lac Saint-Pierre, tout au long de l'été, pour pêcher le doré.

Quant à Matthias, c'était sa petite famille qui devait se languir de lui. Il avait une femme et deux enfants, et Matthias en parlait avec une intonation spéciale dans la voix. Dès qu'il serait de retour chez lui, le colosse troquerait la hache pour le marteau, alors qu'il aiderait ses frères dans divers projets de construction.

Chacun de ces hommes un peu rustres parlait de chez lui avec beaucoup d'émotion dans la voix et le regard, et, dans sa poitrine, battait un cœur de midinette à l'approche du printemps.

À l'office, Jaquelin s'était procuré des souliers à crampons, des souliers à « pitons », comme on le disait ici, et une gaffe. Son paquetage était toujours à l'ordre, prêt à partir, et la photographie de Marie-Thérèse avait été soigneusement rangée entre deux pantalons pour pouvoir la remettre intacte à la tante Félicité. Tout au fond du havresac, il y avait toujours les deux bas de laine enroulés l'un dans l'autre, et son pécule n'avait pas baissé d'un sou, puisque la compagnie avait consenti des avances à tout le monde. Jaquelin était fin prêt à partir. Les jours d'attente s'accumulant, il était même impatient de goûter à la drave, à la « flotte », comme plusieurs le disaient ici.

Il était temps que la descente de rivière commence !

Ce fut Matthias qui donna le signal du départ, par un matin à l'aube toute rose et lumineuse, sous les rayons d'un beau soleil levant. Debout bien avant les autres, il revenait de la rivière.

— Ça y est ! C'est ce matin qu'on part, Jaquelin, lança-t-il tout joyeux, en entrant dans le dortoir.

Puis, jetant un regard à la ronde, il déclara d'une voix forte, toujours remplie d'entrain :

— Bédard, Morin, Jean-Louis, Martial, Romuald... On se grouille, les gars ! La rivière a fini de charrier le gros de ses glaces durant la nuit. Mangez tout votre saoul parce que la journée va être longue. C'est aujourd'hui qu'on tire les billots à l'eau pis qu'on commence à descendre vers La Tuque. J'ai besoin de tout mon monde. Je passe à l'autre dortoir pour les prévenir.

Puis, revenant à Jaquelin, Matthias ajouta avec un clin d'œil, avant de ressortir du baraquement :

— Avec un peu de chance, mon Jaquelin, dans moins d'un mois, t'es rentré chez vous !

Les mots que le cordonnier attendait !

Il était déjà debout, à côté de son couchage, et il tendait une main impatiente vers son paquetage.

— Ben content d'entendre ça, lança-t-il par-dessus son épaule.

Puis, se tournant vers Matthias, Jaquelin précisa :

— J'ai ben aimé mon expérience dans le bois, c'est sûr, mais j'ai hâte d'être à la maison !

— On est tous un peu pareils !

Jaquelin approuva d'un sourire, car Matthias avait raison. Ils en avaient suffisamment parlé entre eux pour le savoir. Ce que le cordonnier ne dirait sous aucun prétexte, cependant, c'était qu'il ne passerait plus jamais aucun hiver sur un chantier. Il s'était trop ennuyé. De sa femme, de sa famille, de son village. Même s'il ne regrettait aucunement l'expérience vécue depuis novembre dernier, et qu'il savait grandement apprécier cette camaraderie découverte au contact de tous ces hommes venus d'un peu partout, des hommes qu'il espérait revoir au fil du temps, il devait cependant admettre que la vie dans les bois n'était pas faite pour lui.

En partant par la rivière, Jaquelin Lafrance irait chercher le maximum d'argent qu'il pouvait tirer de l'aventure, mais il ne reviendrait pas.

Jaquelin se moquait de lui-même quand il se répétait que l'odeur des vieilles bottines commençait à lui manquer.

Et l'absence de Marie-Thérèse était devenue un véritable supplice. Le petit mouchoir était tout fripé d'avoir été longuement reniflé.

Toutefois, en moins de deux heures, Jaquelin Lafrance oublia qu'il avait une maison toute neuve à visiter. Il mit de côté aussi le fait qu'une famille l'attendait avec impatience, et il ne ressentit plus rien de cette envie viscérale qu'il avait de tous les retrouver.

Sur les remous de la rivière, tout était question d'équilibre, de vigilance, d'adresse, et Jaquelin dut y consacrer toute son attention et son énergie.

Sur la rivière, il n'y avait aucune seconde pour les distractions !

L'eau glauque était tellement froide que les embruns qui montaient entre les billots lui glaçaient les mains et le visage. Heureusement qu'il portait la barbe depuis quelque temps, ça gardait au chaud.

Au soir du premier jour de drave, Jaquelin tomba sur sa paillasse avant même d'avoir mangé. Au second, il se jeta sur la nourriture et il dévora tout ce que le cuistot mit dans sa gamelle. Jamais Jaquelin n'aurait cru pouvoir ingérer autant de nourriture en un seul repas.

Ce fut au matin du troisième jour qu'il commença à se sentir un peu moins craintif sur ces billots qui n'en faisaient qu'à leur tête et qui roulaient constamment sur eux-mêmes. On se moquait gentiment de lui, car Jaquelin n'était pas capable de courir et de sauter de l'un à l'autre, comme le faisaient ses compagnons. Cela demandait une trop longue habitude, et Jaquelin n'avait nulle intention d'en arriver là. Néanmoins, il était en mesure de garder un équilibre rassurant, qu'il rétablissait, au besoin, d'un coup de reins adroit. Du coin de l'œil, Matthias le surveillait.

— Il y a pas à dire, Lafrance, t'apprends vite, disait-il de temps en temps, quand il arrivait parfois à sa hauteur. D'abord la coupe, pis maintenant la drave… T'es un gars bourré de talents ! Un vrai gars de bois !

Jaquelin laissait dire sans jamais répondre.

Au bout d'une quinzaine de jours, Matthias sut qu'il pouvait relâcher la surveillance. Jaquelin Lafrance avait appris à se déplacer sur les billots avec prudence, comme il avait appris à manier la hache et le godendard* avec prudence. Il n'était pas encore un as de l'équilibre, ne le serait peut-être jamais, mais cela n'était pas nécessaire pour mener à bien la tâche qui leur était confiée, celle de mener tous ces troncs d'arbres jusqu'à l'usine. Matthias savait que les téméraires et les fanfarons n'étaient pas forcément les meilleurs draveurs, et, devant l'attitude de Jaquelin, il se dit qu'il pouvait lui faire confiance.

Quant à Jaquelin, alors que la coupe des arbres n'avait été qu'un pis-aller pour lui, une façon comme une autre de se rendre productif en attendant que la maison soit prête et qu'il puisse reprendre son métier, faire la drave était une découverte qui le laissait médusé.

En effet, depuis quelques jours, Jaquelin avait la curieuse sensation qu'une partie de sa jeunesse, celle dont il n'avait pas réellement profité, lui était redonnée, comme en cadeau.

Se dépasser, déjouer la nature et gagner.

Être le plus fort, être le meilleur…

Debout sur les billots, quand il arrivait à se tenir bien droit, Jaquelin Lafrance redressait les épaules et respirait profondément. Il avait alors l'impression d'être à nouveau le roi du monde.

Comme lorsqu'il montait au grand chêne…

Il aurait tant voulu que Marie-Thérèse et les enfants puissent le voir ! Il avait hâte de tout leur raconter.

Depuis quelque temps, il se répétait que non seulement il allait reprendre sa vie là où il l'avait laissée en novembre dernier, mais il allait la retrouver bonifiée. Le cordonnier qui reprendrait sa place devant l'établi ne serait pas tout à fait le même Jaquelin Lafrance que celui parti à l'automne après avoir tout perdu dans l'incendie. Non, l'homme

* Scie à large lame avec une poignée à chaque extrémité.

qui reviendrait chez lui serait, en quelque sorte, lui aussi bonifié. Oh ! Jaquelin n'aurait pu employer exactement ces mots, mais au fond de lui, il sentait la différence, et l'envie de tenir les siens tout contre lui était bien réelle. Comme l'avait si bien dit Marie-Thérèse, rien ne lui ferait autant plaisir que de retrouver sa place au bout de la table familiale.

Et Jaquelin se jurait bien que, dorénavant, il y aurait des chansons plein la maison du cordonnier de Sainte-Adèle-de-la-Merci.

Jusqu'à maintenant, c'était une belle saison pour la drave. Le soleil chauffait, la rivière n'était pas trop grosse, et les hommes n'avaient pas eu à se battre contre de véritables embâcles*. La dynamite n'avait été utilisée qu'à une seule reprise, au grand soulagement de tous.

— Il y a pas à dire, Lafrance, c'est une sacrée bonne saison pour t'accoutumer à la drave ! Ça va tellement bien, cette année, que tu devrais être chez vous dans pas trop longtemps !

Jamais paroles n'avaient été plus douces aux oreilles du cordonnier.

Enfin !

Il allait revoir sa Marie et les enfants. Il allait découvrir leur nouvelle maison et préparer une belle affiche pour annoncer que la cordonnerie était rouverte. Il demanderait même la permission à Gustave Ferron pour la placarder au magasin général.

Enfin !

Jaquelin Lafrance allait rentrer chez lui pour reprendre sa vie en mains et, dès son retour, il écrirait une longue lettre à son père pour l'en aviser. Irénée Lafrance verrait bien que son fils n'était pas un manchot !

Tout en travaillant, un œil sur les troncs d'arbres et un autre tourné vers l'avenir, Jaquelin s'imaginait déjà chez lui. Il n'en pouvait plus d'attendre.

---

* Accumulation naturelle de matériaux apportés par l'eau.

Depuis le matin, la rivière était particulièrement calme. « Comme en plein été », avait fait remarquer Matthias au réveil. Alors, les hommes avaient attaqué la journée dans la bonne humeur sous l'œil vigilant de Joachim Côté, qui était un peu partout à la fois !

En effet, par tradition, au camp de la Joffer's Company, et depuis plusieurs années déjà, c'était le grand Joachim qui servait de vigile. Ce n'était pas un rôle officiel, et il n'était pas payé pour cela, mais, entre Matthias, qui était le responsable des draveurs, et le grand Joachim, qui s'était octroyé le rôle de gardien, s'était créé un lien de confiance qui avait fait ses preuves à plusieurs reprises.

L'un veillait et l'autre réagissait rapidement. Comme ils le disaient entre eux, ils formaient « un bon team » !

Bien entendu, il y avait un éclaireur désigné qui, lui, devançait la charge. Il était là pour avertir les draveurs qu'un peu plus loin, il y avait des chutes ou un rétrécissement de la rivière qui pourrait causer un embâcle. Tout comme il y avait aussi un homme à cheval qui longeait les berges. C'était lui qui voyait à la logistique des arrêts pour la nuit. Mais quand ils étaient sur l'eau, du haut de ses six pieds six pouces, Joachim était celui qui, machinalement, gardait un œil sur tout : la rivière, les rives, les hommes et les billots.

Jusqu'à présent, la journée avait été relativement facile. À l'arrêt de midi, ils avaient même pu retirer leurs manteaux, car le soleil était presque chaud.

— Par chez nous, les érables doivent couler à plein. J'ai hâte d'arriver.

Il y avait de la nostalgie, dans cette voix, et le frémissement d'un bel espoir heureux. Jaquelin n'était pas le seul à se languir de plus en plus des siens.

À présent, la clarté fléchissait. Sous un ciel qui passait lentement du rose au violet, le soleil glissait à travers la dentelle noire des têtes d'épinettes qui se découpaient à contre-jour. Joachim savait que le bivouac n'était plus très loin et qu'ils auraient le temps de s'y rendre avant que la clarté disparaisse pour de bon. Chaque année, ils s'arrêtaient invariablement après le gros rocher qui surplombait la rivière, là-bas, un peu plus loin. L'éclaireur et le cuistot devaient déjà les attendre sur la rive de la petite crique, tout en préparant le souper. Joachim allait interpeller Matthias pour lui montrer le rocher qui venait d'apparaître dans son champ de vision, quand, soudain, il y eut un cri.

— Là-bas ! Un homme à l'eau !

Joachim tourna vivement la tête. Grâce à sa grandeur, il avait une vue d'ensemble sur la rivière, et il aperçut facilement une tache rouge, qui semblait flotter entre deux billots. Une tache qui faisait surface, puis disparaissait, refaisait surface et disparaissait encore, au gré des eaux.

— Là-bas, Matthias ! cria-t-il tout en s'élançant vers ce qui ressemblait à une tuque de laine.

Ce fut suffisant pour que Matthias, même s'il ne voyait rien d'autre que des troncs d'arbres et de l'eau, se dirigeât aussitôt vers l'endroit que Joachim avait pointé du doigt.

Les deux hommes aguerris couraient sur les troncs, sautaient de l'un à l'autre, si habilement qu'ils semblaient voler au-dessus de la marée de tout ce bois flottant sur la rivière.

Matthias fut le premier à arriver à la hauteur de Jaquelin, qui avait perdu pied et qui était tombé à l'eau. Depuis quand ? Personne n'aurait su le dire. Le gargouillis des remous de la rivière avait avalé le bruit de sa chute et comme chaque seconde comptait... Sans prendre le temps de s'en vouloir pour avoir relâché sa surveillance – il aurait probablement toute une vie pour le faire –, Matthias tendit sa gaffe vers Jaquelin et, avec une délicatesse de dentellière, il agrippa un pan du manteau et tira de toutes ses forces. Les clous de ses chaussures étaient bien arrimés au bois d'un gros billot qui perdait peu à peu son écorce, ce qui le rendait glissant.

Matthias maniait la gaffe avec adresse pour ne pas blesser Jaquelin. Il tirait et tirait encore, jouant de ruse avec les arbres qui semblaient vouloir lui arracher le corps du bûcheron. Matthias surveillait les troncs, et la tête de Jaquelin. S'il fallait qu'il reçoive un coup violent au crâne…

Mathias banda ses muscles. Il se battrait contre les troncs et l'eau vive qui l'éclaboussait jusqu'à l'ultime limite de ses forces, avec l'énergie du désespoir, tout comme Jaquelin lui avait confié l'avoir fait pour sauver ses enfants des flammes.

— C'était l'enfer, Matthias, mais jamais, tu m'entends, jamais j'aurais pu en laisser un seul à l'intérieur quand moi, j'étais dehors ! À ce moment-là, j'avais vraiment l'impression que ma propre vie valait ben moins que celle de mes enfants. Ça fait que je suis retourné dans la maison en flammes pour aller chercher Agnès, qui criait comme une possédée.

Aux yeux de Matthias, cet homme-là ne méritait pas de mourir tout de suite. De toute façon, personne sur Terre ne méritait de disparaître de cette façon, dans la fleur de l'âge.

— Je Vous en prie, pas lui ! gronda-t-il, ne s'adressant à personne en particulier, sinon à Celui qui était supposé veiller sur eux tous, depuis son Ciel.

Dieu dut entendre sa supplique car, lentement, le corps de Jaquelin s'approcha de lui sans qu'aucun tronc le frappe sérieusement. Matthias se pencha alors à la limite de la prudence et, à bras-le-corps, il souleva Jaquelin, qui se laissait manipuler comme un pantin désarticulé, un pantin difficile à sortir de l'eau, parce que très lourd.

Joachim arriva enfin à la hauteur de Matthias pour l'aider.

— Doucement, Joachim, doucement.

Ce fut à deux que les draveurs ramenèrent le corps détrempé et glacé jusque sur les berges de la rivière, marchant et glissant sur les billots, se retenant mutuellement pour ne pas tomber à leur tour. Ils avaient peur de lâcher Jaquelin, qui était si lourd dans ses vêtements mouillés, et le retour sur la terre ferme fut ardu et lent.

Au bout de longues minutes qui leur semblèrent interminables, Joachim et Matthias purent enfin déposer Jaquelin sur un rocher délivré de son carcan de neige. Complice de ce printemps idyllique, le rocher gardait même une certaine chaleur, procurée par les derniers rayons du jour.

Matthias y vit un signe du Ciel, car, en ce moment, l'unique besoin de Jaquelin était un peu de chaleur.

Sous le regard horrifié des autres draveurs, qui ne tardèrent pas à les rejoindre, Matthias tentait de détacher les boutons du manteau de Jaquelin. Ses doigts gourds étaient malhabiles.

— Comment il va ?

Dans un premier temps, Matthias ne se donna pas la peine de répondre. La moindre seconde occupée à autre chose qu'à tenter de réchauffer Jaquelin serait peut-être celle qui ferait la différence entre la vie et la mort.

Puis il leva furtivement les yeux et se heurta au regard de Joachim. Du coin de l'œil, il aperçut aussi les hommes qui approchaient, les uns après les autres, oubliant les billots pour un moment.

Personne, sur un chantier, n'aimait voir l'un des siens se blesser, tomber dans les eaux glacées ni encore moins le voir mourir.

— J'sais pas encore, haleta donc Matthias, qui arrachait déjà son propre manteau… On va commencer par essayer de le réchauffer. Allez, les gars, donnez-moi vos vestes… Non, pas toi, Romuald, ni toi, Bédard. Faut quelqu'un sur l'eau… Allez, les gars, retournez sur la rivière…

Les deux hommes étaient déjà en train de rattacher leur manteau.

— On va s'arrêter à la petite crique, comme d'habitude, précisa Joachim, qui venait de prendre la relève de Matthias. Vous avez juste à guider les troncs, ils vont rentrer tout seuls dans la crique, comme des vaches rentrent à l'étable. C'est pas difficile. On va vous crier les nouvelles, craignez pas…

La voix autoritaire de Matthias était haletante :

— Et toi, Joachim, tu vas m'aider à retourner Jaquelin pour finir de le déshabiller, exigea-t-il. Le pauvre garçon peut pas rester dans ses vêtements tout mouillés. Envoyez, les autres ! Les manteaux, les chemises, vite ! Et trouvez-moi du bois pour faire un feu. Vous y avez vu la face ? Jaquelin est blanc comme un drap. Si au moins j'arrivais à sentir battre son cœur…

Du bout de ses doigts engourdis par l'eau glacée, Matthias tentait de percevoir le pouls de Jaquelin, dans le cou, au poignet.

— Batince, il y a rien à faire, je sens rien. J'ai les mains tellement gelées que je sens pus rien.

En désespoir de cause, Matthias posa sa tête sur la poitrine de Jaquelin. Son visage s'éclaira aussitôt.

— C'est pas fort, ça bat pas vite, mais ça bat… On va se battre, nous autres avec ! Non, non, non, fais pas ça, toi ! Faut surtout pas le frictionner. C'est ça qu'on m'a appris… J'sais pas trop pourquoi, mais faut juste enlever ses vêtements mouillés pis l'envelopper avec du linge sec pour le réchauffer… Pis peut-être prier.

TROISIÈME PARTIE
PRINTEMPS 1923

CHAPITRE 6

Au village de Sainte-Adèle-de-la-Merci, au déclin d'une superbe journée qui s'était étirée joyeusement sous les tièdes rayons d'un soleil de printemps

Le jeudi 12 avril 1923, à l'heure du souper, dans la grande cuisine de la tante Félicité

À QUELQUES JOURS DE L'ACCIDENT et, à vol d'oiseau, à plus d'une centaine de milles de la rivière Saint-Maurice, Marie-Thérèse avait commencé à compter les jours la séparant du retour de son mari.

Depuis plus d'une semaine, la neige fondait à vue d'œil. Il ne faisait donc aucun doute que les hommes reviendraient bientôt des chantiers.

Marie-Thérèse n'y connaissait pas grand-chose, bien sûr, et elle n'avait personne auprès de qui se renseigner, mais il n'en restait pas moins que le bon sens allait dans cette direction : Jaquelin allait revenir très bientôt, puisque l'hiver était fini. La jeune femme avait donc toutes les raisons de se réjouir et c'est ainsi que chaque fois qu'elle y pensait, son cœur faisait un drôle de petit bond dans sa poitrine et, invariablement, un large sourire la transfigurait.

— Savez-vous quoi, ma tante ?

Les deux femmes étaient à la cuisine en train de fricoter le repas du soir.

— J'avais déjà entendu dire, poursuivit Marie-Thérèse sans attendre de réponse, qu'il y avait rien de mieux qu'une longue absence pour savoir si on aimait quelqu'un...

— Ouais, pis ?

Le ton employé par la tante Félicité était malicieux. Elle se doutait bien où sa nièce voulait en venir. Comme de fait, cette dernière précisa, dans la foulée de ses derniers mots :

— Et c'est vrai !

La tante Félicité était en train de casser les coquilles d'une bonne douzaine d'œufs pour en faire une grosse omelette, qui serait le dernier repas de la journée.

Les enfants en raffolaient.

La vieille dame s'empara donc d'un batteur à main, et, sans attendre, elle se mit à tourner la manivelle avec énergie pour faire gonfler et mousser la préparation. Quand la battue d'œufs commencerait à monter, elle ajouterait un peu de crème, de temps en temps, pour donner du corps à son omelette, tandis que Marie-Thérèse, de son côté, coupait une montagne de légumes d'automne, ceux qui avaient réussi à traverser l'hiver sans trop flétrir. Elle les taillait en tout petits morceaux pour les mettre ensuite à rissoler avec des cubes de lard salé.

— Jamais, vous entendez, jamais j'aurais cru m'ennuyer de Jaquelin comme maintenant, poursuivit-elle, tout en secouant les légumes contenus dans un grand poêlon en fonte qu'elle tenait à deux mains, tellement il était lourd. Pourtant, avant que mon mari parte pour le chantier, il pouvait se passer ben des journées sans qu'on se voie autrement qu'à l'heure du souper. C'est déjà arrivé qu'on se retrouve juste le soir tard, quand on montait se coucher. C'est vrai que certains jours, on était ben trop occupés tous les deux chacun de notre bord pour prendre le temps de jaser. Même que des fois, j'avais vraiment l'impression que Jaquelin était pas là, tellement il passait d'heures à la cordonnerie sans faire de bruit. Mais c'était pas pareil que maintenant. Je savais qu'il était pas trop loin, pis que j'avais juste à l'appeler pour le voir débouler dans ma cuisine… Voyez-vous, ma tante, juste de savoir ça, ben ça mettait du vent dans les voiles et du cœur à l'ouvrage. Il a fallu que mon homme parte pour un long bout de temps pour me faire comprendre à moi, Marie-Thérèse Gagnon, que j'avais besoin de lui, que j'avais besoin qu'il soit là, en personne, pas trop loin. Ouais… Tout ça pour vous dire que depuis l'automne, me semble que j'ai moins d'allant qu'avant, pis je dirais que c'est juste parce que mon Jaquelin est pas là.

À ces mots, Félicité esquissa un sourire à la fois tendre et espiègle.

— C'est plein de belles choses, ce que tu viens de dire là, ma Thérèse. Va falloir que tu les répètes à Jaquelin, un bon jour. Mais, si tu veux mon avis, il y a pas juste de l'ennui dans ton affaire. Non, pas vraiment… Je dirais qu'au-delà de l'absence de son mari, une certaine Marie-Thérèse Lafrance aurait ben d'autres raisons pour avoir un peu moins d'allant… Tu penses pas, toi ?

— Des raisons pour… Ah ça ?

Tout en frôlant doucement son ventre, qui commençait à arrondir, Marie-Thérèse éclata de rire.

— Non, ma tante, c'est pas le fait d'être en famille qui me fait filer un mauvais coton. C'est tout le contraire. Quand j'attends du nouveau, j'suis toujours en forme. Non, je vous le dis, c'est l'absence de mon homme qui me rend un brin caduque. Vous allez voir ! Quand Jaquelin va être revenu, ma bonne humeur va revenir, elle avec, j'en suis sûre.

— Ben tant mieux, ma belle ! C'est de ça qu'il va avoir besoin, notre Jaquelin. Après un long hiver, tout seul sans sa famille, au fin fond des bois, comme je le connais, ton mari s'est sûrement beaucoup ennuyé. Il va sûrement avoir envie de voir plein de sourires, pis de bonne humeur, autour de lui. En plus, vous allez vous retrouver tous ensemble dans votre belle maison… Ça va sûrement être ben agréable pour toute la famille, ça là !

Tout en parlant, la tante Félicité avait levé les yeux du bol en faïence où elle continuait de battre vigoureusement l'omelette, et, désormais, elle contemplait sa nièce avec un regard affectueux.

Dire que l'hiver lui avait semblé trop long serait mentir. Malgré la présence envahissante de tous ses neveux et nièces qui, par moments, prenaient beaucoup d'espace dans sa minuscule maison, Félicité Gagnon avait eu l'impression de rajeunir, au cours des derniers mois.

— Il faut que ça bouge, des enfants ! lançait-elle à Marie-Thérèse, lorsque cette dernière ne savait plus à quel saint se vouer pour arriver à tranquilliser sa marmaille. Laisse-les faire, ma Thérèse, insistait la tante Félicité. Ça me dérange pas une miette de les voir courir un peu. Quand ça bouge, des enfants, ça veut dire qu'ils sont en santé.

— Vous parlez comme Jaquelin, ma tante ! Lui avec, le bruit des enfants l'a jamais vraiment dérangé. Faut pas qu'ils aillent dans son atelier, par exemple. Surtout quand il est pas là. Ça, Jaquelin le tolère pas. C'est déjà arrivé que Cyrille lui ait désobéi, pis assez souvent, d'ailleurs. Laissez-moi vous dire que Jaquelin a piqué une colère noire à chaque fois !

— Pis ton mari avait raison d'agir de même. Il y a plein d'outils dangereux d'accrochés sur son mur… Pis c'est son gagne-pain, la cordonnerie. Faut que les enfants prennent ça au sérieux. J'ai pour mon dire que, dans une famille, les enfants doivent apprendre à respecter le travail des parents ! Celui du père, comme de raison, parce que c'est lui le pourvoyeur, mais celui de la mère aussi, parce que sans elle, ils mangeraient pas gros… Tout ça pour te dire que s'il faut leur crier après pour qu'ils comprennent le bon sens, ben, faut surtout pas se gêner.

Des discussions comme celle-là, il y en avait eu à la pelle, tout au long de l'hiver, et ce fut ainsi, malgré un manque flagrant d'habitude, que Félicité Gagnon avait été d'une patience d'ange avec la famille de

Marie-Thérèse. Il faut dire, cependant, que la maternité de sa nièce y était pour beaucoup dans cette attitude on ne peut plus conciliante.

Vivre sous le même toit que cette nièce qu'elle aimait comme une fille, partager son quotidien durant ces mois de l'attente, avait permis d'adoucir bien des agacements propres à la vie commune et avait même réussi à aplanir les petites aspérités du caractère de Félicité Gagnon. Vraiment ! Malgré les cris, les bousculades, le surplus de travail et quelques nuits écourtées, la vieille dame n'avait pas vu le temps passer et elle avait gardé, au fil des mois, une humeur, ma foi, plutôt sémillante, pour une femme de son âge.

C'était plutôt l'arrivée du printemps qui rendait Félicité Gagnon morose, depuis quelque temps. Pourtant, elle aimait bien le printemps, la tante Félicité, alléguant en riant que le soleil lui allait bien au teint ! Cependant, cette année, elle savait que le jour où Marie-Thérèse quitterait sa maison n'était plus très loin, et elle craignait ce moment. Oh ! Félicité était encore capable de se réjouir pour sa nièce, quand même ! Il était normal, n'est-ce pas, que les époux se retrouvent enfin, et personne ne lui ferait dire le contraire. N'empêche qu'une pointe de mélancolie venait ternir l'habituelle générosité de Félicité, qui n'arrivait pas, cette fois-ci, à s'oublier complètement devant le bien-être de l'autre. Mais comment lui en vouloir ? En tant que vieille fille, elle avait été fort peu sollicitée par les futures mères de la famille ou par celles du village. Pourtant, même si Félicité n'était pas mariée, c'était tout de même un cœur de femme qui battait dans sa poitrine. Une femme qui avait vu ses amies, ses sœurs, ses belles-sœurs, ses cousines et ses nièces enfanter à tour de rôle, sans que personne, jamais, songe qu'elle-même aurait peut-être aimé se retrouver à leur place.

Sauf cette fois-ci.

Grâce à Marie-Thérèse, Félicité ne se sentait plus tenue à l'écart, sous prétexte qu'elle n'y connaissait rien. Les malaises, les petites douleurs et les inconforts, tout comme les brusques fringales et les tout premiers mouvements du bébé à naître, Félicité les avait partagés au jour le jour.

Aux yeux de la vieille dame, la maternité de Marie-Thérèse était en quelque sorte un petit clin d'œil décoché par la vie, une sorte de cadeau bien mérité, offert à la célibataire qu'elle était restée, par choix, il faut l'avouer.

La maternité de Marie-Thérèse, c'était la façon un peu inusitée que Félicité avait trouvée de vivre enfin une grossesse, même si c'était par personne interposée.

Voilà pourquoi l'hiver avait paru si court aux yeux de la tante Félicité, qui aurait bien aimé être capable d'arrêter la course du temps, du moins jusqu'à l'accouchement.

Malheureusement, il n'y avait que dans les contes de fées que la chose aurait été possible. C'est donc pour cette raison que Félicité Gagnon anticipait le moment où elle se retrouverait seule dans sa maison.

Bien que minuscule, celle-ci allait sûrement lui paraître immense. Les cavales dans l'escalier, les petites disputes du déjeuner, tout comme les grands éclats de rire du souper, sans parler des confidences faites à la lueur de la lampe à l'huile, tous ces petits riens du quotidien allaient sûrement beaucoup lui manquer.

C'était donc le cœur lourd que la tante Félicité avait, à sa façon, commencé elle aussi à compter les jours la séparant du retour de Jaquelin. Toutefois, elle ne laissait rien transpirer de sa mélancolie. Marie-Thérèse avait le droit de préparer le retour de son mari dans la joie, dans l'allégresse même, sans avoir à souffrir de l'ombre déployée par la tristesse d'une vieille femme qui avait le vague à l'âme.

Une vieille femme qui prenait brusquement conscience que sa jeunesse s'était envolée drôlement vite et bien loin.

Alors, en ce moment, Félicité s'obligeait à bavarder avec Marie-Thérèse sur un ton léger, comme elle l'avait toujours fait, par respect pour sa nièce.

— ... Et j'ai hâte de voir la face de notre Jaquelin quand il va visiter la maison, disait justement Félicité, avec juste ce qu'il fallait d'enthousiasme dans sa voix rauque. Il y a pas à dire, ma Thérèse, ton père pis tes frères, Ovila en tête, ont fait de la belle ouvrage.

— C'est vrai, ça… Vous avez ben raison de parler de même. C'est en plein ce que je pense, moi aussi. J'espère juste que Jaquelin va être content du résultat, lui avec.

— Voyons donc, toi ! C'est quoi cette crainte-là ? Pis d'abord, explique-moi donc pourquoi ton mari serait pas content ?

Marie-Thérèse esquissa une moue.

— Je sais pas trop…

Brusquement, la jeune femme semblait incertaine, elle qui, depuis ces dernières semaines, manifestait pourtant une grande fierté devant les résultats obtenus, à la suite de la reconstruction de la maison.

— Me semble, expliqua-t-elle enfin, que j'ai pris ben des décisions toute seule, sans jamais pouvoir le consulter. Pour le faire, il aurait fallu attendre le retour de ses lettres, pis ça aurait pris bien trop de temps. Ça fait que ça m'achale un brin d'avoir été obligée de tout faire sans avoir son avis. Ça me fait un peu peur, aussi. Des fois que la manière que j'ai arrangé les pièces lui plaisait pas, hein ? Avez-vous déjà pensé à ça, vous, ma tante ? Que c'est qu'il va dire, mon Jaquelin, quand il va voir où j'ai décidé de mettre notre chambre ? Des fois, je me demande si c'est vraiment une bonne idée de l'avoir mis en bas, à la place d'un salon…

Félicité balaya l'objection d'un petit coup du batteur à main dans le fond du bol en faïence.

— Tu t'en servais pas, de ton salon, nota-t-elle en même temps, catégorique.

— Je sais ben, ma tante, mais quand même… Ça se fait-tu, ça, une chambre en bas, à la place d'un salon ? J'ai pas vu ça souvent, en tous les cas, même si cette pièce-là nous servait pas beaucoup… À part la visite annuelle de monsieur le curé, pis des fois à Noël, la porte restait fermée tout le temps, parce que je voulais pas que les enfants aillent jouer là, pis qu'ils me la virent tout à l'envers.

— Bon ! Tu vois ben que c'est pas une méchante idée d'avoir fait une chambre à la place d'un salon ! Ça fait juste un peu plus d'espace en haut pour vos enfants.

— C'est vrai. C'est justement pour que les grands aient une petite place juste pour eux autres que j'ai pris cette décision-là. Comme ça, à l'autre bout du corridor, il y a un espace assez grand pour mettre une table pour faire les devoirs. Juste en dessous de la fenêtre, par-dessus le marché ! Ça va être pas mal mieux que de toujours s'installer au bout de la table de la cuisine dans les cris pis les courses des plus jeunes.

— C'était une très bonne idée, confirma Félicité d'une voix catégorique, pis c'est pour ça que je te dis que tu t'en fais pour rien. J'suis sûre que Jaquelin va voir les choses de la même manière que toi. Pis si c'était pas le cas, pis qu'il chialait pour la forme, parce que c'est la manie des hommes de toujours vouloir avoir raison, ben, tu lui expliqueras ta pensée. Il va comprendre… Arrête donc de t'en faire avec ça, ma belle ! De toute façon, les hommes s'intéressent pas vraiment à ces affaires-là.

— Ça, c'est vrai, approuva Marie-Thérèse. Jaquelin me dit souvent que c'est moi qui connais ça, les affaires de la maison ! Pis il ajoute aussi que c'est à moi de décider, pour tout ce qui concerne les enfants.

— Bon, tu vois ! répéta Félicité. Pis quand ben même ça serait pas le cas, cette fois-ci, que Jaquelin soit pas d'accord avec tes choix, il sera pas différent des autres : il va dire un peu n'importe quoi, s'imaginant qu'il a raison, pis il va se dépêcher d'oublier tout ça. C'est souvent de même, les hommes ! Que c'est que tu veux qu'on y fasse ? On changera pas le monde, d'ici à ce soir. Dis-toi ben que ton Jaquelin, c'est pas n'importe qui ! C'est un gars sensé. En autant qu'il trouve que ce que t'as fait a du bon sens, pis que lui, il y trouve son confort, ça va faire son affaire, j'en suis certaine… Pense plutôt à la cordonnerie.

À ces mots, Marie-Thérèse se mit à rougir de fierté.

C'est qu'elle en avait mis du temps à tout planifier, à tout organiser, à choisir de beaux manches en bois verni pour les outils de son mari, dans le gros catalogue de M. Touchette, parce qu'il fallait bien remplacer ceux qui avaient brûlé dans l'incendie. Elle avait passé des heures et des heures, aux côtés de son père et de son frère Ovila, à analyser le plan de la maison que son père avait pris le temps de dessiner sur une belle grande feuille blanche, achetée exprès à M. Touche-à-Tout. Au bout du compte, c'était elle qui avait décidé avec Ovila que la cordonnerie serait bien mieux à l'arrière de la maison.

— Tant qu'à y passer de nombreuses heures, à peu près tous les jours, autant que Jaquelin puisse profiter du soleil, avait-elle argumenté pour faire valoir son point de vue.

Toute la famille Gagnon avait été d'accord avec elle !

Ainsi, maintenant, la clarté du jour allait pouvoir entrer dans la pièce à pleines fenêtres. Deux fenêtres. Marie-Thérèse avait exigé qu'il y ait deux fenêtres pour égayer l'atelier de son mari. Une donnant au sud, pour la matinée, et l'autre vers l'ouest, pour l'après-midi.

Ensuite, quand la pièce avait été prête, quand les murs avaient été enduits d'une couche de peinture d'un beau jaune soleil pour que la pièce reste gaie même par jour de pluie, Marie-Thérèse avait installé les outils sur le mur, exactement comme Jaquelin l'avait fait, à la seconde où son père avait quitté la maison.

— Chacun travaille à sa manière, avait-il grommelé pour expliquer son empressement. Pis ma manière à moi, ben, elle ressemble pas pantoute à celle de mon père. M'en vas tout changer ça pour que ça me convienne. Un point c'est tout !

Marie-Thérèse avait donc tenu compte des choix de Jaquelin. Sauf que cette fois-ci, la pièce était nettement plus vaste et ensoleillée.

— C'est vrai que c'est une belle grande pièce, approuva-t-elle avec enthousiasme, en tournant la tête vers sa tante. Ben plus grande que celle d'avant, où deux clients en même temps se marchaient sur les pieds.

— Ça, c'est quelque chose que Jaquelin va remarquer, pis qu'il devrait pas mal apprécier.

— Je penserais, oui... J'espère juste qu'il sera pas fâché que j'aie mis la cordonnerie à l'arrière de la maison.

— Pourquoi ?

— Parce que c'est moins visible... Mais en mettant la pancarte ben en évidence sur le bord du trottoir, avec la petite flèche que mon frère Bernard a taillée dans le bois durant l'hiver, pis qu'Ovila a clouée ensuite juste en dessous du nom de Jaquelin, ça devrait suffire pour que le monde comprenne.

Tout en parlant avec sa tante Félicité, Marie-Thérèse avait tourné les yeux vers la fenêtre de la cuisine, comme si de là où elle se tenait, elle pouvait voir sa maison. Du moins, pouvait-elle l'imaginer, et elle la trouvait très belle ! Avec les meubles qu'on leur avait donnés et les rideaux qu'elle avait suspendus aux fenêtres, la maison serait également confortable.

Dehors, le jour étirait nonchalamment ses dernières lueurs. À force d'attente et de prières, l'hiver avait fini par finir, et, dans quelques jours, fort probablement, Marie-Thérèse saurait enfin si toutes les décisions, prises toute seule durant la saison froide, trouveraient grâce aux yeux de son mari.

Elle était très fière des choix qu'elle avait faits, et elle avait grande hâte d'en parler avec Jaquelin.

Marie-Thérèse esquissa un sourire. Aux cris disgracieux des corneilles s'étaient joints quelques oiseaux piailleurs et c'était bien suffisant pour se sentir le cœur en fête. Elle avait toujours aimé la cacophonie des roselins. Ce joyeux pépiement était pour elle synonyme de chaleur et l'été serait toujours, et de loin, sa saison préférée.

La jeune femme ramena alors les yeux sur ses petits légumes en train de grésiller et elle prit une longue inspiration en se demandant, pour la dixième fois peut-être depuis le matin, ce que faisait Jaquelin pour ne pas être encore arrivé. Incapable de répondre à cette interrogation, Marie-Thérèse revint à Félicité.

— Dans le fond, c'est vous qui avez raison, ma tante : je m'énerve pour rien... Jaquelin va nous arriver d'un jour à l'autre, pis on va déménager dans une maison qu'il peut pas faire autrement qu'aimer, parce qu'elle est encore plus belle que celle d'avant... Pis un dans l'autre, malgré tout, ça a pas coûté les yeux de la tête. Ça, c'est mon père qui me l'a dit, parce que c'est lui qui s'occupait des factures. Ça aussi, Jaquelin va sûrement l'apprécier... Bon, c'est ben beau tout ça, mais faudrait ben manger. Les légumes sont prêts, vous pouvez verser votre omelette dedans... M'en vas râper un peu de fromage pour mettre sur le dessus... Vous savez, celui que j'ai fait la semaine dernière pis qui commence à être un peu sec ? Comme ça, on le perdra pas. Le temps de mettre les assiettes sur la table, de couper du pain, pis j'appelle les enfants...

Quelques minutes plus tard, dans un immense soupir d'impatience, Marie-Thérèse répéta par-dessus son épaule, tout en se dirigeant vers la grande armoire pour prendre la vaisselle :

— Si vous saviez à quel point j'ai hâte que Jaquelin voie tout ça !

— Je te comprends, ma Thérèse. T'as travaillé fort, mais le jeu en valait la chandelle ! Jaquelin va l'aimer, cette maison-là, c'est certain. Et ton beau-père avec, tant qu'à y être.

— Oh lui...

Les deux mains tendues devant elle, Marie-Thérèse revenait vers la table en portant une pile d'assiettes.

— Laissez-moi vous dire, ma tante, que si mon Jaquelin parle pas tellement, au point que des fois, on sait pas trop s'il est content ou pas, et que ça m'agace un peu, le beau-père, lui, c'est tout le contraire. On sait toujours d'avance qu'il aimera pas ça ! Bonté divine ! Je l'ai jamais vu être vraiment content de quelque chose, ou accepter quelque chose sans critiquer. À bien y penser, j'ai jamais vu Irénée Lafrance sourire. Même les petits cadeaux qu'on y donne, des fois, ça fait jamais son affaire ! C'est une vraie manie de toujours dire non à tout. On se démène comme un diable dans l'eau bénite pour y faire plaisir, et ça le fait jamais. Faut toujours qu'il ait le dernier mot. C'est fatigant, vous savez.

— C'est vrai qu'Irénée Lafrance a pas le caractère facile ! Mais dis-toi bien que c'est pas à cause de toi, il l'a jamais eu. Même petit, il était bougon tout le temps. Il y a bien juste du temps de sa défunte épouse qu'Irénée a été un peu plus avenant. Et encore !

— Ça, je peux pas le savoir, j'étais pas là. Tout ce que je sais, moi, c'est qu'il a mauvais caractère ! C'est justement pour cette raison-là que je voulais avoir Jaquelin à côté de moi quand le beau-père va venir voir la maison pour une première fois... Ça me fait peur d'imaginer que je me retrouverais toute seule avec lui devant la maison... Ah et, si on parlait d'autre chose ? Ça me tente pas de gâcher une belle journée comme celle d'aujourd'hui. C'est ben plate à dire, mais quand on prononce le nom du beau-père devant moi, j'ai l'impression d'avoir une poussée d'urticaire.

Sur ces mots, qui n'appelaient aucune réponse, Marie-Thérèse jeta un regard avisé sur la table. Les assiettes, les verres, le gros pot de porcelaine ébréchée rempli de bon lait frais, la vieille conserve transformée en pot à ustensiles, le beurre, quelques pommes un peu ratatinées pour le dessert... Il ne manquait rien.

— Tout est prêt pour le souper, je crois bien, annonça alors Marie-Thérèse.

— L'omelette a reçu son fromage et elle est dans le fourneau. Trois ou quatre minutes de plus, et ça va être prêt.

— Dans ce cas-là, m'en vais chercher les enfants.

Ce fut à l'instant où Marie-Thérèse mettait un pied sur la première marche de l'escalier qu'on frappa à la porte.

— Veux-tu ben me dire, murmura-t-elle, agacée...

Haussant le ton, en équilibre instable, un pied sur la marche et l'autre sur le plancher de l'entrée, elle demanda :

— Avez-vous entendu, ma tante ? Ça frappe à la porte d'en avant.

— Ouais, et ?

Félicité n'avait pas fini de répondre que les coups redoublèrent, et, aussitôt, le cœur de Marie-Thérèse bondit dans sa poitrine.

Et si c'était Jaquelin ?

L'euphorie ne dura cependant qu'une fraction de seconde, car l'évidence sautait aux yeux : le jour de son retour, son mari ne se présenterait sûrement pas à la porte avant de la maison. Il allait faire le tour par le petit chemin de cailloux pour se rendre jusqu'à l'arrière afin de passer par la cuisine, comme il l'avait toujours fait.

Marie-Thérèse hésita encore un peu avant d'ouvrir la porte. Elle venait d'avoir une pensée pour M. Touche-à-Tout, qu'elle avait croisé tout à l'heure, en revenant du magasin général.

Gédéon Touchette avait-il oublié quelque chose quand il était venu voir Félicité, qui lui avait commandé une pommade spéciale, que Gustave Ferron, le marchand général, ne gardait pas en inventaire ?

Marie-Thérèse n'avait pas tellement envie de voir le vendeur itinérant. Surtout pas à l'heure du souper.

Gédéon Touchette parlait beaucoup trop et il prenait toujours tout son temps.

Voilà pourquoi, avant de se décider à ouvrir, la jeune femme haussa le ton pour lancer en direction de la cuisine :

— Attendez-vous quelqu'un, ma tante ?

— Pas du tout, ma Thérèse… Pis il est trop tard pour que ça soit M. Touchette, si jamais c'est à lui que tu penses. J'ai jamais vu M. Touche-à-Tout passer chez les gens après cinq heures. C'est une grande langue, je te l'accorde, mais ça reste un homme avec des manières.

— Que c'est qu'on fait, d'abord ? C'est l'heure du souper pis les enfants doivent avoir ben faim.

— Et ça ? C'est pus des bébés, ils sont quand même capables d'attendre un peu ! Allez ! Ouvre, ma belle, ouvre, avant que l'omelette s'aplatisse comme une crêpe !

Ce que fit Marie-Thérèse, quand même étonnée de voir quelqu'un se présenter ainsi à leur porte, à l'improviste de surcroît, tout juste à l'heure où la plupart des gens passaient à table.

Habituellement, à Sainte-Adèle-de-la-Merci, passé cinq heures, on respectait l'intimité des familles.

Jugeant donc ces coups redoublés plutôt impolis, Marie-Thérèse affichait un visage réprobateur quand elle ouvrit enfin la porte.

Casquette à la main, un homme très grand attendait qu'on veuille bien lui ouvrir. À voir son sourire avenant, Marie-Thérèse en conclut qu'il devait être un homme d'une grande patience, puisqu'elle l'avait fait attendre plus que de raison.

À cette pensée, le regard de Marie-Thérèse s'adoucit.

L'homme qui se tenait devant elle était tout en jambes. Il était encore plus grand que Jaquelin, et Marie-Thérèse dut se casser le cou pour que leurs regards puissent se croiser.

— Je peux quelque chose pour vous, monsieur ?

— Peut-être oui...

Le grand homme triturait sa casquette sans ménagement, signe qu'il était un peu nerveux. Puis il détourna la tête une seconde pour jeter un regard à la ronde. Le village était bien calme et la rue principale était vide. Jaquelin avait eu raison de dire qu'il habitait dans une jolie paroisse. Sur ce, l'inconnu revint à Marie-Thérèse.

— C'est au presbytère qu'on m'a dit de venir ici, expliqua-t-il, quand leurs regards se croisèrent une seconde fois. Je cherche Mme Jaquelin Lafrance.

À l'instant où elle entendit son nom, prononcé avec une espèce de politesse obligée dans la voix, Marie-Thérèse comprit que cet étranger n'était pas porteur d'une bonne nouvelle. D'une main fébrile, agitée dans son dos, elle fit signe à sa tante Félicité de venir la rejoindre.

— Venez, ma tante. Venez tout de suite près de moi, dans l'entrée. Je pense ben que j'vas avoir besoin de vous.

La tante Félicité, attirée par la curiosité, n'avait pas attendu que Marie-Thérèse la demande pour venir à la porte. Elle était déjà à côté d'elle.

La vieille dame leva d'abord un regard inquisiteur sur le visiteur, le détailla rapidement, puis, mue par une sinistre intuition, elle posa lourdement sa main sur l'épaule de sa nièce, dans un geste éminemment possessif.

— On peut quelque chose pour vous, monsieur ?

Le timbre de voix de Félicité, naturellement froid et distant, surtout avec des étrangers, était en ce moment glacial.

L'homme sembla mal à l'aise, soupçonnant sans doute qu'il n'était pas le bienvenu. Son regard se promena un instant de Marie-Thérèse à Félicité, comme s'il ne savait trop où se poser.

— Ouais... Peut-être que vous pouvez quelque chose. Faut que je parle à Mme Lafrance, Mme Jaquelin Lafrance, pis j'ai ça à lui remettre.

À la main, l'homme tenait un havresac, que Marie-Thérèse n'avait tout d'abord pas remarqué. Elle baissa les yeux.

Un bref regard lui fut suffisant pour reconnaître le bagage de Jaquelin et l'effet fut foudroyant.

Marie-Thérèse eut la sensation que son cœur cessait de battre une fraction de seconde, pour se remettre à cogner comme un fou, l'instant d'après, dans un grand spasme douloureux.

La jeune femme porta une main à sa bouche, incapable d'articuler le moindre mot. Sans avoir besoin de réfléchir plus longtemps, elle comprenait instinctivement que si cet homme-là ramenait le paquetage de son mari, c'était que celui-ci n'était plus en état de le faire lui-même.

L'image de son mari étendu dans un cercueil en planches lui traversa l'esprit, comme pour la narguer, et Marie-Thérèse sentit aussitôt ses genoux fléchir. Si cela n'avait été de la tante Félicité, elle se serait effondrée sur le sol.

L'homme fit aussitôt un pas devant lui et, tout en laissant choir le sac de Jaquelin sur le plancher, il tendit un bras tout en muscles, pour soutenir Marie-Thérèse, lui aussi.

— C'est pas ce que vous pensez, se dépêcha-t-il d'ajouter, pour rassurer la jeune femme. Jaquelin a eu un accident, ça, c'est vrai. C'est même un peu pour cette raison-là si j'suis ici, à sa place. Mais il est toujours en vie, madame.

À ces mots, la tante Félicité poussa un grand soupir de soulagement. La vieille dame aussi avait entrevu le pire.

Un bref silence entre eux trois permit alors aux émotions à vif de s'atténuer un peu.

Une main sous le coude de Marie-Thérèse, qui reprenait peu à peu ses couleurs, la tante Félicité recula d'un pas et, de l'autre main, elle sembla inviter l'inconnu à entrer.

— Dans ce cas-là, fit-elle en fixant le visiteur, si vous êtes venu jusqu'ici pour nous parler de notre Jaquelin, pis qu'en plus vous avez l'air de ben le connaître, vous êtes pas tout à fait un étranger.

Détournant la tête, Félicité interrogea Marie-Thérèse.

— Que c'est t'en penses, ma belle ? Ça aurait-tu un peu d'allure, ce que je viens de dire là ?

D'être ainsi interpellée fit sursauter la jeune femme. D'être consultée l'obligea à réagir.

— C'est sûr que si ce monsieur connaît Jaquelin, pis qu'il veut nous donner de ses nouvelles, c'est pas vraiment un étranger, approuva Marie-Thérèse d'une voix éteinte.

— C'est ben ce que je me disais...

D'un pas, Félicité s'effaça alors derrière le battant de la porte, qu'elle ouvrit un peu plus grand.

— Comme ma nièce est d'accord avec moi, vous pouvez rentrer, monsieur. Je m'appelle Félicité Gagnon. Jaquelin, c'est mon neveu par alliance... Pis elle, ajouta la tante Félicité, en pointant Marie-Thérèse avec le pouce, c'est sa femme. C'est elle, Mme Jaquelin Lafrance... On allait justement passer à table pour le souper. On va vous mettre une place.

— Je veux surtout pas déranger.

— En autant que vous aimez les omelettes, mon bon monsieur, ça dérangera pas une miette. De toute façon, si vous avez des choses importantes à nous dire, on fera pas ça sur le perron de la porte, c'est ben certain. Je veux pas médire, mais il y a un paquet de seineux pis d'écornifleux à Sainte-Adèle-de-la-Merci, comme partout ailleurs. J'ai pas envie d'être obligée de répondre à leurs questions demain matin, quand j'vas aller faire mes commissions… Allez ! Entrez, avant d'attirer l'attention de tout le monde ! Comme c'est l'heure du souper, les enfants doivent commencer à avoir faim, on va passer à table, tout de suite.

Alors le grand Joachim entra et, se penchant vers Marie-Thérèse, il déclina son nom.

— Je m'appelle Joachim Côté, madame, pis j'ai passé tout l'hiver à bûcher avec votre mari. Un ben bon gars, comme vous devez le savoir. Un gars qui est devenu pour ainsi dire un bon ami.

À cause de cette précision, de cette espèce d'intimité qui semblait exister entre Jaquelin et l'étranger, Marie-Thérèse vit ce dernier d'un tout autre œil. La sensation lui paraissait cependant particulière. D'une certaine façon, Joachim Côté venait d'intégrer sa famille, puisqu'il disait être un ami de Jaquelin, mais, d'un autre côté, Marie-Thérèse ignorait encore tout de lui.

Néanmoins, la jeune femme lui adressa un petit sourire gêné, en guise de bienvenue, et ce fut elle qui tint à dresser son couvert.

Joachim s'installa à la cuisine, sans plus de façon, et il mangea, sans se faire prier. Il était en route depuis la veille au soir. Contraint de suivre le rythme des horaires de train, il était aussi fatigué qu'affamé.

Les enfants, alertés par le bruit des voix, s'étaient agglutinés au bas des marches de l'escalier depuis un petit moment déjà. Intimidés, ils y restèrent jusqu'à ce que Marie-Thérèse leur fasse signe de venir s'asseoir à la table avec eux.

— Allez, les enfants, venez manger ! Cet homme-là travaillait dans le bois avec votre père. Il s'appelle Joachim Côté. Allons, que c'est que vous attendez ? Soyez pas gênés, voyons ! Il va nous parler des chantiers. Vous êtes pas curieux de savoir comment votre père a vécu durant l'hiver ?

— Justement… Il est où papa ?

La question de Cyrille, malgré toute sa légitimité, suscita un moment d'inconfort, que Félicité tenta d'atténuer.

— Il va revenir bientôt, lança-t-elle laconiquement. C'est justement pour nous parler de tout ça que M. Joachim est là. Allez, mon homme, assis-toi, ta mère est déjà en train de préparer vos assiettes.

Quand le grand Joachim avait confirmé que Jaquelin n'était pas mort, Marie-Thérèse avait éprouvé un soulagement si grand que le bébé qu'elle portait lui avait donné quelques coups plutôt vigoureux.

Les premiers coups vraiment ressentis, et Marie-Thérèse y avait vu un heureux pressentiment.

Mais la sensation n'avait pas vraiment duré. Après tout, Jaquelin avait tout de même eu un accident.

Malgré cela, Marie-Thérèse redressa les épaules. Les femmes de sa famille lui avaient déjà enseigné qu'une mère devait toujours donner l'image d'une femme forte devant ses enfants. Ce fut donc ce qu'elle se répéta, essayant de toutes ses forces de rester le plus calme possible. Sans rien laisser transpirer de son inquiétude, elle aida le petit Conrad à s'installer à sa place habituelle, sur une chaise garnie d'un gros coussin et judicieusement placée entre Cyrille et Agnès, les aînés de la famille.

Ensuite, le temps d'inspirer profondément, la jeune mère promena un regard attentif tout autour de la table, alors que les enfants se bousculaient pour regagner leur place.

Cyrille, Agnès, Benjamin, et le petit Conrad, qui était tout juste en première année, à l'école de la paroisse. Ses enfants, les enfants qu'elle avait eus avec Jaquelin, et dont ils étaient si fiers, tous les deux.

C'était là une belle couronne, comme le disait parfois la tante Félicité.

— J'espère que tu sais mesurer ta chance, ma belle ! T'as une belle famille. Tes enfants sont beaux pis en bonne santé.

Oui, Marie-Thérèse savait mesurer sa chance et c'est pourquoi elle eut une pensée attendrie pour Ignace et Angèle, qui vivaient chez sa sœur Henriette.

Que faisaient-ils ? À quoi jouaient-ils ?

L'habituelle culpabilité qui envahissait Marie-Thérèse quand elle songeait à sa famille dispersée la submergea tout d'un coup, tandis que, d'un geste discret, sa main s'égara sur son ventre, à hauteur de taille. Cette sensation de culpabilité était parfois si intense qu'elle frôlait la limite du supportable et être forte pour deux avait souvent été très difficile...

Comme ça l'était présentement.

Marie-Thérèse se redressa en soupirant. Sa famille avait besoin d'elle, sans aucun doute, et c'était bien suffisant pour se tenir debout, sans rien laisser voir de son désarroi.

On avait dit que son mari avait eu un accident et, pour l'instant, elle devait faire comme si elle n'avait rien entendu, pour le bien de ses enfants.

— Assoyez-vous comme il faut, les jeunes, ordonna-t-elle alors d'une voix qui se voulait apaisante. Ma tante Félicité pis moi, on va vous servir, les assiettes sont prêtes. Après, quand tout le monde va être devant son souper, pis que M. Joachim Côté va avoir fini de manger, comme de raison, il va nous raconter ce qui s'est passé. Tout ce qui s'est passé durant l'hiver. D'après ce que j'ai cru comprendre, votre père a eu un accident, mais paraîtrait qu'il s'en est sorti. Hein, monsieur Joachim, c'est ben ça que vous avez dit ?

— Oui, c'est en plein ça !

— Tu vois, Cyrille, c'est pour ça que ton père est pas encore là. Mais ce qui compte, c'est qu'il s'en soit sorti. Astheure, mangez pendant que c'est chaud.

Tout en engloutissant rapidement omelette et pain beurré, les enfants jetaient des regards furtifs vers l'étranger que Marie-Thérèse venait de leur présenter.

Joachim Côté...

C'était un drôle d'homme, dégingandé comme le pantin que Benjamin avait déjà reçu en cadeau et qui n'était plus qu'un souvenir.

De toute évidence, chacun des enfants de Jaquelin était dévoré par la curiosité.

Le grand Joachim décida donc de ne plus les faire languir. Le temps de quelques bouchées supplémentaires, puis il repoussa son assiette. Il y reviendrait plus tard.

S'accotant contre le dossier de sa chaise, Joachim promena à son tour un regard bienveillant autour de la table. C'était dans sa nature d'être calme et posé, d'analyser les choses et les gens avant d'agir.

Ce qu'il fit.

Les visages qu'il put observer étaient ouverts, les regards qu'il croisa ne se dérobèrent pas trop. Chacun d'entre eux semblait vif et intelligent.

De toute évidence, Jaquelin Lafrance n'avait pas exagéré lorsqu'il avait parlé de sa famille.

Satisfait d'avoir pu mettre des visages sur tous ceux que Jaquelin leur avait longuement décrits durant l'hiver, Joachim ramena ensuite les yeux sur Marie-Thérèse. Après tout, c'était pour parler principalement à cette femme s'il avait fait toute cette route. Parler de la vie de chantier, certes, puisque c'était là ce que la femme de Jaquelin lui avait demandé, mais il devait aussi parler de l'accident. C'était pour lui un devoir, une obligation, malgré la lourdeur de la tâche. Et c'était par cela qu'il commencerait son récit. Après, si la femme de Jaquelin le voulait toujours, il parlerait volontiers de la vie de chantier.

— C'est pendant la drave que l'accident est arrivé, commença-t-il un peu brutalement, aussitôt interrompu par une Marie-Thérèse visiblement décontenancée.

Parlait-on vraiment de son mari ?

— La drave ? Comment ça, la drave ? demanda-t-elle, sourcils froncés. Jaquelin m'a jamais écrit qu'il voulait devenir draveur.

Délaissant subitement l'inquiétude née de la présence de cet étranger au profit de l'étonnement qu'il venait de faire naître, Marie-Thérèse avait l'air de douter grandement des propos de Joachim, qui s'empressa de préciser :

— Une décision de dernière minute, je dirais. C'est probablement pour ça que vous le saviez pas. Jaquelin a pas eu le temps de vous l'écrire.

— Ah ouais ? Hé ben... C'est quand même de valeur, parce que si Jaquelin m'avait écrit ça dans sa dernière lettre, je lui aurais dit, moi, que j'étais pas d'accord avec son idée. Peut-être qu'il m'aurait écoutée, et vous seriez pas là, à vouloir nous parler d'un accident qu'il aurait eu. Je comprends pas, monsieur. Me semble que ça ressemble pas à mon mari, ça, d'aller se promener sur des troncs d'arbres qui descendent une rivière. Qui c'est qui lui a mis une idée pareille dans la tête ? Pouvez-vous me le dire, vous, monsieur Côté ?

— Je dirais que c'est lui tout seul qui a décidé ça, madame. Comme ils disent dans l'armée : Jaquelin s'est porté volontaire.

— Ben voyons donc ! J'en reviens pas ! Avez-vous entendu ça, ma tante ? C'est quasiment pas croyable... Ça ressemble tellement pas à mon mari, une idée pareille. Mais continuez, monsieur, continuez votre histoire.

Marie-Thérèse voulait tout savoir.

Au moment de l'incendie, et dans les jours qui avaient suivi, elle avait eu l'impression de découvrir un nouvel homme en Jaquelin. Un homme plus ouvert, capable tout à coup d'exprimer ses émotions et ses désirs.

Elle en avait été séduite une seconde fois, et, depuis, Marie-Thérèse se morfondait et rêvait de le revoir.

Tout au long de l'hiver, elle avait donc prié pour le retour de cet homme nouveau, celui qu'elle avait cru apercevoir en son mari. Celui qui avait dit d'une voix grave et enrouée qu'à son retour, Marie-Thérèse mangerait en face de lui, à la grande table familiale, parce qu'elle était son épouse et la mère de ses enfants. Celui qui avait su lui écrire de belles, longues et bonnes lettres.

À entendre les propos de Joachim Côté, Marie-Thérèse se dit que ce dernier venait de confirmer cette impression, à savoir que son Jaquelin avait vraiment changé.

L'envie de son homme se fit alors encore plus grande, plus brutale, et Marie-Thérèse se fit plus attentive.

Elle avait besoin d'en entendre davantage pour se faire une idée vraiment précise sur celui qui allait bientôt lui revenir.

— Continuez, s'il vous plaît, pressa-t-elle une seconde fois. Vous êtes en train de nous parler d'un monde qu'on connaît pas ben ben, nous autres, ici, les femmes. J'ai envie d'en savoir un peu plus. Comment ça se fait qu'un jour, mon Jaquelin a décidé de faire de la drave ? Comment il était, dans le bois, mon mari, pour changer à ce point-là ? C'est quoi, pour un homme, travailler dans le bois, monsieur ?

— Le bois ? C'est pas tellement compliqué à expliquer…

La conversation avait dévié d'elle-même, et Joachim comprit qu'il n'y échapperait pas : il devrait parler du chantier avant d'en arriver à l'accident.

— Comme vous allez voir, c'est pas compliqué, la vie dans le bois, répéta-t-il, tout en faisant un tour de table pour être bien certain de capter l'attention de tous les enfants. Ça va peut-être vous surprendre, mais ça ressemble à un village, à votre village, avec ses bâtisses pis ses trottoirs.

Joachim se lança alors dans une description du chantier et de la vie qu'une centaine d'hommes y menaient.

— Faut quand même admettre que c'est une vie difficile, madame, une vie de travail rough, dans le frette et la neige. C'est une vie d'ennui des nôtres, aussi. Mais en même temps, de toujours être entre hommes, ça crée des liens assez forts. On se fait des amis, des amis pour la vie, pis ça aussi, ça a son importance. Malgré ça, quand arrive le soir, c'est pas parce qu'on jase, qu'on fume, pis qu'on joue aux cartes ou aux dames, que les gars ont pas le motton par bouttes. Ça fait que pour passer le temps, on espère la visite de l'aumônier, ou celle de certains conteurs, de quelques chanteurs, ceux qui ont pas peur du froid, pis qui montent nous voir jusque dans le bois. N'empêche que ces visites-là, ça tue pas l'ennui complètement, ça fait juste le tasser dans le coin. C'est pourquoi, quand le printemps arrive, on devient tous comme un peu fous, parce que ça nous démange de redescendre dans le Sud… Il y en a qui reviennent par la route, pis d'autres, par la rivière. C'est là que votre mari a décidé de prendre la rivière.

Marie-Thérèse avait écouté le récit de Joachim Côté avec avidité, le visage enfoui dans le creux de ses mains, les yeux fermés. Le grand homme racontait bien, et elle arriva assez facilement à imaginer le camp, les bâtiments, la forêt immense, tout autour. Cependant, il lui fut impossible de voir Jaquelin maniant la hache et le godendard. Seule l'image de son mari penché sur une chaussure s'imposait à ses pensées.

Avec ses longs doigts habiles, Jaquelin Lafrance était fait pour les travaux à l'aiguille, pas pour les jobs qui demandaient des bras.

Quand Joachim se tut, Marie-Thérèse ouvrit les yeux et se tourna immédiatement vers lui.

— Mais que c'est qui lui a pris de vouloir faire de la drave ? Mon Jaquelin, il connaît rien là-dedans ! Déjà que d'aller bûcher…

— Là-dessus, je vous répondrais que c'est l'argent, ma pauvre madame, interrompit Joachim. C'est l'argent, pour votre maison, je pense ben, qui a fait la différence, pis qui a porté votre mari à choisir de revenir par la rivière. Je vois pas d'autre chose. Il parle pas tellement de ce qu'il pense, Jaquelin, vous devez le savoir, ça fait qu'il a pas expliqué dans le détail toutes les raisons qui lui ont traversé l'esprit, le jour où Matthias s'est mis à parler de la drave. Mais de la manière qu'il nous avait parlé de sa maison, le soir, à la veillée, je dirais que c'est pour avoir un peu plus d'argent que votre mari a décidé de se joindre à nous autres. Ouais, c'est ça que je pense… Pis en même temps…

Joachim se tut brusquement. Le temps de rassembler ses idées, de sourire aux enfants qui buvaient ses paroles, puis il reprit :

— Mais si vous voulez mon avis d'homme, madame, c'est peut-être aussi l'envie de faire quelque chose de différent. Quelque chose qui permet de te prouver à toi-même que t'es vraiment un homme.

— C'est ben stupide, ça là !

Marie-Thérèse n'avait pu s'empêcher d'intervenir.

— J'ai rarement entendu quelque chose d'aussi insignifiant.

— Si vous dites ça, madame, c'est parce que vous êtes une femme, répliqua Joachim du tac au tac.

Jamais voix d'homme n'avait paru plus catégorique aux oreilles de Marie-Thérèse, sauf peut-être celle de son beau-père, à l'occasion. Elle se fit donc tout ouïe tandis que Joachim Côté poursuivait.

— Nous autres, les gars, on voit pas les affaires de la même façon que les créatures. C'est pas nouveau qu'un homme ait envie de faire quelque chose de plus que ce qu'il fait d'ordinaire. Même si c'est dangereux. Votre mari, vous savez, il est peut-être calme de nature, mais il est pas différent des autres.

— Peut-être ben, ouais, admit alors Marie-Thérèse, certains passages des lettres de Jaquelin lui revenant à la mémoire. Si vous le dites... Mais d'un autre côté, on voit ce que ça a donné, hein ? Nos idées de femmes sont peut-être différentes des vôtres, plus réfléchies, je vous l'accorde, mais elles sont pas mauvaises pour autant... Non, pas vraiment. Pist ? C'est arrivé comment, l'accident ?

— D'abord, laissez-moi vous dire que ça arrive quasiment tous les ans, qu'un homme se retrouve à l'eau, pis c'est pas nécessairement à cause de la négligence... Un accident, on peut pas toujours le prévoir parce que c'est souvent vite arrivé. Je veux que vous sachiez, aussi, que votre mari a toujours été un homme prudent. Dans le bois comme sur la rivière. Tout ça pour en venir à dire que j'ai l'impression que votre mari a glissé, comme dans la plupart des cas. Mais cette fois-ci, personne a rien vu venir, parce qu'on était tous trop occupés. Ça fait qu'on a pas pu l'aider tout de suite. On voyait juste sa tuque qui ballottait au gré des remous. Ça a attiré l'attention d'un des jumeaux Galarneau, qui nous a lâché un cri. Une chance du Bon Dieu que la tuque de Jaquelin était rouge, sinon, il aurait coulé à pic sans qu'on le voie. C'est pas facile de se débattre quand l'eau vous gèle jusqu'à la moelle des os pis que vous êtes habillé comme un ours. Pis c'est encore plus dur de crier pour alerter les autres. C'est tellement frette, l'eau du dégel, qu'on en a le souffle coupé. Je le sais, j'suis déjà tombé à l'eau, moi avec. Laissez-moi vous dire qu'on fige dans le temps de le dire. Moi, il y avait quelqu'un juste à côté, pis avant que j'aie le temps de prendre peur, on m'avait déjà repêché. Jaquelin, lui, personne sait combien de temps il est resté dans l'eau. Ça fait qu'il était pus capable de s'aider, quand on l'a retrouvé. Il était même pus capable de nous tendre les bras pour qu'on puisse le sortir de l'eau rapidement.

Les mots de Joachim faisaient naître des images dans la tête de Marie-Thérèse avec une implacable vraisemblance. Elle se mit à trembler. Gênée, elle glissa les deux mains sur ses genoux, sous la table.

— Mais vous avez fini par le voir, pis vous avez fini par le repêcher, murmura-t-elle, tandis que Joachim reprenait son souffle.

Tout en prononçant ces derniers mots, Marie-Thérèse avait affiché un regard vide, inexpressif.

— C'est pour ça que mon mari est toujours en vie, poursuivit-elle d'une voix à la fois oppressée et absente.

Puis elle secoua violemment la tête, dans un grand geste de négation, avant de promener un regard hébété autour d'elle.

Mais que faisait-elle ici, dans la cuisine de la tante Félicité, alors que son mari avait été victime de ce terrible accident ?

Marie-Thérèse se mit alors à se tordre les mains d'inquiétude, passant de Cyrille à Agnès, puis de sa tante à Conrad et à Benjamin…

Seul Joachim Côté échappa à son inspection, car Marie-Thérèse avait peur de voir trop clairement l'horreur dans son regard.

Les enfants n'étaient pas habitués à voir leur mère aussi désemparée. Même au moment de l'incendie, elle n'avait pas semblé aussi malheureuse, aussi démunie. Apeurés, ils retenaient leur souffle.

— Mon mari est toujours en vie, répéta alors Marie-Thérèse, d'une voix atone, comme si elle avait besoin de s'en convaincre. Il est en vie, Jaquelin est toujours en vie...

La jeune femme sursauta au son de sa propre voix et ce fut à ce moment précis qu'elle trouva le courage de regarder Joachim Côté droit dans les yeux.

— C'est ben ça que vous avez dit, non ? demanda-t-elle alors. J'ai pas rêvé ça ! Vous nous avez dit t'à l'heure, à ma tante pis moi, que mon mari Jaquelin était toujours vivant... C'est ben ça, non ?

— Sûr que c'est ça que je vous ai dit, parce que c'est la vérité, madame. Jaquelin est en vie comme j'suis là devant vous.

Le soulagement de Marie-Thérèse se traduisit par un rire saccadé, suivi d'un long soupir. Elle était épuisée, n'en pouvait plus de balancer ainsi entre le désespoir et l'espérance.

— Pourquoi d'abord, il est pas ici avec vous ? demanda-t-elle ensuite d'une voix étranglée. Pis dites-moi donc... Ça fait longtemps que c'est arrivé, cet accident-là ?

— En gros, je dirais une semaine, peut-être un peu plus.

— Une semaine ? Ben voyons donc !

Marie-Thérèse, abasourdie, tourna la tête vers la tante Félicité, comme pour la prendre à témoin d'une telle négligence. Elle venait brusquement de reprendre pied dans l'instant présent et elle ne comprenait plus rien. Pourquoi avoir attendu tout ce temps avant de la mettre au courant de l'accident subi par son mari ?

C'était insensé.

— Bonté divine, ç'a donc ben été long avant de me prévenir...

Puis, dans la foulée, elle ajouta :

— Pourquoi vous me l'avez pas dit avant ? Les télégrammes, ça existe !

— Pas dans le bois, ma pauvre madame.

— C'est juste des excuses, ça là !

La voix chevrotante de tout à l'heure prenait de l'assurance. L'instant n'était plus aux remords ou à la culpabilité, et Marie-Thérèse sentait grandir en elle l'envie d'agir, de bouger. Jaquelin avait sûrement besoin d'elle, à l'heure où elle parlait avec ce Joachim Côté, et rien d'autre n'avait plus d'importance.

Tandis que son cœur consentait enfin à revenir à son rythme normal, et sans tenir compte de la présence des enfants autour de la table, Marie-Thérèse demanda alors :

— Vous êtes ben certain qu'il y a rien que vous me cachez, vous là ?

— Pantoute, madame ! lança Joachim avec conviction. Je vous mentirais pas sur quelque chose d'aussi important que la vie d'un homme. C'est vrai que sur le coup, on pensait ben qu'il était mort, le pauvre Jaquelin. Il bougeait pus, on aurait dit qu'il respirait même pus. C'est Matthias qui s'est acharné avec ses manteaux, pis ses feux, pis les roches qu'il faisait chauffer juste un peu, qu'il disait, pour pas lui donner un choc. Matthias l'a veillé durant toute la nuit, sans dormir, pis le sacrament, il a réussi… Le lendemain, de peine et de misère, on a fini par être capables de l'emmener à l'Hôtel-Dieu de La Tuque. Avec le cheval à Caouette, pis une sorte de brancard qu'on a fait avec des branches d'épinettes. Ça a pris une grosse partie de la journée, juste pour le sortir du bois. Mais on se disait qu'on avait pas le choix de toute essayer pour aider Jaquelin, du fait qu'il respirait toujours… Il avait peut-être pas encore repris connaissance, mais il respirait, pis son cœur battait… Une fois sorti de la forêt, par exemple, ça a été plus facile. On a trouvé une charrette chez un colon qui demeurait dans le premier rang qu'on a croisé. Après, ça s'est ben passé jusqu'à l'hôpital. Malheureusement, il était pas question de rester en ville avec Jaquelin, même si on l'aurait ben voulu, Matthias pis moi. On avait même pas le temps de trouver un bureau de poste, pour vous prévenir, justement. Tous les deux, on était obligés de retourner à notre travail au plus vite, avant qu'il se mette à faire noir. Faut nous comprendre, madame : on pouvait pas se permettre de perdre tout ce bois-là… C'est de même que ça s'est passé, l'accident de votre mari… Une semaine après, le bois est arrivé à l'usine de La Tuque en bon état, et moi, ben, j'ai couru jusqu'à l'hôpital. Comme j'ai pas de femme qui m'attend, pis que c'est pas encore le temps d'offrir mes services à mon cousin pour l'aider sur sa ferme, j'ai décidé de venir vous voir en personne pour vous parler de tout ça. J'en ai jasé avec le *foreman*, qui était arrivé à La Tuque, lui avec, pis il était d'accord avec moi pour dire qu'il y a des affaires, de même, qui se racontent pas dans le téléphone. Même un télégramme, c'est pas correct pour annoncer un malheur. À tout le moins, c'est ce que moi j'ai toujours pensé. Ça fait que me v'là.

Marie-Thérèse resta silencieuse, le temps de laisser les mots et les émotions se frayer un chemin jusqu'à sa raison, parce que le cœur, lui, avait recommencé à battre la chamade depuis un moment déjà.

Lentement, elle leva la tête.

— C'est ben gentil de votre part, remercia-t-elle, confuse de s'être laissé emporter dans le cours de leur conversation. Ouais, c'est ben gentil… Pis, quand on y pense comme faut, vous avez raison. J'aime pas mal mieux vous avoir devant moi que de tenir une feuille de papier… Comme ça, je peux poser toutes les questions que je veux… Ouais… Pis ? Comment c'est qu'il va, astheure, mon mari ?

— J'suis pas docteur… Mais à première vue, comme ça, je vous dirais qu'il va mieux.

— Ça me dit pas grand-chose, ça là !

— Je viens de vous le dire, madame, j'suis pas docteur… Jaquelin est toujours à l'hôpital, pis c'est les Sœurs Grises qui s'en occupent encore. Je le sais, j'suis retourné le voir une autre fois, avant de prendre le train pour Trois-Rivières. Pis si je vous dis qu'il va mieux, votre Jaquelin, c'est vrai… Ouais, ça c'est sûr, il va beaucoup mieux !

Curieusement, le ton restait évasif et Marie-Thérèse y entendit comme une réserve qui n'était pas nécessairement encourageante. Même l'enthousiasme manifesté par Joachim Côté sonnait un peu faux à ses oreilles.

Ce fut un véritable coup au cœur.

La jeune femme détourna la tête pour cacher ses larmes naissantes, et ce fut à ce moment que son regard croisa ceux de ses enfants.

Bien sûr, il y avait les enfants. Même si elle les avait un peu oubliés, dans le feu de la conversation, autour de la table, il y avait aussi leurs enfants, à Jaquelin et elle…

Pour Marie-Thérèse, se redresser tint du réflexe. Ce fut aussi une seconde nature que de faire abstraction de l'immense inquiétude en train de lui gruger le cœur.

À tout prix, il lui fallait protéger ses enfants, restés bien fragiles à la suite de l'incendie.

En effet, depuis la terrible nuit, et Marie-Thérèse l'avait souvent observé, un rien les tracassait.

Pour donner le change, elle se releva aussitôt, en assenant une petite tape désinvolte sur la table. Elle fit même l'effort d'un sourire.

— Vous avez entendu ça, les enfants ? Votre père va mieux. Beaucoup mieux ! C'est une bonne nouvelle, vous trouvez pas ?

Tout en parlant, Marie-Thérèse fixa Cyrille par habitude. S'il y avait des objections à venir, c'était de lui qu'elles arriveraient, c'était inévitable.

Comme de fait, le jeune garçon s'était redressé sur sa chaise, et, à son tour, il darda un regard lucide et angoissé vers sa mère.

— Vous êtes ben sûre de ce que vous dites, maman ? Moi, voyez-vous, je sais pas trop quoi penser. Me semble que j'aurais aimé mieux que ça soit papa lui-même qui nous raconte son histoire. Pourquoi il est pas là ? C'est parce que son accident a été vraiment grave ? Je voudrais le voir en personne, maman, pis je voudrais aussi qu'on soit déjà rendus dans la nouvelle maison. Tout le monde ensemble.

— Moi avec, Cyrille, j'aurais préféré que ça se passe comme tu viens de le dire. Tu dois ben t'en douter, non ? On en a tellement parlé.

Il arrivait de plus en plus souvent que Marie-Thérèse ait l'impression de s'adresser à un adulte, quand elle parlait avec lui. Alors, elle n'allait surtout pas lui mentir, il le sentirait.

— T'as ben raison, mon Cyrille, reprit-elle, sur le même ton calme, de dire qu'on a hâte de déménager. C'était justement pour ça qu'on espérait voir revenir ton père, pis qu'on priait tous les soirs ensemble pour qu'il nous arrive au plus vite. Mais vois-tu, on dirait ben qu'il va falloir attendre encore un peu, parce que ça se passera pas tout à fait comme on l'avait prévu. Le pire, là-dedans, c'est qu'on peut pas y changer grand-chose. Du moins, pas pour l'instant... Je le sais ben, va, que vous êtes tannés de vivre à l'étroit, même si ma tante Félicité est ben fine avec nous autres. Pis j'suis fière de vous autres, les enfants. Vous vous êtes montrés patients dans tout ça, pis je vous dis merci. Malheureusement, va falloir continuer à vivre ici encore un petit boutte de temps. Dis-toi ben, mon Cyrille, que moi avec, j'ai hâte qu'on s'installe chez nous.

— Pourquoi on y va pas tout de suite, d'abord ?

— Parce que c'est pas ça que je veux.

La voix de Marie-Thérèse avait rarement été aussi ferme.

— Je le sais ben qu'on aurait pu déménager depuis quelques semaines, expliqua-t-elle patiemment, c'est sûr. Mais pour moi, il était pas question de rentrer dans la nouvelle maison sans votre père, pis j'ai pas pantoute l'intention de changer mon idée. Vous étiez d'accord avec moi, pis j'espère que ça changera pas. Rappelle-toi, Cyrille, rappelle-toi le jour où on en a parlé ensemble : on avait dit qu'on ferait une belle fête avec un gâteau...

— Ouais, c'est vrai.

— Bon, tu vois ! C'est pour ça, malgré l'accident pis le délai que ça va apporter, qu'on changera rien à notre projet. Dis-toi ben, mon garçon, que ton père, de son bord, il doit avoir aussi hâte que nous autres d'être chez eux. Après tout, c'est lui le pire, là-dedans. C'est sûrement pas une partie de plaisir que de vivre sur un lit d'hôpital pour un homme actif comme lui. J'suis sûre de ça, pis j'suis sûre que tu peux le comprendre... Que vous pouvez tous le comprendre, les enfants, précisa Marie-Thérèse en promenant le regard autour de la table. Ça fait qu'on va attendre encore un peu avant de déménager. Ça va être notre manière à nous autres de dire à votre père qu'on l'aime, pis qu'on est avec lui dans son malheur.

À bout de souffle, Marie-Thérèse s'arrêta un instant pour inspirer longuement avant de continuer.

— Inquiète-toi pas, Cyrille, le retour du cordonnier de Sainte-Adèle-de-la-Merci va ben finir par arriver un jour, pis le jour où on va être enfin tous réunis, on va le faire, notre gâteau ! Ça sera pus très long… Astheure, vous allez dire bonsoir à M. Côté, avant de monter pour aller préparer vos paillasses pour la nuit.

— Déjà ?

Après un tel discours, Cyrille acceptait bien mal de se voir traiter comme un enfant et la réplique avait été spontanée.

— J'suis pus un bébé pour que vous m'envoyiez dans mon lit tout de suite après le souper. Je pense que…

— Cyrille !

La voix de Marie-Thérèse avait subitement retrouvé tout son aplomb. En elle, au-delà de l'épouse et de l'amoureuse, et même au-delà de la femme inquiète, il y avait la mère qui n'était jamais bien loin.

— J'haïs ça quand tu répliques de même ! lança-t-elle sévèrement. Que tu te poses des questions, pis que tu veuilles avoir des réponses, je trouve ça juste normal, pis dans le domaine du possible, m'en vas toujours essayer d'y répondre. Mais je veux pas t'entendre me tenir tête, par exemple. Ça, je l'accepte pas. Pas plus que ton père accepte que t'ailles fouiller dans son atelier. C'est-tu ben compris ?

— Ouais, maman.

— Tant mieux. Astheure, mon grand, tu montes comme les autres, pis j'veux plus entendre un seul mot… T'es le plus vieux, à toi de donner l'exemple. Quand notre visiteur va s'en aller, promis, j'vas aller vous rejoindre en haut.

— Promis ?

Cette fois-ci, c'était Agnès qui était intervenue. Depuis l'incendie, la petite fille vivait la moindre émotion avec une intensité peu commune. Elle répétait à l'envi que sans sa poupée Rosette, plus rien jamais, de toute sa vie, ne pourrait être comme avant. Ainsi, savoir que son père était malade et à l'hôpital devait la bouleverser, encore plus que tous les autres.

— Promis, ma grande, répéta Marie-Thérèse sur un tout autre ton, alors qu'elle posait une main réconfortante sur l'épaule de sa fille. T'aides ton frère à préparer vos paillasses, vous vous lavez les mains pis la face dans l'eau fraîche que j'ai versée dans la bassine, vous mettez vos jaquettes, pis j'vas monter voir si vous m'avez ben écoutée. Si tout est correct pis qu'il y a pas eu de chamailleries, vous pourrez redescendre un peu, avec ma tante pis moi.

— On va pouvoir veiller ?

— Un peu, j'ai dit. Faut quand même penser que demain, il y a de l'école. Mais si vous êtes sages, très sages, on pourra faire une petite exception.

Marie-Thérèse eut à peine le temps de terminer sa phrase que, déjà, les quatre enfants grimpaient l'escalier au pas de course, tous remplis de la meilleure volonté du monde pour plaire à leur mère, Cyrille en tête, parce qu'il arrivait encore à l'occasion que l'enfance réussisse à rattraper le jeune garçon. Après tout, obéir à leur mère était bien ce que leur père leur avait demandé avant de partir, non ?

Marie-Thérèse profita du brouhaha dans l'escalier pour se tourner vers Joachim, afin de l'examiner.

C'était un bel homme, tout en aspérités, comme son Jaquelin. Un homme comme Marie-Thérèse les avait toujours aimés. Tandis que le bûcheron fourrageait dans l'une de ses poches, la jeune femme remarqua qu'il avait les yeux d'un bleu lumineux, comme un ciel d'été. « Un regard de marin », pensa-t-elle alors, et, selon elle, ce petit détail ajoutait à son charme. Elle se demanda alors pourquoi un si bel homme n'était pas marié, car c'était bien ce qu'il avait dit tout à l'heure. Aucune femme ne l'attendait.

À moins qu'il soit veuf ?

Tandis que Marie-Thérèse poursuivait son inspection, le grand Joachim repoussa son assiette jusqu'au milieu de la table. Il n'avait plus très faim. Même s'il n'avait pas la langue dans sa poche et qu'il aimait bien raconter des histoires, il était épuisé de s'être livré à ce long dialogue qui avait remué de vilains souvenirs. Les émotions étaient à fleur de peau, pour lui aussi.

Comme le faisaient plusieurs hommes en pareilles circonstances, afin de cacher son embarras, Joachim sortit une pipe de bruyère de la poche de son pantalon et il se tourna vers la tante Félicité.

— Vous permettez, madame ? lui demanda-t-il en soulevant sa pipe.

Félicité haussa les épaules dans un geste de grande indifférence.

— Ben sûr que vous pouvez, signifia-t-elle en même temps. Que c'est que vous croyez ? Il fait encore trop froid dehors pour que je vous envoie fumer sur la galerie. Gênez-vous surtout pas, ça me dérange pas une miette. Même que je trouve que ça sent bon, le tabac à pipe.

Alors, Joachim ouvrit une blague au cuir tout râpé et, à petits coups secs du pouce, il tassa les longs filaments odorants dans le fourneau, exactement comme le faisait Jaquelin.

Le souvenir que Marie-Thérèse gardait de ce geste bien masculin lui fit monter les larmes aux yeux.

C'en était trop.

Par pudeur, elle se détourna pour laisser couler un peu de son chagrin et de son inquiétude. Tout juste quelques larmes, qu'elle essuya machinalement du revers de la main. Puis elle inspira et expira longuement afin de se ressaisir.

— Maintenant, demanda-t-elle d'une voix posée, sans pour autant se retourner vers Joachim, astheure que les enfants sont pus là, si vous me disiez vraiment comment se porte mon mari.

Une brève toux rauque fut l'unique réponse de Joachim, comme s'il avait besoin de se préparer avant de se mettre à parler.

Marie-Thérèse entendit alors une allumette craquer, puis l'homme expira longuement, tandis qu'une bonne odeur de tabac sucré la rejoignait. Enfin, il y eut ces quelques mots.

— Je vous ai pas menti, Jaquelin se porte pas pire, rassura Joachim, d'une voix un peu bourrue. C'est le docteur qui me l'a dit quand je suis passé à l'hôpital, la dernière fois : tout est stable. Pour lui, ça avait l'air important que ça soit de même, ça fait que je me suis dit que c'était bon signe. Il m'a précisé que le cœur de Jaquelin battait comme il faut, pis que sa température était redevenue normale. Pour le reste, il a dit qu'il fallait attendre encore un peu, avant de se prononcer. C'est les mots exacts qu'il a choisis pour dire sa pensée. Je les ai appris par cœur pour vous les répéter en me disant que c'était important : il faut attendre encore un peu, avant de se prononcer... Après, le docteur m'a expliqué que quand un homme revenait de loin comme votre mari, ça pouvait être un peu long avant qu'il retrouve toutes ses forces.

Au fil des mots, Marie-Thérèse avait ramené son regard vers Joachim qui, s'il disait la vérité, restait tout de même un peu obscur.

— Que c'est que vous voulez dire avec ça ? demanda-t-elle, anxieuse. Moi non plus, j'suis pas docteur, vous savez, pis j'suis pas sûre pantoute de ben comprendre ce que vous cherchez à m'expliquer...

— Ben là, je vois pas ce que je pourrais dire de plus.

— Comment je pourrais vous expliquer ça ?... Voyez-vous, monsieur, j'aime pas vraiment me sentir comme je me sens en ce moment, comme si j'étais dans la brume. Ça fait que j'aimerais ça que vous me disiez clairement ce qu'il faut que j'attende encore de plus, vu que le cœur pis la température de mon mari sont revenus à la normale. C'est quoi qu'il faut espérer encore, monsieur ?

Joachim tira longuement sur sa pipe et il exhala lentement la fumée. De toute évidence, il cherchait ses mots.

— Je pense, commença-t-il enfin, que ça veut dire qu'il faut attendre que Jaquelin se réveille pour de bon.

Ouais, je pense que c'est ça que ça veut dire, parce que pour astheure, votre mari dort à peu près tout le temps… Il récupère, comme disent les bonnes sœurs. À tout le moins, c'est de même que la sœur Saint-André-Avellin parle de votre mari. C'est elle qui s'en occupe le plus, pis, ma foi, elle a pas l'air de s'inquiéter. Faut dire qu'elle sourit tout le temps, cette femme-là, comme si la bonne humeur lui avait été donnée dès la naissance. J'ai jamais vu quelqu'un comme elle, jamais. Toute petite, toute gentille, toute souriante, pis en même temps, on dirait une force de la nature… Moi, je pense que si elle sourit de même, ça doit vouloir dire que Jaquelin va ben, non ? Elle m'a dit aussi, la sœur Saint-André, que votre mari parlait pas tellement quand il était réveillé, mais elle a ajouté que c'était pas vraiment grave. Elle m'a expliqué que votre mari est comme un coureur de marathon : il doit reprendre son souffle. Une manière de dire, je crois, qu'il est encore pas mal fatigué de son accident. Je peux le comprendre, j'suis un peu passé par là. Pour dire vrai, par contre, j'ai rien vu de tout ça. Les deux fois que j'suis allé voir Jaquelin, il dormait profondément.

Depuis un petit moment, Marie-Thérèse avait refermé les yeux pour ne rien perdre de ce que Joachim lui racontait. Portée par ses paroles, elle laissa donc l'image suggérée se frayer un chemin tout doucement jusqu'à son cœur.

Au cours de leur vie à deux, il lui était déjà arrivé de passer de longues minutes à regarder le sommeil de son mari. La fragilité qui se dégageait alors de son homme et cet abandon dans le sommeil l'avaient émue à un point tel qu'elle n'avait rien oublié de ces instants de pur bonheur. À présent, il lui était donc facile de l'imaginer endormi, sur un lit d'hôpital. Les derniers mots prononcés par le grand Joachim lui tirèrent même un petit sourire affectueux.

Même en pleine forme, son Jaquelin ne parlait pas tellement, alors que dire de lui quand il était malade…

Le sourire de Marie-Thérèse s'accentua.

Le connaissant comme elle le connaissait, la jeune femme était en train de penser que son mari était bien capable de faire semblant de dormir pour éviter les conversations.

Sur ce, Marie-Thérèse ouvrit les yeux sur la cuisine de la tante Félicité. D'une certaine manière, malgré l'inquiétude qui persistait en elle, et qui y resterait probablement jusqu'à l'instant où elle verrait Jaquelin par elle-même, elle se sentait rassurée. Selon M. Joachim, tout le monde autour de Jaquelin semblait dire que ça allait bien. Le médecin, les religieuses, Joachim lui-même qui, s'il ne connaissait rien à la maladie, semblait en revanche avoir une belle expérience de la drave...

Qui était-elle, grands dieux, pour oser mettre en doute la parole de tous ces gens ?

Impulsivement, Marie-Thérèse posa les deux mains sur son ventre et, d'un geste très doux, un geste que normalement elle aurait gardé pour l'intimité, elle le caressa en traçant de grands cercles, comme pour rassurer le bébé qu'elle portait. Tant pis pour la présence de Joachim, Marie-Thérèse avait besoin de cet effleurement qui la réconfortait. Cet enfant, elle l'avait fait avec Jaquelin, le soir avant son départ, elle en était certaine, et, par cette caresse lente et très douce, elle avait la sensation de rejoindre son mari dans ce qu'il y avait de plus secret entre eux.

Le besoin d'avoir Jaquelin immédiatement à ses côtés fut si brutal que Marie-Thérèse porta les deux mains à son cœur, tandis que certains mots s'échappaient de ses lèvres.

— Merci, monsieur, merci ben gros d'être venu jusqu'ici pour nous parler.

Curieusement, Marie-Thérèse haletait, comme si c'était elle qui avait couru le marathon.

— Vous aviez raison de croire qu'il y a certaines affaires comme ça qui se disent pas dans un téléphone, poursuivit-elle de cette voix saccadée et rapide... Merci encore, même si pour astheure, vous allez devoir m'excuser. Je pense qu'il est temps de monter voir les enfants.

La reconnaissance de Marie-Thérèse était sincère et cela se sentait. Néanmoins, sans vouloir paraître impolie, elle espérait faire comprendre à Joachim que si entre eux tout avait été dit, comme il le laissait entendre, sa présence était de trop dans la cuisine de sa tante Félicité. Non seulement Marie-Thérèse voulait-elle rejoindre ses enfants, mais auparavant, elle avait besoin d'un peu de solitude pour faire le point et Joachim Côté le comprit exactement dans ce sens.

— J'allais partir, madame…

Il avait repoussé sa chaise et il était en train de se relever.

— Juste pour que vous le sachiez, ajouta-t-il en secouant les cendres de sa pipe au-dessus de son assiette, avant de la remettre au fond d'une poche, il faut que je vous dise que dans le sac de votre mari, il y a sa paye de l'hiver passé. Avec le papier qui explique les calculs de la compagnie. C'est le *foreman* qui m'a donné l'enveloppe pour vous, en disant que vous risquiez d'en avoir besoin.

Marie-Thérèse hocha la tête.

— C'est gentil d'avoir pensé à ça, remercia-t-elle.

Puis elle jeta un coup d'œil sur le havresac resté dans l'entrée, près de la porte, et, lentement, le hochement approbateur de sa tête se transforma en négation.

— C'est gentil, mais je toucherai pas une cenne de cet argent-là. J'suis capable de me débrouiller autrement, fit Marie-Thérèse en repoussant sa chaise pour se lever de table, à son tour. Je l'ai fait durant tout l'hiver, je peux continuer encore pendant un boutte.

Elle se tenait droite et fière devant Joachim.

— C'est à mon mari, cette paye-là, pas à moi, expliqua-t-elle. C'est lui seul qui a travaillé pour la gagner, pis c'est lui qui va décider quoi faire avec. J'ai pas d'affaire à y toucher. Mais vous remercierez quand même votre *foreman* pour moi…

Marie-Thérèse resta debout à côté de la table, le temps que Félicité raccompagne le visiteur à la porte. Confrontée à un long moment de silence pendant le repas, la vieille dame se rattrapait en se confondant en remerciements. Elle se renseigna aussi de façon plus pratique sur la meilleure manière d'avoir des nouvelles de Jaquelin.

— Me semble que moi, je prendrais le téléphone, pour faire ça. Je demanderais à l'opératrice de me mettre en ligne avec l'Hôtel-Dieu de La Tuque, pis après, ben, je demanderais pour parler à la sœur Saint-André-Avellin. Il doit pas y en avoir des tonnes qui portent ce nom-là.

Ceci étant dit, Félicité Gagnon le remercia encore, puis elle resta un long moment à la porte, à fixer le dos du grand Joachim qui regagnait la rue.

— Et gênez-vous surtout pas pour venir nous saluer, si jamais vous passiez par ici, un jour ou l'autre, lança-t-elle d'une voix forte, tandis que Joachim s'éloignait en direction de l'hôtel, où il avait dit avoir réservé une chambre. Vous serez toujours le bienvenu chez nous.

Le temps de voir Joachim Côté disparaître au tournant de la rue, de refermer la porte en soupirant, puis la tante Félicité se pencha pour attraper en passant le sac de Jaquelin. Quand elle entra dans la cuisine, elle le déposa sur la table devant sa nièce, qui s'était rassise.

— Comme ça, on n'oubliera pas de le mettre en lieu sûr, nota-t-elle tout en commençant à retirer les couverts. Même si tu veux pas toucher à cet argent-là, ma pauvre enfant, ça serait quand même un peu bête de le perdre ou de se le faire voler.

Marie-Thérèse était avachie sur sa chaise, un bras appuyé sur la table et le menton calé dans le creux de sa main droite. La jeune femme était visiblement vidée de toute énergie, et, maintenant qu'elle était enfin seule avec sa tante, elle pouvait se permettre de montrer sa vulnérabilité. Du moins, pour un instant. Après, il lui faudrait se ressaisir et se rendre à l'étage pour voir aux enfants, car Marie-Thérèse l'avait promis, deux fois plutôt qu'une, et elle tenait toujours ses promesses.

Par réflexe, la jeune femme détourna les yeux et jeta un regard indifférent sur le sac. L'envie de savoir à combien s'élevait le salaire gagné par Jaquelin ne l'effleura même pas.

Que valaient quelques dollars de plus si son mari n'était pas ici, avec elle, pour en profiter ?

Marie-Thérèse promena un doigt nonchalant sur le tissu rêche du havresac, suivant une surpiqûre jusqu'à la lanière de cuir qui le tenait fermé, se rappelant soudainement que c'était Jaquelin, un jour, qui avait recousu cette lanière un peu lâche, prétextant que ça pourrait éventuellement être utile.

À ce souvenir, Marie-Thérèse retint le sanglot qui lui monta à la gorge, puis, d'une voix fatiguée, elle murmura :

— Si vous saviez, ma tante, à quel point j'aimerais être un petit oiseau pour pouvoir m'envoler jusqu'à La Tuque.

— Je peux comprendre ça, ma Thérèse. J'ai jamais été en amour, mais je peux comprendre ça.

Tout en parlant, la tante Félicité trottinait dans la cuisine, entre l'évier et la table, transportant les assiettes sales, les restes de pain, qu'elle enveloppa dans un linge propre, le pot de lait, qu'elle plaça dans la glacière. C'était sa façon à elle de maîtriser son anxiété, d'évacuer sa tristesse, de canaliser son inquiétude.

— On aime toujours mieux voir les choses par soi-même, hein ? nota-t-elle en revenant vers la table, dans une question qui sonna pourtant comme une affirmation.

— Vous avez ben raison. Pis me semble que si j'étais à l'hôpital avec lui, Jaquelin se réveillerait pour de bon, rétorqua alors Marie-Thérèse, toujours aussi perdue dans ses pensées.

De toute évidence, l'esprit de Marie-Thérèse n'était plus vraiment à Sainte-Adèle-de-la-Merci. Elle avait le regard plutôt vague et, du bout du doigt, elle jouait machinalement avec quelques miettes de pain tombées sur le bois verni.

— Peut-être ben que t'as raison, admit spontanément la tante Félicité, tout en continuant de trottiner à travers la cuisine…

À ces mots, Félicité s'arrêta brusquement, au beau milieu de la pièce. Ce qu'elles étaient en train d'échanger, Marie-Thérèse et elle, ne rimait pas à grand-chose. La vieille dame avait la sensation qu'elles tournaient autour de l'essentiel sans oser s'en approcher. Elle revint alors sur ses pas, laissa tomber une poignée d'ustensiles sales, qui cliquetèrent sur le bois de la table, et, posant les deux mains sur le dossier d'une chaise, elle fixa intensément Marie-Thérèse.

— Peut-être ben que t'as raison, reprit-elle, pis que c'est juste ta présence que ton Jaquelin attend pour se réveiller... Mais peut-être pas non plus... Regarde-moi, ma belle.

La voix de la tante Félicité était enveloppée de chaleur, affichant ainsi une infinie tendresse. Néanmoins, Marie-Thérèse resta prostrée.

— Tu sais que je t'aime, hein ?

Surprise par ces derniers mots, Marie-Thérèse leva enfin la tête vers sa tante et la dévisagea. Dans la famille Gagnon, même si un amour sincère les liait tous les uns aux autres, on ne parlait jamais de ses sentiments profonds. On ne disait jamais des mots d'amour aussi directement. On se savait aimé, respecté, et cela suffisait pour se sentir bien. Toutefois, en ce moment, Félicité Gagnon estimait que sa nièce avait besoin de plus, d'infiniment plus qu'un simple regard ou une tape sur l'épaule. Alors, malgré sa maladresse à dire les choses du cœur, ce fut d'une façon tout à fait délibérée qu'elle répéta :

— Tu le sais que je t'aime, que j'ai toujours eu beaucoup d'affection pour toi. Je l'ai jamais dit comme ça, avec des mots, mais je pense te l'avoir montré clairement, au fil des années. T'es un peu la fille que j'aurais aimé avoir, t'es ma nièce préférée, pis ça aussi, tu le sais... Ouais...

Interdite, Marie-Thérèse buvait les paroles de sa tante. En ce moment, elle avait bien besoin d'une confession comme celle-là. Les mots de sa tante Félicité la réconfortaient comme une véritable déclaration d'amour.

— C'est pour ça que j'vas me permettre d'ajouter quelque chose, poursuivit Félicité. Quelque chose que tu seras peut-être pas contente d'entendre, mais je trouve ça important de te le dire quand même... Quand tu penses à Jaquelin, ma Thérèse, faudrait pas que tu te fasses des idées. Je veux vraiment pas te faire de peine, en parlant comme ça, mais je pense que ça serait plus prudent d'attendre de voir par toi-même où en sont les choses, avant de porter un jugement sur ce qui s'est passé, ou d'avoir des attentes sur tout ce qui peut s'en venir.

Ces quelques mots rejoignaient si intimement les craintes que Marie-Thérèse entretenait depuis le départ de Joachim Côté que sa réponse fusa sans la moindre hésitation.

— C'est justement pour ça que je voudrais être là tout de suite, ma tante. Je voudrais être avec Jaquelin. Lui donner la main pour voir si je peux l'aider à se réveiller. Lui parler dans le creux de l'oreille pour voir dans ses yeux où il en est. J'en peux pus d'attendre. J'en peux pus de me contenter d'imaginer les choses sans être sûre de rien. Je veux voir mon mari. En dedans de moi, il y a comme une voix qui me crie d'aller voir Jaquelin, là maintenant, sans perdre une minute.

Marie-Thérèse se tut brusquement, car elle avait épuisé l'essentiel de ce qu'elle ressentait, l'essentiel de ce qu'elle voulait partager avec sa tante.

Le reste n'appartenait qu'à son mari et à elle.

Marie-Thérèse prit alors le temps de regarder autour d'elle, revoyant en pensée l'hiver difficile qu'elle venait de vivre, loin de son mari. Toutes ces heures à se languir de lui, de leurs habitudes, de leur intimité… Le regard de la jeune femme croisa alors celui de sa tante. Malgré toute la tendresse qu'elle pouvait y lire, ce n'était pas cet amour-là dont elle avait le plus besoin. C'était Jaquelin qu'elle voulait avec elle. Lui et personne d'autre.

Soudainement, Marie-Thérèse sentit un vent de colère monter du plus profond de son ventre. Colère contre la vie, qui semblait leur en vouloir beaucoup, contre ces incidents, qui se suivaient sans relâche. Colère contre l'attente, aussi, qu'elle n'avait pas voulue, mais qui s'était quand même imposée.

Marie-Thérèse respirait bruyamment, tandis que ses yeux noisette lançaient des éclairs. À Félicité Gagnon, la jeune femme pouvait tout confier, sachant qu'elle ne serait jamais jugée ou condamnée. Alors elle laissa éclater sa rage.

— J'ai passé un long hiver à attendre après tout ! cracha-t-elle d'une voix exaspérée. J'ai attendu après mon mari pour qu'il revienne, après la maison pour qu'elle soit finie de construire, après la neige qui fondait pas assez vite, après le bébé pour qu'il soit enfin là. J'suis tannée, ma tante, j'suis tellement, tellement tannée d'attendre !

Cette seconde partie de réponse avait jailli avec une violence déroutante. Une violence qui disait l'immensité de la douleur ressentie et toute la lassitude vécue par Marie-Thérèse au cours des derniers mois.

Félicité n'entendit nul reproche dans ces quelques mots. Même si les deux femmes avaient vécu de beaux moments ensemble, Félicité se doutait bien de tout ce que sa nièce vivait de détresse et d'ennui, depuis l'incendie. Comment aurait-elle pu lui en vouloir ? C'était toute sa vie que Marie-Thérèse avait vu s'arrêter sur des points de suspension.

Incapable de retenir le geste, la tante Félicité se pencha pour poser une main toute ridée sur celles de Marie-Thérèse, maintenant abandonnées sur la table.

— Malheureusement, ma pauvre fille, t'es pas un oiseau pour pouvoir rejoindre ton mari à tire-d'aile, pis revenir te coucher dans ton lit, rétorqua-t-elle malgré tout, en tapotant la main de sa nièce. Va falloir que tu te fasses à l'idée.

— Justement, il est là, le problème, ma tante. Je peux pas, pis je veux pas me faire à l'idée de pas voir Jaquelin pendant qu'il est malade. Je le sais qu'il a besoin de moi, pis moi, je veux y aller. Mais c'est tellement loin... J'sais pas trop comment m'y prendre pour me rendre à La Tuque. C'est le bout du monde. De toute façon, ça doit coûter une fortune, prendre le train jusque-là !

— Et ça ?

Tout en répondant du tac au tac, Félicité Gagnon avait posé un regard insistant sur le bagage de Jaquelin. Un regard qui n'avait pas échappé à Marie-Thérèse. Sa réaction fut immédiate.

— Pensez-y surtout pas, ma tante ! Cet argent-là, il est pas à moi, je vous l'ai dit. Il est pas question que je prenne une seule cenne noire dedans sans avoir la permission de Jaquelin.

— T'as ben raison, cet argent-là est pas à toi, il est à Jaquelin…

— Bon ! Vous voyez ben…

— Ce que je vois, surtout, c'est que ton mari est pas ici avec toi pour prendre les décisions, ma pauvre Thérèse ! T'auras pas le choix de le faire à sa place. Pour encore un bon boutte. Pis si jamais Jaquelin a autant besoin de toi que tu le dis, peut-être ben que ça le dérangera pas que tu prennes un peu d'argent pour aller le rejoindre.

Marie-Thérèse resta bouche bée devant la pertinence de ces derniers mots. Félicité Gagnon n'avait pas tort en disant qu'il y avait encore pas mal de décisions à prendre, et, bien qu'elle ne veuille pas l'admettre, Marie-Thérèse n'aurait pas le choix de les prendre seule, exactement comme sa tante le suggérait. La jeune femme poussa un long soupir d'accablement.

— Je veux pas, ma tante ! Malgré tout ce que vous venez de dire, prendre l'argent que Jaquelin a gagné, ça serait comme… comme le voler. Je veux pus décider toute seule. J'en ai assez de tout faire toute seule.

— Je m'excuse, ma pauvre fille, mais t'auras pas le choix.

Le ton employé par Félicité, si chaleureux quelques instants auparavant, avait recouvré sa froideur habituelle et, devant tant d'insistance, la résistance de Marie-Thérèse s'effrita, se dispersa. La jeune femme éclata en sanglots face à ce qui venait d'apparaître devant elle comme un gouffre insondable.

— Je veux voir Jaquelin, ma tante ! arriva-t-elle à prononcer entre deux crises de larmes. Je pense que tant que je l'aurai pas vu, je serai pas capable de dormir, pas capable de manger, pas capable de m'occuper des enfants comme il faut. J'ai une boule dans la gorge qui m'empêche de respirer, et ça fait mal. Si vous saviez à quel point ça fait mal !

— Ben, vas-y, ma belle, si c'est ça que ton cœur te dit.

En encourageant Marie-Thérèse de la sorte, Félicité Gagnon avait repris la poignée d'ustensiles sales pour les porter à l'évier.

La jeune femme la suivit des yeux en reniflant.

— Mais comment ? demanda-t-elle alors. Comment je peux me rendre à…

— Laisse-moi faire, coupa Félicité, qui revenait vers elle. M'en vas essayer de trouver une solution pour que t'aies pas à piger dans le salaire de ton mari.

— Ben voyons…

— Tut tut tut… Tais-toi, ma belle, pis laisse-moi faire ! Ça serait pas la première fois que j'aurais une idée pour régler un problème, hein ? Pis je pense que j'en ai une bonne… Je finis de ramasser la cuisine, vite fait, aller me promener. On reparlera de tout ça quand j'vas revenir. Pendant ce temps-là, monte donc voir tes enfants. Dis-leur exactement tout ce que tu viens de me dire, sauf peut-être pour l'argent. Ça, ça les regarde pas. Mais dis-leur que t'as de la peine, par exemple, pis que t'as ben envie d'aller voir leur père. C'est pas parce que tes enfants sont encore jeunes qu'ils sont pas capables de comprendre ce que tu veux leur dire.

— Vous pensez ? Vous pensez vraiment que de montrer ma peine, ça leur fera pas peur ? Me semble qu'ils doivent plutôt avoir besoin d'une mère forte, non ?

— Pourquoi ça leur ferait peur ? demanda alors Félicité, en reprenant volontairement les premiers mots de Marie-Thérèse. Non, je pense pas, moi, que ça les dérangerait de voir que t'es inquiète pis que t'as de la peine… Ils doivent ressentir exactement la même chose que toi. Ça fait qu'ils vont te comprendre. De toute façon, j'ai pour mon dire que c'est pas être faible que de montrer qu'on a de la peine.

— Peut-être, oui.

— Bon, enfin, un peu de bon sens ! Fie-toi donc sur ce que je te dis, Thérèse ! J'ai peut-être pas eu d'enfants à moi, c'est vrai, mais j'en ai vu passer une trâlée. Pis pas juste ceux à qui j'ai enseigné la musique… Ouais… Dis-toi ben, ma Thérèse, que j'en ai vu, des enfants, au fil des années… Pis des années, j'en accumule. Ça fait que quand je te dis qu'on peut presque tout partager avec un enfant, c'est que j'suis sûre de mon affaire. Faut juste savoir choisir les mots quand on leur parle. Bon, astheure que c'est dit…

Félicité Gagnon se redressa et glissa les mains dans son dos pour dénouer les cordons de son tablier.

— Je pense ben que j'ai pus rien à ajouter. Toi, ma belle, tu montes rejoindre tes enfants, pis moi, je m'en vas !

— Et la vaisselle ?

— Veux-tu ben ! Inquiète-toi pas de la vaisselle. Elle se sauvera pas en attendant que je revienne. Allez, monte ! Comme je les connais, tes enfants doivent avoir les oreilles étirées jusque dans le bas de l'escalier, et ils ont probablement tout entendu ce qu'on a dit. M'est avis qu'ils vont se faire toutes sortes d'idées pas nécessairement roses pis que tu devrais ramener tout ça dans le bon chemin. C'est comme rien qu'ils doivent s'inquiéter, non ? De toute façon, avec tout ce que t'es en train de vivre, ma pauvre Thérèse, ça va juste te faire du bien d'être avec ta marmaille… Rassure-les du mieux que tu peux, prends ta petite Agnès dans tes bras, parce qu'elle en a souvent besoin, depuis le feu, pis jasez ensemble. Parlez de votre belle maison neuve, tiens, pour vous changer les idées, pis nous deux, on se retrouvera dans ma cuisine dans une petite heure.

Quand Félicité Gagnon revint chez elle, les enfants de Marie-Thérèse dormaient déjà. Épuisés par les émotions, mais tout de même rassurés de voir que leur mère avait l'intention d'aller aux nouvelles, même si, pour ce faire, elle devait se rendre jusqu'à La Tuque, ils ne s'étaient pas fait prier pour se mettre au lit. Quant à Marie-Thérèse, incapable de rester en place, elle avait fini la vaisselle, et, depuis, les yeux fixés sur le poêle et l'horloge grand-père, mais le cœur déjà arrivé à La Tuque, elle attendait le retour de sa tante à la cuisine.

Au son des pieds de la vieille dame qui secouait la poussière de ses chaussures sur la catalogne de l'entrée, elle sut que cette dernière était de bonne humeur.

Marie-Thérèse tourna donc un regard curieux vers l'entrée, où elle aperçut Félicité qui lui adressait un large sourire.

— Vous avez donc l'air de bonne humeur, vous là ! souligna-t-elle d'une voix intriguée. Pourtant, me semble que ce soir, on a pas tellement de raisons d'être souriantes de même.

— C'est là que tu te trompes, ma belle ! Donne-moi le temps de me déshabiller, et m'en vas tout te raconter.

En moins de deux, Félicité rejoignait Marie-Thérèse à la cuisine.

— Maintenant, demanda cette dernière avant que Félicité ne soit assise, si vous commenciez par me dire où c'est que vous êtes allée.

— À l'Hôtel Commercial, ma belle. C'est là que j'étais.

— À l'hôtel du village ? Ben voyons donc ! Que c'est que...

— C'est pas dans mes habitudes, c'est vrai, coupa Félicité de sa voix la plus catégorique pour mettre un terme immédiat au chapelet de questions qui pourraient suivre. Pis ça le deviendra pas non plus, le Bon Dieu m'en est témoin ! C'est pas une place pour une dame convenable, un hôtel de même. Pis ça pue sans bon sens la fumée de cigarette. J'en avais mal au cœur... Mais que c'est que tu veux que je te dise ? C'était pour la bonne cause, pis...

— La bonne cause ? interrompit Marie-Thérèse, qui ne voyait pas du tout où sa tante voulait en venir. Êtes-vous en train de me dire que votre bonne idée pour aller à La Tuque, c'est à l'hôtel que vous êtes allée la chercher ?

— Ouais, on pourrait dire ça comme ça... C'est là que je pensais trouver une solution, pis on dirait ben que j'avais raison... Donne-moi deux minutes, j'vas mettre la bouilloire sur le rond pendant que le poêle chauffe encore assez fort. J'ai la gorge toute sèche pis j'ai le goût de me faire un bon thé.

Tout en parlant, Félicité Gagnon s'activait. Ensuite, une fois la tasse sortie et le thé mesuré, elle se tourna vers Marie-Thérèse et lui annonça :

— Voilà, ma belle, qu'est-ce que tu dirais de partir pour La Tuque demain matin de bonne heure ?

— Demain ? demanda la jeune femme avec une pointe d'incrédulité dans la voix.

— Ouais, demain. Ça ferait-tu ton affaire, ma Thérèse ?

Marie-Thérèse n'avait jamais vraiment mis en doute l'imagination fertile de sa tante. Quand venait le temps de trouver quelque solution aux différentes contrariétés qui se présentaient à Sainte-Adèle-de-la-Merci, il n'y avait guère mieux qu'elle pour le faire. Ajoutez à cela sa verve habituelle, son sens de la repartie inné et les arguments de poids qu'elle savait faire valoir juste au bon moment et on comprenait aisément pourquoi les gens s'en remettaient souvent à elle pour régler leurs petits problèmes. N'empêche que cette fois-ci, la proposition de sa tante Félicité était si invraisemblable, si inespérée aux yeux de Marie-Thérèse, que celle-ci prit un certain moment pour bien assimiler tout ce qu'elle venait d'entendre.

— Je partirais demain pour La Tuque ? répéta-t-elle pour être certaine d'avoir tout compris.

— En plein ça.

— Mais vous le savez, ma tante, je vous l'ai dit : j'ai pas assez d'argent pour me payer un billet de...

— Qui parle de payer quoi que ce soit ?

— Ça tombe sous le sens, non ? Ça prend de l'argent pour voyager, voyons donc ! Me semble que c'est ben clair. Pis de l'argent, vous le savez comme moi que j'en ai pas de lousse. D'autant plus que c'est pas demain la veille que mon mari va reprendre sa place à la cordonnerie pour renflouer nos économies... Et avant que vous me le répétiez, il est pas question de prendre celui que Jaquelin a gagné durant l'hiver, je vous l'ai déjà dit. Ça me tente pas de me chicaner avec vous sur ce sujet-là. Vous le savez que j'suis capable d'avoir la tête ben dure. Pis je...

— Bon, bon, bon ! As-tu fini, toi là ? Je peux-tu parler pis t'expliquer comment ça va se passer ? Je le sais, ma belle, que tu veux pas toucher à l'argent de ton mari. J'en ai tenu compte, pis je sais aussi que t'as la tête dure. On se ressemble, là-dessus. Mais crains pas, j'ai trouvé quelqu'un pour te conduire. Va juste falloir que tu penses à apporter une poignée de monnaie pour tes repas durant la journée, mais c'est à peu près tout. Pour le reste, j'ai tout arrangé.

— Ah ouais ? Pis vous m'avez arrangé ça comment ?

— Tu pars avec Gédéon Touchette.

Félicité Gagnon avait été rarement aussi éblouissante qu'en ce moment. Bien campée sur ses deux pieds, toute droite devant le poêle à bois et sa veste de laine de travers sur les épaules, la vieille dame avait les deux poings sur les hanches et elle dévisageait Marie-Thérèse en souriant. Cette dernière fronça les sourcils.

— Avec Gédéon Touchette ? Ben voyons donc, ma tante, à quoi vous avez pensé ? Je peux toujours ben pas partir avec M. Touche-à-Tout !

— Pourquoi pas ?

— Parce que... Parce que c'est comme ça ! Parce qu'il parle tout le temps, pis que c'est ben fatigant. Parce que je le connais pas ben ben, cet homme-là, pis qu'en plus je saurais pas trop quoi y répondre. Parce que... Parce que ça me paraît ben évident que ça peut pas marcher. M. Touchette pis moi ! C'est ben tordu, cette idée-là ! En plus, il a toujours dit que dans son beau camion tout neuf, tout était à vendre, sauf la poussière. Ça veut dire de quoi, ça, non ?

Marie-Thérèse martelait ses arguments à petits coups d'ongle sur la table. Sans attendre de réponse, elle poursuivit, remontée comme un ressort de cadran.

— Ça veut dire que Gédéon Touchette est quand même un peu proche de ses cennes, non ? précisa-t-elle d'un même souffle. Pis là, vous seriez en train de me dire qu'il va m'emmener au diable Vauvert gratis ?

— T'as tout compris.

— Non, je comprends pas. Va falloir mieux m'expliquer parce que non, je comprends pas.

— As-tu vraiment besoin de tout comprendre, ma pauvre Thérèse ? L'important, pour toi, ça serait pas d'aller voir ton Jaquelin, par hasard ?

— C'est sûr, ça. Si vous saviez comment j'en ai envie.

— Bon ! Que c'est que tu veux de plus, d'abord ? C'est en plein ça que je t'ai arrangé : un voyage à La Tuque pour aller voir ton mari, un voyage qui te coûtera pas une cenne, parce que demain matin, à six heures tapantes, Gédéon Touchette va se présenter à notre porte pour t'emmener jusque-là.

Marie-Thérèse restait sceptique.

— Et pourquoi il ferait ça pour moi, M. Touche-à-Tout ? Il me doit rien pantoute.

— C'est vrai, à toi, il doit pas grand-chose. Pis c'est pas vraiment pour toi qu'il le fait, avoua la tante Félicité, conciliante. C'est pour ton mari, Jaquelin, qui se trouve être un de ses bons clients…

Convaincue de tout ce qu'elle avançait, Félicité Gagnon avait retrouvé son allant habituel.

— J'ai pas eu besoin d'insister plus qu'il faut, tu sauras. À la quantité de cuir que ton mari achète, pis de lanières, pis de fil, pis d'agrafes, pis… J'ai-tu vraiment besoin de continuer, ma Thérèse ?

Marie-Thérèse exhala une longue expiration.

— C'est bon, ma tante, pas besoin d'en rajouter, j'ai compris. C'est vrai que Jaquelin est un bon client, un très bon client, même. Il y a pas un seul voyage de M. Touchette dans notre paroisse sans que mon mari achète quelque chose… C'est vrai, vous avez raison. Mais ça joue dans les deux sens, ça là. Jaquelin aussi est ben content de pas avoir besoin de se rendre en ville pour trouver ses fournitures.

— Ça change rien au fait que Gédéon Touchette voudrait pas perdre un client comme ton mari. C'est pour ça qu'il est d'accord pour t'emmener à La Tuque. Il va en profiter pour aller voir quelques clients potentiels, comme il a dit.

— Si c'est de même... Pis je reviens comment ?

— De la même manière ! Penses-tu vraiment que j'étais pour te laisser là-bas indéfiniment ?

— Ouais... Pis si jamais Jaquelin pouvait revenir, lui avec ?

Il y avait tellement d'espoir contenu dans cette toute petite question que la tante Félicité sentit son cœur se serrer.

— Hein, ma tante ? En avez-vous parlé avec M. Touchette du fait que Jaquelin pourrait revenir avec nous autres ?

Félicité éluda la question d'un bref haussement d'épaules, tout en affirmant avec tout l'aplomb nécessaire pour rassurer sa nièce :

— Pas vraiment... Fallait quand même pas y faire peur, au pauvre Gédéon. Tu sais ben comment sont les hommes devant la maladie : ça les fait paniquer, pis c'était vraiment pas le temps de faire ça... Je me suis dit que ça serait à toi d'y voir, une fois rendue là-bas...

— À moi d'y voir ?

Une ombre d'appréhension traversa le regard de Marie-Thérèse, arrachant au passage un sourire à Félicité Gagnon qui, pour sa part, ne s'en faisait pas outre mesure.

— Je te l'accorde, t'es d'un naturel gêné avec les étrangers, concéda-t-elle pour apaiser sa nièce. Là-dessus, tu ressembles un peu à ton Jaquelin... Mais quant à moi, la ressemblance s'arrête là. Quand vient le temps de défendre ta famille, par exemple, je sais que t'es capable de nous surprendre... Encore plus que ton mari. Si jamais l'occasion se présentait, pis que Jaquelin pouvait faire le voyage jusqu'ici, t'auras juste à faire valoir tes arguments, ma belle fille, comme de montrer l'importance de ramener le cordonnier à Sainte-Adèle-de-la-Merci. La paroisse a ben besoin qu'il revienne, tu penses pas ? Avec toutes les bottines d'été qu'il va falloir rafraîchir... De toute façon, que Jaquelin soit capable de travailler ou pas, j'ai pour mon dire que ça serait peut-être une bonne affaire de le ramener par chez nous. Ton mari, c'est le genre d'homme à vouloir sa famille proche de lui, pis la Tuque, c'est pas la porte d'à côté. En train, ça aurait peut-être été plutôt difficile de le ramener, c'est ben certain, mais en camion... Me semble que si Jaquelin va aussi bien que M. Joachim l'a dit, le docteur de l'hôpital devrait être d'accord avec ça... Pis si jamais t'avais besoin d'insister pour convaincre le docteur de La Tuque, ma Thérèse, tu pourras y dire que dans la paroisse d'à côté, à Saint-Ambroise, on a un ben bon docteur, nous autres avec. Amédée Gosselin, qu'il s'appelle, des fois que les deux docteurs se connaîtraient... Il devrait être capable de voir à notre Jaquelin sans trop de problèmes. Après tout, ton mari a peut-être pas vraiment besoin de rester couché sur un lit d'hôpital pour se remettre d'aplomb. Que c'est qu'on en sait ? Pis peut-être que...

— Je vous arrête, ma tante, coupa Marie-Thérèse, tout étourdie par le verbiage de Félicité. Ça fait ben des « si » pis des « peut-être », votre affaire. Je suis pas sûre, moi, que...

— Je le sais, coupa à son tour la tante Félicité, qui devinait aisément ce que Marie-Thérèse allait lui rétorquer.

— Bon, enfin ! Pis les enfants, eux autres ? Qui c'est qui va s'en occuper pendant que j'vas...

— Ben là, ma fille, t'es quasiment insultante ! Voir que je peux pas m'occuper de ta famille pour une journée !

— C'est vrai. Je m'excuse, ma tante. Mais c'est tellement tout mélangé dans ma tête... Merci pour tout ce que vous faites pour moi. Mais que c'est qui nous dit que Jaquelin va assez bien pour revenir ?

— On est sûrs de rien, là-dedans, je te l'accorde. Mais j'vas te répondre comme M. Joachim l'a fait, tout à l'heure : j'suis pas docteur pour tout connaître des problèmes de santé, c'est ben certain, mais d'un autre côté, me semble que ça vaut la peine d'essayer. Tu penses pas, toi ? Mis devant le fait, si le docteur est d'accord, ben entendu, Gédéon Touchette pourra pas dire non. Pas devant Jaquelin en personne, en tous les cas. À ce moment-là, ça sera à toi de bien aligner tes flûtes, ma belle ! Mais je te connais : pour ton mari, t'es capable de ben faire les choses, même soulever des montagnes, au besoin. De toute façon, Gédéon Touchette est déjà d'accord pour repasser par le village pour te ramener, demain soir. Une personne de plus ou une de moins, dans son camion, ça devrait pas changer grand-chose pour lui...

Félicité Gagnon avait l'air tellement sûre d'elle-même que son attitude en devenait contagieuse.

— Alors, ma Thérèse ? Que c'est que t'en penses, de mon idée ?

Le regard que Marie-Thérèse tourna alors vers Félicité était pétillant d'amour et d'espoir, mais aussi empreint de sagesse et de ténacité. Malgré la grande fatigue qu'on pouvait y lire, ce regard-là éclipsa la nécessité des mots.

CHAPITRE 7

À Montréal, sur la rue Adam, par une très belle journée de printemps

Le lundi 16 avril 1923, sur l'étroite galerie arrière qui faisait bien toute la longueur de l'imposante maison grise, divisée judicieusement en quatre grands logements

PLUS DE DOUTE POSSIBLE, le printemps était bien là. Ce n'était plus une illusion, ou un souhait maintes fois manifesté. Non ! Cette fois-ci, le printemps avait bel et bien gagné sa bataille sur l'hiver et ça se sentait.

Cela faisait plus d'une semaine maintenant qu'on soupçonnait que ça approchait. Le soleil était omniprésent et il gagnait indéniablement en intensité, de jour en jour, et voilà qu'aujourd'hui, ça y était ! Même à l'aube, le fond de l'air avait de ces douceurs qui rendent heureux.

Comme Lauréanne l'avait décrété intérieurement, quelques instants auparavant, le premier lundi où elle pouvait enfin étendre ses draps sur la corde tendue à l'arrière de la maison, sans se geler les mains ni frissonner, était bien le véritable début du printemps sur son calendrier personnel.

Et ça remontait à loin !

Depuis qu'elle était toute petite, cette saison avait toujours été la préférée de Lauréanne Lafrance, et ce, pour toutes sortes de raisons.

Premièrement, la petite fille de jadis n'avait jamais aimé le froid. C'était de naissance chez elle. Raison suffisante, surtout au Québec, pour attendre le printemps avec impatience.

Il y avait aussi que, même enfant, Lauréanne n'avait jamais apprécié la neige, celle qui mouille et gèle les pieds, sauf en décembre, peut-être, à cause de Noël qui approchait à grands pas. Toutefois, même cette neige-là, toute blanche et légère, gage de vacances à venir et d'orange dans le bas de Noël, avait perdu tout attrait au moment du décès de sa mère.

À première vue, ces deux raisons pourraient sembler suffisantes pour entretenir une aversion marquée pour l'hiver. Néanmoins, si ça n'était pas le cas, on pourrait ajouter, en prime, que Lauréanne détestait porter un chapeau. Elle disait que cela la faisait ressembler à une potiche. Déjà qu'en été, elle devait s'y résoudre pour se présenter à l'église, mais quand l'obligation se répétait jour après jour, à cause de la température, ça l'exaspérait un peu.

Mais il y avait encore plus…

En fait, si Lauréanne détestait l'hiver à ce point, et depuis de si nombreuses années déjà, c'était d'abord et avant tout parce qu'elle avait en horreur la corvée d'étendre le linge sur la corde par temps glacial. Comme les vêtements humides collaient irrémédiablement à la laine des mitaines, elle n'avait pas le choix de les retirer pour s'acquitter adéquatement de la tâche, et cela devenait vite douloureux, voire parfaitement intolérable.

C'était il y a bien longtemps, cela va de soi, mais le souvenir perdurait, comme une tache indélébile sur ses jeunes années.

Aujourd'hui, plus personne n'obligeait Lauréanne à sortir le linge mouillé les journées de grands froids. Depuis qu'elle s'appelait Mme Émile Fortin, elle était devenue seule juge en la matière et la troisième chambre de la maison servait régulièrement à cet usage durant l'hiver. N'empêche qu'il n'y avait pas une seule première journée de printemps qui n'échappât aux souvenirs désagréables qu'elle gardait de la longue corde à linge de son enfance, tendue entre deux poteaux solidement plantés au beau milieu de la cour, chez son père. Hiver comme été, dès qu'elle avait été en âge de le faire, la petite Lauréanne devait y accrocher le linge frais lavé, car son père alléguait qu'il était allergique à l'odeur du savon de pays s'infiltrant partout dans la maison.

— Ça me pique le nez, pis dans ce temps-là, j'arrive pas à travailler dans le sens du monde ! Déjà que je dois endurer l'odeur des cuves de trempage, tu vas au moins me faire le plaisir de faire sécher le linge dehors. T'es rendue assez grande, astheure.

Voilà pourquoi, durant des années, il n'y avait eu que quelques lundis échappant à la consigne, ceux où il tombait une pluie diluvienne ou quand une forte tempête de neige s'abattait sur la paroisse. Mais alors, en contrepartie, Lauréanne et Jaquelin avaient droit à la mauvaise humeur paternelle.

Ces jours-là, chez les Lafrance, il valait mieux filer doux !

Cependant, et fort curieusement d'ailleurs, depuis qu'Irénée habitait à Montréal chez les Fortin, son allergie semblait avoir disparu, et jamais il n'avait osé se plaindre de l'odeur qui pique le nez. Pourtant, Lauréanne employait encore et toujours le même savon de pays pour détacher les vêtements.

Néanmoins, jamais Lauréanne n'oublierait les jours de lessive de son enfance, les doigts engourdis et les mains crevassées qui faisaient si mal !

À cette époque, chaque soir d'hiver, elle tentait tant bien que mal de se soigner avec le liniment acheté au magasin général, car, selon son père, cet onguent valait bien celui du médecin, trois fois plus cher. Ainsi, avant de se coucher, la gamine souffrante enduisait ses doigts l'un après l'autre avec la gelée orangée qui piquait, et ensuite, elle les enveloppait de gaze, espérant de toutes ses forces que durant la nuit, le miracle se produirait, et qu'au réveil, ses mains seraient guéries de toutes leurs gerçures et qu'elles seraient redevenues toutes blanches et douces, comme en été.

Malheureusement, cela n'était jamais arrivé.

Lauréanne Lafrance n'avait alors que dix, douze ou quatorze ans, et, dans le secret de son cœur, elle exécrait les lundis, d'octobre à avril…

Pourtant, dès que se pointait le printemps, le lavage perdait cette dimension de corvée.

En effet, à partir du jour où la chaleur du soleil arrivait à guérir ses mains, ou peu s'en faut, rien ne plaisait autant à Lauréanne que de pouvoir sortir de la maison afin d'accrocher le linge au grand soleil avec les longues pinces en bois. Ils étaient pourtant bien lourds pour ses bras d'enfant, les draps et les couvertures, les tentures et les pantalons de serge épaisse, et elle détestait avoir à toucher aux sous-vêtements de son père, grisâtres d'avoir été si souvent lavés ; mais au moins, sans surveillance, la petite fille pouvait prendre tout son temps en oubliant les autres corvées qui l'attendaient à l'intérieur de la maison.

Et puis surtout, durant quelques minutes, elle n'entendait plus les jérémiades et les grognements d'Irénée Lafrance, toujours enclin à rouspéter sur une chose ou sur une autre ; ou encore ses cris et ses jurons, quand il tempêtait après Jaquelin, qui ne travaillait jamais assez vite à son goût.

Parfois, en automne, son frère Jaquelin, haut perché dans son arbre, la taquinait en la bombardant de glands. Alors, au mauvais souvenir que Lauréanne gardait du lavage se greffait une infinie tendresse.

Aujourd'hui, bien entendu, le lavage était devenu une besogne comme toutes les autres. Il faisait partie de son travail de femme et jamais Lauréanne n'aurait osé s'en plaindre, car Émile Fortin était un bon mari, attentionné, facile à vivre. S'occuper de l'ordinaire de la maison faisait partie du contrat qui existait entre eux, depuis le matin de leur mariage, célébré dans la plus stricte intimité, dans la sacristie de l'église, pour éviter les frais !

Émile, lui, partait travailler tous les jours à l'aube, beau temps mauvais temps, hiver comme été, toujours de bonne humeur. Le vendredi, heureux et satisfait de sa semaine, il rapportait l'argent de son salaire à la maison, plus quatre bières, qu'il dégusterait durant la fin de semaine.

Quant à Lauréanne, elle utilisait au mieux le petit pactole qui lui était alloué chaque vendredi, et elle s'employait à faire bon usage de son temps, afin que son mari Émile retrouve une maison agréable, du linge bien repassé et des repas copieux.

À vrai dire, si ça n'avait été de la présence de son père, venu s'installer chez elle sans préavis, il y avait de cela de trop nombreuses années déjà, Lauréanne aurait pu honnêtement déclarer qu'elle était une femme parfaitement heureuse, malgré le fait qu'Émile et elle n'avaient pas eu d'enfants.

Et ce n'était pas faute d'avoir essayé !

Mais envers eux, la vie s'était montrée capricieuse, refusant obstinément de ressembler à leurs rêves les plus légitimes.

— Ça arrive, avait dit laconiquement le médecin consulté à l'époque.

Lauréanne avait beaucoup pleuré, consolée à grand-peine par un mari tout aussi affligé qu'elle.

Chaque mois, durant des années, Lauréanne Lafrance avait éclaté en sanglots et pleuré toutes les larmes de son corps.

Puis les années s'étaient accumulées et les larmes s'étaient taries. Toutefois, l'attachement mutuel et la tendresse que Lauréanne et son mari Émile ressentaient l'un pour l'autre n'avaient pas diminué pour autant.

Bien au contraire !

De ce qui avait été une cruelle déception et un terrible chagrin était née une véritable complicité, car c'était vraiment à deux qu'ils avaient été désolés de ce revers imprévisible. Ce serait donc à deux qu'ils passeraient au-dessus. L'un comme l'autre, ils auraient préféré une famille nombreuse, certes, mais la vie commune ne s'arrêtait pas au fait d'avoir ou de ne pas avoir d'enfants.

Ce fut ainsi, peu à peu, que d'un jour à l'autre, ils avaient appris à se contenter des mille et un petits plaisirs du quotidien qui pouvaient, à leur façon, pimenter une vie à deux.

De la lecture commentée du journal *La Presse* à l'écoute de la radio, en passant par le cinéma, à l'occasion, et grâce aussi à quelques soirées agréables passées en compagnie de certains confrères de travail d'Émile, Lauréanne et son mari avaient su bien occuper leur temps. Tous les deux, ils aimaient la bonne chère, les casse-tête compliqués, et, si Lauréanne cousait par plaisir, Émile, lui, aimait le travail du bois. Certains fous rires devant les résultats obtenus, tant dans la guenille que dans la sculpture, n'étaient pas rares entre eux.

Finalement, tous les deux, ils étaient particulièrement sensibles aux changements de saison, y voyant là une occasion supplémentaire de se réjouir.

Voilà pourquoi, ce matin-là, Émile était parti travailler en sifflotant.

— Bientôt, on va recommencer à faire nos pique-niques du dimanche midi, avait-il justement déclaré, au moment où il s'apprêtait à quitter la maison en direction de la brasserie.

Il venait d'ouvrir la porte sur la cacophonie des moineaux et, incapable de résister, il s'était arrêté un instant.

Tout souriant, l'homme grisonnant, qui venait de fêter ses quarante-cinq ans, avait allègrement reniflé la brise en regardant tout autour de lui.

— Viens voir, Lauréanne, avait-il dit, tout en joignant un geste de la main à sa demande. Sens, sens comme ça sent bon… C'est pas des farces, on dirait quasiment l'été, ce matin ! Nom d'une pipe que c'est tentant d'en profiter.

— C'est vrai qu'on est pas mal bien, avait apprécié Lauréanne, à l'instant où elle l'avait rejoint sur le perron.

Pieds nus et en robe de chambre, elle avait longuement inspiré l'air doux du matin, puis elle s'était redressée sur le bout des orteils pour embrasser Émile sur la joue.

— Si c'est de même, mon mari, avait-elle ajouté, pis que la journée continue d'être belle comme ça, on va manger de bonne heure, pis on ira faire une grande marche après le souper, toi pis moi.

— Bonne idée, ma femme ! Passe une belle journée.

Et c'était exactement ce que Lauréanne était en train de faire : elle passait une excellente journée en vaquant à ses obligations habituelles, tandis qu'en pensée, elle planifiait leur soirée.

Elle était justement en train de transformer quelques heures de routine en un petit moment de bonheur tout simple avec son mari Émile. Elle se disait qu'après le repas, qu'elle voyait sans prétention, mais soigné, ils dirigeraient leurs pas vers la rue Ontario pour voir si, par hasard, leur petit casse-croûte* préféré n'aurait pas un peu de crème glacée à leur offrir. Elle estimait que ça serait bien agréable pour terminer une journée aussi belle que celle d'aujourd'hui. Ça lui éviterait d'avoir à confectionner un dessert, et ça soustrairait une ou deux heures au registre des lamentations de son père, qui refuserait probablement de les accompagner, même s'il n'était pas vraiment invité à le faire.

Au casse-croûte, Lauréanne choisissait toujours la crème glacée au chocolat, tandis qu'Émile préférait celle à la vanille.

Voilà donc ce à quoi elle pensait plaisamment, Lauréanne, tout en retirant les draps qu'elle avait mis à sécher plus tôt dans la journée, la gourmandise n'étant jamais bien loin de l'ensemble de ses réflexions domestiques.

En effet, si on était lundi et qu'elle ne pouvait décemment échapper à la corvée du lavage, il n'en restait pas

* Endroit où on sert de la nourriture sans prétention ; snack.

moins qu'en ce moment, elle l'agrémentait d'une joyeuse perspective et que la journée lui semblait très belle.

D'un coup sec, Lauréanne secoua machinalement le drap par-dessus la rampe ceinturant la galerie, avant de l'enrouler sur lui-même pour le remettre dans le panier d'osier, où il attendrait jusqu'au lendemain afin d'être repassé, pour ensuite être rangé dans la grande armoire située dans la salle de bains.

Dans quelques instants, quand elle aurait fini de ramasser la lessive, Lauréanne irait tout de suite préparer le repas. Deux longues heures dans la cuisine n'étaient pas pour lui déplaire et, s'il fallait passer par l'épicerie du coin avant de cuisiner, ce serait avec plaisir qu'elle le ferait.

Lauréanne poussa un long soupir heureux.

Qu'allait-elle bien pouvoir préparer afin de célébrer dignement le retour du beau temps ?

Du poulet, du porc ?

Tout en réfléchissant, Lauréanne esquissait toutes sortes de mimiques, comme si elle s'adressait à un interlocuteur. À force de vivre seule du matin au soir, sans enfants, elle s'était inventé toute une panoplie d'intervenants avec qui elle pouvait s'entretenir à l'occasion, car ce n'était pas son père qui était le vis-à-vis le plus intéressant. Autant que possible, Lauréanne essayait de l'éviter !

Tout à coup son visage s'éclaira.

Elle allait faire des galettes de bœuf haché ! Bien rôties dans le beurre, ça ferait sans doute l'affaire d'Émile, et même celle de son père, tant qu'à y être, surtout si elles étaient noyées dans la sauce au thé. Il en restait justement une bonne quantité, à la suite du déjeuner, et Lauréanne détestait gaspiller la nourriture. Elle y ajouterait quelques carottes en rondelles et peut-être aussi des bouts de navet, s'il en restait dans la glacière. Puisque tout le monde les aimait bien, ça éviterait les bouderies inutiles et les remarques désobligeantes.

Et pour dessert, son père pourrait vider la boîte de biscuits achetés. Lui qui les prétendait meilleurs que ceux cuisinés à la maison, serait bien mal venu de critiquer !

Tout en pliant sommairement le dernier drap, Lauréanne en était à se demander si elle préférerait des pommes de terre pilées ou bouillies, quand, depuis l'autre bout du long corridor qui scindait le logement en deux, elle entendit les vociférations d'Irénée Lafrance, qui semblait venir vers elle.

— Veux-tu ben me dire où c'est que t'es rendue, toi là ? criait-il pour être bien certain d'être entendu. Lauréanne ? Où c'est que tu te caches encore, maudit batince ? Chaque fois que j'ai besoin de toi, t'es jamais là. À croire que tu le fais exprès, sacrament !

Par la porte qu'elle avait laissée grande ouverte pour faire aérer la maison, en attendant qu'Émile installe le battant à moustiquaire, Lauréanne sut que son père venait d'entrer dans la cuisine, puisqu'il avait bousculé une chaise au passage. Il lâcha aussitôt une bordée de jurons, que Lauréanne accueillit en fermant les yeux. Puis elle poussa un long soupir de lassitude.

Comment son père pouvait-il arriver à être de si mauvaise humeur quand on avait droit à une journée aussi parfaite ?

Néanmoins, sans chercher d'explication, car la plupart du temps, il n'y en avait aucune, elle s'empressa de répondre sur un ton qui se voulait enjoué afin de freiner d'éventuelles tensions entre eux :

— J'suis sur la galerie, mon père. Je me cache pas.

Les pas lourds approchèrent.

— Facile à dire, ça, vociféra Irénée, en arrivant dans l'encadrement de la porte. C'est quand on a justement quelque chose à cacher qu'on prétend le contraire.

— Quelque chose à cacher ? Ben voyons donc !

Visiblement, Lauréanne tombait des nues, car cette fois-ci, elle n'avait vraiment rien à se reprocher. Toutefois, son père ne l'entendait pas de cette oreille.

— Arrête de faire ton hypocrite, Lauréanne Lafrance, pis viens pas me dire que tu le savais pas. J'haïs ça quand tu me racontes des menteries grosses comme le nez au milieu de la face, en me prenant pour un imbécile.

— Des menteries grosses comme... ? Voyons, mon père ! C'est quoi ça, encore ? Pis que c'est que je serais supposée savoir comme ça ? Sainte-Bénite ! Combien de fois va falloir que je le répète ? Premièrement, je vous prends pas pour un idiot. Jamais. Pis deuxièmement, je vous ai rien caché, pas plus que je vous ai menti. Je comprends même pas de quoi vous voulez parler !

— Ah ouais ? C'est ce que tu dis... Moi, vois-tu, depuis l'histoire du feu, je te crois pus...

Devant cette réplique trop souvent entendue depuis l'automne, Lauréanne haussa les épaules avec fatalisme. Elle n'avait pas la moindre envie de gâcher le reste de sa journée avec une discussion interminable et surtout tout à fait inutile, alors elle se permit d'interrompre Irénée, malgré les risques qu'elle encourait à le faire.

— Pensez ben ce que vous voulez, mon père, trancha-t-elle brusquement. Si vous voulez pas me croire, je peux rien rajouter à ça. Chose certaine, par exemple, c'est que cette fois-ci, c'est vraiment vrai que je comprends rien pantoute à ce que vous êtes en train de me dire.

Le ton ne pouvait mentir et Irénée n'eut d'autre choix que de l'admettre intérieurement. Il soupira néanmoins avec impatience, question de garder un certain contrôle sur la conversation.

— C'est moi qui comprends pus rien ! Veux-tu ben m'expliquer, d'abord, pourquoi c'est faire que les mauvaises nouvelles du village nous arrivent toujours par notre voisin Gédéon ?

— Peut-être que c'est parce qu'il est plus rapide qu'un télégramme, comme il passe par le village assez souvent.

Ne voyant aucune mauvaise nouvelle susceptible de les affecter en ce moment – il faisait bien trop beau pour le malheur –, Lauréanne avait dit un peu n'importe quoi pour se débarrasser de son père. Mal lui en prit ! Cette réponse ne fit qu'attiser la colère d'Irénée.

— Maudit que t'es niaiseuse, toi, des fois ! trancha-t-il en tapant du pied. Il y a rien de plus rapide qu'un télégramme, tu devrais le savoir ! Non, moi je dirais plutôt que c'est juste qu'à l'autre boutte, au village, par où Touchette passe souvent, je te l'accorde, ils sont trop sans-dessein pour nous avertir quand c'est le temps de le faire. À croire qu'ici, en ville, on existe pas. Ni pour les bonnes ni pour les mauvaises nouvelles.

Irénée remettait ça ! Lauréanne fronça les sourcils.

— Parce qu'il y aurait encore une mauvaise nouvelle ?

— C'est le moins qu'on puisse dire… Au bout du compte, c'est moi qui avais raison, pis la cordonnerie pourra pas rouvrir de sitôt.

À ces mots, même si elle avait d'abord été déboussolée par les propos de son père qui lui paraissaient échevelés et sans grande logique, Lauréanne sentit une certaine crainte l'envahir.

Que se passait-il encore à Sainte-Adèle-de-la-Merci pour que son père en parle sur ce ton emporté ?

— Ben voyons donc, mon père… De quoi vous voulez parler, là ? Quand même pas un autre feu ?

Le vieil homme roula les yeux qu'il leva ensuite au ciel dans un geste de grande exaspération.

— Encore des idioties ! lança-t-il avec une pointe de dédain dans la voix. Eh ben, Lauréanne, t'as que ça à dire, aujourd'hui, des niaiseries ? Maudit sacrament que tu peux m'énerver, des fois. Non, il y a pas eu d'autre feu, ça serait ben le boutte de la marde ! Non, cette fois-ci, c'est ton cher frère qui a eu un accident…

La crainte ressentie fut aussitôt balayée par une grande inquiétude et Lauréanne en perdit ses mots pour un instant. Irénée en profita pour continuer sur le même ton excédé.

— Je le savais, je le savais donc que c'était une sacrament de mauvaise idée de partir pour les chantiers. Surtout pour un pas de tête comme ton frère Jaquelin… Avec un empoté comme lui, pis son mauvais jugement, c'était ben clair qu'une affaire de même risquait d'arriver... Je l'avais dit ! Je l'avais donc dit, baptême !

Cette enfilade de jurons eut l'avantage de faire sortir Lauréanne de sa torpeur. Oubliant momentanément tout ce qu'elle venait d'entendre, elle fixa son père avec humeur. Les jurons étaient bien la seule chose qui la faisait sortir de ses gonds, sans égard aux conséquences.

— Mon père ! Quand même, fit-elle à mi-voix. Arrêtez de parler comme ça ! Tout le monde du quartier va vous entendre pis on va passer pour une famille de mal élevés.

D'un geste discret de la main, Lauréanne désigna l'enfilade des cordes à linge, aujourd'hui lourdement chargées de l'intimité de toutes ces familles qui partageaient la succession des cours, depuis la grande maison grise jusqu'à la ruelle.

— Essayez de vous retenir un peu ! exhorta-t-elle finalement sur le même ton étouffé.

— M'en fiche pas mal de ce que le monde peut penser de nous autres... C'est pas nos voisins qui vont venir régler mes problèmes, hein ? Ça fait que je parlerai ben comme j'ai envie de parler... As-tu pensé, toi, à ce que la cordonnerie va devenir, pas de cordonnier ? Parce que c'est ça qui va arriver, j'en suis sûr... Sais-tu ce qu'il a imaginé, le maudit Jaquelin ?

Ces quelques mots ramenèrent Lauréanne à son inquiétude, tandis qu'Irénée Lafrance était écarlate de colère. Non seulement il trouvait inconcevable que personne n'ait eu la présence d'esprit de le prévenir au sujet de l'accident de son fils, et, à ses yeux, c'était d'une grossière inconvenance, mais en plus, pour la seconde fois en quelques mois à peine, il avait la pénible sensation que tout son univers venait de s'écrouler. Sans donner une chance à Lauréanne de le questionner ou de lui répondre, il prit une longue inspiration et reprit là où il s'était interrompu.

— Imagine-toi donc que ton imbécile de frère a décidé de revenir des chantiers en faisant de la drave...

En entendant ce dernier mot, les yeux de Lauréanne s'arrondirent de surprise. Cette audace ressemblait si peu à Jaquelin.

— Ouais, de la drave, t'as ben entendu. Faut-tu être idiot en sacrament pour faire ça ? C'est ce que Touchette m'a appris, figure-toi donc ! Ton frère était au chantier à attendre le printemps comme tout le monde, pis un bon matin, il a décidé de repartir par la rivière... Maudit imbécile !

Ça y était ! Irénée Lafrance venait de repartir pour un de ces discours-fleuves remplis de fiel dont lui seul avait le secret, mais, dans l'immédiat, Lauréanne ne l'écoutait plus.

Son frère avait eu un accident et son père prétendait que la cordonnerie ne pourrait rouvrir comme prévu. C'était donc que l'accident avait été grave. Très grave ! On n'arrête pas de travailler pour des broutilles, surtout pas quand on s'appelle Jaquelin Lafrance et qu'on est un acharné du travail.

Au fil des réflexions de Lauréanne, son inquiétude allait croissant. Plus encore qu'au moment où elle avait appris l'incendie, alors que personne n'avait été blessé. À présent, la sœur de Jaquelin se sentait oppressée et elle avait le cœur lourd.

Et son père qui continuait de crier comme si Jaquelin avait délibérément choisi son sort...

Les cris d'Irénée rejoignirent enfin Lauréanne dans le secret de ses réflexions. Elle sursauta et secoua vigoureusement la tête.

Mais en fait, que s'était-il vraiment passé ?

D'une main fébrile agitée devant elle, Lauréanne tenta d'endiguer le flot continu des paroles d'Irénée Lafrance. Ici, sur la galerie, entourée des vêtements de tous ses voisins, elle se sentait en relative sécurité. À ses yeux, les cordes à linge dressaient un rempart infranchissable, même pour une colère comme celle qui habitait son père, en ce moment. On était lundi, il y avait un va-et-vient constant sur les galeries, et, à tout moment, il pouvait y avoir quelqu'un pour les voir, pour tout entendre, et pour une fois, cela donna à Lauréanne l'audace d'insister.

— S'il vous plaît, mon père...

Ce dernier sursauta à son tour. Contrarié d'avoir été interrompu, il tourna un regard mauvais vers sa fille.

— Que c'est que tu veux encore, toi ?

Tout de même épuisé par la colère qui bouillait dans ses veines et le long monologue qui l'avait accompagnée, Irénée parlait présentement d'une voix haletante. Curieusement, Lauréanne se dit que ce serait la colère, un jour, qui finirait par emporter son père. Les yeux mi-clos, Irénée Lafrance continuait de pomper l'air à grandes inspirations car, visiblement, il n'avait pas fini de discourir.

Mais peu importait pour Lauréanne. Elle était inquiète pour son frère, et elle venait de comprendre qu'elle non plus n'avait pas fini de parler. Il lui fallait savoir exactement ce qui s'était passé.

— S'il vous plaît, écoutez-moi... Vous parlez d'un accident, c'est ben beau, mais vous m'avez pas dit pantoute ce que c'était... Que c'est qu'il a eu comme accident, Jaquelin ?

Quelques mots à peine, et Irénée sembla reprendre ses esprits. Il ouvrit brusquement les yeux.

— Voir que ça a de l'importance ! cracha-t-il en sifflant les mots. C'est la cordonnerie qui est importante, dans tout ça, pas ton frère, rapport que lui, il est pas mort... Mais si tu veux tout savoir, Jaquelin est tombé dans l'eau d'une rivière. Paraîtrait qu'il a failli se noyer, mais c'est pas le cas.

— Mon doux...

Lauréanne, imaginant la scène sans difficulté, avait porté les deux mains à son cœur.

— Pauvre Jaquelin... Pis ?

— Et quoi, sacrament ? Me semble que ça dit ce que ça doit dire, non ? Quand tu tombes à l'eau, tu tombes à l'eau !

Lauréanne dut faire un effort surhumain pour ne pas crier après son père.

— Mais encore, dit-elle d'une voix qu'elle tentait désespérément de retenir... Il va comment, aujourd'hui, Jaquelin ?

— Comment tu veux que je le sache, maudit baptême, je l'ai pas vu ! Pis toi, comment tu fais pour toujours finir par poser des questions imbéciles ? Me semble que c'est pas de même que je t'ai élevée. Les niaiseries, j'ai jamais toléré ça, pis tu le sais... Pour ton frère, que c'est que tu veux que je te raconte de plus ? Je fais juste répéter ce que Gédéon m'a raconté.

« Ce que Gédéon m'a raconté... »

En soi, ces quelques mots disaient tout, et, aussitôt qu'elle les entendit, Lauréanne esquissa l'ombre d'un sourire soulagé.

— Ah oui, c'est vrai... Il y a Gédéon, derrière tout ça, murmura-t-elle, pour elle-même.

Un simple rappel, un élément banal à travers la discussion, et Lauréanne sentit sa tension diminuer de beaucoup. Pourquoi s'en faire autant ? Tout ce qu'elle venait d'entendre dans la bouche de son père venait des dires de Gédéon Touchette. Ça permettait de relativiser les choses, n'est-ce pas ? Elle aurait dû y penser depuis le début !

— Allons, mon père, faut pas trop vous en faire avec ça, arriva-t-elle à déclarer sur un ton apaisant. Ça arrive souvent, vous savez, que notre cher voisin Gédéon exagère un peu.

— Ben pas là !

Curieusement, alors qu'il était d'un naturel sceptique, cette fois-ci, Irénée Lafrance avait l'air tout à fait convaincu, ce qui intrigua Lauréanne. Ça n'était pas dans ses habitudes.

— Pourquoi vous dites ça, mon père ? demanda-t-elle d'une petite voix, avec la désagréable sensation de marcher sur des œufs.

— Parce que, pour une fois, il fait pas juste répéter ce qu'il a entendu, le Gédéon... Pour qui tu me prends ? Moi avec, je le connais notre voisin, pis laisse-moi te dire qu'il arrive rarement à me passer un sapin... Mais cette fois-ci, par exemple, je le sais que c'est pas pareil, parce que pour une fois, c'est pas juste des racontars, son affaire. Imagine-toi donc que notre cher voisin était là en personne. Ouais, il était là, Gédéon Touchette, avec Marie-Thérèse, quand elle est partie pour La Tuque. Il a même fait le voyage avec elle, dans son camion, jusqu'à l'hôpital de La Tuque. Pis après, c'est encore lui qui a ramené Marie-Thérèse pis Jaquelin jusqu'au village de Sainte-Adèle-de-la-Merci.

Brusquement, la véracité des propos n'avait que peu d'importance aux yeux de Lauréanne. C'était plutôt le geste en soi qui la laissait médusée.

— Hé ben… Notre voisin Gédéon a fait ça, lui ?

— Comme je te dis. Ça t'en bouche un coin, hein ? Tu vas peut-être finir par me croire ! C'est pour ça que je dis que, pour une fois, on peut vraiment le croire quand notre voisin dit que Jaquelin en mène pas trop large.

Lauréanne n'avait aucune difficulté à imaginer M. Touche-à-Tout, bavant de plaisir en racontant son histoire, surtout s'il avait été partie prenante de ladite histoire. Néanmoins, sans vouloir mettre la parole de son père en doute, elle continuait d'avoir bien de la difficulté à concevoir que leur voisin ait accepté de faire ce voyage. Cette grande générosité ne lui ressemblait pas tellement.

Durant un bref instant, Lauréanne soupesa mentalement le pour et le contre contenus dans les propos de son père. Elle arriva à la conclusion qu'à moins d'avoir été payé, ce qui ne semblait pas être le cas, Gédéon Touchette avait probablement accepté de faire ce voyage jusqu'à La Tuque avec Marie-Thérèse pour la simple et bonne raison qu'il aurait enfin un événement inédit à raconter. Elle ne voyait pas autre chose. À cette dernière pensée, Lauréanne inspira bruyamment, subitement en colère, elle aussi. Depuis l'automne dernier, elle avait beaucoup de difficulté à trouver chez Gédéon Touchette ne serait-ce que l'ombre d'une qualité et cette subite générosité lui semblait tout à coup entachée d'avidité et d'égoïsme.

Le sourire que son charmant voisin avait affiché en parlant de l'incendie lui était resté en travers de la gorge…

La réplique de Lauréanne fut alors à l'avenant.

— Quand ben même il serait parti pour la lune avec Marie-Thérèse, le Gédéon, ça changerait rien, quant à moi, grommela-t-elle, avec humeur. À mon avis, d'avoir fait le voyage à La Tuque, ça veut rien dire pantoute. Ça veut surtout pas dire que tout est aussi dramatique que ce cher M. Touchette veut ben le laisser croire.

— Ben moi, ma pauvre Lauréanne, je le crois. C'est ben beau savoir qu'il exagère plus souvent qu'autrement, Gédéon Touchette peut pas avoir inventé tout ça, juste pour se rendre intéressant.

Lauréanne haussa les épaules avec indifférence.

— Libre à vous de penser ce que vous voulez, mon père, laissa-t-elle tomber. Mais en attendant de savoir exactement ce qui s'est passé, pis surtout ce qui s'en vient, vous vous rendez peut-être malheureux pour pas grand-chose.

Mine de rien, Lauréanne essayait d'amadouer son père, tentant de l'amener à voir la situation avec un certain recul, une certaine lucidité. Après tout, malgré toutes les exagérations que Gédéon Touchette avait pu apporter à son récit, il semblait évident qu'un incident d'importance avait eu lieu. Irénée Lafrance, à titre de père de Jaquelin, n'aurait pas vraiment d'autre choix que de se rendre à Sainte-Adèle-de-la-Merci pour constater par lui-même de quoi il retournait. Autant qu'il le fasse l'esprit tranquille. Ça éviterait peut-être à son pauvre frère Jaquelin de passer un fort mauvais quart d'heure.

— Malheureux, malheureux, reprenait justement Irénée… C'est vite dit, ça là. Mettons que ça me choque plus que ça me rend malheureux… Pis pourquoi je serais malheureux, je me le demande un peu ? Ton frère avait juste à faire attention pis à pas se tirer dans des projets qui ont pas d'allure. De toute façon, il est pas mort, c'est ça le principal… Non, depuis t'à l'heure, c'est à la cordonnerie que j'arrête pas de penser, pas à ton frère. C'est clair qu'à l'heure où on se parle, elle doit être prête à fonctionner, mais il y a personne pour s'en occuper, maudit calvaire…

Du moins, c'est ça que Gédéon avait l'air de penser, même s'il est pas rentré dans tous les détails. Ça me met les nerfs en boule, tu sais pas comment ! M'as-tu pouvoir finir par me reposer un jour ?

— Mon père ! Là c'est vous qui exagérez un peu. Votre vie à Montréal est quand même pas si dure que ça.

Lentement, l'inquiétude cédait le pas à l'exaspération et le ton employé par Lauréanne le montrait. Cependant, au lieu de s'en offusquer, ce fut comme si Irénée se reconnaissait dans les propos de sa fille et il esquissa l'ombre d'un sourire. Lauréanne aurait voulu toucher son père, faire vibrer ses émotions, qu'elle n'aurait pu mieux réussir qu'en ce moment, alors qu'elle laissait filtrer un peu de sa propre colère.

— Me semble que je vous traite ben, non ?

Le ton de Lauréanne était toujours aussi indigné, chargé d'impatience, et, là encore, Irénée resta très calme, puisque c'était là un langage qui le touchait mieux que n'importe quelle parole gentille.

— C'est vrai que j'suis pas trop mal icitte, concéda-t-il finalement, tout en soupirant. Je pourrais même dire que ça va pas trop pire, c'est sûr.

Lauréanne n'osa répondre, par crainte de voir ce semblant de bonne humeur s'envoler. Irénée en profita pour s'offrir le temps d'une courte réflexion en hochant sa tête grisonnante, aux cheveux jaunis par le tabac. Mais alors que Lauréanne s'attendait à un retour au calme et à la bonne volonté, son père repartit malheureusement de plus belle.

— Mais ça pourrait aller pas mal mieux si ton frère arrêtait de faire l'imbécile, par exemple ! C'est quoi l'idée de massacrer tout ce que j'ai mis des années à bâtir, après le décès de mon oncle Ferdinand ? gronda-t-il, de toute évidence toujours aussi emporté par la colère.

Irénée Lafrance fulminait.

— Et viens pas m'ostiner, ordonna-t-il en plantant son regard décidé dans celui de sa fille, à l'instant où celle-ci ouvrait la bouche pour se glisser dans le discours de son père. J'suis vraiment pas d'humeur à discuter avec personne. Surtout pas avec toi !

Qu'importe l'avertissement, Lauréanne n'avait pas l'intention d'en rester là. Toutes ces années d'injustice à l'égard de Jaquelin venaient de trouver leur exutoire. À entendre Irénée déblatérer, c'était comme si Jaquelin avait été responsable de son propre accident ! Aux yeux de Lauréanne, l'attitude de son père dépassait les bornes. Allons donc ! Personne ne se jette volontairement dans l'eau glacée d'une rivière, et si son frère avait choisi de faire la drave, il y avait sûrement une bonne raison à cela.

Profitant de l'instant où Irénée Lafrance prenait une longue inspiration, Lauréanne fit donc valoir son point de vue. Les draps de sa voisine d'en face claquant au vent restaient un rempart valable, pour l'instant.

— N'empêche, mon père ! Jaquelin peut pas avoir tous les torts, tout le temps !

Irénée se contenta de regarder sa fille sans répondre. Décidément, être sur la galerie, au vu et au su de tous leurs voisins, donnait à Lauréanne un aplomb qu'elle aurait dû avoir depuis longtemps.

— Moi, à votre place, j'irais voir par moi-même de quoi il retourne...

Si Lauréanne croyait que cette proposition mettrait un terme à la discussion, elle s'était lourdement trompée. Il en aurait fallu pas mal plus pour désamorcer la colère d'Irénée Lafrance. Il dévisagea sa fille d'un regard mauvais.

— Voyez-vous ça ! En fait de tête folle, aujourd'hui, tu bats des records, ma pauvre enfant ! Non, j'irai pas à Sainte-Adèle-de-la-Merci. Ça me tente pas d'avoir l'air d'un seineux, pendant qu'eux autres, à l'autre boutte, ont même pas pensé à me prévenir... Comme si ça me regardait pas, tout ça... Gang de sans-coeur ! La cordonnerie comme elle était avant le feu, c'est moi qui l'avais bâtie, et je pense que celle d'aujourd'hui m'appartient encore un peu. Comme la maison, tiens... Pis parlons-en, de la maison ! Comment ça se fait que j'ai pus de nouvelles de la construction ? Elle doit être prête, cette maison-là, pis personne m'en a parlé. Pas un mot ! Après ce qui vient de se passer, laisse-moi te dire que ça me tente pus pantoute d'aller voir la maison. Qu'ils s'arrangent avec leurs troubles, si c'est ça qu'ils veulent. Moi, je lèverai pas le petit doigt pour les aider, maudit sacrament de baptême ! Ça leur apprendra à faire comme si j'existais pas...

Au fur et à mesure qu'Irénée alignait les raisons de ne pas se rendre dans son ancien patelin, le ton montait à nouveau.

— Ça me tente surtout pas d'avoir à expliquer toute l'affaire à tout un chacun si jamais on me demandait quand c'est que la cordonnerie va rouvrir. J'aurais l'air de quoi, moi, quand je serais obligé de dire que je le sais même pas, maudit sacrament ?... Hein, que veux-tu que je réponde à ça, si je le sais pas, parce que personne a jugé bon de m'en parler ? Non, non, non, Lauréanne, dis rien, gronda-t-il à l'instant où sa fille tenta, encore une fois, de placer un mot pour lui répondre.

Au même instant, Irénée Lafrance avait levé la main, comme s'il voulait frapper quelqu'un ou quelque chose. Heureusement, d'un coup de poing dans la paume de sa main gauche, il tenta de calmer ses pulsions. Vite emporté et facilement en colère, Irénée n'avait cependant jamais frappé une femme. Ce n'était pas aujourd'hui qu'il allait commencer.

— Même si je vois ben que ça te démange de me donner des conseils, dis rien, répéta-t-il d'une voix assourdie. Je le prendrais pas. Pis essaye surtout pas de me faire changer d'idée, parce que là, je pense que je serais pas capable de me retenir, maudit batince !

Tout en parlant, Irénée continuait de se frapper la main et, lentement, Lauréanne se tassait sur elle-même.

— Pas question pour astheure que j'aille voir qui que ce soit au village. Un point c'est tout. S'ils ont besoin de moi, ils me le feront savoir, pis je verrai ben en temps et lieu si ça me tente de faire quelque chose. Mais que Jaquelin aille pas s'imaginer, par exemple, qu'à cause de l'accident, il me doit plus un sou sur la maison. Au mois de mai, j'suis mieux de recevoir ma lettre comme d'habitude, avec mes cinquante cennes collés sur le carton, parce que m'en vas avoir des petites nouvelles pour lui !

Sur ce, Irénée Lafrance rentra dans la maison en claquant la porte, tandis que Lauréanne jetait un regard discret sur les balcons qui surplombaient la cour. Heureusement, personne n'avait été témoin de ce moment gênant. Elle poussa alors un long soupir de soulagement.

Mais la peur à l'égard de son père lui était revenue tout entière.

Ainsi que l'inquiétude pour son frère.

CHAPITRE 8

À Sainte-Adèle-de-la-Merci, le samedi 21 avril 1923, par un midi un peu gris et frais

Sur le quai de la gare de Sainte-Anne-de-la-Pérade, tandis qu'Émile Fortin et son épouse Lauréanne arrivent de Montréal, en route pour se rendre à Sainte-Adèle-de-la-Merci

LAURÉANNE N'AVAIT EU AUCUNE DIFFICULTÉ à convaincre son mari d'aller passer une journée ou deux dans son ancien village.

— C'est évident, ma femme, qu'on doit aller voir ton frère… Après tout ce que tu viens de me raconter, c'est la moindre des choses qu'on se montre là-bas… Il n'y a que ton père pour voir les choses autrement, mais t'inquiète pas, c'est pas lui qui va me faire changer d'idée. De toute façon, je l'aime ben, moi, le beau-frère, pis savoir qu'il file un mauvais coton, ça me fait quelque chose. Il y a la belle-sœur avec, qui doit trouver ça difficile… Même s'ils sont ben chanceux d'avoir une belle grosse famille, il en reste pas moins que ça doit être dur, ce qu'ils sont en train de vivre là. Les enfants, ça doit être un beau contentement dans une vie, mais ça règle pas tout, ciboulot ! Ouais, ma femme, compte sur moi, on va y aller, pis vite. À part de ça, ça va nous permettre de voir notre filleul, et ça me fait toujours plaisir de voir les enfants de ton frère... On la voit pas assez souvent, ta famille. Surtout que c'est tellement tout du bon monde... Ouais, samedi prochain, tiens-toi prête, ma femme. Beau temps mauvais temps, on va à Sainte-Adèle-de-la-Merci ! Tu nous feras quelques sandwichs pis plein de petits gâteaux pour manger dans le train, parce que je trouve ça long, de rester assis à me faire barouetter pendant des heures. Pis si t'as le temps, ça serait peut-être une bonne idée d'acheter un paquet de nananes pour les petits. Ça devrait leur faire plaisir... Ouais, t'as ben raison, ma Lauréanne, faut aller prendre des nouvelles de Jaquelin. On va se lever de bonne heure, samedi matin, et on va essayer d'attraper le premier train en partance pour Québec. On descendra à Sainte-Anne-de-la-Pérade, comme d'habitude. Mais on revient coucher icitte ! Ça me tanne d'être obligé d'aller à l'hôtel. Ça coûte cher, pis les lits sont jamais confortables. Ça va nous faire une sacrée grosse journée, mais c'est pas grave, c'est pour la bonne cause. C'est pour ton frère pis sa famille.

Émile était un habitué des longs monologues, puisqu'il semblait devoir en faire régulièrement à son travail, quand venait le temps d'initier de jeunes nouveaux, et, ma foi, il en abusait un peu. Toutefois, Lauréanne aimait bien l'entendre discourir de la sorte. Ça la changeait agréablement des diatribes de son père.

— T'es ben fin, mon mari, d'accepter d'aller voir Jaquelin. C'est pas juste à lui que tu vas faire plaisir, tu sais, c'est à moi aussi... Je m'ennuie ben gros de lui pis de Marie-Thérèse... Par contre, si tu vois pas d'inconvénient, j'aimerais mieux que ça soit toi qui en parles au père.

— Pas de trouble, ma femme. M'en vas même faire ça tout de suite, pour m'en débarrasser.

Malgré les regards critiques et furieux qu'Irénée avait braqués sur lui tout au long de ses explications, Émile n'avait pas flanché.

— Jaquelin va sûrement être heureux d'avoir l'appui de sa sœur, pis Marie-Thérèse aussi, avait-il ajouté en soutenant résolument le regard noir de son beau-père.

Il n'alla pas à le dire ouvertement devant Irénée, mais Émile jugeait important de se serrer les coudes au sein d'une famille, quand le besoin s'en faisait sentir. Il y croyait au point d'en venir aux invectives avec son beau-père, s'il le fallait, pour mener le projet à terme, mais il ne céderait pas d'un pouce.

Crainte inutile puisque, au ton employé par son gendre pour annoncer l'escapade d'une journée, Irénée avait vite saisi qu'il ne servirait à rien d'insister. Alors, il s'était tu, se contentant de darder vers Émile des regards lourds de reproches, à chacun des repas de la semaine où ils s'étaient croisés.

Fort occupée à cuisiner, Lauréanne n'avait pas vu le temps passer et l'aube du samedi fut vite arrivée. Alors, en ce matin tout gris et frisquet, il y eut le train, depuis la gare d'Hochelaga jusqu'à celle de Sainte-Anne-de-la-Pérade, d'où Émile ressortit en grommelant.

— J'ai l'impression, ma femme, que j'arriverai pus jamais à me déplier ! Les trains, c'est pas fait pour les hommes de mon gabarit, avec des grandes jambes !

Accueilli sur le quai de la gare par quelques bonnes bourrasques venues du fleuve, Émile fit remarquer qu'il ne faisait ni plus beau ni plus chaud en campagne qu'à Montréal.

En frissonnant, il claqua des doigts pour appeler un cocher endimanché, qui donna un petit coup sur le dos d'une jument alezane, une race chevaline plutôt rare en dehors des villes.

— Beau cheval, fit Émile pour engager la conversation. On en voit pas souvent, des beaux comme ça.

— Un héritage de ma tante qui habitait à Québec… Besoin d'une voiture ?

Le large sourire de bienvenue qui zébrait le visage du cocher fut vite remplacé par une moue de dépit, quand il apprit jusqu'où il devrait se rendre. Néanmoins, avec force soupirs, le petit homme aux mains noueuses accepta de les mener jusqu'à Sainte-Adèle-de-la-Merci.

— Même si c'est pas la porte d'à côté, ne manqua-t-il pas de souligner, soupirant de plus belle.

Comme la plupart des cochers ou des chauffeurs de taxi, qu'on commençait à voir de plus en plus souvent, s'en plaignaient régulièrement, et bien qu'il ne soit pas venu dans le coin très souvent, Émile avait prévu le coup. Un billet d'un dollar, plié en quatre et passé d'une main à l'autre, avait clos la discussion sur le coût du transport, avant même que celle-ci ne commence pour de bon.

— Vous nous laisserez au magasin général, s'il vous plaît.

Ce fut le cheval qui répondit à Émile, en hennissant son approbation. Puis l'équipage se mit en route.

Anxieuse, imaginant mille et un scénarios, Lauréanne n'ouvrit pas la bouche de tout le trajet. Elle avait le cœur qui battait la chamade, ne sachant trop ce qui l'attendait à l'autre bout du chemin. Ni son père ni Gédéon Touchette, d'ailleurs, n'avaient pu donner de détails précis quant à l'état de santé de son frère.

— Que voulez-vous que je vous dise, ma pauvre madame Fortin ? Vous connaissez votre frère aussi ben que moi, non ? Il parle pas, le Jaquelin, sauf quand vient le temps de passer ses commandes. On dirait qu'il garde tout son bagout pour ces moments-là. Ça fait qu'il a pas jasé sur son état de santé quand j'suis allé le chercher. De tout le trajet entre La Tuque pis Sainte-Adèle-de-la-Merci, il a pas aligné plus que trois mots, je pense ben. Comme son épouse, d'ailleurs. À l'aller comme au retour, la femme de Jaquelin Lafrance s'est contentée de regarder par la vitre du camion. C'est tout juste si elle marmonnait un « oui » ou un « non » de temps en temps… Tout ce que je peux vous dire, rapport à votre frère, par contre, c'est qu'il a beaucoup maigri, pis qu'il a l'air raide.

— Raide ? Raide comment ?

— Je saurais pas le dire… Mettons qu'il a l'air pogné avec lui-même !

Voilà pourquoi, ce matin-là, une boule d'appréhension encombrait la gorge de Lauréanne et elle se contenta de tenir d'une main ferme le panier à pique-nique qu'elle avait déposé sur ses genoux, tout en faisant semblant de regarder le paysage. Une fois les sandwichs et une partie des petits gâteaux mangés dans le train, il restait encore une provision appréciable de friandises pour leurs neveux et nièces, comme demandé par Émile, qui déployait toujours des trésors d'imagination quand venait le temps de faire plaisir aux enfants. Il y avait aussi, emballées dans des serviettes de table, deux bouteilles de bière que le brasseur avait soutirées de sa réserve hebdomadaire, la veille après-midi, afin de les boire en compagnie de Jaquelin.

— Une bonne bière fraîche, ça fait toujours du bien à son homme. Ça fera une sorte de cadeau, pour la convalescence de ton frère.

Alors Lauréanne tenait le panier tout contre son cœur, comme un trésor, et, de l'autre main, elle pétrissait celle de son mari, jouant avec son alliance du bout des doigts, dans un geste nerveux.

Arrivée à destination, Lauréanne sauta aussitôt en bas du fiacre, sans aide et sans remerciement, tant elle était pressée de se rendre chez Jaquelin. En le voyant, peut-être arriverait-elle à calmer cette appréhension qui la portait depuis le réveil.

Peut-être…

Le temps d'ajuster son chapeau d'une chiquenaude adroite, et sans hésiter, Lauréanne reprit la main de son mari pour l'entraîner vers la nouvelle maison des Lafrance.

— Et Bérangère, elle ? demanda alors Émile, sachant que l'épouse du marchand général était une très bonne amie de sa femme.

En effet, depuis toutes ces années que Lauréanne avait emménagé en ville, les deux amies échangeaient parfois jusqu'à cinq lettres par année, tellement elles étaient restées proches l'une de l'autre. Alors, quand l'ennui se faisait sentir, elles prenaient le crayon pour donner et demander des nouvelles. La demande d'Émile était donc légitime et, tout en parlant, le pauvre homme jeta un regard en diagonale vers le magasin général, où il aurait bien aimé fureter, comme il l'avait toujours fait quand ils se décidaient à venir à Sainte-Adèle-de-la-Merci.

— Plus tard, répliqua Lauréanne d'une voix catégorique, en tirant sur la main de son mari. On reviendra plus tard. J'suis sûre que Bérangère m'en voudra pas pantoute de l'avoir ignorée de même, à mon arrivée. Pour astheure, c'est Jaquelin que je veux voir. C'est pour lui qu'on a fait ce voyage-là. Pour lui, pour Marie-Thérèse, ben entendu, pis pour voir enfin leur maison.

Leur maison…

Malgré la réalité qui perdurait et l'entêtement que mettait son père à la répéter à tout venant, aux yeux de Lauréanne, cette maison-là n'était plus vraiment la sienne. En effet, à partir du jour où le vieil homme s'était pointé sans préavis à Montréal, Lauréanne avait considéré que la maison de son enfance était devenue celle de Jaquelin. Pourquoi s'obstiner à voir les choses autrement ? Dans le cœur de Lauréanne, en toute logique, il était tout à fait normal que les choses soient ainsi, puisque Jaquelin y travaillait et y habitait avec sa famille. Elle avait même tenté de raisonner son père, mais sans grand résultat.

— Veux-tu ben, toi ! avait-il aussitôt répliqué. Mêle-toi donc de tes oignons, ma fille, pis tout le monde va mieux se porter ! Sacrament que tu peux m'énerver, toi, des fois, avec tes grands principes. Pis en quoi ça peut ben te regarder que la maison soit à moi ou à Jaquelin ? C'est pas de tes affaires !

Ces quelques mots n'avaient pas empêché Lauréanne de continuer de prendre parti pour son frère. Il aurait été inutile et dangereux pour elle d'insister et de clamer son point de vue sur les toits, soit, mais Lauréanne n'en pensait pas moins que la maison familiale des Lafrance appartenait d'ores et déjà à Jaquelin. Elle trouvait même injuste qu'il ait à payer un loyer, alors qu'Irénée, lui, ne payait pas un sou pour habiter chez son gendre. Ce fait était d'autant plus vrai, maintenant, que c'était son frère qui l'avait fait reconstruire à la suite de l'incendie, avec l'aide de Marie-Thérèse et de toute sa famille.

— On se dépêche, Émile, pressa-t-elle, tout en accélérant l'allure.

Suivant l'état d'esprit de Lauréanne, oscillant entre espoir, impatience et inquiétude, le panier à pique-nique se balançait en cadence au bout de son bras, alors que ses jupes virevoltaient librement autour de ses chevilles.

Malgré la mode qui avait la curieuse tendance à raccourcir l'ourlet des robes, Lauréanne n'arrivait pas à suivre la vague.

— Allez, grouille ! J'ai hâte de voir Jaquelin !

Le temps était à la pluie. Déjà quelques gouttes parsemaient le bois sombre du trottoir, alors les gens autour d'eux pressaient le pas. Toutefois, plusieurs prirent le temps de se retourner vers cette femme qui marchait très vite, à la limite de la course, et dont les talons claquaient et résonnaient sur le trottoir de bois. Si certains d'entre eux la reconnaissaient pour l'avoir jadis côtoyée, ils levaient la main pour la saluer. Mais pour la plupart, Lauréanne Lafrance n'était qu'une étrangère avec à sa suite un gros homme, manifestement à bout de souffle. Elle suscitait des interrogations, de la curiosité, mais guère plus. Quant à Lauréanne, elle ne se souciait aucunement de l'image projetée. Même si cela faisait une éternité qu'elle avait quitté la paroisse, elle s'y sentait toujours chez elle, et si la bienséance dictait aux femmes de marcher d'un pas mesuré quand elles étaient en public, son cœur, lui, l'enjoignait de courir, de voler jusque chez Jaquelin, et c'est exactement ce qu'elle faisait à ce moment précis.

Lauréanne ne s'arrêta qu'une fois arrivée devant la maison, le souffle court et les jambes fatiguées.

— Il y a pas à dire, arriva-t-elle à articuler, une main sur la poitrine pour calmer sa respiration haletante, le père pourra pas se plaindre.

Elle embrassait l'ensemble de la maison d'un regard admiratif.

Du toit en bardeau doré, qui grisonnerait peu à peu au fil du temps, jusqu'à la longue galerie courant tout le long de la façade de la maison en planches de bois blanchies à la chaux, il semblait bien qu'on avait reconstruit la bâtisse à l'identique. Même les volets aux fenêtres étaient de ce gris anthracite dont son père disait qu'il faisait chic.

— C'est pas mêlant, on dirait la même maison... souligna-t-elle, agréablement surprise de voir un tel résultat. Je pensais jamais… C'est fou de dire ça, mon mari, mais j'ai l'impression que ça va permettre à mes souvenirs de retrouver leur place… C'est ben agréable, tout ça !

— Ben voyons donc, toi !

— Ben oui… Durant l'hiver, chaque fois que je pensais que la maison de mon enfance avait disparu pour de bon, ça finissait toujours par me rendre triste.

— Et t'en as pas parlé ?

— Pour quoi faire ? Ça aurait rien changé au fait que la maison avait brûlé au grand complet. Pis v'là que ce matin, j'ai vraiment l'impression de la retrouver, pis à cause de ça, je me sens un peu moins malheureuse. J'suis donc contente ! Viens, Émile, suis-moi, on va aller tout de suite frapper à leur porte.

Ce fut Marie-Thérèse qui leur ouvrit, écarquillant les yeux dès qu'elle les eut reconnus. Échevelée, une main frottant machinalement le bas de son dos, la jeune femme était de toute évidence bien fatiguée, ce qui n'échappa nullement à Lauréanne. Non seulement sa belle-sœur était enceinte, ce qu'elle ignorait, mais elle semblait vraiment mal en point. Pourtant, Marie-Thérèse souriait.

— Quelle surprise, lança-t-elle joyeusement. Ne me dites pas que vous arrivez direct de Montréal !

— En plein comme tu dis ! On était debout avant le jour, tu sauras !

— Ben ça alors ! Tu parles d'une belle visite, à matin ! Rentrez ! Après tout, vous êtes ici un peu chez vous.

L'enthousiasme de Marie-Thérèse n'était pas surfait. Au-delà de la fatigue qu'elle ressentait depuis son voyage à La Tuque en compagnie de Gédéon Touchette, voyage qu'elle avait trouvé interminable, elle était vraiment heureuse de voir sa belle-sœur. Ça la changerait avec plaisir du tourbillon fou d'adaptation, de déménagement et d'emménagement qui l'avait emportée depuis son retour à la maison.

Pourtant, les deux femmes se connaissaient à peine.

En effet, mariée à Jaquelin quelques années après le départ de Lauréanne pour la ville, Marie-Thérèse n'avait pas eu l'occasion de la rencontrer très souvent. Un Noël de temps en temps, quelques pique-niques en été, les inévitables funérailles, une noce ou deux...

En quatorze ans, quinze si on comptait le temps des fréquentations de Jaquelin et Marie-Thérèse, les doigts des deux mains suffisaient amplement à faire le décompte des rencontres. Ce n'était pas beaucoup.

Néanmoins, Marie-Thérèse gardait un excellent souvenir de chacune des visites de Lauréanne. Elle avait été agréablement surprise de la qualité de son écoute, de leur facilité réciproque à se parler, à se confier, même, et elle se souvenait avec émotion de quelques beaux fous rires échangés, tout à fait libérateurs. Ce fut donc avec empressement que Marie-Thérèse ouvrit tout grand la porte.

Lauréanne remarqua aussitôt que les yeux de sa belle-sœur étaient cernés, comme quelqu'un qui manque sérieusement de sommeil. Néanmoins, la jeune femme s'entêtait à sourire.

— Rentrez, voyons, rentrez ! C'est Jaquelin qui va être content de te voir, Lauréanne, pis vous aussi, Émile.

Marie-Thérèse s'écarta pour laisser passer les visiteurs, tout en portant le regard derrière elle. À voir trois têtes ébouriffées qui tournaient encore et toujours en courant autour de la table, elle lança :

— Doucement, les jeunes.

Parlant ainsi, Marie-Thérèse s'adressait à Conrad, Ignace et Angèle. En effet, comme espéré, les trois plus grands avaient été ravis du petit coin qui leur était réservé au bout du couloir de l'étage et ils en avaient vite pris possession. Depuis, ils y passaient tout leur temps libre, chassant allègrement les plus jeunes à la cuisine. En ce moment, Cyrille, Agnès et Benjamin étaient censés être en train de lire, ou de faire leurs devoirs. Chose certaine, on ne les entendait pas. Non, c'étaient les trois plus petits qui s'en donnaient ainsi à cœur joie, heureux de tous se retrouver sous le même toit, après tous ces longs mois d'attente et de visites occasionnelles. Marie-Thérèse avait l'impression que ça faisait une semaine qu'ils gambadaient ainsi, les uns après les autres, et si ce n'était de la grande fatigue de son mari, ces retrouvailles bruyantes l'auraient réjouie.

— Chut, les enfants ! exhorta-t-elle d'une voix à la fois décidée et apaisante. Votre père se repose un peu avant le dîner, pis je trouve que vous faites pas mal de bruit, en ce moment. Arrêtez de courir comme des chiens fous, pis venez donc voir qui c'est qui nous arrive de Montréal !

Quelques instants plus tard, alors que les visiteurs s'installaient autour de la table et que les plus vieux rappliquaient, attirés sans doute par le bruit des voix et quelques exclamations, Marie-Thérèse se tourna vers sa belle-sœur :

— Donne-moi deux minutes, Lauréanne, m'en vas aller voir si Jaquelin peut te recevoir. Il est dans notre chambre en train de se reposer, mais d'habitude, il dort pas vraiment à ce moment-ci de la journée. Comme les docteurs pis les bonnes sœurs de l'hôpital m'ont dit : ce qu'il faut à notre Jaquelin, pour astheure, c'est récupérer. C'est ça qu'il fait le plus souvent possible, mais malgré tout, faut pas s'attendre à un miracle. Ça risque d'être long… Mais c'est pas ça qui va t'empêcher de le voir, par exemple. Tu prendras le temps qu'il faut pour jaser avec lui. Ça devrait lui faire plaisir, pis pas trop le fatiguer. Après, toi pis moi, on ira faire le tour de la maison, juste avant de manger. Vous aussi, Émile, vous viendrez visiter la maison avec nous autres, si ça vous chante. J'ai hâte de vous montrer tout ça. Vous allez voir ! J'ai un peu changé la manière des pièces, mais avec ce qui vient de nous tomber du Ciel, j'avouerais que je regrette pas mes décisions. Pas une miette, comme dirait ma tante Félicité. Mettez-vous à votre aise, tous les deux, pis toi, Lauréanne, attends-moi ici, je reviens tout de suite.

Un peu surprise, la sœur de Jaquelin vit Marie-Thérèse disparaître derrière une porte qui avait toujours été celle du salon, puisqu'à l'intérieur aussi, la présente maison ressemblait passablement à la précédente.

L'instant d'après, sur un signe de Marie-Thérèse, Lauréanne la rejoignait pour entrer dans une chambre obscure, aux rideaux tirés.

— J'suis vraiment désolée s'il fait aussi noir, murmura Marie-Thérèse au moment où sa belle-sœur passait devant elle, mais c'est Jaquelin qui veut ça. Il prétend que la lumière du jour lui fait mal aux yeux, depuis son accident... Prenez tout votre temps pour placoter, vous deux, m'en aller voir au dîner en vous attendant.

Une fois son regard habitué à la pénombre, Lauréanne distingua enfin son frère, assis dans un coin reculé de la pièce, comme s'il voulait être oublié de tous. Amaigri, les joues creuses et les yeux enfoncés dans les orbites, Jaquelin Lafrance donnait l'impression d'être le frère de son propre père. Les jambes enveloppées dans une couverture faite de carreaux de laine cousus, il se berçait machinalement en fixant le vide devant lui.

Lauréanne fit quelques pas, le cœur lourd, tandis que Marie-Thérèse s'éclipsait discrètement en refermant la porte, priant le Ciel que cette visite réussisse à faire sortir son mari de sa torpeur.

Ce samedi-là, il y eut donc des retrouvailles émues entre un frère et sa sœur.

— C'est pas mal fin de ta part d'être venue, Lauréanne.

La voix de Jaquelin était rauque, et il s'exprimait avec un débit très lent, sans regarder directement sa sœur.

— C'était juste normal, tu penses pas ? répondit Lauréanne d'une voix étranglée, incapable de détacher les yeux de ce visage vieilli qui ne ressemblait en rien au souvenir qu'elle avait de son frère.

— Ouais, peut-être...

Jaquelin hocha la tête.

— Moi avec, je serais allé te voir si t'avais eu un accident, déclara-t-il après une courte réflexion.

Sur ce, Jaquelin osa un regard oblique vers Lauréanne.

— Même si on se voit pas tellement souvent, je pense à toi pareil, tu sais, avoua Jaquelin, tout en ramenant les yeux devant lui.

— C'est comme pour moi. C'est vrai qu'on se voit pas assez souvent pis que je pense à toi quasiment tous les jours. Faudrait que ça change.

Il y eut aussi un compte rendu succinct de l'hiver que Jaquelin avait passé aux chantiers.

— C'est pas fait pour moi, la vie dans le bois, expliqua-t-il de cette voix rauque un peu déconcertante. Même si, pour la première fois de ma vie, ça m'a donné l'occasion de me faire des amis, j'y retournerais pas. Vivre empilés les uns sur les autres dans un dortoir qui pue la sueur pis les bas de laine en train de sécher ; manger à moitié frette la plupart du temps ; pis passer mes dimanches à jouer aux cartes, c'est vraiment pas fait pour moi cette vie-là.

— T'as le droit de pas aimer ça, pis de la manière que t'en parles, je peux comprendre… T'as jamais été ben ben causant, mon pauvre Jaquelin. Tu te rappelles quand on était jeunes ? Tu disais de toi-même que t'étais un loup solitaire.

L'ombre d'un sourire traversa le visage de Jaquelin.

— C'est vrai que j'ai déjà dit ça… Comment veux-tu que je dise autrement, j'étais toujours tout seul ? À part toi, j'avais personne d'autre que le père avec qui jaser, pis comme il était pas du genre à placoter pour rien… Un loup solitaire… Tu vois, j'avais oublié que je disais ça, dans le temps… Mais une chose que j'avais pas oubliée, par exemple, c'est les paroles du Minuit, chrétiens… Te rappelles-tu, Lauréanne, quand tu me chantais ça ?

En prononçant ces derniers mots, Jaquelin avait tourné la tête vers sa sœur et, à présent, il soutenait franchement son regard. De part et d'autre, ils avaient l'impression qu'une grande partie de leur enfance venait de s'inviter dans la chambre assombrie. Lauréanne se dépêcha de répondre, comme si elle avait peur que l'envoûtement attaché aux souvenirs disparaisse.

— Ouais, moi avec, je m'en souviens très bien, de ce temps-là. J'ai toujours aimé chanter, mais fallait que le père s'en aille, par exemple, pour que je puisse le faire à pleine voix… C'est loin, tout ça, mais on dirait que c'est hier… Il aimait donc pas ça qu'on chante dans la maison, hein, Jaquelin ? Il disait que c'était une perte de temps… Voir que ça a de l'allure de dire ça ! Pauvre père ! Il a pas ben ben changé, tu sais ! Il passe une grande partie de ses journées à se plaindre d'une affaire ou ben d'une autre. Il arrête pas de me chialer dessus en prétendant que je dis des niaiseries, mais il laisse pas sa place lui non plus…

— J'aurais jamais osé dire ça.

— Pense surtout pas que j'oserais le faire devant lui… Jamais dans cent ans ! Dis-toi ben que c'est toujours pareil entre lui pis moi : il parle, pis moi j'écoute, ou je fais semblant… Mais avec toi, c'est différent. T'es le seul, je crois, à qui je peux dire une chose pareille… Même mon Émile sait pas toutes les affaires de nos jeunes années, pis Dieu m'est témoin que c'est le meilleur des hommes ! J'sais pas trop pourquoi j'y en ai jamais parlé… Comme si j'étais gênée de raconter notre enfance.

Un lourd silence se glissa entre Jaquelin et Lauréanne, alors que les souvenirs s'enfilaient les uns à la suite des autres. Puis Lauréanne ajouta :

— Ouais, j'y pense souvent, à notre enfance, tu sais, pis j'suis sûre que la vie aurait été différente pour nous deux si notre mère avait vécu.

— Ça, répondit alors Jaquelin, d'une voix amère, il y a juste toi qui peux le dire, Lauréanne, parce que notre mère, moi, je l'ai pas connue… La seule chose que je me rappelle un peu, du temps où j'étais petit, c'est que, pendant un boutte, il y a eu une bonne sœur du couvent qui venait aider notre père à la maison… Sœur Saint-Magella… J'étais petit, mais jamais j'vas oublier son nom… Elle non plus, elle voulait pas qu'on chante dans la maison. J'ai juste à me fermer les yeux pour revoir son visage, en dessous de sa cornette, pis me rappeler qu'elle était pas douce… J'ai toujours pensé qu'elle aimait pas ça, les enfants…

Il y eut enfin des explications encore plus brèves sur l'accident.

— J'ai rien vu venir. Que veux-tu que je te dise de plus ? J'étais sur la rivière pis juste après, j'étais à l'hôpital. Ce que je me rappelle, par exemple, c'est qu'il faisait beau, ce jour-là, pis que je me disais, juste avant de tomber dans l'eau, que j'avais hâte de rentrer… Si j'avais su, j'aurais peut-être souhaité d'autre chose… J'suis revenu à la maison, comme je l'espérais, ça c'est certain, mais regarde-moi l'allure.

De sa main gauche, Jaquelin souleva la droite, qu'il laissa retomber sur sa cuisse.

— Que c'est que j'vas devenir, moi, astheure ? Tu le sais-tu, toi, Lauréanne, ce qu'un homme peut faire pour nourrir toute sa famille, quand il est privé de son gagne-pain ?

Alors, il y eut quelques larmes partagées, parce que les émotions refoulées étaient intenses et que, devant les sanglots de son frère, Lauréanne se sentit subitement fort malhabile, par manque d'habitude. Durant leur enfance, Irénée avait toujours interdit à Lauréanne de consoler Jaquelin quand celui-ci recevait une remontrance ou une taloche.

— Arrête de t'apitoyer sur lui. C'est pas en le minouchant que tu vas m'aider à en faire un homme !

Lauréanne avait donc appris à se taire, puis à détourner les yeux pour se contenir. Il n'y avait que plus tard, quand le chagrin était passé et qu'ils se retrouvaient à l'abri des regards d'Irénée, que la jeune fille osait ouvrir les bras à son petit frère.

Aujourd'hui, elle aurait bien voulu le prendre dans ses bras, le serrer tout contre elle en répétant ce qu'elle avait toujours dit pour le réconforter :

— Tu vas voir, Jaquelin, ça va finir par s'arranger. L'avenir va finir par tout arranger.

Mais Jaquelin n'était plus un enfant démuni. Il était un homme blessé, mais aussi un homme marié et Lauréanne était consciente que si son frère avait envie de confier sa peine à une épaule, il ne choisirait probablement pas la sienne. Elle se contenta donc de poser une main sur son genou.

— Ça va aller, dit-elle alors bien simplement.

Mal à l'aise et rougissant, Jaquelin détourna la tête en avouant, comme s'il avait besoin d'une excuse pour expliquer son attitude larmoyante :

— Une chance que le père est pas là, parce qu'il aimerait pas ça… Les larmes c'est comme les chansons, pis ça fait partie des idioties… Mais qu'est-ce que tu veux que je fasse ? J'ai l'impression d'avoir encore trop d'eau dans le corps, pis il faut que ça sorte d'une manière ou d'une autre. J'sais pas…

Pendant ce temps, à la cuisine, Marie-Thérèse allongeait la soupe aux légumes du dîner avec un peu d'eau fraîche, un pot de tomates en conserve et une bonne poignée de sel. Ça donnerait du goût. Et pendant qu'elle s'affairait ainsi devant le poêle, l'oncle Émile cherchait à s'attirer la sympathie de tous les jeunes, grands et petits confondus.

— Oh ! Entendez-vous ce que j'entends ?

Son gros index boudiné pointé vers la fenêtre et ses sourcils broussailleux bien froncés entre son front et son nez bourbon, Émile Fortin était plutôt intimidant. Oncle méconnu chez les Lafrance, il imposait le respect à cause de sa carrure, de son ventre proéminent, de son visage rubicond et de son crâne luisant comme les billes en cœur de pomme de Cyrille. De plus, il avait une voix de stentor qui, à première vue, ne semblait pas faite pour les mots doux.

Le gros homme tendait l'oreille, une main en cornet sur le côté de sa tête. Les enfants étaient impressionnés par cette espèce de géant qui avait cependant le sourire facile. À sa demande répétée, un silence approximatif se fit dans la pièce.

— Pas de doute possible, c'est ben ce que je pensais ! nota alors Émile, de sa voix grave. C'est les cloches de l'église qu'on entend sonner l'angélus.

— Ouais, pis ?

Cyrille, lui, n'était pas vraiment intimidé par le gros homme. Après tout, Émile Fortin était son parrain, et s'ils ne se fréquentaient que de façon fort sporadique, ils échangeaient tout de même des lettres à l'occasion.

Et jamais, de mémoire de Cyrille, l'oncle Émile n'avait été pontifiant ou moralisateur.

De plus, sans jamais l'oublier, Émile Fortin lui faisait parvenir quelques billets dans une jolie carte, pour chacun de ses anniversaires. Aux yeux de Cyrille, c'était amplement suffisant pour se sentir à l'aise avec lui. Cependant, à présent, le jeune garçon semblait un brin décontenancé par les propos de son parrain. Il voulut donc en avoir le cœur net.

— Par ici, précisa le garçon sur un ton circonspect, les cloches sonnent de même tous les midis. C'est pas pareil en ville ?

Cyrille ne voyait pas en quoi le tintement des cloches pouvait être intéressant. À part le fait de savoir que l'angélus sonnait exactement à l'heure des repas, et que dans son cas, ça lui rappelait étrangement qu'il avait encore et toujours faim, il n'y avait rien de bien passionnant à entendre des cloches sonner. Bien au contraire ! Souvent, elles venaient interrompre ses jeux et Cyrille trouvait que c'était plutôt désagréable.

— Après tout, les cloches nous disent juste que ça va être l'heure de dîner ou bien de souper, expliqua-t-il en lien avec ses pensées.

— C'est en plein ce que je voulais entendre, mon Cyrille. Ici, dans votre village, c'est comme en ville : à midi, quand les cloches sonnent, on mange. Moi, à la brasserie Molson, où je travaille, il y a aussi un long sifflet qui nous assourdit les oreilles pour nous rappeler que c'est l'heure d'aller manger. Il crie tellement fort, le maudit sifflet, qu'il enterre le bruit des cloches, qu'autrement, j'aime ben écouter. Sapré sifflet ! On peut vraiment pas le rater.

— Ouais, pis ?

— Comment pis ? Tu vois pas ? On fait comme vous autres, ciboulot, pis on va manger… Mais après, quand on a mangé tout ce qu'il y avait d'important dans notre sac, à quoi on a droit, tu penses ?

— À du dessert ! Quand il y en a.

Cette fois, c'était un petit rouquin qui venait de répondre. Tout en jambes, comme son père Jaquelin, et l'œil vif comme sa mère Marie-Thérèse, une mèche en épi retombait sur ses yeux d'un bleu d'azur. Il fixait Émile comme s'il quêtait une approbation. Ce qui ne tarda guère.

— T'as tout compris, toi, là.

Incapable de se souvenir avec précision des prénoms de chacun des enfants Lafrance, à l'exception de Cyrille, qui était son filleul, Émile décida donc d'y aller de prudence.

— T'es un p'tit vite, mon garçon… T'as quel âge, toi ?

— Huit ans, monsieur… euh, mon oncle… Pis, si vous voulez le savoir, je m'appelle Benjamin.

Ledit Benjamin bombait le torse, fier de voir qu'il était assez important pour attirer l'attention d'un homme venu de la ville. Un étranger pour lui, certes, mais qui était tout de même son oncle, car c'était ce que sa mère avait dit en le présentant, tout à l'heure, et sa mère disait toujours la vérité.

— Même si on se voit pas tellement souvent, lui, c'est votre oncle Émile, avait donc précisé Marie-Thérèse avec un sourire éclatant sur son visage, un sourire comme elle n'en avait pas esquissé depuis fort longtemps. Émile Fortin, c'est le mari de votre tante Lauréanne, qui se trouve à être la sœur de votre père. C'est-tu assez clair, là ?

— Un oncle comme mon oncle Ovila, mon oncle Bernard, pis tous les autres ? avait alors demandé Benjamin, sur un ton indécis.

— En plein ça, mon garçon. L'oncle Émile, c'est un peu comme votre oncle Ovila et les autres, comme tu dis.

Cette précision, qui aurait pu paraître accessoire pour certains, était d'une importance intéressante aux yeux de Benjamin, un petit futé de nature, qui cherchait toujours à tirer parti de tout ce qui traversait sa vie. Ce fut aussi ce trait de caractère qui le poussa à souligner, question de ne négliger aucun détail le concernant :

— À l'école, j'suis en troisième année, vous savez. Sauf pour le calcul, parce que là, j'suis assez bon pour que la maîtresse me mette en quatrième année.

Émile se montra intéressé par l'explication, qu'il accueillit d'un hochement de tête connaisseur et d'un sourire bon enfant, avant de s'exclamer :

— Oh, déjà en troisième et quatrième année ! J'avais donc pas tort de dire que t'es presque un homme, Benjamin, constata-t-il avec tout le sérieux requis pour faire une telle affirmation. Pis t'as raison : quand on a tout mangé ce qu'il y a dans notre assiette, on a le droit d'avoir du dessert. Je sais pas trop si votre mère en avait prévu pour midi, par exemple, mais je peux quand même vous annoncer sans me tromper que tantôt, il va y avoir du dessert pour tout le monde. Des desserts ! Toutes sortes de desserts ! Venez, les jeunes, approchez un peu pour voir ce que j'ai ici !

Et l'oncle Émile déposa le panier d'osier sur la table, avec des précautions excessives.

Puis en ouvrit lentement le battant qui servait de couvercle, avec des gestes révérencieux.

Il jeta alors un regard à la ronde, pour faire durer le plaisir, tant le sien que celui des enfants, puis il plongea la main dans le panier.

Quelques cous se tendirent, alors que l'oncle Émile, avec une certaine ostentation, commençait à étaler sur le bois verni de la table la multitude d'assiettes et de bols qui attendaient au fond du panier, recouverts de napperons immaculés, fraîchement amidonnés.

Incapable de résister, même un Cyrille de treize ans, en principe presque un homme, s'était approché en douce.

Émile Fortin se redressa.

À ce moment précis, il était le plus heureux des hommes. Il avait toujours aimé les enfants, leurs mimiques et leurs réflexions !

— C'est votre tante Lauréanne qui a préparé tout ça, juste pour vous autres ! lança-t-il tout guilleret, comme s'il avait besoin de le préciser. Regardez ! Ici, dans l'assiette bleue, il y a du sucre à la crème !

Un premier napperon venait de disparaître.

— Et là, c'est des bonbons clairs.

Aussitôt dit, un deuxième napperon s'envolait comme par magie.

— Et maintenant, regardez-moi donc ça ! De la tire éponge*, toute dorée pis pleine de trous ! J'adore la tire éponge !

Émile s'amusait avec les napperons, les faisant virevolter comme la cape d'un prestidigitateur, avant de les faire disparaître dans le panier, au fur et à mesure qu'il en retirait les plats, sous les regards subjugués des enfants Lafrance. Jamais ils n'avaient tant vu de bonbons en même temps, sauf derrière le comptoir de Gustave Ferron, au magasin général, excepté que cette fois-ci, cette manne exceptionnelle s'étalait sur la table de leur cuisine !

Pendant ce temps, et sans l'ombre d'un doute, Émile Fortin s'amusait beaucoup de sa petite mise en scène.

Il s'amusait surtout du sourire gourmand des enfants.

— Il y a pas meilleure cuisinière que votre tante pour faire des bonbons, vous savez.

— C'est pas vrai, ça ! Ma mère aussi, elle en fait des fois, des bonbons. Pis sont pas mal bons à part de ça !

Cette fois-ci, c'était Conrad qui était intervenu, le petit Conrad, comme on le surnommait gentiment, tant il était gêné et préférait passer inaperçu.

Toutefois, en ce moment, devant ce qui ressemblait à une certaine injustice à l'égard de sa mère, le jeune garçon avait subitement décidé de mettre de côté son habituelle réserve.

Conrad jeta un regard en coin vers celui qu'il continuait d'appeler intérieurement « le visiteur ».

---

* Confiserie croquante et légère, qu'on reconnaît à ses bulles d'air.

Décidément, le grand et gros homme lui faisait peur avec sa voix immense. Cependant, il avait l'air gentil, parce qu'il souriait tout le temps.

Tout un dilemme pour un gamin timide comme Conrad, surtout devant une telle avalanche de friandises, transportées depuis aussi loin que Montréal juste pour eux. Conrad se dit alors que ça valait peut-être la peine de se dégêner. Être un peu plus bavard que de coutume ne pouvait sûrement pas nuire.

— Mais les bonbons de ma tante Lauréanne aussi ont l'air ben bons, concéda-t-il en opinant du bonnet. Aussi bons que ceux de ma mère.

— Je doute pas un seul instant que ta mère est une bonne cuisinière, elle aussi, admit Émile sans la moindre tergiversation, tout en soutenant le regard de Conrad, qui se mit aussitôt à rougir comme un coquelicot. J'suis certain qu'elle fait, elle aussi, d'excellents bonbons. Mais est-ce que tu connais ça, toi, des boules au chocolat et à la noix de coco ? Pis du fudge* avec des peanuts dedans ?

— Ben…

Les joues de Conrad virèrent écarlate. Il jeta un regard en coin vers ses frères en quête d'une réponse. Avait-on déjà mangé du fudge, à la maison, et des boules au chocolat ?

Rien n'était moins sûr !

Dans le doute, Conrad préféra s'abstenir de tout commentaire. Il esquissa un vague sourire qui pouvait passer pour une réponse, et il concentra son attention sur le panier, qui, grâce aux bons soins de leur tante Lauréanne, lui donnerait assurément un aperçu du ciel !

Le repas fut vite englouti, puis les enfants emportèrent leur trésor à l'étage pour en faire un inventaire minutieux.

— On mange pas tous les bonbons d'un coup.

Marie-Thérèse veillait au grain !

— On partage tout ça sans se chicaner, pis on fait ben attention au beau panier de ma tante Lauréanne. Ça serait

* Confiserie réalisée avec du beurre.

dommage de le briser ! Je compte sur toi, Cyrille, pour que ça se passe comme il faut !

Et, tandis que les enfants montaient en se bousculant, les adultes en profitèrent pour terminer leur repas calmement, alors que, penché sur son bol, Jaquelin tentait d'achever péniblement sa soupe, qu'il devait dorénavant manger de la main gauche.

Voilà ce qui le rendait raide aux yeux de M. Touche-à-Tout : Jaquelin Lafrance avait laissé l'usage de sa main droite au fond de la rivière et, depuis, il se sentait maladroit.

Puis ce fut le dessert pour tous les adultes. Au menu, du thé et les quelques petits gâteaux cuisinés par Lauréanne, ceux qui avaient échappé à la gourmandise de l'oncle Émile durant le trajet.

Tout au long du repas, Marie-Thérèse avait surveillé son mari d'un regard discret, mais attentif. Sans relâche, se promenant avec des bols et des assiettes dans les mains, elle était passée des enfants à son mari, de la dépense à son mari, du chaudron à son mari… Tendre une serviette de table, ramasser une cuillère échappée par inadvertance, glisser un morceau de pain beurré, verser de l'eau dans le gobelet.

Le regard de Marie-Thérèse ne pouvait tromper : amoureux jusqu'au fond de l'âme et des entrailles, il était noirci par l'inquiétude.

Lauréanne aussi, à sa manière, surveillait son frère du coin de l'œil. Son jeune frère, comme elle le disait parfois pour le taquiner, parce que, pour elle, Jaquelin resterait toujours un peu le gamin qu'elle avait eu l'impression d'élever en grande partie, puisqu'elle était l'aînée, et que le jour de ses neuf ans, en guise de cadeau, son père avait remercié sœur Saint-Magella pour ses bons services, alléguant que, désormais, sa fille serait assez grande pour voir à l'ordinaire de la maison. Les quelques confidences échappées tout à l'heure en avaient ravivé le souvenir et, curieusement, elles rendaient Jaquelin encore plus précieux à ses yeux.

— Je serai toujours là pour toi, mon Jaquelin. Oublie jamais ça, avait-elle dit quand, tout à l'heure, son frère lui avait finalement demandé de le laisser seul.

Ce serment, Lauréanne se l'était déjà fait à elle-même, de nombreuses années auparavant, tandis que, bien calée au fond du long divan, dans le salon de son enfance, ses deux pieds arrivant tout juste au bord du coussin, la petite fille avait recueilli le nouveau-né au creux de ses bras, confié par une sage-femme au regard voilé de larmes.

Lauréanne n'avait alors que cinq ans et sa mère venait de mourir en donnant naissance à son petit frère.

Ce midi, c'était encore l'enfant que Lauréanne voyait dans les gestes maladroits de Jaquelin.

De temps en temps, les yeux de Lauréanne bifurquaient vers Marie-Thérèse et son cœur se serrait. Si une certaine pudeur écartait les mots pour le dire, le silence s'infiltrant entre les banalités du quotidien était criant de vérité et de douleur.

Nul doute, sous le toit de la belle maison neuve des Lafrance se vivait un véritable drame.

Bien sûr, Jaquelin était revenu des chantiers en relative bonne santé, surtout après l'accident dont il avait été victime.

— Que Dieu soit loué pour ce retour de Jaquelin dans le monde des vivants, avait chuchoté Marie-Thérèse quand elle avait parlé de son mari, au moment de la visite de la maison.

Les deux femmes étaient alors dans la cordonnerie, tandis qu'Émile tenait compagnie à Jaquelin qui, malheureusement, avait refusé la bière offerte.

— Toutefois, avait précisé Marie-Thérèse en détournant les yeux, mon mari va probablement rester marqué à vie, à cause de sa chute dans les eaux glaciales de la rivière Saint-Maurice. Je sais pas s'il te l'a dit, mais paraîtrait qu'il doit se compter chanceux, ben chanceux, d'être comme il est.

— À vrai dire, Jaquelin a pas tellement élaboré sur ce qui s'en vient pour lui. Sauf qu'il a l'air pas mal découragé.

Sur ce, Marie-Thérèse avait poussé un long soupir.

— Ben moi, j'vas t'en parler. J'vas te répéter ce que les docteurs nous ont dit, comment ils nous ont expliqué la chose, avait-elle alors avoué, toujours sur ce ton de confidence.

C'est alors que Marie-Thérèse avait déclaré que les deux médecins avaient parlé d'un véritable miracle devant cet homme qui avait si bien récupéré, et ils s'en félicitaient, comme s'ils y étaient pour quelque chose. Cependant, une des mains de Jaquelin refusait toujours de lui obéir, ce qui était surprenant.

— C'est un peu fou, mais quand les docteurs parlaient de ça, leur voix baissait, comme si c'était un secret ou une honte. Ça s'peut-tu !

Néanmoins, les deux médecins, tant celui de l'hôpital de La Tuque qu'Amédée Gosselin, de Saint-Ambroise, demandé en consultation peu après le retour de Jaquelin, n'avaient pas cherché à cacher leur perplexité devant ce phénomène étrange.

— Habituellement, quand le manque d'oxygénation affecte une partie du cerveau, ça touche tout un côté, pas juste la main ou le pied… Même le visage est souvent frappé de paralysie et l'élocution devient difficile, avait précisé le docteur Gosselin. Mais pas pour vous, monsieur Lafrance… Dans votre cas, c'est comme si votre main était restée congelée, sans l'ensemble des habituels désagréments qui auraient dû accompagner ce genre d'incident.

Un peu pompeux dans sa manière et ses propos, le docteur Gosselin avait alors dévisagé à tour de rôle Jaquelin et Marie-Thérèse, pour finalement revenir à Jaquelin et fixer son regard sur lui.

— Malgré l'embarras que ça peut causer, mon pauvre monsieur, considérez-vous chanceux, dans votre malheur.

En entendant cela, Jaquelin avait brièvement fermé les yeux. Ces quelques mots, il les avait maintes fois entendus, lors de l'incendie de la maison, alors qu'ils s'en étaient tous sortis sains et saufs.

— Considère-toi chanceux, Jaquelin, il y a personne de mort.

Ce jour-là, Jaquelin n'avait eu aucune difficulté à souscrire à cette remarque. Aujourd'hui, la réalité était tout autre. Devant le médecin, il était donc resté de marbre, par crainte de voir sa frustration éclater trop bruyamment.

— Très chanceux ! avait surenchéri le docteur Gosselin, en reprenant sa trousse de cuir noir, tout usé par le passage des années. Ce qui veut dire qu'étant donné les circonstances, vous vous en tirez pas si mal. Vous auriez pu en mourir, vous savez, ou rester tellement plus diminué que cela... Ma foi, il ne reste plus qu'à vous habituer à tout faire de la main gauche et dites-vous bien que vous n'êtes pas le premier à qui ça arrive. Je vous le répète, monsieur Lafrance : vous vous en tirez pas si mal !

Ce à quoi Jaquelin avait rétorqué, dès que le médecin eut quitté la chambre et la maison :

— M'en vas y en faire, moi, des « pas si mal » !

Jaquelin fulminait et, pour tenter de se calmer, il marchait de long en large dans leur chambre à coucher. Il avait malmené une chaise au passage et même lâché un juron, lui qui n'avait jamais juré jusqu'à ce jour. De sa main gauche, il battait l'air, tandis que la droite restait pendue le long de sa cuisse.

— Comment penses-tu que j'vas arriver à travailler, avec juste une main ? avait-il demandé à Marie-Thérèse, sans véritablement espérer une réponse.

De la main gauche, il soulevait son bras droit totalement inerte pour le laisser retomber contre sa cuisse.

— Regarde-moi l'allure ! Il me reste juste une main, pis c'est la gauche, par-dessus le marché... Je sais pas ce qu'on a pu faire au Bon Dieu pour en arriver là... Mais laisse-moi te dire que je commence à en avoir vraiment assez de tout ça... Pis le pire, c'est que je viens de payer un docteur pour me redire ce que l'autre docteur de La Tuque m'avait déjà dit. Misère... La vie va-t-elle continuer à être plate de même tout le temps ?

Ce fut le seul discours un peu plus élaboré que Jaquelin avait prononcé depuis son retour des chantiers. Malgré tous les efforts déployés par Marie-Thérèse pour rassurer son homme, et tous les mots de consolation répétés du matin au soir pour le réconforter, Jaquelin n'avait pas desserré les lèvres, sauf pour échanger sur les banalités du quotidien. Même l'annonce de l'arrivée prochaine d'un autre bébé n'avait suscité que peu d'intérêt de sa part.

— C'est bien, Marie… Un autre enfant… Je m'y attendais pas, mais c'est pas plus mal comme ça.

Devant ce peu d'enthousiasme et au ton détaché employé par Jaquelin, Marie-Thérèse en avait déduit que ces quelques mots indifférents laissaient sous-entendre qu'un jour, il faudrait bien le nourrir, lui aussi, et qu'il ne voyait pas comment réussir ce tour de force.

La tristesse que Marie-Thérèse avait alors ressentie et la sensation d'abandon qui l'avait envahie lui avaient fait poser instinctivement la main sur son ventre, comme pour rassurer le bébé. Elle était bouleversée.

À cet instant bien précis, Jaquelin l'aurait frappée au visage que la douleur n'aurait pas été plus grande.

Quant aux autres enfants, c'est tout juste si le père avait répondu à leurs sourires, au moment où il était enfin revenu à Sainte-Adèle-de-la-Merci. Pourtant, ils trépignaient tous devant la fenêtre du salon de la tante Félicité, si heureux de le revoir. Toutefois, leurs mots de bienvenue avaient vite été étouffés par le regard sévère de Marie-Thérèse et leur course vers lui brisée en plein élan par un petit geste sec de sa main gantée.

— Votre père est fatigué, les enfants. Laissez-nous arriver, vous lui parlerez plus tard.

Ils attendaient encore ce moment de dialogue avec lui.

Dès le dimanche, avec la permission du curé, la famille Gagnon avait aidé Marie-Thérèse à déménager dans la maison toute neuve.

— Peut-être que Jaquelin va enfin trouver une raison pour sourire, avait glissé la tante Félicité, entre deux cartons qu'elle remplissait de victuailles. Elle est tellement belle, votre maison !

Malheureusement, Jaquelin s'était plutôt dépêché de s'enfermer dans la chambre, après avoir remercié sa belle-famille du bout des lèvres.

— Vous avez ben travaillé, tout le monde. Je vous en suis pas mal reconnaissant. Astheure, excusez-moi, mais j'suis fatigué. J'vas aller me reposer dans ma chambre. On se reverra un autre tantôt, promis.

L'invitation tardait toujours.

Le même jour, et malgré l'insistance de Marie-Thérèse, Jaquelin avait allégué être encore trop fatigué pour monter à l'étage afin de faire le tour du propriétaire.

— Plus tard, Marie. Plus tard.

Ce « plus tard » n'était toujours pas arrivé.

Depuis, Jaquelin passait le plus clair de son temps reclus dans la chambre, les tentures fermées, et il refusait systématiquement de visiter la nouvelle cordonnerie.

— Que c'est que ça me donnerait d'aller voir ce que t'en as fait ? Je peux même pas y travailler.

— Mais quand même ! Me semble que…

— Tais-toi, Marie. J'ai pas le cœur à ça.

Le ton était froid, cassant. Marie-Thérèse n'avait pas insisté.

Voilà comment, en quelques jours à peine, la jeune femme avait vu s'envoler tous les espoirs entretenus au cours d'un hiver trop long.

Depuis, épuisée par le voyage à La Tuque, le récent déménagement et l'installation dans la nouvelle maison, Marie-Thérèse s'éclipsait régulièrement dans la cour pour verser quelques larmes sur ses attentes déçues, et sur un avenir qu'elle ne parvenait pas à imaginer. Elle angoissait à la simple perspective de voir arriver le jour où elle n'aurait plus rien à mettre sur la table, à l'exception des légumes et des quelques petits fruits poussant dans leur potager.

Ce matin, la venue de Lauréanne et de son mari lui était apparue comme une petite éclaircie dans l'univers sombre où elle avait été plongée à son corps défendant. C'est pourquoi, quand elle entendit Lauréanne lui demander si elle acceptait de venir saluer la tante Félicité avec elle, Marie-Thérèse sentit son cœur bondir de plaisir dans sa poitrine, comme par réflexe. Après avoir partagé tant d'heures et de confidences avec la vieille dame, Marie-Thérèse ne l'avait pas revue de toute la semaine et elle s'ennuyait de sa présence réconfortante, elle qui avait tant besoin, en ce moment, d'être rassurée.

Et puis, que ne donnerait-elle pas pour passer quelques instants hors des murs de cette maison dont elle avait tant rêvé et qui, aujourd'hui, était devenue pour elle le synonyme d'une si grande déception !

Elle tourna un regard chargé d'espoir vers sa belle-sœur, esquissa un pâle sourire d'envie, puis son regard s'éteignit.

— En temps normal, je t'aurais répondu oui, sans hésiter. Tu dois t'en douter, non ? Ça aurait été une fichue bonne idée, d'autant plus que je m'ennuie de ma tante comme c'est pas permis. Après avoir passé tout l'hiver chez elle, me semble que je la cherche partout ! Mais va falloir m'oublier, ça sera pas possible. J'vois pas comment je pourrais m'éloigner de la maison, avec les enfants pis Jaquelin, qui est malade… Mais empêche-toi pas pour moi, par exemple ! J'suis sûre que ma tante Félicité serait contente d'avoir de la visite. Vas-y avec Émile, tiens !

Au moment où Marie-Thérèse avait prononcé le nom de son mari, avec une espèce de tristesse dans la voix, ce dernier s'était brusquement levé de table. Le temps que Marie-Thérèse termine sa tirade, et il bouscula sa chaise, laquelle tomba à la renverse, mettant ainsi un terme aux explications de sa femme.

Sans dire un seul mot d'excuse, Jaquelin s'enferma dans sa chambre en claquant la porte. Marie-Thérèse sursauta et, aussitôt, ses yeux s'emplirent de larmes.

— Excusez-nous, fit-elle en reniflant… Faut le comprendre ! Jaquelin est pas trop commode par les temps qui courent, pis moi, ben, à cause de ça, ça m'arrive de pleurer comme une Madeleine sans que je comprenne pourquoi. Ça doit être la fatigue…

— Justement !

Lauréanne avait attrapé la balle au bond.

— Il est temps que tu penses un peu plus à toi, ma pauvre Marie-Thérèse. On le voit, va, que c'est lourd à porter tout ça.

— Ma femme a raison, pis inquiétez-vous pas pour la maison. J'suis là, moi, pour les enfants. Profitez-en !

Sans invitation d'aucune sorte, Émile s'était glissé dans la conversation et, ce faisant, il était tout sourire, tandis qu'il relevait la chaise tombée.

— Le plus beau, là-dedans, c'est que ça me dérange pas du tout, précisa-t-il, toujours aussi débonnaire.

— Vous êtes certain de ça, Émile ?

— Ben sûr ! Vous pouvez pas savoir à quel point ça va me faire plaisir de jouer à être un père pendant quelques heures… Allez, les femmes, dehors ! Allez vous aérer les esprits, ça va vous faire du bien. Moi, j'vas monter rejoindre les jeunes.

Sans plus se faire prier, quelques instants plus tard, les deux femmes quittaient la maison.

La pluie avait cessé, le soleil jouait avec les nuages, réchauffant le fond de l'air, et du trottoir montait une fine brume. Ce fut bras dessus bras dessous que Marie-Thérèse et Lauréanne remontèrent la rue à pas lents, sans ressentir le besoin de combler le silence entre elles. Marcher ensemble, en direction de la petite maison de Félicité Gagnon, suffisait à créer un lien.

S'il y avait un endroit dans toute la paroisse de Sainte-Adèle-de-la-Merci où les confidences seraient peut-être plus spontanées, les larmes plus douces à verser, les mises au point plus éclairées et les idées plus simples à partager, c'était assurément dans la cuisine de la tante Félicité.

Pour l'avoir déjà vécu, chacune à sa façon et chacune en son temps, les deux femmes le savaient fort bien. Nul besoin d'en parler pour comprendre qu'elles étaient portées, l'une comme l'autre, par un même espoir, tandis qu'elles approchaient maintenant de la maison au toit de tôle noire.

Elles furent accueillies à bras ouverts.

— Enfin ! Te v'là, toi !

Le sourire de la tante Félicité était éblouissant et sa voix, tout émaillée de soulagement.

— Imagine-toi donc que j'ai passé la semaine à me demander quand tu viendrais faire ton tour, ma belle Thérèse. Les derniers jours ont dû être ben remplis pour que je te voie pas le bout du nez !

— Vous pouvez pas si ben dire, ma tante.

— Remarque que c'était pas un reproche, loin de là ! Je peux très bien comprendre tout ce que t'es en train de vivre, ma belle. C'est juste que je me suis ben gros ennuyée.

Sans cesser de parler, Félicité Gagnon avait ouvert les bras en haussant les épaules, dans un geste qui ressemblait à un mot d'excuse.

— J'aurais ben voulu aller te donner un coup de main, déclara-t-elle en même temps, mais j'ai pas osé vous déranger. Avec tout ce qui est arrivé ces derniers temps, je me suis dit que vous seriez plus à l'aise tout seuls, en famille. C'est pour ça que j'suis pas allée chez vous, ma pauvre Thérèse, et, un dans l'autre, la semaine a passé sans qu'on se voie ! Ça prenait ben la visite de Lauréanne pour te faire sortir de chez vous. De la grande visite de Montréal, on rit pus !

Tout en parlant, Félicité Gagnon avait fait entrer les deux visiteuses. Elle avait rangé le parapluie qui n'avait pas servi, accroché les vestes de laine, et, maintenant, elle s'était tournée vers la sœur de Jaquelin.

— Comment tu vas, toi ? Ça fait un moyen bail que t'étais pas venue faire ton tour au village pis que…

— C'est vrai, interrompit Lauréanne. Ça doit faire quelques années qu'Émile pis moi, on était pas venus par ici. Mais vous savez ce que c'est : on y pense, pis on remet ça, parce qu'on a d'autres choses à faire. Pis on y repense encore une fois, pis il y a d'autres choses qui se présentent… C'est le temps aussi qui passe trop vite ! Mais là, avec l'accident de Jaquelin, je pouvais pas rester en ville sans venir le voir. Ça fait que me v'là, avec mon mari, ben entendu. C'est lui qui s'occupe des enfants, pendant qu'on est ici, Marie-Thérèse pis moi.

— La bonne idée ! Dans ce cas-là, vous avez ben quelques minutes à vous autres, non ? Venez, venez vous installer dans la cuisine, on va jaser ! Je viens justement de sortir des galettes du four. Elles sont encore toutes chaudes. Avec du thé, ça va être bon !

Inutile d'essayer de placer un mot de plus, la tante Félicité prenait sa revanche sur une longue semaine de solitude et de silence.

Tant que tout le monde ne fut pas assis à la table, qu'elle n'eut pas rempli sa belle théière en porcelaine et déposé ses plus belles tasses à portée de la main ; tant qu'elle n'eut pas mis une bonne provision de biscuits à la mélasse encore tout chauds à la disposition des visiteuses, Félicité Gagnon fut intarissable.

La semaine qui se terminait, aussi banale et silencieuse qu'elle avait pu l'être, y passa au grand complet.

Puis, à son tour, la vieille dame se laissa tomber sur une chaise.

— Finalement, pour passer le temps, j'aurai jamais tant cuisiné de toute ma vie, conclut-elle en expirant bruyamment. M'en vas avoir ben des petits plats pour toi, ma Thérèse. De ceux que tes enfants aiment, par-dessus le marché ! Bon ! On a assez parlé de moi, c'est à votre tour maintenant !

En prononçant ces derniers mots, la tante Félicité s'était retournée vers sa nièce, qu'elle se mit à dévorer des yeux.

— Et, ma Thérèse, dis-moi donc ! Que c'est qui se passe de beau dans votre belle maison neuve ? Les enfants sont heureux ? Pis Jaquelin s'est montré content des décisions que t'avais prises sans le consulter ? J'ai pas arrêté de me poser ces questions-là de toute la semaine.

Alors que la tante Félicité s'attendait à une avalanche de détails tous plus heureux les uns que les autres, après tout, on parlait ici d'une fort belle maison et elle en savait quelque chose, Marie-Thérèse éclata en sanglots. Incapable de prononcer quoi que ce soit, la jeune femme reniflait bruyamment tout en essuyant ses yeux, qui n'arrêtaient pas de couler.

Félicité Gagnon et Lauréanne Lafrance, dite maintenant Fortin, échangèrent un regard lourd de sous-entendus et d'inquiétude.

— Je pense que ça va pas aussi ben qu'elle l'espérait, glissa alors Lauréanne, persuadée qu'en donnant cette indication, elle ne devait pas être très loin d'une vérité qu'elle avait observée dès son arrivée chez son frère et qu'elle se sentait le droit de révéler.

Nul besoin d'en dire plus, la tante Félicité avait tout compris. Elle reporta aussitôt son attention sur sa nièce pour suggérer :

— C'est Jaquelin, hein, ma belle ?

Ce n'était pas vraiment une question et ce n'était plus vraiment à Lauréanne de poursuivre, même si elle avait très envie d'acquiescer. Le temps d'un second regard soutenu en direction de Félicité, puis la sœur de Jaquelin se tourna à son tour vers Marie-Thérèse, comme si elle voulait la rassurer, lui dire qu'elle serait là, au besoin.

D'un seul regard, Lauréanne comprit cependant que son intervention ne serait pas nécessaire. Il semblait bien que sa jeune belle-sœur n'attendait que cette invitation pour se confier. Même que Marie-Thérèse avait l'air soulagé d'être obligée d'entrer dans les détails. Elle cueillit ses dernières larmes avec le bout de ses doigts et renifla un bon coup, avant de planter son regard dans celui de sa tante Félicité. De toute évidence, une grande complicité existait entre les deux femmes et Lauréanne, qui en était en ce moment le témoin privilégié, tenta de se faire la plus discrète possible.

— Vous avez raison, ma tante, commença Marie-Thérèse d'une voix chevrotante, c'est Jaquelin qui me cause du tourment, pis vous devez ben vous douter que c'est pas pantoute ce que j'espérais, hein ?

Marie-Thérèse poussa un long soupir avant de poursuivre :

— Si vous saviez, ma tante, si vous saviez ! J'ai l'impression que j'suis en train de tomber de haut, de très haut... Pis avant que vous me posiez la question, je vous dirais que oui, ça me fait mal. Du moins, ça me rend triste de voir que Jaquelin s'intéresse pus à rien...

Marie-Thérèse inspira longuement, manifestement soulagée d'avoir fait cette confession.

— Mais c'est pas de sa faute, ajouta-t-elle précipitamment, devant le sourcillement de la vieille dame. J'suis sûre que, dans le fond de son cœur, c'est pas ce que Jaquelin voudrait, lui non plus.

— C'est certain que c'est pas ça qu'il voudrait, coupa alors Félicité de sa voix la plus ronchonneuse, parce qu'elle tolérait bien mal de voir sa nièce aussi bouleversée. Personne veut avoir des problèmes, c'est clair, et ton Jaquelin est pas différent des autres. Mais est-ce que c'est une raison suffisante pour te faire de la peine ? Je pense pas, moi. T'aurais beau dire que c'est pas de sa faute, faut toujours ben que ça soit de la faute à quelqu'un quand ça va mal au point de faire pleurer les autres. Bonne sainte Anne, Thérèse, je te connais, pis je le sais, va, que tu serais pas malheureuse pour rien. Va falloir que tu m'expliques, ma belle, parce que moi, je comprends pas.

Marie-Thérèse esquissa un sourire sans joie, tandis que Lauréanne, incapable de se retenir, se redressait sur sa chaise.

— Malgré tout le respect que je vous dois, Félicité, faudrait quand même pas s'acharner trop fort sur Jaquelin. Il est déjà à terre, le pauvre homme.

— C'est vrai que ça doit être dur, j'ai jamais dit le contraire, mais me semble qu'il pourrait faire un effort, non ?

— C'est plus compliqué que ça en a l'air, ma tante... intervint alors Marie-Thérèse. Figurez-vous que Jaquelin a ben de la misère à se faire à l'idée que sa main droite est morte, pis pour ça, je suis pas capable d'y en vouloir. On serait choqué pis déçu à moins que ça, vous savez... Pauvre homme ! Pour astheure, la seule chose qui a de l'importance pour lui, c'est ça : sa main droite qui est morte... On dirait qu'il voit pus rien d'autre, mon pauvre Jaquelin...

Ça fait que la seule affaire qu'il nous marmonne du matin au soir, c'est qu'il pourra pus jamais travailler.

C'était clair. C'était aussi un comportement que l'on aurait pu comprendre sans trop de difficulté. Néanmoins, la tante Félicité n'approuva pas d'emblée.

— Ah ouais ?

Et comme c'était dans sa nature d'être suspicieuse et de vouloir aller au fond des choses, elle ajouta :

— C'est juste ça qu'il a à dire, notre beau Jaquelin ? Qu'il pourra pus jamais travailler ?

— À peu près, nota alors Lauréanne, donnant ainsi raison à sa belle-sœur. Du moins, c'est ce que j'ai cru comprendre quand j'ai parlé avec lui. Le fait de pas pouvoir travailler affecte mon frère.

— D'accord, admit enfin la vieille dame après un bref instant de réflexion, c'est une manière de voir les choses. Moi avec, je peux comprendre que ça doit être dur à accepter, tout ça. Mais une fois que c'est dit, pis avant de trouver la solution qui nous échappe pour astheure, il reste toujours la maison... Il en a dit quoi, de la maison, ton mari ? Il y a quand même pas juste son travail, dans la vie, il y a tout le reste ! Ça fait que Jaquelin a ben dû te donner son opinion sur la maison, pis sur le bébé à venir ?

— Rien, ma tante, rien ! À peine un petit merci à mon père pis mes frères quand il est rentré chez nous pour la première fois, pis ça s'arrête là... Jaquelin a même pas voulu visiter la maison au complet, vous saurez. Pis pour le bébé, c'est à peine si Jaquelin m'a répondu quand je lui ai annoncé la nouvelle. C'est vous dire à quel point mon mari est pas vraiment avec nous autres, à quel point il est chaviré par son accident.

— Ouais, mettons !

Le doute suintait de chacun des mots prononcés par Félicité Gagnon, ce que Marie-Thérèse n'acceptait pas plus que Lauréanne.

— Comment mettons ? Voyons donc, ma tante ! C'est quoi toute cette méfiance-là ? Vous le voyez ben que Jaquelin est pas comme à son habitude. Vous le savez comme moi à quel point il voulait que tout soit pareil à avant. Je vous l'ai dit souvent que pour Jaquelin, c'était important de montrer à son père qu'il pouvait continuer de lui faire confiance, malgré le feu, pis que pour ça, fallait que la maison soit aussi belle que l'autre. Rappelez-vous ! Je vous en ai parlé, je sais pas combien de fois. Même que durant les quelques jours qu'il a passés ici avant de partir pour les chantiers, Jaquelin arrêtait pas de dire à tout le monde que la nouvelle maison devait ressembler à l'ancienne. Vous devez vous souvenir de ça, non ?

— C'est sûr que je me rappelle tout ça. Pis c'est vrai qu'on en a souvent parlé, toi pis moi, durant l'hiver... C'est un peu pour cette raison-là que je comprends pas ton mari ! Pourquoi, d'abord, Jaquelin essaie pas de faire au moins un petit effort devant les beaux résultats que vous avez obtenus, ta famille pis toi ? Bonne sainte Anne ! Vous avez réussi ! À mon avis, la maison d'aujourd'hui est encore mieux que celle qui a brûlé, pis tout ça avec des moyens limités. Vous avez travaillé comme des malades durant tout un hiver pour que Jaquelin et Irénée soient contents du résultat... Pis ton mari dit rien ? Pourquoi s'être donné tout ce trouble-là si, à cause d'un accident bête, ça serait pus aussi important pour Jaquelin ?

— Je vois ben où vous voulez en venir, ma tante, pis j'suis pas contre votre opinion, mais on dirait que c'est ça pareil ! Comment je pourrais vous expliquer ? Mettons, ouais, mettons comme vous dites, que la maison est pus pantoute la priorité de Jaquelin.

— D'accord ! La maison est pus sa priorité, pis après ? Viens pas prétendre que tout s'arrête à l'accident. Voyons donc, toi ! Ça a pas de sens, ce que tu dis là. Accident pas accident, t'avoueras avec moi que c'est un peu surprenant qu'il dise rien devant la maison. Pis la cordonnerie, elle ? Jaquelin a dû se dépêcher d'aller la voir, non ? Ça avec, ça avait l'air important pour lui que ça soit beau et accueillant pour la clientèle.

— Parlons-en, de la cordonnerie !

Que d'amertume contenue dans ces quelques mots, que de déception après tant d'efforts ! Le geste fut spontané et la tante Félicité tendit la main pour tapoter celle de Marie-Thérèse, qui poursuivait, les yeux dans l'eau :

— Jaquelin veut surtout pas voir la cordonnerie, ma tante. Il dit que ça servirait juste à y faire de la peine, pis que de la peine, il en a déjà son compte...

— C'est vrai que ça doit être dur pour lui de voir sa vie chambardée à ce point-là. J'y donne pas tort là-dessus...

Malgré ces derniers mots prononcés, il était difficile de dire si Félicité Gagnon ressentait la moindre empathie pour Jaquelin tant le ton employé était sévère, surtout quand elle précisa :

— Astheure qu'on sait tout ça, ma belle, qu'on admet que c'est dur pis que c'est pas juste, ce qui vous arrive, pis que le Bon Dieu pourrait vous lâcher un peu, Jaquelin pourrait au moins se dire qu'il est chanceux d'être encore en vie. Juste pour ça, il devrait être reconnaissant envers le Bon Dieu, justement, pis accrocher un petit sourire à sa face. Juste un tout p'tit ! Le moins qu'il pourrait faire, le Jaquelin, ça serait de te remercier, aussi, pour avoir fait les choses exactement comme il l'avait demandé. Me semble que, déçu ou pas, Jaquelin devrait au moins apprécier ce que tout le monde a fait pour lui, pendant qu'il était parti aux chantiers.

Une telle affirmation, dite avec humeur et criante de vérité, n'appelait aucune réponse. Même Lauréanne se retint.

Un ange passa.

Ce fut Marie-Thérèse qui reprit un peu plus tard. Elle parlait d'une voix absente, d'une voix empreinte d'une infinie lassitude.

— Je comprends très bien tout ce que vous venez de dire, ma tante. Mais voyez-vous, je sais même pas si ces mots-là peuvent avoir du sens, à l'heure où on se parle... Être reconnaissant, dire merci... J'suis pas sûre pantoute que Jaquelin a envie d'être reconnaissant pour quelque chose qu'il est même pas certain de vouloir encore...

— Jaquelin voudrait pus de la maison ? Ben là, je te suis pas, ma Thérèse... Que c'est que tu veux dire par là ?

La jeune femme leva un regard douloureux vers Félicité.

— C'est pas compliqué, ma tante, fit-elle d'une voix étranglée, j'suis rendue à me demander si Jaquelin est content d'être encore en vie... C'est ça que je voulais dire. Comme vous voyez, on est ben loin de la maison pis de la cordonnerie... Vous trouvez pas, vous ?

Alors que Marie-Thérèse prononçait ces derniers mots, les larmes s'étaient remises à couler, silencieuses, plus dures et infiniment plus douloureuses que les sanglots bruyants de tout à l'heure.

— J'exagère pas en disant ça, poursuivit Marie-Thérèse, entre deux inspirations tremblantes. Depuis qu'il est revenu, Jaquelin a pas vraiment l'air de quelqu'un qui a envie de continuer à regarder en avant de lui. Ni loin, ni longtemps. C'est comme s'il voyait juste du vide devant lui. Ça doit faire peur, tout ça. Pourtant, même si ça m'arrache le cœur de le voir de même, je peux encore le comprendre. J'accepte aussi qu'il passe du temps à ressasser le passé. Parce que je le vois que c'est ça qu'il fait, mon Jaquelin. On dirait qu'il est en train de repasser par tout ce qu'on a vécu depuis l'automne dernier, pis ça lui donne le vertige. Peut-être que mon mari essaye de toutes ses forces de comprendre ce qu'on comprendra jamais, pis qu'il a pas le temps pour d'autres choses. C'est peut-être pour ça que dès qu'il ouvre la bouche, c'est pour se plaindre de quelque chose. Le feu, l'accident, l'hiver trop long... Ça revient tout le temps, ces mots-là, quand il se décide à parler. Peut-être que Jaquelin est en train de se dire qu'il y a rien d'autre à comprendre à part la fatalité, pis ça y fait peur... Moi avec, ça me fait quand même un peu peur, pis j'suis pas blessée comme lui. Qu'est-ce qu'on peut faire devant la fatalité, ma tante ? Pas grand-chose, hein, à part l'accepter, pis je pense que Jaquelin est pas encore rendu là. Si jamais il y arrive un jour. Ça fait qu'il se plaint d'un peu tout pour oublier qu'il y a rien à comprendre dans ce qui nous arrive... Ouais, pour se lamenter sur le passé pis de ses conséquences, Jaquelin est encore capable de parler, mais pour le reste...

— Bon, tu vois ! Si Jaquelin est capable de parler de ce qu'il ressent, tout est peut-être pas perdu, trancha Félicité, soulagée d'avoir trouvé l'ombre d'une raison pour s'accrocher, parce que pour une des rares fois de sa vie, la vieille dame se sentait prise au dépourvu et cette nouvelle sensation lui était éminemment désagréable.

Mais comment accompagner un homme qui a perdu plus que tout ce qu'il pouvait perdre ?

Elle ne le savait pas.

Comment lui expliquer que la vie n'était pas finie pour autant et qu'elle valait encore la peine d'être vécue quand ce qui avait été son moteur venait de s'éteindre pour disparaître à tout jamais ?

Félicité ne le savait pas, non plus.

Mais comment la vieille tante aurait-elle pu le savoir, alors que Marie-Thérèse elle-même, habitée d'un amour inconditionnel pour son homme, semblait dépassée et démunie devant lui ?

Le silence qui pesait présentement sur la cuisine était lourd de questions sans réponses, lourd de souffrances.

Félicité Gagnon fixait Marie-Thérèse qui, tête penchée, semblait en intense réflexion. L'image lui arracha un long soupir.

Si elle ne savait pas encore comment aider Jaquelin, Félicité allait tout de même tenter de soutenir Marie-Thérèse à sa façon, le temps d'apprivoiser la situation dans tout ce qu'elle pouvait avoir d'angoissant. Après, quand les cœurs se seraient assagis et que le quotidien aurait imposé ses volontés, parce que la routine finissait toujours par prendre le dessus, on tenterait tous ensemble de trouver une solution.

Parce qu'il y en avait toujours, une solution, non ?

N'importe laquelle, pourvu qu'elle laisse la porte entrouverte sur l'avenir. C'était ce que Félicité Gagnon se disait toujours : garder la porte de l'espoir entrouverte pour laisser passer un mince filet de lumière, permettant de deviner ce que la noirceur s'entête à nous cacher.

Exerçant alors une pression de sa main sur celle de sa nièce, la vieille dame reprit la parole :

— Si ton mari a gardé sa nouvelle habitude de parler, ma belle, vous allez pouvoir vous comprendre, pis...

— Non, non, ma tante, c'est vous qui comprenez pas ce que j'essaie de dire !

Marie-Thérèse avait haussé le ton comme on pousse un gémissement de douleur.

— Imaginez-vous pas que Jaquelin m'a dit tout ça d'une seule traite ! Imaginez-vous pas qu'il brasse la vie pis ses idées noires à grands coups de belles phrases devant moi... Faut pas croire que c'est juste parce que Jaquelin est en colère qu'il est de même, pis que le jour où ça va y passer, tout va rentrer dans l'ordre sur un claquement de doigts. Imaginez-vous surtout pas que Jaquelin parle comme un moulin, depuis qu'il est revenu ! Ça, c'était juste des idées que je me suis faites, l'hiver dernier ! J'ai probablement inventé tout ça, comme une manière d'espérer quelque chose de beau qui m'aiderait à passer l'hiver. Non, non ! Jaquelin a pas changé tant que ça, ma tante. Tous ses bons mots pis ses promesses, il les a épuisés dans ses lettres, je crois ben. Au bout du compte, c'est un homme aussi renfermé qu'avant le feu qui m'est revenu. Si je veux savoir ce qu'il ressent, faut que j'y arrache ses pensées les unes après les autres, pis quand j'arrive à le faire parler un peu, j'ai toujours l'impression de l'avoir dérangé. Comme avant l'incendie, quand il m'arrivait d'insister pour quelque chose. Pourtant, j'ai jamais douté du fait qu'il m'aime... Je vous le dis, ma tante : c'est à peine si on sent que Jaquelin est là, avec nous autres. Pis ce qui vaut pour moi vaut aussi pour les enfants, croyez-moi !

Tandis que Marie-Thérèse se vidait ainsi le cœur, Félicité secouait la tête avec véhémence, incapable de souscrire à tout ce qu'elle entendait, tellement cette nouvelle réalité ne ressemblait pas au Jaquelin qu'elle connaissait. Il avait toujours été un homme silencieux, certes, mais amoureux de sa femme et vaillant comme dix, personne ne pouvait en douter. C'était celui qui aurait donné sa vie sans hésiter pour sa famille. La preuve, c'était qu'il était retourné dans la maison en flammes pour sauver sa fille et qu'il avait remué ciel et terre pour la reconstruction, avant de partir pour les chantiers.

— Je veux surtout pas mettre ta parole en doute, ma belle, mais malgré toute la confiance que j'ai en toi, j'ai du mal à te croire. Bonté divine ! Ça se peut pas, ce que tu dis là ! Que Jaquelin soit indifférent à la maison, c'est difficile à avaler, mais ça pourrait toujours finir par passer de travers. Mais les enfants, ça passe pas...

C'était comme si la tante Félicité venait de changer son fusil d'épaule et que, maintenant, elle mettait autant d'énergie à défendre Jaquelin qu'elle en avait mis à lui en vouloir, quelques instants auparavant, à cause de toute la peine qu'il infligeait à Marie-Thérèse.

— Il revient de loin, ton mari, faut surtout pas l'oublier, pis je peux comprendre que la maison ait un peu moins d'importance qu'avant, mais j'suis sûre que ça va finir par revenir. Par contre, qu'il soit indifférent aux enfants, ça, ça se peut pas. Vous devez être ben gros fatigués tous les deux, pis c'est de là que vient tout votre découragement. Voyons donc ! Penses-y comme il faut, Thérèse ! Jaquelin a toujours été tellement fier de sa jolie famille. Ça peut pas changer à ce point d'un seul coup, ça là !

— Je sais ben ! Mais c'est comme ça... Faut croire que sa fierté de père a touché le fond de la rivière, parce que l'homme qui nous est revenu a plutôt l'air d'un étranger. C'est ça, je pense, qui me fait le plus de peine. Me retrouver face à un étranger.

— Ben là, on se comprend, ma belle. C'est vrai que ça doit être pas mal dur à vivre, tout ça... Retrouver un homme aigri, déçu, alors que t'espérais tellement plus de vos retrouvailles... Ouais, je te crois... Même si ça sonne drôle à mes oreilles, une histoire pareille, je te crois.

— Vous faites ben d'y croire, parce que ça ressemble vraiment à ça... renchérit Lauréanne. Moi avec, j'ai senti plein d'amertume, de découragement, pis de colère quand on a parlé ensemble, t'à l'heure, Jaquelin pis moi. Comme s'il en voulait à tout le monde ! Ça va peut-être avoir l'air bête de dire ça de même, mais j'avais l'impression de me retrouver devant le petit Jaquelin, celui qui était toujours un peu désemparé devant notre père, qui était jamais content de son travail. Aujourd'hui, le Jaquelin avec qui j'ai parlé avait le même air désemparé devant la vie qui a trop changé pour lui, pis trop vite... Ouais, à croire que l'homme qui est tombé dans l'eau est resté au fond de la rivière, comme sa fierté, pis c'est le petit gars qui en est ressorti. C'est pour ça, malgré tout ce qui s'est dit ici depuis tantôt, que moi, j'arrive pas à lui en vouloir d'être comme il est, en ce moment. Comment tu veux qu'un homme soit plein d'entrain devant l'avenir, devant sa maison, devant sa famille, quand il est même pus capable d'espérer la nourrir comme il se doit ? C'est important pour un homme, ça, nourrir les siens, d'autant plus pour un père de famille nombreuse. Il a pas tort, le pauvre Jaquelin, quand il dit qu'il pourra pus travailler. C'est vrai qu'il a besoin de ses deux mains pour faire son métier, pis c'est vrai aussi qu'il a besoin de son métier pour faire vivre sa famille.

— Ouais... Tant qu'à ça...

Tout doucement, le ton était en train de changer. Plus calme, il était rempli d'intériorité et de réflexions. Il y avait surtout que la tante Félicité ne semblait plus du tout en vouloir à Jaquelin, même si l'amertume ressentie par le mari venait ternir sa relation avec Marie-Thérèse et la rendait malheureuse.

Félicité Gagnon se redressa sur sa chaise. À elle d'essayer de voir comment elle pourrait aider sa nièce bien-aimée pour ainsi, par ricochet, finir par soutenir efficacement Jaquelin et tout le reste de la famille.

— Pis toi, ma Thérèse, comment tu te sens là-dedans, à part la peine pis la déception que tu vis ben malgré toi ?

— Moi ? Comment voulez-vous que je me sente, ma tante ? J'ai peur, j'ai ben peur de l'avenir, c'est sûr. Encore plus qu'au lendemain du feu, je pense ben... Une maison brûlée, ça se reconstruit, on l'a vu, tandis qu'un métier perdu à cause d'une main morte, c'est autre chose… Une chance du Bon Dieu que j'aie pas pioché dans le salaire que Jaquelin a ramené des chantiers, parce que c'est astheure qu'on va avoir besoin de tous nos sous… Quand il y en aura pus, je sais pas trop ce qu'on va devenir.

Aux yeux de Félicité Gagnon, les problèmes financiers n'en étaient pas vraiment. Dans ce domaine, il y avait toujours matière à solution. Alors, la réponse de Marie-Thérèse ne la contenta pas. Voilà pourquoi elle répéta en précisant, pour bien se faire comprendre :

— Si c'est juste une question de gros sous, ton inquiétude, c'est pas grave. Dis-toi qu'on était là à l'automne, pis qu'au besoin, on va être encore là, crains pas… Il y a personne dans la paroisse qui va vous laisser crever de faim, surtout pas ta famille… Non, c'est pas vraiment ça que je veux savoir, ma Thérèse. Ce que je veux savoir, c'est comment tu te sens, toi, face à Jaquelin.

— Oh moi…

La question était délicate et la réponse le serait encore plus.

Comme si les deux mots échappés sans réfléchir faisaient foi de tout, disaient tout, Marie-Thérèse se sentit rougir comme une pivoine et elle se tut aussitôt après les avoir prononcés.

« Oh moi… »

Pourquoi parler d'elle ? Ce n'était pas elle qui était blessée, c'était Jaquelin, et ce dernier était son mari, l'homme à qui elle avait juré amour et fidélité.

« Jusqu'à ce que la mort vous sépare », avait dit le curé au matin du mariage.

La mort n'avait pas voulu de Jaquelin. Cependant, elle l'avait suffisamment approché pour qu'il en garde des séquelles, et l'on voulait savoir comment elle, Marie-Thérèse, se sentait vis-à-vis de tout cela ? Personne ne pouvait vraiment comprendre ce qu'elle éprouvait face aux événements, face à son mari. C'était dans l'oreille de Jaquelin que Marie-Thérèse aurait voulu s'épancher, sur son épaule qu'elle aurait voulu pleurer, mais lui semblait ne plus y attacher tellement d'importance.

Alors, pourquoi en parler ?

À bien y penser, Marie-Thérèse n'était pas du tout certaine de vouloir lever le voile sur ses émotions. Après tout, était-ce si important ?

Ébranlée, embarrassée, la jeune femme tournait sa tasse entre ses mains, la fixant d'un regard vide. Elle était incapable de se décider à ouvrir la bouche. Les mots n'étaient pas au rendez-vous et elle se sentait terriblement mal à l'aise.

C'est alors que Lauréanne se permit d'intervenir encore une fois. Parce qu'elle était femme, elle aussi, et amoureuse de son mari, elle osa demander, sur un ton très doux, espérant ainsi ouvrir la porte des confidences qui soulagent :

— Comment tu t'es sentie en voyant Jaquelin sur un lit d'hôpital ? Moi, je pense que mon cœur aurait arrêté de battre si mon Émile avait eu un accident comme celui-là.

— C'est un peu ce qui s'est passé.

La réponse avait coulé de source. C'était facile de donner suite à cette question, puisqu'elle était éloignée des émotions à l'état pur.

Tout en répondant à sa belle-sœur, Marie-Thérèse avait esquissé un sourire un peu triste, nostalgique. Cependant, la question de Lauréanne avait aidé à entrouvrir la porte des mots, ouvert le chemin à ceux qui disent les choses sans être indiscrets.

— C'est certain qu'on se sent ben inutile devant la souffrance de quelqu'un qu'on aime, commença-t-elle en rougissant tout de même violemment, car elle était et resterait toujours une femme très prude. Tu vois, Lauréanne, c'est difficile de trouver les bons mots pour parler de ces choses-là… Il y a une affaire qui est sûre, par exemple, c'est que j'aime ton frère. Ça, je le sais depuis longtemps, même avant nos noces, pis j'ai vite compris en le voyant sur son lit d'hôpital que ça avait pas changé. C'est quelque chose en moi qui pourra jamais s'éteindre.

C'est peut-être la façon de le montrer qui va devoir être différente, par exemple. Ça, je le sais pas encore, pis le fait de pas savoir, c'est peut-être ça, finalement, qui me fait le plus peur.

Ce serait la confidence la plus intime que Marie-Thérèse ferait sur ses émotions les plus profondes, les plus intenses.

Elle prit une longue inspiration tout en soutenant le regard de Lauréanne pour qu'elle comprenne que ce qu'elle ressentait allait bien au-delà des mots qu'elle venait de prononcer.

Non, jamais Marie-Thérèse ne pourrait avouer la bourrasque de désir qui l'avait envahie à l'instant où elle avait aperçu Jaquelin sur son lit d'hôpital. On ne parle pas de ces choses-là. Alors, elle ne parlerait jamais de ce désir de lui, après tout ce temps d'absence, ni de l'envie violente des caresses que ses mains abandonnées sur la couverture lui avaient rappelées. Elle ne dirait rien non plus de ce besoin d'un peu de chaleur, peau contre peau. Ne confierait pas que la lourdeur du corps de son homme sur le sien lui manquait jusqu'à faire mal. Non, jamais Marie-Thérèse ne pourrait parler de toutes ces choses qui lui appartenaient et qu'elle n'avouerait jamais à personne. Il y avait eu aussi, enveloppant tout le reste, cette envie de murmurer à l'oreille de Jaquelin l'interminable attente, les heures d'insomnie, les larmes d'ennui dans l'oreiller. Jamais elle ne parlerait de ce besoin de parler avec lui après l'amour, parce qu'elle avait osé croire la chose possible. C'était ce qu'elle avait cru deviner à travers les mots des lettres reçues durant l'hiver.

Maintenant, elle le voyait bien, cet espoir-là aussi était mort.

Non, Marie-Thérèse ne parlerait pas de cette intimité du corps et du cœur qui lui manquait terriblement, parce que, pour elle, il y avait de ces choses dans un couple qui devaient rester dans le couple.

— Mais on va s'en sortir, fit-elle dans un dernier murmure, au bout de ce long moment de recueillement, tandis qu'elle achevait ce monologue silencieux où le regard intense qu'elle avait tourné vers Lauréanne avait remplacé les mots qu'elle n'avait osé dire.

Lentement, le regard de Marie-Thérèse passa ensuite de Lauréanne à la tante Félicité.

— J'ose croire qu'à sa façon, Jaquelin nous aime encore, les enfants pis moi, poursuivit-elle. Ouais, vous avez peut-être raison, ma tante : avant que tout ça arrive, Jaquelin nous aimait vraiment. J'ai jamais eu de doute là-dessus. Ça fait qu'il doit nous aimer encore aujourd'hui. Me semble que ça peut pas mourir complètement, un sentiment comme celui que Jaquelin a toujours eu pour nous autres. Quand il va s'en rappeler, s'en rappeler vraiment, je me dis que ça devrait suffire pour le raccrocher à la vie. Ouais, ça se peut, quelque chose comme ça. Juste parce que Jaquelin nous aime pis que nous autres, on veut le garder vivant, ça devrait suffire. Le jour où Jaquelin va l'avoir compris, même si ça prend du temps pour y arriver, on finira, lui pis moi, par trouver une manière de vivre qui sera la nôtre. Une manière de vivre différente des autres familles, c'est possible, mais qu'on va aimer quand même, justement, parce qu'elle sera juste à nous autres… Pis peut-être que ce jour-là, Jaquelin va recommencer à sourire… Dans le fond, c'est touet ce que je demande au Bon Dieu : qu'on soit encore capables un jour, Jaquelin pis moi, de sourire ensemble aux mêmes choses. Pour le reste, vous l'avez dit, ma tante : il y a plein de monde autour de notre famille pour donner un coup de main. Il me reste juste à essayer de jamais l'oublier.

QUATRIÈME PARTIE
ÉTÉ 1923

CHAPITRE 9

À Sainte-Adèle-de-la-Merci, le lundi 25 juin 1923, par une très belle journée d'été, ensoleillée, mais pas trop chaude

Dans la cour arrière de la maison des Lafrance, sous le grand chêne, où Jaquelin s'était installé dans un transat offert par la famille de Marie-Thérèse, à l'occasion de son anniversaire

LA CHAISE ÉTAIT CONFORTABLE ET, depuis qu'il l'avait reçue, Jaquelin en profitait dès que la température le permettait. Ses larges rayures bleues et blanches lui faisaient penser à l'océan qu'il ne connaissait pas vraiment, mais dès qu'il fermait les yeux, Jaquelin rêvait tout de même de voyage.

Pour occuper les longues journées d'été, c'était ce qu'il avait trouvé de mieux à faire, le pauvre Jaquelin : rêver toujours et encore. Alors il en abusait sans la moindre réserve, parce que le temps d'un songe éveillé, il était encore capable de repousser les pensées les plus noires.

Comme la brise si douce de cette matinée d'été parlait justement de vacances et d'évasion, les yeux mi-clos, Jaquelin essayait, à moment précis, de se remémorer la belle mappemonde affichée au couvent. Elle devait bien couvrir la moitié du mur de sa classe.

Un jour, Jaquelin Lafrance parcourrait le vaste monde.

Déjà, enfant, il se le promettait, planté bien droit devant l'immense carte du monde, l'examinant avec attention, essayant de lire certains mots plus difficiles que les autres. Il travaillerait très fort. Et, une fois devenu grand et riche, il s'embarquerait sur un gros paquebot tout blanc et il ferait le tour du monde ! La chose était assurément possible, puisqu'il y avait des océans partout.

La Terre entière n'était qu'un vaste océan parsemé d'îles qu'on appelait des continents.

C'était en bonne partie grâce à cet espoir de voyage que Jaquelin avait traversé sans se plaindre les longues heures d'ouvrage réservées à l'enfant puis à l'adolescent, celui qui passait une grande part de ses journées penché sur les bottines des autres. S'il travaillait bien, plus tard, la cordonnerie serait à lui. Son père le lui avait dit, et, tout comme lui, à son tour, Jaquelin ferait de l'argent, beaucoup d'argent. Alors, un beau matin, il partirait loin de chez lui et il pourrait ainsi, pour un temps, oublier le labeur qu'on lui imposait, jour après jour.

Voilà à quoi rêvait le jeune Jaquelin, perché sur son arbre.

Aujourd'hui, ses ambitions d'adulte étaient plus modestes.

Pourvu qu'il puisse se retrouver ailleurs que dans un camp de bûcherons ou une ville ridiculement appelée La Tuque, pourvu qu'il puisse s'évader de Sainte-Adèle-de-la-Merci, ne serait-ce que quelques jours, Jaquelin serait déjà content.

Certes, il aimait bien son village, il l'avait toujours aimé. Jusque très récemment, il ne connaissait vraiment que lui et il s'en contentait fort bien. Cependant, depuis l'accident, Jaquelin ne voyait plus la nécessité d'y habiter à tout prix. Il ne voyait surtout plus la nécessité de loger dans une maison, par ailleurs fort jolie, mais qui abritait une cordonnerie encore et toujours fermée, parce que devenue complètement inutile.

Quelqu'un d'autre que lui pourrait en faire un bien meilleur usage. Jaquelin en était douloureusement conscient, comme il était tout aussi douloureusement conscient qu'après avoir décrié son métier, il s'en languissait maintenant, et depuis de trop longues semaines déjà.

Mais n'était-il pas trop tard pour faire marche arrière ?

Il pourrait peut-être trouver du travail ailleurs, un travail qui ne demanderait qu'un bon jugement et l'usage d'une seule main. En ville, ça devait bien exister, un travail comme celui-là. Peut-être devrait-il en parler avec Émile, lui qui disait connaître Montréal comme le fond de sa poche.

Voilà à quoi il pensait régulièrement, Jaquelin, sans avoir eu, jusqu'à maintenant, le courage d'entreprendre les démarches nécessaires qui le mèneraient à Montréal, ni même l'audace d'en discuter avec Marie-Thérèse.

Après tout, peut-être tenait-il à son village plus qu'il ne le croyait ?

Mais d'un autre côté, si, pour gagner sa vie, il devait se rendre jusqu'à Montréal, ça lui permettrait sans doute de voir Lauréanne beaucoup plus souvent, ce qui, en soi, n'était pas désagréable du tout. Et cette fois-ci, nul besoin d'en parler avec Marie-Thérèse pour savoir qu'elle partagerait son point de vue.

Cet espoir d'arriver à se débrouiller pour faire vivre sa famille faisait aussi partie des rêves éveillés que Jaquelin Lafrance entretenait assidûment.

Malgré sa main inutile, Jaquelin continuait de cultiver l'espoir de s'en sortir un jour, parce qu'il avait une tête bien faite, son passage au chantier lui en avait donné la preuve. Et, aujourd'hui, sa main gauche était de plus en plus forte, de plus en plus habile. Penser à la ville, l'imaginer avec toutes ses rues, ses avenues et ses ruelles, se figurer un logement suffisamment grand pour loger toute sa famille, c'était, aux yeux de Jaquelin, une façon comme une autre de commencer à apprivoiser le départ.

Pour un homme comme lui, plutôt discret et renfermé, enclin aux longues réflexions avant de passer à l'action, c'était une étape nécessaire. Jaquelin avait réussi à s'en convaincre assez facilement.

Il y pensait alors de plus en plus souvent, avec ténacité, avec rage parfois, arrivant ainsi à narguer les pensées sombres qui surgissaient souvent à l'improviste, lui susurrant à l'oreille qu'il ne valait plus rien, que, par sa faute, ou par vanité, alors qu'il se croyait invincible, Jaquelin Lafrance n'était plus qu'un père et un mari inutile.

De telles pensées laissaient Jaquelin pantelant et désespéré, tandis que même la ville et ses infinies possibilités perdaient momentanément la brillance de leurs attraits.

C'est pourquoi, ces jours-là, il lui arrivait encore, bien malgré lui, de caresser l'éventualité d'un sommeil éternel qui le ravirait à tous ses soucis, et qui soulagerait sa famille de la charge encombrante qu'il était devenu.

N'était-il pas encombrant, Jaquelin Lafrance, le cordonnier déchu ?

Inutile et encombrant…

On n'avait qu'à regarder les larges cernes sous les yeux de Marie-Thérèse pour en être convaincu. Ce que Jaquelin faisait, hélas, trop souvent.

Ce matin, toutefois, il faisait trop beau pour les pensées amères.

La brise était douce, le soleil juste assez chaud pour être agréable, et Jaquelin avait été surpris de voir que c'étaient plutôt quelques souvenirs qui l'attendaient aujourd'hui sous le grand chêne.

Des souvenirs d'enfance, de jeunesse.

Des souvenirs de ce temps de l'insouciance, bien que, dans son cas, la légèreté propre aux jeunes années avait été alourdie par les nombreuses obligations et l'accumulation des remontrances. Mais qu'importe ! C'était quand même l'époque bénie où il n'avait pas eu à se demander de quoi serait fait le lendemain, parce que le pain et le beurre étaient toujours dans l'assiette, et que le linge frais lavé embaumait dans le tiroir de sa commode. C'était l'époque regrettée où, quand le poids des exigences paternelles se faisait trop lourd, le jeune Jaquelin n'avait qu'à venir ici, dans la cour, pour grimper à son arbre et tout oublier.

Jaquelin leva la tête.

À travers les feuilles du chêne qui bruissaient plaisamment à ses oreilles, il aperçut la branche où il aimait tant s'installer à califourchon, les jambes pendant dans le vide. Que d'heures passées à surveiller les allées et venues dans la rue principale du village, tout en croquant à belles dents dans une pomme bien rouge. Que d'heures à imaginer une vie à tous ces passants qu'il ne connaissait parfois que de vue, puisqu'il vivait quasiment reclus chez lui.

Le geste fut machinal et Jaquelin abaissa les yeux sur sa main inerte, posée sur ses cuisses.

Serait-il capable aujourd'hui de monter dans l'arbre avec un seul bras ?

La réflexion méritait bien qu'on s'y attarde, ne serait-ce que pour occuper le temps.

Jaquelin haussa imperceptiblement les épaules, se cassa le cou une seconde fois, et, tout en clignant des yeux, il tenta d'évaluer la hauteur de l'arbre et le nombre de branches qui le séparaient de la cime.

Il esquissa un sourire narquois.

C'est qu'il avait beaucoup grandi, cet arbre !

Cependant, Jaquelin y était monté si souvent qu'il eut l'audace de croire qu'il pourrait y arriver, même avec un seul bras pour se hisser de branche en branche.

Oh ! Il n'irait pas jusqu'à tenter l'aventure, la témérité étant parfois mauvaise conseillère, il en savait quelque chose ! Cependant, il n'était pas timoré pour autant. Quiconque avait eu à affronter Irénée Lafrance tout au long de sa vie n'avait peur de rien d'autre.

Jaquelin analysa sérieusement le trajet menant du sol à la plus haute branche du chêne, puis il décida avec sagesse qu'il serait éminemment plus agréable de faire durer le plaisir. Il se contenterait donc d'imaginer que la chose pouvait être encore possible, malgré ses trente-sept ans bien sonnés et sa main morte, car c'était ainsi que Jaquelin appelait intérieurement sa main droite : la main morte, celle qui l'avait laissé tomber, celle qui avait gâché sa vie.

Les mâchoires de Jaquelin se contractèrent, et, lentement, pour éviter d'être emporté par une vague de colère, il ramena son regard devant lui, en s'obligeant à ne voir que la cour.

Autour de lui, plus rien ne rappelait l'incendie.

La maison avait repris sa place, solide, telle que son père l'avait construite, sur les mêmes fondations de pierres des champs, qu'on avait, toutefois, consolidées avec du mortier.

L'hiver s'était occupé de dépoussiérer les framboisiers couverts de suie, et, ce matin, les plants ondulaient joliment dans la brise, couverts de petites fleurs blanches, prometteuses de fruits rouges et sucrés.

Le potager, juste derrière lui, commençait à donner des signes de vie, puisque Cyrille s'était chargé de le biner et de le semer, sous les directives précises de Marie-Thérèse, déjà un peu trop ronde, au début du mois de juin, pour s'en charger elle-même. Les plants de fèves vertes et jaunes avaient même commencé à produire leurs cosses, avec un bon mois d'avance.

Quant à la corde à linge, elle était encore et toujours tendue au beau milieu du terrain. À l'endroit précis où Irénée lui-même l'avait jadis installée, à mi-chemin entre la maison et le chêne, pour que le linge puisse battre librement au vent, sous les chauds rayons du soleil.

À croire qu'il ne s'était rien passé du tout durant la nuit du 31 octobre 1922.

Pourtant…

C'était bien cette nuit-là que la vie de Jaquelin Lafrance avait commencé à prendre l'eau, comme un vieux bateau fatigué qui gîte à bâbord.

En partant pour les chantiers, quelques jours plus tard, il avait cru réussir à colmater la fuite pour ainsi redresser la barre de leur vie familiale. Il n'en fut rien du tout.

Jaquelin Lafrance allait-il finir, au bout du compte, par sombrer complètement, entraînant sa famille avec lui ?

Il l'ignorait encore, n'osait se poser la question avec trop d'insistance, craignant peut-être la réponse. Chose certaine, Jaquelin se sentait responsable de tout ce remue-ménage, même s'il savait fort bien qu'il n'était pas responsable de l'incendie, et que l'accident sur l'eau n'était rien d'autre qu'un banal accident sur l'eau. Le grand Joachim lui-même l'avait prévenu, au premier matin de la drave :

— Un jour ou l'autre, des hommes se retrouvent à la flotte, mon Jaquelin. Sois prudent, mais dis-toi, en même temps, que c'est pas juste une question de prudence, c'est aussi une question de chance.

De toute évidence, Jaquelin Lafrance n'avait pas été chanceux.

Il n'en restait pas moins que c'était pour cette raison, que c'était à cause de ce lourd sentiment de culpabilité, qu'il refusait obstinément d'en parler, même avec Marie-Thérèse, surtout avec elle. Ne lui avait-il pas promis soutien et protection, au matin du mariage, ce dont, manifestement, il n'était plus capable de s'acquitter ?

Était-ce à cause de cela, de cette sensation de défaite et celle, plus lourde encore, d'abandon devant ses responsabilités, que Jaquelin se montrait si lointain avec les siens et que les rapports entre eux ne tenaient plus qu'aux banalités du quotidien ? Comme s'il était gêné devant sa femme et ses enfants…

Jaquelin s'ébroua.

La ronde infernale des pensées accusatrices était repartie de plus belle et Jaquelin se mit à respirer bruyamment, tout en secouant la tête pour abrutir toutes ces mauvaises idées qui s'empilaient dans son esprit. Il jonglait même avec l'hypothèse de retourner à l'abri des regards dans le refuge de sa chambre quand, du coin de l'œil, il aperçut Agnès qui sortait de la maison, précédée d'un lourd panier rempli de vêtements mouillés.

Aucune idée sombre ne put résister à ce retour brutal dans l'univers des souvenirs. Le processus fut d'un naturel tout à fait désarmant et Jaquelin s'y laissa prendre.

La ressemblance était trop saisissante pour ne pas y être sensible.

Même bras frêles, même chevelure mordorée flottant dans son dos, même geste des épaules projetées vers l'arrière pour faire contrepoids au panier beaucoup trop lourd pour ses bras de onze ans, Agnès marchait à pas chancelants vers la corde à linge, comme jadis Lauréanne l'avait fait.

L'espace d'un instant, Jaquelin eut de nouveau six ou sept ans, et, devant lui, ce n'était plus sa fille Agnès qui se dirigeait vers la corde à linge, mais bien sa sœur Lauréanne, chaque fois qu'arrivait la lessive du lundi.

Jaquelin en retenait son souffle.

Le goût des pommes juteuses lui remonta à la bouche et la sensation d'un gland bien lisse contre la paume de sa main lui fit frotter deux doigts ensemble. Ce qu'il avait pu être bête en jouant à la mouche du coche, alors qu'il s'amusait à taquiner Lauréanne avec tous ces petits glands qu'il lui lançait malicieusement, quand venait l'automne !

Jaquelin n'avait que six ans. Il ne pensait qu'à s'amuser, qui aurait pu lui en faire le reproche ? De toute façon, jamais il n'aurait pu aider sa sœur qui était de corvée chaque semaine. Il était beaucoup trop petit et trop frêle pour cela.

Mais Jaquelin, le père, lui, ne pouvait-il pas aller au-devant de sa fille ?

Et d'abord, qu'est-ce qu'Agnès faisait là, à s'arracher le dos en trimbalant ce panier trop lourd pour elle ? se demanda Jaquelin en fronçant les sourcils.

Les nuages sombres de ses précédentes pensées étaient déjà très loin.

Temps présent et souvenirs se rejoignirent si bien en lui que Jaquelin ne se posa aucune autre question. Il était déjà debout.

— Eh, Agnès, attends-moi ! Je viens t'aider, ma fille.

Agnès leva les yeux, aperçut son père qui venait vers elle, et aussitôt, un grand sourire soulagé éclaira son visage. Sans plus de façon, elle laissa tomber le panier à ses pieds.

Ils travaillèrent à trois mains, le père et la fille, en silence, et, quand le linge fut bien accroché, quand soleil et vent combinés purent commencer à faire leur besogne, Jaquelin demanda :

— Veux-tu ben me dire, Agnès, où c'est que Cyrille est encore passé ? Me semble que c'est les vacances pour tout le monde, non ? Ton frère devrait pas être loin. Il aurait pu venir t'aider ! Pis comment ça se fait que c'est toi qui étends le linge, ce matin ?

— Parce que maman est occupée à autre chose...

La réponse avait fusé avec aplomb.

— Elle fait du fromage, je crois ! Ça sent le petit caillé partout dans la maison. Quand j'ai vu le panier à côté de la porte, je me suis dit que ça lui ferait une belle surprise si le linge était tout étendu quand elle aurait fini de presser pis d'emballer son fromage dans le papier ciré. C'est maman qui me l'a dit, l'autre jour : le bébé commence à prendre beaucoup de place pis elle trouve ça fatigant... Pis pour Cyrille, c'est pas compliqué, papa : il peut pas m'aider, vu qu'il est parti depuis hier chez oncle Anselme. J'avais pas le choix de me débrouiller toute seule si je voulais faire une surprise à maman.

— C'est vrai ! Ton frère est parti pour la semaine.

Jaquelin parlait sur un ton résigné, contrit, pensif, regardant machinalement vers l'ouest, comme si, au-delà du toit du moulin à scie qu'on apercevait depuis la cour, et au-delà de la petite colline juste derrière, il aurait pu voir son fils travaillant aux champs. Ce matin, Cyrille s'activait chez le frère de sa femme et Jaquelin l'avait oublié.

À travers tout le reste, le bras en moins, l'humeur capricieuse et l'énergie défaillante, depuis l'accident, il arrivait aussi à Jaquelin Lafrance d'oublier des tas de choses.

— Tu vois, Agnès, murmura-t-il dans un soupir, tant pour sa fille que pour lui-même, j'avais oublié que ton frère passe une partie de l'été chez ton oncle Anselme... Ça m'arrive souvent d'oublier les choses...

— Je le sais...

Agnès haussa les épaules avec nonchalance.

— C'est pas tellement grave, papa, vu qu'on est là, nous autres, pour vous rappeler les choses que vous avez oubliées.

L'analyse était pertinente et sécurisante. Bien sûr, Agnès avait raison : ils étaient là, tous, pour l'aider.

À ces mots, Jaquelin secoua la tête, esquissa un sourire tellement discret qu'il fut presque invisible, puis il revint à sa fille.

— C'est gentil de me dire ça, Agnès. C'est vrai que vous êtes là, faudrait pas que je l'oublie... Tu vas voir, ma fille : l'oubli pis la fatigue perpétuelle, ça devrait me passer avec le temps. C'est ça que les docteurs disent. Ça prend beaucoup de temps, par exemple. C'est ça, je crois, qui m'impatiente le plus... Pis pour ton frère, c'est juste une bonne affaire qu'il soit en train de travailler. À son âge, faut s'occuper les mains pis l'esprit, pis ici, à part aider ta mère, Cyrille aurait un peu perdu son temps. C'est ben fin de la part de ton oncle d'avoir pensé à lui comme ça.

Quand la tante Félicité avait souligné que la famille trouverait moyen de les aider, elle n'avait pas eu tort. Ainsi, devant la léthargie de son beau-frère, sans rien lui reprocher, cependant, Anselme, un des frères de Marie-Thérèse, avait proposé à Cyrille de venir lui prêter main-forte pour faire les foins.

— Et j'vas te payer, mon garçon, c'est certain ! avait dit l'oncle Anselme, celui que les enfants reconnaissaient comme étant l'oncle qui faisait toujours des blagues. Une piasse par semaine si tu travailles dans le sens du monde, pis un coup de bâton si t'as pas d'allure !

Sur ce, Anselme avait lâché un grand rire tonitruant pour montrer qu'encore une fois, il s'amusait aux dépens de son interlocuteur.

— Mais si j'suis content de toi, par exemple, avait-il enchaîné plus sérieusement, je devrais être bon pour t'occuper de même jusqu'à la fin de l'été. Après les foins, c'est le tabac qui commence. Une terre à tabac, c'est du travail, mais t'es presque un homme, astheure. Tu devrais pouvoir me donner un bon coup de main. Si t'es d'accord, t'arriverais le dimanche avant le souper, pour qu'on prépare la semaine ensemble durant la soirée, et tu repartirais le samedi midi, pour venir voir ta famille, comme de raison, pis pour faire ton lavage. Ta tante Géraldine a pas à voir à tes affaires, elle en fait assez pour nous autres. Par contre, elle a déjà monté un lit pour toi dans le grenier. Que c'est que t'en dis, le jeune ?

Passer par le fils pour rejoindre le père, c'était ce qu'Anselme avait trouvé de mieux pour aider la famille de sa sœur.

Comme escompté, Cyrille avait accepté la proposition avec enthousiasme et Anselme était reparti chez lui le cœur léger. Quant à Cyrille, il était retourné à l'intérieur de la maison, tout excité.

— Maman, maman... Où tu es ? J'ai une bonne nouvelle à vous annoncer !

En effet, à toutes sortes de mimiques, soupirs ou remarques lâchées par inadvertance, le jeune garçon avait déduit depuis un petit moment déjà que sa mère s'inquiétait d'un éventuel manque à gagner. C'était visible au point où les trois plus vieux en avaient souvent parlé entre eux, assis autour de la petite table sous la fenêtre, au bout du corridor de l'étage des chambres.

— Pourquoi papa reste toujours assis à rien faire ? soupirait régulièrement Benjamin, qui, du haut de ses neuf ans, maintenant, avait bien de la difficulté à cerner la situation. On dirait, depuis qu'il a perdu sa main droite, qu'il est pus capable de rien faire pantoute... Ça se peut-il, ça, Cyrille ?

— On dirait ben... Mais mets-toi à sa place, Benjamin ! En perdant sa main, papa a perdu aussi son métier... Pis je dirais, à le voir aller, que c'est pire de perdre un métier que de perdre une main.

— Ah ouais ? Tu penses vraiment ça, Cyrille ?

Tout en parlant, Benjamin avait tendu les deux bras devant lui et il examinait attentivement ses mains, qu'il bougeait dans tous les sens en faisant gigoter ses doigts.

— Pas sûr, moi, que j'aimerais ça, perdre une main, avait-il observé à voix haute, en ramenant ses deux mains bien à plat sur la table. Sont pas mal utiles toutes les deux.

— T'es drôle, toi ! C'est certain, ça, qu'on a besoin de nos deux mains, sinon le Bon Dieu nous aurait pas fait de même, avait alors rétorqué Cyrille. Mais je pense pareil que perdre une main, c'est pas si terrible, vu que t'en as une autre pour la remplacer. Faut juste apprendre à s'en servir comme deux pour régler le problème. Mais un métier, par exemple, t'en as pas deux, pis quand tu le perds, faut que t'essayes d'en trouver un autre, t'as pas vraiment le choix. Tout le monde a besoin d'un métier, dans la vie. Mais on dirait qu'en trouver un deuxième, c'est dur à faire. On a juste à regarder notre père pour le comprendre.

— Ouais... C'est vrai qu'il fait pas grand-chose, papa, depuis qu'il est revenu des chantiers. Que c'est qu'on va devenir, d'abord, si jamais papa trouvait pas un autre métier ? Parce que moi non plus, j'ai pas ça, un métier, pour aider les parents.

— C'est sûr qu'on a pas de métier, Benjamin, on est trop jeunes. Mais va falloir trouver quelque chose quand même pour pouvoir les aider. Je sais pas trop quoi, ni comment ni où, mais va falloir trouver. En attendant, je pense qu'on pourrait prier. Ça pourrait pas nuire, en tout cas. Pis peut-être, si on le demande ben fort, que les lumières du Saint-Esprit vont finir par éclairer notre père pis l'aider à se trouver un autre métier.

La proposition de l'oncle Anselme était arrivée au lendemain de cette dernière discussion, et Cyrille l'avait vue comme une réponse à ses prières.

Contre toute attente, Cyrille venait de se dénicher un emploi. Il serait fermier, le temps d'un été, et de ce fait, il serait l'homme de la situation, en attendant que les choses finissent par s'arranger.

Ce fut donc légèrement imbu de lui-même que Cyrille, sac au dos, avait quitté la maison familiale, la veille en fin d'après-midi.

— Quand je serai pas là, essaye donc de me remplacer auprès de maman, avait-il glissé à l'oreille d'Agnès au moment de son départ. Tu vois ben que notre mère est épuisée !

La pauvre Agnès avait acquiescé d'un signe de tête un peu vague. Bien sûr qu'elle voyait que leur mère était fatiguée. Quand cette dernière grognait et tempêtait pour un oui ou pour un non, c'était qu'elle était vraiment à bout de nerfs. Mais on le serait à moins, avec tout ce qu'il y avait à faire dans la maison, surtout avec les petits dans les jambes, parce qu'ils couraient partout depuis qu'ils s'étaient retrouvés. Il y avait aussi ce gros ventre qui rendait leur mère plus lente et moins agile. Visiblement, cet état de choses l'impatientait. Toutefois, la pauvre Agnès ne voyait pas vraiment ce qu'elle pourrait faire de plus pour la soulager. La gamine s'était donc torturé les méninges jusqu'au moment où elle avait aperçu le panier d'osier près de la porte de la cuisine.

S'occuper de la lessive commencée par sa mère, ça devait bien être quelque chose qui s'approchait d'un métier, non ?

Sans hésiter, Agnès avait donc empoigné les deux anses du panier pour l'apporter dans la cour. Tirant et poussant la lourde manne, la soulevant par moments et la traînant à d'autres, la gamine était arrivée jusqu'au bord de l'escalier menant au parterre.

Cyrille serait assurément heureux d'apprendre que sa jeune sœur avait trouvé quelque chose pour aider leur mère. Agnès avait très hâte de tout lui raconter. L'entreprise avait été toutefois nettement plus difficile qu'elle ne l'avait cru de prime abord, mais elle avait serré les dents. Elle avait même réussi à descendre le panier toute seule avant que son père ne vienne l'aider, et, à présent, elle admirait le résultat de ses efforts, les poings sur les hanches et le menton bien haut.

Les serviettes ondulaient mollement dans la brise, et le blanc des chemises, que sa mère passait religieusement au bleu à laver avant le dernier rinçage, était si intense sous le soleil qu'il faisait cligner des yeux.

Agnès était très fière d'elle-même.

D'accord, son père l'avait aidée, mais c'était elle qui en avait eu l'idée. Et tant pis s'il n'y avait pas de salaire en échange de son travail. Les quelques instants de repos que pourrait prendre sa mère valaient bien les quelques sous qu'elle n'avait pas gagnés.

— Merci, papa, eut-elle cependant la décence de dire, tout en tournant la tête vers Jaquelin. Maintenant, vous pouvez retourner vous asseoir. J'aurai pus besoin de vous. Quand le linge est sec, il est moins lourd, je devrais être capable de me débrouiller toute seule.

Le ton avait un petit quelque chose de suffisant qui arracha un sourire à Jaquelin. Il détourna la tête pour le camoufler.

— D'accord, ma fille.

Une lueur amusée brillait dans la prunelle de Jaquelin, qui était, pour une première fois depuis fort longtemps, totalement concentré sur l'instant présent, sans envie de voir plus loin et sans besoin de regarder derrière. L'instant présent était d'une douceur à lui rafraîchir l'âme et Jaquelin Lafrance voulait en abuser comme il abusait de ses rêves, parfois.

Était-ce de découvrir une jeune personne pleine de ressources qui le rendait si réceptif à Agnès, alors qu'il avait entretenu durant tout un hiver le souvenir d'une enfant paniquée, criant après sa poupée dans la maison en flammes ?

Ou était-ce plutôt cette journée remplie de souvenirs et de surprises qui le détendait à ce point ?

Difficile à dire.

Quoi qu'il en soit, Jaquelin se sentait merveilleusement léger, et ce fut pour cette unique raison qu'il ajouta, sur un ton pince-sans-rire :

— C'est une journée parfaite pour rester assis à rien faire, t'as raison, ma fille. Juste surveiller le linge qui sèche sur la corde, c'est ben suffisant pour occuper son homme.

Cela faisait une éternité qu'Agnès n'avait pas entendu une telle phrase dans la bouche de son père. Une de ces phrases qu'il lançait du temps d'avant l'incendie, avec ce petit air moqueur qu'il se réservait pour de très rares occasions.

En effet, au fil des ans, cela n'était pas arrivé très souvent que Jaquelin affichât une humeur taquine. Toutefois, c'était peut-être cette rareté qui donnait tant de poids et d'importance au souvenir.

À son tour, Agnès revisita alors quelques anecdotes quasi oubliées et, lentement, elle retrouva quelques-uns de ces moments de grâce, en famille, quand, sur un ton à la fois narquois et détaché, Jaquelin Lafrance décochait une phrase ambiguë qui la laissait interdite, parce que les mots étaient parfois difficiles à comprendre et qu'ils suscitaient de curieux regards entre ses parents, comme s'ils s'amusaient ensemble aux dépens de leurs enfants.

Alors, en ce moment, son père se moquait-il d'elle ou était-il sérieux ?

Quand, de temps en temps, cela se produisait, et que Jaquelin lançait ses phrases moqueuses, Agnès avait toujours eu beaucoup de difficulté à saisir si son père disait vrai ou s'il se moquait d'elle. Mal à l'aise, elle rougissait, détournait les yeux, et, souvent, elle quittait la pièce, sans jamais avoir su si son père se voulait drôle ou s'il riait vraiment d'elle ou des autres enfants de la famille.

Puis il y avait eu l'incendie, et plus jamais, depuis, elle n'avait vu son père sourire avant ce matin-là.

L'incendie…

C'était à cause de l'incendie, aussi, si toute leur vie avait basculé dans l'inconnu en quelques heures à peine.

Agnès y avait laissé sa poupée Rosette. Elle avait vu disparaître sa maison, emportant dans sa fumée une grande part de son enfance.

Par la suite, Agnès avait connu la promiscuité chez la tante Félicité, alors qu'elle s'était sentie coincée entre ses trois frères. Elle avait détesté tous ces mois à dormir sur des paillasses tout contre eux.

Mais par-dessus tout, il y avait eu son père qui était parti au loin, tellement loin qu'Agnès n'avait pas trouvé le nom du chantier sur la mappemonde, accrochée au mur de la classe.

Même le nom de la rivière n'y était pas indiqué.

La Windigo…

Alors, Agnès en avait voulu à son père de les avoir abandonnés pour s'en aller vivre dans un endroit qui n'existait pas vraiment.

L'hiver avait paru si long qu'Agnès en avait oublié le temps d'avant, la famille d'avant, les rires d'avant…

Puis un jour, sa mère avait dit que l'attente tirait à sa fin, puisque l'hiver se transformait en printemps.

— La saison des chantiers s'achève, les enfants ! Écoutez ! On l'entend dans le chant des oiseaux. Ça veut dire qu'un beau matin, on va voir votre père nous arriver, là-bas, au bout de la rue principale, pis ce jour-là, notre vie va reprendre comme celle d'avant.

Alors Agnès avait recommencé à croire que l'impossible serait enfin possible. Leur père reviendrait, ils retourneraient vivre tous ensemble dans une maison toute neuve, et la vie reprendrait enfin comme avant, avec, en plus, vers le milieu de l'été, l'arrivée d'un bébé tout neuf qu'elle pourrait aimer comme elle avait jadis aimé sa poupée. Maman le lui avait promis.

— À ton âge, Agnès, tu vas pouvoir m'aider avec le bébé. Tu vas voir que c'est mieux qu'une poupée !

— Et on fait quoi, maman, pour s'occuper d'un bébé ?

— T'inquiète pas, ma grande, j'vas tout te montrer.

Depuis, Agnès surveillait le tour de taille de sa mère, espérant la venue de ce petit enfant comme on rêve d'une grande fête.

Contre toute attente, leur mère avait dit vrai et leur père était revenu, à quelques semaines de là, en avril.

Néanmoins, la promesse de sa mère s'était arrêtée à cela, car plus rien de la vie d'avant n'avait repris sa place.

Si la maison neuve était fort jolie, et confortable, et qu'ils y habitaient comme promis, leur père, lui, ne semblait pas vraiment vouloir y vivre. C'était ce qu'Agnès avait constaté, depuis le printemps, quand elle réfléchissait à sa famille et qu'elle écoutait attentivement ses frères en discuter entre eux. La vie d'aujourd'hui, chez les Lafrance, n'avait rien à voir du tout avec celle d'avant le feu.

Mais voilà que ce matin-là…

Agnès jeta un regard en coin vers son père. Quand elle vit que ce dernier l'observait en souriant vaguement, elle se sentit rougir.

— Allez, papa, allez vous asseoir, fit-elle une seconde fois, tout en pointant la chaise avec l'index. Vous allez vous fatiguer sans bon sens à rester deboutte, comme ça, au grand soleil.

— Oh moi !

Jaquelin semblait s'amuser, mais, en même temps, il semblait réfléchir profondément. C'est pourquoi il y eut un bon moment de silence avant qu'il ne précise :

— Tu sais, moi, des soleils pis des lunes, j'en ai vu passer des tas, pis j'suis encore deboutte, malgré tout. C'est toi qui devrais venir t'asseoir avec moi en dessous du grand chêne, parce que t'es encore jeune, ma fille, pis qu'à ton âge, on sait jamais ce que la vie nous réserve… Ouais, dans la vie, on sait jamais ce qui peut arriver. De bon comme de mauvais. Ça fait qu'il faut toujours être prêt à tout, pis ça, ben c'est en réfléchissant qu'on peut y arriver.

À ces derniers mots qui s'adressaient autant à sa fille qu'à lui-même, Jaquelin redevint songeur. Son visage se referma, son regard se perdit sur l'horizon, et il y eut un autre silence, qu'Agnès n'osa interrompre. Puis, brusquement, dans un sursaut de bonne humeur, Jaquelin hocha vigoureusement la tête et ses yeux se remirent à pétiller.

— Allez, viens, ma fille ! ordonna-t-il joyeusement. De toute façon, on sera pas trop de deux pour surveiller le lavage. Des fois que nos guenilles décideraient de s'en aller faire un tour chez le voisin ! As-tu déjà pensé à ça, toi ? On serait bien mal pris sans nos chemises.

Cette fois-ci, la blague était trop grosse pour ne pas la voir, et Agnès continua de rougir de plus belle.

Mais que se passait-il ce matin-là avec son père ?

Qui donc était cet homme tout joyeux qu'elle ne connaissait pas vraiment ? Était-ce bien le même Jaquelin Lafrance, capable d'une petite blague à l'occasion, soit, mais qui était surtout un père avare de paroles ? Sauf en de très rares occasions, son père avait été d'abord et avant tout un homme sévère, intransigeant, malgré le regard de bonté qu'il posait régulièrement sur ses enfants.

La bonne humeur de ce matin était peut-être le gage d'un retour à la normalité.

Étourdie par ce trop-plein de questions sans réponses, ébranlée par un débordement d'espoir entretenu depuis si longtemps, Agnès emboîta le pas à son père, sans plus réfléchir, et elle tenta de suivre le rythme imposé par les longues jambes de Jaquelin. Aidée par tout l'espoir qu'elle mettait dans le geste, Agnès arriva au grand chêne en même temps que son père et, dans l'instant, ils se retrouvèrent tous deux à l'ombre.

Jaquelin s'installa sur son transat tout neuf, et Agnès se laissa tomber à ses pieds, assise en tailleur dans les hautes herbes. Puis elle attendit que son père veuille bien reprendre la parole.

Malheureusement, il n'y eut que le bruit du vent dans les feuilles de l'arbre, comme si Jaquelin avait épuisé tous les mots à dire pour la journée.

Agnès attendit un moment, puis un autre. Il n'y avait toujours que la brise chatouillant les feuilles et quelques oiseaux qui s'apostrophaient. Déçue, la fillette pencha la tête et, arrachant un brin d'herbe, elle le porta machinalement à sa bouche, se disant qu'elle aurait mieux fait d'aller à la cuisine voir si sa mère n'avait pas besoin d'aide, quand soudain :

— De quoi est-ce qu'on pourrait jaser, Agnès ? J'aime ben le silence, tu dois le savoir, mais j'aime aussi être au fait de ce qui se passe dans la tête de mes enfants. Là, en ce moment, à quoi tu penses, ma fille ?

Agnès ouvrit tout grand les yeux.

— À quoi je pense, moi ?

— Oui, toi…

Jaquelin fit mine de chercher autour de lui.

— Ouais, ça doit être à toi que je parle… Je vois personne d'autre autour d'ici.

— Ben… Je sais pas trop à quoi je pense, pis je sais pas plus de quoi on pourrait parler, papa… J'ai pas l'habitude de ça, moi, parler pour parler… Peut-être des vacances qui viennent de commencer ?

— C'est vrai, elles viennent de commencer. Tu vois, une autre affaire que j'avais oubliée.

À ces mots, Agnès laissa échapper un long soupir et la question qui allait avec.

— Pourquoi vous oubliez beaucoup de choses depuis que vous êtes revenu, papa ?

— C'est un « pourquoi » difficile à comprendre, pis je sais pas trop quoi te répondre… C'est peut-être que ma mémoire est restée coincée au fond de la rivière, quand j'suis tombé.

Depuis l'accident, Jaquelin avait vraiment l'impression que c'était toute sa vie qui était restée dans l'eau glacée de la Saint-Maurice.

Toutefois, l'image de son père au fond d'une rivière était surprenante, un peu angoissante, et elle fit peur à Agnès, d'où cette question spontanée :

— Parce que vous êtes allé jusque dans le fond de la rivière, papa ? Vraiment dans le fond ? Vous avez dû avoir peur !

— Ben là…

Oui, Jaquelin avait eu peur. Durant l'instant où il avait senti qu'il perdait pied, oui, il avait eu très peur, mais Agnès n'avait pas besoin de le savoir. Surtout pas elle. Partant de là, tout ce que Jaquelin voulait, en ce moment, c'était de dédramatiser la situation, car une chose qu'il n'avait pas oubliée, qu'il n'oublierait jamais, c'étaient bien les cris de détresse et de panique que sa petite fille avait poussés lors de l'incendie.

Cette nuit-là, sa fille avait eu peur pour toute une vie.

Quand il était ressorti de la maison, tenant Agnès dans ses bras, tout contre lui, toussant et crachant la fumée qu'il avait respirée, Jaquelin s'était juré qu'il serait toujours là pour protéger sa fille. Alors, ce qu'il avait de mieux à faire, en ce moment, c'était de calmer l'angoisse qu'il entendait dans la voix d'Agnès et rien d'autre.

— Je peux pas te répondre comme ça, commença-t-il tout hésitant.

Puis, soudainement éclairé, il ajouta, avec une assurance certaine dans la voix :

— Non, je peux pas te répondre, Agnès, même si je le voulais, rapport que je m'en souviens pus.

La gamine fronça les sourcils et poussa un second soupir, long comme un jour sans pain.

— C'est ben embêtant, tout ça !

— Comme tu dis, Agnès : c'est ben embêtant tout ça. Le plus embêtant, par contre, c'est peut-être ma main qui est restée gelée. Plus encore que ma mémoire, je dirais.

— C'est vrai que ça doit être malcommode, avoir juste une main qui veut bouger normalement…

— Tu penses ça, toi ?

— C'est sûr. On a pas deux mains pour rien. Ça, c'est Cyrille qui l'a dit, l'autre jour. Et j'suis d'accord avec lui. Mais il dit aussi qu'on peut toujours apprendre à faire les choses avec une seule main.

— Ben, regarde-moi donc ça… Cyrille t'a déjà dit ça, lui ?

— Ouais… C'est vrai, papa, qu'on peut apprendre à se débrouiller avec juste une main ?

— Certaines choses peuvent se faire avec une seule main, c'est vrai. Regarde-moi ! J'ai quand même appris à manger avec une seule main. Mais il y a d'autres choses, par exemple, qui ont besoin des deux mains, pis ça, vois-tu, j'en suis certain.

— Ouais, peut-être… Pis dans les choses qu'on peut pas faire avec juste une main, il y a le métier de cordonnier, hein, papa ?

La lucidité de sa fille troubla Jaquelin.

— T'as tout compris, Agnès, admit-il cependant, oubliant presque qu'il s'adressait à une enfant de onze ans. On peut pas être cordonnier sans avoir l'usage de ses deux mains. Une pour tenir la bottine pis l'autre pour la réparer. Ou encore, une pour tenir l'aiguille pis l'autre pour enfiler le fil…

— Je comprends… Ouais, astheure, je comprends que c'est pour ça que la cordonnerie reste fermée, depuis qu'on est dans la nouvelle maison.

— C'est pour ça.

— Ben, c'est dommage, papa, parce que le village aurait ben besoin de quelqu'un pour réparer les vieilles bottines. Ça fait loin d'aller jusqu'à Saint-Ambroise, juste pour faire remplacer une semelle. Pis ça prend quelqu'un, aussi, qui sait faire les souliers neufs.

— Là, je t'arrête, Agnès, parce que les souliers neufs, on peut les acheter déjà tout faits. Pas besoin d'un cordonnier pour ça. Mais pour réparer les vieux chaussons, les godasses, les bottines, pis les mocassins, pour faire des trous dans les ceintures, pis rafistoler les sacoches des femmes, là, t'as raison, il faut un cordonnier !

— Pour les souliers neufs, c'est vrai ce que vous venez de dire, papa, rétorqua Agnès du tac au tac, entièrement prise par la discussion, mais c'est pas au magasin général qu'on peut trouver des beaux souliers. Pas aussi beaux que ceux que vous faites, en tout cas. Ce que M. Ferron garde dans son magasin, c'est juste des grosses bottines pesantes, noires ou brunes. Avec des lacets qui sont pas de la même couleur, des fois. Je les aime pas, les souliers du magasin général. Même dans le gros catalogue de M. Touche-à-Tout, j'ai jamais vu des souliers aussi beaux que ceux que vous m'avez déjà faits. Vous vous rappelez, papa, mes beaux souliers ? Ceux qui étaient blancs, en cuir tout doux, que je mettais juste l'été ? J'ai jamais vu d'autres souliers aussi beaux que ceux-là, avoua-t-elle finalement avec une pointe de déception dans la voix.

— C'est gentil de dire ça, Agnès, même si c'est un peu inutile.

— Je le sais ben que c'est inutile, enchaîna Agnès, qui se méprenait sur le sens des paroles de son père. Faut pas que je regrette les souliers que j'ai perdus dans le feu, vu qu'ils m'iraient même pus parce que j'ai grandi. C'est maman qui me l'a dit, l'autre jour.

— Elle a raison, ta mère... Moi-même j'en reviens pas de voir comme t'as grandi, durant l'hiver... C'est certain que les souliers que t'as mis durant les deux étés passés t'iraient pus aujourd'hui. Malheureusement, je pourrai pas te faire de souliers neufs, ma pauvre Agnès.

— Je le sais, papa. Pis je sais aussi que c'est pas de votre faute... Mais ça me rend quand même un peu triste... Pis vous, papa, c'est de pas pouvoir faire des souliers neufs qui vous rend aussi triste depuis que vous êtes revenu à la maison ?

— T'as raison, Agnès, c'est un peu ça qui me rend triste, comme tu dis. Triste et en colère parce que j'avais un bon métier, que je l'aimais ben, pis qu'astheure, je peux pus le faire.

À expliquer leur nouvelle réalité à sa fille, Jaquelin avait l'impression d'en faire le tour pour lui aussi, mais, pour une fois, sans aucune agressivité. La présence d'Agnès imposait cette retenue.

— Ouais... Je comprends, poursuivit alors la jeune fille, le regard sérieux. C'est comme pour Rosette, qui a fondu dans le feu, pis mes souliers en peau d'agneau : je les aimais beaucoup, pis le feu me les a enlevés. Vous, c'est un métier que vous aimiez beaucoup, pis c'est la rivière qui vous l'a enlevé.

— On pourrait dire ça comme ça, oui. T'es lucide, ma fille.

— Ben c'est triste, tout ça... Par contre, moi, j'vas avoir un petit frère ou une petite sœur bientôt, et maman a dit que c'est moi qui vas m'en occuper souvent. Comme ça, je m'ennuierai de ma poupée, et j'vas moins penser à mes souliers. Vous, papa, vous êtes pas capable de trouver un autre métier pour être un peu moins triste à cause de la cordonnerie qui reste toujours fermée ?

— Qu'est-ce que t'en penses ?

— Ben là, c'est difficile à dire… Si vous, vous le savez pas, comment moi, je pourrais le savoir ? Je connais pas ça, les métiers pour les pères, moi. Pis je sais pas trop ce qui saurait vous faire plaisir.

— Moi, je le sais !

Jaquelin et Agnès sursautèrent et levèrent les yeux vers la corde à linge, avec un synchronisme parfait.

De loin, par la fenêtre de la cuisine et tout en pressant son fromage, Marie-Thérèse avait assisté à ce moment de complicité entre Jaquelin et leur fille. Il avait suffi d'un sourire fugace aperçu sur le visage de son mari, pour que tout l'espoir du monde rejaillisse dans son cœur.

Enfin ! Jaquelin, son Jaquelin, semblait de retour.

Retenant son souffle, elle avait eu les larmes aux yeux quand elle avait vu son homme tendre le bras pour aider à porter le panier, puis pour aider à étendre les draps, et enfin pour aider à épingler les chemises.

Il en faisait des choses avec un seul bras, son Jaquelin !

Alors Marie-Thérèse, rassurée, s'était dit que l'idée qu'elle avait eue n'était peut-être pas si folle qu'elle en avait l'air.

Dès que tout le fromage avait été pressé, emballé, et placé dans la glacière, elle était sortie de la maison, aussi vite et discrètement que le permettait son gros ventre.

Trop occupés à bavarder, ni Jaquelin ni Agnès ne l'avaient vue approcher.

Intimidée comme souvent elle l'était quand elle voulait parler à son homme, Marie-Thérèse s'était arrêtée, et, cachée derrière un drap, elle avait assisté à une partie de la conversation entre son mari et sa fille.

Ils en avaient des choses à se dire, ces deux-là, et c'était tant mieux.

Les larmes aux yeux et le cœur tout fou, Marie-Thérèse en avait conclu que le moment d'intervenir était peut-être enfin venu. Cela faisait des jours et des jours qu'elle l'espérait. Lorsqu'elle avait entendu la question que Jaquelin avait adressée à Agnès, elle n'avait pu se retenir plus longtemps.

— Moi, je le sais, ce qui ferait plaisir à ton père, Agnès, répéta-t-elle, tout en écartant le drap. Mais avant de t'en parler à toi, faudrait peut-être que j'en parle avec lui.

Deux regards curieux et surpris se posèrent simultanément sur elle.

— T'étais là, toi ?

— T'étais là, maman ?

La jeune femme esquissa un sourire, incapable de se laisser aller à un véritable rire, sachant que la vie de sa famille allait probablement se jouer dans les quelques instants à venir.

Il suffisait que Jaquelin dise non pour que tout soit à refaire et Marie-Thérèse ne savait pas si elle aurait le courage de reprendre la réflexion à zéro.

Elle prit donc une longue inspiration, priant le Ciel de lui venir en aide, et ce fut le cœur battant la chamade qu'elle se lança en acquiesçant :

— Oui, j'étais là ! Je vous ai vus, tous les deux, depuis la fenêtre de ma cuisine, pis ça m'a donné envie de venir vous rejoindre. Il fait si beau aujourd'hui ! Mais vous aviez l'air de si bien vous entendre, vous deux, que j'ai pas eu le cœur de vous déranger... Jusqu'à maintenant. Astheure que c'est fait, j'aimerais, Agnès, que tu retournes dans la maison pour surveiller les petits. Ils sont dans la cuisine en train de grignoter les restants de fromage qui flottent dans le petit-lait. Donne-moi un moment avec ton père, pis j'vas aller vous rejoindre. Ça devrait pas être trop long.

Habituée à obéir sans poser de questions, Agnès était déjà debout.

— C'est bon, maman ! J'vas m'occuper des petits.

— T'es ben serviable, ma grande, je l'apprécie. Pis en passant, merci beaucoup pour le linge. C'est pas mal fin d'avoir pensé à étendre tout ça ! Ça va ménager mon dos.

Comme les compliments ne pleuvaient pas chez les Lafrance, Agnès ne sut que répondre. Rougissante, elle tourna les talons, et se mit à courir vers la maison. Ce ne fut qu'une fois arrivée devant la porte qu'elle hésita une fraction de seconde avant de lancer par-dessus son épaule :

— Pis occupez-vous pas du linge sur la corde, maman. M'en vas le rentrer t'à l'heure, quand il sera sec.

Sur cette promesse, la porte s'ouvrit, en grinçant, puis se referma, en claquant, et la brise reprit possession de la cour et du chêne.

Jaquelin et Marie-Thérèse restèrent silencieux durant un court moment, chacun perdu dans ses pensées, puis Marie-Thérèse déclara, sur le ton de celle qui ne sait trop si ce qu'elle fait est la bonne chose à faire :

— J'aimerais te parler, Jaquelin. Ça fait un moment que j'y pense sans trop savoir comment le dire… Mais avant, faudrait que tu me promettes une chose.

— Comment veux-tu que je promette de quoi que je connais même pas ?

— À ça, je peux juste te répondre que tu pourrais me faire confiance.

— Ouais, c'est sûr. Je l'ai toujours fait, pis j'ai jamais été déçu.

— Bon, tu vois ben ! Astheure, promets-moi que tu vas dire oui, pis que tu vas me suivre sans rouspéter, sans te mettre en colère.

À ces mots, Jaquelin se sentit blêmir.

— Je pense que je te vois venir, toi là.

— Ça se peut, oui. Pis après ? Que c'est que ça change au fait qu'il va bien falloir, un jour ou l'autre, que tu te décides à briser la glace, et que tu viennes voir la cordonnerie ?

Parlant ainsi, Marie-Thérèse entendait son cœur battre jusque dans sa tête, quand soudain, la voix de Jaquelin la rejoignit alors qu'il admettait dans un souffle :

— Je le sais, Marie. Je sais qu'il va falloir que je me décide… Il y a des jours où je pense juste à ça, tu sais. Mais que veux-tu que je te dise ? Ça me fait peur, Marie. Tu peux pas savoir à quel point ça me fait peur, tout ça… Peur de regretter le passé, je crois. Peur d'être tellement en colère après tout ce qui nous arrive que j'vas avoir envie de cogner dans les murs, comme mon père, pis ça, je le veux pas… En même temps, elle est bonne, ton idée. C'est toi qui as raison, Marie, je le sais… T'as raison quand tu dis qu'il va falloir que je me décide…

Jaquelin regarda autour de lui. La brise soulevait les draps et faisait chanter les feuilles du chêne. L'ancien cordonnier esquissa un sourire, puis le ravala aussitôt, quand il se demanda s'il y avait en lui suffisamment de courage pour aller jusqu'au bout.

Marcher sur des billots qui flottent, c'est une chose qu'un homme peut faire sans avoir peur ; regarder sa vie bien en face, c'est une tout autre chose.

— Aujourd'hui, il fait beau, commenta-t-il d'une voix sobre. C'est une journée pour être heureux pis tout a commencé dans ce sens-là avec Agnès. Ça faisait longtemps que je m'étais pas senti aussi bien. C'est probablement pour ça que j'arrive à parler, ce matin… Je me sens comme les jours où je m'installais à la table du dortoir pis que je t'écrivais. Les mots venaient tout seuls pis ce matin, c'est un peu pareil… Ce matin, ça doit être le Bon Dieu qui nous a envoyé une aussi belle journée pour nous dire que malgré tout, Il nous aime bien. C'est Lui qui t'a envoyée, toi, avec ton idée de cordonnerie… Pourquoi pas ? De toute façon, aujourd'hui, demain ou la semaine prochaine, ça va être le même calvaire pour moi. Autant que ça soit aujourd'hui… M'en vas te suivre, Marie. Avec toi, ça devrait être moins pire.

Tout en parlant, Jaquelin s'était relevé.

Malgré la main qui n'obéissait plus, il n'avait rien perdu de sa prestance et Marie-Thérèse le trouva beau, aussi beau qu'au premier jour de leurs fréquentations.

Se plaçant à côté de lui, la jeune femme tendit sa main droite pour que son mari puisse la saisir avec sa gauche, et, ensemble, d'un même pas, ils se dirigèrent vers la porte de côté, celle construite expressément pour les clients parce qu'elle donnait directement dans la cordonnerie.

Quand Marie-Thérèse ouvrit la porte, elle sentit Jaquelin se raidir contre son épaule.

Allait-il changer d'avis ?

Inquiète, intimidée encore plus que tout à l'heure, Marie-Thérèse leva la tête vers son mari. Quand elle vit une eau tremblante au bord de ses paupières, elle sut qu'elle avait pris la bonne décision et qu'il ne se sauverait pas.

— C'est beau, Marie, fit enfin Jaquelin d'une voix enrouée, tout en avançant d'un pas dans la pièce.

— C'est pour toi, mon homme, si j'ai fait ça aussi beau.

Jaquelin n'écoutait plus. Du regard, il fit le tour de la pièce ensoleillée, avança lentement, comme on entre dans une église. Il se rendit à l'établi et, du plat de la main, il en toucha le bois bien sablé. Il reconnaissait là la touche de son beau-frère Ovila. Puis Jaquelin tendit la main pour caresser le bois verni des outils, installés au mur, et il remarqua, dans un coin, la chaise pour les clients.

Les larmes, maintenant, coulaient sans retenue.

— J'ai jamais rien vu d'aussi beau, Marie. La cordonnerie que t'as faite est belle au point de vouloir vivre dedans ! Même les murs ont la couleur du soleil. Ouais... Pis dire qu'une belle cordonnerie de même aurait pu être à moi.

— Mais elle est à toi, Jaquelin. À qui d'autre ?

— Ben voyons donc, Marie ! Comment veux-tu que ?...

Avec une douceur infinie, Marie-Thérèse posa la main sur les lèvres de son mari pour l'obliger à se taire.

— Chut... Laisse-moi finir, Jaquelin. Astheure que t'as vu l'endroit et que tu l'aimes, laisse-moi t'expliquer comment je vois ça. Après, quand j'aurai fini de parler, tu me diras ce que t'en penses.

Alors Marie-Thérèse parla. Elle, si timide de nature, se fit violence. Elle s'accrocha au souvenir qu'elle gardait de la dernière nuit passée dans les bras de son mari et de toutes ces lettres échangées au cours de l'hiver, où les mots écrits avaient si facilement, lui semblait-il, remplacé ceux que les époux n'osaient jamais se déclarer. Elle puisa à même l'amour puissant qu'elle ressentait pour cet homme le courage d'expliquer ce qu'elle avait mis tant de temps et de soins à concevoir.

— À deux, mon homme, on devrait y arriver, commença-t-elle, mal à l'aise. Pourquoi pas ? J'avais l'idée depuis un moment, mais je me disais que c'était trop fou. C'est quand je t'ai vu étendre le drap avec Agnès que je me suis dit que ça serait peut-être possible, que c'était peut-être pas si fou que ça, mon idée. À nous deux, on va y arriver, je le sais.

— Pourquoi t'en as pas parlé avant, Marie ?

— Est-ce que j'aurais pu en parler avant ? Je pense pas, moi, parce que toi, t'étais pas prêt à ça. Tu voulais pas parler d'avenir, mon pauvre Jaquelin, pis quand tu parlais du passé, c'était dans ce qu'il nous avait laissé de plus difficile, de plus laid, pis là, c'est moi qui voulais pas vraiment en parler. Rappelle-toi ! Tu voulais même pas venir voir la cordonnerie. Pas pantoute ! T'as même pas visité toute la maison. Pendant des semaines, tu t'es promené de notre chambre à la cuisine, pis de la cuisine à notre chambre en ruminant des vieilles affaires.

— Ouais, c'est vrai... J'étais comme pas là.

— T'étais pas là, c'est le bon mot... Pis moi, ben, j'avais peur que tu nous reviennes jamais. Il a fallu une journée belle comme un rêve, je pense ben, pis l'impression d'avoir vu un sourire traverser ton visage pour que je me décide à faire le premier pas. J'avais le sentiment que t'étais mieux, aujourd'hui, sinon, t'aurais jamais pris tout ce temps-là pour Agnès. Je me suis dit que si j'en profitais pas, je risquais de jamais rien dire.

— Je vois ce que t'essayes d'expliquer... T'as pas eu tort, Marie. C'est vrai que je me sens bien, ce matin. N'empêche que c'est particulier ce que tu me proposes là. J'suis pas sûr que ça peut marcher.

— Donne-moi une chance, Jaquelin. Donne-nous une chance. Si je me trompe, pis qu'on arrive pas à travailler ensemble, promis, je t'en parlerai pus jamais, pis on essayera de trouver d'autre chose. Mais faut quand même essayer. Des fois que ça marcherait.

— Ouais, des fois que ça marcherait...

Du bout du doigt, Jaquelin frôlait le bois verni des alènes, le tranchant des ciseaux. Étirant le bras, il apprécia la douceur des pièces de cuir que Marie-Thérèse avait empilées sur un coin de l'établi.

— Pis les outils sont placés juste comme je les veux, remarqua-t-il à mi-voix, le cœur battant d'espoir.

— J'ai essayé de tout me rappeler comme il faut… Si tu savais comment j'avais hâte que tu voies tout ça ! C'est M. Touchette qui m'a aidée à choisir les lanières de cuir pis le gros fil. Je me disais qu'il devait quand même connaître ça un peu, depuis le temps qu'il remplit tes commandes ! J'espère juste que tout est ben correct.

— À première vue, tout a l'air d'avoir pas mal de bon sens, Marie. L'essentiel est là, c'est sûr… C'est pas mal fin de la part de M. Touchette d'avoir pris le temps de t'aider, pis d'avoir pris le temps de venir me chercher aussi, précisa Jaquelin avec une indéniable gravité dans la voix. Je l'ai pas assez remercié.

— Tu pourras te reprendre, mon homme, rassura Marie-Thérèse. Il est jamais trop tard pour dire les choses gentilles.

— T'as raison…

L'émotion qui étreignait Jaquelin était d'une intensité à couper le souffle. C'était un peu comme s'il venait au monde une seconde fois et l'envie de pleurer, de poser sa tête sur l'épaule de Marie-Thérèse, l'emporta sur sa timidité habituelle. Durant un long moment, tout contre celle qui avait juré d'être là pour le meilleur et pour le pire, Jaquelin Lafrance commença enfin à faire la paix avec lui-même et avec la vie.

— Je comprends, astheure, pourquoi tu voulais que je vienne voir... reprit-il enfin quand les larmes furent taries. T'as dû travailler sans bon sens.

— Oh, j'étais pas toute seule ! Mon père pis Ovila ont toujours été là pour moi, pas trop loin. Quand j'hésitais, on prenait le temps d'en discuter. On prenait les choses une après l'autre pis au bout du compte, je pense qu'on a ben fait ça…

— C'est sûr… J'aurais pas fait mieux.

— Tant mieux si t'es content… Astheure que je sais ça, je peux-tu te poser une autre question, Jaquelin ?

— Si tu veux…

— Pourquoi hier t'as passé la journée enfermé dans notre chambre, comme si t'étais un étranger, et que ce matin, j'ai eu la drôle d'impression de retrouver mon mari ?

— Pourquoi ce matin ? Je le sais pas trop, Marie. Le soleil, je crois ben, le grand chêne pis une paire de souvenirs qui étaient là, en moi, quand je me suis réveillé. Pis il y a Agnès, aussi. C'était juste une petite fille que j'avais laissée en partant pour les chantiers. C'était une petite fille aussi fragile que sa poupée que j'avais arrachée aux flammes. Ouais, à l'automne, notre petite Agnès était encore une enfant, pis là, tout d'un coup, j'ai eu l'impression de voir la femme qu'elle va devenir un jour. La petite fille avait disparu. Ça m'a serré le cœur. C'est là, je crois, que j'ai compris que ma famille était pas restée figée en attendant que je revienne, pis qu'elle allait continuer d'avancer sans moi si je me décidais pas à faire quelque chose de ma vie… Je me suis dit qu'il était peut-être temps de sortir de ma tristesse pis de ma colère envers la vie, parce que j'étais en train d'en perdre des bouts… Tu te rappelles, Marie, au lendemain de l'incendie ? Juste avant de partir, je t'avais dit qu'audelà d'une maison perdue, on avait eu la grâce de garder toute notre famille. Je t'avais dit que le bien le plus précieux qu'on avait, toi pis moi, c'étaient nos enfants. Je le pensais, tu sais. Pis je le pense encore, même si ça paraît pas trop. J'étais juste en train de l'oublier. J'étais en train de passer à côté de ma famille sans regarder tout ce qui restait de beau à regarder. C'est ce que je me suis dit, t'à l'heure, en accrochant le linge avec Agnès. Tout ça aurait pu m'être enlevé. C'est ben pire, qu'une main de perdue.

Il n'y avait rien à ajouter.

Lentement, à sa façon, Jaquelin Lafrance commençait enfin à sortir de la rivière et Marie-Thérèse venait de comprendre que l'eau glacée n'aurait eu raison, finalement, que de sa main droite.

La jeune femme se fit lourde contre l'épaule de son homme, de ce geste amoureux qu'ils gardaient pour l'intimité.

— T'aurais pu mourir, Jaquelin, murmura-t-elle d'une voix rauque. J'aurais pu me retrouver toute seule à élever notre famille. Mais le Ciel a pas voulu ça de même. Dieu soit loué ! Il nous éprouve, c'est sûr, mais en même temps, Il nous laisse le meilleur, parce qu'Il nous a laissé nos enfants. À toi pis moi, de redonner au centuple, comme monsieur le curé le dit dans ses sermons.

Jaquelin buvait les mots de Marie-Thérèse. Il avait la sensation bien tangible de s'abreuver à une fontaine d'eau fraîche après une pénible traversée du désert.

— On va essayer, Marie, promit-il avec ferveur. On va essayer de toutes nos forces de travailler ensemble. Après tout, j'ai appris à bûcher pis à scier le bois à deux. Pour un homme habitué à faire son métier tout seul, c'était déjà compliqué. Alors, ça me fait dire que je devrais arriver à travailler avec toi sans trop de problèmes.

— C'est sûr qu'on va y arriver. De mon côté, je devrais être capable d'apprendre ben des choses. J'suis pas trop gauche, pis à l'école, j'apprenais vite.

— J'ai pas de doute là-dessus ! Pis c'est Agnès qui va être contente ! T'à l'heure, elle me parlait justement de ses souliers blancs.

— Ouais, les souliers qui ont brûlé… À moi aussi, elle en a parlé. Pis plus qu'une fois, d'ailleurs.

Ce fut ainsi qu'Agnès retrouva ses parents. Enlacés dans un rayon de soleil, ils discutaient à voix basse.

— Ah, c'est là que vous êtes, vous deux ! Je vous cherchais partout.

Normalement, Marie-Thérèse aurait dû tressaillir et Jaquelin, s'écarter d'elle.

Il n'en fut rien.

Les deux époux échangèrent un regard et, sans avoir besoin d'en discuter, ce fut Jaquelin qui se tourna vers Agnès pour répondre.

— Oui, ma fille, c'est ici qu'on est, ta mère pis moi. Pis toi, que c'est que tu fais là ? T'as besoin de quelque chose ?

D'être ainsi confrontée à ce qui ressemblait à un moment entre amoureux, du moins pour le peu qu'elle en savait, Agnès vira au rouge écarlate et, tout en reculant d'un pas, elle bafouilla :

— Euh, non… J'ai pas vraiment besoin de quelque chose. Je voulais juste savoir où vous étiez, et vous dire aussi que les petits ont faim… Les miettes de fromage frais leur ont ouvert l'appétit, on dirait.

— On arrive.

C'était bien la première fois que Jaquelin prenait spontanément la parole pour un détail comme celui d'un repas à venir. Jusqu'à maintenant, ces petits riens du quotidien avaient toujours fait partie du domaine de Marie-Thérèse, et Jaquelin s'était toujours fait un devoir de le respecter.

Tout comme la cordonnerie avait toujours été la chasse gardée de Jaquelin et que Marie-Thérèse l'avait, elle aussi, toujours respectée.

De toute évidence, ce matin, bien des choses semblaient vouloir changer sous le toit de la maison neuve des Lafrance.

— Ouais, on arrive, ma fille, répéta Jaquelin avec assurance. Dis aux petits de patienter un peu, ça sera pas long. Mais avant, j'aurais peut-être quelque chose à te proposer… Quelque chose qui devrait te faire plaisir.

D'un regard soutenu, Jaquelin sollicita la permission de Marie-Thérèse, qui avait vite compris ce que son mari voulait dire par ces quelques mots. Ils venaient tout juste d'en parler ensemble. S'y mettre à deux pour le bonheur d'un de leurs enfants était peut-être la meilleure chose à faire pour voir s'ils s'entendaient bien dans le travail, comme ils s'entendaient si bien pour tout le reste. Marie-Thérèse accorda donc cette permission sans la moindre hésitation, en hochant doucement la tête. Alors Jaquelin afficha un grand sourire, comme on pousse parfois un grand soupir de soulagement, et il demanda :

— T'en penses quoi, Agnès, si ta mère pis moi on essayait de te faire des souliers neufs ? Serais-tu contente ?

La gamine posa un regard incrédule sur ses parents. Est-ce qu'on était en train de se moquer d'elle, ici ? Pourtant, malgré les sourires, son père et sa mère avaient l'air tout à fait sérieux.

— Vous deux ? demanda-t-elle sur un ton suspicieux. Vous feriez des souliers ensemble ?

— Et pourquoi pas ?

— Eh ben ! J'ai jamais vu ça, un cordonnier à deux têtes, mais c'est une bonne idée, je pense ! Ouais, c'est une bonne idée, surtout si c'est pour me donner des souliers neufs.

LA DÉROUTE

J'offre ce livre à tous ces lecteurs qui,
sans avoir la capacité physique de me lire,
ont tout de même fait de moi un auteur à suivre.
Merci à Vues et Voix *et à leurs bénévoles,*
de Michèle à Micheline, en passant par Gérard
et tous les autres qui y travaillent au quotidien.
C'est vous qui rendez la chose possible.

« Restez avec un amour qui vous donne des réponses
et non des problèmes, de la sécurité et non de la peur,
de la confiance et non des doutes. »
Paulo Coelho

NOTE DE L'AUTEURE

Il y a un an, je ne savais pas que Jaquelin et Marie-Thérèse existeraient un jour. Toutefois, malgré la peur de l'inconnu, j'avais déjà décidé que mes écrits allaient prendre une nouvelle direction. J'en avais envie, vraiment, même si j'avais la sensation désagréable de me jeter dans le vide. Il faut dire, cependant, que je craignais de me mettre à radoter si je m'entêtais à poursuivre aveuglément sur cette lancée qui m'avait menée jusqu'à maintenant.

À trop en dire, parfois, on dilue l'intention.

J'ai donc choisi en toute liberté de tourner la page ! Pour un écrivain, c'était de mise, n'est-ce pas ? Dieu sait pourtant que je les aimais sincèrement, tous ces personnages qui m'avaient accompagnée au fil des jours, durant de si nombreuses années déjà.

De Cécile à Alexandrine, de Raymond à Jacob, de Brigitte à Gilberte, d'Antoine à Ernest, de Jeanne à Charlotte, de Thomas à Célestin… Et que dire de ma belle grosse Pauline, si humaine, si drôle, par moments, tandis qu'elle tente de cacher sa tristesse.

Vous en souvenez-vous ?

Que de gens merveilleux, d'histoires différentes et de témoignages de vie poignants !

Abandonner tous ces personnages que j'avais vus naître et grandir devant mon regard d'écrivain a été déchirant. Les voir s'éloigner de moi, sans même se retourner pour une dernière complicité, a laissé un grand vide, je vous l'avoue. Comme un immense vertige qui me donnait envie de pleurer.

C'est à ce moment que Jaquelin s'est manifesté pour une toute première fois. Silencieusement, discrètement, à sa manière bien personnelle, un peu distante, mais combien tangible et attirante. Peut-être attendait-il tout bonnement que je sois seule pour me rendre visite ? Ça lui ressemblerait assez d'agir ainsi.

Je l'ai donc laissé s'approcher…

À moins que ce soit moi qui aie fait les premiers pas, par désir de sentir une présence rassurante ? Je ne sais plus. De me retrouver, un bon matin, toute seule devant l'ordinateur, a pu engendrer ce genre de panique qui rend les souvenirs biscornus. Puis, avouons-le, c'est à moi que ça ressemblerait d'aller au-devant des gens, même ceux que je ne connais pas. Alors, qui, de Jaquelin ou de moi, a osé un premier geste, un premier mot ? J'hésite. Mais quelle importance ? J'ai beau travailler en solitaire, et tenir à cette solitude comme à la prunelle de mes yeux, il n'en reste pas moins que j'ai vraiment besoin de sentir quelqu'un à mes côtés, durant ce lent processus de création. C'est un peu contradictoire, je le sais, mais que voulez-vous que j'y fasse ? Ça fait partie de mes nombreuses incohérences. On en a tous, n'est-ce pas ? Alors je me répète : quand je m'installe pour travailler, il y a vous, chers lecteurs, et il y a aussi tous mes personnages. C'est vous tous qui me tenez compagnie, jour après jour. Ça me sécurise et me donne l'étincelle nécessaire pour toujours avoir envie de continuer.

Quoi qu'il en soit, Jaquelin et moi avons appris à nous connaître et, dès que ce fut fait, il m'a présenté son épouse, Marie-Thérèse. J'ai vite saisi que cette femme-là avait une importance capitale dans sa vie. On n'a qu'à regarder les yeux de Jaquelin quand il les pose sur elle pour tout comprendre. Finalement, et sans grande hésitation de sa part, c'est Marie-Thérèse qui a ouvert tout grand la porte des confidences sur leur vie à deux. Une vie bien simple, je l'admets, mais combien riche en amour. Une vie comme on souhaiterait tous en avoir une. Une vie truffée d'espoir, comme chacun d'entre nous serait en droit de l'exiger.

Aujourd'hui, des liens solides se sont tissés entre eux et moi, et je me surprends à les aimer tout autant que mes anciens personnages. J'espère bien sincèrement avoir le privilège de les garder longtemps dans ma vie, tout comme j'espère, du plus profond de mon cœur, qu'ils ont su se tailler une petite place dans votre quotidien avec le premier tome de cette série.

Quand nous les avons quittés, au terme de ce tome 1, le ciel semblait vouloir s'éclaircir au-dessus du village de Sainte-Adèle-de-la-Merci, surtout pour la famille Lafrance qui venait de vivre, coup sur coup, un terrible revers et un grand malheur. Qu'à cela ne tienne, Marie-Thérèse veillait ! Sur une proposition audacieuse de sa part, du moins pour l'époque, la cordonnerie va enfin rouvrir ses portes, en dépit du nouveau handicap de Jaquelin.

Le commerce aura été fermé en tout et pour tout durant huit mois. C'est à la fois assez court dans le temps, compte tenu de l'importance de l'incendie et des ressources de cette génération, mais aussi très long pour ceux qui ont à vivre l'incertitude qui en découle. N'empêche que les habitants de Sainte-Adèle-de-la-Merci semblent fort aise de cette réouverture. Je les vois sourire quand ils passent devant la maison et qu'ils remarquent l'écriteau annonçant que la cordonnerie va enfin reprendre du service.

Agnès, quant à elle, trépigne de joie à l'idée d'avoir des souliers neufs.

— C'est une très bonne idée de commencer par me faire des souliers pour voir si vous êtes capables de travailler ensemble, tous les deux, a-t-elle commenté pour ses parents, avec le plus grand sérieux, tandis que Marie-Thérèse se mordait le dedans d'une joue pour ne pas éclater de rire. Comme ça, même si votre projet marche pas, ben moi, j'vais au moins avoir eu mes souliers neufs !

L'idée de travailler à deux est excellente, j'en conviens. Néanmoins, je n'arrive pas à me réjouir totalement avec eux. Oh ! J'essaie de me faire discrète, de ne rien laisser voir de cette inquiétude que je ressens. Je ne voudrais surtout pas me faire reprocher d'être un éteignoir. C'est pourquoi, malgré mes doutes, il arrive que je leur fasse de petits sourires de connivence ou d'approbation quand ils en parlent entre eux devant moi. Quoi qu'il en soit, en dépit de toute ma bonne volonté, mon regard s'entête à glisser vers le gros ventre de Marie-Thérèse, et je ne peux m'empêcher de me demander ce qu'ils feront quand le bébé sera là. C'est tout de même exigeant, un nouveau-né, je suis bien placée pour le savoir, j'en ai eu neuf ! Comme en cette fin du mois de juin 1923, la délivrance n'est plus très loin, je me pose de sérieuses questions quant à la faisabilité de ce projet qui, autrement, aurait peut-être été une belle solution pour Jaquelin.

Dans les faits, cependant, ils n'ont que six petites semaines pour savoir si l'idée a du bon, et cela, c'est si Marie-Thérèse se rend à terme.

Ils auront à peine le temps de s'accoutumer à travailler ensemble qu'il leur faudra déjà trouver une autre solution, même si on souhaite de tout cœur qu'elle ne soit que temporaire.

Alors, je m'inquiète pour eux. Comment Jaquelin arrivera-t-il à se débrouiller tout seul, quand Marie-Thérèse aura à s'occuper du bébé, à l'allaiter, à le langer ? Sans compter qu'il y a toujours six autres enfants à la maison ! La tante Félicité, malgré sa belle générosité, ne pourra remplacer la mère sur tous les tableaux. Alors oui, je m'inquiète, et à regret, je n'ai aucune alternative à leur proposer pour l'instant. Entourant la naissance d'un enfant, il y a bien des détails que seule une mère peut régler, et malheureusement, ce n'est pas moi qui vais pouvoir changer la nature des choses.

Je vais donc m'en remettre à eux. S'ils ont su reconstruire la maison dévastée par le feu, s'ils ont trouvé une manière d'agir qui pourrait éventuellement les aider à s'en sortir, et surtout si Marie-Thérèse et Jaquelin éprouvent toujours l'un pour l'autre cet amour privilégié que rien ne peut détruire, alors je crois que je peux leur faire confiance.

Toutefois, je vais rester tout près d'eux. Juste au cas où ils auraient besoin d'un petit coup de pouce...

Voulez-vous m'accompagner ? Je m'apprête justement à retourner à Sainte-Adèle-de-la-Merci pour voir où ils en sont.

PREMIÈRE PARTIE

ÉTÉ 1923

CHAPITRE 1

Au village de Sainte-Adèle-de-la-Merci,
par une belle journée d'été

Le lundi 23 juillet 1923, sur le trottoir menant de la cordonnerie au magasin général, en compagnie de la jeune Agnès, partie faire les courses pour sa mère, Marie-Thérèse

LA GAMINE NE S'EN LASSAIT PAS !

De la pointe au talon, ses chaussures neuves étaient une pure merveille, de délicates bottines en cuir d'agneau souple avec de beaux lacets d'un blanc éclatant et un petit talon de bois qui claquait joliment sur les parquets quand elle marchait. Rien à voir avec les gros souliers en peau de vache vendus par M. Ferron, au magasin général. Même les chaussures offertes par M. Touche-à-Tout dans ses gros catalogues, bien que plus raffinées, n'avaient pas aussi fière allure !

— Le temps de les casser tout en douceur, comme l'avait recommandé son cordonnier de père, pis tes bottines vont être aussi confortables que des mocassins. Elles pourraient pas être plus justes, ma fille ! Il y a pas à dire : ta mère pis moi, on s'entend ben pour l'ouvrage.

Jaquelin avait raison, et en moins d'une semaine, Agnès ne jurait plus que par ses chaussures neuves. Elle les portait du matin au soir, non seulement parce qu'elles étaient fort jolies et qu'elles faisaient l'envie de ses amies, mais aussi parce qu'elles étaient très confortables. Au bout de quelques jours, pour montrer sa gratitude, Agnès s'était déclarée la « commissionnaire » de service.

— À partir de maintenant, vous pouvez compter sur moi. J'vas être votre commissionnaire.

C'était l'heure du repas et Jaquelin, installé à un bout de la table, l'avait alors regardée avec une lueur amusée au fond du regard.

— Tu parles d'un grand mot, ça là ! « Commissionnaire » ! On rit pus ! Sais-tu au moins ce que ça veut dire ?

Prenant toute la tablée à témoin, Jaquelin avait promené son regard d'un visage à l'autre, exprimant ainsi une certaine interrogation. Le geste avait piqué la fierté de sa fille.

— Ben sûr, que je le sais !

La jeune Agnès avait l'air offusquée.

— Je l'ai appris dans l'histoire que je suis en train de lire, vous saurez, papa, avait-elle rétorqué en redressant les épaules. Ça veut dire : quelqu'un qui fait des commissions !

— Bravo... Bravo, Agnès ! Tu m'en mets plein la vue pis les oreilles... C'est pas mal correct d'apprendre des choses nouvelles quand tu lis une histoire. Ça veut dire que tu perds pas ton temps... Mais moi, tu vois, du temps pour lire, j'en ai pas vraiment, pis des grands mots comme celui-là, j'en connais pas beaucoup. Pourtant, j'suis pas mal plus vieux que toi, ma fille. Va falloir que je me trouve du temps libre pour me mettre à lire des livres savants, et continuer à comprendre tout ce que tu nous dis.

Décontenancée par la question de son père, sentant vaguement qu'on était en train de se moquer gentiment d'elle, et devant ses frères et sœurs de surcroît, Agnès s'était mise à rougir jusqu'à la racine des cheveux sans trouver de réponse vraiment satisfaisante.

Une moquerie, même gentille, lui faisait perdre tous ses moyens. De plus, elle ne voulait surtout pas insulter son père.

Spontanément, la jeune fille s'était donc tournée vers sa mère, assise à l'autre bout de la table. Malheureusement, le regard rempli d'espoir qu'Agnès avait glissé vers Marie-Thérèse était resté sans réponse, car cette dernière n'avait d'yeux que pour son mari, comme si le reste de l'univers n'existait plus.

Le sourire en coin de sa mère, survolant la table pour se joindre à celui de son père, avait découragé la jeune Agnès. L'esprit désespérément vide, elle avait donc bousculé sa chaise pour se lever de table et elle avait quitté la pièce sans ajouter quoi que ce soit. Heureusement, le dessert était déjà mangé, elle n'y perdrait pas au change.

Agnès était montée à la chambre des filles et elle s'était étalée de tout son long sur le grand lit qu'elle partageait avec la petite Angèle, le temps, s'était-elle dit, de ruminer sa frustration avant de passer à autre chose. En effet, la nature profonde d'Agnès ne connaissait pas la rancune.

Cependant, elle était bien agaçante, cette nouvelle manie de Jaquelin Lafrance, qui trouvait toujours prétexte à se moquer des gens ou des événements. Depuis ce matin de juin où père et fille avaient étendu la lessive ensemble, Jaquelin en abusait, au point où, parfois, Agnès s'ennuyait de l'ancien papa qui parlait fort peu, certes, mais qui la laissait tranquille. Tout à l'heure, Agnès s'était sentie blessée par le sourire malicieux que ses parents avaient échangé et l'impression qu'elle avait ressentie n'avait pas été des plus agréables. Que ses parents aient eu raison ou tort n'ayant que peu d'importance à ses yeux, d'ailleurs.

Ce jour-là, il avait fallu l'arrivée de son amie Geneviève pour faire sortir Agnès de son mutisme et de sa chambre.

Quand, à la fin de la même semaine, Agnès en avait glissé un mot à son grand frère Cyrille, lors de sa visite hebdomadaire à la maison, la jeune fille semblait encore peinée et, avouons-le, un peu irritée par la nouvelle attitude de son père. Elle s'était alors vidé le cœur en racontant avec fougue les détails entourant leur nouvelle vie familiale, se disant qu'après, elle pourrait finalement tourner la page.

— Pis c'est de même de plus en plus souvent, tu sais ! On dirait que papa passe son temps à rire de nous autres. Je sais pas ce qui se passe ici, Cyrille, mais par bouttes, j'ai l'impression de vivre dans une autre famille que la mienne ! Que c'est que t'en penses, toi ? C'est d'être tombé dans l'eau qui rend papa comme ça ?

Contrairement à son habitude, l'aîné de la fratrie Lafrance, habituellement prompt et direct, avait pris un moment de réflexion avant de répondre, ce qui avait impatienté Agnès.

Si Cyrille s'en mêlait et se mettait à changer, lui aussi…

Agnès avait alors poussé un long soupir contrarié. Plus rien ne ressemblait à rien dans sa famille et ça l'exaspérait de plus en plus.

Normalement, Cyrille aurait dû lui répondre du tac au tac, il l'avait toujours fait jusqu'à maintenant. On disait même de lui qu'il n'avait pas froid aux yeux ni la langue dans sa poche. Ces deux expressions, Agnès les avait souvent entendues à propos de son frère, tant à la maison qu'à l'école, parfois en riant, parfois sur un ton sévère. Mais voilà que depuis qu'il travaillait sur la ferme de leur oncle Anselme, Cyrille semblait plus lent en tout ! Pourquoi ? Agnès se posait la question. Était-ce tout simplement parce que son frère vieillissait que ses répliques semblaient moins spontanées ? Agnès l'espérait sincèrement, car n'ayons pas peur des mots, son frère aîné avait changé depuis quelques semaines et Agnès ne le reconnaissait plus tout à fait.

En effet, Cyrille avait gagné en taille, en muscles et en sagesse, et ce nouveau grand frère l'intimidait.

Pourtant, en juin dernier, au moment où Cyrille avait accepté l'offre de son oncle Anselme, à savoir le rejoindre sur sa terre pour y travailler durant l'été puisque ce dernier n'avait que deux filles à la maison, Agnès le voyait comme son égal. Il était l'aîné des garçons, tout comme elle était l'aînée des filles. C'était comme ça depuis toujours. Mais voilà qu'en quelques semaines à peine, la pauvre Agnès avait vu le changement s'opérer, et aujourd'hui, elle avait l'impression que son grand frère n'était plus tout à fait un enfant comme elle. La gamine en était troublée, comme elle était intriguée par la nouvelle habitude prise par Cyrille de cacher ses longues jambes sous un pantalon, malgré la chaleur qui était plutôt accablante, cette année-là.

Et que dire de sa voix qui se cassait parfois ! Aux yeux d'Agnès, c'était peut-être très drôle, à l'occasion, mais c'était aussi un peu impressionnant.

Ce fut donc cette même voix, plus grave que le souvenir qu'Agnès en gardait, qui daigna enfin lui répondre.

— Je dirais que c'est ben correct si papa a envie de rire. Torpinouche, Agnès ! C'est...

— Torpinouche ? avait alors interrompu Agnès, visiblement éberluée. C'est quoi ça, astheure ?

— Ben... C'est du patois !

— Je le sais ben, que c'est du patois. Je suis pas idiote, quand même ! C'est comme ma tante Félicité qui arrête pas de répéter « bonne sainte Anne » à tout bout de champ... Mais toi, Cyrille ? Tu disais pas ça, des patois. C'est nouveau. Depuis quand tu parles comme ça ?

— Depuis que je passe mes semaines chez mon oncle Anselme, on dirait ben... Chez eux, c'est tellement différent d'ici ! Même nos cousines Judith pis Albertine ont un patois, tu vois, pis ma tante Géraldine aussi. Flûte de flûte, bonté divine, sapristi... On dirait que pour eux autres, c'est comme une manière de prendre les choses sans se choquer, sans trop mettre de sérieux dans les niaiseries de tous les jours. Je trouve ça ben correct, tu sais. Ouais, on rit souvent, chez mon oncle Anselme, pis j'aime ça... Mais c'est pas ça l'important. L'important, c'est que papa a l'air plus en forme. D'un samedi à l'autre, on dirait qu'il va mieux, pis ça me fait plaisir de voir ça. S'il fait des blagues, même si c'est nouveau, pis que ça te dérange un peu, c'est pas mal plus agréable que de le voir s'enfermer dans sa chambre, comme il avait pris l'habitude de faire depuis son retour des chantiers. Tu trouves pas, toi ?...

— Bon, tu vois ! Chez mon oncle, tout le monde se taquine et personne a l'air de s'en faire avec ça.

— Eh bien... Moi, au contraire, je pense que ça doit être fatigant de toujours se demander si quelqu'un te dit quelque chose avec sérieux ou bien s'il est en train de rire de toi.

— Pantoute. On le sait que c'est pas méchant ! Ça serait même plutôt le contraire, je te dirais. Ça met de la bonne humeur dans l'air et je trouve que les journées passent plus vite chez eux qu'ici. C'est vrai que j'suis ben occupé, par exemple.

— Eh ben, répéta Agnès sur un ton songeur.

— C'est comme je te dis : c'est de même chez mon oncle Anselme, pis comme tu vois, c'est pas mal différent d'ici. Mais je me dis que c'est normal que deux familles soient pas tout à fait pareilles, même si mon oncle est le frère de maman. Chacune a sa manière de faire... Pis en plus, tout le monde chante, dans cette famille-là. Tout le monde a de la voix, comme on dit. Mais c'est surtout notre cousine Albertine qui chante ben. Un vrai rossignol, comme le prétend ma tante en riant. Elle ajoute aussi que sa plus vieille a hérité de sa voix claire à elle pis de la voix juste de mon oncle.

Un peu irritée d'entendre son frère proclamer les louanges d'une famille autre que la sienne, Agnès s'était empressée de remettre les pendules à l'heure.

— Ben ici aussi, ça s'est mis à chanter, tu sauras.

— Ici ? Chanter ?

— En plein ça ! C'est notre père qui fait ça. Quand il est dans la cordonnerie, pis qu'il se met à chanter, c'est pas mêlant, on l'entend jusque dans la cuisine... Je t'avoue que je trouve ça un peu bizarre de l'entendre s'égosiller comme ça. Ça ressemble pas au père qu'on connaissait, celui qui passait toutes ses journées dans la cordonnerie, tout seul sans dire un mot, comme c'était avant l'incendie.

— Pis ? C'est pas parce que c'est différent que c'est bizarre... Tu vois, Agnès, ce que t'es en train de me dire là, ça fait juste prouver que j'avais raison.

— Raison en quoi, Cyrille ?

— Raison de penser que perdre un emploi, ça tue son homme… J'en ai parlé avec mon oncle, tu sais, pis lui avec, il voit ça comme moi, parce qu'il a pris sa voix sérieuse pour me dire qu'un homme sans travail, c'est un homme qui meurt à petit feu. Ça fait que si notre père se permet de chanter, ça laisse entendre qu'il est heureux, pis ça veut peut-être dire en même temps qu'il aime ça travailler avec notre mère. Jaquelin Lafrance est en train de redevenir le cordonnier de la place, pis juste pour ça, il y a de quoi être content. En plus, on a rien qu'à regarder les souliers que t'as aux pieds pour comprendre qu'à eux deux, ils ont fait du beau travail.

Il n'en fallait pas plus pour qu'Agnès en oublie ses tourments, depuis les moqueries jusqu'aux chants. Elle avait levé les jambes devant elle, frappé ses deux pieds ensemble, puis, d'une voix ravie, elle avait approuvé.

— C'est vrai qu'elles sont ben belles, mes bottines !

— Plus que belles, oui… Sais-tu ce que tu devrais faire, Agnès ? Tu devrais te promener tout le long du trottoir. Souvent ! Surtout quand il y a du monde qui passe. Comme ça, les habitants de la paroisse vont remarquer tes chaussures, pis ils vont comprendre que même avec une seule main, mais aidé par notre mère, notre père a pas perdu son talent pour faire des beaux souliers.

— Tu penses ?

— Ouais, j'suis sûr de ça.

Songeuse, Agnès contemplait le travail de ses parents.

— C'est vrai que ça serait peut-être une bonne idée que le monde voie mes bottines neuves… Surtout qu'avec mes talons en bois, je fais pas mal de bruit… Tout le monde que j'vas rencontrer va les remarquer.

À partir de ce samedi-là, Agnès oublia les moqueries et annonça à sa mère qu'elle était prête à faire toutes les courses de la famille.

— Comme ça, vous allez pouvoir vous reposer un peu, le temps que j'aille chez M. Ferron à votre place. Avec le bébé qui s'en vient, vous devez être plus fatiguée que d'habitude.

— Oh ! Pour ça, t'as raison, Agnès. Il commence à être pas mal pesant ce bébé-là. Plus que vous autres, on dirait ben. Ton offre tombe pas dans l'oreille d'une sourde.

Voilà pourquoi, tout heureuse, Agnès se dirigeait à présent vers le magasin général pour acheter du sucre, car au déjeuner, sa mère avait déclaré qu'elle avait une envie folle de tarte aux framboises.

— Ce matin, j'ai aperçu pas mal de fruits oubliés par les oiseaux, avait-elle souligné entre deux bouchées. Ça achève, le temps des petits fruits, faut en profiter ! Ça fait que j'vas faire quelques tartes pour le dessert de ce soir. Toi, Benjamin, dès que t'as fini ta tartine, tu vas aller me cueillir toutes les framboises que tu peux trouver, pis toi, ma belle Agnès, tu vas aller chez M. Ferron pour acheter cinq livres de sucre. Fais marquer ton achat, pis dis-leur que ton père va aller les payer bientôt, sans faute.

Marie-Thérèse parlait plein d'entrain dans la voix et c'était comme si Agnès se sentait pousser des ailes !

En fait, depuis que la cordonnerie avait rouvert ses portes, Marie-Thérèse avait retrouvé son sourire et sa bonne humeur, en même temps que leur père Jaquelin s'était mis à chanter.

« À bien y penser, se dit alors Agnès, en quittant la cuisine, Cyrille a sûrement raison : il vaut mieux une famille où la bonne humeur est une habitude, même si ça veut dire des petites taquineries en passant. Dans le fond, une maison qui chante, c'est pas mal mieux qu'une maison où le silence vole comme une misère sur toutes nos têtes, comme c'était avant. »

Ainsi, parce qu'elle avait le cœur tout léger et parce qu'elle ne se sentait plus le besoin d'envier la famille de l'oncle Anselme, la jeune Agnès sauta à cloche-pied tout le long du trottoir menant au magasin général, ses talons n'en résonnant que davantage sur le bois grisâtre, fatigué par le passage des intempéries !

Le retour à la maison fut plus sage. Lestée du sac de papier kraft contenant le sucre, Agnès marchait plus posément, profitant cependant de la balade pour saluer d'un large sourire tous ceux qu'elle croisait. Mais n'allez surtout pas croire qu'à cause du pas plus lent, les bottines n'étaient pas à leur avantage !

Faire claquer le talon était devenu une sorte d'obligation pour Agnès et elle s'en acquittait avec tout le sérieux requis pour faire de la publicité en faveur de la cordonnerie.

Toutefois, en arrivant près de la maison, l'éclat d'une voix facilement reconnaissable pour quiconque fréquentait l'église de Sainte-Adèle-de-la-Merci lui fit ralentir l'allure et alléger le pas.

Agnès tendit l'oreille.

Nul doute, le curé Pettigrew était chez elle, et c'était bien sa voix qui portait jusque sur le trottoir.

Pour Agnès, la vue de cet homme ventripotent à la voix de stentor engendrait toujours la crainte d'une remontrance, pour une chose ou pour une autre, même sans fondement. Cette hantise l'emporta donc sur la curiosité naturelle de la jeune fille qui, se faisant tout à coup fort silencieuse, décida de contourner la maison sur la pointe des pieds pour entrer chez elle par la cordonnerie. Ainsi, sans être vue, elle pourrait attendre le départ du curé pour se pointer à la cuisine.

Bien que la porte donnant sur un couloir entre la cordonnerie et la cuisine fût fermée, des bribes de conversation parvenaient jusqu'à Agnès, qui comprit rapidement que l'on discutait de son frère Cyrille, dont le nom retentissait parfois très clairement dans la bouche du curé.

Son frère avait-il fait un mauvais coup ? Avait-il eu un accident ?

Agnès retint son souffle pour tenter de comprendre ce qui se disait, mais hormis le nom de Cyrille, le reste de la discussion ressemblait à un bruit de fond, sans paroles distinctes.

Agnès soupira.

Allez donc savoir ce qui pouvait bien se passer ! Avec le curé Pettigrew, on avait toujours l'impression que quelqu'un nous en voulait pour quelque chose ou qu'une catastrophe était sur le point de nous tomber sur la tête. Cet homme-là ne savait pas parler, il criait tout le temps, implorant les grâces du Seigneur sur « ses ouailles », comme il surnommait ses paroissiens. Ou alors, le gros homme, plutôt court sur pattes, combattait les foudres de Satan à lui tout seul, pourfendant le mal à grands coups de goupillon*. En ces occasions-là, il ne criait plus, il hurlait ! Et voilà qu'en ce moment, le représentant de Dieu sur Terre, ce qui en soi était déjà impressionnant, se trouvait chez elle, en train de parler de son frère Cyrille avec ses parents.

Agnès ferma les yeux.

Avec tous les malheurs qui accablaient sa famille depuis l'automne précédent, elle ne serait guère surprise qu'il s'agisse d'un accident. Quoi d'autre, puisque Cyrille était un garçon plutôt tranquille et studieux ?

Le cœur battant la chamade et retenant ses larmes, elle colla son oreille contre la porte.

Peine perdue. Les voix n'étaient plus que murmures, signe évident que ses parents devaient discuter entre eux, sous l'œil attentif de leur curé.

Agnès entendit ensuite les pieds d'une chaise frottant contre le plancher, puis, un peu plus tard, la porte d'entrée claqua.

Par la fenêtre donnant sur le côté, Agnès eut le temps d'apercevoir le bord d'une soutane gonflée par le vent d'été, tandis que le curé Pettigrew s'éloignait à grandes enjambées en direction du presbytère.

Sans plus attendre, Agnès ressortit de la cordonnerie, fit le tour de la maison, et elle entra par la porte de la cuisine, comme si de rien n'était.

---

* Objet qui sert à asperger d'eau bénite pendant les cérémonies religieuses.

Assis tout près l'un de l'autre, à un bout de la table, ses parents discutaient à voix basse. Quand elle entendit la porte ouvrir, Marie-Thérèse se tourna aussitôt vers Agnès, qui crut la voir rougir.

— Ah, te v'là, toi ! As-tu le sucre ?

Agnès souleva le sac d'une main.

— Ben sûr que j'ai le sucre... confirma-t-elle. Pis, je l'ai fait marquer, comme vous aviez demandé.

— Parfait ! Mets-moi tout ça sur le comptoir près de l'évier. M'en vas faire deux tartes tout de suite après le dîner, avant que les framboises flétrissent.

— C'est ben d'adon...

Alors qu'en temps normal, Agnès aurait rapidement déposé son achat pour ensuite ressortir de la maison ou monter à l'étage, cette fois-ci, elle resta dans l'embrasure de la porte, son regard passant de son père à sa mère, qui, eux, restaient silencieux, comme mal à l'aise. Agnès en déduisit aussitôt que si elle ne demandait rien, ses parents ne parleraient sans doute pas.

Sa curiosité mise à mal, Agnès se dandinait sur place, ne sachant trop comment aborder le sujet. Elle se décida brusquement.

— Je voudrais savoir... demanda-t-elle, tout hésitante. En revenant du magasin, tantôt, j'ai vu monsieur le curé qui sortait de chez nous... Je... Quelque chose de grave est arrivé ?

— Grave, dans le sens d'un malheur ? Non. Mais ça peut être ben important, par exemple.

Jaquelin avait pris la parole sans hésiter. C'était devenu courant que son père intervienne ainsi. Sans être vraiment surprise, Agnès se permit donc de lui demander :

— Important pour qui ?

Pour la jeune Agnès, il ne faisait aucun doute que son père allait mentionner le nom de son frère et qu'elle allait finir par tout comprendre. Cependant, sans répondre à sa fille, Jaquelin consulta Marie-Thérèse du regard. Agnès eut alors l'audace d'insister.

— Important pour qui, papa ? Pour notre famille ?

Jaquelin soupira avant de ramener son attention sur sa fille.

— Dans un sens, oui... Mais on peut pas en discuter avec toi, Agnès. Pas pour astheure. Avant de dire quoi que ce soit sur la visite de monsieur le curé, ta mère pis moi, on va devoir penser ben comme il faut à ce qu'il nous a proposé. Parce que c'est une sorte de proposition que monsieur le curé est venu nous faire. Dans un sens, on pourrait le voir comme ça. Pis, comme on dit, faut peser le pour pis le contre avant de se faire une opinion. Après, on pourra en parler, c'est ben certain, mais c'est pas avec toi qu'on va le faire en premier. Ça serait pas juste... Plus tard, tu comprendras...

Au fur et à mesure que Jaquelin parlait, une ombre d'inquiétude se mit à assombrir le regard d'Agnès.

— Mais faut surtout pas t'en faire avec ça, ma fille ! ajouta Jaquelin précipitamment. Y a rien de grave. Je peux même te dire que c'est une sorte de bonne nouvelle... Ouais, c'est peut-être une ben bonne nouvelle pour toutes nous autres...

Tout en faisant cette dernière précision, Jaquelin s'était levé de table.

— Astheure, m'en vas aller trier les demandes de réparation dans la cordonnerie. Ça, c'est quelque chose que je peux faire tout seul. Pendant ce temps-là, donne un coup de main à ta mère pour préparer le dîner. On se reverra t'à l'heure.

Le ton employé par Jaquelin ne laissait place à aucune réplique et, dans l'instant, puisqu'il n'espérait nulle réponse, il quitta la cuisine. D'un simple regard sur sa mère, Agnès comprit aussitôt que l'explication ne viendrait pas d'elle non plus. Pourtant, la jeune fille l'aurait parié : le jour où la vérité éclaterait, le nom de Cyrille y serait associé.

Agnès rongea son frein durant trois longues journées. Elle y pensait tellement qu'elle ne put se retenir. Même si de coutume Agnès était plutôt discrète au sujet de sa famille, cette fois-ci, elle partagea son inquiétude avec sa grande amie Geneviève.

— Je sais ben pas ce qui se passe, confia-t-elle à voix basse, mais les parents arrêtent pas de se regarder en fronçant les sourcils. Pis ça a commencé le jour où monsieur le curé est venu chez nous. Pour qu'il se déplace comme ça, laisse-moi te dire que ça doit être ben important !

En compagnie de son amie, Agnès s'était installée sous le grand chêne pour grignoter quelques galettes à peine sorties du four.

— Quand les parents se regardent comme ça, ça veut dire que quelque chose de grave est en train de se passer, ou ben que c'est à la veille de nous tomber dessus. Même avant l'accident de mon père, c'était comme ça, dans notre famille : quand les parents se fixent en pinçant les lèvres, ça veut dire qu'ils ont quelque chose à annoncer, mais qu'ils savent pas trop comment le faire... Exactement comme astheure... Mais je sais pas pantoute ce qui nous pend au bout du nez !

— Tu parles d'une affaire... Comme ça, si j'ai ben compris, tu dis que monsieur le curé était chez vous l'autre jour ?

— En plein ça.

— C'est sûr que ça doit être sérieux, commenta Geneviève, la bouche pleine. Je l'ai jamais vu rire, monsieur le curé. Pis il est jamais venu chez nous, non plus, sauf pour sa visite paroissiale. En plus, il me fait peur ! On dirait qu'il est toujours choqué par une affaire ou ben une autre.

— C'est ben pour ça que j'suis inquiète.

— T'as ben raison de l'être. Pauvre toi... Pauvres vous autres... Si monsieur le curé a décidé de se mêler de quelque chose chez vous, ça va sûrement être plate pour quelqu'un.

Agnès grignotait sa galette du bout des dents, tout appétit subitement envolé, car elle était en train de se demander ce que ses parents diraient s'ils apprenaient qu'elle s'était ainsi confiée à son amie. En accord avec cette crainte, elle préféra taire le nom de Cyrille.

— Pourtant, mon père a dit que c'était une sorte de bonne nouvelle, murmura-t-elle, d'une voix absente.

Perdue dans ses pensées, Agnès hocha la tête, satisfaite de sa réplique, tandis que Geneviève Dumouchel, une jeune personne plutôt délurée, secouait sa tignasse brune tout en frisottis, dans un geste de compassion. Puis elle s'arrêta brusquement et fronça les sourcils avant de planter l'éclat décidé de ses yeux noisette dans ceux de sa meilleure amie.

— Ben, tu sauras, Agnès Lafrance, que je connais pas ça, moi, des bonnes nouvelles qu'on cache de même, affirma-t-elle sans détour. Sauf peut-être pour un cadeau, mais je serais ben surprise que ça soit ça.

À ces mots, Agnès poussa un long soupir de découragement, car son amie n'avait pas tort.

— Tant qu'à ça, t'as ben raison, admit-elle. D'habitude, les bonnes nouvelles, on en parle sans se gêner.

— Pis les cadeaux, c'est surtout pas monsieur le curé qui les donne, compléta Geneviève d'une voix sentencieuse. Ça fait que la bonne nouvelle de ton père, c'est peut-être pas une si bonne nouvelle que ça.

Les deux gamines se regardèrent longuement avant de terminer les biscuits dans un silence lourd d'accablement.

On était alors un vendredi et l'attente anxieuse d'Agnès se poursuivit durant une autre longue journée, car les détails entourant cette mystérieuse visite du curé leur furent présentés en présence de Cyrille, au souper du samedi.

— Même si c'est pas une habitude chez nous pis que nos prières, on les fait avant de se coucher, annonça Jaquelin, de façon impromptue, alors que les enfants s'installaient bruyamment autour de la table pour le repas, pour une fois, on va dire le bénédicité avant de manger… Que c'est t'en penses, Marie ?

À l'autre bout de la table, Marie-Thérèse approuva d'un bref sourire.

— Je pense que t'as raison, mon mari. Ça serait de mise de faire une prière, c'est le moins qu'on puisse dire.

— Me semblait aussi... Bon ben, on va faire de même, pis après, votre frère Cyrille a quelque chose à vous annoncer. Quand ce sera fait, on passera au souper.

Le geste fut spontané et tous les membres de la famille penchèrent respectueusement la tête au-dessus de leur assiette. Bien qu'elle fût animée d'une conviction sincère, la prière de Jaquelin fut cependant très courte, par manque d'habitude probablement. Elle ressembla à une tentative maladroite de remerciement au Ciel, on ne sut trop pourquoi, puis en grande pompe, dès qu'il eut l'attention de tous, Jaquelin se leva et, de la main, il invita son fils aîné à l'imiter. Cyrille repoussa donc sa chaise en rougissant.

— Vas-y, mon garçon ! Astheure, c'est à toi de parler.

Cyrille ne savait par quel bout commencer.

Mal à l'aise, il promena les yeux autour de lui. D'un sourire, Marie-Thérèse l'encouragea, tandis qu'à l'autre bout de la table, son père le regardait avec une fierté qui faisait plaisir à voir, certes, mais qui embarrassait Cyrille.

Le jeune garçon prit alors une longue inspiration en même temps que son courage à deux mains. Toutefois, parce qu'il ne savait pas encore ce qu'il devait réellement penser de la proposition de son curé, sa voix se fit hésitante quand il déclara :

— Au mois de septembre, j'vas partir pour le collège de Trois-Rivières. C'est là que j'vas poursuivre mes études, comme on dit, parce que monsieur le curé m'a choisi à cause... à cause de mes bonnes notes, improvisa-t-il.

Un silence de plomb tomba sur la cuisine alors que frères et sœurs échangeaient des regards incrédules.

Cyrille allait partir ? Pour un grand collège ?

C'était à peine croyable, même si on commençait à s'habituer à un quotidien sans lui, puisqu'il était absent la majeure partie de la semaine, depuis le début des vacances.

Une fois son devoir accompli, Cyrille baissa les yeux, se demandant s'il avait le droit de s'asseoir ou s'il devait attendre les questions qui ne manqueraient sûrement pas de fuser dans l'instant.

L'offre lui avait été présentée par ses parents, dès son arrivée sur l'heure du midi. En effet, chaque samedi, le jeune homme revenait chez lui pour passer une journée auprès de sa famille et faire sa lessive de la semaine.

Installé dans la cordonnerie en compagnie de son père et de sa mère, à l'abri des oreilles indiscrètes, Cyrille avait donc écouté attentivement ce qu'ils avaient à lui annoncer.

La proposition était alléchante, il l'avait aisément admis en son for intérieur. Quand on s'appelle Cyrille Lafrance et qu'on a toujours pris plaisir aux études, on ne peut repousser une telle aubaine du revers de la main. Pensez donc ! Les portes d'un collège de renom pourraient s'ouvrir devant lui s'il acceptait l'offre du curé Pettigrew.

— Jamais on aurait pu te payer ça, mon gars !

En faisant cette mise au point, Jaquelin était tout souriant.

Cyrille avait alors répondu par un vague signe de tête, décontenancé.

Il était tout à fait conscient que son père avait raison : sans l'aide du curé, le temps des études tirait indéniablement à sa fin, pour lui. Au couvent du village, il n'y avait que les filles qui pouvaient poursuivre au-delà de la neuvième année, alors qu'elles avaient la chance de suivre un cours d'arts ménagers, appelé pompeusement le « Cours d'économie familiale ». Quant aux garçons, la plupart d'entre eux rejoignaient leur père sur la ferme, ou prenaient tout bonnement le chemin du moulin à scie. Alors oui, la proposition du curé Pettigrew était une occasion en or pour quiconque aimait les études, et Cyrille faisait partie de ceux-là.

Ceci étant dit, il y avait tout de même une contrariété rattachée à l'offre du curé Pettigrew et, aux yeux d'un jeune garçon de treize ans, elle était de taille. Cyrille n'avait pu s'empêcher de pousser un bruyant soupir devant le prix à payer pour un peu plus de connaissances qui lui semblait fort élevé.

Le jeune homme s'était alors tourné vers sa mère, en quête d'un surplus d'informations.

— Comment voulez-vous que je sache, maman, si ça va me tenter plus tard de devenir curé ?

Car il était là, le hic ! S'il voulait profiter d'un cours classique au collège de Trois-Rivières, Cyrille devait s'engager à se présenter au Grand Séminaire de Québec par la suite. Toutefois, et fort curieusement, d'ailleurs, Marie-Thérèse n'avait pas l'air ennuyée par cette demande, qui semblait formelle aux yeux du curé.

— Faut pas t'en faire avec ça, mon garçon, on est pas rendus là ! avait-elle déclaré sans broncher.

— Mais de la manière que vous en parlez, papa pis vous, ça a l'air ben important pour monsieur le curé que…

— Laisse faire monsieur le curé, avait-elle alors intimé en levant la main devant elle. C'est sûr qu'il pouvait pas dire autrement, sinon, faudrait qu'il fasse la même offre aux autres garçons de la paroisse, du moins à ceux qui ont des notes pas trop pires.

— Ouais, il y a du vrai là-dedans.

— C'est ce que je pense. Mais au-delà de tout ce que monsieur le curé peut prétendre, ça reste quand même une offre que tu peux pas refuser. Te rends-tu compte, Cyrille ? Aller au collège de Trois-Rivières !

Il y avait tellement d'attente dans la voix de Marie-Thérèse que Cyrille n'avait pu qu'approuver.

— C'est sûr que c'est ben tentant.

— Bon, enfin !

Cette fois, c'était Jaquelin qui se mêlait à la conversation, afin de convaincre son fils.

— Faut savoir faire les bons choix dans la vie, pis continuer d'étudier, c'en est un ! Jamais je croirai, Cyrille, qu'on va t'obliger à rentrer au Grand Séminaire si jamais t'avais pas la vocation, ajouta alors Jaquelin avec conviction. Pis c'est en plein ce que j'ai dit à notre curé, tu sais. À treize ans, c'est un peu jeune pour savoir vraiment ce qu'on veut faire dans la vie. Surtout pour un choix aussi sérieux que le sacerdoce.

— Ben d'accord avec vous, papa. C'est pas à moi qu'il faut dire ça. Monsieur le curé, lui, que c'est qu'il vous a répondu ?

— Il a dit qu'au collège, tu vas avoir un maître à penser qui va t'aider à découvrir la vocation en toi.

— Ben là... Un maître à penser comme si j'étais pas capable de réfléchir par moi-même ? Ça fait peur, non ?

— Pas vraiment. C'est peut-être juste une manière de dire.

— Quand même... Si monsieur le curé parle de même, c'est qu'il doit être sûr de son affaire, non ? C'est le maître à penser qui va décider à ma place juste parce qu'il s'imagine que j'ai la vocation ?

— Pantoute... Voyons donc ! Comme si quelqu'un pouvait décider pour toi dans une affaire aussi importante ! Ça marche pas, ça ! Personne peut décider de ton avenir à ta place, mon garçon.

Pour quelqu'un devenu cordonnier parce que son père l'avait choisi pour lui, Jaquelin avait une conviction un peu difficile à saisir. Néanmoins, il avait l'air passablement sûr de lui.

— Laisse faire ce que veut monsieur le curé, poursuivit-il, il y a rien que le temps qui va pouvoir répondre à toutes ces questions-là. Dis-toi ben, Cyrille, que c'est normal de pas savoir ce qu'on veut faire dans la vie quand on a juste treize ans. Pense plutôt que c'est toi qu'on a choisi, pis oublie tout le reste !

Il y avait tellement de fierté dans la voix de son père que Cyrille en resta bouche cousue.

Pourtant, sur le sujet, Cyrille n'était pas d'accord avec son père. Peut-être bien qu'à son âge, la plupart des jeunes ne savaient pas ce qu'ils voulaient devenir plus tard, mais lui, par contre, il savait pertinemment qu'il voulait devenir cordonnier, comme son père et son grand-père avant lui. Il en rêvait depuis tout petit. Combien d'heures avait-il passées devant l'établi de Jaquelin, touchant les outils du bout du doigt, même s'il savait qu'en agissant ainsi, il s'attirerait les foudres de son père ? Mais c'était plus fort que lui et au moindre prétexte, le gamin se retrouvait dans la cordonnerie, comme d'autres aiment se retrouver devant un étalage de bonbons.

Néanmoins, devant l'enthousiasme que Jaquelin et Marie-Thérèse manifestaient à la perspective de voir leur fils faire de grandes études, Cyrille n'avait rien osé dire de ce que lui espérait pour l'avenir.

En fait, le pauvre Cyrille était totalement déstabilisé par la situation.

Si, d'une part, il y avait la fierté de ses parents devant le fait que leur fils aîné ait été remarqué par leur curé, il n'en restait pas moins que, d'autre part, son père serait probablement heureux d'apprendre que Cyrille aimerait bien suivre ses traces.

Mais pour le savoir, il lui aurait fallu le demander, et les mots pour le dire ne s'étaient pas présentés à l'esprit du jeune garçon.

La seule chose dont Cyrille était convaincu, c'était qu'au bout du compte, la décision lui reviendrait et que s'il décidait de rester au village, il décevrait ses parents.

Comme à treize ans, la vingtaine peut nous apparaître comme lointain, pour ne pas dire hors de portée, il opta donc pour des études immédiates, trouvant indéniablement flatteur d'avoir été choisi par le curé Pettigrew. Il se disait surtout qu'il avait devant lui bien des années pour faire entendre raison aux autorités concernées. Ce qui, en soi, n'était pas totalement faux.

Ce fut donc à ce moment que Cyrille avait levé les yeux pour fixer successivement son père et sa mère, avant d'annoncer :

— Je pense que j'vas dire oui à monsieur le curé.

À ces mots, Jaquelin avait bombé le torse en poussant un long soupir de soulagement. Marie-Thérèse, en revanche, avait cru entendre une certaine hésitation dans la voix de son fils. C'est pourquoi elle avait retenu sa bonne humeur pour lui demander :

— T'es ben sûr de ton choix, mon garçon ? À t'entendre, j'ai des doutes… On veut surtout pas te forcer la main, tu sais.

— Je le sais, maman, je le sais. Mais pour tout de suite, je dirais que c'est ça qui me tente. Vous le savez que j'aime ça apprendre des choses nouvelles.

Le disant ainsi, Cyrille n'avait pas l'impression de mentir, et ce fut la tête haute qu'il soutint le regard de sa mère. Cette réponse dut plaire à Marie-Thérèse, car elle avait aussitôt enchaîné joyeusement, laissant libre cours à son entrain :

— Ben, si c'est de même... Tu me fais plaisir en parlant comme ça, mon garçon. Pis pour plus tard, faut pas que tu t'inquiètes, avait-elle alors précisé toute souriante. Le curé Pettigrew m'a jamais fait peur, tu sais. Il crie fort, c'est ben certain, mais moi, ça m'impressionne pas. J'suis une bonne chrétienne, il a rien à me reprocher, pis si un jour faut que j'y parle en ta faveur, ben j'vas le faire sans la moindre hésitation. Au mois de septembre, tu pourras donc partir tranquille, mon gars, pis profiter de la chance qui t'est offerte. Laisse le temps te guider pour ton avenir.

Sage conseil que Cyrille avait accueilli avec tout le sérieux requis.

— Merci, maman. Vous avez raison. C'est sûr que de savoir que vous me comprenez, pis que vous allez m'aider en cas de besoin, ça aide à être moins inquiet.

— Ben tant mieux... Ça fait qu'on peut dire que c'est une bonne affaire de réglée ?

— Ouais, on peut dire ça.

— Comme ça, il te reste juste à l'annoncer au reste de la famille, je pense ben.

À ces mots, Cyrille s'était tourné vivement vers son père, qui venait de se glisser dans la conversation.

— Parce que c'est moi qui dois faire ça ?

— Pourquoi pas ? Il me semble que ça serait juste normal que ça soit toi qui parles à tes frères pis tes sœurs, avait alors approuvé Jaquelin, rapport que c'est à toi que monsieur le curé a fait la proposition, pas à moi. Mais t'auras pas besoin d'entrer dans les détails, par exemple, les plus jeunes comprendraient peut-être pas.

Voilà pourquoi, en ce moment précis, Cyrille faisait face à quatre regards chargés d'incrédulité posés sur lui. La petite Angèle, qui ne se sentait pas concernée par cette conversation des grandes personnes, s'amusait à effilocher le bord de son tablier.

— Mais je pars pas pour toujours, se sentit-il obligé de préciser, en tripotant ses ustensiles. Avec un peu de chance, je devrais ben revenir quelques fois durant l'année, hein, maman ?

Pas plus au courant que son fils des détails concernant le pensionnat, Marie-Thérèse s'empressa néanmoins d'acquiescer.

— C'est sûr, ça, que tu dois revenir quelques fois durant l'année. Au moins à Noël pis à Pâques… Mais c'est pas ça l'important, c'est le fait que t'es ben chanceux d'avoir été choisi par notre curé. Vous rendez-vous compte, les jeunes ?

À l'exception de la petite Angèle, tous les enfants Lafrance buvaient les paroles de leur mère.

— Votre grand frère va rentrer au collège au mois de septembre. C'est tout un honneur, ça là !

— Pis moi, j'vas pouvoir aller au collège plus tard ?

Benjamin regardait son grand frère avec une indéniable envie dans les yeux.

— Si tu continues d'avoir des bonnes notes, on sait jamais !

— C'est juste une question de notes ? rétorqua Benjamin, sur un ton qui, s'il était interrogatif pour être poli, n'en demeurait pas moins outrecuidant. Ben pas de problème ! M'en vas y aller au collège. Comme Cyrille. Moi aussi, j'ai des bonnes notes à l'école !

— Pis moi ? demanda alors Agnès, pour faire bonne mesure, même si au fond d'elle-même la perspective de quitter famille et amies ne lui faisait guère envie. On fait les mêmes propositions aux filles ? Mes notes sont quand même pas pires.

— Je pense pas qu'une offre comme celle-là s'adresse aux filles.

— Pourquoi vous dites ça, maman ? Me semble que ça serait pas tellement juste que ça soit uniquement les garçons qui…

— Bon bon, les grands mots, astheure ! coupa vivement Marie-Thérèse, aussitôt interrompue par le jeune Conrad, qui trouvait que la discussion s'éternisait inutilement.

— Coudonc ! Avez-vous fini de parler comme ça ? J'ai faim, moi !

— Moi aussi ! renchérit le petit Ignace, qui était à l'âge de répéter souvent ce que disaient les plus grands.

À ces mots, Marie-Thérèse tourna la tête vers eux.

— Ça sera pas long, les garçons. On va manger dans deux minutes, rassura-t-elle avant de revenir à sa fille, car elle n'en avait pas fini avec elle.

— Veux-tu ben me dire, Agnès, ce qui te passe par la tête, des fois ? De toute façon, qu'est-ce qui est vraiment juste, ici-bas ? C'est au paradis qu'on va connaître la vraie justice, ma petite fille ! On t'a pas appris ça, au catéchisme ? Pis en attendant le Ciel, nous autres, à Sainte-Adèle-de-la-Merci, on a le couvent pour apprendre tout ce que t'as besoin de savoir pour devenir une bonne maîtresse de maison. Le reste, c'est pas vraiment important pour les filles, pis l'un dans l'autre, tu perdrais ton temps dans un collège.

— Ouais, c'est un peu vrai…

— Bon, tu vois !

Marie-Thérèse était déjà debout.

— Pas besoin de parler de justice pour arriver à s'entendre ! Astheure, ma belle Agnès, tu vas te lever toi avec, pis tu vas venir m'aider à servir le souper. C'est encore la meilleure chose à faire pour préparer ton avenir !

Puis, affichant un sourire éclatant, Marie-Thérèse ajouta, tout en jetant un regard à la ronde, les deux mains appuyées sur son ventre distendu :

— Pour célébrer l'événement, j'ai fait un gros chapon avec des patates pilées pis des carottes du jardin. En plus, pour ceux qui vont avoir mangé toute leur assiettée sans dire un mot, il va y avoir un gros gâteau au chocolat pour le dessert. Avec des bleuets pis de la crème. Quand elle est passée me voir t'à l'heure, ma tante Félicité m'a aidée à cueillir tout ce que j'avais besoin pour le souper, pis elle a promis de venir manger un morceau de gâteau avec nous autres. Après tout, faut en profiter : c'est un peu comme une fête, cette affaire-là, pis les fêtes, ça arrive pas tous les jours, tout le monde sait ça ! Allez, Agnès, amène-toi !

De nombreux sourires saluèrent l'annonce de Marie-Thérèse. Leur maman avait bien raison : il fallait en profiter, d'autant plus que d'ici peu de temps, Cyrille ne serait pas toujours là pour célébrer avec eux !

En fait, il n'y avait que le principal intéressé, assis de l'autre côté de la table, qui affichait une mine abattue, se demandant ce qui lui avait pris de mettre le doigt dans un engrenage sur lequel il n'avait de toute évidence aucun contrôle.

Le collège !

Comme s'il avait besoin d'aller au collège pour devenir cordonnier !

Ça lui apprendrait aussi, à céder à la vanité !

CHAPITRE 2

À Montréal, sur la rue Adam

Le jeudi 2 août 1923, dans la cuisine de Lauréanne et d'Émile Fortin, un peu avant l'heure du souper

DEPUIS LEUR VISITE À SAINTE-ADÈLE-DE-LA-MERCI, en avril dernier, Lauréanne et son mari avaient fait le voyage à trois autres reprises.

— On a pas d'excuse pour pas être venus plus souvent par le passé, avait expliqué Émile en saluant la famille Lafrance, réunie dans la cuisine pour une corvée de rhubarbe à préparer en confiture par un beau samedi matin de la mi-mai.

Seul Jaquelin manquait à l'appel, mais comme la chose était habituelle, Émile n'avait fait aucune remarque.

— Après tout, sans enfants, on est libres de nos allées et venues, avait-il plutôt ajouté. Promis, vous allez nous voir régulièrement… Astheure, Marie-Thérèse, auriez-vous deux couteaux de plus ? On va vous aider, ma femme pis moi.

Marie-Thérèse avait d'abord répondu par un sourire radieux. Rien ne lui plaisait autant que ces visites improvisées.

— Quelle belle surprise ! Oui, on a des couteaux, c'est ben certain, avait-elle lancé en se levant de table. Mais va falloir me promettre que vous allez ramener quelques pots à Montréal, si vous voulez nous aider.

— Pas de problème. C'est ben bon de la confiture à la rhubarbe sur une boule de crème glacée… Si c'est de même, ma pauvre Marie-Thérèse, vous allez nous être pognée avec nous autres ben plus souvent. Moi, des pots de belles confitures, je mange ça à la petite cuillère !

Et les Fortin avaient tenu promesse !

Ils étaient revenus début juin, parce qu'il faisait tellement beau, et deux semaines plus tard, sous prétexte qu'ils avaient des tas de personnes à visiter et que Jaquelin venait d'avoir 37 ans. Ce jour-là, le cordonnier déchu avait même fait acte de présence à la table, du début à la fin du repas, se permettant à l'occasion une parole ou deux dans le cours de la conversation, ce qui avait fait grand plaisir à Émile.

En effet, d'une visite à l'autre, le pauvre homme continuait de s'inquiéter grandement de la morosité de son beau-frère.

— Faut qu'il soit déprimé, le beau-frère, avait-il confié à son épouse, au retour d'un de leurs voyages à Sainte-Adèle-de-la-Merci. Il doit être ben malheureux, pour être aussi silencieux ! Une chance que Cyrille soit là pour me tenir compagnie de temps en temps, parce que je trouverais le temps long par bouttes !

De leur côté, l'occasion faisant le larron, Marie-Thérèse et Lauréanne en avaient profité pour se rapprocher, et ce dont elles se doutaient un peu toutes les deux n'avait fait que se confirmer : elles s'entendaient à merveille, malgré leur différence d'âge !

— C'est comme si je venais de me trouver une grande sœur, tu sais !

À ces mots, Lauréanne avait rougi de plaisir.

— Pis moi, ça me fait une petite sœur à qui penser quand j'suis à Montréal. Si tu savais le nombre de fois que j'ai espéré en avoir une, quand j'étais plus jeune… Au lieu de ça, à six ans, j'ai eu un petit frère, pis le même jour, ben, je perdais ma mère. Toute une différence...

— Mais quel frère aussi ! avait enchaîné Marie-Thérèse, presque sévère, déçue de voir Lauréanne dire qu'elle aurait préféré une petite sœur. C'est quelqu'un de bien, mon Jaquelin.

— Je dis pas le contraire, Marie-Thérèse. T'as ben raison de dire que mon frère est un homme de cœur, pis de talent aussi. Pourtant, quand Jaquelin était petit, il l'a pas eue facile. Surprenant que ça ait pas joué sur son caractère plus que ça.

Lauréanne n'avait pas besoin d'en dire davantage pour que Marie-Thérèse sache que ces quelques mots faisaient référence à leur père, Irénée Lafrance.

— C'est vrai que mon mari est pas trop dur à vivre, reconnut-elle dans la foulée. Je connais pas grand-chose de son enfance, vu qu'il en a jamais trop parlé, mais ce que je sais, par exemple, c'est que rendu plus vieux, même si c'est pas rose tous les jours, il garde toujours son calme, avait-elle ensuite spécifié. Avec sa main en moins, pis son père qui arrête pas d'envoyer des lettres pour faire des menaces, au cas où mon mari arriverait pas à payer le loyer, il reste d'humeur égale. Pourtant, recevoir des lettres de même, ça doit ben gâcher sa journée, pis ça rendrait ben des hommes mauvais. Mais pas Jaquelin ! C'est pas dur de voir que ça l'énerve... Je le vois serrer les mâchoires ben fort à chacune des lettres que ton père envoie, mais il est pas plus marabout pour autant. Pauvre homme ! En serrant les dents comme il fait, on dirait qu'il veut empêcher des mots moins gentils de sortir de sa bouche.

— Oh ! Tant qu'à moi, il pourrait ben se choquer, Jaquelin, pis dire tout ce qu'il a envie de dire parce qu'il aurait pas tort ! Si tu savais comment j'essaye d'y faire entendre raison, à notre père, mais il y a pas plus tête dure que lui ! Pis, pour une fois, soyons donc honnêtes en disant les choses comme elles sont : il est pas ben fin non plus... Si on parlait d'autre chose, veux-tu ? J'ai ben assez d'avoir Irénée Lafrance avec moi à la journée longue.

Astheure que j'suis ici, avec toi, pour passer une belle journée, j'aimerais ça l'oublier un peu.

— Je te comprends ! Si le beau-père arrive à nous rendre nerveux, même à distance, je me doute un peu de ce que toi tu dois vivre au jour le jour… Viens, ma Lauréanne ! On va aller au jardin. J'ai plein de petites fèves vertes pis jaunes qui se sont mises à pousser depuis une semaine. Je dirais qu'elles sont en avance quasiment d'un mois ! Il y en a tellement qu'on arrive pas à tout manger. On va en cueillir un gros panier que tu ramèneras à Montréal. En plus, il fait beau comme c'est pas permis ! On va être ben confortables dehors. Après, on se fera un bon dessert, pour souligner la fête de Jaquelin. Après tout, c'est un peu pour ça que vous êtes ici !

Sur ces mots, Marie-Thérèse s'était relevée péniblement, son ventre énorme l'empêchant de se mouvoir avec élégance et d'agir avec efficacité. Ce qui avait fait décréter à Lauréanne, au moment où, sur le quai de la gare de Sainte-Anne-de-la-Pérade, elle attendait le train du retour en compagnie de son mari Émile, un immense panier à ses pieds :

— Pas question de revenir au village avant que Marie-Thérèse ait eu son bébé, je t'en passe un papier ! C'est pas des farces, la pauvre femme fatigue juste à l'idée de marcher.

— Elle avait pourtant l'air contente de nous voir, avait riposté Émile, qui commençait à prendre plaisir à ces petites escapades à la campagne. Pis c'était ben la première fois que Jaquelin avait autant de jasette. J'haïs pas ça placoter avec lui. J'haïs pas ça pantoute.

— Je dis pas le contraire. C'est vrai que Jaquelin a l'air d'aller un peu mieux. Quant à Marie-Thérèse, elle est toujours de bonne humeur. Mais à l'heure où on se parle, elle doit être éreintée sans bon sens.

— Mais elle est ben chanceuse quand même, hein, ma femme ?

En prononçant ces derniers mots, le grand Émile, habituellement plutôt jovial, avait affiché son visage triste. Ses traits semblaient s'être affaissés, laissant les rides plus marquées, et il promenait un regard de chien battu. Le fait de n'avoir jamais eu d'enfants avec sa Lauréanne bien-aimée resterait toujours le côté sombre de sa vie.

Émue, Lauréanne avait posé une main réconfortante sur le bras de son mari.

— C'est sûr qu'elle est ben chanceuse quand même, avait-elle accordé d'une voix très douce. Moi aussi, j'aurais aimé ça avoir de la misère à marcher pour la même raison qu'elle. Pis tu le sais.

Sur ce, le train avait sifflé, Lauréanne s'était redressée, puis elle avait poussé légèrement son mari dans le dos en direction du wagon arrêté devant eux. Elle avait alors ajouté d'une voix raffermie :

— Mais ça a pas été le cas, mon pauvre Émile, on a pas eu d'enfants, on sait pas trop pourquoi, pis on recommencera pas à pleurer sur notre sort, d'accord ? Allez, grimpe dans le train, mon homme, pis laisse-moi la place du fond, je veux m'installer près de la fenêtre. J'aime ben ça regarder les champs défiler à côté de moi. Surtout quand le soleil se couche comme en ce moment. On dirait, ma grand foi du Bon Dieu, qu'il y a des pépites d'or qui tombent du ciel sur les plants de blé d'Inde !

Ce voyage en direction de Sainte-Adèle-de-la-Merci avait été le dernier en date.

Et voilà que ce matin-là, après un long mois de silence, Lauréanne avait reçu une lettre écrite par Marie-Thérèse, au début de la semaine précédente.

> « ... *Fallait que je t'en parle,* écrivait-elle après les salutations d'usage. *Tu me croiras peut-être pas, rapport que la main de Jaquelin est toujours aussi morte qu'avant, mais la cordonnerie vient de rouvrir ses portes. C'est-tu assez plaisant, ça là ? Pis ben rassurant, je te dis rien que ça... Faut que je t'explique. Après que Jaquelin pis moi on a cousu une paire de bottines pour notre fille Agnès, on a compris qu'on pourrait travailler ensemble, à trois mains. C'était mon idée à moi d'essayer ça. Pis ça a marché !*

Hier, à la messe, durant le prône, monsieur le curé a même fait l'annonce que Jaquelin allait reprendre le travail, pis tout le monde s'est retourné vers nous autres. Tu peux pas savoir comment ça m'a fait plaisir de voir autant de sourires, même si j'étais rouge comme une tomate. C'est ben gênant, autant de monde qui te fixe ainsi… Mais Jaquelin avait l'air tellement content ! Pis depuis ce jour-là, juste à savoir qu'il peut travailler comme avant, mon mari s'est mis à parler comme un moulin. Je le reconnais pus. Pis il s'est mis à chanter, avec ! Le croirais-tu ? Si tu savais le plaisir que ça me fait. Tout ça pour te dire que les problèmes d'argent pis les idées noires ont des bonnes chances d'aller se promener ailleurs pour un méchant boutte de temps. Ça fait trois semaines que la cordonnerie a recommencé à recevoir des clients, pis ça dérougit pas ! Si j'en avais pas parlé avant, c'est juste que je savais pas trop si Jaquelin accepterait de travailler avec moi. Pis je savais pas non plus si ça marcherait. Mais là, on le sait, pis je trouvais que c'était une assez bonne nouvelle pour me donner la peine de t'écrire, d'autant plus que ça fait un petit moment qu'on a pas vu M. Touche-à-Tout, à qui on aurait pu demander de t'en glisser un mot.

Avant de finir, j'aimerais ça te demander d'en parler à ton père, pour lui dire de pus s'inquiéter ni pour nous autres ni pour ses sous à chaque mois. Moi, je saurais pas trop comment dire ça sans que ça ait l'air bête, pis tu dois ben te douter que c'est pas Jaquelin qui va le faire. Il garde une petite rancune contre son père qui s'est mis à nous envoyer des lettres pas trop gentilles depuis le printemps. Pour cette raison-là, ça serait gentil de ta part de t'en charger à notre place. Pis dis-y aussi que c'est pas nécessaire de nous envoyer encore des lettres. Il y a pas de danger qu'on oublie ses cinquante cennes chaque mois.

Voilà ce que j'avais à t'écrire. La prochaine fois que j'vas t'envoyer une lettre, ce sera pour t'annoncer l'arrivée du bébé. À moins que M. Touchette soit revenu dans les parages pis qu'il s'en charge ! Tu sais comment ça y fait ben plaisir de colporter les nouvelles !

Salue ben ton mari Émile de notre part. Jaquelin pis moi, on parle souvent de vous deux, pis on a ben hâte de vous revoir ! On s'ennuie de vos petites visites !
À bientôt.
Ta belle-sœur, Marie-Thérèse »

Lauréanne avait reçu la lettre des mains du facteur, ce matin, tout juste après le déjeuner, et cela devait bien faire quatre fois qu'elle la lisait, toujours avec un même large sourire illuminant son visage.

— Tu parles d'une bonne nouvelle, murmura-t-elle en repliant les deux feuillets. C'est ben certain que j'vas en parler au père ! J'ai même hâte de voir sa tête quand j'vas tout lui raconter. La journée va me paraître longue !

En effet, Irénée Lafrance s'était absenté pour la journée. Parti avant même le déjeuner, il passerait la majeure partie de son temps à la maison de campagne de Napoléon Martineau, et il ne reviendrait qu'en fin d'après-midi ou peut-être même en soirée.

La résidence secondaire de son ami Napoléon était située au bord du fleuve, à Pointe-aux-Trembles, pas trop loin de la ville.

C'était un vrai mystère, aux yeux de Lauréanne, de voir que, malgré son mauvais caractère et sa manie de jurer pour un oui ou pour un non, son père arrivait régulièrement à se faire des amis là où il passait. Elle s'en était même ouverte à son voisin, M. Touche-à-Tout, qui avait toujours une opinion bien arrêtée sur les événements et les gens. Comme de fait, la réponse du vendeur itinérant ne s'était pas laissé désirer longtemps.

— C'est ben simple, madame Fortin ! Si votre père a autant d'amis, c'est qu'on a toujours l'heure juste avec lui, avait alors déclaré Gédéon Touchette, au moment où Lauréanne, sourcils froncés, regardait son père s'éloigner sur la rue, en direction du petit casse-croûte qu'il fréquentait régulièrement pour boire un café avec des amis. Pas de fafinages avec M. Irénée, ni de demi-vérités, avait ajouté son voisin. Ou c'est blanc ou c'est noir. Avec lui, c'est jamais gris. Mais ça a au moins l'avantage d'être clair. C'est ça qui plaît chez votre père, vous savez ! Comme ses amis vivent pas à côté de lui tout le temps, son air bougon pis ses cris de colère que j'entends des fois jusque chez nous, ben eux autres, ils s'en fichent un peu.

Lauréanne avait salué son voisin sans répondre autrement que par un vague grognement d'approbation, accompagné d'un signe de tête poli.

— Merci ben, avait-elle finalement murmuré en refermant la porte de son logement, se disant qu'elle aurait pu y penser toute seule !

Lauréanne s'était alors dirigée vers la cuisine en se répétant qu'il était vrai que son père avait depuis longtemps pris l'habitude de garder ses principales sautes d'humeur pour ses enfants. C'était une donnée d'importance dans l'équation. Il l'avait souvent dit : être sévère et exigeant faisait partie de ce qu'il considérait comme une bonne éducation. Lauréanne ne devrait surtout pas l'oublier. De toute façon, des mauvais caractères, il y en avait partout, et ça n'empêchait pas la Terre de tourner.

Sur cette constatation remplie de sagesse, Lauréanne était passée à autre chose sans plus de réflexion.

Néanmoins elle profitait sans vergogne de chacune des absences de son père pour chanter à tue-tête dans la maison, ce que lui détestait par-dessus tout depuis le décès de son épouse, survenu de nombreuses années auparavant.

Sauf ce jour-là.

Bien que seule et malgré la joie ressentie pour son frère et sa belle-sœur, Lauréanne n'avait pas la tête à chanter. Elle l'avait surtout à tourner et retourner les mots de Marie-Thérèse pour trouver la manière appropriée de les servir à Irénée Lafrance, car avec son père, tout était possible, même dénicher du négatif là où il n'y en avait absolument pas ! Il fallait donc qu'il voie la situation d'un bon œil, tout comme elle, et qu'il accepte de relâcher la bride pour que Jaquelin puisse enfin travailler et vivre tranquille, comme avant l'incendie !

— Après tout, lança Lauréanne comme si elle s'adressait à quelqu'un qu'elle devait convaincre, il y a aucune raison pour que le père soit pas content. Pour une fois, il devrait pas me chialer après pour une nouvelle qui vient de Sainte-Adèle-de-la-Merci. Pensez donc ! La cordonnerie est rouverte. C'est en plein ce que le père voulait, non ? Tant pis si c'est pas Jaquelin qui a eu l'idée, pis tant pis s'il travaille pas tout seul. L'important, c'est que la cordonnerie marche à nouveau... Comme nouvelle, ça a rien à voir avec le feu de l'an dernier, pis l'accident du printemps où Jaquelin a failli mourir quand il a décidé de faire de la drave... Pauvre Jaquelin ! Il était temps que le vent se décide à souffler du bon bord pour lui. Surtout avec le bébé qui s'en vient... Le bébé... Dieu que j'ai hâte d'y voir la face, à cet enfant-là ! Pis Émile avec, je pense ben. C'est sûr que le jour où on va apprendre la naissance du p'tit, ça fera pas long feu avant que mon mari soit prêt à aller faire son tour au village !

Quoi qu'il en soit, que la nouvelle du jour fût bonne ou pas, Lauréanne, elle, fut intensément soulagée d'entendre son mari arriver du travail avant le retour de son père. Avec Émile dans la maison, il lui serait plus facile de tout raconter, surtout si Irénée Lafrance était fatigué de sa journée et, par conséquent, de mauvaise humeur.

Dès qu'elle reconnut le pas lourd de son mari qui remontait le corridor, Lauréanne vint à sa rencontre en brandissant la lettre.

— Regarde, mon homme ! Regarde ce que Marie-Thérèse m'a envoyé !

Émile leva les yeux vers l'enveloppe que Lauréanne secouait en souriant.

— Le bébé est arrivé ? demanda-t-il, tout guilleret, tandis qu'ils entraient ensemble dans la cuisine.

— Non pas encore, mais c'est quand même des bonnes nouvelles. Lis, Émile, lis-moi cette lettre-là ! Ça va te faire plaisir à toi avec, j'en suis pas mal sûre.

Le temps de trouver ses lunettes en demi-lune, puis Émile s'empara des deux feuilles que Lauréanne avait retirées de l'enveloppe.

La lecture ne prit qu'un instant.

— Nom d'une pipe ! T'as raison, ma femme. C'est juste du bon, tout ça, approuva Émile en hochant la tête.

Sur ce, le gros homme s'assena une grande claque de satisfaction sur la cuisse tout en esquissant un large sourire à son tour.

— Bateau d'un nom que c'est une bonne idée, ça là ! Travailler ensemble, c'est ce qui pouvait arriver de mieux pour eux autres. Le plus beau, là-dedans, c'est que ça a l'air de ben marcher ! Travailler à trois mains… C'est fou, j'y aurais pas pensé, mais je trouve que c'est une sacrée bonne idée !

— Que tu dis ! J'suis tellement contente pour Jaquelin, si tu savais. As-tu lu la même chose que moi ? Marie-Thérèse nous écrit que Jaquelin s'est mis à chanter. Tout un changement ! On dirait ben que mon frère est aussi heureux que moi, quand le père est pas là…

Il y avait tout plein de bonne humeur dans la voix de Lauréanne tandis qu'elle s'activait à mettre la table.

— Ça m'a fait tellement chaud au cœur de lire cette lettre-là, lança-t-elle par-dessus son épaule. J'espère juste, astheure, que le père va voir tout ça de la même manière que toi pis moi.

Ces derniers mots arrachèrent un regard d'incompréhension à Émile.

— Ben voyons donc ! Il a beau toujours chercher des poux là où il y en a pas, Irénée Lafrance est pas un cave. Il va comprendre assez vite que ça pourrait pas aller mieux… Tu sais comme moi à quel point ça le choquait de savoir la cordonnerie toujours fermée, non ?

— C'est vrai.

Lauréanne était revenue face à son mari à l'instant où il déclarait :

— Bon, tu vois ! Astheure, grâce à Marie-Thérèse, c'est du passé, tout ça. Les jours de misère sont derrière eux, et c'est une bonne chose. Mais ça vaut pour ton père avec, lui qui passait son temps à s'énerver, quand le premier du mois arrivait, parce qu'il avait peur de pas recevoir son loyer. Nom d'un chien ! Comme s'il avait besoin de cet argent-là pour vivre à l'aise !

Il y avait une certaine amertume contenue dans ces derniers propos, qui semblaient un peu inhabituels dans la bouche d'Émile, de qui on disait, la plupart du temps, qu'il était une bonne pâte ! Mais comme Irénée Lafrance était logé et nourri sans qu'il lui en coûte un sou et qu'il trouvait malgré tout matière à se plaindre, les mots échappés par Émile étaient tout à fait justifiés.

Pourtant, c'était lui qui avait proposé cet arrangement à l'amiable, lors de l'arrivée impromptue du vieil homme, qui, du jour au lendemain, en avait eu assez de son village, de sa cordonnerie et de son fils.

Et pas nécessairement dans cet ordre !

Mais ça avait été sans préavis d'aucune sorte qu'Irénée s'était présenté à la porte de sa fille et de son gendre, une lourde valise à la main.

— Le reste va suivre dans quelques jours, avait-il annoncé sans préambule. C'est Touchette qui va s'en charger.

Et sur cette drôle de perspective qui commençait à poindre et qui avait aussitôt alarmé Lauréanne, Irénée avait laissé tomber sa valise sur le plancher de la cuisine. Le bruit sourd s'était répercuté dans la tête et dans le cœur de la jeune femme comme le bruit d'un marteau clouant un cercueil, le sien, tandis que son père poursuivait comme si de rien n'était :

— À partir d'aujourd'hui, Lauréanne, c'est à ton tour de t'occuper de moi, avait-il alors déclaré tout en faisant quelques pas de plus dans la pièce, sans même saluer son gendre. Je l'ai fait pour toi durant quasiment vingt-cinq ans, tu me dois ben ça.

Sur le coup, malgré l'indélicatesse de cette arrivée pour le moins intempestive, Émile Fortin n'avait rien eu à redire, puisque c'était la vérité. Effectivement, de ce que Lauréanne lui en avait raconté, la petite fille n'avait jamais manqué de rien, sinon peut-être d'un peu de tendresse, mais ça, on ne pouvait le reprocher à un homme qui avait élevé ses enfants pratiquement seul. Par moments, la tâche avait dû être colossale, avec la cordonnerie qui l'occupait de nombreuses heures chaque jour et deux gamins à satisfaire. Toutefois, si Émile avait connu le mauvais caractère de son beau-père, surtout en présence de ses enfants, il aurait peut-être émis certaines conditions. Mais ayant fort peu fréquenté Irénée Lafrance durant les premières années de son mariage avec Lauréanne, il ne se doutait de rien, le pauvre Émile ! Il avait donc ouvert tout grand sa porte à cet homme certes effronté, mais qui était tout de même son beau-père.

— Vous êtes ici chez vous, le beau-père !

— J'en attendais pas moins de toi, le gendre !

Les habitudes s'étaient créées d'elles-mêmes, et avant même qu'Émile ait pu émettre un bémol quelconque, la routine s'était occupée de gérer le tout.

À partir de ce jour-là, le maître brasseur, par sa nature joviale, avait tenté de rendre la cohabitation la plus conviviale possible.

Cela durait maintenant depuis plus de dix ans.

— C'est réglé, poursuivit-il en redonnant la lettre à Lauréanne, astheure que c'est fait pis que la cordonnerie est rouverte, ton père aura pus de raison d'avoir peur pour son maudit loyer, pis il va peut-être arrêter de nous rebattre les oreilles avec ça. Ça serait toujours ça de gagné, ma femme ! Ouais… Arrête de t'en faire, Lauréanne, c'est ben certain que ça va faire plaisir à ton père d'apprendre que ton frère a recommencé à travailler.

— T'as probablement raison, mon mari. Je m'en fais encore pour rien, jugea Lauréanne en replaçant les papiers dans l'enveloppe qui retrouva aussitôt le fond de la poche de son tablier.

Irénée ne revint qu'à la tombée du jour. Encore installés à la table, Lauréanne et son mari étiraient avec délice ce repas pris en tête à tête, où il n'y avait eu ni cris ni remarques désobligeantes. Ils en étaient à une seconde portion de dessert quand la porte d'entrée s'ouvrit sur un pas lent.

Nul doute, Irénée était fatigué par sa journée.

Cependant, et fort curieusement, il semblait tout de même d'excellente humeur, ce que Lauréanne remarqua dès que son père s'imposa dans l'embrasure de la porte de la cuisine.

— Salut la compagnie ! Dérange-toi pas pour moi, ma fille, on a mangé sur la route, Napoléon pis moi… Mais je prendrais ben un café de plus, par exemple.

Aussitôt demandé aussitôt servi, Lauréanne revenait déjà avec une tasse fumante, ayant décidé de profiter de cette belle humeur inattendue. Mais avant qu'elle ait pu ouvrir la bouche, Irénée s'asseyait lourdement à la table en s'exclamant :

— Tu parles d'une belle journée, toi ! Ça faisait longtemps que j'avais pas vécu une aussi belle journée, ma fille. C'est beau en sacrifice, là-bas. Faudrait vraiment que tu voies ça, Lauréanne !

Par habitude, Irénée semblait ne s'adresser qu'à sa fille, comme si Émile n'avait guère plus de valeur qu'un vulgaire meuble. Curieux, comme attitude, puisque Irénée aimait bien son gendre et qu'il ne se gênait surtout pas pour le dire. Au besoin, il s'enorgueillissait même de la réussite professionnelle d'Émile, à titre de maître brasseur chez Molson, comme si lui-même y était pour quelque chose.

Ce soir, en revanche, c'était sa fille Lauréanne qu'il voulait épater, car il avait une petite idée qui lui trottait derrière la tête depuis le début de l'après-midi.

— J'ai jamais vu un beau chalet de même, tu sauras ! déclara-t-il avec emphase. Du bois verni sur les murs, une belle grande cuisine comme t'aimes, des grandes chambres, pis même un foyer dans le salon, comme chez les riches. Faut dire que Napoléon a des sous. Après tout, il a travaillé comme maçon pendant presque cinquante ans. C'est pas des farces, il y a ben la moitié de Viauville qui a poussé au boutte de sa truelle pis grâce à son mortier. C'est plein de maisons en pierres pis en briques, dans le coin, pis Napoléon les a toutes bâties, je crois ben !

Satisfait de l'image créée, Irénée éclata d'un rire tonitruant qui se termina, comme toujours, en une toux violente et grasse.

— Maudit docteur, aussi, observa-t-il, quand il eut repris son souffle. Il est pas capable de me donner un sirop qui a de l'allure ! Veux-tu ben me dire ce qu'il a appris à son école de docteur ? Ça fait des mois que je traîne cette maudite grippe-là... N'empêche que j'ai passé une sacrée belle journée.

Le temps d'une gorgée de café et Irénée repartait de plus belle.

— Savais-tu ça, ma fille, que j'étais jamais allé me promener sur l'eau ? Pas une seule fois durant toute ma vie. J'avais pas eu le temps, faut croire, avec toi pis ton frère à m'occuper, pis la cordonnerie à faire marcher... Ben là, c'est fait ! Napoléon a une sorte de grosse chaloupe. Selon lui, ça s'appelle une verchère, pis c'est là-dedans qu'on est allés sur l'eau du fleuve, lui pis moi... Ouais, ouais, regarde-moi pas avec ces yeux-là, Lauréanne : aussi vrai que j'suis là, assis devant toi, j'suis allé en bateau sur l'eau, pis j'ai ben aimé ça. Napoléon a même pêché une sorte de gros poisson, un doré, qu'il a appelé ça. Sa femme va y faire cuire demain, qu'il m'a dit, parce que moi, le poisson, j'ai jamais aimé ça. Mais ça a l'air drôle de sortir une bête de même de l'eau, par exemple... Tout ça pour dire que j'ai passé une sacrée belle journée, répéta Irénée sur un ton d'extase, ce qui le rendait presque sympathique.

L'occasion était trop belle pour ne pas en profiter, et sur le même ton, Lauréanne enchaîna, avec autant d'entrain que son père :

— Ben ici aussi, mon père, vous saurez que ça a été une journée agréable. M'en vas tout...

Malheureusement pour Lauréanne, ces quelques mots réveillèrent le naturel d'Irénée, qui lui revint sur-le-champ. Il jeta un regard moqueur autour de lui pour aussitôt contredire sa fille en l'interrompant cavalièrement.

— Comment veux-tu passer du bon temps ici, ma pauvre enfant ? demanda-t-il sur un ton de dérision. C'est juste un logement en ville ! À part le ménage, le lavage, pis le repas, il y a pas grand-chose à faire de plus. il est ennuyant sans bon sens ton logement !

La déception de Lauréanne fut immédiate et si visible qu'elle ébranla Émile dans la foulée. Il se redressa aussitôt sur sa chaise.

— Ben si c'est si plate que ça, comme vous dites, rétorqua-t-il vertement, pourquoi vous vous entêtez à rester avec nous autres, d'abord ?

De dénigrer ce qu'Émile voyait comme une preuve de sa réussite, tout en affligeant sa Lauréanne au passage, avait été la goutte de méchanceté inutile qui avait fait déborder le vase de sa bonne volonté.

Pourtant, Émile Fortin ne se fâchait à peu près jamais.

Tolérant, bon prince et patient, il écoutait sans jamais riposter ou s'obstiner. À son avis, il valait mieux laisser passer l'orage sans dire un mot et attendre une éclaircie pour s'expliquer, si jamais le besoin s'en faisait toujours sentir, bien entendu.

— C'est toujours plus facile de s'entendre à tête reposée ! argumentait-il lorsque sa femme, exaspérée par son père, lui demandait de temps en temps d'être un peu plus véhément dans ses ripostes. C'est pas moi, ça, ma pauvre Lauréanne, de crier pis de tempêter après le monde. Ça vaut à l'ouvrage, pis ça vaut chez nous aussi. Jeter de l'huile sur le feu, ça l'aide pas vraiment à s'éteindre.

Toutefois, il arrivait que l'accumulation des indélicatesses de son beau-père et la somme de ses injustices envers un peu tout le monde le fassent sortir de ses gonds. Ces jours-là, quand la tolérance d'Émile atteignait des limites insoupçonnées, sa colère éclatait tout d'un coup, comme un orage d'été, sans préavis d'aucune sorte, et les mots employés disaient vraiment le fond de sa pensée avec une froideur capable de geler les plus arrogants.

Comme ce soir !

— Bateau d'un nom ! Ça suffit, le beau-père ! poursuivit-il alors sur un même ton excédé. Il y a toujours ben des limites à ce qu'un homme peut endurer, pis j'en suis là.

Avec vous, il y a toujours quelque chose qui va pas, pis je commence à en avoir plein le casque. Ou ben la soupe est trop chaude, ou ben le ragoût est trop salé. Ou encore il fait trop chaud, pis le lendemain, vous avez trop frette ! Le plancher craque pis les fenêtres ferment mal. Le jaune des murs a l'air sale, pis la poulie de la corde à linge grince... C'est pas mêlant, on voit jamais la fin de vos lamentations. Nom d'une pipe ! Si c'est si plate que ça, chez nous, allez-vous-en ! On vous a rien demandé, Lauréanne pis moi, c'est vous tout seul qui avez pris la décision de venir vous installer en ville, pis on a été ben bons de vous accueillir comme on l'a fait !

Irénée, décontenancé, avait écouté son gendre la bouche entrouverte et les yeux écarquillés. C'est qu'elles étaient rares, les colères d'Émile, et plutôt spectaculaires ! Sa voix était grave et elle grondait en ce moment comme un roulement de tonnerre, tandis que les bajoues du gros homme tremblaient d'indignation. Toutefois, quand ce dernier dut s'arrêter pour reprendre son souffle, Irénée décida que ça avait assez duré.

— Pogne pas le mors aux dents, le jeune, coupa-t-il d'une voix cinglante. Tu mélanges tout ! J'ai jamais dit que j'étais pas ben, chez vous, j'ai juste dit que c'était ben plate par bouttes. C'est pas pareil pantoute, pis tu peux pas dire le contraire ! Une fois que t'as fait le tour des pièces, il reste pus grand-chose à faire à part écouter le radio... Mais je pense que j'ai trouvé la solution, pis une sacrée bonne solution à part de ça ! Tu vas voir, mon Émile, que j'suis pas juste un vieux malcommode, comme t'as l'air de le penser. Mon idée, elle va être bonne pour vous deux aussi. Même quand je serai mort, vous allez continuer d'en profiter !

Généreux de nature, Émile enterra aussitôt la hache de guerre. De toute façon, ses colères, bien qu'impressionnantes, ne duraient jamais, et celle de ce soir était déjà retombée. Comme il ne connaissait pas la rancune, non plus, il alla jusqu'à se montrer intéressé par ces quelques mots pour le moins mystérieux.

— Ben là, vous m'intriguez, le beau-père ! Une solution à notre logement, vous dites ? Je vois pas vraiment ce qu'il pourrait y avoir de mieux, parce que j'suis ben, moi icitte ! Un six et demie pour trois personnes, on peut pas dire qu'on est obligés de se marcher sur les pieds. Mais bon ! Si vous, vous pensez autrement, vous avez ben le droit... Pis ? C'est quoi cette solution-là ?

— Donne-moi deux minutes, mon garçon, le temps de rapailler mes idées, pis m'en vas tout vous expliquer ça...

Rassérénée de voir que la discorde entre son père et son mari n'avait été qu'un feu de paille, Lauréanne exprima son soulagement par une vive exclamation.

— C'est donc ben excitant, tout ça ! Allez, mon père, c'est quoi ?

Visiblement, Lauréanne partageait la curiosité de son mari. À défaut de pouvoir parler de la lettre tout de suite, puisqu'elle jugeait qu'il valait mieux entendre ce que son père avait à dire auparavant, elle avait choisi de se montrer exagérément intéressée. Ça faisait toujours plaisir à Irénée d'avoir l'attention des gens autour de lui et, au bout du compte, ce serait elle, Lauréanne, qui y gagnerait au change. Tout à l'heure, quand Irénée aurait fini de parler et que la bonne humeur serait de retour pour de bon, elle ajouterait au plaisir de tout un chacun en parlant de la cordonnerie enfin rouverte.

Devant le regard curieux de Lauréanne, Irénée bomba le torse de fierté. Oui, son gendre et sa fille allaient voir qu'il n'était pas seulement un vieux grigou. Bien au contraire, il s'apprêtait à leur faire plaisir. Un très grand plaisir !

Irénée prit une profonde inspiration, puis il promena les yeux de son gendre à sa fille, sur laquelle il s'arrêta finalement, toujours silencieux.

« Pourquoi s'entêter à voir juste Jaquelin comme seul héritier immédiat ? se répéta-t-il mentalement pour la énième fois de la journée. De toute évidence, il a eu sa chance et il l'a laissée passer. Tant pis pour lui. »

Voilà à quoi avait mené une seule journée à la campagne : Irénée Lafrance, ici présent, sain de corps et d'esprit, allait modifier son testament.

Pourtant, en partant de la maison, l'idée ne lui aurait jamais effleuré l'esprit. Pour lui, l'héritage était une étape importante dans la vie, même si on n'y était plus. Dans son cas, la chose était réglée depuis longtemps et jusqu'à ce matin, Irénée n'avait jamais eu la moindre intention d'y changer ne serait-ce qu'une seule ligne. Pour quelle raison l'aurait-il fait ? Même le notaire du village, consulté à l'époque, disait que la solution trouvée était d'une équité à toute épreuve.

— Personne ne pourra dire quoi que ce soit à propos de vos décisions, monsieur Lafrance !

Si le notaire le disait, c'est que ça devait être vrai. Voilà pourquoi, depuis toutes ces années, Irénée Lafrance dormait du sommeil du juste toutes les nuits, se répétant parfois qu'au jour de sa mort, le souvenir que l'on garderait du cordonnier du village serait celui d'un bon travailleur et d'un père équitable.

À ses yeux, le souvenir qu'on laissait à la postérité était aussi important que l'héritage que les descendants recevaient.

Dans le même ordre d'idées, ça expliquait aussi pourquoi l'incendie de l'automne précédent avait causé autant d'émoi chez Irénée. En effet, l'événement avait bousculé passablement ses plans et, par le fait même, lui avait causé quelques maux de tête.

Trois saisons plus tard, malgré le feu et l'accident subi par Jaquelin, il admettait tout de même, sans oser le dire ouvertement, que son fils n'avait pas manqué à sa parole, puisque l'argent du loyer avait été payé rubis sur l'ongle, tous les mois. Aux yeux d'Irénée, c'était d'une importance capitale.

À sa façon, Jaquelin était un bon fils.

Toutefois, en arrivant au chalet de son ami Napoléon, Irénée avait vite admis que le calme champêtre lui manquait. Voilà donc pourquoi il était si taciturne, certains jours, et si ronchon, sans trop savoir d'où lui venait ce malêtre. En un mot, Irénée Lafrance venait de comprendre qu'il s'ennuyait de sa campagne !

Le temps d'une profonde inspiration tout en regardant autour de lui, et le vieil homme avait esquissé l'ombre d'un sourire qui s'était épanoui au cri d'un geai bleu. Avec son visage tout ridé offert à la caresse du soleil, Irénée avait constaté en son for intérieur qu'après tout, il avait passé la majeure partie de sa vie dans un village et de se retrouver en pleine campagne, sans le bruit de la ville, était pour lui comme une sorte de retour à ses sources.

À sa plus grande surprise, Irénée Lafrance devait admettre qu'il appréciait grandement la chose.

Durant de longues minutes, il s'était senti ému par tous ces souvenirs qui remontaient en vagues lentes, lui rappelant l'époque où il avait été heureux, sans compromis, en compagnie de son épouse. Ils habitaient alors dans une belle maison qu'il avait construite expressément pour elle et leur famille, tout en gardant un petit espace à peine suffisant pour satisfaire aux nécessités d'un travail qu'il aimait bien.

Oui, ce matin-là, face au fleuve, Irénée avait compris qu'il s'ennuyait de la campagne et cette prise de conscience avait été une sorte de révélation et une tentation difficile à repousser !

Qui l'eût cru ? Irénée Lafrance aimait la campagne, et beaucoup ! Voilà ce qui manquait à son équilibre. Bien sûr, il n'avait jamais été un homme jovial, mais tout de même, il n'avait jamais été aussi bougon que depuis ces dernières années. Du moins, le croyait-il.

De plus, il y avait au bord du Saint-Laurent, avec cet horizon que les flots portaient très loin devant, une sensation de liberté qu'il avait su apprécier tout au long de la journée.

« Et pourquoi pas ? » s'était-il répété à plusieurs reprises, durant l'après-midi, alors que la chaloupe de son ami ballottait mollement au gré de la houle.

Ce fut ainsi, sur le chemin du retour, qu'il en était arrivé à la conclusion qu'à son âge, il n'avait pas de temps à perdre. S'il voulait se faire plaisir, c'était tout de suite qu'il devait le faire, ou alors il serait trop tard.

Puis, dans le cours de ses pensées, le nom de Lauréanne était brusquement apparu en lettres rouges. Aussitôt, Irénée y avait vu une belle justification à tout ce qu'il était en train d'élaborer.

Le vieil homme s'était dit que sa fille aussi méritait bien sa part, et sans devoir attendre qu'il meure.

La vague tentation était alors devenue projet.

Et tandis qu'Irénée se répétait ces mots, tout en avalant une longue gorgée de café, Lauréanne, de son côté, eut le temps de penser que devant l'évidente bonne humeur de son père, apprendre que la cordonnerie était enfin rouverte serait la conclusion idéale à ce qui ressemblait à une fort belle journée pour lui. Au même instant, Irénée assena une petite claque sur la table, la faisant sursauter.

— Bon ! Assez jonglé ! Tu vas voir, Émile, que j'suis pas si déplaisant que j'en ai l'air, pis en même temps, ça va rejoindre ce que je viens de vous dire à propos du logement. Je le sais que c'est confortable icitte maudit sacrifice, pis je comprends pas que t'aies pu croire que je pensais autrement. C'est toujours ben pas de ma faute si ces maudits planchers craquent, pis je te ferai remarquer que j'en fais la critique juste quand ça me tombe sur les nerfs !

— C'est vrai.

— Bon, tu vois que j'ai pas tort tout le temps. N'empêche que je trouve que c'est un peu petit pour trois adultes, rapport qu'il y a pas de cour pour aller s'éventer quand la chicane pogne, pis de fait, ça manque un peu d'air. Tu peux pas dire le contraire, enfin ! On a même pas un carré de gazon pour s'asseoir dehors quand il fait beau, juste une galerie au gros soleil…

Sur cette constatation, Irénée poussa un gros soupir avant d'ajouter :

— Je comprends pas pourquoi vous m'en voulez tout le temps quand je fais juste dire la vérité… C'était pas une manière de me plaindre. Loin de là ! C'était juste une manière de voir notre vie de tous les jours, sans méchanceté. Après tout, c'est notre réalité à nous trois, de vivre ensemble. Malgré ça, c'est une réalité que j'ai ben l'intention d'améliorer.

— Ben voyons donc, vous ! Me semble que…

— Laisse-moi donc finir, maudit sacrament ! interrompit Irénée en donnant une seconde tape sur la table.

Puis, du bout d'un index jauni par le tabac, le vieil homme se tapota le front.

— Tu vas voir, le gendre, qu'il y en a, là-dedans, je te dis rien que ça !

— Oh ! J'en ai jamais douté.

— Ben tant mieux… Bon ! Astheure, v'là ce que j'ai pensé tout le long de l'après-midi pis du chemin en revenant du chalet de Napoléon… C'est pas tellement compliqué, vous allez voir ! En fait, ça se résume à une seule question : pourquoi on en aurait pas un, nous autres avec ?

— Un quoi ? Un chalet ?

Lauréanne avait les yeux grands comme des soucoupes, arrivant difficilement à suivre la logique des propos de son père.

— C'est ça que vous voulez dire, mon père ? Avoir un chalet ?

— Ben oui, sacrament, un chalet ! Fais pas cette face-là, t'as l'air niaiseuse ! De quoi tu veux que je parle, Lauréanne ? Depuis t'à l'heure que je répète que c'était beau, à la campagne, pis que c'était un bâtiment plein d'agrément, pis que j'ai ben aimé ça, le grand air pis tout ce qui va avec. C'est ben certain que c'est d'un chalet que je parle, pas d'une brouette, maudit sacrifice !

— Ben voyons donc, mon père ! Ça doit coûter une vraie fortune, une maison en campagne !

— Pauvre Lauréanne ! Toujours les grands mots : une fortune, rien que ça ! Voyons donc ! C'est sûr que ça doit pas être donné, j'suis pas cave à ce point-là, pis je peux m'en douter un peu. Mais c'est sûrement pas la mer à boire non plus. On parle pas d'un château, on parle d'une petite maison au bord de l'eau. Juste ça, ça me suffirait. Quelques chambres, une grande cuisine, une belle galerie juste devant le fleuve... Avec une chaloupe, comme de raison, pour qu'on puisse aller se promener sur l'eau pis pêcher des poissons... Pis, vous en dites quoi de mon idée ?

— J'sais pas trop quoi vous répondre...

L'enthousiasme de Lauréanne avait fondu comme neige au soleil. Détournant la tête, elle sembla consulter son mari du regard. L'idée était séduisante, sans aucun doute. Qui n'aimerait pas avoir un pied à terre au bord de l'eau ? Surtout l'été quand il faisait une chaleur torride en ville. Mais en avaient-ils les moyens ? Bien sûr, Émile gagnait bien sa vie et, sans être mise dans la confidence, Lauréanne se doutait bien qu'ils avaient de l'argent de côté. Alors quelle serait la contribution demandée, le cas échéant ?

Émile comprit l'interrogation de son épouse sans la moindre difficulté. Avec Irénée dans la maison, c'était régulièrement qu'ils se consultaient ainsi du regard, sans prononcer une seule parole. De toute façon, en ce moment, Émile se posait justement la même question.

Le temps d'un regard intense entre Lauréanne et son mari, puis ce dernier tourna la tête vers Irénée, qui les examinait à tour de rôle, avec une certaine impatience dans le geste du doigt qui tapotait la table.

— Pis ? On dirait que ça vous tente pas.

— C'est pas ça, mon père, s'empressa de répondre Lauréanne, en ramenant aussitôt les yeux sur Irénée. C'est peut-être que ça nous paraît un peu gros, comme projet.

— Si c'est bon pour mon ami Napoléon, ça peut l'être pour moi aussi, ma fille. Lui, il a fait son argent dans le caillou, pis moi, je l'ai fait dans les bottines. Elle est où la différence ?

— Ouais, mettons... Mettons que vous avez les moyens, je mettrai pas vos dires en doute. Mais ça, c'est bon pour vous, mon père. Nous autres, on en est pas encore là, Émile pis moi. Du moins, je le pense. Pis mon mari aurait son mot à dire dans un projet comme celui-là, ça c'est certain. En fait, en quoi ça nous regarde, votre idée d'avoir un chalet ?

— Tu le vois pas ? Pourquoi faut toujours tout te dire, à toi ? Ça vous regarde dans le sens que ce chalet-là, on va y aller ensemble, non ?

— Ça se pourrait, oui.

— Comment ça, ça se pourrait ? Maudit baptême, Lauréanne ! J'cherche à vous faire plaisir, à toi pis Émile, pis c'est tout ce que t'as à me dire ? Ça se pourrait…

— Choquez-vous pas, mon père, j'ai jamais dit que ça me tentait pas ! C'est sûr que j'aimerais ça, ben gros. Qui aimerait pas ça ? Mais je le répète, ça me paraît un peu cher pour nos moyens, c'est tout.

— J'ai parlé de vous faire payer quelque chose ?

— Non mais…

Tout en essayant de se justifier, Lauréanne sollicita l'opinion de son mari. Elle le fixait avec insistance, tandis que son père continuait de s'emporter.

— Oh ! Lâche-moi tes maudites peurs de tout, tes « oui mais », pis tes « peut-être » ! Laisse-moi donc aller sans dire un seul mot de travers, pour une fois. Tu vas voir que ça te coûtera pas une cenne.

Jusqu'à maintenant, Émile s'était bien gardé d'intervenir. Il n'assistait pas à sa première altercation entre le père et la fille, et autant que faire se peut, il évitait de s'immiscer entre les deux. Toutefois, en ce moment, on ne parlait pas de quelques sous, on ne discutait pas de l'achat d'une casserole ou de la grosseur d'un rôti pour le souper, non, cette fois-ci, on parlait plutôt d'investissement. Comme dans ce domaine, c'était lui qui avait habituellement le dernier mot, et qui tenait les cordons de la bourse familiale, bien sûr, Émile se permit donc de glisser son grain de sel dans la conversation, d'autant plus qu'il semblait bien que Lauréanne ait espéré qu'il le fasse.

— Sans vouloir être indiscret, le beau-père, où c'est que vous allez prendre l'argent pour acheter une maison ? Même un petit chalet, faut quand même arriver à payer les traites à chaque mois, non ?

— Non ! Pas si on paye cash !

La solution proposée par Irénée engendra un moment d'hébétude.

Irénée Lafrance aurait autant d'argent ?

Émile fut le premier à retrouver ses esprits après avoir regardé furtivement Lauréanne.

— Ah bon ! Cash ? On rit pus ! Comme ça, vous auriez une fortune qu'on connaîtrait pas, Lauréanne pis moi ?

À son grand désarroi, Émile comprit trop tard qu'il n'aurait jamais dû parler sur ce ton sarcastique. Irénée se tourna vivement vers lui.

— Une fortune ! Batince, te v'là rendu comme ma fille... Une fortune, c'est un ben grand mot, tu penses pas, Émile ? Pis c'est une réalité qui s'adresse pas nécessairement à moi. Mais j'ai du bien, par exemple, ça oui. J'ai quelque chose qui a une certaine valeur, mais malheureusement, c'est pas ben utile par les temps qui courent... J'ai donc décidé de mettre tout ça à profit pis de m'en servir pour acheter un chalet, qui va vous revenir un jour, à toi pis à ma fille. C'est ma manière à moi de vous dire merci pour toutes les années que je passe avec vous autres. J'suis quand même pas un ingrat, malgré tout ce que tu sembles penser de moi.

Au-delà de l'incertitude qui persistait quant au projet, Lauréanne fut tout de même sensible à ces derniers mots, combien rares dans la bouche d'Irénée Lafrance.

— C'est ben fin de votre part, mon père, de penser de même, pis de vouloir nous remercier, Émile pis moi, fit-elle d'une voix émue. Je l'apprécie ben gros. Et j'suis sûre que c'est pareil pour mon mari. Mais si vous étiez un petit peu plus clair dans vos propos, peut-être qu'on comprendrait un peu mieux ce qui va se passer, pis ça nous aiderait sûrement à se faire une opinion.

— C'est ben simple, ma fille... M'en vas vendre une cordonnerie qui sert pus à personne, pis j'vas acheter un chalet à la place !

À ces mots, la réaction de Lauréanne fut instantanée. Les yeux écarquillés, elle fixa son père sans répliquer quoi que ce soit, l'esprit désespérément vide tout en étant visiblement contre l'idée. Elle était estomaquée.

Vendre la maison et par la même occasion se débarrasser de la cordonnerie de Sainte-Adèle-de-la-Merci ?

Quelle idée de fou !

Lauréanne était à ce point stupéfaite qu'elle en oublia la lettre reçue le matin même. Allons donc ! Son père ne pouvait pas parler sérieusement.

— Pis Jaquelin, lui ? réussit-elle enfin à demander d'une voix étranglée.

— Quoi Jaquelin ?

— Ben... La maison, c'est quand même un peu à lui, non ? C'est là qu'il demeure avec sa famille, en tout cas. Comment pouvez-vous imaginer que...

— J'imagine rien pantoute, trancha Irénée. D'abord, la maison est pas à ton frère, pis tu le sais. Pas pour astheure, du moins. C'est toujours à moi, c'est inscrit en toutes lettres sur les papiers du notaire, pis je peux ben en faire ce que je veux. C'est pas le fait d'y rester qui change quoi que ce soit pour ton frère. Ensuite, pour le métier, au cas où tu me le demanderais, Jaquelin a laissé passer sa chance, ma pauvre Lauréanne, et c'est pas faute de l'avoir aidé. Mais qu'est-ce que tu veux ? Ton frère est fait de même : il a pris les mauvaises décisions, au mauvais moment, sans même m'en parler, comme si ça me regardait pas. Ben qu'il vive avec les conséquences, astheure ! Moi, j'ai rien à me reprocher là-dedans, vu que j'ai rien eu à dire à propos de la situation. Pour le logement, par contre, Jaquelin va avoir sa part, crains pas. J'ai deux enfants, pis j'ai toujours pensé que ce que j'ai accumulé durant ma vie serait divisé en deux parts ben égales. Il y aura pas une cenne noire qui va aller plus d'un bord que de l'autre. Tu sais pas tout, ma petite fille, pis faudrait pas que tu sautes aux conclusions trop vite... Je... Pis calvaire, j'ai rien à justifier devant toi pour le moment. Tu verras tout ça dans le temps comme dans le temps !

Irénée fulminait à la seule pensée qu'on puisse lui prêter la moindre intention malveillante à l'égard de son fils. Ce n'était pas de sa faute si Jaquelin était juste un écervelé !

Et ce n'était pas de sa faute, non plus, si le père et le fils n'arrivaient jamais à s'entendre.

En revanche, Jaquelin était son garçon, malgré tout, et pour Irénée, ça faisait foi de tout.

Le vieil homme inspira bruyamment, tandis que devant lui, tant Émile que Lauréanne restaient sans voix.

— En attendant, poursuivit Irénée, j'suis pas sans-cœur, non plus. Je le sais ben, va, que mon gars est le père d'une grosse famille, pis qu'il a besoin d'avoir un toit sur la tête. Je le laisserai pas dans la rue, inquiète-toi pas. Mais d'un autre côté, pas question de laisser s'empoussiérer une cordonnerie qui sert pus à rien, par exemple, tandis que Sainte-Adèle-de-la-Merci aurait besoin d'un commerce comme celui-là. J'ai pas passé toute ma vie à servir ma paroisse pour aboutir à ça, maudit sacrifice ! Ça fait que j'vas vendre la maison pis la cordonnerie qui vient avec à quelqu'un qui connaît ça, pis qui va pouvoir en tirer parti. Me semble que…

— Pis si je vous disais que la cordonnerie est rouverte ? lâcha Lauréanne avec précipitation, ressentant jusqu'au fond des entrailles l'urgence d'agir avant que la situation s'embourbe.

La question de Lauréanne, qui ressemblait bien plus à une suggestion, comme si pour elle tout était subitement réglé, tomba sur la cuisine comme un pavé tombe dans la mare, laissant des sillons et des remous.

Émile en retint son souffle tandis qu'Irénée en resta bouche bée.

Le vieil homme hocha la tête, de gauche à droite, le temps d'encaisser l'annonce, d'en voir les conséquences immédiates, avec un profond sentiment d'injustice, puis lentement, il tourna les yeux vers sa fille.

— Que c'est que tu viens de dire, toi là ? J'ai-tu ben entendu ?

— Oui, oui, son père… Je vous ai demandé si ça changerait quelque chose à votre projet si la cordonnerie était rouverte ?

Irénée leva les yeux au plafond, dans une parfaite parodie de l'exaspération. Il n'avait pas envie de répondre à ce qu'il considérait comme étant une question inutile, la spécialité de Lauréanne selon lui, soit dit en passant.

Bien sûr que le fait que la cordonnerie soit en activité changeait quelque chose ! Comment voir la situation autrement ? Cela changeait même toutes les données de l'équation, et le beau projet de chalet qu'il échafaudait depuis le midi avait de fortes chances de finir en eau de boudin avant même d'avoir vu le jour.

Durant un court moment, Irénée ferma les yeux, déçu, terriblement déçu, et brusquement, il en voulut à son fils de toute l'immensité de cette déception.

Pourquoi fallait-il que Jaquelin soit toujours en travers de sa route ? Le pire, dans tout cela, c'était qu'il l'était depuis sa naissance, alors qu'il avait coûté la vie à sa mère.

À cette pensée, Irénée sentit son cœur se serrer douloureusement. Le temps de se ressaisir dans une longue inspiration, puis il revint à Lauréanne en exhalant bruyamment tout l'air qu'il venait d'inhaler.

— Maudit sacrament ! C'est quoi ça, encore ?

— C'est juste la vérité… La cordonnerie est rouverte. Je pensais que ça vous ferait plaisir.

— Ça aurait pu me faire plaisir, je dis pas le contraire, soupira l'homme à la tête grise.

Irénée semblait avoir beaucoup vieilli en quelques minutes à peine. Son regard s'était éteint et ses traits affaissés accusaient tout à coup une grande fatigue.

Ou une immense désillusion.

— C'est ben certain, reprit-il d'une voix lasse, que d'apprendre que la cordonnerie est ouverte, c'est pas pour me déplaire. Mais ce soir, vois-tu, ça me fait un peu moins plaisir, rapport que j'avais trouvé une solution qui faisait l'affaire de tout le monde, pis que j'aurais pu…

— Ça, c'est vous qui le dites ! coupa Lauréanne, profitant de cette énergie inespérée qu'elle ressentait à défendre l'avenir de son frère. Pas sûre, moi, que votre idée aurait fait l'affaire de tout le monde, à commencer par Jaquelin. Mon frère aurait sûrement pas aimé ça, voir la maison qu'il vient tout juste de reconstruire se faire mettre en vente de même.

— Ça, ma pauvre Lauréanne, c'est pas mon problème. Pis c'est pas le tien non plus… C'était juste normal que ton frère rebâtisse la maison que je lui avais confiée en bon état. Pis viens pas m'ostiner là-dessus... intima Irénée en pointant l'index vers sa fille en train d'ouvrir la bouche pour rétorquer quelque chose. Mais c'est pas de ça qu'on parle, pour astheure, pis… Mais attends donc minute, toi là !

Un vif éclat d'incompréhension redonna vie au regard d'Irénée.

— Ça marche pas ton affaire, ma pauvre fille. À moins que la main morte de Jaquelin soit tout à coup guérie, comme par miracle, ce qui serait ben surprenant, explique-moi donc comment il fait pour travailler ?

— Ah ça !

Glissant la main dans la poche de son tablier, Lauréanne, toute souriante, en ressortit la lettre de Marie-Thérèse, qui commençait à être fripée, à force d'avoir été pliée et dépliée.

— Tenez, son père ! Tout est écrit là-dedans. Vous allez vite comprendre comment ça va marcher.

— Parce qu'il y a une lettre, en plus ? Pis je le savais pas, ben entendu. Encore une fois, je compte pour des peanuts, moi ! Comment ça se fait que t'as une lettre qui…

— Comment j'aurais pu vous en parler ? interrompit précipitamment Lauréanne. La lettre est arrivée ce matin pis vous étiez déjà parti.

— Ouais, on dit ça… Tu pourrais ben prétendre n'importe quoi, ma pauvre fille, que je pourrais pas vérifier. Allez, donne-moi cette lettre, que je me fasse une idée de la situation.

— Vous allez voir, le beau-père ! intervint Émile en mettant le plus d'enthousiasme possible dans sa voix. Jaquelin pis Marie-Thérèse ont eu une bateau de bonne idée pour redémarrer la cordonnerie !

— Ça, c'est toi qui le dis, le gendre ! Moi j'en sais rien. Astheure, taisez-vous, je veux lire en paix.

La lecture d'Irénée sembla laborieuse. Quand il arriva à la signature de Marie-Thérèse, il resta immobile durant un bon moment, puis, lentement, il leva les yeux vers sa fille et ensuite vers son gendre. Il hocha la tête, sans dire un mot, puis il baissa les yeux pour lire la lettre une seconde fois, afin d'être bien certain d'avoir tout compris. Ensuite, il replia les deux feuillets et les déposa devant lui.

— C'est moi, ou quoi ? murmura-t-il en secouant la tête dans un geste de découragement qui ressemblait aussi à du déni. Sacrament ! Il y a jamais personne qui voit les choses comme moi… À croire que le monde est aveugle !

Irénée se donna la peine de remettre la lettre dans son enveloppe, puis il la lissa consciencieusement. Pour l'instant, seule la réouverture de la cordonnerie captait son attention.

— Comme ça, ajouta-t-il en haussant la voix et en levant les yeux vers son gendre, toi, Émile, tu trouves que c'est une bonne idée que Marie-Thérèse a eue là ? Tu trouves que c'est intelligent de travailler à deux, mon gars pis elle ?

— Pas vous ? demanda alors Émile, avec une certaine prudence.

— J'haïs ça quand tu me réponds par une question, Émile, comme si t'avais pas ta propre opinion ! Mais j'vas te donner le fond de ma pensée… Non, je trouve pas que c'est une bonne idée. Pas pour l'instant, en tout cas. D'après ce que je peux lire, la paroisse au grand complet est revenue à la cordonnerie, pis ça, c'est une bonne nouvelle. Je dirai jamais le contraire. J'avoue même que j'en espérais pas autant. Mais en disant ça, ça veut aussi dire que ça fait ben des galoches à réparer.

— Ben c'est tant mieux, non ?

— Non… Non, c'est pas tant mieux dans les circonstances actuelles parce que d'ici peu de temps, Jaquelin va se retrouver seul pour travailler… Avec juste une main ? Ça serait fou d'y penser ! Essayez donc d'imaginer ça, durant une petite minute : le Jaquelin, seul dans sa cordonnerie, avec juste sa main gauche pour travailler… Maudit sacrament ! Comment ça se fait que vous avez pas pensé à Marie-Thérèse qui va avoir son p'tit dans quelques jours ? Pis ça, c'est si c'est pas déjà fait, à l'heure où on se parle. Alors elle sera pus capable de…

— Ben voyons donc, mon père ! Ils ont ben dû prévoir la chose, non ? Ils ont ben dû trouver une sorte de solution en attendant.

— Tu penses ? C'est drôle, mais j'ai rien vu de ça, moi, dans la lettre. Pas l'ombre d'une possibilité. Même entre les lignes, il y avait rien qui laissait supposer que tout était sous contrôle. Pis laisse-moi te dire que je sais de quoi je parle… Quand ton frère est venu au monde, j'en dormais pus, tellement il y avait de l'ouvrage. C'était trop pour un seul homme pis j'ai dû demander aux bonnes sœurs du couvent de venir m'aider.

— C'est vrai, je m'en rappelle, murmura Lauréanne en baissant les yeux, ramenée brusquement à une période de sa vie qui n'avait pas été des plus agréables.

— Bon tu vois ben ! Pis moi, j'étais juste le père. J'avais pas à vivre mes relevailles comme une femme. Imagine un peu ce que Marie-Thérèse va avoir à endurer durant les prochains mois. C'est clair qu'elle sera pas capable d'aider Jaquelin pendant ben des semaines. Pis quand je dis ben des semaines, c'est sûrement plus que deux ! Ça fait que… Que penses-tu que ça veut dire, tout ça ?

— Que la cordonnerie va devoir fermer ses portes pour un boutte ?

— Évidemment ! Comment ça se fait que j'suis toujours le seul à réfléchir, ici ? C'est donc ben niaiseux, ce que tu viens de dire là, Lauréanne ! Non, la cordonnerie peut pas ouvrir pis fermer comme une girouette ! Surtout pas au mois d'août quand l'école est à veille de recommencer, pis que le temps va se mettre à rafraîchir. Tout le monde va se réveiller en même temps, je te dis rien que ça, pis tout le monde va avoir des souliers à faire réparer. C'est de même toutes les années, tu devrais ben t'en rappeler ! Ça changera pas parce que Marie-Thérèse vient d'avoir un bébé. Ça fait que c'est moi qui vas être obligé d'aller aider Jaquelin. Qui d'autre ? Au lieu de penser à aller me reposer en campagne comme je le mériterais, va falloir que je recommence à travailler… Maudit baptême, j'en peux plus de tout ça ! J'vas m'en rappeler de ma journée au bord de l'eau, calvaire de calvaire ! J'vas m'en rappeler longtemps !

Fermé à toute discussion, Irénée Lafrance se retira dans sa chambre.

Dès le lendemain matin, il quitta le logement de la rue Adam très tôt, alors que son gendre n'était pas encore parti pour la brasserie.

— Voulez-vous que je fasse envoyer un télégramme, son père ? Pour prévenir de votre visite ?

— Ma visite ? C'est pas pantoute une visite que j'vas faire, parce que si je pars ce matin, je sais pas trop quand c'est que j'vas revenir… Dans mon livre à moi, ça s'appelle pas une visite, ça là, ça s'appelle un retour dans le passé ! Pas besoin de télégramme. Dépense pas pour ça, ma fille. J'ai besoin de personne pour me rendre au village, et là-bas, ils me prendront ben quand j'vas arriver.

— Si c'est de même, intervint Émile, laissez-moi au moins vous payer un taxi jusqu'à la gare.

— Ça par contre, c'est pas de refus. Je rajeunis pas, pis c'est ben curieux ce matin, je trouve que ma valise est un brin pesante.

Jamais Lauréanne n'avait vu son père aussi placide. Il parlait d'une voix égale, sur un ton résigné.

Émile était déjà sorti pour trouver une voiture libre.

Quand son mari revint devant la maison dans une auto noire toute rutilante, Lauréanne vit son père s'installer dans le taxi avec une certaine appréhension.

— C'est fou, murmura-t-elle à Émile qui venait de la rejoindre, c'est comme si, ce matin, je venais de voir mon père pour la dernière fois.

Au coin de la rue, le taxi était en train de disparaître.

— Voyons donc, ma femme, prends pas ça de même.

Tout en parlant, Émile avait passé un bras rassurant autour des épaules de Lauréanne.

— C'est vrai que ton père avait l'air abattu, comme ça, mais inquiète-toi pas… C'est juste un peu de déception. Mets-toi à sa place, bateau d'un nom ! Hier au soir, il se voyait déjà dans son chalet, pis l'instant d'après, il a compris que non seulement il y aurait pas de maison en campagne, mais qu'en plus, il devrait retourner travailler. Pour un boutte, du moins. À son âge, j'ai dans l'idée que ça doit pas être facile à accepter, tout ça. Pas facile pantoute. Mais laisses-y le temps. Ça va finir par lui passer, crains pas. Tu vas voir ! Dans pas trop longtemps, il va nous revenir aussi malcommode qu'avant.

— Ben si c'est le cas, je me plaindrai pus jamais de son mauvais caractère. C'est vrai qu'il l'a pas eue facile, notre père. Pis c'est vrai, avec, que Jaquelin pis moi, on a jamais manqué de rien, grâce à lui.

— C'est tout à ton honneur de dire des affaires de même, ma belle Lauréanne, d'autant plus que tu parles d'un homme qui est pas particulièrement facile à vivre… Astheure, si tu me servais un bon café chaud avant que je parte pour la brasserie, avec du sucre pis du lait, comme d'habitude ? Ça serait ben apprécié.

Un peu plus tard, Irénée grimpa dans le train en grimaçant. Il prit le premier siège qui donnait sur une fenêtre. À regarder le paysage défiler, il oublierait peut-être ce qui l'amenait, ce matin, à quitter Montréal pour son village.

Quand le fleuve apparut dans son champ de vision, Irénée détourna cependant la tête. Brusquement, il craignait de voir le chalet de son ami Napoléon apparaître au loin et il avait peur que cela n'attise sa déception. Plus il s'éloignait de la gare Hochelaga et plus les mots de la lettre de Marie-Thérèse lui revenaient avec une précision déroutante, le laissant sidéré. Pourquoi son fils cultivait-il une certaine rancune envers lui ? Allons donc ! C'était insensé. Lui, Irénée Lafrance, n'avait-il pas suffisamment aidé son garçon jusqu'à maintenant ? Lui offrir une maison et un métier honorable sur un plateau d'argent ne suffisait-il pas ?

À cette pensée, les traits du visage d'Irénée se durcirent.

S'il demandait un loyer à Jaquelin, ce n'était pas pour être mesquin, c'était uniquement pour être juste et partager son bien équitablement entre ses deux enfants. Ils comprendraient le jour où ils liraient le testament. En attendant, comme il ne pouvait décemment renier son fils, Irénée se mit à en vouloir à Marie-Thérèse de ne pas avoir eu le courage de lui écrire, puisqu'à première vue, il semblait bien que c'était elle qui décidait de tout dans la famille de Jaquelin. Pour cette raison, au lieu de s'en remettre à Lauréanne qui n'avait rien à voir dans leur situation présente, sa belle-fille aurait dû servir d'intermédiaire entre Jaquelin et lui, plutôt que de manigancer dans son dos.

Voilà ce que Marie-Thérèse aurait dû faire et elle aurait dû, aussi, avoir l'idée de lui demander de l'aide, le temps qu'elle se remette de son accouchement. Elle devait bien se douter qu'ils auraient besoin de ses services, non ? De toute façon, qu'il accepte ou qu'il refuse, ça n'aurait été qu'une marque de politesse envers lui.

Le temps d'un long soupir d'incompréhension et de tristesse, le cœur dans un étau d'amertume intense, Irénée appuya le front contre la vitre.

Ce matin, pour la première fois de sa vie, Irénée Lafrance se sentait vidé de toute énergie. Même au décès de sa femme, il n'avait pas ressenti une si grande fatigue, une sorte de désintérêt de tout ce qui avait pu être sa vie. Mais à l'époque, avait-il eu le choix ? Deux jeunes enfants, dont un nouveau-né, et un commerce en pleine expansion avaient eu raison de la moindre envie de se laisser aller. Irénée avait alors serré les dents sur sa tristesse qui était immense, ne gardant que la révolte en lui, cette espèce de rage envers la vie, envers ce quotidien qui pouvait être si beau parfois, mais aussi tellement difficile et injuste à d'autres moments.

C'était cette même colère qui l'avait aidé à traverser son existence jusqu'alors, et il pria le Ciel pour qu'elle puisse l'aider à accepter son sort pour un petit bout de temps encore.

La gare de Sainte-Anne-de-la-Pérade lui sembla plus petite et plus sale qu'à l'accoutumée. Mais comment la chose aurait-elle pu lui paraître autrement ? Tout, ce matin, était plus gris que d'habitude.

Irénée lorgna d'abord un taxi tout en soupirant, avant de se tourner, par souci d'économie, vers une calèche avec cocher pour faire la route menant à Sainte-Adèle-de-la-Merci.

L'horizon était lourd de nuages grisâtres, et l'air, chargé d'humidité. Irénée leva la tête pour renifler la brise venue du fleuve. Nul doute, l'orage ne devrait plus tarder. Le vieil homme souhaita simplement que la pluie attende son arrivée à la maison pour se mettre à tomber. Il n'avait surtout pas envie de se présenter à la porte de son fils complètement détrempé. À part cela, il aimait bien les orages.

CHAPITRE 3

À Sainte-Adèle-de-la-Merci, derrière la maison d'Anselme Gagnon

Le samedi 4 août 1923, aux côtés du jeune Cyrille

À CETTE HEURE-CI DE LA JOURNÉE, Cyrille aurait dû être en train de préparer son baluchon afin de retourner chez lui, comme tous les samedis depuis la fin du mois de juin. Il l'aurait sûrement fait en sifflotant, d'ailleurs, parce qu'il était toujours heureux de revoir sa famille. Au lieu de quoi, en ce moment, caché derrière la grange de son oncle Anselme, il tapait avec le pied dans une botte de foin, amèrement déçu.

En effet, arrivé au pas de course, son frère Benjamin lui avait annoncé que pour une fois, il n'allait pas pouvoir retourner à la maison.

— C'est le branle-bas de combat, chez nous, avait-il expliqué à Cyrille, tout essoufflé, en même temps qu'il s'adressait à la famille de son oncle Anselme, car à cette heure plutôt matinale, tout le monde était attablé pour le déjeuner. C'est papa qui m'a demandé de venir te prévenir.

Cyrille avait fixé son jeune frère avec une lueur de surprise au fond des yeux, avant de demander :

— Papa ? Je comprends pas. Que c'est qui se passe à la maison pour que...

— C'est notre grand-père, avait interrompu Benjamin.

À ces mots, Cyrille avait froncé les sourcils sur un regard de plus en plus interrogateur.

— Notre grand-père ? Je comprends encore moins ! Pourquoi je pourrais pas retourner chez nous à cause de grand-papa Victor ? Je...

— Ben non, Cyrille ! Je parle pas de grand-papa Victor, voyons donc ! C'est l'autre ! C'est grand-père Lafrance qui est arrivé chez nous comme un cheveu sur la soupe, hier midi, juste comme on allait passer à table.

— Le père de papa ? Veux-tu ben me dire ce qu'il fait chez nous... On le voit jamais ou presque.

— Je sais ben. N'empêche qu'il est chez nous, comme moi j'suis là, drette devant toi. J'suis pas sûr, par exemple, que ça a fait plaisir aux parents de le voir retontir comme ça dans notre cuisine. T'aurais dû leur voir la face, toi ! Maman surtout. Elle avait sa bouche fâchée, toute pincée, pis ses yeux brillaient de colère...

Anselme aussi avait froncé les sourcils. Connaissant Irénée Lafrance de réputation et pour l'avoir fréquenté à l'occasion, le temps de lui faire effectuer une réparation, le frère de Marie-Thérèse avait aussitôt abondé dans le sens de Benjamin, et lui non plus, il n'était pas du tout certain que la présence de l'ancien cordonnier soit la bienvenue sous le toit de son beau-frère. On avait beau garder chacun pour soi les détails entourant sa vie privée, il y avait certaines humeurs plus difficiles à cacher que d'autres et Anselme se doutait bien que l'atmosphère n'était pas toujours au beau fixe entre le père Lafrance et son fils. Il avait donc prêté une attention toute particulière aux propos de son neveu Benjamin.

— ... Non, je te dis rien que ça, Cyrille : maman avait pas l'air contente pantoute de voir notre grand-père Lafrance sur le bord de la porte avec une espèce de grosse valise toute cabossée à côté de lui. Elle lui a même pas dit bonjour. Je le sais, parce qu'on était tous là, quand il est arrivé…

Tandis que Benjamin expliquait laborieusement la situation, d'une voix précipitée parce qu'il craignait d'oublier quelque chose, Anselme s'était levé, les pieds de sa chaise grinçant sur le prélart* usé. Ensuite, sans quitter Benjamin des yeux, il s'était penché et il avait appuyé ses deux gros poings de fermier sur la table devant lui. Quand le jeune garçon s'était arrêté de parler, le temps de reprendre son souffle, Anselme en avait profité pour intervenir.

— Pis, le jeune… Dis-moi donc ce qu'il faisait chez vous, le grand-père Lafrance ?

Benjamin avait vivement tourné la tête vers son oncle Anselme. Intimidé par cet homme que Cyrille avait décrit comme étant un blagueur de première, encore plus que son parrain Émile qui venait leur rendre visite parfois, le jeune Lafrance tenait sa casquette entre ses mains et il la tripotait nerveusement.

— Ça m'a tout l'air qu'il voudrait aider notre père à la cordonnerie, avait-il alors expliqué.

— Ah bon ! Aider à la cordonnerie ? Comme si Jaquelin avait besoin d'aide… Me semble que si ça avait été le cas, il m'en aurait parlé.

— J'suis d'accord avec vous, mon oncle. À nous autres non plus, notre père a jamais parlé de ça, avait répondu Benjamin, le regard songeur, parce qu'il fouillait à toute allure dans ses souvenirs.

Puis, au bout d'un court silence, il avait ajouté, sur un ton catégorique :

— Non, mon père a jamais dit qu'il avait besoin d'aide. Au contraire ! Il disait que ça allait vraiment pas pire à la cordonnerie, pis que c'était plein d'agrément de travailler avec notre mère. Il nous a même assuré que le commerce roulait aussi ben qu'avant le feu. Ça doit vouloir dire que tout est correct, non ? Pis en plus, mes parents avaient

* Grosse toile goudronnée qui sert à recouvrir un sol.

un grand sourire quand papa a dit ça. C'était clair qu'ils étaient fiers d'eux autres. Laissez-moi vous dire, mon oncle, que pour nous, les enfants, quand nos parents sourient de même, on pense que tout va sur des roulettes...

En présence de son aîné, Benjamin avait cependant ressenti le besoin de prendre son grand frère à témoin :

— Tu le sais, toi avec, hein Cyrille, que voir les parents sourire en même temps, ça veut dire que tout va ben ?

— T'as raison, Benjamin.

— Me semblait aussi.

Rassuré, Benjamin était donc revenu à son oncle, qui, malgré sa réputation de joyeux luron, avait l'air plutôt sévère, ce matin.

— Mais grand-père Lafrance, lui, avait donc ajouté le jeune garçon, je pense pas pantoute qu'il voit ça de la même manière.

— Ah bon...

Les propos de Benjamin avaient rapidement fait leur bout de chemin dans l'esprit d'Anselme, qui secouait la tête dans un geste d'incompréhension.

— C'est pas clair, ton histoire, Benjamin... Il voit ça comment, d'abord, ton grand-père Lafrance ? Me semble que savoir que la cordonnerie est rouverte, ça devrait suffire à le satisfaire. Tu penses pas, toi ?

— Je le sais pas trop, je dis juste ce qui me trotte dans la tête, rapport à ce que j'ai entendu, parce que personne m'a vraiment expliqué ce qui se passait. M'est avis que les adultes étaient pas mal trop occupés entre eux trois pour s'apercevoir que nous autres, les enfants, on était là à essayer de comprendre... Ce que je sais, par exemple, c'est qu'après le dîner, hier, ma mère est revenue de la cordonnerie en beau fusil. Elle a malmené ses casseroles en faisant ben du bruit, pis en marmonnant je sais pas trop quoi. Après un bon moment passé à chicaner à voix basse, elle a lancé son torchon dans l'évier, pis elle est partie en claquant la porte... C'était ben la première fois que je voyais ma mère choquée à ce point-là. Je pense qu'elle est allée chez ma tante Félicité... Ouais, ça doit être ça, parce que plus tard, dans l'après-midi, quand elle est revenue, maman avait l'air pas mal plus calme.

— Heureux d'entendre ça…

Aux derniers mots de Benjamin, Anselme s'était redressé et il avait semblé consulter sa femme du regard. Puis, il était revenu à son neveu.

— Faut faire confiance, mon garçon, avait-il conseillé. Pis j'suis sûr que ta tante Géraldine dirait la même chose que moi. Des fois, le monde a l'air en chicane, comme ça, mais dans le fond, c'est juste des malentendus. Ça va finir par s'arranger.

Anselme avait mis toute la conviction possible dans sa voix afin de rassurer ses deux neveux. Peine perdue du côté de Benjamin, toutefois, car il semblait tenir mordicus à sa vision des choses.

— Ça, c'est vous qui le dites, mon oncle ! Moi, j'suis loin d'être sûr que ça va s'arranger aussi vite que vous le pensez.

Devant tout ce que Benjamin venait de raconter, devant surtout la réponse qu'il venait de faire à leur oncle, Cyrille en avait oublié le but premier de cette visite, à savoir qu'il ne pouvait retourner chez lui comme d'habitude. Comme ces propos inquiétants le rejoignaient intimement et le préoccupaient, il s'était permis d'interrompre la conversation.

— Pis ? avait-il donc demandé précipitamment. Tu m'inquiètes, Benjamin. Comment la journée d'hier s'est achevée, finalement ?

— À mon avis, il est surtout là, le problème, Cyrille : la journée s'est ben mal finie. Ben ben mal…

Durant un court moment, Benjamin avait semblé réfléchir. Puis, levant la tête, il avait planté son regard dans celui de son frère, comme si brusquement, ils se retrouvaient seuls dans la pièce.

— Tu vois, Cyrille, si on parlait juste de la cordonnerie, je pense que je dirais un peu comme mon oncle parce que c'est ben évident que maman va être obligée d'arrêter de travailler un petit boutte, à cause du bébé qui est supposé arriver ces jours-ci. Toi pis moi, on le sait, pis on en a parlé ensemble la dernière fois que t'es venu à la maison. Même les parents en ont parlé devant nous autres, l'autre soir. Ils cherchaient une solution de remplacement temporaire, comme disait papa. Ça fait que le grand-père Lafrance, même si personne semblait content de le voir, ben, il aurait pu donner un coup de main, vu qu'il connaît ça, les bottines, lui. C'est ça que je me suis dit, en tout cas, quand je l'ai vu rentrer chez nous. Même que pendant quelques minutes, j'ai pensé que c'était lui la solution de remplacement temporaire que papa avait trouvée pis que, sans nous en parler, il avait envoyé une lettre à son père dans ce sens-là. Apparence que c'était pas le cas, pis j'ai vite changé d'avis quand j'ai vu que maman avait vraiment pas l'air contente, que papa avait l'air surpris, pis que finalement, grand-père non plus avait pas l'air heureux d'être chez nous.

Durant ce long monologue, Cyrille avait regardé successivement son frère et son oncle, se disant qu'il aurait bien aimé être l'aide dont ses parents avaient besoin. Pourquoi son père n'avait-il pas songé à lui ? Si à treize ans, il était assez vieux pour seconder l'oncle Anselme dans ses durs travaux de la ferme, il aurait sûrement pu donner un bon coup de main à la cordonnerie.

Et peut-être bien, au bout du compte, qu'il n'aurait pas été obligé de partir pour le collège, une perspective qui approchait maintenant à grands pas et qui commençait à l'angoisser au point de faire fuir le sommeil.

À des lieues des inquiétudes de Cyrille, l'oncle Anselme, pour sa part, était resté concentré sur les paroles de Benjamin.

— Pourquoi tu dis ça, mon gars ?

— Que je dis quoi ?

— Que ton grand-père Lafrance serait pas la solution du moment. Pourtant, à mon avis, pis à la lumière de ce que tu viens de nous dire, Irénée serait un accommodement ben valable, exactement comme celui que ton père cherchait… Moi, vois-tu, mon Benjamin, je dirais au contraire que c'est juste une bonne affaire que ton grand-père soit chez vous, par les temps qui courent. Sa présence peut pas nuire, en tout cas. S'il y en a un qui peut aider ton père, c'est ben lui, le temps que ta mère se remette de la naissance du bébé.

— Pas sûr, moi.

— Ben là, va falloir que tu m'expliques, mon garçon, parce que j'ai pas mal de misère à te suivre. Après tout, le métier de cordonnier, c'est toujours ben ton grand-père qui l'a appris à ton père, non ?

— Je sais tout ça... Mais on dirait que ça compte pus... C'est pas compliqué à comprendre, vous allez voir ! Hier, juste après le dîner, quand papa, maman, pis grand-père Lafrance se sont retrouvés dans la cordonnerie, pendant qu'Agnès pis moi on faisait la vaisselle ensemble, grand-père s'est mis à crier. On entendait pas vraiment ce qu'il disait, mais c'était ben clair qu'il était pas content, pis que c'était après mon père pis ma mère qu'il en avait, parce qu'eux autres aussi, ils se sont mis à parler fort. Plus maman que papa... C'est pas mêlant, on l'entendait jusque dans la cuisine ! Pas de doute, à ce moment-là, il y a pas personne qui avait l'air content dans la cordonnerie. C'est pour ça, mon oncle, que je dis que je pense pas que ça soit une bonne solution, la visite de grand-père. Pis pour personne. En plus, cette chicane-là s'est passée juste avant que maman vienne nous rejoindre dans la cuisine, quand j'ai dit qu'elle était en beau joual vert... Oups, excusez-moi. J'suis pas vraiment poli, moi là.

— Laisse faire la politesse, mon garçon. Je peux comprendre facilement que tu sois un peu énervé par tout ça...

Par ces mots, la tante Géraldine s'immisça dans la conversation.

— Pis comment elle va, ce matin, ta mère ? Pas trop fatiguée, j'espère...

— Ma mère ? Je le sais pas trop... C'est drôle, mais vous me faites penser qu'on l'a pas vue, au déjeuner ce matin. C'est rare ça !

En entendant ces quelques mots, Géraldine avait fixé son mari avec inquiétude. Puis, elle s'était levée dans l'instant.

— Vous allez m'excuser, tout le monde, mais je viens de me rappeler que j'ai des tas de commissions à faire au village. On se revoit vite, mon Benjamin. Pis toi, Judith, tu feras la vaisselle pour moi.

L'instant d'après, la porte se refermait sur une Géraldine subitement fort pressée. Par la fenêtre, on avait pu la voir s'éloigner de la maison d'un pas rapide. Devant l'absence de sa belle-sœur au premier repas de la journée, Géraldine avait aisément deviné ce qui était en train de se passer chez les Lafrance et elle avait jugé qu'il serait trop long d'atteler le cheval pour se rendre au village. Après tout, on parlait de la naissance d'un septième bébé, ici. Le travail ne devrait pas traîner en longueur.

Par contre, si par hasard Géraldine se trompait et que Marie-Thérèse n'était pas en douleurs, comme elle l'anticipait, elle pourrait tout de même en profiter pour prendre le pouls de la maisonnée chez les Lafrance.

Et donner un petit coup de main en cas de besoin.

— C'est ben beau tout ça, Benjamin, avait alors déclaré Cyrille fort peu préoccupé par le départ précipité de sa tante, mais tout ce que tu viens de nous raconter là, ça m'explique pas pourquoi je peux pas retourner chez nous comme d'habitude.

— Ça s'en vient, avait lancé Benjamin, après avoir pris une longue inspiration.

— Pauvre Benjamin ! Si t'en as encore pour un boutte à continuer de jaser, prends donc le temps de t'asseoir, mon garçon, avait alors suggéré l'oncle Anselme, qui se sentait un peu dépassé par tout ce qu'il venait d'apprendre. M'en vas te donner un bon verre d'eau pis tu continueras ton histoire après. Moi, pendant ce temps-là, j'vas boire une tasse d'eau chaude avant de partir pour le champ de blé d'Inde. C'est fou, mais j'ai comme une boule dans l'estomac.

Benjamin s'était alors tiré une chaise et il avait déposé sa casquette sur la table, tout en précisant :

— C'est ben beau de dire que le père de notre père peut aider à la cordonnerie, pis accepter que pour un moment, ça va se passer comme ça chez nous, même si c'est pas l'idéal, il reste que s'il veut passer un bout de temps à la maison, faut toujours ben qu'il couche en quelque part, notre grand-père !

— C'est plus qu'évident, ça là !

— C'est ce que je pense, moi avec. Ouais… Finalement, c'est grand-père Lafrance qui a décidé de tout ! En fait, à le voir aller, je dirais que notre grand-père Lafrance, c'est quelqu'un qui décide à peu près tout, pis qu'il s'en balance un peu de ce que notre père ou notre mère peuvent penser. C'est pas mêlant, même le pâté à la viande d'hier soir a pas fait son bonheur. Après deux bouchées, il a dit à maman que c'était trop lourd pour un souper pis de pus en faire pendant qu'il va être chez nous. Vous auriez dû voir ma mère, vous, quand il a dit ça. Elle a viré aussi rouge que les tomates du jardin, sans dire un mot… Toujours est-il que grand-père Lafrance a réclamé la chambre des parents en disant qu'il était trop vieux pour monter l'escalier pis qu'à son âge, il avait pas d'affaire à partager son lit avec personne. Laissez-moi vous dire que de la manière qu'il a annoncé ça, personne l'a ostiné… Il y a juste maman qui a poussé un grand soupir, comme pour montrer qu'elle était pas d'accord pantoute. Mais ça s'est arrêté là… Ça fait que papa est rendu dans notre chambre. Il couche avec moi, à ta place, Cyrille, dans le grand lit, pendant que Conrad pis Ignace vont garder leur lit à deux étages, rapport qu'ils bougent trop en dormant. Maman couche avec Agnès dans la chambre des filles, pis la petite Angèle est à terre sur une paillasse. Tu vois, Cyrille, c'est pour ça que tu peux pas venir à la maison, il y a pus de place pour toi !

Cette phrase maladroite avait peiné Cyrille, encore plus que le fait que son père n'ait pas pensé à lui pour le seconder à la cordonnerie, du moins pour le temps où sa mère aurait à s'occuper du bébé. Avec une cruelle lucidité, Cyrille venait de comprendre que faute de place à la maison, les portes du collège de Trois-Rivières étaient en train de s'ouvrir toutes grandes pour l'accueillir avant de se refermer sur lui. Hermétiquement.

Sur un simple marmonnement qui laissait supposer qu'il comprenait, ou qu'il s'excusait, Cyrille s'était retiré de table et il était allé se réfugier derrière la grange, le temps de se calmer. Le temps de laisser sa tristesse et sa frustration s'atténuer.

Voilà pourquoi, à grands coups de pied, il tapait désormais dans une meule de foin, de grosses larmes inondant ses joues.

Plus les coups étaient violents et plus les larmes coulaient abondamment. À l'abri des regards indiscrets, Cyrille ne se souciait guère de passer pour un bébé, incapable de contrôler ses émotions, alors, il laissait sa colère et son chagrin s'exprimer comme bon leur semblait, à travers ses pleurs, quand soudain :

— Cyrille ? Je peux venir ?

Dans un premier temps, le jeune garçon n'entendit pas la voix claire, mais retenue de sa cousine Judith. Tapant de plus belle sur la meule de foin, il commençait à s'essouffler.

— Cyrille ?

Cette fois-ci, l'interpellation lancée d'une bonne voix le rejoignit sans équivoque. Cyrille en retint son souffle, arrêtant brusquement son manège. Gêné d'avoir été ainsi surpris en pleine crise de désespoir, il eut le réflexe de passer son avant-bras sur son visage pour tenter d'effacer les stigmates de ses larmes et de sa rage. Puis, tournant à peine la tête, il demanda :

— Que c'est que tu fais là, Judith ? T'étais pas supposée faire la vaisselle, toi ?

— La vaisselle, ça peut attendre, rétorqua la jeune fille sans la moindre hésitation. Mon cousin qui pleure, c'est pas mal plus important que des assiettes sales.

Il y eut un bref silence interrompu par un long reniflement, ce qui incita Judith à poursuivre :

— Savoir que t'as de la peine, j'aime pas ça... réitéra-t-elle, d'une voix à la fois très douce, mais catégorique. Je peux t'aider ?

— Personne peut m'aider, ma pauvre Judith, soupira Cyrille, tout en continuant de renifler bien malgré lui.

— C'est pas vrai, ça. Du moins, je pense pas, parce que maman nous a toujours dit que partager sa peine, même si ça règle rien, ça nous aide à voir plus clair, pis ça allège le cœur.

— Peut-être que t'as raison, admit Cyrille d'une voix hésitante.

— Bon, tu vois ! Fait que : veux-tu parler ? Je peux même écouter sans te regarder, si t'aimes mieux ça, des fois que tu serais gêné.

Ce dernier mot agaça Cyrille, parce qu'il était criant de vérité. Après tout, il était presque un homme. Peut-être bien qu'il n'aurait pas dû pleurer comme il venait de le faire, Judith avait raison.

— Je me demande ben pourquoi je serais gêné, répliqua-t-il néanmoins, tentant de prendre sa voix la plus grave pour le faire, question de reprendre le contrôle d'une conversation qui risquait de s'envenimer, du moins à ses yeux. C'est pas de tes…

— C'est juste parce que t'es un gars, si j'ai dit ça, interrompit précipitamment Judith, espérant, de tout son cœur, ne pas avoir blessé Cyrille. T'as ben dû déjà entendre ça, non, que les gars ont pas le droit de pleurer ?

— Ouais, chuchota alors Cyrille qui sentit sa gorge se serrer encore une fois, mais pour l'instant, il n'y avait plus aucune colère en lui.

— Ben pas chez nous, expliqua Judith. Mon père dit toujours qu'un homme aussi a le droit de pleurer quand il a de la peine.

— C'est vrai que des fois, c'est comme plus fort que nous autres, constata alors Cyrille dans un murmure, curieusement réconforté par les derniers mots de sa cousine.

Si l'oncle Anselme qu'il voyait plus grand que nature affirmait qu'un homme aussi avait le droit de pleurer, Cyrille se dit qu'il n'avait plus aucune raison de se préoccuper de l'image qu'il pouvait offrir. Sur ce, il redressa sensiblement les épaules.

Puis, d'une voix plus forte, il ajouta :

— Des fois, on dirait que les larmes se mettent à couler toutes seules, pis qu'on est pas capable de les retenir.

— C'est vrai, ça. Moi aussi, ça m'arrive, tu sais.

À ces mots, Cyrille se tourna un peu plus directement vers Judith, oubliant en partie ce qui l'avait amené derrière la grange.

— Parce que tu pleures, toi, des fois ? demanda-t-il, l'air franchement surpris.

— Ben oui, comme tout le monde.

— Voyons donc... Tu vois, j'aurais pas cru. Me semble que vous êtes toujours de bonne humeur, chez vous.

— Chez nous peut-être, mais je passe pas ma vie enfermée dans la maison. J'vas à l'école pis j'ai des amies... Imagine-toi pas, Cyrille, que tout va toujours pour le mieux dans ma vie.

Cyrille souleva une épaule en esquissant un vague sourire d'approbation.

— C'est vrai qu'à l'école, des fois, le monde est pas trop gentil... J'ai déjà connu ça. Comme après le feu, tiens ! Il y en a qui avaient ri de moi à cause du linge que je portais, pis qu'ils avaient reconnu. On m'avait même traité de quêteux... C'était pas le diable ben agréable, tu sais. Ça m'avait fait de la peine. Mais ce matin, j'ai pas besoin d'être à l'école pour être triste. Se faire dire qu'on a pas de place dans sa propre famille, ça fesse pis c'est ben en masse pour avoir le cœur gros.

— Si c'était le cas, je comprendrais, oh oui, je comprendrais, mais je pense pas que c'était vraiment ce que Benjamin voulait dire, se hâta d'atténuer la jeune Judith. C'est juste à cause des lits si ton frère a parlé de même. Avec ton grand-père qui reste coucher chez vous, c'est vrai qu'il manque peut-être de place. Mais ça va pas plus loin que ça, par exemple.

— J'espère ben...

— Pour moi, c'est certain... Mon père passe son temps à dire que vous êtes une famille tricotée serré. Pis mon père, il parle jamais à travers son chapeau, même s'il fait souvent des blagues.

De mots en phrases, Judith s'était mise à avancer lentement vers Cyrille et elle avait fini par le rejoindre. Par solidarité, par amitié et par affection, elle posa délicatement la main sur le bras de ce cousin qui avait pratiquement son âge.

— Mais je comprends que tu sois déçu, poursuivit-elle. Je le sais, va, que d'habitude, le samedi, t'aimes ben ça retourner chez vous pour passer une journée avec ta famille.

— C'est sûr. C'est pas que j'suis mal chez toi, comprends-moi ben, c'est juste que je m'ennuie un peu de chez nous.

— Pis c'est juste normal. Moi, c'est quand tu t'en vas que je m'ennuie un peu…

Ces derniers mots avaient échappé à Judith qui, malgré un léger embarras, était tout de même heureuse de les avoir prononcés. Elle aimait bien son cousin Cyrille qui, lui, avait levé un regard décontenancé vers sa cousine.

— Ben voyons donc ! Tu t'ennuies de moi ?

— C'est comme je te dis… J'en ai jamais parlé, parce que je voulais pas faire de peine à personne, mais j'aurais aimé ça avoir un grand frère qui aurait été là pour me défendre, en cas de besoin. Un grand frère comme toi. À la place, j'ai juste une grande sœur qui passe son temps le nez dans ses livres.

— C'est gentil aussi, une grande sœur, non ?

— C'est sûr, mais c'est pas pareil.

— Ouais, si tu veux… Mais dis-moi, Judith, pourquoi t'aurais besoin de quelqu'un pour te défendre ? Je comprends pas.

— Tu devines pas ? Pourtant, me semble que c'est ben évident !

En prononçant ces derniers mots, Judith recula d'un pas et elle se mit à tourner sur elle-même comme une toupie. Sa longue chevelure de couleur orangée virevolta autour d'elle comme une corolle.

— Avec des cheveux comme les miens, déclara-t-elle finalement avec une mine chagrine et résignée, tout en s'arrêtant devant son cousin, on se moque de toi souvent. Pis si j'essaye de répliquer, on m'appelle « poil de carotte ». Flûte de flûte que j'aime pas ça ! Si tu savais !

Devant cette confession, un brin naïve, mais combien sincère, en entendant surtout le sobriquet dont on affublait parfois la pauvre Judith, le geste de Cyrille fut spontané. L'envie lui vint directement du cœur et il passa un bras autour des épaules de sa cousine. Si celle-ci avait presque le même âge que lui, elle était tout de même plus petite, plus délicate, et Cyrille en fut surpris. Était-ce bien la même Judith qui lui lançait des défis et qui courait aussi vite que lui dans les champs ?

— Laisse-moi te dire, Judith, qu'à la rentrée, tu vas pouvoir compter sur moi, proposa alors Cyrille. Un grand cousin, c'est un peu comme un grand frère. Pis j'ai déjà défendu mon frère Benjamin qui a exactement les mêmes cheveux que toi.

— J'avais remarqué qu'on était deux dans la famille à avoir les cheveux jaune orange. J'sais pas trop pourquoi, par exemple… C'est ben fin de dire que tu vas être là pour moi, mais à la rentrée, tu seras pas là, mon pauvre Cyrille, constata Judith avec pertinence.

Un silence, en guise de réponse. Puis un long soupir.

— C'est ben que trop vrai !

Sur ce, le bras de Cyrille se fit plus lourd sur les épaules de Judith.

— Tu vois, à parler avec toi, j'avais oublié qu'en septembre, je pars pour Trois-Rivières, constata-t-il sur un ton fataliste.

Étonnée par l'inflexion qu'avait prise la voix de Cyrille, Judith leva les yeux vers son cousin. Elle se heurta à un regard fermé et triste. De toute évidence, Cyrille n'avait pas l'air réjoui. Pourtant, quand il leur avait annoncé la nouvelle de son départ pour le collège, quelques semaines auparavant, il semblait plutôt fier de lui !

— Que c'est qui se passe, Cyrille ? T'as pas l'air content.

— C'est pas ça.

Brusquement mal à l'aise, Cyrille avait retiré son bras et il s'était reculé d'un pas.

— C'est pas ça, répéta-t-il sans conviction.

Puis, dans un élan du cœur, parce que la situation à laquelle il se trouvait confronté lui semblait si lourde à porter, il demanda :

— T'es capable de garder un secret, Judith ?

— C'est sûr, affirma alors cette dernière en hochant vigoureusement la tête. Papa pis maman nous ont toujours dit qu'un secret, c'était sacré. Ils disent aussi que le secret que quelqu'un nous a confié, il nous appartient pas, pis qu'on a pas le droit d'en parler aux autres.

— Je suis d'accord avec ça, moi aussi… Chez nous, c'est pareil. Mes parents disent la même chose. Comme ça, je peux te parler…

Durant un instant, Cyrille posa les yeux sur l'horizon où de longs plants de maïs balançaient mollement leurs épis au gré de la brise. Puis, il ramena les yeux au bout de ses chaussures poussiéreuses.

— Disons que le collège, ça me fait un peu peur, avoua-t-il enfin d'une voix tout hésitante.

— Peur ? Je comprends pas. De quoi t'as peur, Cyrille ?

— J'ai peur de tout ! J'ai peur parce que je connais personne là-bas, pis que monsieur le curé va sûrement surveiller mes notes. Même si je sais que j'suis bon à l'école, ça m'agace un peu. J'ai peur aussi parce que j'vas être loin de chez nous, loin de ma famille, pis qu'à date je connais rien d'autre que ce qu'il y a ici, à Sainte-Adèle-de-la-Merci. Savoir que bientôt j'vas me retrouver loin d'ici, tout seul, ça m'empêche de dormir, des fois… Tu vois, Judith, c'est ça qui me fait le plus peur : me retrouver seul… Ça fait que ça me tente pus pantoute de m'en aller, pis…

— Ben pourquoi t'as dit oui, d'abord ? coupa Judith qui n'en revenait pas d'entendre défiler toutes ces objections alors qu'elle était persuadée que Cyrille attendait l'automne et la rentrée avec impatience, pour ne pas dire avec excitation.

À la question de sa cousine, Cyrille ne répondit pas spontanément. Il resta un long moment silencieux, les yeux au sol. Il semblait s'être brusquement retiré au fond d'une carapace et donnait nettement l'impression de ne pas vouloir en ressortir. Alors, la jeune fille répéta :

— Bonté divine, Cyrille ! Pourquoi t'es allé dire oui à monsieur le curé si ça te tentait pas plus que ça d'aller au collège ?

Sachant qu'il n'échapperait pas à l'obligation de s'expliquer, Cyrille poussa d'abord un long soupir rempli de lassitude. En effet, pourquoi avait-il dit oui ? Cela faisait des semaines qu'il se posait la même question et la seule réponse qui lui venait à l'esprit n'était pas à son avantage. C'est pourquoi, d'une toute petite voix qui ressemblait étrangement à celle de son enfance, il avoua :

— Torpinouche que c'est compliqué, tout ça ! J'ai dit oui parce que je le voyais ben que ça faisait plaisir aux parents. Ils avaient l'air tellement fiers de moi que j'ai pas voulu leur faire de peine ni les décevoir.

— Là, je peux comprendre facilement ce que t'essayes de m'expliquer. Moi non plus, j'aime pas ça faire de la peine à quelqu'un. On dirait que ça me rend toute triste, moi aussi.

— Tu vois ! Ça fait que c'est un peu pour ça que j'ai dit oui.

Cyrille avait levé la tête, visiblement soulagé de se savoir compris. Toutefois, parce que c'était dans sa nature d'être honnête jusqu'au bout, il ajouta :

— Mais j'suis quand même fier de voir que c'est moi que monsieur le curé a choisi dans toute la paroisse. Faut que je le dise, parce que, autrement, ça serait mentir. Alors j'ai dit oui aussi parce que j'étais flatté.

Cette confession fut accueillie par un haussement d'épaules désinvolte.

— Ben quoi ? C'est pas un défaut, ça, être fier de quelque chose ! Au contraire. On rit pus, monsieur le curé t'a offert d'aller au collège à cause de tes notes. Il y a de quoi être fier, c'est ben certain. Je pense même que ma sœur Albertine est un peu jalouse de toi, tu vois.

— Ah oui ? Chez nous, tu vois, on dirait que c'est Benjamin qui aimerait ça être à ma place… N'empêche que moi, ça me tente pus pantoute de m'en aller.

— Que c'est tu vas faire ?

— Que c'est tu penses que je peux faire, Judith ? J'ai l'impression que tout vient de se décider ce matin. Avec le grand-père Lafrance à la maison, j'ai pus tellement le choix… M'en vas partir pour le collège, comme prévu, pis j'vas prier ben fort pour que ça soit pas pire que l'idée que je m'en fais. Une chance que j'aime étudier, ça va peut-être m'aider à passer le temps. Mais ça m'empêchera pas, par exemple, de compter les jours qui vont me séparer de ma première visite chez nous… En espérant que le grand-père soit reparti pour Montréal.

— Pauvre toi…

Si Judith avait su déchiffrer les curieux battements de son cœur qui s'affolait et qu'elle s'était écoutée, elle aurait pris Cyrille dans ses bras et elle l'aurait serré très fort, comme pour lui faire comprendre qu'il n'était pas seul et qu'elle partageait sa tristesse. Mais elle n'osa pas. Les confidences échangées teintaient tout à coup leur amitié d'un reflet nouveau, un peu surprenant, et qui la mettait mal à l'aise, sans qu'elle comprenne pourquoi d'ailleurs. Une chose était certaine, cependant : Cyrille était malheureux et parmi tous ceux qu'il connaissait, c'était à elle qu'il avait confié son secret.

À cette pensée, Judith se sentit très importante.

Elle se redressa alors et, d'un geste sec de la tête, elle repoussa derrière l'épaule une longue mèche bouclée qui reflétait toutes les couleurs du soleil.

— Si c'est comme ça pis que tu t'ennuies vraiment, Cyrille, tu pourras m'écrire. Pis promis, j'vas te répondre aussi vite que possible. Ça sera une manière d'avoir l'impression de pas être trop loin du village pis de tous ceux que tu connais… Si ça te tente, évidemment. Mais si tu dis oui, je pourrai te raconter tout ce qui va se passer d'intéressant par chez nous. Comme ça, peut-être que tu vas te sentir moins seul pis moi, ben, ça va me faire un exercice de plus en écriture. J'suis pas très bonne, tu sais.

Cyrille avait levé la tête et il semblait boire les paroles de sa cousine. Un fragile, mais réel soulagement éclaira son regard.

— C'est ben certain que je veux, se hâta-t-il de répondre. C'est sûr, aussi, que d'apprendre ce qui se passe dans ma famille, chez vous, pis dans le village, ça va me faire plaisir, un gros plaisir. Parce qu'avec tout le travail que ma mère va avoir avec le bébé, je peux pas vraiment compter sur elle, pour avoir des nouvelles… Pis mon père, ben, il est pas trop fort sur l'écriture.

— Moi non plus, tu sais, j'suis pas forte à ça. La maîtresse me crie souvent après parce qu'elle dit que je passe mon temps à faire des fautes d'inattention.

— T'en fais pas avec les fautes, rassura Cyrille. Ça me dérange pas. T'es ben fine de me proposer ça, Judith, pas mal fine.

— C'est juste normal… Après tout, t'es mon cousin ! Pis si jamais ton grand-père restait longtemps chez vous, j'vas demander à mes parents si tu pourrais pas venir coucher à la maison, durant tes jours de congé. Je vois pas pourquoi ils diraient non, rapport que t'as déjà un lit dans le grenier. T'en dis quoi ? T'aurais juste à reprendre ta place quand tu viendrais au village…

— C'est une idée, ça… Une bonne idée !

Le soulagement de Cyrille s'accrochait enfin à du concret et il se traduisit par un large sourire.

— Merci, Judith, d'avoir pensé à tout ça… Tu vois, ça me fait un peu moins peur de partir, astheure que je sais que tu vas m'écrire… Ouais, un peu moins peur… Pour tout de suite, par exemple, on va arrêter de penser à ça. Après tout, c'est juste dans un mois que l'école va recommencer. En attendant, parce que j'suis obligé de rester ici pour la journée, j'vas essayer de me rendre utile. Viens-t'en, on va faire la vaisselle ensemble. Comme ça, ça va aller plus vite, pis après, on ira rejoindre ton père au bout du champ. Peut-être ben qu'on va trouver quelques épis assez mûrs pour être cassés, pis on pourrait les manger pour dîner. T'en penses quoi ?

Un éclat de gourmandise traversa le regard de Judith.

— C'est une bonne idée que t'as là, Cyrille, j'suis ben d'accord avec toi. C'est tellement bon, le blé d'Inde !

Cyrille esquissa un sourire de complicité. Au fil des jours, il s'était rendu compte que sa cousine et lui avaient de nombreux points communs. Par moments, elle lui faisait penser à Agnès, avec qui il s'était toujours bien entendu, avec un petit quelque chose en plus qu'il aurait été bien en peine de définir.

Et lui, contrairement à bien d'autres, il trouvait que Judith avait la plus belle chevelure du monde !

Il tendit alors une main que la jeune fille s'empressa de prendre. Elle emmêla ses doigts à ceux de Cyrille et ainsi, main dans la main, comme ils l'avaient si souvent fait au cours de l'été, ils s'élancèrent en courant vers la maison, tandis que Cyrille se disait qu'à défaut de pouvoir dormir dans son lit, ce soir-là, il pourrait tout de même passer chez lui dans le courant de l'après-midi pour aller saluer son père, sa mère et son grand-père.

Au même instant, Géraldine arriva tout essoufflée devant la demeure des Lafrance. Les fenêtres étaient grandes ouvertes sur la douceur de l'été, pourtant nul bruit ne filtrait de la maison. Elle s'empressa de monter les quelques marches menant au perron et sans hésiter, elle frappa à la porte. Il y eut un bruit de pas, rapides, mais presque silencieux, et le battant s'ouvrit sur une Agnès visiblement curieuse.

— Ah ! C'est vous ma tante. Entrez.

La pauvre Agnès semblait anxieuse, ce qui confirma aussitôt à Géraldine qu'elle ne s'était pas trompée. Elle esquissa un sourire.

— Si je me trompe pas, ta mère est encore au lit, hein ?

— Ouais, vous avez raison... On dirait ben que le bébé s'en vient. Mme Morin est avec elle.

Agnès faisait ainsi référence à la sage-femme qui avait aidé à la naissance de la plupart des gamins du village.

— Même que papa est allé la chercher au beau milieu de la nuit, précisa Agnès en s'écartant pour laisser passer Géraldine. Comme maman dormait dans mon lit à cause de grand-père, j'ai tout entendu, pis ça m'a réveillée…

— Ta mère est dans ta chambre ?

— Ben oui ! C'est à cause de grand-père. Il a décidé de s'installer dans la chambre des parents pour tout le temps qu'il va rester avec nous autres.

— Ben voyons !

— Je le sais que ça paraît drôle, mais c'est comme ça… Toujours est-il qu'à cause de ça, j'ai pas tellement dormi, moi non plus. Quand papa m'a réveillée, j'ai descendu Angèle avec moi, pis on s'est fait une sorte de paillasse avec des couvertures, là-bas, dans un coin de la cuisine, expliqua Agnès, en désignant le mur qui donnait sous la fenêtre de la cour. Quand Mme Morin est arrivée, c'est là qu'on s'est installées, Angèle pis moi.

— Pis ? demanda Géraldine. Comment ça se passe en haut ?

Agnès haussa les épaules avec une certaine hésitation.

— Il se passe pas grand-chose, on dirait. Ça dure depuis des heures… Pourtant, Mme Morin a dit que ça allait pas pire, déclara-t-elle tout en fouillant le regard de sa tante comme si elle y cherchait une certaine approbation. Moi, par contre, je trouve que c'est un peu long, pis ça m'inquiète.

— Voyons donc ! Il y a pas deux bébés qui arrivent de la même manière. Si des fois, ça va vite, il y a d'autres fois où le bébé se laisse désirer jusqu'au boutte. Mais tu peux te fier à Mme Morin. Elle connaît son affaire. Si elle dit que tout va ben, c'est que tout va ben… Pis ton père, lui ? Où c'est qu'il est passé ?

— Papa ? Il est dans la cordonnerie.

— Ben là… En quel honneur, il est pas ici à attendre avec toi ?

Géraldine allait de surprise en surprise.

Le geste lui échappa et elle jeta un regard à la ronde, comme pour vérifier les dires de la jeune Agnès. Habituellement, si les pères étaient considérés comme de simples spectateurs lors de la naissance des enfants, il n'en restait pas moins que la plupart d'entre eux étaient nerveux et se tenaient non loin de leur femme. Souvent, ils marchaient de long en large dans la cuisine ou dans le salon, fumant comme des engins, incapables de se concentrer sur autre chose que la naissance imminente, sursautant et s'inquiétant au moindre cri, se tordant les mains à la plus petite lamentation qui provenait de la chambre à coucher. La chose était d'autant plus prévisible, chez les Lafrance, que Jaquelin avait toujours été heureux et fier de la naissance de ses enfants et il ne s'en était jamais caché.

— Cherchez-le pas, ma tante, il est pas là, affirma néanmoins Agnès en réponse à ce regard inquisiteur que Géraldine avait promené sur la cuisine. Ça a même causé une petite chicane, t'à l'heure, durant le déjeuner, quand papa a dit qu'il avait pas la tête à travailler. Mais finalement, il a pas eu tellement le choix, car grand-père l'a traité de cave en disant que la naissance d'un bébé, c'était pas l'affaire des hommes, pis que c'était le bon moment pour mettre les bouchées doubles. Paraîtrait qu'ils ont ben de l'ouvrage devant eux autres, avant de réussir à remplir toutes les commandes.

— Hé ben ! On aura tout vu... De l'ouvrage, ça peut toujours se rattraper, non ? Comme ça, toi, tu t'es retrouvée toute seule à attendre qu'il se passe quelque chose en haut ?

— C'est ça. Les plus jeunes sont partis chez ma tante Henriette, tout de suite après le déjeuner. C'est ma tante Félicité qui est allée les reconduire avec son auto. Et elle a sûrement décidé de rester là-bas un boutte parce qu'elle est pas encore revenue. Peut-être qu'elle attend Benjamin, qui était supposé les rejoindre là-bas après avoir passé le message à Cyrille.

— Le message est passé, t'inquiète pas, mais Benjamin était encore chez nous quand j'suis partie. Pis toi ?

— Moi ? Pas question que je parte d'ici, même si grand-père m'a traitée de niaiseuse de tourner en rond comme je le fais, répondit Agnès sur un ton farouche.

— Niaiseuse ? T'es ben sûre de ce que tu dis, toi là ?

— Ben oui ! Quand il est venu boire un verre d'eau, t'à l'heure, grand-père a dit que je ressemblais à ma tante Lauréanne pis que j'étais niaiseuse comme elle quand elle s'inquiète pour rien.

Géraldine se pinça les lèvres pour retenir que le « niaiseux » dans tout ça n'était peut-être pas celui à qui on pensait. À la place, elle tenta de réconforter la pauvre Agnès qui ne méritait sûrement pas de se faire traiter de la sorte.

— Laisse faire ton grand-père, ma belle. Des fois, Irénée Lafrance dit un peu n'importe quoi.

La voix de Géraldine se voulait rassurante. Cependant, malgré cette tentative sincère de réconfort, le regard d'Agnès continuait de lancer des éclairs.

— Ben au lieu de dire n'importe quoi, il devrait apprendre à se taire, des fois, grommela-t-elle, sans égard aux conséquences que son impertinence pourrait engendrer. Comme hier, quand il a dit à ma mère que ça avait pas d'allure de faire du pâté à la viande pour souper. Que c'était trop riche… Pauvre maman ! Elle avait les larmes aux yeux.

— La pauvre ! Je comprends pas qu'on puisse dire des choses pareilles.

— Nous autres non plus, on comprend pas. Hier soir, avant de se coucher, on en a parlé ensemble, Benjamin pis moi, avant que les parents viennent s'installer en haut. Mon frère aussi était choqué après grand-père Lafrance. J'espère juste qu'il restera pas trop longtemps, même si je comprends qu'il peut aider à la cordonnerie.

— C'est à souhaiter, si ça se passe aussi mal que tu le dis. Vous êtes sûrement capables de trouver quelqu'un d'autre pour vous aider…

En prononçant ces derniers mots, Géraldine entendit résonner le nom de Cyrille dans sa tête. Pourquoi pas ? Après tout, il restait un bon mois avant qu'il parte pour le collège. Heureuse de cette idée, elle se promit d'en parler à son mari dès son retour à la maison. Après tout, Anselme avait l'habitude d'engager des journaliers quand venait le temps des récoltes. Il n'aurait qu'à trouver quelqu'un pour remplacer Cyrille. Cette décision étant prise, Géraldine reporta son attention sur Agnès pour ajouter :

— Dans le fond, Irénée est peut-être pas aussi nécessaire qu'il le pense, fit-elle, énigmatique. D'autant plus que vous allez avoir envie de vous retrouver entre vous autres après l'arrivée du bébé...

— C'est ce que je pense, moi avec.

Puis, fixant sa tante avec aplomb, Agnès précisa :

— Maman m'a souvent dit que c'était moi qui allais l'aider à s'occuper du bébé. Ça fait que j'attends qu'elle me demande de monter, pis il y a personne qui va m'obliger à partir. Pas plus grand-père Lafrance que les autres.

L'intention était touchante, et l'attitude décidée d'Agnès plut grandement à Géraldine. En gage de solidarité féminine, elle tapota le bras de sa nièce qui se tenait à côté d'elle.

— T'es une bonne fille, Agnès ! T'as ben raison de rester ici. Occupe-toi pas de ce que dit ton grand-père. Pour une fois qu'il a raison, range-toi à son idée : la naissance des bébés, c'est pas une affaire pour les hommes... Moi, vois-tu, j'suis fière de voir que t'es restée ici quand même, pis je trouve que ta mère est ben chanceuse de t'avoir... Tu sais quoi ? Si ça peut te rassurer, j'vas aller voir ce qui se passe en haut.

— Oh oui ! Ça serait ben fin de votre part.

— Attends-moi ici, ça sera pas long.

Toutefois, Géraldine n'avait pas posé le pied sur la première marche de l'escalier qu'un vagissement se faisait entendre, suivi aussitôt d'un pleur colérique. Une main sur la rampe, elle se tourna vers Agnès, toute souriante.

— Que c'est que je te disais, ma belle ? On dirait ben que c'est fait. Pis c'est un bon cri, ça là ! C'est clair que c'est un bébé vigoureux qu'on entend s'époumoner comme ça. Fais une petite prière pour remercier le Bon Dieu, ma belle fille, pis moi, j'vas aller aux nouvelles. Je reviens dans deux minutes. Le temps de savoir si t'as un petit frère ou une petite sœur, de dire à ta mère que tu penses ben fort à elle, pis je redescends !

— Pis moi, j'vas aller prévenir mon père.

Agnès avait le regard brillant de soulagement et d'excitation. Ça y était, le bébé était enfin là !

— Tant pis pour grand-père Lafrance, lança-t-elle joyeusement. Je le sais, moi, que papa va être soulagé de savoir que tout s'est ben passé. Je le sais aussi qu'il va vouloir monter voir maman tout de suite ! C'est toujours ce qu'il fait quand il entend le bébé se mettre à pleurer. J'suis contente, ma tante ! Si vous saviez à quel point j'suis contente que notre bébé soit enfin arrivé !

CHAPITRE 4

À Sainte-Adèle-de-la-Merci, chez les Lafrance

Le dimanche 5 août 1923, dans la chambre des filles, en compagnie de Marie-Thérèse et de sa belle-sœur Lauréanne

JAQUELIN AVAIT ENVOYÉ UN TÉLÉGRAMME, à la demande de son épouse.

— Je veux voir Lauréanne, pis ça presse, avait-elle expliqué à voix basse, peu de temps après l'accouchement. S'il y a quelqu'un sur Terre capable de faire entendre raison à ton père, c'est ben ta sœur.

— Tu penses ? Tu penses vraiment que ma sœur est aussi importante que ça pour mon père ?

Jaquelin parlait sur le même ton retenu que sa femme, inquiet à l'idée que son père puisse les entendre.

— Pas sûr pantoute, moi, que ma sœur a le pouvoir que tu lui donnes. Me semble que ma tante Félicité serait ben mieux placée qu'elle pour parler sans détour à mon père, avait alors proposé Jaquelin. Elle serait peut-être même capable de le convaincre que la chambre d'en bas, c'est pas vraiment sa place. Après tout, ma tante pis le père doivent avoir à peu près le même âge, non ?

— Je dirais, oui.

— De toute façon, t'as-tu déjà vu quelqu'un tenir tête à Félicité Gagnon, toi ?

— Pour ça, t'as pas tort, mon homme, j'ai jamais vu personne capable de s'opposer longtemps à ma tante. Mais c'est pas une raison de te servir de ça comme échappatoire, je le prendrais pas, avait tranché Marie-Thérèse, d'une voix lasse, mais combien décidée. T'as beau dire ce que tu voudras, ma tante Félicité pourrait pas faire grand-chose face à ton père. Elle a beau être capable de s'imposer au besoin, je te l'accorde, mais avec ton père, elle chanterait peut-être une autre chanson. De toute façon, j'suis loin d'être certaine qu'elle accepterait de discuter avec le beau-père. C'est ma tante en personne qui m'a dit, un jour, qu'elle portait pas Irénée Lafrance dans son cœur, parce que, d'aussi loin qu'elle se rappelait, il avait toujours eu l'air bête pis qu'à cause de ça, elle lui avait jamais vraiment parlé. C'est même pour cette raison-là qu'à l'automne dernier, quand il est venu faire son tour juste après l'incendie, il était pas question pantoute que ton père s'installe chez elle. C'est deux têtes dures, elle pis lui. Une fine, c'est ben clair, pis une moins fine, c'est aussi évident. C'est à cause de ça que je dis qu'il vaut mieux pas compter sur ma tante. Entre elle et ton père, le torchon risquerait de se mettre à brûler, et c'est pas ce qu'on veut... Non, non, Jaquelin, pour une fois, c'est moi qui décide, et tu vas envoyer un télégramme à ta sœur. Pas besoin d'écrire des grandes phrases pour annoncer que le bébé est arrivé... Que les bébés sont arrivés... Te rends-tu compte, mon homme ? On a eu des jumeaux... Voir qu'on avait besoin de ça, deux bébés en même temps, avec la cordonnerie pis tout le reste... S'il te plaît, fais ce que je te demande sans m'ostiner, pis tarde pas trop. J'veux voir Lauréanne le plus vite possible, parce que moi, j'ai pas l'intention de passer mes relevailles icitte, dans la chambre des filles. Pas avec deux p'tits. Si tu savais comment je me sens pas à l'aise avec Agnès dans mon lit... Comment veux-tu que je me repose dans ces conditions-là ? Va falloir que ton père le comprenne, pis pour ça, il y a que Lauréanne, je pense ben, pour arriver à lui faire admettre le bon sens.

Jaquelin avait alors compris qu'il ne servait à rien d'insister et le télégramme était parti dès le début de l'après-midi.

Lauréanne et son mari l'avaient reçu un peu avant le souper, et ce matin, ils avaient pris le premier train en partance pour Québec, avec arrêt à Sainte-Anne-de-la-Pérade.

— Te rends-tu compte, mon mari ? Ça va nous faire deux bébés à aimer. J'en demandais pas tant.

— Probablement que Marie-Thérèse non plus, avait souligné malicieusement Émile, qui semblait aux anges.

— Ouais, t'as ben raison… Avoir deux petits d'un seul coup, c'est quelque chose ! La pauvre Marie-Thérèse doit en avoir plein les bras, c'est le cas de le dire. Deux bébés…

N'empêche qu'il y avait du rêve dans la voix de Lauréanne au moment où elle se pendait au bras de son mari pour se diriger à pas pressés vers la porte du wagon qui venait de s'arrêter devant eux.

Et voilà pourquoi, en ce moment même, la sœur de Jaquelin était penchée au-dessus des deux berceaux qui occupaient un coin de la chambre, retenant quasiment son souffle pour ne pas troubler le sommeil des bébés. Elle enviait sa belle-sœur au point d'en avoir des larmes aux yeux.

Certes, Lauréanne savait se réjouir pour Marie-Thérèse, qu'elle aimait comme une sœur, et qui venait de donner naissance à un petit garçon et une petite fille en parfaite santé. Certaines de ses larmes en étaient d'émotion et d'affection sincère devant pareille merveille. Toutefois, emmêlée à sa joie, il y avait une telle déception devant sa propre réalité que la pauvre Lauréanne ne savait plus où elle en était.

Pourquoi le Ciel ne lui avait-il pas permis d'être mère, elle aussi ? N'y avait-il pas suffisamment d'amour à donner au fond de son cœur ?

Et que dire d'Émile ? Lui aussi, il aurait bien aimé connaître la joie de fonder une famille et il le lui avait souvent dit, avec une pointe de déception dans la voix et comme une excuse dans le regard.

Peut-être était-ce pour camoufler ses émotions que, tout au long de la route, Émile n'avait cessé de jacasser comme une pie ? Mais toujours est-il que le train avait à peine quitté le quai de la gare d'Hochelaga qu'il imaginait déjà sa nouvelle nièce au pied de l'autel, le jour où elle convolerait en justes noces.

— Ça fait ben des mariages en perspective, toutes ces filles-là, avait-il constaté tandis que le train, tout en crachant un panache de fumée grisâtre, tentait poussivement d'atteindre sa vitesse de croisière. On rit pus ! Si je sais compter comme il faut, trois filles, ça fait trois mariages. C'est quelque chose, dans la vie d'un père, ça là ! À moins qu'il y en ait une qui veuille devenir bonne sœur, comme de raison. Mais ça me surprendrait, parce qu'il y en a jamais eu dans ta famille… De toute façon, paraîtrait que pour entrer dans les ordres, une fille doit apporter une dot, comme pour un mariage. Pauvre Jaquelin ! Ça va y en faire, des choses à prévoir. Pis là, c'est des jumeaux. Des jumeaux ! Ça veut peut-être dire des études avancées aussi. Les garçons peuvent pas tous devenir cordonniers comme leur père, hein ? Va falloir que tout un chacun prépare son avenir à sa manière… Quand ça sera le temps, on pourrait peut-être aider la famille de ton frère, hein, ma femme ?

Le ton d'Émile s'était fait enjôleur comme s'il avait besoin de convaincre sa Lauréanne du bien-fondé de ses réflexions.

— Faut toujours ben que l'argent que j'arrive à engranger serve à quelque chose, bateau d'un nom ! avait-il déclaré sur un ton qui n'avait rien d'interrogatif. Me semble que d'aider mes neveux pis mes nièces à s'installer dans la vie, ça vaut mieux que d'acheter un chalet…

— Ben d'accord avec toi, mon mari, avait réussi à glisser Lauréanne. J'étais d'accord avec le père pour dire que ça serait pas mal agréable une petite maison au bord de l'eau, mais l'avenir d'une bande de petits Lafrance, c'est pas mal plus important, si tu veux mon avis.

— Me semblait aussi que tu serais d'accord avec moi… Pis peut-être que dans le lot, y en aura qui voudra devenir maître brasseur comme moi, avait suggéré Émile, sur un ton rêveur. Pourquoi pas ? Nom d'une pipe que je serais content si ça arrivait un jour ! Si jamais c'était le cas, c'est ben certain que je m'en occuperais personnellement.

Émile s'enflammait, minaudait, prévoyait, argumentait sans espoir de réponse. Ses grosses bajoues en tremblaient de plaisir anticipé. Puis, brusquement à court d'idées, il s'était tourné vers sa femme en fronçant les sourcils.

— Penses-tu, Lauréanne, que ça soit parce qu'on voit ton frère pis sa femme plus souvent que j'ai l'impression d'être plus heureux que d'habitude à l'idée qu'il y a deux bébés de plus dans la famille ?

Devant le flot ininterrompu des paroles et des prédictions de son mari, et surtout devant cette dernière question, Lauréanne avait esquissé un sourire ému.

— C'est sûr que ça peut pas nuire. À voir Marie-Thérèse aussi souvent, c'est un peu comme si on les avait attendus nous-mêmes, ces deux bébés-là. T'en penses quoi ? On en parlait, toi pis moi, il y a pas une semaine de ça : depuis quelques mois, on a enfin le sentiment qu'on fait tous partie d'une même famille, pis c'est ben agréable.

— Pour être agréable, ça l'est ! J'ai hâte un peu de les voir, ces deux chérubins-là !

Cher Émile !

Par moments, malgré sa carrure de lutteur, il avait un cœur de guimauve, tout fondant d'émotion et jamais il n'avait semblé mal à l'aise de le laisser paraître. La pression de la main de Lauréanne s'était donc intensifiée sur le bras de son mari. Elle avait toujours été convaincue qu'Émile Fortin aurait été un bon, un très bon papa, et c'était aussi un peu pour cette raison qu'elle l'avait choisi entre tous.

À cette pensée maintes fois caressée depuis toutes ces années, Lauréanne s'était retournée vers la fenêtre pour camoufler une ou deux larmes silencieuses qui s'étaient présentées sans avertissement.

Alors, c'était aussi pour son mari si Lauréanne avait présentement les larmes aux yeux, tandis qu'elle était toujours penchée au-dessus des berceaux. Elle n'arrivait pas à comprendre la cause obscure qui avait poussé le destin à se montrer aussi mesquin à leur égard. Parce que le médecin consulté avait été formel : à première vue, rien n'empêchait une maternité. Alors, si les prières quotidiennes de Lauréanne étaient sincères quand venait le temps d'exprimer sa gratitude devant la vie relativement facile qui était la sienne, ses invocations n'en restaient pas moins teintées de reproches, à l'occasion. Comme en ce moment, alors que la joie ressentie était une proche parente de la désolation et que ce maelstrom d'émotions la faisait pleurer comme une Madeleine.

Au point où Marie-Thérèse s'en inquiéta.

Elle comprenait sans aucune difficulté l'insondable tristesse que devait ressentir sa belle-sœur devant un nouveau-né, elle qui avait tant rêvé d'être mère. Lauréanne le lui avait spontanément confié lors de leur dernière visite, au moment où Marie-Thérèse lui avait dit de poser la main sur son ventre, car le bébé bougeait vigoureusement.

— Si tu savais comment je t'envie, Marie-Thérèse, avait alors murmuré Lauréanne, une main toute légère posée sur l'arrondi du ventre de sa belle-sœur. Même à quarante ans passés, j'en rêve encore, parfois. On sait jamais…

Toutefois, pour déclencher un déluge de larmes comme elle en était témoin, Marie-Thérèse se doutait bien que la douleur devait être beaucoup plus intense qu'un simple regret à la vue de deux beaux bébés tout roses.

C'était plutôt l'histoire d'une vie à deux que le chagrin de Lauréanne racontait.

C'était la triste histoire d'un homme et d'une femme qui, bien au-delà de l'espoir d'avoir des enfants, s'aimaient sincèrement depuis très longtemps, et espéraient probablement, encore aujourd'hui, voir cet amour se concrétiser.

Quoi de plus normal, de plus simple, de plus banal ?

Marie-Thérèse le savait d'instinct, car c'était exactement ce qu'elle-même vivait avec son Jaquelin. À ses yeux, ne pas avoir d'enfants avec son homme aurait été une tragédie, rien de moins.

À cette pensée, elle sentit son cœur se serrer, car elle aimait bien Lauréanne et son mari, et leur tristesse l'écorchait un peu au passage. Malheureusement, elle ne connaissait ni les mots ni les gestes qui sauraient les réconforter.

Alors, malgré sa grande lassitude et l'envie brûlante qui lui piquait le bout de la langue de demander à sa belle-sœur d'intervenir auprès de son père, Marie-Thérèse déclara tout bonnement :

— Ça arrive que les sentiments soient plus forts que notre bon vouloir pis que les émotions qui vont avec soient difficiles à contrôler.

— Oh oui…

La voix de Lauréanne était chevrotante.

— Si tu savais comme c'est dur pour moi, de voir deux beaux bébés comme les tiens… Mais comprends-moi ben : j'suis heureuse pour toi pis Jaquelin, ben heureuse. Pis j'suis sincère quand je dis ça. J'suis juste triste pour moi pis Émile, ben triste de pas avoir la chance de connaître ça.

— Je doute pas de toi, Lauréanne. Je le sais que tu nous envies, mais que c'est pas malveillant de ta part. Je te comprends, glissa Marie-Thérèse avec sollicitude. Moi avec, tu sais, ça m'arrive des fois d'avoir des trop-pleins de larmes quand je me sens dépassée par les événements.

— Les événements ? Non, c'est pas les événements qui me font mal, Marie-Thérèse. Ça serait rien, un seul événement. Je passerais par-dessus sans y laisser toutes les larmes de mon corps. Non, c'est toute la vie qui me déchire le cœur, des fois. Toute notre vie, à Émile pis moi.

Que répondre à ça ? Mal à l'aise, Marie-Thérèse détourna les yeux.

Un ange passa.

Puis Marie-Thérèse, émue aux larmes à son tour, souffla :

— Je comprends ce que tu veux dire. Il y a de ces désolations, parfois, qui barbouillent jusqu'à nos joies.

Toujours debout devant les berceaux, Lauréanne tournait le dos à sa belle-sœur, tant par pudeur à cause de son visage ravagé par les pleurs que parce qu'elle n'arrivait pas à détacher les yeux des poupons profondément endormis.

— C'est pas juste, tout ça, constata-t-elle d'une voix navrée, sachant que Marie-Thérèse comprendrait ce qu'elle cherchait à exprimer. Tandis que moi j'arrive pas à tomber enceinte, toi tu fais les bébés à coup de deux. Non, je te le dis, par moments, je trouve que c'est pas juste pantoute ce qui nous arrive !

Malgré la détresse enveloppant cette réflexion, l'image arracha un sourire à Marie-Thérèse. Cette fois-ci, elle avait accompli un véritable exploit. Quand elle avait entendu Mme Morin lancer qu'elle voyait une seconde tête, Marie-Thérèse avait continué de pousser de toutes ses forces, comprenant subitement pourquoi, cette fois-ci, elle était devenue aussi énorme.

— C'est vrai que vue de même, la situation est effectivement injuste envers toi, accorda Marie-Thérèse. Mais que veux-tu qu'on y fasse, ma pauvre fille, à part prier pour qu'à ton tour tu…

— Laisse tomber les prières, Marie-Thérèse.

Le ton employé par Lauréanne était dur, amer.

— Ça fait des années que j'ai compris que ça servait à rien de prier, déclara-t-elle, à l'instant où, incapable de se retenir, la jeune accouchée échappait un bâillement.

Ce fut en entendant cette manifestation d'immense fatigue que Lauréanne trouva enfin la force de se ressaisir.

— Pauvre Marie-Thérèse ! s'excusa-t-elle sans toutefois tourner la tête vers elle. J'suis là à me lamenter sur mon sort tandis que toi tu dois tomber de sommeil, après la nuit que tu viens de passer avec deux petits à nourrir, pis l'autre d'avant à les mettre au monde.

Lauréanne jeta un dernier regard sur les berceaux de bois verni, esquissa un sourire un peu triste, puis elle se tourna finalement vers sa belle-sœur. Ébouriffée et les yeux cernés, Marie-Thérèse avait effectivement une triste mine. Lauréanne se doutait bien qu'elle aussi devait avoir piètre allure après un tel débordement d'émotion, et elle s'en voulut de s'être donnée en spectacle comme elle venait de le faire. Marie-Thérèse méritait de la joie autour d'elle, pas une inutile surenchère d'amertume. Prenant une profonde inspiration, Lauréanne s'obligea à réagir, essuyant son visage du bout des doigts, puis son corsage d'un petit geste nerveux comme pour y enlever quelques graines invisibles, avant de faire machinalement bouffer sa jupe.

— Excuse-moi encore, Marie-Thérèse. Depuis ces dernières années, voir un nouveau-né, ça me pince toujours un peu le cœur. C'est comme si à chaque fois, je m'approchais un peu plus d'un point de non-retour. Ça me donne le vertige, un vertige pas trop agréable à ressentir. Mais on dirait ben, ma grand foi du Bon Dieu, que voir deux bébés en même temps, c'est plus que ce que j'suis capable de supporter. M'en vas te laisser te reposer pis…

— Non ! Non, pars pas, Lauréanne.

Marie-Thérèse s'était redressée sur un coude et, du regard, elle semblait supplier la sœur de Jaquelin.

— Viens, viens t'asseoir au bord du lit. J'ai le goût de jaser avec toi. Inquiète-toi pas pour ma fatigue, j'vas avoir tout le temps qu'il faut pour dormir t'à l'heure, quand les deux petits auront bu tout leur soûl. En plus, ma mère a promis de venir s'occuper du souper, pis paraîtrait que ma tante Félicité a cuisiné pour une armée. Elle est supposée nous amener tout ça t'à l'heure.

— Alors dans ce cas…

Lauréanne ne se fit pas prier. S'essuyant furtivement les yeux pour y sécher une dernière humidité, elle s'approcha de Marie-Thérèse.

— Pis ? demanda-t-elle en s'assoyant du bout des fesses au pied du lit, comment vous allez les appeler, ces deux beaux bébés-là ? Avec tout ça, j'ai même pas pensé à te le demander.

Curieusement, un éclat d'impatience ombragea le regard de Marie-Thérèse.

— Parlons-en, des noms ! lança-t-elle, visiblement en colère.

— Ben voyons donc ! Que c'est qui se passe, Marie-Thérèse ? Tu t'entends pas avec Jaquelin pour choisir les noms ?

— Inquiète-toi pas, c'est pas Jaquelin, le problème, rassura la jeune mère, tout en calant sa tête dans l'oreiller. Pour lui pis moi, c'était une question de réglée, ça fait déjà quelques semaines que les noms étaient choisis. Un pour un gars, pis un autre pour une fille, comme on a toujours fait. On savait pas, par exemple, que cette fois-ci, on aurait besoin des deux.

En prononçant ces derniers mots, Marie-Thérèse ébaucha l'ombre d'un sourire moqueur, avant de se renfrogner et d'échapper un long soupir rempli d'amertume, ce qui alerta Lauréanne.

— Bonté divine ! Que c'est qui se passe ? demanda-t-elle aussitôt. Je le vois ben que t'as pas l'air contente, mais je comprends pas pourquoi.

— Devine…

Ce simple mot fut suffisant pour que Lauréanne fronçât les sourcils tout en secouant la tête avec exaspération.

— Ah non ! Tu vas pas me dire que mon père a encore fait des siennes ? Dis-moi que c'est pas ça !

— J'aimerais ben… Malheureusement, t'as mis le doigt sur le bobo. C'est ben ton père, le problème, avec sa manie de pas se mêler de ses affaires, depuis qu'il est arrivé chez nous. Bonne sainte Anne, comme dirait ma tante Félicité, ça fait tout juste deux jours qu'il est là, mais j'ai l'impression que ça fait quasiment un mois !

— Je comprends ce que t'essayes d'expliquer, ma pauvre Marie-Thérèse. Oh oui, je te comprends ! Mais dis-moi donc… À propos des noms ? Que c'est que le père a encore fait ?

— Il a fait des siennes, comme tu le dis si ben… Ma grand foi, j'ai l'impression qu'il est pas capable de faire d'autre chose que de contredire le monde. Imagine-toi donc que tout de suite après la délivrance, il est venu dans ma chambre, sans même attendre que je l'invite, pis là…

Marie-Thérèse, trop heureuse de pouvoir enfin se vider le cœur, se mit alors à raconter ce qu'elle considérait comme un manque flagrant de bienséance et de respect. Elle avait été tellement blessée et choquée par l'attitude de son beau-père, qu'à raconter l'événement, elle en oubliait sa fatigue.

En effet, à l'instant où il avait entendu les deux prénoms choisis depuis quelque temps par son fils et sa belle-fille, Irénée Lafrance avait aussitôt opposé un refus catégorique en se moquant d'eux.

— Comme si c'était ses affaires ! commenta aigrement Marie-Thérèse, l'esprit vif comme jamais.

Tout en parlant, Marie-Thérèse soutenait le regard de Lauréanne. De toute évidence, celle-ci était exaspérée par tout ce qu'elle entendait.

— À la seconde où j'ai annoncé que ça serait Victor pour le garçon, pour faire plaisir à mon père, pis Roseline, pour une fille, en souvenir de la poupée d'Agnès qui s'appelait Rosette, ton père m'a pointée avec son index comme si je venais de dire une grossièreté. Ensuite, il a levé les yeux au plafond, pis il s'est mis à secouer son doigt comme si j'étais une petite fille de cinq ans qui venait de faire une grosse bêtise... Peux-tu croire ça, Lauréanne, que pour ton père, ça se fait pas de donner des prénoms différents à des jumeaux ? Paraîtrait que ça va leur porter malheur durant toute leur vie, pis pour ça, il nous a traités de niaiseux de pas y avoir pensé... Ça se peut ?

— Oh oui ! ça se peut. Même que je reconnais là les mots qu'il a l'habitude d'employer. C'est triste à dire, mais c'est le père tout craché, d'agir de même. Mais où c'est qu'il a pris ça, de dire que ça pouvait porter malheur ?

— Aucune idée, mais c'est son opinion, pis elle est ben arrêtée. Même que pour être tout à fait certain qu'on en tiendrait compte, c'est lui qui s'est présenté au presbytère pour déclarer les naissances, sans même nous demander la permission. Comme il connaît le curé Pettigrew depuis toujours, sa visite a été ben accueillie, comme tu dois t'en douter, pis ton père nous est revenu, une petite heure plus tard, tout content de nous avoir rendu ce service-là. C'est ça qu'il a osé dire, imagine-toi donc ! Moi qui avais jamais vu ton père sourire, ben là, j'y ai vu les dents au grand complet. C'est tout fier de lui qu'il nous a annoncé que nos bébés, nos bébés à Jaquelin pis moi, ils allaient s'appeler Albert pis Albertine. Pas moyen de changer quoi que ce soit, c'était déjà écrit dans les registres de la paroisse, et on dirait qu'on peut rien effacer, pis rien barrer dans ces livres-là.

Lauréanne était atterrée. Cette fois-ci, Irénée Lafrance avait dépassé les bornes !

— Veux-tu ben me dire quelle sorte d'éducation il a reçue, lui ? Me semble qu'il nous a pas élevés de même, Jaquelin pis moi.

— C'est sûr qu'il vous a pas élevés comme ça, rapport qu'avec lui, on a jamais le droit de rouspéter ni de décider quoi que ce soit.

— N'empêche... Je comprends pas que quelqu'un s'imagine avoir tous les droits de même, soupira Lauréanne, l'air contrit, comme si elle était responsable des agissements de son père. Albert ! C'est un vieux nom... C'était celui de mon grand-père paternel.

— Pis Albertine, c'est le nom de ma nièce ! compléta Marie-Thérèse avec humeur. C'est la plus vieille chez Anselme ! J'ai eu beau dire à ton père qu'on avait déjà une Albertine dans la famille, pis que chez nous, ça se faisait pas avoir deux cousines du même prénom, il a rien voulu entendre. Pas question pour lui d'essayer de plaider notre cause auprès du curé. Un méchant cabochon, oui ! C'est comme pour tout le reste, d'ailleurs...

— Quel reste ?

— Tout !

Heureuse d'avoir enfin trouvé une oreille compatissante, Marie-Thérèse était intarissable.

— Depuis deux jours qu'il est arrivé, j'ai l'impression que ton père s'est mis dans la tête de changer toutes nos habitudes, les unes après les autres. On dirait que rien ne fait son bonheur, parce qu'il a pas arrêté de chialer.

— Ben ça… C'est juste normal pour lui, ma pauvre Marie-Thérèse. Il passe sa vie à tout critiquer tout le temps. Il est de même, notre père, jamais content. Faut remonter au vivant de notre mère pour que je me rappelle l'avoir vu de bonne humeur.

— Tu parles d'un aria, dans une maison, un homme comme lui. Comment tu fais pour l'endurer, Lauréanne ? Je m'excuse de parler comme ça, parce que c'est quand même ton père, mais j'suis pas habituée à ça, moi, pis j'aime pas ça pantoute le voir mettre son nez dans nos affaires.

— Inquiète-toi pas, tu peux ben dire ce que tu veux, c'est pas moi qui vas t'en vouloir parce que je te comprends tellement.

— Mais comment t'arrives à vivre avec lui ? répéta Marie-Thérèse. De ce que je me rappelle, me semble que du temps qu'il vivait avec nous autres, au début de notre mariage, ton père était pas si pénible que ça. Pis quand il vient nous visiter non plus. Il est marabout, c'est ben certain, mais ça s'endure.

— Pas sûre, moi, qu'il était plus gentil, dans le temps qu'il restait ici… C'est probablement parce que tu te sentais pas encore chez vous que t'acceptais son mauvais caractère. Tu devais te sentir mal à l'aise, un brin gênée de te voir là, dans ses affaires, ça fait que t'as rien dit, pis finalement le souvenir que t'en gardes est pas trop mauvais. T'avais pas le choix, ma pauvre fille.

— Mettons que t'as peut-être raison… N'empêche que ça pourra pas durer de même ben longtemps.

— Que c'est que tu veux dire par là ?

— Ça dit ce que ça dit, Lauréanne, je pourrai pas endurer ça longtemps… Regarde-moi bien ! J'ai l'air d'une femme heureuse ? Heureuse comme je devrais l'être, maintenant que la délivrance est derrière moi, que tout s'est ben passé, pis que les bébés sont en pleine santé ?

— Ben… Je connais pas ça dans le détail, mais je dirais que t'as surtout l'air fatiguée. Ben ben fatiguée.

— C'est sûr que j'suis fatiguée, c'est juste normal. On l'est toutes ! Pis j'suis contente d'avoir des bébés en bonne santé, ça c'est ben certain, mais pour le reste, par exemple, j'suis choquée en s'il vous plaît, et ça, c'est pas normal. J'ai eu toute une nuit de douleurs pis une autre sans trop dormir pour réfléchir à ça, pis j'vas pas vrai que je vais vivre les prochaines semaines coincée dans la chambre des filles. C'est plate pour moi, pis ça l'est tout autant pour Agnès pis pour Angèle. Pauvre petite ! À cause du beau-père, elle se retrouve pognée à dormir sur un grabat.

— J'suis ben d'accord avec toi que ça a pas de bon sens, c'est surtout pas moi qu'il faut essayer de convaincre. Mais comment tu veux changer ça ? Le père est icitte pour un boutte, que tu le veuilles ou pas, pis s'il a décidé qu'il voulait votre chambre, il y a pas grand monde qui va arriver à le faire changer d'avis. Que veux-tu que je te dise ? Il s'est mis dans la tête que la cordonnerie pourrait pas marcher sans lui le temps que tu te remettes pis...

— C'est là que tu te trompes.

— Comment ça, que je me trompe ?

— C'est pas juste le fait que je viens d'accoucher qui a amené ton père chez nous.

— Ah non ? Pourtant il me semblait que c'était ça. Si c'est pas le cas, va falloir que tu m'expliques.

— C'est ben simple. Ça faisait pas deux heures qu'il était arrivé que le beau-père nous disait clairement, à Jaquelin pis moi, qu'une femme a pas la force pis le talent pour travailler dans une cordonnerie.

— P'tite misère ! Il est fatigant ! Où c'est qu'il est allé chercher ça, encore ? Qu'il prétende que ça se voit pas tellement souvent, je comprendrais, parce qu'on est habitué de voir surtout des hommes en train de réparer des chaussures, c'est un fait. Mais de là à parler de talent... Voyons donc ! Ça a juste pas de bon sens de dire des affaires de même.

— Ben pas pour lui. C'est dans la nature des choses, qu'il a répété au moins trois fois ! Laisse-moi te dire qu'il est pas allé par quatre chemins pour me renvoyer à mes chaudrons. Il a même ajouté que la place d'une bonne mère, c'était dans la cuisine avec ses enfants. Comme si j'étais devenue une mauvaise mère depuis que j'aide Jaquelin. C'est pas mêlant, j'en aurais pleuré si j'avais pas été aussi choquée... Ni aussi enceinte ! Parce que pour le moment, il a pas tort : c'est vrai que je serai pas tellement utile à Jaquelin.

— Et ? Qu'est-ce que ça peut ben changer pour l'avenir ? Qu'est-ce qui va se passer après, quand tu vas être remise de ton accouchement ? Quand tu vas être en forme ? Le père va rester ici ? Tu m'inquiètes avec tes propos.

— C'est là que j'ai l'impression qu'il faudrait tout de suite mettre les choses au clair, tu penses pas ? Faudrait vraiment savoir ce que ton père a dans l'idée, bien que...

Marie-Thérèse poussa un long soupir avant d'ajouter :

— De toute façon, Lauréanne, quoi que ton père puisse en penser, moi, j'ai ben l'intention de reprendre ma place à côté de mon mari. On se débrouillait pas pire, tous les deux, pis on aimait ça, travailler ensemble.

Une onde de tendresse traversa le regard de Marie-Thérèse.

— Tu le sais, toi, combien on est heureux ensemble, Jaquelin pis moi, hein Lauréanne ? Dans le travail comme pour tout le reste. Faut pas oublier dans tout ça que les enfants grandissent. Ils sont capables de nous aider. Mais avant d'en arriver là, avant d'arriver au jour où j'vas être assez forte pour reprendre ma place autant dans la maison que dans la cordonnerie, va falloir que ton père accepte de s'installer dans la chambre des garçons, pour le temps qu'il va décider de rester avec nous autres. Avec Cyrille qui demeure chez mon frère pour l'été, on pourrait s'arranger pour que ton père ait un lit à lui tout seul. Pis comme ça, Cyrille pourrait nous visiter le samedi comme il en a l'habitude. La chambre des garçons est assez grande pour ajouter un lit. On pourrait même l'installer proche de la fenêtre pour que ton père puisse respirer du bon air. Dans le pire des cas, on pourrait ajouter un paravent, question d'y donner un brin d'intimité. Il y en a un dans le grenier de mes parents, pis il sert à rien. Me semble que ça devrait aller, non ?

Lauréanne avait l'air sceptique.

— Pas sûre, moi, que le père va accepter ça de bon gré.

— C'est justement parce que je pense comme toi que j'suis contente que tu sois là, Lauréanne. À deux, pis à quatre s'il le faut, avec Jaquelin pis Émile, on devrait amener ton père à faire preuve de bonne volonté.

Au lieu de la rassurer, cette dernière proposition eut l'heur de faire sourciller Lauréanne.

— Non, c'est pas une bonne idée. S'ostiner avec le père quand il y a du monde, c'est jamais une bonne idée. Plus il va y avoir de personnes à discuter autour de lui pis avec lui, plus il va s'entêter, pis se braquer contre tout le monde, ça c'est certain.

— Ben là... J'vas être obligée d'y dire de s'en aller ? Me semble que malgré tout ce que je viens de dire contre lui, ça a quasiment pas d'allure de faire ça.

— C'est sûr que de se faire montrer la porte, le père aimerait pas ça pantoute. Il tient ben gros au fait que la maison soit toujours à lui, je pense que tu le sais, non ? Pis malgré tout ça, vous feriez quoi de la cordonnerie si jamais tu demandais au père de s'en aller ? Comme il nous a dit, à Émile pis moi, la fin de l'été, c'est un gros temps dans l'année pour la réparation des souliers, surtout avec l'école qui s'en vient. Avec sa main morte, Jaquelin pourra pas s'en sortir seul.

Marie-Thérèse balaya l'objection du revers de la main en exhalant un long soupir.

— On trouverait ben... Du monde qui cherche de l'ouvrage, il y en a toujours. Si moi j'ai appris, quelqu'un d'autre pourrait le faire. N'importe quoi, plutôt que d'être obligée d'endurer ce que je suis en train de vivre là. J'ai besoin de ma chambre, Lauréanne, de mon intimité. Pis les bébés aussi. Si je veux les mettre à ma main le plus vite possible, c'est dans ma chambre que je peux faire ça. Des tout-petits, ça a besoin de calme pour ben partir dans la vie... Me semble que ça aurait été pas mal plus facile si ton père s'était montré d'adon, non ? Me semble qu'il aurait pu apprécier qu'on ait trouvé une solution sans lui demander son aide, parce qu'on le sait ben qu'il mérite de se reposer, chez vous en ville. Il a travaillé fort toute sa vie, pis c'est pas parce qu'il a mauvais caractère que Jaquelin pis moi, on est pas capables de le reconnaître... Mais non... Faut toujours que ton père ait raison au point où ça en devient insupportable... On dirait que ça l'amuse de pousser le monde à bout... De toute façon, de la manière qu'il nous a parlé, on dirait vraiment que tout ce qu'il veut, c'est que je sorte de la cordonnerie, ce qui va l'obliger à reprendre sa place pour de bon, pis de nous en vouloir après à cause de ça.

Lauréanne avait l'air navré.

— C'est ça qu'il a dit ?

— Il l'a pas dit, pauvre de toi, il l'a crié ! Retourne à tes chaudrons pis remets pus jamais les pieds ici ! Vous me gâchez assez la vie comme ça, vous deux ! C'est ça qu'il nous a dit, ton père. Me semble que c'est assez clair, non ?

— Ouais, pour être clair, c'est clair. Pis Jaquelin, lui ?

— Que veux-tu qu'il fasse, le pauvre homme ?

D'un geste las de la main, Marie-Thérèse montra la chambre.

— On le sait ben, va, que rien ici est à nous autres. Ça serait ben malaisant de la part de Jaquelin de dire à son père de retourner à Montréal, tu penses pas ? Quand ben même on a rebâti la maison, avec l'aide de ma famille, en plus, ce bâtiment-là, sur papier, il est encore à Irénée Lafrance. Comme tu dois t'en douter, il s'est pas gêné pour nous le rappeler. Les meubles sont peut-être à nous autres parce qu'on nous les a donnés après le feu ; mais la maison, elle, est ben à ton père. Pas de danger qu'on l'oublie.

— Mais tu vas faire quoi, d'abord ?

— C'est un peu pour ça que j'ai demandé à Jaquelin de vous envoyer un télégramme, à Émile pis toi. Je pense ben que j'vas avoir besoin de ton aide pour faire entendre raison à ton père. Pis pour commencer, faudrait qu'il accepte de me redonner ma chambre, comme je viens de te le dire. Pour le reste, on verra plus tard. J'ai pas la force de me battre pour astheure.

— Parce que tu penses que j'suis capable de faire ça, moi, amener le père à changer d'idée ? Ma pauvre Marie-Thérèse… J'en mène pas beaucoup plus large que Jaquelin, face à notre père, tu sauras. Il y a Émile qui arrive à le calmer, des fois, mais dans un cas comme celui-là, je vois pas tellement ce qu'il pourrait faire ou dire de plus que moi… C'est pas parce que le père vit chez nous que ça change quoi que ce soit à son humeur vis-à-vis de nous autres. Le pire, ça serait qu'il fasse exactement le contraire de ce qu'on s'attend de lui, pis qu'il accepte de m'écouter pour faire son smatte devant tout le monde, pis après, quand Émile pis moi on va s'en retourner à Montréal, il vous le fasse payer en étant encore plus de mauvaise humeur. Il en est ben capable, crois-moi. Je le sais pas si t'as déjà vu ses colères, ses vraies colères, mais je te dis que c'est pas beau à voir ! Faudrait pas qu'il en pique une devant tes enfants, ça serait ben assez pour leur donner des cauchemars.

— Ils ont surtout pas besoin de ça.

— C'est exactement ce que je pense, moi aussi…

Au même instant, un des bébés fit entendre un vagissement, si ténu qu'il ressemblait au miaulement d'un petit chat. Lauréanne s'interrompit et se retourna vivement. L'envie de se relever et d'approcher des berceaux fut si instinctive qu'elle porta la main à son cœur pour lui intimer de se calmer. Que ne donnerait-elle pas pour entendre tous les jours ces petits cris qui résonnaient en elle comme un appel à la vie ? Comme un rappel de la normalité de la vie ?

Ce fut à cet instant bien précis que l'idée s'imposa d'elle-même.

Lauréanne se sentit rougir, car l'intention lui parut aussitôt teintée d'égoïsme. Mais qui s'en soucierait si elle finissait par trouver une solution aux angoisses de Marie-Thérèse ?

Lauréanne resta silencieuse un moment, triturant la dentelle qui garnissait joliment le poignet de sa robe. Dans sa tête, les idées se bousculaient, se chevauchaient, louables et inavouables en même temps. Avoir Marie-Thérèse et les bébés, chez elle, pour un certain temps, serait comme un pied de nez fait au destin et Lauréanne en avait grande envie.

Pourquoi pas ?

Et Émile serait si content !

Lauréanne revint aussitôt à Marie-Thérèse, qui tendait le cou pour voir qui, de son fils ou de sa fille, était en train de s'éveiller. Le soupir de lassitude qu'elle échappa redonna le don de la parole à Lauréanne.

— Mais attends donc minute, toi là...

Sourcils froncés, Lauréanne semblait réfléchir intensément, même si tout au fond d'elle-même, la réflexion était bel et bien terminée. Jusqu'à son regard qui s'était mis à briller de malice, mais Marie-Thérèse était trop fatiguée pour s'en apercevoir.

— Au lieu de se chicaner avec le père en lui demandant de s'installer en haut, dans la chambre des garçons, proposa-t-elle, si on faisait exactement le contraire ?

Marie-Thérèse poussa un second soupir rempli de langueur, ne voyant pas du tout où sa belle-sœur voulait en venir. À première vue, Lauréanne ne semblait pas pouvoir l'aider, alors, à quoi bon poursuivre une discussion inutile ? Tout à coup, Marie-Thérèse avait très envie de dormir, ne serait-ce que quelques minutes avant le réveil des bébés.

— Le contraire ? demanda-t-elle, par simple politesse. Je peux toujours ben pas passer le...

— Attends, attends... Laisse-moi finir. Je pense que j'ai une idée...

Lauréanne était si émue qu'elle en tremblait, ce qui donna un certain regain de vigueur à Marie-Thérèse. Après tout, qu'avait-elle à perdre à l'écouter ?

— T'as l'air de penser que le père a décidé de revenir s'installer icitte pour de bon, analysait justement

Lauréanne. Pis je te contredirai pas là-dessus, ça serait son genre de vouloir le faire juste pour vous montrer que vous pouvez pas vous passer de lui.

— Je sais pas si c'est exactement ça que ton père veut, modula Marie-Thérèse, mais chose certaine, il a laissé entendre qu'il était pas question que je retourne à la cordonnerie.

Au fur et à mesure qu'elle enchaînait les mots, l'absurdité des mois à venir lui sauta en plein visage et Marie-Thérèse sentit la colère refluer en vagues lentes.

— Même plus tard, quand les bébés vont être moins demandants, j'suis pas sûre que ton père va vouloir s'en aller. Je viens de te répéter ce qu'il nous a dit : ma place est dans la cuisine. Comme Jaquelin a besoin d'aide, je vois pas comment on pourrait faire autrement que d'accepter sa présence chez nous, parce qu'à part ton père, pour le long terme, je sais pas qui…

— C'est ben ce que j'avais compris, interrompit Lauréanne, toute fébrile… Si c'est de même, pis que le père veut revenir s'installer à Sainte-Adèle-de-la-Merci pour de bon, du moins si c'est là ce qu'il veut ben qu'on comprenne, tu vas faire comme il demande, pis tu vas y laisser toute la place.

Une telle proposition fut amplement suffisante pour réanimer Marie-Thérèse. Elle se redressa et, assise en tailleur sur son lit, elle fixa Lauréanne durant un court moment pour finalement lui demander, interloquée :

— Toute la place ? T'es en train de me dire que c'est moi, Marie-Thérèse Lafrance, qui devrais m'en aller ?

— Pourquoi pas ?

Marie-Thérèse leva les deux bras au ciel.

— Ben voyons donc, Lauréanne, à quoi tu penses ? Pis mon mari, lui ? Pis mes enfants ? Je viens tout juste d'accoucher, je peux pas m'en aller comme si de rien était. Ça tient pas debout ton affaire.

— Au contraire… Laisse-moi t'expliquer…

Au fur et à mesure que Lauréanne tentait de préciser sa pensée, le visage de Marie-Thérèse commençait à se détendre. Après tout, il y avait peut-être du bon dans ce que sa belle-sœur lui proposait.

En bref, pour éviter les irritants, Marie-Thérèse irait vivre en ville, chez Émile et Lauréanne, le temps qu'Irénée comprenne par lui-même que l'idée de reprendre sa place comme cordonnier n'avait non seulement aucun bon sens, mais qu'elle était tout aussi inutile.

— C'est ridicule de s'entêter à dire que t'as rien à faire dans une cordonnerie. Ça marchait, non ? Pis en plus, vous aimez ça travailler ensemble, Jaquelin pis toi. Inquiète-toi pas, Marie-Thérèse, j'suis sûre que, d'une manière ou d'une autre, le père va finir par le comprendre pis l'accepter. Le temps de reprendre tes forces, de faire partir les bébés, comme tu dis, pis tu reviens. Votre manière de vivre, ça regarde pas le père, de toute façon.

— Ben d'accord avec toi. Mais comment on va pouvoir y dire ça sans le choquer ben noir ?

— Le père a beau être malcommode, il est pas imbécile pour autant. Il va s'en rendre compte seul. On aura pas besoin de parler. Personne va avoir besoin de dire quoi que ce soit, parce qu'au fond de lui, j'suis sûre que ça le tente pas pantoute de rester icitte jusqu'à sa mort ! Pendant ce temps-là, toi, tu vas pouvoir reprendre des forces. Et tu vas en avoir besoin ! Si le père veut prendre ta chambre, laisse-le faire. Toi, tu vas venir prendre la sienne à Montréal. C'est une belle grande chambre, qui donne sur la rue.

Lauréanne alignait les suppositions avec enthousiasme tandis que Marie-Thérèse se laissait bercer par sa voix.

— C'est sûr que l'idée d'avoir une grande chambre pour moi pis les bébés, plus toi pour m'aider, c'est ben tentant. Je peux pas dire le contraire. Malheureusement, c'est ben que trop beau pour être vrai. C'est comme un rêve, Lauréanne, pis les rêves, tout le monde sait qu'ils finissent le matin, au chant du coq. Faut pas oublier que j'suis pas seule, moi, là-dedans. Il y a toute ma famille. Déjà qu'on a été séparés l'hiver passé, pas sûre que ça ferait le bonheur des miens de me voir partir… Merci quand même, Lauréanne. C'est ben fin d'avoir pensé à ça, mais je peux pas accepter ton invitation.

— Ben voyons !

— Rends-toi compte ! Je peux pas m'en aller en laissant tout mon monde derrière moi… De toute façon, j'ai promis à Agnès qu'elle pourrait m'aider avec les bébés. Elle en parle depuis le début de l'été. C'est même grâce à ça qu'elle a arrêté de faire des cauchemars à cause du feu… Je pourrais pas m'en aller sans elle en reniant ma promesse. Ça serait pas correct pour elle.

— Si c'est juste ça qui te retient, Agnès peut venir avec toi ! L'appartement est assez grand.

— Ben là…

Marie-Thérèse s'agita dans son lit, tira sur les couvertures, les repoussa aussitôt avec les pieds. Elle semblait agacée. Brusquement, tout allait trop vite pour elle.

— Pis Angèle, elle ? demanda-t-elle sur un ton inquiet, après avoir jeté un coup d'œil vers les berceaux où les bébés semblaient s'être rendormis. Elle est ben petite encore. Elle a besoin de sa mère, d'autant plus que Jaquelin est dans la cordonnerie à longueur de journée ou presque… Pis il est pas question qu'Angèle retourne chez ma sœur, au cas où tu y penserais. Elle s'est trop ennuyée pis moi avec. Tu vois ben que…

— Angèle vient aussi ! coupa Lauréanne qui sentait, malgré les apparences, que les réticences de sa belle-sœur commençaient à s'estomper tranquillement. Je viens de le dire : c'est grand chez nous.

Devant tant de détermination, Marie-Thérèse sembla brusquement à court d'arguments et un léger silence se glissa dans la chambre.

On entendait des rires d'enfants, venus de l'extérieur, quelques cris, des voix qui s'apostrophaient. Lauréanne entendait surtout son cœur qui battait la chamade, mêlé au bruit des talons qui claquaient sur le trottoir. Alors, elle tourna la tête vers la fenêtre et elle prit conscience que le soleil entrait maintenant à flots dans la pièce. Les rideaux de popeline fleurie gonflaient mollement, soulevés par la brise.

— Pis ? osa-t-elle demander d'une voix tendue, sans avoir l'audace cependant de ramener les yeux vers Marie-Thérèse. T'en penses quoi de mon idée ?

— Je sais pas, je sais pas pantoute... Mettons que j'admets que d'aller chez vous, ça me tente un peu, murmura alors Marie-Thérèse, le regard vague. Va falloir quand même que j'en parle à Jaquelin pour avoir son opinion. Faut qu'il soit d'accord pour que...

— Pourquoi ?

Lauréanne avait délaissé la fenêtre pour se concentrer sur Marie-Thérèse, qui la fixait, sourcils froncés.

— T'oses me demander pourquoi ? Venant de ta part, Lauréanne, ça me surprend un peu. Me semble que c'est juste normal de consulter son mari quand vient le temps de prendre des décisions d'importance, non ? Pis ça vaut pour toi avec. Que c'est qu'Émile va penser de ta proposition ? Faudrait peut-être lui demander ce qu'il...

— T'inquiète pas pour mon mari, trancha Lauréanne avec beaucoup de chaleur dans la voix, car elle comprenait que l'acceptation de Marie-Thérèse ne tenait plus qu'à un fil. Je connais ben Émile, pis je sais qu'il va être d'accord.

— Quand même... Faut pas croire que ça dérangera personne, si je m'en vas. C'est sûr que ça va chambarder toute notre vie, pis j'suis pas certaine que Jaquelin va l'apprécier. Deux fois de suite dans la même année, ça fait beaucoup.

— Et ?

— Ben voyons donc ! Tu vois pas ? Me semble que c'est clair... De toute façon, on prend pas des décisions aussi graves que celle-là sans au moins en discuter ensemble.

— Venir passer quelques semaines chez nous, le temps de te remettre d'aplomb, pour moi c'est pas une décision si grave que ça.

Lauréanne avait la désagréable sensation que bien au-delà d'une invitation qui pourrait se voir rejetée, il y avait leur amitié qui était en train de se jouer. La gorge serrée, elle poursuivit :

— La décision à prendre maintenant est pas plus grave que celle que Jaquelin a prise l'an dernier, rappela-t-elle.

Quand il a choisi de partir pour les chantiers, sans te consulter, il disait que c'était pour le bien de la famille, pis tu l'as accepté, même si ça t'avait blessée qu'il prenne cette décision-là tout seul. Pis j'invente rien en disant ça, c'est toi-même qui m'en as parlé.

Lauréanne avait évoqué cet événement d'une voix très douce, mais si ferme qu'elle n'appelait aucune riposte. Marie-Thérèse se sentit rougir. Sa belle-sœur n'avait pas tort en parlant de la sorte.

— Vu comme ça, admit-elle évasivement, faisant facilement le lien entre la situation présente et celle vécue au moment de l'incendie.

Lauréanne profita de ce semblant de laisser-aller pour insister, mais elle le fit d'une voix très calme.

— À mon grand malheur, j'ai jamais connu d'accouchement, concéda-t-elle, mais je me doute ben qu'une femme doit être plus émotive que de coutume, une fois que tout est fini. Un peu comme Jaquelin devait l'être après le feu, précisa-t-elle pour rendre la comparaison encore plus flagrante. Lui, pour gagner l'argent nécessaire à la reconstruction, il a décidé de partir. Pis au bout du compte, t'as accepté son point de vue. Si Jaquelin avait pas eu son accident, tout le monde dirait aujourd'hui qu'il avait pris la meilleure décision possible.

— C'est vrai.

— Aujourd'hui, c'est à ton tour d'avoir à choisir. Si j'ai ben compris, ton but, c'est de retrouver ta place à la cordonnerie le plus vite possible. Mais pour ça, faut que tu sois en forme pis faut aussi que les bébés soient de bons bébés.

— Ça aussi, c'est vrai.

— On comprend donc la même affaire. Par contre, si je me fie à ce que tu m'as raconté, c'est pas en restant sous le même toit que mon père que ça risque d'arriver. Je le connais assez pour deviner qu'il tolérera pas les cris, que ça va l'impatienter, avec tout le chialage que ça risque de créer entre vous. Et ça, c'est sans parler de la chambre. J'suis loin d'être certaine qu'il va accepter de te la laisser, pis inévitablement, d'une affaire à l'autre, l'air va vite devenir difficile à respirer. D'un autre côté, même si Jaquelin t'aime, je pense pas qu'il va avoir le culot de tenir tête à notre père. Ni pour la chambre ni pour y dire d'arrêter ses lamentations. C'est peut-être pas ben fin de dire ça comme ça, aussi platement, mais c'est la réalité, ma pauvre Marie-Thérèse : Jaquelin a toujours plié devant notre père.

— Je le sais.

— Bon… Tu vois ben que j'ai raison.

— Peut-être, oui…

Marie-Thérèse sentait ses hésitations tomber les unes après les autres.

— Si tu restes icitte, plaisanta Lauréanne en dernier lieu, vous allez finir par vous arracher les cheveux, mon père pis toi.

Les deux femmes échangèrent alors un sourire empreint d'une certaine dérision.

— Ça pourrait arriver, oui, concéda Marie-Thérèse. Quand je viens d'accoucher, on dirait que j'suis moins tolérante. Une chance que ça passe avec le temps.

— Je le sais que ça te passe facilement, parce que d'habitude, t'es une femme jasante pis souriante. Mais en attendant le jour d'en arriver là, à vivre sous le même toit que mon père, tu vas être malheureuse comme les pierres pis tes enfants aussi…

Marie-Thérèse eut alors l'impression de tourner en rond. Pourquoi fallait-il que la vie se montre si capricieuse, depuis bientôt un an ? Le Ciel allait-il enfin les laisser tranquilles, Jaquelin et elle ?

Fragilisée par l'accouchement, Marie-Thérèse ne put retenir deux grosses larmes qui perlèrent à ses cils.

— C'est ben compliqué, tout ça, soupira-t-elle.

— Ben non ! tenta de la rassurer Lauréanne. Dis-toi que tu prends des vacances, comme du temps de la petite école. Avec ta grosse famille, la construction de la nouvelle maison, pis la cordonnerie, je pense que t'as le droit de te reposer. Tu viens de connaître une grosse année !

— C'est vrai que ça a été dur…

Marie-Thérèse avait l'air exténuée. Elle promena un regard désabusé autour d'elle, quand soudain, un regain d'énergie la fit se redresser.

— Mais j'y pense ! J'ai pas juste des filles. Les garçons, eux autres ? J'vais faire quoi de mes garçons ? À part Cyrille qui est chez mon frère, il reste toujours ben Ignace, Conrad pis Benjamin. Je peux pas les traîner en ville, eux autres avec !

— C'est sûr que notre logement serait pas assez grand… Mais entre gars, pour quelques semaines, tu penses pas qu'ils pourraient s'organiser ? À moins de demander à ta tante Félicité ou à ta mère d'y voir un peu.

— C'est sûr. De toute façon, elles devaient venir m'aider… Si j'explique tout ben comme il faut, ma mère pis ma tante devraient comprendre pourquoi je m'en vas en ville, pis l'approuver… Si tu savais comme on était ben, Jaquelin pis moi, avant que ton père nous tombe dessus. Ma tante Félicité le sait pis ma mère aussi. On avait trouvé une solution pour que notre famille recommence à vivre comme avant, une solution qui nous convenait, pis à part ton père, tout le monde trouvait que c'était une bonne idée.

— Émile pis moi aussi, on trouve que c'est une très bonne idée.

Lauréanne n'osa ajouter que s'il n'avait pas été question de chalet, probablement qu'Irénée Lafrance lui-même aurait été satisfait de la solution trouvée par Marie-Thérèse. Toute cette mésentente, finalement, découlait d'une grande déception.

— Ouais, répéta-t-elle, c'est une bonne idée que vous avez eue là, surtout si en plus, ça vous fait plaisir de travailler ensemble. Laisse faire mon père. Il va se tanner, j'en suis certaine. Pis d'ici à quelques semaines, c'est lui qui va revenir en ville en courant parce qu'il va en avoir plein le casque des enfants pis du travail. Faut juste qu'il ait l'impression que c'est lui qui décide de tout, pis ça va aller comme sur des roulettes !

— Que le Bon Dieu t'entende… J'avoue que ton idée m'apparaît un peu comme une montagne. Je me sens tellement fatiguée. Mais si d'aller en ville permet de rabibocher tout ça, j'suis sûre que tout le monde va vouloir m'aider, nous aider, Jaquelin pis moi, pis j'suis prête à essayer. Tout ce que je veux, c'est reprendre ma place ici, dans la maison avec les enfants, pis dans la cordonnerie, avec Jaquelin…

Sur ce, Marie-Thérèse ferma les yeux. Mais au moment où Lauréanne s'apprêtait à quitter la chambre silencieusement, elle les rouvrit précipitamment.

— C'est ben beau tout ça, ma pauvre Lauréanne, mais comment j'vas me rendre en ville, moi là ? Il est pas question que je prenne le train. Pas après avoir accouché, pas avec les filles, les bagages, pis deux nouveau-nés.

— Ben là, c'est pus notre problème, ma belle Marie-Thérèse.

Lauréanne avait l'air sûre d'elle-même, comme chaque fois qu'elle s'apprêtait à s'en remettre à son Émile. Sans plus attendre, elle expliqua :

— Comme je connais mon mari, juste à l'idée d'avoir des enfants chez nous, il va trouver une solution… Il va remuer ciel et terre, si jamais c'était nécessaire. Pis j'vas lui demander de parler à Jaquelin. Entre hommes, des fois, il y a des affaires qui passent mieux.

— Si tu le dis…

De toute évidence, maintenant que chaque élément de l'équation semblait prendre sa place, Marie-Thérèse n'avait plus une once d'énergie à investir dans le projet ni l'envie de protester. Épuisée, elle n'arrivait plus à réfléchir froidement. Si on lui promettait un lit pour la nuit suivante, et quelqu'un sur qui compter pour la remplacer auprès des bébés ne serait-ce que pour quelques heures, elle suivrait sans dire un mot.

Dans l'état de quasi-catatonie qui était le sien à ce moment-là, Marie-Thérèse était donc prête à s'en remettre au bon vouloir de Lauréanne. D'un mot à un autre et d'une idée à une autre, sa belle-sœur avait fini par la convaincre qu'un petit séjour en ville ne ferait de mal à personne.

« À la grâce de Dieu », pensa Marie-Thérèse avant de refermer les yeux, n'aspirant qu'à un peu de repos.

Ce fut à cet instant que les jumeaux poussèrent un cri à l'unisson.

DEUXIÈME PARTIE
AUTOMNE 1923

CHAPITRE 5

Au collège de Trois-Rivières

Le lundi 10 septembre 1923, dans la salle des pas perdus, avec le nouvel étudiant Cyrille Lafrance

M. Cyrille Lafrance, comme on nommait pompeusement les élèves du collège, était tellement en colère contre l'un des supérieurs du collège que la main tenant les quatre morceaux de sa lettre en tremblait.

Le père Auguste avait été inébranlable : nul n'avait le droit, sous son toit, car bien entendu, il considérait le collège comme étant son bien personnel, nul donc n'avait le droit d'entretenir des échanges épistolaires avec une représentante du sexe faible. C'était l'expression que le préfet avait employée, avec une pointe de condescendance dans la voix : le sexe faible. Cyrille, qui l'entendait pour la première fois, avait cependant compris à qui le père Auguste voulait faire allusion. Il s'était dit machinalement qu'à Sainte-Adèle-de-la-Merci, aucune des femmes qu'il connaissait n'avait l'air faible. Toutefois, intimidé par le supérieur, il n'avait osé demander une quelconque explication qui aurait pu l'éclairer, et il s'était abstenu de toute remarque.

Assis derrière un lourd pupitre en bois verni si bien poli que la fenêtre s'y reflétait, le grand homme osseux, en soutane lustrée par un trop long usage, se tenait bien droit. « Raide comme la justice », aurait sans doute dit la tante Félicité, avait alors pensé Cyrille.

Le préfet de discipline, car c'était là le nom de la fonction du père Auguste, tel qu'inscrit sur la porte de son bureau, avait longuement dévisagé Cyrille avant d'émettre le moindre commentaire sur ces feuillets curieusement arrivés entre ses mains, puisqu'ils avaient été glissés sous sa porte. Le préfet les tenait du bout des doigts en les secouant comme une vieille guenille.

— Pas question que j'autorise l'envoi de cette lettre, avait-il enfin laissé tomber, brisant un silence qui commençait à se faire lourd.

— Mais c'est pour ma cousine ! avait tenté d'expliquer Cyrille, sur le ton le plus poli qu'il avait pu découvrir au fond de lui-même, passant par-dessus le fait qu'il estimait l'interdiction à tout le moins exagérée.

De quel droit pouvait-on l'empêcher d'écrire à sa cousine ?

— Votre cousine… Vous m'en direz tant ! C'est ce qu'ils disent tous.

À ces mots, empreints de morgue, le sang de Cyrille n'avait fait qu'un tour. Mais qu'est-ce que c'était que cette insinuation ? Le préfet de discipline était-il en train de le traiter de menteur ?

Le jeune homme avait aussitôt senti monter en lui l'envie brûlante de répliquer, car c'était dans sa nature de ne pas s'en laisser imposer. Ne disait-on pas de Cyrille Lafrance qu'il n'avait pas la langue dans sa poche ? De plus, lui qui avait toujours fait de la vérité une vertu, il n'en revenait tout simplement pas que, sans le connaître, on puisse lui prêter de telles intentions. Cyrille avait dû fournir un effort titanesque pour ne rien laisser transpirer de cette colère qui bouillonnait de plus en plus fort en lui et qu'il considérait comme étant tout à fait légitime.

Était-ce un collège, ici, ou une prison ?

Malheureusement, le pauvre Cyrille allait apprendre dans l'instant que l'un pouvait être le synonyme de l'autre, sous le couvert d'intentions plus ou moins sincères. Seule consolation au tableau : son désaccord n'avait pas semblé être remarqué, puisque le supérieur avait continué sur le même ton glacial, d'une voix nasillarde et agaçante, sans laisser transparaître la moindre émotion, autre que cette espèce de mépris permanent qui affaissait le coin de ses lèvres minces et pâlottes.

Fixant un point invisible sur le mur d'un beige déprimant, juste au-dessus de la tête de Cyrille, le religieux avait poursuivi.

— Votre cousine ? Vous dites que cette… cette Judith serait votre cousine ? Grand bien vous fasse, monsieur. Je serai bon prince et je vais donc vous accorder le bénéfice du doute, en vous avisant tout de même que c'est là une raison de plus pour ne pas permettre un contact assidu entre vous et cette jeune personne qui vous est liée par les liens du sang. Autoriser un échange régulier entre deux êtres vulnérables, comme vous l'êtes tous à votre âge, pourrait s'avérer néfaste au bon cheminement de vos études qui devront, à partir de maintenant, se dérouler quotidiennement dans un climat calme, studieux et pieux, loin des tentations du monde extérieur. Vous êtes ici pour préparer votre vocation, monsieur, il ne faudrait surtout pas l'oublier, et vous avez promis d'y réfléchir avec la conviction d'une foi profonde en notre Seigneur Jésus-Christ. Quoi qu'il en soit, peu m'importe que ce soit votre cousine, ou votre sœur, le règlement est et restera le règlement. Vous ne l'aviez pas lu, n'est-ce pas ? Vous auriez dû, car à présent, vous me faites perdre un temps précieux. J'ai autre chose à faire, moi, monsieur, que réprimander un ignare qui ne s'est pas donné la peine de vérifier les us et coutumes de notre bien-aimée institution, comme il vous avait été recommandé de le faire, au soir de votre arrivée. Apprenez donc que ces règlements ont été instaurés dans l'unique but de fournir aux jeunes gens qui nous sont confiés l'environnement adéquat afin de poursuivre un cursus qui fera de vous un homme supérieur. Pour le moment, il est évident que vous n'y voyez que déplaisir, soit, mais viendra le jour où vous comprendrez le bien-fondé de nos décisions, et vous nous en remercierez.

Ce discours était insensé et, avouons-le franchement, un tant soit peu ridicule. À croire qu'il avait été planifié de longue date et que le préfet s'en délectait à la moindre occasion, tellement il coulait avec aisance et fluidité. Quand Cyrille en avait pris conscience, au bout de quelques instants à peine, la tentation de fermer les yeux en bâillant avait été grande devant ce monologue long, inutile et bêtifiant. Toutefois, Cyrille s'était privé de ce petit plaisir impoli, impressionné comme il ne l'avait été que peu de fois dans sa vie. Après tout, cet homme tout en arêtes pointues était son supérieur et Cyrille avait été élevé à respecter l'autorité.

Pendant ce temps, le préfet continuait sur sa lancée, ponctuant son envolée de petits coups secs de l'index sur le papier buvard qui protégeait le plateau de son pupitre. Agacé par ce cliquetis répétitif, Cyrille n'avait pu retenir son regard, qui avait naturellement bifurqué vers le bureau, pour découvrir que le préfet de discipline gardait ses ongles plutôt longs, et pas nécessairement très propres.

Cyrille avait trouvé l'image répugnante.

Il avait alors baissé les yeux sur la pointe de ses souliers neufs, ce qui l'avait amené à penser à son père, si fier de lui offrir ces chaussures en peau de vache, cousues expressément pour la rentrée au collège.

— Même ton grand-père est d'accord avec moi pour que t'aies des beaux souliers. Pour le fils pis le petit-fils de cordonniers, ça s'imposait, tu crois pas ? Comme ça, on remarquera pas trop que tes vêtements, eux, sont usagés. Rien parle comme une paire de souliers, mon gars, rappelle-toi de ça ! Des souliers ben cirés, ça donne de la classe à n'importe quel homme !

Ils étaient alors tous les trois dans la cordonnerie, où père et grand-père avaient cru bon d'y aller de quelques conseils d'usage, avant le départ pour le collège. Après tout, l'un comme l'autre, ils avaient brièvement fréquenté le couvent de la paroisse qui, à leurs yeux, en valait bien d'autres ! Et comme Marie-Thérèse n'était pas là pour s'occuper de son fils...

Cyrille avait écouté poliment. Toutefois, les mots « fils et petit-fils de cordonniers » continuaient de tourbillonner dans son esprit, comme un ver d'oreille, tandis qu'Irénée y allait de ses recommandations, que Cyrille semblait accueillir avec le plus grand des respects.

Pourtant, l'occasion d'annoncer qu'un jour, il y aurait une troisième génération de cordonniers chez les Lafrance lui avait été offerte à ce moment-là sur un plateau d'argent. Mais Cyrille ne l'avait pas saisie, même s'il ne tenait qu'à lui de le faire.

Peut-être était-il trop jeune encore pour savoir comment récupérer la fierté d'un père et d'un grand-père pour la faire passer adroitement de l'école à la cordonnerie ?

Ou encore, était-il trop inquiet par la rentrée qui se précisait avec une implacable clarté, tout juste au bout de la fin de semaine ?

Il n'en restait pas moins qu'à cause de son silence, à peine quelques jours plus tard, Cyrille se voyait contraint d'essuyer un discours assommant.

Le jeune garçon leva subrepticement les yeux.

Le père Auguste était un homme désagréable du bout de ses doigts pointus jusqu'à sa voix haut perchée. Si en plus il n'était pas très propre de sa personne, il devenait un être affligeant à supporter. Et que dire de ses cheveux gominés qui ressemblaient à un casque brillant soudé sur sa tête ?

À cent lieues d'imaginer l'inspection dont il faisait les frais, le préfet continuait à pérorer. À défaut de toucher le cœur de Cyrille par le bien-fondé de ses opinions qu'il tenait en très haute estime, le préfet voyait en sa propre personne un excellent public et cela lui suffisait amplement pour étirer indûment cet instant de complaisance.

— De toute évidence, avait-il enfin semblé conclure, dans votre cas, il y a beaucoup de travail en perspective pour qu'un jour, on puisse arriver à dégrossir, éduquer et polir le curieux personnage que vous êtes…

Le préfet espérait-il une réponse, puisqu'il s'était donné la peine de délaisser le point invisible sur le mur afin de fixer Cyrille avec sévérité ? Encore une fois, le jeune homme préféra se taire. Dans le doute, mieux valait s'abstenir. C'était une vérité que sa mère ne cessait de répéter et il allait, dès maintenant, en vérifier l'exactitude.

Cyrille baissa de nouveau les yeux dans une parfaite imitation de la soumission la plus totale. L'image avait dû plaire au préfet, car sa voix avait baissé d'un ton, la rendant tout à coup racoleuse.

— Seule votre mère, monsieur, aura le droit de vous écrire et vous d'y répondre, sous condition, bien entendu, que j'y appose mon tampon, en guise d'assentiment, avait précisé le préfet. Vous comprenez la nécessité d'une telle vérification, n'est-ce pas ? Malheureusement, il n'y a pas que des âmes pures sous notre toit, comme vous pourrez sans doute le constater assez facilement. Ainsi, toutes les lettres écrites de votre main, sans la moindre exception, devront m'être soumises pour que j'en prenne connaissance, avant d'en autoriser l'envoi. J'espère n'avoir jamais à le répéter. Jamais. Quant à la présente missive…

D'un geste théâtral, le grand homme en soutane avait déplié sa longue silhouette en se levant de sa chaise garnie d'un gros coussin de velours élimé, puis, à demi penché vers Cyrille et tout en le regardant droit dans les yeux, il avait déchiré les feuillets que le jeune homme avait mis tant de soin à rédiger avant de s'en déclarer satisfait. Puisqu'il se doutait bien que ce premier envoi serait lu à tout un chacun dans la famille, Cyrille voulait que sa lettre soit parfaite.

Le préfet avait ensuite laissé tomber les bouts de papier sur son bureau avec une moue dédaigneuse.

Consterné, Cyrille avait tendu la main pour récupérer les restes de ce qu'il avait considéré comme une petite merveille de la langue française.

— Veuillez déposer vos papiers dans une corbeille et qu'on n'en parle plus. Comptez-vous chanceux que je ne sévisse pas. Maintenant, hors de ma vue, j'ai suffisamment perdu de temps à cause de vous !

C'étaient ces quatre mêmes bouts de papier que Cyrille tenait présentement d'une main tremblante de fureur, se demandant qui avait bien pu prévenir le préfet que l'élève Cyrille Lafrance avait écrit une lettre destinée à sa cousine.

Qui donc avait fouillé son casier, l'avait trouvée, puis remise à son supérieur ? Y avait-il quelqu'un qui le détestât au point de manigancer dans son dos, pour que finalement, il soit demandé au bureau du préfet de discipline durant l'heure allouée aux devoirs ?

Était-ce un confrère, un professeur ?

Cyrille laissa échapper un long soupir d'incompréhension.

Mais qui donc l'avait dénoncé de la sorte ?

Et qui, surtout, savait que lui, Cyrille Lafrance, avait écrit une lettre ? Il ne s'en était surtout pas vanté. À personne.

Cyrille avait beau se triturer les méninges, il ne voyait pas.

Comme, jusqu'à présent, il trouvait les devoirs plutôt faciles à faire, il les avait rapidement expédiés et il avait profité de deux périodes d'étude, en fin de journée, pour écrire sa lettre. Personne n'avait pu savoir ce qu'il faisait puisqu'il avait ouvert un cahier d'exercices devant lui pour y déposer ses papiers.

De toute manière, c'est à peine si Cyrille avait eu le temps d'apprendre le nom de ses plus proches voisins, tant au dortoir, dans la classe, qu'au réfectoire. Quant aux professeurs, avec toutes ces soutanes et ces petites lunettes cerclées de métal, à l'identique dans la plupart des cas, il en perdait le peu de latin appris jusqu'à maintenant, et il n'arrivait toujours pas à les distinguer entre eux !

Non, vraiment, Cyrille ne voyait pas qui était « l'ennemi à abattre », comme il le criait férocement à quelques amis du village, lors d'épiques batailles de boules de neige qui se terminaient toujours dans de formidables éclats de rire, ce qu'ils appelaient « le grand bain de sang » !

Immobile et le souffle court, Cyrille essayait de revoir les premiers jours passés au collège. Puis, il esquissa une moue dubitative.

Il tenait peut-être un indice...

La veille, à l'heure où les lumières se fermaient pour la nuit, une voix avait murmuré dans le noir de faire bien attention à chacun de ses gestes et de ses paroles, parce que les murs avaient des oreilles.

Ce message lui était-il destiné ? Et si oui, de qui parvenait-il ? D'un élève, sans aucun doute, mais lequel ?

Dépassé par les événements, Cyrille laissa éclater sa colère en frappant bruyamment du plat de la main sur la longue table de réfectoire qui servait parfois aux jeux de société.

Un coup, deux coups, trois coups...

Comme l'heure de l'étude n'était pas encore terminée, il était seul dans la salle des pas perdus. Heureusement, car il aurait dû expliquer au surveillant ce geste qui venait de lui échapper.

Le vieil homme à qui Cyrille faisait référence à ce moment-là était bien l'unique personne en ces lieux qu'il connaissait, et qu'il reconnaissait sans peine.

C'était un homme de petite taille et maigre comme un échalas. Le cheveu rare et la bouche pincée, il avançait dans la vie à tout petits pas silencieux. Vêtu de sa seule soutane, lui aussi, il dégageait de plus une forte odeur d'oignon qui le précédait partout où il allait. Cet homme-là avait comme mission, dans la vie, de surveiller le groupe des plus jeunes dont faisait partie Cyrille.

Frère Alfred était son nom.

En dehors des heures de cours, il ne les lâchait pas d'une semelle, les accompagnant au réfectoire et même à la douche ; assistant à leurs pratiques sportives sans jamais manifester le moindre encouragement ; et participant de loin à tous leurs jeux. Il couchait dans une sorte de cellule garnie de rideaux et située tout au bout du long dortoir qui faisait office de chambre pour les élèves des Éléments latins et de la Syntaxe. Ce petit homme alléguait qu'il devait être à portée de main en cas d'urgence. La rumeur circulait que pour ce faire, il dormait tout habillé.

Frère Alfred...

Cyrille n'était pas encore au fait de l'exacte hiérarchie qui régissait le collège, et il n'avait surtout pas osé le demander, par crainte de passer pour un ignare, justement. Toutefois, à première vue, il avait constaté qu'une grande différence semblait exister entre les pères et les frères, puisque ces derniers s'adressaient aux premiers avec une sorte de déférence dans la voix. De plus, les frères avaient une diction plutôt familière, lui rappelant agréablement les gens de son village, tandis qu'à l'opposé, les supérieurs et l'ensemble des professeurs donnaient l'impression de déclamer le dictionnaire dès qu'ils ouvraient la bouche.

De toute évidence, il n'y avait nulle familiarité entre les pères et les frères. Du moins, Cyrille n'en avait jamais été témoin.

Le jeune homme en avait donc conclu que les frères devaient être des sortes de vicaires de second ordre et il n'y avait plus pensé.

Tant de choses sollicitaient son attention et sa vigilance qu'il n'avait pas le temps de s'attarder sur de tels détails !

En effet, le jeune garçon avait fait contre mauvaise fortune bon cœur et il était parti de chez lui pétri de la meilleure volonté du monde pour plaire à ses parents, à son grand-père, sans oublier le curé Pettigrew, bien entendu. Voilà qui faisait bien des personnes à satisfaire, et à ce moment précis, il avait tout oublié de ses louables intentions. Les poings crispés sur les lambeaux de sa lettre, sa résolution n'était plus qu'un vœu pieux.

En moins d'une semaine, le pauvre Cyrille avait facilement compris que la vie de pensionnat ne serait pas faite pour lui. Coincé entre des murs trop épais et trop sombres, il était déjà malheureux comme les pierres dans ce vaste collège qui, par moments, lui semblait être un maléfique assemblage de labyrinthes obscurs, conçus expressément pour briser jusqu'au plus talentueux des élèves. Ceux qui vaincraient leur panique et l'imbroglio des corridors sans jamais être en retard à un cours seraient assurément voués au plus brillant des avenirs !

Maintenant qu'il avait été rappelé à l'ordre par le préfet, et convaincu que quelqu'un lui en voulait, Cyrille venait de comprendre que tout ce qui lui restait comme perspective, désormais, était de plonger corps et âme dans ses études pour ne pas voir le temps passer. Il lui fallait oublier qu'il se languissait déjà de son village et de sa famille. Ainsi, réussirait-il peut-être à se faire un nom auprès de la direction du collège, laquelle n'aurait assurément pas le choix de faire le bilan de ses résultats aux autorités concernées.

Et avec ces derniers mots, Cyrille ne faisait pas référence à ses parents. Non ! Il pensait plutôt au curé Pettigrew à qui il devrait rendre des comptes.

Cela faisait beaucoup d'adaptation et de changements en peu de temps pour un jeune garçon de treize ans, habitué à être plutôt libre de ses mouvements. De voir les interdits se greffer maintenant à son intégration au collège faisait de l'expérience une réelle déception pour celui qui était habituellement traité en adulte par la plupart des gens autour de lui, et depuis quelque temps déjà.

Et ce n'était pas tout, loin de là.

Ici, tel un orphelin, Cyrille Lafrance était considéré, d'abord et avant tout, comme étant la pupille du curé Pettigrew. La chose avait même été rendue publique puisque le principal du collège l'avait mentionné, lors de la rencontre générale des nouveaux. Le ton employé permettait de supposer que c'était là tout un honneur et Cyrille avait aussitôt redressé les épaules.

Il était celui qui avait de bonnes notes et qui avait été remarqué par le curé de sa paroisse.

Toutefois, victime de nombreux regards narquois qui s'étaient spontanément tournés vers lui, Cyrille en avait aussitôt déduit que c'était plutôt une tare d'être l'élu d'un curé. Sourire effacé, il s'était aussitôt tassé sur sa chaise.

De ses parents, il n'avait été fait aucune mention, lors de cette réunion, alors que ses confrères avaient eu droit à un pedigree beaucoup plus élaboré, « fils de… » ayant été l'expression consacrée lors de cette présentation.

À croire que la famille Lafrance au grand complet avait subitement disparu.

Par la suite, Cyrille avait rapidement senti qu'il y avait une distinction entre lui et les autres élèves, et cet état de choses ajoutait à ses désillusions.

Pourtant, il avait sincèrement cru que l'expérience pourrait être agréable, et ce, dès le premier jour, alors qu'à son arrivée, le frère Alfred l'avait accueilli d'un sourire bon enfant.

— « Un esprit sain dans un corps sain », monsieur, avait-il déclaré, après les quelques salutations d'usage. C'est la devise de notre très chère institution.

Les deux phrases avaient sûrement été apprises par cœur, et probablement dictées par la direction, car le petit homme les prononçait sur un ton précieux, en articulant avec une exagération qui donnait envie de sourire.

Par la suite, le naturel avait repris le dessus quand il avait annoncé à Cyrille qu'il devrait immédiatement se rendre à la salle commune afin de choisir l'activité sportive qu'il comptait pratiquer.

— Pour ça, ben, il y a le ballon-chasseur, le hockey sur gazon, pis le baseball, de retour cette année, à la demande générale des anciens, avait-il énuméré. Les supérieurs sont pas mal généreux de tenir compte des préférences de nos élèves, comme ça. Vous allez donc avoir à choisir celui des sports qui vous convient le mieux, pour qu'on puisse former des équipes. Demain, vous pourrez consulter l'horaire des pratiques. On va l'afficher sur le babillard accroché au mur du réfectoire. Faut surtout pas oublier les entraînements. C'est ben important, parce qu'ils sont tous obligatoires, comme le reste des cours, pis vous serez noté là-dessus aussi. Des élèves de Belles-lettres, les grands comme on les appelle, vous attendent dans la salle des pas perdus pour prendre les inscriptions.

— La salle des pas perdus ?

— Ouais, la salle des pas perdus... On l'appelle ainsi parce que c'est là que les élèves tournent en rond le temps de la récréation, quand il pleut dehors. En sortant d'ici, tournez à gauche, c'est au bout du couloir. Bienvenue chez nous, monsieur... Au suivant !

Cyrille, qui n'avait guère eu l'occasion de pratiquer un sport bien encadré, avec équipement et entraîneur, y avait vu une occasion intéressante. Si tout le reste était à l'avenant, peut-être bien, après tout, que la vie de pensionnaire serait somme toute assez agréable.

Sans hésiter, Cyrille avait choisi le baseball, dont M. Touchette lui avait déjà glissé un mot en grande pompe.

— C'est un sport américain, mon garçon. J'ai déjà vu un match à New York, tu sais. Au moins une fois dans sa vie, faut voir Babe Ruth courir tout le tour du terrain pour venir toucher la *plate* quand il fait un *home run*. C'est tout un athlète !

Cyrille n'y avait pas compris grand-chose, avec tous ces mots anglais qu'il ne connaissait pas, mais il s'était dit que si quelqu'un se donnait la peine d'aller aussi loin que New York pour assister à une simple partie de balle, c'était que ça devait être particulièrement intéressant.

En donnant son nom au « grand » qui prenait les inscriptions, Cyrille avait déjà hâte d'en discuter avec M. Touche-à-Tout.

Finalement, les premières heures passées au collège avaient été plutôt sympathiques, d'autant plus que c'était l'oncle Anselme qui l'y avait emmené.

En effet, le frère de Marie-Thérèse, père de deux filles, s'était pris d'affection pour ce jeune neveu qui lui avait donné un sérieux coup de main durant l'été. Il s'était donc proposé de le conduire au collège.

— Ben là, ça me fait plaisir, mon oncle ! Je pensais que ça serait monsieur le curé qui ferait ça.

— Penses-tu que je t'aurais fait ce coup-là ?

Les yeux d'Anselme pétillaient de malice.

— Voyons donc, mon garçon ! C'est ben que trop long d'icitte à Trois-Rivières, en compagnie d'un homme d'Église, habitué aux longs sermons. Tu connais notre curé comme moi, non ? Malheureusement, ton père a pas le choix de rester à la cordonnerie avec ton grand-père, pis ta mère est encore à Montréal avec les filles. Ça fait que je me suis dit que c'était à moi d'aller te reconduire à Trois-Rivières. Ça va me faire comme des petites vacances, une journée loin de la ferme. J'suis sûr que c'est ça que ta mère aurait voulu que je fasse.

Cette dernière précision avait fait rougir Cyrille et il avait baissé les yeux, subitement attristé. Anselme lui avait alors ébouriffé les cheveux avec affection.

Oui, heureusement qu'Anselme avait été là pour Cyrille !

En effet, l'oncle jovial et toujours de bonne humeur s'était avéré être d'un précieux secours quand Cyrille avait appris le départ de sa mère.

Dans les faits, depuis plus d'un mois maintenant, le jeune garçon n'avait vu Marie-Thérèse qu'à une seule occasion, au moment de la naissance des jumeaux. Quand il s'était présenté chez ses parents dès le lendemain, par un beau dimanche après-midi, avec un bouquet de fleurs des champs, Marie-Thérèse, les filles et les bébés étaient déjà partis en compagnie de sa tante Lauréanne et de son parrain Émile.

— Ben voyons donc ! Maman est partie ? Avec les petits ?

— C'est comme je te dis.

Jaquelin semblait exténué et sa voix était monocorde. En contrepartie, celle de Cyrille avait aussitôt retrouvé l'aigu de ses toutes jeunes années pour protester.

— Ça se peut pas ! Maman a pas pu partir pour Montréal comme ça, sans même me dire bonjour.

— Que c'est tu veux que je réponde à ça, mon gars ? Va falloir que tu te fasses à l'idée parce que c'est comme ça que ça s'est passé. Des fois, dans la vie, les choses vont pas pantoute dans le sens où t'espérais les voir aller.

— Je veux ben croire, mais ça ressemble pas à maman, ça, de se sauver comme elle a fait.

— Elle s'est pas sauvée, voyons donc ! Qu'est-ce que tu vas penser là ? Ta mère est partie pour se reposer. Ici, dans la chambre des filles, ça aurait pas été possible. C'est pour ça que ton parrain a loué les services d'un chauffeur de taxi pour amener tout ce beau monde-là en ville. Ils ont pas eu d'autre choix que de partir ben vite, parce que le chauffeur était juste de passage dans le village, pis il voulait retourner chez eux avant le souper… Dis-toi ben, Cyrille, que ça me fait pas plus plaisir qu'à toi, mais je comprends… Oh oui, je comprends le désir de ta mère de vouloir être en paix avec ses bébés.

Ce jour-là, Cyrille avait quitté la maison de ses parents en claquant violemment la porte et les vociférations de son grand-père l'avaient poursuivi jusque dans la rue sans qu'il en soit gêné. Tant pis si toute la paroisse l'entendait. Bien au contraire ! Cyrille voulait que tout le monde comprenne qu'il était choqué par tout ce qui se passait dans sa famille depuis ces trois derniers jours.

Il avait jeté ses fleurs dans le premier fossé croisé.

Tout en se dirigeant vers la ferme de son oncle Anselme, il n'avait cessé de se répéter que si le grand-père Lafrance n'avait pas été là, tout aurait été différent. C'était lui, le fauteur de troubles, avec sa manie de toujours tout décider ! Sa mère n'avait certainement pas voulu partir pour rien ! À la maison, ça devait être intolérable. À commencer par le fait que Marie-Thérèse n'avait plus de chambre à elle, pour se remettre tranquillement de son dernier accouchement. Cyrille se souvenait très bien des naissances d'Ignace et d'Angèle, alors que Marie-Thérèse avait gardé le lit durant plusieurs jours, tandis que leur grand-mère Gagnon et leur tante Félicité avaient pris la relève dans la cuisine, aidées par quelques voisines bien intentionnées. Les enfants devaient même marcher sur la pointe des pieds pour ne pas déranger leur mère.

Si le grand-père Lafrance n'avait pas été là, sa mère n'aurait pas senti le besoin de fuir vers la ville pour se reposer, Cyrille en était persuadé. Et lui, pendant ce temps-là, il aurait pu la remplacer à la cordonnerie.

En effet, qui d'autre, au village, aurait pu occuper le poste à sa place ?

Il apprenait vite, au moins aussi vite que sa mère, et il aurait pu aider son père avec efficacité, de telle sorte que, de fil en aiguille, il n'aurait pas été obligé de partir pour le collège, puisqu'il aurait été jugé irremplaçable.

Cyrille avait marché d'un bon pas, tout le long du chemin menant de chez ses parents à la ferme de son oncle, martelant du talon la terre battue.

Chaque fois que le nom de son grand-père lui traversait l'esprit, la bouffée de rancune ressentie rendait sa respiration difficile. Sa frustration n'avait d'égale que la tristesse provoquée par le départ de sa mère sans qu'elle ait pensé à le saluer avant de partir. Un petit message laissé à son attention aurait fait l'affaire.

Ce fut à partir de cet après-midi-là qu'Anselme avait pris Cyrille sous son aile, avec un étalage d'affection nettement plus manifeste que durant le premier mois de cet été qui s'achevait. À la seconde où le fermier avait vu son neveu revenir chez lui en bottant du pied les petits cailloux qui semaient sa route, il avait compris que le jeune garçon était bouleversé.

Une courte explication de la part de Cyrille avait suffi pour qu'Anselme passe un bras protecteur autour de ses épaules.

— Moi, vois-tu, mon garçon, je pense que c'est une bonne chose pour ta mère, avait-il tenté de concilier. Je sais ben qu'on va tous s'ennuyer un peu, moi le premier. Après tout, Marie-Thérèse, c'est ma sœur. Mais à Montréal, elle va pouvoir se remettre d'aplomb. Ici, avec ton grand-père Lafrance à la maison…

Cette phrase laissée en suspens en disait beaucoup sur ce qu'Anselme pensait d'Irénée Lafrance.

Sans plus de détails, Cyrille avait compris que son oncle avait la même opinion que lui, en ce qui avait trait à son grand-père. Il avait alors poussé un long soupir de découragement, au point d'inciter Anselme à déclarer avec enthousiasme, sachant que son neveu allait apprécier sa proposition :

— Viens-t'en, mon Cyrille, on a du blé d'Inde à casser. Il est encore un peu petit, mais j'suis d'avis que c'est le meilleur. On va en profiter pour faire ça entre hommes, pendant que les femmes sont toutes parties au village, ben endimanchées, pour visiter la famille Gagnon. La jument est déjà attelée à la charrette, elle nous attend derrière la grange. Allez, grouille-toi, mon gars, va te changer ! On s'en va au bout du rang, de l'autre côté du champ de tabac. Quand on aura fini, on se fera beaux, à notre tour, pis on ira chercher les filles chez tes grands-parents Gagnon. Peut-être ben qu'ils vont nous garder à souper, surtout si on leur apporte plein d'épis !

Le mois d'août avait passé à la vitesse de l'éclair, puis l'oncle Anselme avait pris une journée de congé pour venir conduire son neveu au collège.

— Les ouvriers que j'ai engagés sont capables de s'occuper du tabac sans moi. C'est tous des vieux de la vieille qui connaissent ça aussi ben que moi, avait-il déclaré.

La route s'était faite sous un soleil radieux. Une fois la ville en vue, l'oncle Anselme avait dû demander son chemin, mais plutôt que d'en être agacé, il en avait ri. Cyrille avait alors compris qu'il s'ennuierait de son oncle, de sa tante et de ses cousines, et de leur bonne humeur contagieuse, tout autant qu'il allait s'ennuyer de sa propre famille, même si elle était un peu plus terne.

Pourtant, chemin faisant, Cyrille avait été passablement taciturne, ce qui n'avait pas trop paru, vu qu'Anselme parlait pour deux. Trop nerveux pour s'attarder à quoi que ce soit d'autre que le vertige qui lui donnait des crampes dans le ventre, le jeune garçon n'avait pas remarqué, non plus, que la calèche de son oncle détonnait à travers toutes ces automobiles rutilantes qui s'arrêtaient en toussotant devant le gros bâtiment de pierres grises, plutôt austère. Ça avait été plus tard, durant la soirée, quand le principal l'avait présenté, que Cyrille avait compris que la plupart de ses confrères ne venaient pas du même milieu que lui et c'est alors qu'il s'était souvenu de toutes ces autos devant le collège. Dommage qu'il n'ait rien vu au moment opportun, car il aimait bien les automobiles.

Et voilà qu'en ce moment, triste et fâché, il n'avait personne vers qui se tourner, personne à qui se confier pour alléger son cœur.

Cyrille Lafrance était le préféré d'un curé et les ouï-dire avaient vite fait le tour de la cour de récréation. En moins de deux, on avait décidé que Cyrille Lafrance était un profiteur, un lèche-bottes et, de toute évidence, les élèves préféraient s'en tenir éloignés.

En fait, et c'était bête comme chou, la seule personne à qui il aurait pu parler librement, avec qui il aurait pu laisser éclater sa colère ou couler ses larmes et même confier son désir de devenir cordonnier un jour, c'était Judith, et il n'avait pas le droit de lui écrire.

Cyrille lissa alors les bouts de papier, les plia consciencieusement avant de les glisser dans la poche arrière de son pantalon. Tant pis pour la désobéissance, il n'était pas question de jeter cette lettre aux ordures, il y avait trop travaillé. Il trouverait bien moyen de la recopier discrètement, et quand il serait de passage au village, à la Toussaint, il la remettrait à Judith en s'excusant platement de ne pas avoir pu correspondre avec elle, comme ils en avaient eu l'intention, car ce petit plaisir lui était défendu.

Au même instant, seule dans sa cuisine trop grande et trop silencieuse, Félicité Gagnon était penchée, elle aussi, sur une lettre qu'elle tentait péniblement de rédiger. Elle mordillait son crayon, effaçait, raturait et recommençait, poussant une multitude de soupirs agacés.

Sa patience mise à mal, la vieille dame était exaspérée par sa propre lenteur. Elle irait cependant jusqu'au bout.

Jamais de toute sa vie la tante Félicité ne s'était ennuyée à ce point. Marie-Thérèse, qu'elle avait toujours aimée comme une fille, était partie depuis plus d'un mois, et la pauvre femme ne s'y était pas encore faite.

Comment l'aurait-elle pu ?

Depuis sa plus tendre enfance, Marie-Thérèse lui rendait visite, arrivait à l'improviste, quêtait un biscuit, un verre de lait, lui tenait compagnie avec son babil d'enfant et tous ses éclats de rire. Puis avec le temps, Marie-Thérèse avait appris à se confier à sa vieille tante et les liens entre elles s'étaient précisés, de femme à femme.

Au fil des années, Marie-Thérèse avait remplacé à elle seule toute la famille que Félicité n'avait pas eue. Et l'an dernier, au moment où Jaquelin avait regagné la forêt pour tenter de gagner sa vie dans un camp de bûcherons, un long hiver de vie commune avait tissé entre les deux femmes des liens de plus en plus forts et scellé à tout jamais cette relation privilégiée qui existait déjà entre elles.

Comble de bonheur, pour une toute première fois dans sa vie, Félicité avait pu suivre une maternité au quotidien, à travers celle de Marie-Thérèse. La célibataire qu'elle était y avait vu une bénédiction du Ciel.

Mais voilà que les bébés lui avaient été enlevés dès leur naissance et la vieille dame ne s'en était pas encore remise, elle qui rêvait du jour où elle aiderait Marie-Thérèse à s'en occuper.

Bien entendu, auprès de Marie-Thérèse, il y aurait eu la grand-mère Gagnon, qui était la belle-sœur de Félicité, et Agnès, cela allait de soi. Il y aurait eu aussi toutes celles qui l'auraient bien voulu, comme il était d'usage dans un petit village comme le leur. Ça aurait été à qui aurait apporté une soupe, une tarte, à qui aurait gardé les plus jeunes pour quelques heures. C'était ainsi que ça se passait à Sainte-Adèle-de-la-Merci, quand il y avait une naissance. On savait se tenir dans la paroisse.

Et cette fois-ci, Félicité Gagnon, la vieille fille du village, n'aurait pas été reléguée à la cuisine. Elle aussi aurait eu une place auprès des bébés, malgré son peu d'expérience. Marie-Thérèse le lui avait promis.

— Quand ben même ça serait juste pour le bercer, ma tante, si jamais vous vous sentiez pas à l'aise d'en prendre soin, ça serait toujours ça de gagné. Pis pour moi, vous saurez, c'est ben important. Un nouveau-né, faut cajoler ça autant que d'y donner à manger !

Au lieu de quoi, à présent, la vieille dame devait s'en remettre à un bout de crayon et à quelques feuilles lignées pour tenter de se rapprocher de sa nièce bien-aimée.

C'était bien peu.

De toute façon, où trouver les mots pour dire à quelqu'un qu'on s'ennuie jusqu'aux larmes sans vouloir paraître pitoyable ?

Avec quelles phrases peut-on parler de son vague à l'âme sans blesser l'autre ?

Comment déclarer qu'on a hâte de voir revenir celle qui est partie comme une voleuse sans avoir l'air de s'acharner ?

Et pourquoi, grands dieux, Marie-Thérèse n'avait-elle pas encore donné de ses nouvelles ? Depuis le temps qu'elle était partie, elle devait commencer à se sentir en forme, non ?

Félicité avait beau chercher et chercher à travers ses expériences et ses souvenirs, elle ne trouvait pas les mots à écrire.

Elle avait toujours été une femme d'action, de paroles dites et de décisions. Alors non, elle ne savait pas par quel bout prendre sa lettre pour arriver à exprimer tout ce qui bouillonnait en elle. Elle ne connaissait pas les mots qui sauraient exprimer ce qu'elle ressentait au plus profond de son cœur. L'exercice la dépassait. Occuper toute une heure à tenter de coucher sur le papier ce qui ne prendrait finalement que quelques minutes à dire, les yeux dans les yeux, lui avait toujours semblé une perte de temps inouïe.

Un regard ou un geste valent mille mots.

Du moins, c'était là ce que Félicité avait toujours cru.

La vieille dame poussa un soupir à fendre l'âme.

Qu'importait ce qu'elle pensait. Pour Marie-Thérèse, elle était prête à consacrer le temps de toute une journée, s'il le fallait, pourvu qu'au bout du compte, les mots arrivent à dire l'ennui sans blesser, la tristesse sans accuser, et l'espoir de se revoir bientôt sans paraître insistante.

Toutefois, ce faisant, Félicité ne pouvait s'empêcher de penser que si Marie-Thérèse avait été là, tout près, elle n'aurait eu qu'à tendre les bras pour résumer clairement tout ce qu'elle tentait d'écrire si laborieusement.

De longues minutes plus tard, épuisée et la tête lourde, Félicité laissa enfin tomber le crayon sur la table en soupirant une dernière fois.

Elle allait se préparer un souper frugal qu'elle mangerait en compagnie du tic-tac monotone de l'horloge. Ensuite, elle ferait infuser une bonne cuillerée de feuilles de thé dans sa plus belle tasse et elle irait boire l'infusion chaude tout doucement, dans le salon près de la fenêtre, en regardant les gens passer devant chez elle, dans l'illusion d'un semblant de compagnie. Par après, à tête reposée, elle relirait avec soin ce qu'elle avait difficilement composé. Après tout, si un homme aussi timide que Jaquelin avait su écrire à sa femme depuis son campement dans le bois, y mettant tout son amour et toute son âme, elle-même devrait y arriver.

Quand Félicité serait satisfaite de ses écrits, elle recopierait le tout sur une ou deux feuilles de son plus beau papier, celui à fleurs roses qu'elle utilisait pour les anniversaires, et elle glisserait sa lettre dans une enveloppe. En écho à la requête de Jaquelin, qui avait demandé un peu de parfum à sa femme pour entretenir le souvenir, Félicité ferait tomber quelques gouttes de son eau de toilette sur le papier fleuri. Sait-on jamais, Marie-Thérèse y serait peut-être sensible.

Après quoi, elle irait dormir, sans avoir oublié de nourrir sa vieille jument, comme elle le faisait tous les soirs, beau temps mauvais temps.

Elle dormirait aussi profondément que d'habitude, et le lendemain, à la première heure, elle irait confier sa lettre parfumée au maître de poste, espérant de tout cœur que Marie-Thérèse ne mette pas trop de temps à lui répondre. Pour une femme d'action s'appelant Félicité Gagnon, l'attente était le pire des supplices.

Voilà pourquoi, le lendemain, pour passer le temps, elle occuperait la journée à faire des conserves, parce que le jardin avait bien produit, cette année-là, et que la tristesse ou l'ennui n'étaient pas des excuses valables pour laisser se gaspiller tant de beaux légumes. Pas pour une femme comme elle.

Après tout, comme Félicité se le répéta, tout en réchauffant un peu de soupe aux pois, Marie-Thérèse allait bien finir par revenir un jour et ce n'était sûrement pas en ville qu'elle aurait pu faire des conserves en prévision de l'hiver. Y avait-il même des potagers, à Montréal ? De la ville, Félicité ne connaissait pas grand-chose, sinon une certaine école, jadis fréquentée, et le quartier des spectacles, où elle était allée à l'occasion avec quelques compagnes d'études.

Et si jamais le lendemain, en fin de journée, il lui restait un peu de temps, et elle l'espérait ardemment, Félicité se promit d'aller faire un tour au couvent. Cela faisait bien des semaines qu'elle n'avait pas touché au clavier d'un piano et pour le professeur de musique qu'elle avait été durant des décennies, cet abandon aux notes lui manquait terriblement.

CHAPITRE 6

À Montréal, sur la rue Adam

Le vendredi 21 septembre 1923, dans la chambre d'Irénée Lafrance, occupée pour l'instant par Marie-Thérèse et les jumeaux

La lettre de la tante Félicité avait mis une bonne dizaine de jours avant d'arriver jusqu'à l'adresse des Fortin, sur la rue Adam, à Montréal.

Assise au pied de son lit, Marie-Thérèse venait de la relire pour la troisième fois au moins depuis la veille au matin, toujours aussi émue de retrouver le parfum de sa tante, cette odeur de bois de santal, piquante et un peu masculine, qui lui allait à ravir.

Elle n'eut qu'à fermer les yeux pour avoir l'impression d'être assise dans la cuisine de la petite maison au toit de tôle noire et l'ennui d'une bonne et longue conversation avec la vieille dame fut immédiat et violent.

Le temps de se ressaisir en inspirant longuement, puis Marie-Thérèse replaça la lettre dans son enveloppe, se promettant de rédiger une réponse dès l'après-midi, au moment de la sieste des jumeaux. Sa tante Félicité n'aimait pas les points de suspension dans sa vie, Marie-Thérèse le savait depuis qu'elle était toute petite, et la vieille dame n'avait pas tort quand elle soulignait que cela faisait maintenant un bon moment que sa nièce avait quitté mari, maison et enfants et qu'elle, la tante restée au village, n'avait toujours pas reçu de nouvelles.

Combien de jours déjà, depuis ce fameux dimanche où Marie-Thérèse avait quitté Sainte-Adèle-de-la-Merci sans crier gare, épuisée au point de s'en remettre à Lauréanne pour tout décider à sa place ?

La jeune femme secoua la tête dans un geste de grand étonnement devant les semaines qui s'additionnaient. En fait, le temps avait passé si vite en compagnie de Lauréanne qu'elle en fut toute surprise. Il fallait reconnaître qu'elle était choyée, chez sa belle-sœur ! Mais la tante Félicité avait eu raison de se rappeler à son bon souvenir.

Marie-Thérèse jeta un regard sur la chambre plutôt confortable qu'elle occupait depuis son arrivée à Montréal. Elle eut un sourire attendri quand elle survola des yeux les berceaux appuyés contre le mur. C'est Émile qui les avait achetés dès le lendemain de leur arrivée.

— Il est pas dit que ces bébés-là vont devoir se contenter d'un bout de divan pour dormir, avait-il déclaré au déjeuner. Pis j'aurais peur qu'ils finissent par gigoter assez fort pour tomber ! Finis ton gruau, ma belle Agnès, nous deux, on s'en va magasiner. J'ai pris congé de mon travail pour toi pis les jumeaux.

Les jumeaux, un garçon et une fille…

Si petits encore, mais déjà si différents, et leur père Jaquelin les avait à peine entrevus et jamais tenus dans ses bras.

Marie-Thérèse échappa un soupir. Dans leur cas, à Jaquelin et elle, elle avait l'impression que l'histoire des derniers mois était en train de se répéter, à travers l'éloignement et l'ennui.

Mais comment avait-elle pu quitter les siens ainsi ?

La question n'avait toujours pas trouvé de réponse probante, sinon qu'au moment du départ, Marie-Thérèse était persuadée que son absence ne durerait qu'une semaine ou deux. Le temps, se disait-elle, de reprendre des forces et de laisser son beau-père en avoir par-dessus la tête de la cordonnerie et de la vie de famille. Pourquoi pas ? L'idée de Lauréanne était suffisamment séduisante pour tenter d'y donner suite, sachant que son beau-père avait déjà juré qu'il ne remettrait jamais les pieds à la campagne pour y vivre. Marie-Thérèse se rappelait fort bien le matin où Irénée avait annoncé qu'il partait pour Montréal et qu'il ne reviendrait jamais.

Elle se souvenait aussi de l'immense soulagement qui l'avait alors envahie.

Voilà pourquoi elle avait aussitôt pensé que, dans le cas présent, un court séjour à Montréal permettrait peut-être de remettre les pendules à l'heure sans brusquer personne.

Il ne fallait jamais brusquer Irénée Lafrance, en aucune circonstance, et Marie-Thérèse le savait depuis fort longtemps.

C'était pour cette unique raison qu'elle avait accepté la proposition de sa belle-sœur : elle irait donc attendre à Montréal qu'Irénée Lafrance soit suffisamment exaspéré par ce retour dans le passé pour que lui vienne l'irrépressible envie de retourner chez sa fille et d'y réclamer sa chambre. Pendant ce temps, tout en vivant en ville, Marie-Thérèse ne serait pas obligée d'endurer son humeur impossible.

Quarante-huit heures en sa compagnie lui avaient amplement suffi !

D'autant plus que Jaquelin avait facilement endossé la suggestion de sa sœur et n'avait émis aucune objection.

— Si tu penses que ça serait l'idéal pour toi, Marie, vas-y ! C'est vrai que tu vas être mieux chez Lauréanne… Plus tranquille, mettons. Pis ça va te donner l'occasion de découvrir la ville. On y est jamais allés, toi pis moi.

Un regard appuyé avait souligné qu'il comprenait la situation.

— J'suis d'accord avec ma sœur pour dire que ça va être mieux pour tout le monde, avait-il ajouté, en l'embrassant sur la joue. Pis inquiète-toi pas pour nous autres, on va arriver à se débrouiller sans toi.

Au souvenir de ces quelques mots, Marie-Thérèse sentit son cœur se serrer et elle ferma les yeux sur son chagrin.

Pauvre Jaquelin ! Il faisait pitié à voir, ce dimanche-là, écartelé entre sa femme qui venait d'accoucher et qui s'en allait, et son père qui n'en faisait qu'à sa tête…

Quelle drôle d'idée d'avoir choisi de partir ainsi, à brûle-pourpoint. Avec le recul, Marie-Thérèse elle-même n'en revenait pas. Fallait-il qu'elle ait été dans un état second pour prendre la fuite d'une manière aussi expéditive !

Cependant, il faut dire à sa décharge que la jeune femme avait pris sa décision dans un moment de grand désarroi. Elle était si fatiguée qu'elle ne voyait que palabres inutiles, larmes amères et manque de confort pour les semaines à venir, obligée qu'elle serait de vivre en compagnie d'Irénée Lafrance, lui qui n'était pas particulièrement reconnu pour son bon caractère et qui avait des exigences à propos de tout. C'était donc en désespoir de cause que Marie-Thérèse s'en était remise à Lauréanne qui, de son côté, semblait tellement sûre d'elle-même quand elle avait affirmé que ça ne serait que pour un bref moment !

— Tu vas voir ! Ça durera pas longtemps. Je connais assez le père pour savoir qu'il a pus pantoute envie de travailler à réparer des souliers. Il passe son temps à dire comme il est content d'être libre de faire ce qu'il veut tout le temps…

— Ah oui ? Il dit ça ?

— Comme j'suis là, devant toi ! Pour moi, c'est ben clair que c'est par sens du devoir si notre père s'est présenté chez vous.

Les deux femmes préparaient les valises. Marie-Thérèse, les paupières lourdes et les jambes flageolantes, se contentait de vider machinalement le contenu de ses tiroirs dans une vieille malle de couventine*, relique qu'ils avaient reçue lors de l'incendie.

* Jeune fille élevée dans un couvent.

— Ah oui ? avait-elle répété sans se retourner, visiblement sceptique. Le beau-père a le sens du devoir développé à ce point-là ? Eh ben, j'aurais pas cru ça de lui, pas envers nous autres, en tout cas… Quand même, il aurait pu nous demander notre avis.

— Irénée Lafrance demande jamais l'avis de personne ! avait alors rétorqué Lauréanne sur un ton péremptoire.

Tout en parlant, la sœur de Jaquelin pliait de minuscules chandails et des jaquettes de flanelle, des couches et des brassières roses et bleues, pour venir les placer dans la lourde malle, avec les vêtements de Marie-Thérèse. Quant à Agnès et Angèle, tout leur bagage était déjà rangé dans le grand sac de voyage ayant servi à Jaquelin quand ce dernier était monté au chantier, l'hiver précédent. À l'annonce de leur prochain départ, Angèle avait affiché une certaine indifférence en raison de son jeune âge. Tant qu'elle restait avec sa mère, le reste lui importait peu. Quant à Agnès, elle avait été plutôt excitée à la perspective de connaître Montréal.

— Ça va m'en faire des choses à raconter quand on va revenir !

Les bagages des filles s'étaient donc faits promptement.

— Profite donc du fait que la cordonnerie va continuer de rouler, même si t'es pas là, conseilla finalement Lauréanne, tout en rangeant les derniers vêtements de bébé dans la lourde malle. Laisse-toi donc gâter, pour une fois ! Tu l'as pas volé, Marie-Thérèse ! Ça fait un an que tu cours à droite pis à gauche, pour la maison, pour les enfants, pour ton mari… Arrête donc de t'en faire pour tout le monde, pis pense à toi. Dis-toi ben que ça dérangera pas une miette que tu t'installes chez nous. Au contraire, ça nous fait plaisir, à Émile pis moi, de te rendre ce service-là. Ça serait bête de laisser passer une occasion comme celle-là, voyons donc !

Sous le regard consterné de Jaquelin, qui n'en voulait qu'à son père, Marie-Thérèse et son escorte étaient parties dans l'heure.

Les jours avaient passé, se transformant en semaines, et bientôt on parlerait de mois, mais de toute évidence, Irénée Lafrance n'avait pas l'intention de revenir tout de suite en ville.

Que se passait-il vraiment à Sainte-Adèle-de-la-Merci pour que le vieil homme, qui avait juré que jamais il ne reviendrait vivre au village, ait subitement décidé d'y rester aussi longtemps ?

Marie-Thérèse n'arrivait pas à se faire une idée claire de la situation, car les lettres de Jaquelin ne disaient pas grand-chose. En fait, il n'y en avait eu que deux, et elles n'avaient, en aucune façon, abordé le sujet du père ou de la cordonnerie. En fait, Jaquelin s'était contenté de parler du quotidien, contrairement aux lettres de l'an passé, alors qu'il avait laissé son cœur s'épancher.

À la première lettre, Marie-Thérèse s'en était attristée ; à la seconde, elle s'était inquiétée.

Jaquelin ne s'ennuyait-il pas, lui aussi ? Malgré la difficulté qu'il éprouvait à écrire de la main gauche, il aurait pu ajouter quelques lignes à ses lettres.

À première vue, il semblait que non. À moins qu'il fût débordé par la cordonnerie et l'ordinaire de la maison et qu'il fût fatigué au point d'en perdre ses mots.

Ce soir-là, Marie-Thérèse avait versé quelques larmes, la tête enfouie dans l'oreiller.

Mais à quoi donc ressemblaient leur vie de couple et leur vie de famille depuis bientôt un an ?

Serait-elle condamnée à vivre loin de son mari encore bien longtemps, loin de cet homme qu'elle aimait toujours autant, envers et contre tout ?

Durant quelques jours, la mélancolie avait été si grande que Marie-Thérèse en était venue à se dire qu'elle n'avait pas pris la bonne décision. L'épuisement l'avait mal conseillée et, à cause de cela, depuis l'incendie, les époux n'avaient habité ensemble que durant quelques semaines. Ce n'était pas normal pour un couple qui s'aimait d'être si souvent éloigné.

Ce n'était pas normal non plus, pour les membres d'une famille unie, de vivre ainsi, séparés les uns des autres.

Maintenant qu'elle s'était remise de son accouchement, en grande partie grâce à Lauréanne, Marie-Thérèse en était tout à fait consciente, il serait peut-être temps de rentrer chez elle pour apprendre à concilier son rôle de jeune mère avec celui de cordonnière.

Certes, avec deux bébés, le projet était ambitieux, et serait probablement épuisant. Cependant, elle était encore jeune et elle avait une bonne santé. De plus, avec l'aide de sa tante Félicité, qui ne demandait qu'à rendre service, comme la vieille dame venait tout juste de le lui écrire, Marie-Thérèse devrait y arriver sans trop y laisser de plumes.

Ne restait que le beau-père…

En effet, comment dire à Irénée Lafrance qu'on le remerciait du plus profond du cœur, que sa présence avait été appréciée, mais que puisque maintenant Marie-Thérèse avait retrouvé la forme, il serait peut-être temps qu'il s'en aille ?

Pas faciles à dire, ces choses-là !

Surtout à quelqu'un qui s'appelait Irénée Lafrance !

Pas plus facile que de tenter de le convaincre qu'une femme pouvait fort bien travailler le cuir et réparer les chaussures, au même titre qu'un homme, sans déclencher une discussion interminable où tant Jaquelin qu'elle-même risquaient de ne pas avoir le droit d'exprimer leur point de vue.

Le simple fait d'imaginer la scène, à l'instar de celle qui s'était déroulée dans la cordonnerie le jour où Irénée était arrivé à l'improviste, et Marie-Thérèse en avait des frissons dans le dos !

Le jeu en valait-il vraiment la chandelle ?

Marie-Thérèse n'en était pas du tout certaine et elle détestait entendre les gens crier de colère. Ça lui faisait peur et elle en perdait tous ses moyens.

À vrai dire, si, d'une part, elle s'ennuyait sincèrement des siens, de Jaquelin surtout, de sa présence, de son corps lourd dormant à ses côtés, et de cette complicité dans le travail qu'ils avaient appris à faire à deux, d'autre part, Marie-Thérèse devait reconnaître qu'elle n'arrivait pas à se languir du village, ni même de cette maison qu'elle avait aidé à construire et dont elle était si fière, mais qui n'était pas la sienne.

Lauréanne aussi devait y être pour quelque chose dans cette ambivalence qu'elle sentait grandir en elle, chaque fois qu'elle pensait à la vie qui l'attendait au village. Sa belle-sœur était une amie agréable, comme une grande sœur. En sa compagnie, les journées passaient vite sans pour autant être épuisantes, puisque tout se faisait à deux, dans l'harmonie.

Qu'en serait-il à Sainte-Adèle-de-la-Merci en présence du beau-père ?

Ensuite, contrairement à la tante Félicité qui parlait comme un moulin, il arrivait fréquemment que Lauréanne se taise, ou fredonne, tout simplement, comme Jaquelin s'était mis à le faire, au courant de l'été qui venait de finir.

Marie-Thérèse aimait bien les entendre chanter, l'un comme l'autre, tout comme elle appréciait un peu de silence à l'occasion.

Avec Irénée Lafrance sous leur toit, la chose ne serait plus possible, puisqu'il revendiquait tous les droits, clamant qu'il était l'unique propriétaire des lieux et que le chant était pour lui une source de distraction inutile.

Il y avait aussi les bébés. Être deux pour s'occuper des nourrissons était un réel plaisir, tant pour Lauréanne que pour Marie-Thérèse, et certaines petites corvées inévitables n'en étaient plus vraiment, car elles étaient partagées, de jour comme de nuit, ce qui ne risquait pas de se produire à la maison, malgré la bonne volonté de sa tante Félicité ou celle d'Agnès.

Quant à Émile, il s'était avéré être un véritable boute-en-train. Avec ses blagues irrésistibles, il provoquait souvent de grands éclats de rire libérateurs. Émile lui faisait penser à Anselme, celui de ses nombreux frères avec qui elle s'entendait le mieux, et il était un père d'emprunt nettement plus présent que Jaquelin ne l'avait jamais été, lui qui se disait craintif à manipuler les nouveau-nés.

En un mot, contre toute attente, Marie-Thérèse admettait, un peu étonnée, que la vie à Montréal était pleine d'agrément et de découvertes, et elle ne s'en était pas encore lassée.

Il n'en restait pas moins que leur vie de famille lui manquait de plus en plus, au point de se dire qu'il serait peut-être temps de retourner à Sainte-Adèle-de-la-Merci, envers et contre tout, malgré la présence de son beau-père qui ne semblait pas vouloir en repartir et la perspective d'un quotidien lourd et chargé.

Les bonnes choses finissent toujours par avoir une fin.

Montréal avait été une belle découverte, son amitié avec Lauréanne s'était bonifiée et elle avait appris à mieux connaître et apprécier son beau-frère, c'était déjà beaucoup. Tant pis si elle devait se retrouver dans sa cuisine à cause de son beau-père, car il lui semblait que sa famille devait être enfin réunie.

Par contre, devant le visible bonheur que Lauréanne semblait éprouver à s'occuper des jumeaux avec elle, Marie-Thérèse n'avait pas encore osé lui toucher un mot de son projet de rentrer au bercail. Elle se doutait bien que sa belle-sœur serait infiniment déçue de la voir repartir avec ses trésors, comme Lauréanne appelait les nourrissons. Alors, soir après soir, au milieu de ses prières, Marie-Thérèse s'en remettait au Ciel, l'exhortant de lui offrir bientôt, sur un plateau d'argent, l'occasion de parler.

Septembre tirait déjà à sa fin. Les jumeaux étaient de bons bébés, calmes et affamés. Ils profitaient à vue d'œil et le petit Albert avait commencé à sourire, tandis que sa sœur Albertine, l'aînée de quelques minutes à peine, observait la vie avec le plus grand des sérieux, fronçant les sourcils dès qu'on s'approchait d'elle pour lui faire la risette. La petite Angèle, pourvu que sa mère ne fût pas très loin, suivait Lauréanne comme son ombre, curieuse comme une belette et bavarde comme une pie. En dernier lieu venait Agnès qui, tout en attendant leur retour à

Sainte-Adèle-de-la-Merci, avait commencé son année scolaire à l'école du quartier.

— Comment ça, l'école au bout de la rue ? s'était-elle insurgée à l'instant où Marie-Thérèse avait abordé le sujet avec elle.

— Parce qu'il est pas question que tu restes à la maison sans rien faire, lui avait répondu sa mère du tac au tac. Le mois de septembre arrive, pis ici comme chez nous, c'est le temps de la rentrée.

On était alors aux derniers jours du mois d'août.

— À ton âge, ça serait pas normal pantoute de rester dans l'appartement, à tourner en rond à la journée longue.

— Ben voyons donc...

Le jour où elle avait quitté son village, en quasi-catastrophe, Agnès y avait vu une sorte d'aventure qui occuperait la fin des vacances. Elle était tout excitée d'avoir cette chance inespérée de visiter Montréal et elle s'était dépêchée d'écrire à son amie Geneviève, au lendemain de son arrivée chez son oncle et sa tante, lui décrivant en long et en large la ville et ses attraits.

« *Tu devrais voir ça ! C'est plein de rues pis de ruelles, pis il y a des bâtisses de quatre étages au moins, comme sur les photos ! En plus, j'ai pris les petits chars, t'à l'heure, pour aller faire un tour. Ça fait un vacarme d'enfer, mais ça va plus vite qu'à pied pis c'est ben moins fatigant. C'est mon oncle Émile qui m'a emmenée jusqu'au pied du mont Royal. Il avait pris congé de son travail juste pour moi pis pour acheter des berceaux à nos bébés ! Laisse-moi te dire que c'est pas mal plaisant, en ville, à Montréal.* »

Puis elle avait parlé des jumeaux, qui restaient sa priorité du moment, comme s'ils étaient ses propres enfants.

« *Je trouve ça dommage que t'aies pas eu le temps de venir les voir avant que je parte. Ils sont tellement beaux, pis doux. Je pense qu'il y a pas de plus beaux bébés dans toute la province de Québec !* »

Toutefois, quelques semaines plus tard, quand elle avait compris que le séjour en ville allait se poursuivre au-delà de l'été, la jeune fille avait déchanté.

« *Ça a ben l'air que je reviendrai pas tout de suite,* avait-elle déploré sur une carte postale envoyée à son amie. *Je trouve ça pénible. C'est ben beau, les bébés, pis je les aime toujours, mais je pensais pas que ça prendrait autant de temps dans une journée.* »

Après avoir écrit ces mots, Agnès avait déposé son crayon, songeuse. Allait-elle ajouter que, finalement, une poupée comme sa Rosette était nettement moins exigeante qu'un vrai bébé ?

Agnès esquissa une moue, reprit son crayon, le mordilla. Puis, dans un soupir, elle décida qu'il valait mieux s'abstenir de faire une telle confidence. Même si Geneviève Dumouchel était sa meilleure amie, elle ne comprendrait peut-être pas ce qu'elle cherchait à dire et c'est alors Agnès qui passerait pour une capricieuse. À la place, elle écrivit : « *Je m'ennuie de toi, tu sais. De toi, de Lucie, pis du village.* »

Au dos de la carte illustrant justement un wagon de tramway, Agnès avait sorti ses pattes de mouche pour arriver à tout écrire.

Enfin, l'annonce qu'elle prendrait le chemin de l'école au bout de la rue avait eu raison de ses derniers vestiges de patience.

— Comment ça, aller à l'école par icitte ?

— Parce qu'il faut que tu continues de t'instruire, ma fille. Le fait qu'on soit en ville change rien à ça.

— Pas de problème pour l'école, maman. J'aime ça pis tu le sais. C'est juste que j'aimerais mieux continuer à étudier au couvent du village, par exemple. Avec mes amies.

— Ben des amies, ma fille, tu t'en feras d'autres à l'école au bout de la rue.

— J'en veux pas d'autres, avait lancé catégoriquement Agnès. C'est quoi l'idée ? Ce que je veux, c'est retrouver Geneviève, Lucie pis…

— Sois polie, toi là ! avait tranché Marie-Thérèse qui détestait entendre les enfants lui tenir tête sans raison valable, du moins dans le sens où elle-même l'entendait.

— Ben quoi ?

Toute rougissante, Agnès avait baissé les yeux. Il était rare qu'elle s'obstine avec quelqu'un, d'autant plus avec sa mère, mais comme l'ennui commençait à se faire sentir par moments avec une insistance quasi douloureuse, et que l'attrait de la nouveauté s'estompait, Agnès n'avait pu se retenir.

— Me semble que c'est pas impoli de dire que je m'ennuie de mes amies... fit-elle sur un ton boudeur. Pourquoi on retourne pas chez nous, maman ?

— Parce que c'est comme ça pour l'instant, pis je veux pus en entendre parler !

Toutefois, à voix basse, Marie-Thérèse avait ajouté :

— Pense à ta tante Lauréanne, ma belle. C'est comme un cadeau qu'on lui fait de vivre chez elle avec les bébés. Tu le sais comme moi que ça lui fait ben de la peine de pas en avoir à elle… Donne-moi encore quelques semaines, veux-tu, pis on reparlera de notre retour chez nous, c'est promis. C'est sûr que ça s'en vient, ma belle. On vivra pas ici jusqu'à la fin des temps !

— Ben pourquoi, d'abord, si on part dans quelques semaines, pourquoi moi, je m'en retournerais pas tout de suite ? Ça doit pas être ben compliqué de prendre le train. On embarque à un boutte pis on débarque à l'autre. Je devrais être capable de rentrer chez nous sans problème, je suis assez grande pour ça. Pis si vous dites oui, je pourrais commencer l'école par chez nous, comme ça me tente, pis je pourrais même aider papa avec Ignace pis Conrad. De toute façon, les sœurs du couvent doivent m'attendre comme d'habitude parce qu'on a pas eu le temps de les prévenir que je partais. S'il vous plaît, maman, dites oui !

— Il en est pas question.

Agnès était en larmes.

— Pourquoi ?

— Parce que c'est comme ça, ma fille. À date, c'est moi qui décide pour toi pis tu t'en iras pas seule en train jusqu'à La Pérade, pour ensuite prendre un bogey jusqu'au village, avec on sait pas trop qui. Je serais ben trop inquiète. Pis c'est pas tout, Agnès. Une fois rendue à la maison, j'aimerais pas te savoir la seule fille avec une bande de garçons. Ça se fait pas. De toute façon, ça serait juste un paquet de troubles pour ton père, pis la discussion va s'arrêter là-dessus. Astheure, Agnès, prends ta veste en laine. On s'en va magasiner, toi pis moi. Ton oncle Émile a eu la bonté de nous laisser un peu d'argent pour que tu puisses t'acheter des cahiers pis des crayons neufs. Tu voudrais toujours ben pas lui faire de la peine en disant que tu veux retourner à la maison, hein ?

— Ben non, avait soupiré Agnès qui avait fort bien compris qu'il ne lui servirait à rien d'insister. Tu sais que j'aime pas ça faire de la peine aux gens. Surtout pas à mon oncle Émile, il est trop gentil.

— Me semblait aussi… Pis si jamais il restait un peu de sous, que c'est que tu dirais d'une robe neuve pour la rentrée dans ta nouvelle école ?

— Une robe neuve ?

Les quelques larmes d'Agnès qui persistaient au coin des paupières brillaient maintenant d'un éclat de convoitise.

Dès le mardi suivant, après avoir souligné la fête du Travail par un pique-nique, Agnès avait donc pris le chemin de l'école. Robe marine sur le dos et bas blancs dans ses souliers encore presque neufs, elle avait fière allure et elle le savait très bien.

— On y va, maman ?

Comme il continuait de faire beau et relativement chaud, Marie-Thérèse avait vite pris l'habitude d'aller conduire Agnès à l'école, tous les matins. Ça permettait à Lauréanne d'être seule avec les bébés et Angèle, qui n'avait plus du tout besoin de la présence de sa mère pour être heureuse. C'était un peu comme si Lauréanne avait une petite famille bien à elle. Marie-Thérèse savait pertinemment que ce bref moment d'illusion faisait très plaisir à sa belle-sœur, au point où elle-même prolongeait sa promenade juste pour ajouter quelques minutes au bonheur de Lauréanne.

Puis, petit à petit, Agnès s'était faite à l'idée qu'une nouvelle école n'était pas une catastrophe dans la vie d'une jeune fille comme elle.

— Des filles gentilles, il y en a ici aussi, avait-elle décrété quelques jours après la rentrée, tandis qu'elle revenait à la maison pour le repas du midi. Marie-Paule Gingras est pas mal fines pis Louisa j'sais-pas-qui aussi. Elle, c'est la cousine de Marie-Paule. Mes nouvelles amies demeurent dans la rue juste en arrière d'ici. On va pouvoir se voir souvent. Encore plus souvent que Geneviève pis Lucie au village, je dirais. C'est toi qui avais raison, maman, on peut se faire des amies partout. Tu vas faire leur connaissance bientôt, parce qu'elles sont supposées venir me chercher après le dîner pour qu'on retourne à l'école ensemble. Pis en plus, ici en ville, après la huitième année, les filles sont pas obligées de faire les arts ménagers, comme au couvent chez nous. On peut continuer à faire du calcul pis du français, pis toutes sortes d'autres cours aussi... C'est la maîtresse qui nous a expliqué ça, ce matin, juste après la prière pis avant la dictée. Elle a dit que c'était important d'en parler avec nos parents pour qu'on sache quoi décider pour l'an prochain. Je sais pas trop ce que tu vas en penser, maman, ce que tu vas en dire, mais moi, toutes sortes de cours, ça me tente pas mal. J'suis un peu comme Cyrille, j'aime ça, apprendre !

À croire qu'Agnès avait oublié qu'en principe elle ne terminerait pas l'année à sa nouvelle école.

— Bon, tu vois ! s'était quand même exclamée Marie-Thérèse, sans toutefois s'aventurer plus loin dans la discussion.

Ce jour-là, cependant, dans la tête et dans le cœur de Marie-Thérèse, l'idée d'annoncer à Lauréanne qu'elle aimerait bien retourner à Sainte-Adèle-de-la-Merci recula dans l'ombre encore une fois, à cause d'Agnès.

D'un repos forcé à la ville, son séjour était en train de se transformer en geste de pure générosité à l'égard de son beau-frère et de sa belle-sœur et sur une ouverture probable concernant l'avenir de sa fille. Chaque fois qu'Agnès parlait de ses amies et de ses études avec enthousiasme ou chaque fois qu'elle surprenait les regards qu'Émile et Lauréanne échangeaient, penchés ensemble au-dessus des berceaux, l'intention de Marie-Thérèse d'aborder la question de son départ était moins ferme. Elle se demandait alors où puiser le courage de parler à Émile et Lauréanne, sachant qu'elle allait probablement leur arracher le cœur.

Quant à Agnès...

Que dirait-elle aujourd'hui, si on lui demandait de repartir tout de suite ? Une bonne crise de larmes était à prévoir !

Alors, l'éventualité d'un retour prochain au village était devenue une sorte d'obsession qui tournait en boucle dans la tête de Marie-Thérèse.

Pourquoi, grands dieux, les choses d'importance étaient-elles toujours aussi compliquées ?

De matin en matin, Marie-Thérèse essayait de se changer les idées en modifiant son parcours. Chaque jour, elle empruntait des ruelles différentes, s'obligeant à bien observer la ville autour d'elle pour en graver les images afin que le souvenir reste bien clair dans son esprit. Ce fut ainsi qu'elle découvrit des arrière-cours minuscules, mais toutes fleuries, puis, un peu plus loin, des jardins où des tomates bien rouges rivalisaient avec celles de son propre potager, dont elle gardait un fier souvenir.

Tout à l'heure, elle avait même aperçu des gens qui faisaient la cueillette en parlant de sauce à mettre en pots et de soupes aux légumes qui embaumeraient leur maison.

Ces quelques mots l'avaient fait soupirer d'envie.

Marie-Thérèse avait aussitôt accéléré le pas, car cette vision lui rappelait trop intensément tout ce qui avait de l'importance dans sa vie. Jamais elle ne s'était autant ennuyée de sa famille, de son mari, des petits gestes du quotidien qu'elle aimait poser. Comme en ce moment précis, alors qu'elle se demandait qui allait bien pouvoir faire les conserves à sa place, cette année-là.

Serait-ce la tante Félicité ? Sa mère ? Personne ?

Quand elle entra dans la cuisine de Lauréanne, Marie-Thérèse avait l'air songeuse et c'est à grand-peine qu'elle arrivait à contenir ses larmes.

— C'est dommage que t'aies pas de jardin, déclara-t-elle en retirant son chandail, essayant ainsi de reprendre contenance. On aurait pu faire des conserves. J'aime ben ça faire des provisions quand vient l'automne. Je pense que ça va me manquer pas mal, cette année.

— Tu t'ennuies, hein, Marie-Thérèse ?

La réplique de Lauréanne, sous forme de question, ouvrait tout naturellement la porte aux confidences. Marie-Thérèse se dit alors que c'était peut-être là la réponse du Ciel à ses prières et ses réticences habituelles tombèrent aussitôt.

— C'est sûr que je m'ennuie, avoua-t-elle bien simplement. De plus en plus. Comment ça pourrait être autrement ? J'ai la moitié de ma famille qui vit loin de moi, pis Jaquelin connaît pas encore les jumeaux.

— C'est sûr, ça. Je te blâmais pas quand je t'ai demandé si tu t'ennuyais. Va surtout pas croire ça.

— J'espère ben ! Mais en même temps, j'aime ça être ici, avec toi, Lauréanne. Moi non plus, je voudrais surtout pas que tu te méprennes sur mes sentiments. On s'entend ben, toi pis moi, pis je trouve ça agréable.

— Moi avec, j'aime ça t'avoir ici, avec tes filles pis les bébés. Émile aussi, il me l'a dit…

Puis, malicieuse, Lauréanne précisa :

— C'est pas mal mieux que d'avoir le père dans les pattes !

Les deux femmes échangèrent un sourire de connivence avant que Lauréanne ajoute sur un ton nettement plus sérieux :

— Crains pas, je le sais, va, que t'es à veille de partir. Ça se sent, ces choses-là. De toute façon, j'ai pas oublié que ta vie est pas ici, avec nous autres à Montréal. Elle est à Sainte-Adèle-de-la-Merci avec ta famille.

— C'est vrai, mais… mais c'est peut-être un peu dommage.

Les mots avaient glissé des lèvres de Marie-Thérèse sans même qu'elle eût besoin d'y penser. Tout à coup, à ce moment-là, la possibilité d'un retour à la campagne lui avait semblé si réelle que l'évidence du bouleversement que cela allait causer lui avait sauté aux yeux. Dans son cœur, il n'y avait plus aucune ambiguïté : elle aimait la ville et ses infinies possibilités, bien plus que son village.

Toutefois, devant la multitude d'hypothèses que pouvaient laisser entendre les quelques mots que Marie-Thérèse avait laissé échapper, Lauréanne fronça les sourcils.

— Ben voyons donc, toi ! Pourquoi tu dis que c'est dommage ? T'es pas heureuse avec mon frère pis...

— Non, non, non, interrompit vivement Marie-Thérèse. Que c'est que tu vas penser là, toi ? Je te vois venir avec tes suppositions, pis je te répondrai ben vite que tu te trompes. J'aime Jaquelin, j'aime ma famille, pis j'aime ma vie avec eux autres... Faut que ça soit ben clair pour tout le monde. C'est tout le reste alentour qui pourrait être pas mal différent.

— C'est sûr que tout peut être différent. Regarde-moi ! J'ai décidé de venir m'installer en ville pis je pense que ça a été une bonne affaire. Pourtant, c'étaient pas les prétendants qui manquaient à Sainte-Adèle-de-la-Merci. Mais c'était pas mon choix de passer ma vie là-bas. Peut-être que j'avais juste besoin de mettre ben des milles entre le père pis moi, je sais pas. Mais toujours est-il que pour moi c'était évident : pas question que je passe toute ma vie au village. Si ça manquait pas d'air frais, ça manquait de... comment dire ? Ça manquait d'agrément... Ouais, ça manquait d'agrément pis de nouveautés... Au village, c'est toujours les mêmes affaires, le même monde, les mêmes ramassis de placotages, pis c'était pas pour moi, tout ça. Même si j'allais laisser derrière moi du monde que j'aimais pis pas mal de bonnes amies, j'ai choisi la ville. Je l'ai jamais regretté. Pis en plus, c'est ici que j'ai rencontré mon mari. En fait, la vie c'est un peu ça, non ? C'est faire des choix.

Tandis que Lauréanne parlait, Marie-Thérèse s'était approchée d'elle. Elle se tira une chaise et s'y laissa tomber avant de répondre.

— C'est en plein ce que je me dis, moi aussi. La vie, c'est juste ça, faire des choix... Choisir son mari, choisir de faire une chose ou ben une autre, choisir ce qu'on va manger... Pis savoir faire la différence entre les choix pis les rêves.

— Les rêves ?

— Ben oui... Moi, vois-tu, ça arrive que je me surprenne à rêver... J'aimerais ça, des fois, être une autre, être ailleurs. J'aimerais ça aussi faire d'autres affaires que tout ce qu'on est obligée de faire chaque jour, pis qui nous tente pas tout le temps... C'est pas parce qu'on a choisi notre vie pis tout ce qui va avec que ça devient pas ennuyant par bouttes... C'est peut-être pour ça que j'ai eu envie d'aider Jaquelin à la cordonnerie, juste pour le changement... pis pour le bien de notre famille, c'est ben certain. C'est pas parce que j'aime ma vie pis ma famille que j'espère jamais autre chose... Pis pour astheure, maintenant que j'ai connu la ville, pis ta compagnie, je me dis que l'idéal, ça serait que tout le monde vive ensemble, pas trop loin les uns des autres, constata-t-elle en soutenant le regard de Lauréanne qui, assise dans la chaise préférée d'Irénée, était en train de bercer les deux bébés en même temps.

De plus en plus éveillés, ils regardaient avec attention tout autour d'eux. Aux derniers mots prononcés par Marie-Thérèse, Lauréanne sentit son cœur bondir dans sa poitrine et par réflexe, ses bras se refermèrent un peu plus étroitement autour des corps tout chauds des jumeaux.

— Pis ? demanda-t-elle, quasiment dans un souffle. Pourquoi tu me dis tout ça ?

— Pour rien, laissa tomber Marie-Thérèse en soupirant. Entre le rêve pis la réalité, des fois, il y a tout un monde. C'est juste ça que je voulais dire.

Curieusement, à ces mots, ce fut Marie-Thérèse qui sembla la plus déçue.

— C'était juste une idée comme ça, rien de plus, répéta-t-elle attristée, parce que je le sais ben, va, que c'est pas réalisable mon affaire… Nous vois-tu arriver en ville, Jaquelin pis moi, avec les enfants pis tout notre bazar ? De quoi on vivrait, je me le demande un peu ! Le travail de Jaquelin, il est à Sainte-Adèle-de-la-Merci, pas ici en ville. Mais ça m'empêche pas de penser que c'est triste de pas pouvoir décider où on aimerait vivre… Peut-être ben que Jaquelin aimerait ça, lui aussi, venir s'installer en ville… Peut-être. On le saura probablement jamais… Ça fait que pour donner suite à ce que t'as dit, t'à l'heure, c'est vrai que je commence à penser qu'il serait temps de retourner chez nous. Malgré la présence de ton père qui est en train de prendre racine dans ma chambre à coucher…

Cette dernière phrase, tout en images, tira un sourire à Lauréanne tandis que Marie-Thérèse poursuivait :

— C'est une affaire que je comprends pas pantoute… Comment ça se fait que ton père reste au village aussi longtemps ?

— Parce que Jaquelin peut pas travailler seul, me semble que c'est pas dur à deviner.

— C'est ben beau ce que tu dis là, pis tout le monde en est conscient, mais faudrait pas oublier que j'suis là. Je l'ai même écrit dans ma dernière lettre que je me sentais vraiment pas pire. Je pensais que ça suffirait pour que Jaquelin rapplique aussi vite en écrivant qu'il allait s'occuper de parler au beau-père pour que je puisse revenir bientôt, mais j'ai eu aucune réponse là-dessus.

— Ma pauvre Marie-Thérèse… Si Jaquelin en a pas parlé, c'est probablement qu'il le sait pas plus que toi, quand c'est que le père va décider de partir. Pis je pense qu'il se ferait remettre à sa place s'il décidait de mettre de la pression. C'est ben mal connaître Irénée Lafrance que d'imaginer qu'il va changer d'idée sur un claquement de doigts, juste pour t'accommoder. Non ! Je connais assez mon père pour savoir que s'il t'a dit que ta place était dans la cuisine, il va pas changer d'avis comme ça.

— Ben voyons donc ! On aurait dû parler de tout ça ben avant, toi pis moi... Le temps passe pis j'suis encore en ville. C'est pas normal. J'ai l'impression de tourner en rond pis ça m'agace, tu sais pas à quel point. À t'entendre parler, c'est comme si le beau-père allait rester chez nous pour l'éternité !

— Pense pas ça. Malgré tout ce que je viens de te dire, je le sais qu'il va finir par revenir. C'est clair comme de l'eau de roche. Faut juste attendre que ça soit lui qui le décide... Le matin où il va se lever avec l'envie d'être à Montréal, il niaisera pas longtemps, même si pour ça, va falloir qu'il laisse Jaquelin se débrouiller seul.

— C'est pas ben logique, tout ça là !

— Ben pour Irénée Lafrance, ça l'est... Tant qu'il aura pas pris la décision, personne aura le droit de dire un mot contre. Le jour où il va juger avoir fait sa part, il y a rien qui va le retenir. Et quand tu auras repris ta place dans la cordonnerie, dis-toi ben qu'il dira pus jamais rien sur la situation. Il est comme ça, le père. Je pensais juste que ça se ferait plus vite que ça.

— Et moi donc...

Découragée, Marie-Thérèse jeta un regard autour d'elle en soupirant.

— Bonté divine que c'est toujours compliqué quand ton père s'en mêle ! Sans vouloir t'offenser, bien sûr.

La pauvre Marie-Thérèse poussa un second soupir.

— N'empêche que je trouve ça dur, ben ben dur, d'être obligée de m'en remettre à la décision d'un autre qui pense pas nécessairement comme moi.

— Je peux comprendre ce que tu ressens. Moi non plus, j'aime pas ça, dépendre du bon vouloir de mon père, une fois sur deux. Pis j'exagère à peine... Mais si tu veux mon avis, tu ferais mieux d'attendre encore un peu avant de te montrer à Sainte-Adèle-de-la-Merci. Si le père se sent bousculé, ça risque de faire des étincelles, même si j'suis à peu près certaine que le jour où il va te voir arriver, ça va probablement lui donner l'envie de s'en aller. Mais dans quelles conditions ?

En prononçant ces derniers mots, Lauréanne repensait à cette idée un peu saugrenue qui devait continuer de trotter dans la tête de son père. Si jamais il fallait qu'Irénée Lafrance mette en branle le projet d'avoir un chalet, uniquement par esprit de contradiction, c'était toute la famille de Jaquelin qui en souffrirait.

— Non, je te le dis, Marie-Thérèse, répéta-t-elle, attends encore un peu. Juste un peu… Mettons une semaine. On en reparlera dans une semaine.

— Si tu veux, même si moi je vois pas ce que ça pourrait changer… Pis pourquoi pas ? En me disant qu'une semaine de plus, ça devrait faire plaisir à Agnès, ça va m'aider à prendre mon mal en patience… Non, c'est pas vrai ce que je viens de dire là, ajouta-t-elle précipitamment. J'ai pas besoin de prendre mon mal en patience, rapport que j'suis ben avec toi.

— Moi aussi, tu sais… Pis t'as pas tort quand tu dis qu'Agnès a l'air d'aimer sa nouvelle école… Mais en attendant de voir ce qui se passe au village, il y a rien qui nous empêche de faire des conserves. Qu'est-ce que t'en dis ?

— Des conserves ? Mais avec quoi, ma pauvre Lauréanne ? Il faut des légumes. Beaucoup de légumes. Pis ta cour est même pas assez grande pour y mettre un carré de laitue !

— Je sais tout ça ! Mais dis-toi ben qu'en ville, on a pas besoin d'avoir un jardin pour faire des conserves. Je dirais même que c'est la beauté de la chose parce qu'on a juste à aller au marché.

— Au marché ?

— Ouais, au marché Maisonneuve. Pas de terre à retourner, pas de graines à planter, pas de binage pis d'arrachage de mauvaises herbes. Nous autres, on va au marché quand on veut des légumes frais. Il y a là plein de fermiers qui demandent que ça, vendre des légumes. Pis pas cher, en plus. Pis comme c'est pas trop loin, on peut même y aller à pied. On y va assez souvent, Émile pis moi. Au mois de juillet, il m'a même aidée à faire des confitures de fraises. Il y a rien de plus drôle que de voir mon mari avec un de mes tabliers autour de la taille ! Avec son gros ventre, c'est ben juste si j'arrive à faire un petit nœud avec les cordons ! Si ça te tente, on pourrait peut-être faire des conserves de légumes pis de tomates ?

— Ben là, tu parles !

La morosité de Marie-Thérèse semblait s'être évaporée et le soulagement de Lauréanne fut instantané. Elle venait de gagner une semaine !

— C'est comme si c'était fait ! lança-t-elle joyeusement. Demain matin, comme c'est samedi, toi pis moi, on s'en va au marché, pendant que mon mari pis Agnès s'occuperont des plus jeunes.

— Bonne idée ! Mais j'y pense… C'est ben beau tout ça, mais comment on va rapporter tous nos légumes ? Sur notre dos ? On est pas fortes comme des hommes, nous autres, surtout pas comme ton Émile. Dis-toi ben que ça demande plus qu'un panier de tomates pis quelques bottes de carottes pour faire des conserves. Tu fais comment, toi, d'habitude ?

— T'inquiète pas, j'ai tout ce qu'il faut…

Curieusement, la voix de Lauréanne avait changé, comme si brusquement un voile de tristesse ou de nostalgie l'avait éteinte.

— On a ce qu'il faut, murmura-t-elle, les yeux tournés vers la fenêtre.

Il y eut un silence, puis, dans un soupir, Lauréanne confia :

— Tu vois, au début de notre mariage, Émile avait fait une voiturette en bois, toute rouge, avec des belles roues vernies. On t'en a déjà parlé, hein, du fait qu'Émile aimait ça, travailler le bois ? Toujours est-il qu'il avait construit cette petite voiture-là en cachette, dans le hangar au fond de la cour, pis il me l'avait donnée pour la fête des Mères, en disant que ça serait pour notre premier garçon… Comme tu le sais, on en a jamais eu. Alors avec le temps, la voiture d'Émile est devenue la « barouette » aux légumes quand on va au marché. À chaque fois qu'on la prend, Émile pis moi, on a une petite tristesse dans le cœur. Mais c'est notre chagrin à nous deux pis on y tient. Comme on a fini par s'habituer à notre vie sans enfants, pis qu'on s'aime toujours autant, on prend la voiturette de temps en temps, pis on en profite pour imaginer la famille qu'on a pas eue, chaque fois qu'on va au marché.

Sur ce, Lauréanne secoua la tête et ramena les yeux sur Marie-Thérèse.

— C'est cette même voiture-là qui va ramener tous nos légumes, demain. Tu vas voir ! Elle contient pas mal, parce qu'Émile voyait grand. Comme il me disait souvent, au début de notre mariage, il voulait toute une trâlée d'enfants.

La jolie histoire de Lauréanne avait touché Marie-Thérèse.

— Je m'excuse, fit-elle alors d'une voix contrite, tout en cueillant une larme au coin de sa paupière.

— Ben non ! Tu pouvais pas savoir...

De son côté, Lauréanne s'était redressée sur sa chaise et les yeux dans ceux de sa belle-sœur, elle avait poursuivi :

— À part Émile pis moi, t'es la seule à connaître l'histoire de la voiturette... J'aimerais ça que tu la gardes pour toi. Astheure, va chercher Angèle, demanda-t-elle en souriant. Ta fille voulait jouer avec les poupées de carton qu'on lui a offertes la semaine dernière, pis je lui ai donné la permission de s'installer par terre au pied de ton lit. On va coucher les jumeaux qui doivent commencer à être fatigués, pis on va se mettre au dîner. J'ai justement des carottes à peler. Ça te tente de m'aider ? On pourrait faire ça ensemble, pis après, on fera la liste des légumes qu'on va acheter pour faire les conserves... Que c'est que t'as l'habitude de faire, toi ? Tu le fais juste avec des légumes ou ben t'ajoutes aussi des marinades ?

— Je fais de tout, Lauréanne, de tout ! Pis j'aime ça ! Dis-toi ben qu'avec la famille que j'ai, ça m'en prend pas mal, pis il y a jamais de restes !

— Ben moi, avec le mari que j'ai, ça m'en prend pas mal aussi, pis il y a jamais de restes non plus !

Elles finirent la journée en préparant celle du lendemain, qui commença au lever du soleil avec la tétée des jumeaux, suivi d'un déjeuner expéditif.

— Pis inquiétez-vous de rien, les femmes.

Sérieux à cause de la tâche qui lui était confiée, mais tout de même souriant, Émile tenait le petit Albert au creux d'un bras tandis qu'Agnès s'amusait avec Albertine, ravie de voir sa petite sœur « sourire aux anges », comme le disait la tante Félicité devant un bébé heureux. La voiturette attendait au pied de l'escalier, dans la cour, brillante d'avoir été bien frottée, tandis que les femmes enfilaient un chandail, car à cette heure matinale, il faisait encore frais. Quant à Angèle, selon sa nouvelle habitude, elle s'était installée dans la chambre de sa mère pour jouer avec ses poupées en carton.

— Agnès pis moi, on va tout faire comme il faut, craignez pas ! rassura Émile, devant une Marie-Thérèse qui, du regard, refaisait l'inventaire de tout ce qu'elle avait déposé sur le comptoir en matière de couches, crèmes, pommades et biberons. Je commence à avoir pas mal l'habitude avec les jumeaux, vous pouvez pas dire le contraire, souligna alors Émile.

— C'est vrai, admit enfin la jeune mère, en se tournant vers son beau-frère. Vous êtes même capable de changer une couche. Je peux pas en dire autant de Jaquelin pis on en est pas à nos premiers bébés... C'est vrai, je m'en fais pour rien.

— Bon ! C'est ben ce que je me disais, aussi. Prenez tout votre temps, pis tantôt, à votre retour, on va préparer les pots de légumes ensemble... Nom d'une pipe que j'aime ça, moi, une maison ben remplie ! Hein, ma femme, que c'est agréable avoir plein de monde chez nous ?

Devant un tel enthousiasme, Marie-Thérèse se détourna vivement, car elle se sentait rougir comme une pivoine. Comment, bonne sainte Anne, allait-elle pouvoir partir d'ici un jour, sans provoquer de tragédie ?

— Allez, Lauréanne, viens-t'en ! lança-t-elle, faussement autoritaire, pressée de se soustraire au regard d'Émile, qui lisait parfois en elle avec une acuité déroutante. On a toute une journée qui nous attend, faudrait pas prendre du retard pour rien !

— J'arrive !

Quand elles quittèrent la maison, l'instant d'après, Lauréanne et Marie-Thérèse avaient l'air de deux gamines partant pour un pique-nique.

La journée était belle et la brise avait juste ce qu'il fallait de fraîcheur pour rendre la promenade agréable. Côte à côte, les deux femmes tiraient la voiturette à deux mains, tout en bavardant comme de bonnes amies, les bonnes amies qu'elles étaient devenues au fil des derniers mois.

C'était un très beau samedi d'automne. Petit à petit, les feuilles se coloraient de rouge et d'or, et le soleil avait gardé une petite chaleur qui chauffait les épaules sous le chandail. C'était bien la première fois, depuis plusieurs semaines, que Marie-Thérèse avait laissé de côté le fameux problème du retour à la maison. Elle préférait nettement penser aux conserves qu'elle pourrait finalement faire ; à Agnès qui devenait une très jolie jeune fille, heureuse de son sort ; aux jumeaux qui se ressemblaient de moins en moins et qui se développaient chacun à sa manière et à son rythme. Marie-Thérèse trouvait fascinant de les voir grandir, à la fois si pareils et si différents. Et que dire de la petite Angèle, qui n'était plus un bébé… Ce n'étaient là que les pensées banales d'une mère de famille, certes, mais c'était avec le plus grand des plaisirs que Marie-Thérèse les partageait avec Lauréanne.

Oui, c'était vraiment une belle journée d'automne, en apparence sans surprise ni attente.

Pourtant, ce fut au détour d'une rue que l'avenir donna rendez-vous à Marie-Thérèse et jamais, de toute sa vie, elle n'oublierait ce merveilleux samedi de septembre où, curieuse, Lauréanne, profitant d'un bref silence, lui montra la devanture d'un commerce qui semblait fermé.

— Regarde ! Il y a une pancarte sur la porte. Je me demande ben ce que c'est… Me semble que c'était une petite épicerie qui se trouvait là. On va voir ?

— Si tu veux.

Elles traversèrent donc la rue, et se dirigèrent vers la bâtisse de deux étages, recouverte en entier par un assemblage un peu particulier de briques rougeâtres et beiges, comme si on avait profité de la construction de cette maison pour se débarrasser d'un tas de vieux restants.

— On dirait que la maison a la picote, fit remarquer Marie-Thérèse en riant, alors qu'elle s'approchait de la vitrine.

Puis, les mains en coupe autour de son visage, elle écrasa son nez contre la vitre pour tenter d'apercevoir ce qu'il y avait à l'intérieur.

— On dirait ben que t'as raison, Lauréanne, je pense que c'est une épicerie, confirma-t-elle au bout d'un instant. Je vois des conserves sur les tablettes, pis de gros bocaux de bonbons à la pièce à l'arrière du comptoir.

À ces mots, Marie-Thérèse recula d'un pas.

— Bizarre que ça soit fermé en plein samedi, par exemple, analysa-t-elle. Me semble que c'est une bonne journée pour les affaires.

Pendant ce temps, Lauréanne, à quelques pas d'elle, se tenait devant la porte pour lire la feuille qui avait été collée à l'intérieur de la vitre.

— Normal que ça soit fermé, ma pauvre Marie-Thérèse, l'épicerie est à vendre suite à un décès.

— C'est ben triste, une affaire de même, souligna alors Marie-Thérèse. Il y avait pas d'enfants pour prendre la relève ?

— Aucune idée. Probablement qu'il y en avait pas, ou ben que personne en voulait, parce que c'est exactement ça qui est marqué sur le papier : à vendre pour cause de décès. Pis c'est suivi du numéro de téléphone d'un notaire. Maître Antoine Galipeault... Ce nom-là me dit rien pantoute.

Les deux femmes se tournèrent l'une vers l'autre, à l'instant précis où Marie-Thérèse demanda, avec un curieux reflet dans le regard :

— Penses-tu ce que je pense, Lauréanne ?

— Je sais pas trop mais me semble que…

— Me semble que ça serait parfait, enchaîna Marie-Thérèse sans permettre à sa belle-sœur de terminer sa phrase. Surtout pour un homme à qui il reste juste une main pour travailler. À mon avis, c'est pas mal plus facile de compter les cennes que de piquer une semelle.

Lauréanne dessina un large sourire en gage d'approbation.

— On pense donc la même affaire, décréta-t-elle, en même temps qu'elle opinait vigoureusement du chef. Ça serait plaisant, rien qu'un peu, de demeurer proches l'une de l'autre, toi pis moi… Parce que si on regarde ben comme il faut, on dirait qu'il y a un logement à l'étage, ajouta-t-elle en se cassant le cou. La maison est pas ben belle, c'est le moins qu'on peut dire, mais c'est pas ça l'important… Tu pourrais t'installer là avec ta famille. Agnès aurait même pas besoin de changer d'école !

À ces mots, Marie-Thérèse éclata de rire.

— Nous entends-tu parler ? On te règle ça une affaire, nous autres, juste sur une peanut !

Puis, au bout d'un court silence :

— Ça serait ben beau, je dis pas le contraire, admit-elle avec une pointe de déception dans la voix.

Brusquement, Marie-Thérèse était devenue toute sérieuse.

— Mais comment veux-tu que ça soit possible ? Ça prend de l'argent pour acheter une épicerie, ben de l'argent, probablement. Or Jaquelin pis moi, on en a pas. En fait, tu le sais comme moi, on a même pas de maison à nous. C'est te dire à quel point on a rien !

Ce fut à ce moment que Lauréanne repensa au projet de son père, comme un éclair qui traversa son esprit. Finalement, il allait peut-être l'avoir, son chalet. Pourquoi pas ? Vendre la cordonnerie serait peut-être une bonne solution pour tout le monde. Mais comme il y avait encore un sacré chemin à parcourir, elle préféra ne pas en parler tout de suite.

— C'est toi qui le disais, hier : on peut ben rêver, proposa-t-elle à la place, tout en glissant une main sous le bras de Marie-Thérèse pour l'amener à poursuivre leur route. N'empêche que j'aimerais ça, te savoir pas trop loin. Pis c'est vrai que ça serait un bon travail pour Jaquelin. Pas besoin d'avoir l'usage de ses deux mains pour taper sur une caisse enregistreuse, pis faire des calculs.

— Ouais, ça, c'est ce qu'on pense, toi pis moi... Mais quand ben même on aurait l'argent, j'suis pas sûre pantoute que ça ferait l'affaire de Jaquelin, de changer de métier comme ça. Je sais même pas s'il aimerait déménager pour venir vivre en ville, on en a jamais parlé ensemble. De toute façon, mon mari ressemble un peu à ton père quand vient le temps de prendre des décisions : il aime pas trop ça qu'on le fasse à sa place. Rappelle-toi son départ pour les chantiers ! Laisse-moi te dire que des fois, ça prend ben de la patience, de la jarnigoine, pis des détours pour amener Jaquelin à penser comme on veut.

— Je le sais, j'ai déjà vécu avec lui... Mais dans le cas présent, si tu le demandes pas, tu sauras jamais si la ville peut l'intéresser. Ça serait déjà un bon début, non, de savoir si Jaquelin aimerait vivre en ville ?

— Je risque pas grand-chose à le demander, c'est vrai. Je peux ben lui écrire.

— Pis moi, j'vas demander à Émile de s'informer auprès du notaire. On sait jamais. Si y a personne pour prendre la relève, on veut probablement se débarrasser du commerce pis c'est peut-être pas si cher que ça... On repassera par là en revenant pour que je puisse prendre le numéro de téléphone en note... Pis en parlant de téléphone, que c'est que tu dirais qu'on se fasse installer des appareils ? Un chez nous, pis un chez vous, à Sainte-Adèle-de-la-Merci ? Comme ça, on pourrait se parler de temps en temps, dans le cas où tu partirais bientôt...

Ces derniers mots apportèrent un certain réconfort à Marie-Thérèse. Après tout, si on faisait abstraction d'Agnès, qui allait sûrement trouver à redire, son départ serait peut-être moins pénible que tout ce qu'elle avait anticipé jusqu'à maintenant. Elle donna donc suite à l'idée de Lauréanne avec beaucoup d'enthousiasme.

— C'est une bonne idée que t'as là. Ça pourrait même être utile à Jaquelin, quand vient le temps de passer des commandes. M. Touche-à-Tout doit ben avoir ça, lui, un téléphone !

— Et comment ! Depuis l'an dernier, en plus… Laisse-moi te dire qu'il était ben fier de nous annoncer ça, pis de nous le montrer… Il l'a accroché dans sa cuisine, proche de sa table, pour pouvoir prendre des notes en parlant. Bon, c'est ben beau rêver, parler de téléphone, pis faire des projets, mais on a des légumes à acheter, nous autres là ! Suis-moi, Marie-Thérèse ! Faut se dépêcher un peu si on veut avoir le temps de préparer tout ça durant la fin de semaine ! Pendant notre absence, Émile m'a promis de sortir mes deux gros chaudrons du hangar, pis de les laver ben comme il faut. Il m'a promis aussi que tantôt, c'est lui qui va s'occuper des tomates. Je sais pas quelle épice il ajoute, il veut surtout pas le dire, mais elles sont pas piquées des vers, ses tomates.

— Émile ? Ton mari Émile s'occupe des tomates ? Depuis quand il t'aide à préparer de la nourriture ?

— Depuis toujours…

Lauréanne fit mine de chercher dans ses souvenirs.

— Ouais, confirma-t-elle assez rapidement. Depuis qu'on est mariés, Émile m'aide dans la cuisine, pis laisse-moi te dire que c'est pas moi qui vas m'en plaindre… Oh ! Regarde, Marie-Thérèse ! On est arrivées. C'est la grosse bâtisse, là-bas. Amène-toi, on va choisir les plus beaux légumes de leur étalage !

CHAPITRE 7

À Sainte-Adèle-de-la-Merci, dès le mardi suivant, soit le 25 septembre 1923

Chez les Lafrance, dans la chambre des garçons, où Jaquelin, enfin seul, était allé se réfugier

La lettre lui était parvenue en fin d'avant-midi, apportée exceptionnellement par M. Touche-à-Tout. Jaquelin n'avait pu s'empêcher de sourire devant l'air fier du marchand ambulant qui lui tendait l'enveloppe du bout des doigts.

— C'est pour vous, monsieur Jaquelin.

— Ben voyons donc ! Vous voilà rendu facteur, à présent ? avait demandé ce dernier, pince-sans-rire.

Gédéon Touchette avait redressé les épaules, se donnant un petit air important, prenant la blague pour un compliment.

— Ça m'en a tout l'air… C'est pas la première fois, vous savez, que je fais le facteur comme ça. Je dirais même que ça arrive plutôt souvent qu'on me demande de porter du courrier, parce que le monde dit que j'suis plus rapide que la Poste de Sa Majesté le roi George V. Avec de tels compliments, c'est compliqué de dire non, comme c'est mes clients qui me demandent le service. Prenez l'autre jour, par exemple...

La machine à commérages était repartie !

Jaquelin aurait dû se méfier. Il ne fallait, en aucun cas, entrouvrir la porte aux ragots devant M. Touchette. Le petit homme grassouillet aimait beaucoup trop s'écouter parler, mélangeant allégrement boniment, verbiage et potins, battant l'air de ses bras engoncés dans l'habit, et ponctuant les moments d'importance d'un ballet aérien de ses doigts boudinés. Comment Jaquelin avait-il pu espérer que ce matin serait différent et qu'on pourrait s'en tenir à quelques mots de politesse ?

Il ne fallut donc pas plus que ce petit trait d'esprit pour que le colporteur, tout imbu de sa personne, se mette à raconter l'épopée de ce court billet, comme le roi lui-même aurait pu rapporter un fait d'armes !

— Imaginez-vous donc, monsieur Jaquelin, que c'est votre femme en personne qui m'a demandé de vous donner ça, dimanche en fin de journée, quand elle est venue nous offrir un pot de cornichons, à Janine pis moi. Janine, c'est ma femme. Vous le savez, hein, que j'suis le voisin de votre sœur Lauréanne ?

— Oui, monsieur Touchette, avait reconnu Jaquelin, avec sa patience coutumière. Vous m'avez déjà raconté tout ça, pis plus d'une fois. Il y a votre appartement d'un côté, celui de ma sœur de l'autre, pis il y a vos balcons qui sont en commun entre les deux portes.

— C'est ben ça. Me semblait aussi que je vous en avais parlé... Toujours est-il que votre femme est venue frapper chez nous, dimanche en fin de journée, avec son bocal de cornichons dans une main, pis la lettre que je viens de vous donner dans l'autre. Comme je lui ai expliqué, le lundi, je reste toujours à Montréal. C'est le jour où je rencontre mes fournisseurs pis que je prépare les commandes à livrer durant les jours suivants. Mais j'avais l'intention de passer par ici dans le courant de la semaine ! Ça fait que j'ai répondu à votre femme que ça me ferait ben plaisir de lui rendre ce service-là. Elle m'a laissé sa lettre en disant, toute de bonne humeur, que ça faisait pas mal son affaire, parce que ça serait plus rapide que la poste. Apparence qu'elle avait ben hâte que vous lisiez ce qu'elle avait écrit pour vous. C'est là que je me suis dit que ça devait être important. Après ça, votre femme est retournée voir ses bébés. En tout cas, c'est ce qu'elle m'a dit. J'ai pas vérifié, comme de raison, je l'ai crue tout de suite. C'est juste normal pour une mère qui a eu des jumeaux d'aller voir ce qu'ils deviennent. Ça fait qu'aujourd'hui, me v'là ! J'ai devancé ma visite de deux jours, juste pour vous accommoder, parce que ça avait l'air vraiment important. Mais c'est pas ben grave. Comme on dit : en autant que la clientèle est contente...

— Vous inquiétez surtout pas pour ça, monsieur Touchette, avait précipitamment interrompu Jaquelin, souhaitant de tout cœur qu'un compliment bien placé ferait perdre le fil des mots à ce bavard impénitent et que l'interruption de paroles mettrait un terme final à son interminable monologue. Avec vous, on est toujours ben servi. Pour ma part, dans tous les cas, vous m'avez toujours donné satisfaction, tant dans les accessoires que dans la qualité du cuir.

— Je l'espère ben ! Avec tout le trouble que je me donne... Pis, la lettre ?

— Quoi la lettre ?

— Ben... Vous la lisez pas ?

Du pouce, Gédéon Touchette avait pointé l'enveloppe que Jaquelin avait toujours à la main. De toute évidence, cet homme curieux mourait d'envie d'en connaître le contenu. Surtout que Marie-Thérèse avait eu l'air vraiment pressée de la faire parvenir à son mari. Comme le marchand commençait à peine sa tournée du village, il s'était dit que quelques détails inédits à raconter, ici et là, rendraient assurément sa journée plus excitante. Même qu'avec un peu de chance, on lui offrirait un biscuit, un café. Malheureusement pour lui, Jaquelin savait très bien à qui il s'adressait. La réputation de Gédéon Touchette n'était plus à faire et, depuis belle lurette, elle le précédait partout où son travail le menait.

Jaquelin avait alors plissé les yeux à la recherche d'un prétexte satisfaisant, se disant qu'il n'était pas question de lire le message de sa femme devant le marchand pour ensuite en entendre des bribes racontées un peu n'importe comment, partout où il irait dans la paroisse !

D'un geste on ne peut plus éloquent, Jaquelin avait donc glissé l'enveloppe dans la poche de sa chemise. Il l'avait tapotée pour démontrer qu'elle y resterait pour un petit moment encore, puis il avait posé nonchalamment sa main valide sur le battant de la porte comme pour la refermer, espérant ainsi que le marchand saisirait enfin qu'il voulait être seul. Et pour être certain que le message serait bien compris, Jaquelin s'était empressé d'ajouter :

— C'est ben de valeur pour vous, mais j'ai pas le temps de lire ma lettre tout de suite. Je vous en reparlerai quand vous viendrez la prochaine fois, promis. Pour astheure, il y a plein de choses à faire qui m'attendent à l'étage.

À ces mots, Gédéon Touchette avait ravalé son sourire de vendeur. Brusquement, il avait tout de l'homme qui doute. Sourcils froncés, moue dubitative, il avait fixé Jaquelin droit dans les yeux pour dire :

— Ah ouais ? Des choses à faire plus importantes qu'une lettre de votre femme ? Eh ben… Quelle sorte de choses ?

— Du ménage !

Jaquelin avait lancé la première idée qui lui était passée par la tête. Tout et n'importe quoi pour se débarrasser du vendeur.

— J'ai plein de ménage à faire dans la chambre des garçons, avait-il précisé, poursuivant ainsi son improvisation. C'est de leur âge d'être en désordre, vous devez ben le savoir, pis comme leur mère est pas là…

Le ton était brusque, car Jaquelin commençait à en avoir assez. Si Gédéon était reconnu comme rapporteur de première et grand parleur devant l'Éternel, Jaquelin, quant à lui, avait la réputation d'être un homme fort peu bavard, et la conversation s'étirait en longueur, à son grand déplaisir. Si Marie-Thérèse avait été là, elle aurait su éconduire Gédéon habilement, car elle était passée maître dans l'art de se débarrasser des importuns d'une habile pirouette de l'esprit. Ce qui n'était pas le cas de Jaquelin. Devant le regard insistant de M. Touche-à-Tout, il avait la désagréable impression d'avoir utilisé tous les subterfuges de sa connaissance pour se libérer du visiteur et qu'il resterait ainsi sans mots jusqu'à la fin de la journée, à le fixer droit dans les yeux, un sourire un peu inutile sur les lèvres.

Comment, sans être impoli, faire comprendre à Gédéon Touchette que le moment de se retirer était venu pour lui ?

L'imagination de Jaquelin n'allait pas plus loin que ce grossier mensonge de rangement à faire. Pourtant, le jovial vendeur n'avait pas l'air pressé. Il avait regardé autour de lui en souriant, appréciant peut-être le soleil abondant de cette fin de matinée, ou encore attendait-il que la conversation reprenne d'elle-même, comme s'il n'avait rien de mieux à faire de toute sa journée. Allez donc savoir !

Devant le silence qui s'installait, M. Touchette était enfin revenu à Jaquelin.

À défaut d'une meilleure idée, ce dernier avait inspiré profondément, les narines dilatées. N'était-ce pas là un signe d'irritation ? Puis, pour donner un peu plus de poids à son impatience, il avait repoussé légèrement la porte, tout en réitérant ses remerciements les plus vifs.

— Vous êtes ben gentil d'être venu me porter la lettre, pis je vous en remercie, mais vous allez devoir m'excuser parce que…

— Parce que vous avez du ménage à faire, je le sais, avait sèchement coupé le vendeur qui, ce faisant, avait semblé rendre les armes, sans vraiment comprendre pourquoi il devait le faire, d'ailleurs.

Après tout, c'était lui, Gédéon Touchette, qui avait apporté la lettre, non ?

Le marchand avait froncé les sourcils.

Pourquoi cette brusque froideur de la part de Jaquelin Lafrance, qu'il avait toujours connu plutôt avenant, malgré une certaine tendance à la timidité ? Lui-même ne venait-il pas de spécifier qu'il était en avance sur son horaire, uniquement pour le bon plaisir du cordonnier de Sainte-Adèle-de-la-Merci ? Aux yeux du vendeur itinérant, une telle diligence donnait certains droits, dont celui de connaître la teneur du message si pressant, ou, à tout le moins, un bref aperçu du contenu, ce que, de toute évidence, Jaquelin Lafrance refusait de lui donner.

À son tour, le marchand avait respiré bruyamment, car les soupirs sont un langage universel !

Ça lui apprendrait, aussi, à toujours vouloir rendre service.

Cependant, si la curiosité est un vilain défaut, chez Gédéon, elle revêtait des habits de qualité, quand elle ne virait pas tout simplement à l'obsession. Voilà pourquoi, prenant sa voix la plus doucereuse, il avait décidé de tenter sa chance une dernière fois.

Couramment appelé à utiliser la ruse et la poudre aux yeux pour convaincre sa clientèle de l'importance d'un achat à faire, quand Gédéon avait repris le dialogue, il avait procédé autrement :

— Je vous plains de pas avoir de femme à la maison pour s'occuper de l'ordinaire, avait-il déclaré d'une voix compatissante, espérant, cette fois-ci, toucher une corde suffisamment sensible chez Jaquelin pour que ce dernier ait envie de se confier à lui. Mon pauvre monsieur Lafrance ! Avec les enfants que vous avez, pis la maison, pis la cordonnerie, vous devez trouver ça dur… Sans vouloir être indiscret, vous devez ben vous demander quand c'est que votre femme va revenir, non ?

Comme la question était plutôt précise, la réponse avait été facile à trouver.

— Ce sera à elle de décider, avait alors répondu froidement Jaquelin.

Cette question un peu trop directe l'indisposait.

— On va la voir revenir quand elle sera suffisamment reposée, je suppose, avait-il aussitôt ajouté.

Sur ce, Gédéon Touchette avait haussé les sourcils, signe chez lui qu'il s'apprêtait à enfoncer son dernier clou.

— Reposée ? Eh ben... Sans vouloir parler de ce qui me regarde pas, à la voir aller, j'ai pourtant l'impression que madame votre épouse est pus tellement fatiguée. Samedi dernier, laissez-moi vous dire que ça courait pas mal dans l'escalier de la cour, pendant que les femmes montaient toutes leurs provisions de légumes. J'ai cru comprendre que ma voisine pis votre épouse faisaient toutes sortes de conserves, pas juste des marinades. Saviez-vous ça ? Apparence qu'elles avaient ben du plaisir, parce qu'on les a entendues rire, depuis chez nous, durant une bonne partie de la journée. Même M. Émile avait l'air de ben s'amuser, lui aussi.

Cette dernière précision fut le coup de grâce assené à Jaquelin, chez qui la grisaille et la maussaderie s'étaient aussitôt emmêlées à l'impatience. Il imaginait sans peine sa Marie, dévalant les marches d'un escalier, pas du tout fatiguée et toute joyeuse, comme elle l'était habituellement au moment des conserves.

Toutefois, Gédéon Touchette n'avait pas à être le témoin privilégié de sa déception pour qu'ensuite il aille la raconter à tout un chacun à travers le canton.

Jaquelin avait alors haussé les épaules, cherchant à démontrer par ce geste un certain détachement, comme si la chose lui était connue.

— Tant mieux si elle va ben à ce point-là. C'est ce que j'avais cru comprendre, d'ailleurs, dans sa dernière lettre. Mais de là à dire qu'elle est prête à revenir... elle seule peut le savoir... En fait, la meilleure façon de savoir quand c'est que ma femme va se décider à quitter Montréal, ça serait peut-être d'y demander, vous croyez pas ? Ça serait à elle de vous répondre, ben plus qu'à moi.

Cette fois-ci, le message envoyé, sur un ton très sec, avait été d'une grande limpidité. Admettant enfin l'inutilité d'insister, Gédéon Touchette avait reculé d'un pas, incapable, cependant, de résister à l'envie de lancer une dernière flèche.

— Choquez-vous pas, monsieur Jaquelin. Je voulais surtout pas vous froisser en parlant de même. Dans le fond, c'est vous qui avez raison : comme je vois votre femme pas mal plus souvent que vous, depuis ces derniers mois, j'aurai juste à y demander... Bon ben, si c'est comme ça, j'vas m'en aller... Je vous laisse à votre ménage. Votre père, lui, il est dans la cordonnerie ? Il m'avait demandé des lacets noirs, la dernière fois que j'suis passé. Je les ai justement dans mon camion.

— On peut rien vous cacher, monsieur Touchette, mon père est bel et bien dans la cordonnerie...

Le ton était sarcastique, à un point tel que Jaquelin en avait été surpris lui-même. Il était épuisé par cette conversation inutile.

— Il passe ses journées là, vous devriez le savoir, avait-il poursuivi dans la foulée. Par contre, il m'avait pas dit qu'il vous avait commandé des lacets, parce que je lui aurais répondu qu'on en avait tout un lot dans le tiroir du bas.

À ces mots, Gédéon Touchette avait jeté un regard agacé vers son camion, avant de ramener les yeux sur Jaquelin.

— Qu'est-ce que je fais d'abord, avec mes lacets ? J'y donne ou je les retourne à mon fournisseur ? C'est tout un aria que de vouloir retourner quelque chose. Il y a le remboursement pis les...

— Vous lui donnez ses lacets, c'est ben certain, trancha Jaquelin. Si mon père les a commandés, c'est qu'il les veut... De toute façon, on va finir par les utiliser, craignez pas. Astheure, là c'est vrai, vous allez devoir m'excuser, mais j'ai de l'ouvrage qui m'attend en haut, dans les chambres.

— Votre ménage, ben sûr...

— C'est ça, mon ménage. À bientôt, monsieur Touchette. Vous connaissez le chemin...

Sur ce, Jaquelin ferma la porte, un peu fort, et poussa un long soupir de soulagement. Gédéon Touchette était enfin parti.

Jaquelin fila aussitôt vers l'escalier, à grandes enjambées. Il lui restait à peine quelques minutes avant le retour des garçons qui viendraient manger sur le coup de midi, et il était impatient de lire, en toute intimité, ce que sa Marie avait de bon à raconter.

À cette pensée, Jaquelin s'arrêta net, un pied sur une marche et l'autre pied dans le vide. Non, ce n'était pas tout à fait vrai, parce que dans le fond, il s'en fichait un peu de ce qui se passait à Montréal, après ce qu'il venait d'entendre de la bouche de M. Touchette. Tant que tout le monde était en forme, le reste lui importait peu, et il semblait bien que ce soit le cas. En fait, il préférerait même oublier que Marie-Thérèse passait du bon temps à la ville, jusqu'à rire aux éclats, comme M. Touche-à-Tout l'avait insinué, alors que lui…

Jaquelin poussa un second soupir, de contrariété cette fois-ci, puis il reprit son ascension. En haut des marches, il tourna à sa gauche, entra dans la chambre des garçons, parfaitement en ordre, il va sans dire, puis il se laissa tomber sur le bord du lit qu'il partageait avec Benjamin.

En réalité, tout ce qu'il souhaitait, c'était lire noir sur blanc que Marie-Thérèse s'apprêtait à revenir. Il n'en pouvait plus de jouer les maîtresses de maison, car c'était là le rôle que son père lui avait assigné, avant même que le taxi emportant sa femme, ses filles et les bébés ait quitté la paroisse.

— Bon ! Astheure que Marie-Thérèse est partie, comment on va s'organiser, toi pis moi ? avait brusquement demandé Irénée.

Jaquelin n'en avait pas la moindre idée. Tout était allé trop vite pour qu'il ait pu y réfléchir calmement. Comme il savait que son père n'aimait pas se faire imposer quoi que ce soit, il avait alors décidé de la jouer de prudence.

— Je sais pas trop, avait-il dit, évasif. Comment vous voyez ça, vous ?

Loin de penser que son fils faisait preuve d'une certaine délicatesse à son égard en posant cette question, Irénée n'y avait vu qu'une façon malhabile de se débarrasser d'une corvée imprévue.

Le vieil homme avait alors levé les yeux au plafond. Pauvre Jaquelin ! Il n'en ferait jamais d'autres ! Comme si c'était à lui, Irénée Lafrance, de trouver une solution au problème que son fils avait lui-même créé.

— Que veux-tu que je te dise, mon garçon ? avait-il rétorqué sèchement. Me semble que ça serait plutôt à toi de trouver, non ? Mais bon, comme tu veux mon avis... Selon moi, c'est pas tellement compliqué : tu vaux pas grand-chose dans la cordonnerie, je m'en suis vite rendu compte, c'est donc pas là que tu pourrais être le plus utile. Ça paraît en sacrifice que t'as juste une main pour travailler, ça te rend maladroit, c'est le moins que je peux dire.

Au fur et à mesure qu'Irénée parlait, Jaquelin avait semblé se tasser sur lui-même et son père s'en était rendu compte. En guise de réconfort, il avait assené froidement :

— C'est plate à entendre, j'suis ben d'accord, pis je dis pas ça pour te contrarier, mais faut voir les choses en face si on veut arriver à un résultat, mon pauvre garçon. C'est pas moi qui t'ai conseillé d'aller aux chantiers, ça fait que tu peux pas me blâmer pour ce qui est arrivé... Astheure, faut juste trouver une manière de faire qui va permettre à la vie de continuer. D'un côté, je m'appelle pas Marie-Thérèse, pis travailler avec toi, j'ai jamais été fort là-dessus, tu le sais aussi ben que moi. Chacun pour soi, quand on se parle pas trop, ça peut toujours aller, mais ensemble, ça devient vite l'enfer. Pis de l'autre côté, t'as eu la mauvaise idée de laisser ta femme s'en aller à l'autre bout du monde.

— Elle venait de donner naissance à deux bébés, son père. C'est quelque chose, non ? avait tenté de plaider Jaquelin. Fallait ben qu'elle se repose un peu.

— J'ai pas de trouble avec ça, mais elle aurait pu faire ça icitte sans problème, par exemple. Maudit batince, Jaquelin ! On dirait que t'es pas capable de réfléchir. Qu'est-ce que ça peut changer, une chambre ou ben une autre ? C'était juste des enfantillages, son affaire, pis toi, t'aurais pu mettre tes culottes, pour une fois, pis dire comme moi. Ben non ! T'es trop mou ! Tu l'as toujours été, mon pauvre garçon. Donc t'as pas le choix : va falloir que tu remplaces Marie-Thérèse dans la cuisine, parce que même si ta femme est pas là, va ben falloir manger trois fois par jour ! Pis va falloir, avec, que tu voies à laver notre linge… Dans la famille, on est pas des guenillous pour se promener mal amanchés. Par contre, avec juste une main, je me demande ben comment tu vas réussir à faire tout ça… Anyway, ça me regarde pas. À toi de te débrouiller, mon pauvre Jaquelin, moi, j'ai pas le temps de t'aider.

Là-dessus, Irénée Lafrance n'avait pas tout à fait tort. Le vieil homme n'avait rien perdu de son habileté avec le cuir et il travaillait comme s'il avait eu vingt ans, de l'aube au crépuscule, et Jaquelin reconnaissait aisément qu'il n'avait pas le temps de le seconder à la maison.

Devant cette évidence, Jaquelin n'avait donc rien répliqué.

En fait, la cordonnerie fonctionnait à plein régime, comme avant l'incendie, et si la clientèle semblait parfois surprise de retrouver l'ancien cordonnier à son poste, elle avait tout de même l'air heureuse de le voir là. Que demander de plus ?

De toute façon, Jaquelin n'avait jamais eu le culot de tenir tête à son père, ce n'était pas dans un moment de crise comme celui qu'ils étaient en train de vivre qu'il allait commencer.

Jaquelin avait donc quitté la cordonnerie pour regagner la cuisine, éprouvant à son tour la même frustration que celle vécue par Marie-Thérèse, quelques jours auparavant. Il venait de saisir douloureusement ce qu'elle avait ressenti et il comprenait un peu mieux qu'elle ait voulu se réfugier en ville.

Et le temps avait passé. À Sainte-Adèle-de-la-Merci, tout comme à Montréal.

Deux mois !

Cela ferait bientôt deux mois que Jaquelin avait l'impression de vivre en périphérie de sa propre vie.

Bien entendu, Irénée s'était dépêché de modifier la cordonnerie, de la mettre à sa convenance, comme il l'avait dit. Mais comment lui en vouloir puisque c'était lui maintenant qui y travaillait ? Sa mainmise sur le commerce était redevenue totale et le vieil homme acariâtre ne se gênait surtout pas pour renvoyer Jaquelin à ses fourneaux dès que ce dernier faisait mine de vouloir travailler avec lui.

— Qu'est-ce que j'ai dit l'autre jour ? Ôte-toi de mes jambes, Jaquelin ! Tu fais juste me ralentir !

Irénée se contentait d'accorder à son fils quelques sous d'argent de poche chaque semaine et voyait à payer les factures lui-même, au grand dam de Jaquelin, qui trouvait pénible de se voir traité comme un enfant.

Ne restait peut-être que la tante Félicité pour venir à son aide.

C'était donc le cœur rempli d'espoir que Jaquelin s'était dirigé vers la petite maison blanche au toit de tôle, quelques jours après le départ de Marie-Thérèse, espérant sincèrement pouvoir compter sur l'appui de la vieille dame.

Mais là encore, le mauvais caractère de son père l'avait précédé et il allait lui jouer un vilain tour !

À peine Jaquelin avait-il exposé la situation qui prévalait chez lui que Félicité l'affronta du regard.

— C'est quoi cette idée-là ? Tu t'imaginais peut-être que j'allais dire oui à ta requête, pis m'en venir chez vous ventre à terre, tous les jours que le Bon Dieu amène ?

— Ben…

— Tu peux ben hésiter, Jaquelin Lafrance ! Sauf le respect que je te dois, il est pas question que je passe mes grandes journées dans la même maison que ton père, avait clairement précisé Félicité Gagnon. Penses-y même pas, mon homme. Fais juste regarder comment c'est qu'il te traite, qu'il vous a traités, Marie-Thérèse pis toi, en réclamant votre chambre, pis tu vas vite comprendre le pourquoi de mon refus. C'est pas mêlant, Irénée me fait devenir mauvaise, juste à l'idée d'y voir la face. Et ça dure depuis la petite école. Ça date pas d'hier, sa manie de chialer sur tout pis de bosser tout le monde. Ça me rend folle, du monde comme lui. Fait que viens pas me demander d'aller t'aider chez vous ! Faudrait surtout pas que l'envie de remettre ton père à sa place me prenne, parce que je suis pas sûre que je serais capable de me retenir. Si jamais ça arrivait, je sais d'avance que ça serait pas beau à voir. Non, je regrette, mon beau Jaquelin, mais c'est pas mal mieux que j'aille pas chez vous. Pour tout le monde… Si ça te dit, par exemple, je pourrais te préparer à manger. Ça serait toujours ça que t'aurais pas à faire. Je connais tes goûts pis ceux des enfants, pis ça me ferait plaisir de t'aider dans ce sens-là. Tant pis pour ton père, lui, il mangera ben ce que j'aurai préparé. Tu pourrais venir chercher tout ça chez nous, le matin après le déjeuner, pis durant la journée, je me mettrais aux fourneaux pour le lendemain. Comme ça, la table serait toujours ben garnie, pis vous manqueriez de rien, les enfants pis toi. Mais c'est à peu près tout ce que je peux faire pour t'aider.

C'était déjà beaucoup, et Jaquelin en avait aisément convenu. Mais il n'avait pas eu le temps d'ouvrir la bouche pour remercier la tante Félicité que celle-ci avait ajouté :

— Veux-tu que je te dise quelque chose, mon garçon ?

Ne voyant pas où elle voulait en venir, Jaquelin avait acquiescé du bout des lèvres.

— Euh, oui ?

— Tu seras peut-être pas content d'entendre ce que j'ai à dire, mais je l'ai sur le cœur depuis l'autre dimanche, pis faut que ça sorte.

Félicité avait pris une longue inspiration. Il y avait une telle tristesse dans le regard qui se levait vers lui que Jaquelin en avait été mal à l'aise.

— Ben voyons donc, ma tante ! Qu'est-ce qui…

— Laisse-moi parler, Jaquelin, avait coupé Félicité Gagnon, faut vraiment que je le dise parce que j'étouffe… Vois-tu, si t'avais ben réfléchi à ton affaire, on serait pas là à discuter sur la manière de t'en sortir sans ta femme… Je comprends pas que tu y aies pas pensé tout seul.

— Pensé à quoi ?

— Voyons donc, Jaquelin, viens pas me faire accroire que tu vois pas ? C'est tellement évident… C'est à moi que t'aurais dû demander d'accueillir Marie-Thérèse.

Pour moi, c'était clair comme de l'eau de roche. Elle aurait pu s'installer chez nous pour se reposer, pis elle aurait été aussi ben que chez ta sœur ! En plus, elle aurait été proche des garçons, les filles seraient restées par icitte, dans leurs affaires, pis toi, de ton côté, t'aurais pu voir tes bessons aussi souvent que tu l'aurais voulu. Ben non ! Fallait que tu dises oui à l'idée un peu folle d'aller faire un tour du bord de Montréal ! C'est ben trop loin, Montréal...

— C'est vrai que c'est pas la porte d'à côté.

— Bon ! Enfin, un peu de bon sens... Ça changera rien à ce qui a été fait, mais maintenant que c'est dit, je me sens mieux. Astheure, mon homme, il te reste pus qu'à retourner chez vous. Allez, sors d'ici ! Va réfléchir à tout ce que je viens de te dire, pis tu viendras chercher ton manger demain matin... Pense ben à ça, Jaquelin : ça serait pas pire, des fois, que tu prennes l'habitude de regarder un peu plus loin que le bout de ton nez, avant de faire tes choix.

L'opinion que la tante Félicité avait de la situation sentait le reproche et la réprimande à plein nez !

Déçu par la tournure des événements et mortifié de s'être fait remonter les bretelles comme un gamin, Jaquelin était alors retourné chez lui pensif et désabusé. En entrant dans la maison, sa décision était prise : il se ferait un point d'honneur de se débrouiller sans aide.

Tant pis pour les bons petits plats de la tante Félicité, il allait y arriver tout seul !

Au bout du compte, d'essais en erreurs, Jaquelin avait tenu bon, et, ma foi, il ne s'en tirait pas si mal. Seuls Benjamin et Conrad lui donnaient un coup de main quand ils étaient à la maison, en dehors des heures de classe. Un court billet porté par Benjamin avait remercié la tante Félicité pour son offre, mais Jaquelin estimait être capable de s'occuper lui-même des repas de sa famille. Il ne voyait pas le plaisir qu'il y aurait à devoir transporter les plats d'une maison à l'autre.

La tante Félicité n'avait pas répondu à ce court message.

Quant au petit Ignace, du haut de ses quatre ans, il suivait son grand-père à la trace et, fort curieusement d'ailleurs, celui-ci tolérait sa présence à ses côtés, jusque dans la cordonnerie.

C'était à n'y rien comprendre et, aujourd'hui encore, Jaquelin s'y perdait en conjectures de toutes sortes !

Quand la cloche du couvent tinta les premiers coups de midi, Jaquelin sursauta et se décida enfin à décacheter l'enveloppe. Pressé par le temps, s'aidant de la main et de la bouche, il déplia vivement les deux feuillets, au risque de les déchirer, puis il se mit à lire avidement, survolant les mots à la recherche de la phrase qui parlerait de retour.

Il fut déçu, car de la première à la dernière ligne, il n'y avait rien en ce sens. Il n'y avait même pas un peu d'ennui, emmêlé aux phrases.

Les épaules de Jaquelin s'affaissèrent.

Mais que se passait-il à Montréal pour que sa femme ne soit pas plus pressée que ça de rentrer à la maison ?

Bien au contraire, Marie-Thérèse l'invitait plutôt à venir passer quelques jours avec elle dans la grande ville.

« *C'est plein d'agrément, par ici,* écrivait-elle. *Plein de surprises, aussi, pis de distractions. J'en reviens pas moi-même. C'est pas mal agréable, tu sauras, de vivre à Montréal. Être proche de ta sœur pis d'Émile, ça me plaît beaucoup. J'aimerais vraiment ça que tu viennes voir par toi-même.* »

Puis Marie-Thérèse avait signé.

— Comme si j'étais en mesure de faire ça ! grommela Jaquelin, en soupirant. Je peux pas partir avec les garçons, j'ai pas l'argent pour ça, pis pas question de demander une cenne de plus au père. J'ai quand même ma fierté. Pis je peux pas, non plus, le laisser seul avec les enfants, il me le pardonnerait jamais.

Ce fut à cet instant que les derniers mots de Gédéon Touchette lui revinrent à la mémoire.

Se pourrait-il que le marchand ait eu raison et que sa femme soit réellement en pleine forme, mais que l'attrait de la ville soit si fort qu'il arrive à la retenir plus que de raison loin de chez elle ?

Comment Marie-Thérèse avait-elle écrit ça, encore ?

Jaquelin allait reprendre sa lecture, avec attention, cette fois-ci, quand il entendit la porte de la cuisine s'ouvrir et se refermer avec fracas.

— Papa ? C'est moi... Où c'est que vous êtes ?

C'était Conrad qui venait d'arriver.

De stature délicate, le gamin s'était mis à grandir rapidement au point où Irénée le traitait d'asperge. Plutôt timide en public, là-dessus, le jeune garçon n'avait pas changé, Conrad prenait cependant du poil de la bête dès qu'il entrait chez lui. À plusieurs égards, c'était celui des garçons qui ressemblait le plus à son père et ce dernier avait une affection toute particulière pour lui.

— J'suis en haut, Conrad, j'arrive ! répondit Jaquelin en haussant la voix. Commence à mettre la table, on va manger dans deux minutes quand Benjamin va être là.

Au même instant, le bruit de la course du petit Ignace qui venait rejoindre son frère se fit entendre.

Sans avoir pu satisfaire sa curiosité, Jaquelin glissa promptement la lettre sous son oreiller. Il y reviendrait plus tard. Pour l'instant, deux de ses fils l'attendaient à la cuisine et pour Jaquelin, c'étaient eux qui méritaient toute son attention.

En effet, à partir du jour où les enfants avaient été assez vieux pour s'asseoir à la grande table familiale avec les adultes, l'heure des repas était devenue, aux yeux de Jaquelin, un moment sacré dans la journée.

Au tout début, c'était plutôt à la fin du jour que toute la famille se réunissait pour le souper et, pendant des années, ils en avaient profité pour faire le point sur la journée qui venait de se terminer. Certes, à cette époque-là, Jaquelin se contentait d'écouter plus souvent qu'autrement, mais pas un commentaire ne lui échappait.

Puis, il y avait eu l'incendie et leur vie de famille avait été fort différente durant de longs mois. Comme une interruption dans leur vie.

À l'été, puisque Jaquelin avait changé ses habitudes et que le midi, il ne mangeait plus seul à la cordonnerie, la routine de se retrouver en famille avait été observée de façon plus aléatoire. C'était parfois le midi, parfois le soir, et parfois les deux. Il y avait eu de plus en plus de rires et de taquineries, autour de la table, ce qui plaisait autant à Jaquelin qu'à Marie-Thérèse. Ils en avaient parlé ensemble, à quelques reprises.

Cependant, depuis le départ de Marie-Thérèse, c'était le repas du midi qui avait pris toute son importance, puisque Irénée restait à la cordonnerie pour avaler un bol de soupe en solitaire.

Ce fut d'ailleurs la première chose que fit Jaquelin en entrant dans la cuisine : servir son père, avant qu'un rugissement d'impatience, venu de la cordonnerie, ne le rappelle à l'ordre. Il irait donc lui porter sa portion tout de suite, le temps que Benjamin arrive à son tour, et ensuite, tous ensemble, les garçons et lui, ils profiteraient du repas. Certes, les plats cuisinés par Jaquelin n'étaient pas aussi savoureux que ceux préparés par Marie-Thérèse, et parfois, ils étaient même insipides. Mais les garçons ne lui en tenaient pas rigueur et ils en riaient parfois entre eux. Seul Irénée trouvait matière à critique, le soir, quand il se joignait à la famille, mais comme personne ne lui répondait, il finissait toujours par se taire.

Ce midi fut à l'image des autres jours. Conrad et Benjamin racontèrent leur matinée avec moult détails, tandis que le petit Ignace les écoutait religieusement, les yeux écarquillés par l'envie.

— C'est quand, moi, que j'vas aller à l'école, papa ? demanda-t-il, interrompant effrontément Benjamin qui racontait la partie de ballon prisonnier où il avait été particulièrement bon.

— L'an prochain, mon garçon, répondit alors Jaquelin, sans tenir compte du soupir d'impatience de Benjamin.

— C'est quand ça, l'an prochain, papa ? insista alors Ignace.

Le petit garçon se dandinait sur sa chaise, regardant ses frères et son père à tour de rôle. Il avait tellement hâte d'être grand, lui aussi, et d'avoir des tas d'histoires intéressantes à raconter !

— C'est dans longtemps, répliqua Benjamin, irrité de s'être fait couper la parole par celui qu'il appelait de plus en plus souvent le moustique, s'en donnant parfois à cœur joie, depuis que Marie-Thérèse n'était plus là.

Déçu de s'être fait rabrouer de la sorte sans vraiment comprendre pourquoi, Ignace ouvrit les yeux encore plus grand et aussitôt, ils se remplirent de larmes. Ce fut suffisant pour que Jaquelin se sente obligé de lever la voix.

— Benjamin ! C'est pas une manière de répondre à son petit frère. « Dans longtemps », pour lui, c'est comme si tu disais « jamais ». C'est pas gentil.

— C'est pas mieux d'interrompre quelqu'un qui parle, grommela Benjamin qui, depuis le départ de Cyrille pour le collège, avait naturellement pris la place laissée vacante, quand venait le temps de faire valoir un point de vue.

Aussi vif d'esprit que son aîné, Benjamin, en raison de son âge et de sa personnalité, manquait cependant de tact. La réaction de Jaquelin fut immédiate.

— Voyons donc, Benjamin ! T'as quel âge, toi là ?

— Euh… J'ai un peu plus que neuf ans, papa.

— Neuf ans… Ça commence à être sérieux, ça là. On est ben d'accord là-dessus, hein, mon gars ?

— Oui, je pense.

— Tant mieux. Pis Ignace, lui, il a quel âge, selon toi ?

— Je sais pas trop.

Benjamin jeta un regard en coin vers son frère. Depuis le départ de leur mère avec les filles, c'était Ignace qui était devenu le bébé de la maison, ce qui, à ses yeux, lui donnait le droit de le taquiner. Toutefois, Benjamin n'avait pas terminé sa réflexion que la voix de Jaquelin s'emmêla à ses pensées, le faisant sursauter.

— Ben, j'vas te le dire moi ! Ignace a pas encore tout à fait cinq ans. Il va les avoir au mois de décembre. Faudrait peut-être en tenir compte quand tu lui parles.

— C'est vrai, admit Benjamin, penaud.

— Pis ta manie de l'appeler le moustique, depuis quelque temps, je pense que je l'ai assez entendue ! C'est pas parce que ton frère est encore petit que c'est un insignifiant. J'aime pas ça quand on donne des noms au monde, pis tu le sais… On t'appelle la carotte, toi, à cause de ta tignasse ?

Benjamin baissa la tête, le temps d'encaisser la réprimande. Mais comme il avait grand cœur, il se tourna aussitôt vers le petit Ignace pour faire amende honorable.

— Excuse-moi, Ignace… J'ai pas été ben fin avec toi. Faut pas que tu pleures à cause de ça. Papa a raison, c'est vrai que t'es petit encore, mais t'es pas le bébé de la famille, pis je l'oublie, des fois. N'empêche que tu peux pas tout savoir… Mais ça va changer, tout ça, parce que bientôt, tu vas aller à l'école… Ouais, bientôt. Dans moins d'un an…

Ignace renifla, regarda son père, qui l'encouragea d'un signe de tête, puis il revint à Benjamin pour demander encore une fois :

— C'est quoi un an ?

Ce fut irrépressible et Benjamin grimaça de désespoir tout en se tournant vers Jaquelin.

— Papa ! C'est ben fatigant les questions des plus petits ! Pouvez-vous lui répondre, vous ?

À cet appel au secours de Benjamin, Jaquelin répondit d'abord par un large sourire. Dire qu'il aimait ces échanges autour de la table serait un euphémisme. C'était en des instants comme celui-ci qu'il avait vraiment la sensation de donner le meilleur de lui-même à sa famille. En fait, il donnait ce que lui aurait aimé recevoir, quand il était gamin. Le petit garçon qu'il avait été aurait tant voulu être entouré d'attention et d'amour, au lieu de récolter des taloches en arrière de la tête quand son père trouvait qu'il ne travaillait pas assez vite et qu'il le traitait d'idiot. Ça avait pris un incendie et la peur viscérale de voir mourir un de ses enfants pour que Jaquelin s'ouvre véritablement les yeux sur cette chance inouïe qu'il avait d'avoir une si belle famille. Par la suite, il avait eu tout un hiver de solitude au fond des bois pour apprendre à dire les choses du cœur, tout doucement, à travers les lettres qu'il avait écrites à sa femme. Il n'avait surtout pas l'intention de retourner dans le passé.

Il se pencha alors vers Ignace.

— On refera pas le calendrier à midi, mon garçon, on a pas le temps. Tes frères doivent se dépêcher de finir leur assiette, la cloche de l'école va sonner bientôt. Mais tantôt, toi pis moi, on va essayer de comprendre ce que ça veut dire « un an ». Ça te va ?

— Ça va, papa…

— Bon tant mieux. Astheure, tu peux arrêter de pleurer, pis vous deux, ordonna-t-il à Conrad et Benjamin en se tournant vers eux, grouillez-vous ! Quand vous aurez fini, mettez vos assiettes dans l'évier, pis prenez-vous chacun une pomme dans la manne proche de la porte. Après, vous filerez à l'école. On se reverra t'à l'heure, pis tu finiras de nous raconter ton histoire de ballon, Benjamin. Ça m'intéresse.

Quand le petit Ignace eut rejoint son grand-père, avec la promesse formelle que, un peu plus tard dans l'après-midi, il ferait un vrai calendrier avec son père afin de comprendre le temps qui passe, Jaquelin repensa à la lettre qui l'attendait sous l'oreiller. Après avoir fait la vaisselle, ce qui lui prenait quand même un certain temps, compte tenu de sa main inutile, il monterait à la chambre et il la relirait posément.

— Il y a peut-être quelque chose qui m'a échappé, marmonna-t-il, en finissant de desservir la table. Peut-être que Marie a laissé entendre qu'elle s'ennuyait de nous autres, pis que moi je l'ai pas vu parce que je lisais trop vite.

Incapable d'essuyer la vaisselle avec une seule main, Jaquelin la mit à sécher sur un torchon propre étendu sur le comptoir, puis il monta à l'étage.

La seconde lecture le laissa tout aussi désappointé. À part l'invitation qu'elle lui faisait de venir la rejoindre à Montréal, Marie-Thérèse ne laissait absolument pas entendre qu'elle s'ennuyait des siens.

— Ben moi, d'abord, j'vas y dire que je m'ennuie, murmura Jaquelin pour lui-même. Jusqu'à date, j'ai pas osé parce que je voulais pas qu'elle se sente obligée de revenir à cause de moi. Mais là, ça suffit. Sa place est ici, avec nous autres. Moi j'ai besoin de ma femme, pis les garçons ont besoin de leur mère. De toute façon, qu'est-ce que ça m'apporterait de plus d'aller en ville ? Si c'est aussi beau pis plaisant que ce que Marie en dit, peut-être que ça me donnerait l'envie de quelque chose qu'on aura jamais, elle pis moi, pis c'est pas pantoute agréable de se cogner le nez sur un mur… Non, non, non, pas question que j'aille tenter le diable. J'suis ben ici, je reste ici. J'irai même pas faire une visite. De toute façon, ça choquerait le père de se retrouver seul, avec ou sans les enfants, pis j'ai pas besoin de ça. C'est ben assez dur de même, avec lui. Non, m'en vas rester chez nous, pis j'vas écrire à Marie que j'veux qu'elle revienne le plus vite possible parce que les garçons pis moi, on a besoin d'elle… Non ! Non, c'est pas ça que j'vas écrire. Elle pourrait penser que j'veux qu'elle revienne juste pour l'entretien de la maison, pis ça serait pas la vérité. La vérité, c'est que je m'ennuie sans bon sens. J'veux l'entendre parler, j'veux l'entendre rire, j'veux qu'on soit ensemble, elle pis moi… Ouais, je m'ennuie ben gros de ma femme pis de mes filles, qui doivent avoir encore changé, comme l'hiver dernier, quand j'étais au chantier… Je m'ennuie même des bébés que je connais pas… C'est ça que j'vas y écrire, à Marie. Pas besoin d'en dire plus, elle va comprendre, pis elle va revenir. Je le sais qu'elle va revenir. Pis après, quand elle va être là, avec nous autres, me semble que tout va aller mieux pour tout le monde. Même si le père décidait de rester. Ouais… À deux, elle pis moi, on devrait être capables d'y faire face.

L'instant d'après, Jaquelin s'installait à la table des jeunes, au bout du corridor des chambres, avec papier et crayon.

Durant le dernier hiver qu'il avait passé au chantier et qui lui avait paru si long, Jaquelin avait pris l'habitude de laisser parler son cœur pour ne pas crever d'ennui, et c'est ce qu'il ferait, aujourd'hui encore.

La lettre destinée à Marie-Thérèse ne fut donc pas très longue à concevoir. Toutefois, si les mots coulaient de source, la main, elle, peinait à suivre le rythme des pensées. L'écriture avec la main gauche restait un exercice difficile pour Jaquelin. Ce fut donc avec l'énergie de son ennui qu'il arriva enfin à la signature, de très longues minutes plus tard.

Après avoir relu sa lettre, il la cacha à nouveau sous l'oreiller. Il ne voulait surtout pas que son père la trouve.

Ce que Jaquelin Lafrance avait écrit à sa femme ne s'adressait qu'à elle.

Ce soir-là, après le souper, il irait en promenade, comme il le faisait de temps en temps quand la pression était trop forte à la maison et qu'il ressentait un urgent besoin de silence.

Depuis le début de l'automne, cela faisait bien cinq ou six fois que Jaquelin partait ainsi à l'aventure, sans trop savoir jusqu'où il irait.

Aujourd'hui, en revanche, le cordonnier savait à l'avance que ses pas du soir le mèneraient jusqu'à l'hôtel Commercial.

C'était là que Gédéon Touchette avait ses habitudes.

En premier lieu, Jaquelin s'excuserait de son impatience du midi, prétextant un surplus de travail, et surtout beaucoup d'ennui à l'égard de sa femme. Il pouvait bien l'avouer puisque c'était la stricte vérité. Ce genre de confidence ferait assurément plaisir au vendeur ambulant. Qu'il l'ébruite aux quatre coins de la paroisse, par la suite, laissait Jaquelin totalement indifférent. Tout le monde, à Sainte-Adèle-de-la-Merci, savait que Jaquelin Lafrance et Marie-Thérèse Gagnon étaient profondément attachés l'un à l'autre.

Ensuite, Jaquelin demanderait au marchand de bien vouloir remettre un mot à son épouse, le prétexte invoqué en fin d'avant-midi demeurant très valable.

— J'sais qu'avec vous, mon message va arriver plus vite qu'avec la poste, lui dirait-il, un brin flagorneur, puisque rien ne plaisait autant à M. Touchette que de se faire complimenter.

Puis, sur le chemin du retour, Jaquelin s'arrêterait chez la tante Félicité. Cette visite n'avait que trop tardé. À chaque jour qui passait, il regrettait un peu plus cette bouderie digne d'un enfant gâté, mais jusqu'à maintenant, il n'avait pas encore trouvé les mots à dire pour faire amende honorable.

Chose certaine, il n'avait pas été très délicat à l'égard de la vieille dame et il tenait à s'en excuser, avant le retour de Marie-Thérèse. Après tout, le regret ne serait peut-être pas si difficile à exprimer, puisque Jaquelin comprenait fort bien que quelqu'un puisse ne pas avoir envie de passer toutes ses journées auprès d'Irénée Lafrance.

Finalement, il rentrerait à la maison en paix avec lui-même, car il ne doutait nullement du pardon de Félicité Gagnon, qui ne connaissait pas la rancune.

— Une vraie perte de temps, disait-elle invariablement quand le sujet était abordé devant elle.

À la suite de cela, Jaquelin pourrait enfin attendre le retour de sa Marie le cœur tout léger.

Ce fut cette lettre qui fit la différence.

Marie-Thérèse la reçut le vendredi, en fin de journée, quand M. Touchette revint chez lui après sa tournée de la semaine.

Cependant, le pauvre homme resta sur son appétit encore une fois, puisque Marie-Thérèse ne fut pas plus bavarde que son mari.

— Je vous remercie, monsieur Touchette, vous êtes vraiment gentil de nous servir de facteur comme ça, à Jaquelin pis moi. C'est apprécié, soyez-en certain. Astheure, vous allez devoir m'excuser parce que j'aimerais ça lire cette lettre-là tranquillement. En cas de besoin, je vous ferai signe.

Voilà comment Marie-Thérèse s'y prenait pour congédier les gens : elle ne faisait que dire la vérité !

La porte de chez Lauréanne se referma sur ces quelques mots et la jeune femme s'arrêta au passage dans la chambre d'Irénée, devenue la sienne pour un temps qui commençait à s'éterniser.

Elle déchira l'enveloppe avec empressement.

C'était précisément la lettre que Marie-Thérèse espérait, celle écrite avec le cœur, celle dont elle avait justement besoin pour trouver le courage de semer un peu de désolation derrière elle, car il était évident que son départ se ferait dans les larmes.

Jaquelin avait osé écrire qu'il s'ennuyait, que son lit lui paraissait froid, qu'il se languissait d'enfin connaître les jumeaux, et cela fut amplement suffisant pour que Marie-Thérèse s'élance aussitôt vers la cuisine.

— Regarde, Lauréanne !

Elle brandissait la lettre de son mari, à bout de bras.

— M. Touchette m'a donné une lettre de Jaquelin.

Lauréanne se retourna vivement, tout en s'essuyant nerveusement les mains sur son tablier. Elle ne savait trop si elle devait se réjouir ou être désolée d'une réponse si rapide.

— Pis ? demanda-t-elle avec prudence. Qu'est-ce que mon frère avait de bon à dire ? S'il a répondu aussi vite, c'est parce qu'il arrive demain ?

Il y avait tant d'attente contenue dans ces quelques mots. Et d'inquiétude aussi.

Marie-Thérèse sentit sa gorge se serrer.

— Je pense pas, non, déclara-t-elle alors, avec une certaine retenue. C'est drôle, mais dans sa lettre, Jaquelin parle même pas de l'invitation que je lui ai faite... Faut croire que c'est ça, sa réponse, hein, Lauréanne ? On dirait ben que la ville l'intéresse pas pantoute.

— Ah oui ? Savoir que Jaquelin viendra pas en fin de semaine, ça te suffit, à toi, comme réponse ?

Marie-Thérèse hésita un instant.

— Pour astheure, je dirais que oui...

S'il y avait une certaine indécision dans la voix de Marie-Thérèse, il n'y en avait pas dans son regard, cependant, et Lauréanne s'en aperçut tout de suite.

De toute évidence, sa belle-sœur s'apprêtait à lui annoncer qu'elle allait repartir très bientôt.

Lauréanne eut alors l'impression que le plancher se dérobait sous ses pieds.

— Pis si c'était juste parce qu'il pouvait pas venir ? demanda-t-elle en désespoir de cause. C'est peut-être juste pour pas te décevoir que Jaquelin en a pas parlé.

Marie-Thérèse haussa les épaules, signifiant par là qu'elle n'était pas nécessairement en désaccord avec Lauréanne.

— Ça aussi, ça se peut, j'suis capable de le reconnaître... admit-elle. Avec ton père à la maison, tout est possible. Mais ça change rien au fait qu'il viendra pas. On verra à sa visite à Montréal, plus tard.

— Mettons... Pis toi, tu vas faire quoi ? Si Jaquelin parle pas de ton invitation, de quoi il parle dans sa lettre ?

— Il dit qu'il s'ennuie ben gros. Même des bébés qu'il a pas eu la chance de bercer encore... Comme je connais Jaquelin, c'est sa manière à lui de me demander de revenir à la maison. Entre toi pis moi, il a pas tort. Moi avec, tu sais, je pense qu'il serait temps que je retourne chez moi.

— Pis Émile, lui ? Tu fais quoi de mon mari ? Il est supposé rencontrer le notaire, lundi prochain. Il disait que cette vente-là semblait une bonne affaire.

— Que veux-tu que je réponde à ça ? Émile aura juste à annuler son rendez-vous, c'est tout.

— Ben voyons donc !

C'était un véritable cri de désespoir que Lauréanne avait laissé échapper et il atteignit Marie-Thérèse, dans cette sensation de malaise qui l'habitait depuis qu'elle avait rejoint sa belle-sœur à la cuisine.

— Crains pas, Lauréanne, fit-elle alors d'une voix très douce. Il sera toujours temps d'en reparler plus tard, avec Jaquelin.

Puis, après un court silence chargé d'émotion, elle ajouta :

— Je te promets que j'vas parler à mon mari. C'est pas juste des mots en l'air parce que c'est vrai que j'ai ben aimé ça, vivre en ville. Même que je pense que ça va être plus facile de jaser de ça, tranquillement chez nous, les yeux dans les yeux. Ça va peut-être même me donner une chance de convaincre Jaquelin que ça serait pas si fou que ça en a l'air d'envisager de venir vous rejoindre ici, à Montréal.

— C'est ben beau ce que tu dis là, pis t'as peut-être ben raison, mais l'épicerie, elle ? Faudrait pas rater notre chance !

Marie-Thérèse esquissa un sourire teinté de tristesse et de sagesse entremêlées.

— Si c'est pas cette épicerie-là, Lauréanne, ça en sera une autre. Montréal, c'est une grande ville, pis pour moi, c'est pas plus grave que ça... Faut que je me dise que c'est pas plus grave que ça. Des épiceries, il doit y en avoir à vendre souvent ! Si c'est écrit dans le ciel qu'on est pour venir habiter en ville, Jaquelin pis moi, le Bon Dieu va nous le faire comprendre d'une manière ou d'une autre, pis Il va mettre ce qu'il faut sur notre chemin pour qu'on soit pas dans la misère... Pour astheure, si j'ai compris ce qu'il a essayé de dire, Jaquelin aimerait ben gros que je revienne à la maison le plus vite possible. On dirait que les garçons demandent après moi, pis mon mari, il s'ennuie. Je te l'ai dit. Pis moi avec je m'ennuie de lui... J'espère que tu peux le comprendre. Depuis le temps que je suis partie, ça serait juste normal que je reprenne ma place chez nous, tu penses pas ?

Bien qu'elle fût d'accord et qu'elle comprît effectivement tout ce que Marie-Thérèse tentait de lui expliquer, Lauréanne était incapable de répondre. Les mots ne passaient pas. Elle se tourna brusquement vers l'évier pour que sa belle-sœur ne vît pas les larmes qui brillaient déjà dans ses yeux. Lauréanne savait que c'était enfantin de sa part, qu'elle s'y attendait depuis le premier jour, mais c'était plus fort qu'elle : malgré la meilleure volonté du monde, elle ne pouvait se ressaisir. Savoir que l'appartement serait vide et silencieux dès la semaine suivante lui était tout à coup intolérable.

Comme pour ajouter à sa peine, un des bébés poussa un cri de colère, manifestant ainsi sa présence. Lauréanne en profita pour se précipiter hors de la cuisine.

— Laisse, je m'en occupe !

Quand Marie-Thérèse rejoignit sa belle-sœur, quelques instants plus tard, celle-ci tenait le petit Albert tout contre sa poitrine et elle pleurait à chaudes larmes.

Marie-Thérèse s'approcha tout doucement et, avec beaucoup d'affection, elle entoura les épaules de Lauréanne d'un bras lourd.

— Je le sais, va, que ça va être dur pour toi, murmura-t-elle, tout en caressant la tête du bébé de sa main libre. Mais je peux pas faire autrement.

— Je le sais ben, reconnut Lauréanne en reniflant. C'est depuis le premier jour que j'sais que tout ça va avoir une fin, pis que toi, un bon matin, tu vas vouloir repartir. C'est juste normal que ça se passe comme ça, mais c'est dur quand même... Pourquoi, Marie-Thérèse, pourquoi j'ai pas eu d'enfants à moi ? Tu le sais-tu, toi, pourquoi le Ciel a jamais voulu exaucer mes prières ?

— Ben non, je le sais pas. Je voudrais donc avoir une réponse qui pourrait te consoler, mais j'en ai pas. Pis je trouve ça triste, parce qu'Émile pis toi, vous auriez fait des bons parents... Je vous ai vus faire, pis c'est ben clair que vous aimez les enfants. Faut croire que ça fait partie des choses de la vie qu'on comprendra jamais... C'est comme pour le feu chez nous, pis l'accident de Jaquelin. Pourquoi ça nous est arrivé à nous autres ? Pourquoi deux si grands malheurs en quelques mois à peine ? On le sait pas, pis on le saura jamais.

— Laisse-moi te dire, d'abord, que j'ai ben de la misère à accepter tout ça, commenta Lauréanne en essuyant ses yeux. Comment faire pour pas en vouloir au Bon Dieu ? S'Il était si bon que ça, Il laisserait pas arriver des affaires tristes comme celles-là. Ni pour Émile, ni pour moi, ni pour vous autres.

Marie-Thérèse esquissa un pâle sourire.

— Ça m'arrive de penser exactement de la même manière que toi, Lauréanne.

Tout en parlant, Marie-Thérèse avait délaissé sa belle-sœur pour prendre la petite Albertine, qui venait de s'éveiller à son tour, et ce fut ainsi qu'Émile trouva les deux femmes. Elles discutaient à voix basse, debout devant les berceaux qui seraient bientôt trop petits pour accueillir les bébés.

— Que c'est qui se passe ici ? Pourquoi vous chuchotez quand les petits sont réveillés, veux-tu ben me dire ?

Lauréanne tourna vers son mari un visage tout chiffonné des larmes qu'elle avait abondamment versées.

— C'est juste que Marie-Thérèse parle de s'en aller. Bientôt, très bientôt, pis j'ai le cœur gros.

— Ah bon.

Il y avait de la tristesse dans ces deux mots prononcés sur un ton fataliste.

Ah bon…

La déception d'Émile était aussi évidente que la désolation de Lauréanne.

Ils restèrent blottis l'un contre l'autre durant un bon moment, puis le colosse s'ébroua. Sa femme était trop malheureuse pour qu'il ne pense qu'à lui, et il n'avait pas à chagriner sa belle-sœur par ses lamentations. Il déposa un baiser sur le front de bébé Albert et recula d'un pas.

— Ça devait arriver, hein, ma femme ? constata-t-il sur un ton protecteur. On en a parlé souvent, toi pis moi, du jour où Marie-Thérèse s'en irait. On dirait ben que c'est arrivé. Mais t'inquiète pas, on va s'en sortir ensemble. On en a déjà vu d'autres, pis il y a rien qui va nous empêcher de nous aimer.

Ensuite, tournant la tête vers sa belle-sœur, il demanda :

— Pis vous, Marie-Thérèse ? C'est pour quand, ce départ-là ?

La jeune femme fut soulagée de constater qu'Émile restait fidèle à lui-même et qu'il ne perdait pas son sang-froid. Elle pourrait donc compter sur lui.

— En lisant la lettre de Jaquelin, expliqua-t-elle, j'ai cru comprendre que le plus vite possible serait le mieux.

Émile approuva d'un bref hochement de la tête.

— J'suis d'accord avec ça. Je pense que c'est une bonne idée de pas faire traîner les choses, déclara-t-il de sa voix grave. Comme ça, on aura pas le temps de s'apitoyer sur notre sort… J'ai l'habitude de dire que les choses tristes, faut pas trop les étirer en longueur… Laissez-moi faire, Marie-Thérèse. Après le souper, j'vas m'occuper de tout ça… Astheure, si on mangeait ? J'ai une faim de loup.

Cependant, la pire crise de larmes ne fut pas celle de Lauréanne, ni la plus grande déception, celle d'Émile. Au chapitre des réactions démesurées, ce fut Agnès qui remporta la palme.

Elle venait tout juste d'arriver pour le repas du soir, en compagnie d'Angèle qui, à force de supplications, avait réussi à obtenir que sa grande sœur l'emmène avec elle chez son amie Marie-Paule, quand Marie-Thérèse, en train de mettre la table, lui annonça, sans ménagement, qu'avec un peu de chance, elles repartiraient pour le village dès le lendemain. Sachant que cette annonce risquait de prendre sa fille au dépourvu et qu'elle serait fort probablement déçue, Marie-Thérèse avait décidé d'aller droit au but.

Agnès en resta bouche bée. Puis, d'une voix étranglée, elle demanda :

— Comment ça, encore partir ?

Les yeux d'Agnès lançaient des éclairs. Toutefois, cette manifestation de colère laissa Marie-Thérèse indifférente, elle qui n'en était pas à un accrochage près, avec Agnès, depuis ces derniers mois.

— On part parce que j'ai décidé qu'on retournait à la maison, expliqua-t-elle un peu sèchement, sur le ton de celle qui ne s'attend surtout pas à des commentaires. On peut pas vivre ici indéfiniment, c'est pas chez nous.

Toutefois, il fallait un peu plus que ce ton ferme pour qu'Agnès consente à se taire !

— Tu parles d'une réponse ! répliqua-t-elle du tac au tac, avec une certaine impertinence. Ce que je veux savoir, c'est pourquoi on part demain ? Je le sais ben que notre vraie maison est pas ici pis que papa doit s'ennuyer, mais c'est pas une raison pour partir aussi vite, sans en avoir parlé. J'en ai assez, moi, d'être barouettée d'un bord pis de l'autre sans qu'on me demande jamais mon avis.

Les nerfs à fleur de peau, Marie-Thérèse darda un regard colérique sur sa fille.

— Sois polie, toi là !

— Ben quoi ? Parce que je suis juste une enfant pis qu'il faut toujours être polie, j'aurais pas le droit de dire ce que je pense ? J'ai pas envie de…

— Tais-toi, Agnès ! Tu dépasses les bornes.

Marie-Thérèse fulminait.

— Si c'est ça que ta nouvelle école t'apprend, d'être impertinente envers ta mère pis d'argumenter ses décisions, ça prouve qu'il est plus que temps qu'on retourne par chez nous. À Sainte-Adèle-de-la-Merci, on sait vivre, pis au couvent, on vous enseigne les bonnes manières. Ouais, il est temps qu'on parte !

— Maman !

— Il y a pas de « maman » qui tienne ! On part dès que ton oncle Émile nous a trouvé un moyen de transport, pis je veux pus en entendre parler. C'est clair ?

Si les esclandres d'Agnès étaient spectaculaires, ses regrets étaient toutefois sincères et spontanés. Devant la rigueur implacable de sa mère, elle baissa les yeux.

— C'est clair.

Le ton restait cependant bourru.

— Tant mieux, apprécia Marie-Thérèse. J'aime pas ça quand tu me tiens tête. Pis, bonté divine, change d'allure ! J'vais pas endurer bien longtemps cette face-là ! Pense plutôt à ton amie Geneviève que tu vas surprendre en arrivant sans prévenir… Moi qui pensais que ça te ferait plaisir de retrouver tes amies !

Ce changement de direction dans la conversation fut suffisant pour fourbir les armes d'Agnès. Elle repartit de plus belle, mais sur un ton plus retenu.

— Je dis pas que j'suis pas contente de retrouver mes amies, maman, pis que ça me fera pas plaisir de voir papa pis mes frères... C'est sûr, voyons donc, que ça va me faire plaisir de revoir tout le monde pis notre maison. Il y a ma tante Félicité aussi, que j'ai hâte de voir. Il est pas là, le problème, maman. Je dis juste que j'ai de la peine de laisser le monde de Montréal... Je dis juste que ça se fait un peu trop vite à mon goût. C'est peut-être sorti tout croche, tout à l'heure, mais c'est ça que ça voulait dire. J'vas m'ennuyer de tout le monde, précisa-t-elle en jetant un regard oblique vers son oncle et sa tante, qui se tenaient silencieusement à l'autre bout de la cuisine, témoins discrets et malheureux de cette mise au point enflammée.

Le sourire un peu triste d'Émile encouragea Agnès à poursuivre. Elle répondit à son sourire puis revint à sa mère.

— Je dis aussi, maman, que l'école d'ici est plus plaisante que celle du village, pis que j'apprends des tas d'affaires qu'on apprend pas par chez nous... Vous devriez être contente que je dise ça parce que ça prouve que vous aviez raison. En plus, j'ai travaillé fort pour préparer mes examens de la semaine prochaine, pis je pourrai même pas les passer. Je trouve pas ça ben ben juste...

— Je comprends, ma fille, admit alors Marie-Thérèse, sur un ton plus conciliant, je comprends très bien ce que t'essayes de me dire. Malheureusement, ça changera rien à la situation ni à ma décision.

Toute colère tombée, de grosses larmes roulaient au bord des paupières d'Agnès.

— Je peux dire au moins que j'suis déçue, maman, ben déçue, sans passer pour autant pour une impolie ?

— Oui, tu peux le dire.

Marie-Thérèse aussi avait retrouvé son calme.

— Dans la vie, ma fille, on a toujours le droit de dire ce qu'on pense. Faut surtout pas que tu t'imagines que j'veux pas entendre tes arguments. Ça serait pas vrai. Faut juste que t'apprennes à trouver les bons mots, par exemple, pis le bon ton pour t'expliquer. Si t'arrives à faire ça, un jour, il y en aura pus de chicane entre nous deux, jamais.

— J'ai compris… J'vas essayer de faire attention, la prochaine fois. Comme on part demain, je peux aller dire bonjour à Marie-Paule après le souper ?

— C'est sûr. Je suis quand même pas une sans-cœur.

— Je le sais, maman. Pis je m'excuse pour tantôt, pis merci pour la permission. Promis j'vas faire ça vite, pis je reviendrai pas trop tard pour vous aider avec les bagages.

— Moi aussi, je veux y aller !

Angèle avait suivi la discussion sans y comprendre quoi que ce soit, sinon que sa sœur et sa mère avaient eu l'air fâchées l'une contre l'autre, pour un moment, et que maintenant, comme tout le monde semblait plus calme, Agnès venait d'obtenir la permission d'aller chez son amie après le souper, une permission rarement accordée.

Devant l'intervention naïve de sa fille plus jeune, Marie-Thérèse se tourna aussitôt vers elle.

— Non, ma belle Angèle, décréta-t-elle. C'est pas parce que j'ai dit oui une fois que ça va être oui tout le temps. Ce soir, tu restes ici avec nous autres. De toute façon, il commence à faire noir pis les petites filles de ton âge sortent pas dehors dans la rue quand c'est la nuit. Astheure, on va manger. Je pense que votre oncle Émile est à la veille de ronger le bord de la table, tellement il a faim !

Marie-Thérèse se voulait drôle, mais personne n'eut envie de rire.

Le repas fut plutôt silencieux. Dès son dessert avalé, Agnès s'excusa et sortit de table pour rejoindre son amie.

Émile attendit que les pas de sa jeune nièce s'estompent, au bas de l'escalier, puis, repoussant l'assiette de son gâteau qu'il avait mangé jusqu'à la dernière miette, il proposa :

— Après toutes ces émotions-là, me semble, ma femme, que ça serait le temps d'une bonne tasse de thé.

À ces mots, Marie-Thérèse esquissa un petit sourire.

— Vous me faites penser à ma tante Félicité, cher Émile. Elle aussi, elle trouve toujours une bonne raison pour se faire du thé.

— Je la connais pas tellement, cette femme-là, mais à vous entendre parler d'elle comme vous le faites souvent, j'ai l'impression qu'elle est toujours de bon jugement...

— C'est bien dit, ma tante est une femme dépareillée !

— Ben tant mieux ! Astheure, Marie-Thérèse, si on parlait d'Agnès, voulez-vous ?

— Agnès ?

Marie-Thérèse regardait son beau-frère avec une certaine incompréhension au fond des yeux.

— À part sa colère de tantôt, je vois pas tellement ce qu'il y aurait à dire à propos de ma fille.

— Peut-être qu'il y a pas grand-chose à dire, c'est sûr, mais peut-être qu'il y en a plus que vous pensez, à commencer par une suggestion que j'aimerais vous faire, à cause des examens. Une suggestion qui calmerait peut-être les tensions pis qui aiderait à guérir les chagrins.

C'était volontairement qu'Émile mettait le pluriel à ses mots, car s'il pensait à Agnès, il pensait aussi à Lauréanne. La solution qu'il avait échafaudée silencieusement durant le repas devrait les aider toutes les deux.

Marie-Thérèse fronça les sourcils.

— Que c'est vous essayez de me dire, vous là ?

— Je fais juste répéter ce qu'Agnès nous a dit tantôt. Paraîtrait qu'elle va avoir des examens la semaine prochaine. Des examens qu'elle a préparés avec sérieux pis on dirait ben qu'elle est déçue de pas pouvoir les passer.

— C'est ben ça, mais je comprends pas où vous voulez en venir. Ça fait depuis la première année qu'elle en a, des examens, pis Agnès a jamais fait d'histoire avec ça. Pourquoi ça deviendrait si important aujourd'hui ? Des examens ! Quand même, Émile ! On parle pas d'une étudiante de grande école, ici, on parle juste d'une petite fille de septième année.

— Je pense que même pour les petites filles de septième année, ça peut être important, des examens.

— C'est vrai, vous avez pas tort. Mais je vois pas en quoi on…

— S'il vous plaît, Marie-Thérèse, interrompit Émile. Laissez-moi parler. Après, quand j'aurai fini, si vous avez des objections, j'vas vous écouter, pis craignez pas, j'vas en tenir compte.

La proposition d'Émile tenait à quelques mots.

— Et si vous nous laissiez Agnès ?

D'un même geste, Marie-Thérèse et Lauréanne posèrent les yeux sur le gros homme qui tenait sa tasse de thé du bout des doigts, avec la délicatesse d'une « lady », comme celle que l'on voyait sur la boîte de métal, importée d'Angleterre, et que Lauréanne plaçait en évidence sur le buffet.

— Vous laisser Agnès ? s'étrangla Marie-Thérèse, tant avec sa gorgée de thé qu'avec les mots.

Elle toussota en déposant sa tasse, puis elle reprit.

— Ben voyons donc, Émile ! Ça se fait pas, prêter sa fille comme ça.

— Et pourquoi pas ? On est pas des étrangers, Lauréanne pis moi. Laissez-lui au moins le temps de finir le semestre. Comme ça, Agnès aurait la chance de passer ses examens pis de se faire tranquillement à l'idée qu'elle devra repartir un jour.

— Ben là…

Marie-Thérèse se sentait bousculée et elle n'aimait pas cela. À des lieues d'imaginer le malaise qu'il était en train de susciter, Émile insista.

— Pourquoi tant d'hésitation, Marie-Thérèse ? Si vous êtes d'accord pour que Cyrille aille au collège, je vois pas pourquoi Agnès aurait pas la même chance. C'est elle-même qui nous a dit qu'elle apprenait ben plus de choses ici qu'au couvent du village. D'autant plus qu'elle aime l'école. Elle passe des heures le nez dans ses livres pis ses cahiers.

— Je sais ben ! Pour aimer les études, elle aime ça. Je le sais pas ce qu'on a fait à nos enfants, Jaquelin pis moi, mais à date, ils aiment tous ça, apprendre.

— Mais c'est tant mieux, tout ça. Vous pensez pas, vous ?

Devant cette question, Marie-Thérèse secoua la tête dans un geste de négation, avant d'avouer franchement :

— J'avoue que je le sais pas trop. Ça peut être bon dans certains cas, je dis pas le contraire, mais d'autres fois… Tenez, prenez Cyrille, par exemple. Pour lui, je peux comprendre qu'il continue d'aller à l'école. Il y a plein de beaux métiers pour les garçons qui veulent ou qui peuvent étudier. C'est une chance que notre fils a eue là, de se retrouver au collège, grâce au curé de notre paroisse. Qui sait ? Il va peut-être aller à l'université pour devenir médecin ou avocat, si jamais il devenait pas curé. Mais pour une fille…

— Ben moi, je vois pas de différence. Une fille qui a de l'instruction finit toujours par trouver moyen de tirer son épingle du jeu. Qu'est-ce qui vous dit qu'Agnès voudra pas faire l'école normale, pis devenir institutrice, un jour ? Ou même aller à l'université, elle aussi, pour apprendre à soigner des malades ?

— L'université pour apprendre à soigner ? Qu'est-ce que vous racontez là, vous ? Des grandes études savantes comme ça, c'est pas pour les filles, voyons donc !

— Détrompez-vous, Marie-Thérèse. Il y en a pas beaucoup qui se rendent jusque-là, c'est un fait, mais il y en a. La plus vieille de Jean-Louis, un ami qui travaille à la brasserie avec moi, vient justement d'entrer à l'université de Montréal, pour apprendre à soigner le monde.

Marie-Thérèse avait froncé les sourcils avec suspicion.

— C'est pas vrai, ça, lança-t-elle, interrompant ainsi Émile.

Subitement, Marie-Thérèse avait l'air détendue. En fait, elle était tellement persuadée que son beau-frère se trompait qu'elle était en train de se dire que la discussion en resterait là et que c'était une bonne chose. Elle n'avait surtout pas envie de se disputer avec lui.

— Je m'excuse de vous contredire, Émile, mais vous vous trompez. C'est pas à l'université que les filles apprennent à soigner les malades, c'est dans un hôpital. Me semble que ça tombe sous le sens.

— C'est vrai. Mais le cours supérieur, par exemple, c'est à l'université qu'il se donne. Jean-Louis m'a tout expliqué, l'autre jour.

— Ben là… Vous êtes sûr de votre affaire ?

— Sûr et certain. Je vous le dis, c'est Jean-Louis en personne qui m'en a parlé, pis il doit ben savoir de quoi il jase, rapport que c'est sa propre fille qui vient justement d'entrer à l'université.

Plus la conversation avançait et plus Marie-Thérèse s'agitait sur sa chaise, déstabilisée par la tournure que prenait leur échange.

— D'abord, si vous avez raison, Émile, mais ça reste à prouver, faut surtout pas parler de ça à Agnès, parce que c'est sûr qu'elle voudrait plus jamais revenir au village. Savoir que les filles peuvent faire des études comme les garçons, c'est ben certain que ça va intéresser ma fille, d'autant plus qu'astheure, elle sait qu'elle peut vivre ailleurs qu'au village sans trop s'ennuyer… Non, faut pas qu'elle sache ça. Je deviendrais quoi, moi, sans Agnès pour m'aider ? Surtout depuis que je travaille avec Jaquelin ? Ça a pas une miette de bon sens, tout ça. Comme si vous aviez besoin de me dire ça, ce soir ! On est pas assez bousculés comme ça, non ?

Tout en parlant, Marie-Thérèse s'était relevée.

— Je pensais jamais être obligée de vous dire ça un jour, Émile, mais l'éducation de mes enfants, ça vous regarde pas. Je veux pas qu'un seul mot de la discussion qu'on vient d'avoir arrive aux oreilles de ma fille. C'est bien compris ?

— Si c'est ça que tu veux, Marie-Thérèse.

Le cœur pris dans un étau, Lauréanne s'était permis d'intervenir.

— Si c'est ça que tu veux, on va le respecter, crains pas. Je veux surtout pas qu'on se chicane. Ça serait trop de valeur, après avoir passé du si bon temps ensemble.

Ce rappel de leur habituelle connivence fit hésiter Marie-Thérèse. Cependant, tous ces bons moments partagés à deux ne suffirent pas pour l'amener à changer d'avis.

— J'suis ben d'accord avec toi, Lauréanne. Moi aussi, j'étais ben en ta compagnie, pis j'ai pas vu le temps passer, c'est le cas de le dire. Mais si tu veux que je garde un bon souvenir de mon passage chez vous, va falloir que vous teniez votre langue… Astheure, vous allez devoir m'excuser, mais j'vas aider Angèle à se préparer pour la nuit, avant de donner le dernier boire des jumeaux. Après, je commencerai à ranger nos affaires sur mon lit pour les mettre dans les valises par la suite.

Émile aussi était déjà debout.

— Dans ce cas-là, ma Lauréanne, moi, j'vas me rendre au stand à taxi, au coin de Pie-IX.

Les traits tirés et le regard éteint, Émile avait triste mine.

— Je voulais surtout pas vous offenser, Marie-Thérèse, comprenez-le ben, ajouta-t-il en se tournant vers sa belle-sœur. Si vous pensez que mon idée est pas la bonne, pis que vous voyez les choses autrement, j'vas le respecter. Promis, j'en parlerai pus jamais.

Puis, tandis que Marie-Thérèse quittait précipitamment la cuisine, Émile offrit un sourire mélancolique à sa femme.

— J'vas aller réserver les services d'un chauffeur pour demain. Ça devrait pas être trop long. Si on disait vers neuf heures, ça aurait de l'allure ? En revenant, j'irai chercher la malle de Marie-Thérèse dans le hangar.

Sur ce, Émile quitta l'appartement d'un pas lourd.

Toutefois, le bruit de ses pas se fondait à peine à ceux des passants que Marie-Thérèse ressortait de sa chambre pour revenir à la cuisine. Les yeux humides, Lauréanne se préparait à faire la vaisselle.

— Lauréanne ?

L'interpellée ne fit que lever la tête sans se retourner.

— Oui ?

— Je m'excuse pour t'à l'heure. Je sais pas ce qui m'a pris… Trop d'émotions en trop peu de temps, je pense. Je veux que tu comprennes que c'est pas par manque de confiance à votre égard si j'ai parlé de même.

Lauréanne pivota lentement sur elle-même et son regard chercha celui de Marie-Thérèse.

— C'est correct, va ! Je peux comprendre. Si j'avais des enfants, moi non plus, je voudrais pas que les autres décident à ma place.

— C'est vrai, mais faut quand même être capable de rester ouvert aux conseils de ceux qui nous aiment, par exemple... Tout ça pour te dire que, dans le fond, c'est Émile qui a probablement raison. En fait, c'est en pensant à ma tante Félicité que j'ai changé d'avis.

— À la tante Félicité ?

— Ouais... Il y a pas grand monde qui sait ça, à part les vieux du village, mais ma tante m'a déjà dit qu'elle avait faite l'école normale.

— La tante Félicité ? Notre tante Félicité ?

— Qui d'autre ?

— Pis elle aurait fait des études ?

— Oui, quand elle était jeune. Elle voulait devenir institutrice, pis c'est ici, à Montréal, qu'elle a suivi son cours. À l'école normale, si je me rappelle ben. Par après, elle est revenue au village pour passer l'été en famille avant de commencer à travailler, pis c'est à ce moment-là que les sœurs du couvent l'ont engagée. Comme ma tante avait appris le piano durant ses années d'école, c'est de même qu'elle est devenue professeure de musique au village pis que finalement, elle est jamais revenue en ville.

— Eh ben... Tu m'en apprends des choses, toi là !

— Peut-être ben que toi tu le savais pas, mais moi, j'étais au courant, pis c'est à ça que j'ai pensé une fois dans ma chambre. J'ai pensé à ma tante qui avait déjà vécu à Montréal, mais qui était quand même revenue faire sa vie au village. Si Félicité Gagnon a déjà fait ça, pourquoi pas Agnès ? J'ai pensé aussi au plaisir que ça ferait à ma tante si jamais ma fille voulait suivre ses traces.

— C'est vrai que pour une célibataire comme elle, sans enfants, nota Lauréanne d'une voix très douce, voir ses neveux pis ses nièces trouver leur chemin dans la vie, ça fait toujours chaud au cœur.

Comme ce message ne s'appliquait pas uniquement à la tante Félicité, Marie-Thérèse se sentit rougir jusqu'à la racine des cheveux.

Comment avait-elle pu parler sur un ton aussi tranchant à Émile et Lauréanne, qui n'étaient que douceur et générosité ? Elle secoua la tête, incapable de trouver une raison valable à sa saute d'humeur, quand l'évidence lui sauta aux yeux. Marie-Thérèse esquissa alors un sourire gêné à l'intention de Lauréanne.

— Dans le fond, Agnès pis moi, on se ressemble beaucoup, poursuivit-elle en guise d'explication, on aime pas ça être bousculées, être barouettées comme l'a dit ma fille, t'à l'heure. C'est probablement à cause de ça si j'ai levé le ton devant Émile. Pis je le regrette... Il y a juste une chose que j'aimerais qu'on fasse, par contre... Ça serait de laisser Agnès décider par elle-même de ce qu'elle veut vraiment faire. Ça fait ben des affaires dans une seule journée pour une fille de son âge, pis ça serait pas le bon moment d'aller lui imposer autre chose. C'est Agnès qui l'a dit tantôt : elle aimerait ça qu'on en parle avec elle avant de prendre des décisions qui la concernent. Elle a pas tort, pis c'est ce que je voudrais qu'on fasse.

— Moi, je vois pas de problème là. Pis j'suis sûre qu'Émile va penser comme moi, lui avec.

— V'là une bonne chose de réglée ! Quand Agnès va revenir, Émile pourra lui parler. Je pense que c'est à lui de faire ça, rapport que c'est lui qui a eu l'idée. Après, on verra ben ce qu'Agnès va décider... Bon ! Astheure, j'vas mettre le lait à chauffer. Je pense ben que c'est au tour d'Albert d'avoir un biberon pendant que j'vas allaiter Albertine... Je sens qu'ils vont réclamer dans pas longtemps.

Lauréanne avait l'impression qu'un poids immense venait de quitter ses épaules. Certes, les jumeaux et Angèle allaient partir. Marie-Thérèse aussi. Néanmoins, savoir qu'Agnès resterait peut-être avec eux était une éclaircie dans un ciel tout gris.

Agnès serait une raison amplement suffisante pour lui donner envie de se lever tous les matins.

Émile aussi !

Sur ce, Lauréanne offrit un sourire éclatant à Marie-Thérèse.

— Laisse ! J'vas m'en occuper, du lait. Va plutôt chercher les bébés, pis on les fera boire ensemble.

— Comme tu veux.

Pourtant, une fois arrivée dans l'embrasure de la porte, Marie-Thérèse ralentit le pas, puis s'arrêta complètement, et, sans se retourner, elle avoua :

— Même si je suis la femme la plus heureuse du monde à l'idée de retrouver mon mari, ça me fait quand même de la peine de savoir qu'on se verra pus aussi souvent. Dans le fond, je le sais pas trop ce qui m'attend au village, pis ça me fait un peu peur. Si jamais ça se passait pas exactement comme je l'espère, ben, tu seras pas là pour qu'on en jase ensemble, pour qu'on essaye de trouver les meilleures solutions, ensemble. Ça, vois-tu, ça me rend un peu triste. C'est aussi ça que je voulais te dire. Tu vas ben gros me manquer, Lauréanne.

Lauréanne n'osa répondre qu'il en allait de même pour elle, même si les mots lui brûlaient les lèvres. Elle avait trop peur de se remettre à pleurer.

Elle détourna la tête et sur un grognement qui pouvait vouloir dire n'importe quoi, elle ouvrit l'armoire près de la cuisinière électrique, un modèle dernier cri, offert par son mari à l'occasion de la fête des Mères, qu'il continuait de souligner malgré tout, année après année. Puis Lauréanne sortit une casserole en faisant beaucoup de bruit.

Devant ce geste qui disait l'embarras et la tristesse, Marie-Thérèse regagna sa chambre.

CHAPITRE 8

À Trois-Rivières, le samedi 3 novembre 1923

Dans le dortoir du collège, durant la nuit du vendredi au samedi

Le ciel était d'un blanc laiteux. Malgré l'heure tardive, la neige qui tombait depuis la veille au matin rendait la nuit aussi claire qu'au moment de la pleine lune, et les arbres du parc découpaient des dentelles échancrées et sinistres sur le couvert nuageux.

Cyrille n'arrivait pas à s'endormir.

En fait, cela faisait quelques nuits que le sommeil se faisait capricieux, car le souvenir de l'incendie lui était revenu en force au matin du 31 octobre.

Un an déjà que le malheur avait commencé à frapper la famille Lafrance.

Cyrille n'avait qu'à fermer les yeux pour que l'intensité des flammes éclabousse l'écran de ses pensées. Il entendait encore leur crépitement rageur et le grondement sourd du feu qui ravageait la cuisine tandis que son père leur criait de sortir au plus vite.

Un an déjà...

Petit à petit le quotidien avait repris son cours, mais Cyrille avait l'impression que les déceptions continuaient malgré tout à s'additionner, et ce soir non plus, il n'arrivait pas à s'endormir.

Il n'avait aucune idée de l'heure qu'il pouvait être, sinon qu'il était très tard et qu'il aurait dû dormir depuis longtemps. Même le frère Alfred avait éteint sa veilleuse, et Dieu sait que cet homme-là lisait de nombreuses pages avant de se décider à fermer la lumière pour de bon. Les élèves qui avaient un sommeil plus léger s'en plaignaient régulièrement.

Quant à Cyrille, habituellement épuisé par les longues journées de cours et les heures d'étude qui s'ensuivaient, il partait pour le pays des rêves dès que sa tête touchait l'oreiller. Il ne soulevait péniblement les paupières que le lendemain matin, au son de la cloche que le frère Alfred secouait énergiquement.

Mais ce soir-là, rien à faire, le sommeil le boudait.

Sans les habituels gémissements et les exaspérants ronflements de ses confrères, tous les bruits du collège semblaient amplifiés, et c'était bien malgré lui que Cyrille gardait l'oreille tendue et les yeux grand ouverts.

Un tuyau qui gargouille comme un ventre creux, un clou qui pète de froid dans un mur, une lame du parquet qui gémit d'ennui, le vent qui se prend pour un fantôme, au coin du bâtiment… Depuis quelques jours, Cyrille avait pris conscience que le collège n'était jamais tout à fait au repos.

C'est à peine si le jeune homme osait se retourner dans son lit, les ressorts du sommier se lamentant au moindre mouvement. Il ne voulait surtout pas que le frère Alfred se réveille et vienne voir ce qui se passait.

La journée s'était étirée lamentablement, longue d'oisiveté et de déception. Tous ses travaux scolaires étaient à jour, puisque, normalement, à l'heure du midi, l'oncle Anselme aurait dû venir le chercher. Alors Cyrille n'avait rien eu à faire de toute la journée. La lecture ne l'attirait pas, il en faisait déjà bien assez pour le cours de français, et la lourde neige mouillée recouvrant les pavés de la cour de récréation empêchait les jeux de balle au mur.

Cyrille poussa un long soupir tout en essayant de se retourner dans son lit le plus discrètement possible. Il repensait à toutes ces semaines, ces jours et ces heures d'attente qu'il avait additionnés en vain. Lui qui avait tant rêvé à cette fin de semaine en famille, il se retrouvait seul dans le dortoir des petits, à contempler la nuit trop pâle d'un hiver qui avait commencé beaucoup trop tôt, et il était malheureux.

En effet, mercredi soir, à grand renfort de rires et de courses dans les escaliers, les élèves avaient déserté le collège. Seuls quelques étudiants beaucoup plus âgés que Cyrille, ceux qui habitaient trop loin de Trois-Rivières pour faire le voyage uniquement pour quelques jours, étaient restés au collège.

Sauf pour de rares exceptions, au collège de Trois-Rivières, la Toussaint avait toujours été célébrée en famille : les élèves avec leurs parents, et tous les religieux en communauté.

Pour Cyrille cependant, il avait été convenu que le départ serait différé, puisque personne au village ne pouvait laisser son emploi au beau milieu de la semaine. Chez les Lafrance, il n'y avait ni chauffeur ni gouvernante pour remplacer des parents trop occupés, comme pour certains de ses confrères. Voilà pourquoi, avec l'assentiment du principal, le jeune homme avait obtenu la permission de quitter le collège uniquement ce vendredi à midi.

Malheureusement, l'hiver s'en était mêlé et la neige avait commencé à tomber dès le jeudi. Elle n'avait pas cessé depuis. Cyrille s'était donc retrouvé tout seul, puisque les grands logeaient dans une autre aile, et qu'ils avaient comme principe de ne jamais se mêler aux plus jeunes.

Unique élève de son groupe d'âge à ne pas avoir pu profiter du congé de la Toussaint, Cyrille avait promené son ennui en solitaire, tout au long de la journée. Heureusement, les couloirs sombres n'avaient plus aucun secret pour lui, et il avait pu arpenter le collège sans crainte de se perdre, maugréant, cependant, contre cette première bordée de neige, plutôt abondante, qui avait retenu tout son monde à Sainte-Adèle-de-la-Merci.

Un télégramme envoyé par l'oncle Anselme en avait avisé le principal, qui, à son tour, avait prévenu Cyrille.

Voilà pourquoi, cette nuit-là, le dortoir lui appartenait tout entier.

Bien entendu, hier, il n'y avait pas eu de passe-droit pour Cyrille Lafrance et ce dernier avait dû assister aux interminables cérémonies religieuses qui avaient occupé tout l'avant-midi. Des heures et des heures à la chapelle avant même d'avoir le droit de boire une gorgée d'eau, puisque l'office se terminerait par la communion. Il avait tenté de passer le temps en écoutant d'une oreille distraite ces chants grandioses qui le laissaient totalement indifférent, se levant, s'asseyant et s'agenouillant en même temps que tout le monde, alors qu'en réalité, il imaginait dans le détail le repas gargantuesque – il venait d'apprendre ce mot et il lui plaisait bien – auquel il aurait peut-être droit. Après tout, il n'était pas interdit de rêver. Les jours de congé faisaient peut-être exception à la règle en offrant un menu spécial ; un menu plus élaboré, comme en préparait sa mère, à l'occasion.

Cyrille avait tellement faim que tous ses espoirs d'une journée agréable tournaient autour d'un bol de soupe fumant ou d'un rôti doré à souhait.

Malheureusement, il avait été déçu.

Relégué à une petite table, dans un coin reculé du réfectoire des frères, le pauvre Cyrille avait mangé seul, subissant de nombreux regards curieux, voire fouineurs – *seineux* comme l'aurait sans doute dit la tante Félicité –, ce qui lui avait coupé l'appétit.

De toute façon, les frères du collège se contentaient de peu, et ce peu était plutôt terne. Cyrille n'avait jamais apprécié la citrouille autrement qu'en tarte. Il n'aimait surtout pas les gros morceaux mollassons, d'un orange délavé, comme ceux qui encombraient son assiette.

Terriblement gêné par toutes ces têtes qui se tournaient vers lui, l'appétit mis à l'épreuve par l'odeur douceâtre de la citrouille bouillie qui lui chatouillait désagréablement les narines, Cyrille avait mangé du bout de la cuillère et de la fourchette, puis il s'était enfui vers la cour de récréation où il avait tourné en rond malgré le froid, soulagé de s'être enfin libéré de cette inquisition silencieuse.

— Le réfectoire des élèves sera pas ouvert juste pour vous, monsieur Lafrance... l'avait pourtant prévenu le frère Alfred. Les plus grands qui sont restés ici vont manger avec les pères, mais vous, on a décidé que vous seriez mieux avec nous autres, la communauté des frères.

« On a décidé… »

Cyrille n'avait eu aucune difficulté à imaginer le préfet de discipline, tapotant son pupitre de son ongle sale, et le recteur à la moue dédaigneuse, réunis en conciliabule pour statuer sur le sort de l'encombrant personnage qui ne pouvait retourner chez lui en même temps que tous les autres élèves.

En guise de solution, on avait donc décidé de se débarrasser de l'indésirable Cyrille Lafrance en l'envoyant du côté des frères.

Dans le langage hermétique du collège, c'était quasiment un désaveu, et Cyrille l'avait entendu comme tel.

Pourquoi l'avait-on exilé au réfectoire des frères, séparé de celui des pères par de grandes portes coulissantes ?

Voulait-on l'éprouver, sonder son âme, comme le claironnait le directeur dans ses interminables sermons qu'il rabâchait quotidiennement, répétant que le passage sur Terre n'était qu'une traversée parsemée d'embûches par Satan ?

Manger avec les frères était-il justement une pierre tranchante sur ce chemin aride qui menait au Ciel ? Car il fallait bien l'avouer : être frère dans ce grand collège n'avait pas l'éclat et le prestige rattaché au fait d'avoir embrassé la prêtrise. Même leurs repas frugaux, vite avalés dans le silence, le proclamaient ouvertement, tandis qu'on entendait le brouhaha des voix provenant du réfectoire des pères.

À cette pensée, Cyrille secoua la tête avec consternation. Il avait énormément de difficultés à prêter foi à tous ces discours pompeux qui, à leur façon détournée, semblaient vouloir séparer le bon grain de l'ivraie, comme le disait le directeur, lors de certaines rencontres à la chapelle, les prêtres étant le bon grain et les frères l'ivraie. À eux, jeunes étudiants, de savoir ce qu'ils voulaient faire dans la vie : diriger ou servir.

Oh ! Ce n'était jamais dit aussi clairement que cela. Le recteur était un homme trop avisé pour tomber dans le piège des basses comparaisons. N'empêche que son discours devenait d'une clarté limpide quand il concluait son sermon par ces quelques mots : « Messieurs, de par votre présence en nos murs, vous êtes appelés à de grandes choses ! Vous êtes la crème de la société, ne l'oubliez jamais. »

Avec le flot de paroles qui lui tombaient dessus comme autant de calamités, lui semblait-il, Cyrille ne savait pas vraiment où il en était dans cette réflexion sur la vocation qu'il s'était engagé à faire en toute probité.

Sans trop comprendre de quoi il retournait exactement, Cyrille avait parfois tendance à penser que toutes ces menaces planant sur leurs têtes d'enfants, passant de la peine faite au Bon Dieu jusqu'aux risques de mériter l'enfer pour la simple envie d'une friandise, devaient être ce que la tante Félicité appelait des « bondieuseries à l'eau bénite ».

Cet univers de prières et de méditation le laissait perplexe, lui qui, jusqu'à cet automne, n'allait à la messe que le dimanche, et dont la religion première, à la maison, était le travail bien fait et l'honnêteté en tout, dans le respect des dix commandements de Dieu et de ceux qui vivaient avec lui. C'était simple et facile, et jusqu'à son arrivée au collège, Cyrille avait toujours considéré que les humains étaient tous égaux devant le Ciel. Ses parents le disaient, les sœurs du couvent le disaient, le curé le laissait croire, et c'était ce qu'il pouvait généralement observer autour de lui, à Sainte-Adèle-de-la-Merci.

La rentrée au collège avait semé le doute dans son esprit.

À vrai dire, cela faisait maintenant bien des semaines que Cyrille avait compris le fonctionnement, les rouages et les règles qui régissaient un grand collège comme le sien.

La hiérarchie qui y régnait était omniprésente.

Fâcheusement, elle était aussi entachée de mépris et de condescendance, ce qui se sentait aisément dans les attitudes.

À quelques reprises, Cyrille s'était demandé si le curé Pettigrew était au courant d'une telle pratique discriminatoire, lui qui rappelait régulièrement l'égalité entre les enfants de Dieu. Si oui, comment se faisait-il qu'il ait confié Cyrille aux bons soins de cette communauté ?

En effet, alors que les pères se consacraient uniquement à l'enseignement aux élèves, ou occupaient les postes de direction, les frères, quant à eux, se voyaient confier les tâches les plus humbles, de la cuisine à l'immense jardin, de la fournaise au charbon jusqu'à la buanderie. Les plus chanceux d'entre eux, ou les plus intelligents, comme le prétendaient les mauvaises langues, encadraient la vie quotidienne des élèves, ou secondaient dans l'ombre quelque directeur trop occupé.

Pour quelqu'un comme Cyrille, qui avait vu les siens travailler de leurs mains sans jamais sourciller, du matin au soir, il n'y avait rien de dégradant dans l'accomplissement des travaux manuels. Bien au contraire ! Il admirait son père et son oncle Anselme, qui, malgré une scolarité sommaire, avaient su tirer leur épingle du jeu et veiller ainsi à ce que leurs familles ne manquent jamais de rien. Malgré un incendie qui avait tout détruit, et un grave accident, dans le cas de Jaquelin, la vie avait continué sans que les enfants aient à en souffrir vraiment. Personne n'était riche, soit, mais tout le monde semblait heureux à Sainte-Adèle-de-la-Merci, du notaire à l'ouvrier du moulin à scie, du marchand général au tenancier de bar, du fermier au forgeron, sans oublier le cordonnier, bien entendu.

Par leur instinct et leur vaillance, par leur sérieux et leur ténacité, les hommes de son village avaient su pallier le manque d'instruction, et c'était à eux que Cyrille voulait ressembler un jour, pas au recteur du collège, sévère et dédaigneux, qui promenait sa longue soutane en ramassant quelque poussière oubliée ; et encore moins au frère Alfred, qui sentait l'oignon et qui courbait les épaules avec servilité dès qu'il croisait un supérieur.

Si Cyrille avait appris une chose, depuis le mois de septembre, c'est bien celle-là : la vie de curé n'était pas faite pour lui.

À son arrivée, il s'en doutait déjà un peu ; aujourd'hui, il en avait la certitude. Rien ni personne ne le ferait changer d'avis.

S'il était au collège, c'était d'abord et avant tout pour plaire à ses parents, et ensuite pour ne pas décevoir son curé. Accessoirement, c'était aussi pour le plaisir d'apprendre, qui était toujours intact en lui, Cyrille était tout de même capable de l'admettre. S'il restait ici, c'était uniquement en attendant le jour où il serait l'unique décideur de son avenir.

Cyrille était à ce point convaincu de son affaire qu'il s'était promis d'en parler à sa mère dès sa première sortie. À elle, il pouvait tout dire. Marie-Thérèse était une femme raisonnable et elle le comprendrait. Elle serait même son alliée, en cas de besoin.

Et s'il y avait des décisions à prendre, elle serait en mesure de l'aider.

Malheureusement, par la force des circonstances, il devrait attendre jusqu'à Noël pour pouvoir partager avec sa mère ses questionnements, ses craintes et ses espoirs. Avec le préfet de discipline qui lisait rigoureusement toutes les lettres, Cyrille ne pouvait rien confier au papier.

Sur cette pensée, il se retourna dans son lit. Par la fenêtre, il vit que, dehors, la neige avait cessé de tomber. Il était temps, mais il serait tout de même trop tard pour espérer voir apparaître quelqu'un du village qui aurait eu pitié de lui et qui serait venu le libérer, ne serait-ce que pour quelques heures.

Un quartier de lune apparut et se mit à glisser d'un nuage à l'autre. Cyrille s'amusa à le suivre des yeux, puis il poussa un bâillement prolongé.

S'il avait su qu'au même instant, sa mère pensait à lui, peut-être que le sommeil aurait été plus facile à trouver. Malheureusement, Cyrille ne le savait pas, mais c'était un fait : assise dans la chaise berçante, placée dans un coin de la chambre à coucher, Marie-Thérèse pensait à son aîné, à ses aînés, garçon et fille, tout en donnant le biberon à Albert.

En effet, à peine Marie-Thérèse était-elle revenue à la maison que son lait s'était complètement tari.

— Faut pas t'en faire avec ça, Marie, l'avait consolée Jaquelin. Parce qu'ils sont deux, nos bébés sont déjà habitués au biberon. Ça sera un biberon à chaque fois, maintenant, c'est tout. Comme ça, j'vas pouvoir rattraper le temps perdu pis apprendre à les connaître.

Bien malgré elle, Marie-Thérèse avait senti son regard baisser vers la main droite de son mari qui pendait, toute molle, contre sa cuisse.

— Crains pas, avait alors rassuré Jaquelin, comprenant sans l'ombre d'un doute le sens de cette œillade égarée. M'en vas trouver le moyen de t'aider.

Au même instant, Jaquelin, installé dans la cuisine, faisait la même chose avec Albertine. Il arrivait à la nourrir avec une seule main, la petite couchée sur la table, soutenue par un oreiller.

La nuit était déjà bien entamée. Réprimant un bâillement, Marie-Thérèse se demanda si elle allait se recoucher ou rester debout. Que valaient deux misérables heures de sommeil supplémentaires quand il y avait tant à faire ?

Depuis qu'elle était de retour chez elle, Marie-Thérèse avait la nette impression de manquer de temps pour tout ; malgré l'accueil tendre de son homme, elle avait la pénible sensation que bien des choses lui échappaient !

Pourtant, Dieu sait que la première nuit à deux avait été douce de tendresse, de promesse et d'espoir partagé.

— Tu sens tellement bon, Marie !

Le nez enfoui dans le cou de sa femme, Jaquelin inspirait bruyamment.

— Si tu savais combien ça m'a manqué, tout ça. J'suis tellement bien près de toi.

— Moi aussi je me suis ennuyée, tu sais, avait alors répondu Marie-Thérèse, se lovant de plus en plus étroitement dans les bras de son mari.

Puis, au bout d'un silence occupé à écouter le souffle de l'autre, Jaquelin avait demandé :

— On va s'en sortir, hein ?

Devant cette inquiétude évidente, Marie-Thérèse avait senti qu'une porte s'entrouvrait devant elle. Elle avait alors eu envie de parler de la ville, de l'épicerie à vendre, de la possibilité de changer de vie, justement, pour obliger certaines inquiétudes à se retirer dans l'ombre. Cependant, elle n'avait pas osé, par crainte de voir la magie du moment s'envoler. Elle s'était alors contentée d'embrasser Jaquelin sur la joue avant de répondre avec toute la conviction possible dans la voix :

— On va s'en sortir, mon homme. Crains pas. J'vas t'aider à la cordonnerie, comme je l'ai fait durant l'été.

— Pis moi, j'vas t'aider à la cuisine pis avec les enfants. Durant ton absence, j'ai appris ben des choses, tu sais.

— J'ai remarqué ça à l'heure du souper… Tu vas voir, Jaquelin : à nous deux, on va y arriver.

— Dans le fond, je le sais qu'on va y arriver. J'sais pas trop pourquoi j'ai parlé de même. Avec toi, tout est possible.

Ce fut ainsi que Marie-Thérèse avait repris sa vie là où elle l'avait laissée au lendemain de la naissance des jumeaux.

Et voilà pourquoi, à ce moment précis, la décision de rester debout fut si facile à prendre ! Quand les bébés auraient fini de boire, elle profiterait de ce temps si précieux pour mesurer et tailler quelques pièces de cuir que

Jaquelin poserait par la suite en s'aidant de l'étau que son frère Ovila avait dessiné expressément pour lui, avant d'en confier la fabrication à un de ses amis forgerons. Tailler le cuir ne ferait aucun bruit susceptible de troubler le sommeil des enfants et permettrait ainsi à Marie-Thérèse de gagner un temps précieux sur l'horaire de la journée. Dans la même ligne de pensée, elle se dit que si elle voulait avoir le loisir d'être déçue à cause du temps maussade qui l'empêcherait de voir Cyrille et Agnès, c'était maintenant qu'elle pouvait le faire, tout en berçant doucement Albert, qui buvait goulûment. Dès les bébés rassasiés, la routine la rattraperait, et elle n'aurait plus cette chance de penser à autre chose qu'aux mille et une corvées qui étaient les siennes, jour après jour.

Marie-Thérèse permit alors à la déception de l'habiter tout entière et elle poussa un long soupir rempli de sanglots.

Elle s'ennuyait de ses enfants. Beaucoup plus qu'elle ne l'avait anticipé, et de Cyrille surtout, dont elle ne savait à peu près rien.

Les lettres qu'il avait envoyées depuis le mois de septembre étaient si vagues et si impersonnelles que Marie-Thérèse n'arrivait pas à se faire une idée précise de la vie qu'il menait à Trois-Rivières. Cet état de choses la contrariait grandement.

À quoi ressemblait ce collège dont le curé Pettigrew disait que c'était un haut lieu du savoir ? Pour Marie-Thérèse, ces quelques mots d'une banalité désespérante ne voulaient rien dire du tout. Elle avait besoin d'images concrètes pour arriver à penser correctement à son garçon.

Où Cyrille couchait-il, où mangeait-il, à quoi ressemblaient les classes où il passait ses journées ?

Et surtout, était-il heureux ?

Marie-Thérèse n'en savait rien et, à cause du temps détestable qui frappait aux carreaux de la fenêtre de sa chambre, Cyrille n'avait pu venir pour lui en parler. Ça la chagrinait et l'impatientait, tout à la fois, bien qu'elle n'en laissât rien paraître.

Quant à Agnès, bien sûr qu'elle aurait aimé la voir, mais l'émotion qui soutenait ce désir n'avait rien en commun avec les tourments qu'elle ressentait pour Cyrille, car Marie-Thérèse ne se faisait aucun souci pour sa fille. Si les moments de complicité entre elles lui manquaient parfois avec une acuité douloureuse, Marie-Thérèse savait toutefois que Lauréanne saurait la remplacer. Sa fille était entre de bonnes mains. De plus, le fait de rester à Montréal, chez son oncle et sa tante, avait été le choix qu'Agnès elle-même avait fait, et cela suffisait pour que Marie-Thérèse soit rassurée. Finalement, elle n'avait aucune difficulté à se l'imaginer, bien installée dans la partie arrière du salon double, en train d'étudier. Elle la voyait aussi chez son amie, dans son école, à la cuisine en train d'aider sa tante. De pouvoir visualiser les choses avait toujours eu beaucoup d'importance pour Marie-Thérèse. Elle esquissa un sourire au souvenir de l'instant où Agnès, tout excitée, avait compris que, si elle le voulait bien, elle pourrait finalement rester à Montréal.

— Vous voulez, maman ? avait-elle demandé, une pointe d'incrédulité dans la voix. Vous acceptez que je reste à Montréal ?

— Pourquoi pas ?

— Ben là... J'en reviens pas !

Le regard d'Agnès était rapidement passé de sa mère à son oncle et à sa tante, puis était revenu à sa mère, comme si elle n'arrivait pas à croire à ce que l'on venait de lui proposer.

— Si c'est vrai tout ça, pis que j'ai le choix de décider, c'est sûr que j'vas dire que j'veux rester ici. Pis inquiétez-vous pas pour mon amie Geneviève, maman, elle va me comprendre. Elle arrête pas de dire dans ses lettres comment elle trouve que j'suis chanceuse... Mais vous, maman ?

— Quoi moi ?

— Ben... Comment vous allez vous débrouiller avec les jumeaux, si j'suis pas là pour vous aider ? Ma tante Lauréanne non plus sera pas là, faut pas l'oublier.

— T'inquiète pas pour moi, ma grande. Avec ton père, on devrait s'en sortir. Pis il y a ma tante Félicité et ta grand-mère Gagnon qui vont pouvoir me donner un bon coup de main.

— C'est vrai… Il y a plein de monde au village pour vous aider. Ben là, j'en reviens pas ! avait-elle répété, toute radieuse. Mais vous, maman ? Je ne vais pas trop vous manquer ?

— C'est sûr ça, que tu vas me manquer, ma belle Agnès. Je te mentirai pas là-dessus. Mais je devrais m'y faire. C'est comme pour ton frère Cyrille : les enfants, faut apprendre à les laisser voler de leurs propres ailes. Ça me laisse un brin étonnée de voir que le temps a passé si vite, je dirai pas le contraire, mais que veux-tu que j'y fasse ? Ça a ben l'air que je suis rendue là, mes enfants ont grandi, pis j'aurai pas trop le choix que de l'accepter.

Agnès avait donc fait le voyage pour venir reconduire sa mère, sa sœur et les bébés à Sainte-Adèle-de-la-Merci, et elle en avait profité pour parler avec son père et ses frères, dont elle s'ennuyait quand même un peu. Puis, ravie, elle était partie au pas de course pour aller voir son amie Geneviève et lui expliquer la situation, avant de repartir pour Montréal avec l'oncle Émile et la tante Lauréanne.

— Pis j'vas vous écrire souvent ! avait-elle promis en embrassant sa mère, qui avait le cœur gros, sans le laisser paraître.

Ce jour-là, Marie-Thérèse était restée sur la terrasse aussi longtemps qu'elle avait pu apercevoir le taxi qui s'éloignait sur la rue principale du village, puis elle avait encore attendu, écoutant le bruit du moteur pétaradant, quand l'auto avait tourné au coin de la rue.

Ce taxi-là emportait une partie de sa vie qui ne reviendrait jamais et elle en était douloureusement consciente.

Comme elle l'avait si bien dit à Agnès : ses enfants avaient grandi.

Mais il y avait davantage !

Si le taxi emmenait Lauréanne et Émile, en compagnie d'Agnès, il emmenait aussi, et contre toute attente, Irénée

Lafrance, qui ne semblait pas s'être fait tirer l'oreille plus qu'il ne le fallait.

Comment Émile avait-il pu réussir un tel tour de force ? Ça restait un mystère, car à la question posée discrètement par Lauréanne, Émile s'était contenté de mettre un doigt sur ses lèvres.

Pourtant, au moment où les deux hommes s'étaient enfermés dans la cordonnerie à la demande d'Émile, Marie-Thérèse s'attendait à des cris de protestation de la part d'Irénée. Il n'y avait eu qu'un murmure de voix, et au moment où le vieil homme était ressorti calmement de la cordonnerie, il avait annoncé tout bonnement qu'il allait faire ses bagages.

En moins de trois heures, ça avait été comme si Marie-Thérèse n'avait jamais quitté la maison.

Jaquelin s'était retiré dans la cordonnerie pour replacer les outils ; les plus jeunes avaient recommencé à se chamailler à l'étage ; Benjamin s'était mis à rouspéter à cause du bruit ; et Marie-Thérèse s'était retrouvée à la cuisine en train de peler les légumes du souper.

Machinalement, elle s'était dit que la distraction de la soirée, entre deux biberons des bébés, serait probablement une visite éclair à la tante Félicité pour l'inviter à souper le lendemain soir.

Comme elle l'avait si souvent fait par le passé.

Dès le lundi, elle avait rempli les cuves d'eau savonneuse et d'eau claire en prévision de la lessive, tout en reprenant sa place aux côtés de Jaquelin, parce que le calepin des commandes débordait.

Ce fut à partir de ce moment-là que Marie-Thérèse avait commencé à étirer ses heures d'ouvrage par les deux bouts, devant se lever à l'aube et se coucher très tard, malgré l'aide apportée par sa mère et par sa tante Félicité.

De la part d'Agnès, il n'y avait eu qu'une seule lettre, suivie, cependant, d'une visite inopinée.

— J'espère qu'on dérange pas trop… On le sait que vous devez être ben occupés, Jaquelin pis vous, s'était excusé Émile en arrivant, mais c'est plus fort que nous : on arrive pas à vous oublier !

À ces mots, Marie-Thérèse n'avait pu s'empêcher d'éclater de rire, spontanément, comme elle l'avait si souvent fait à Montréal.

— Moi non plus, j'arrive pas à vous oublier. J'étais tellement bien chez vous. De toute façon, vous savez très bien que vous serez toujours les bienvenus chez nous. Entrez, voyons, entrez !

Et encore cette nuit, trois semaines plus tard, ce samedi-là restait bien présent dans le cœur de Marie-Thérèse. Les gestes et les regards, le travail dans le partage et quelques rires avaient fait de cette journée une détente, un réel plaisir.

— Revenez quand vous voulez !

Malgré la fatigue et le surplus d'ouvrage occasionnés par cette visite, Marie-Thérèse était sincère.

Toutefois, en refermant la porte sur les visiteurs qui partaient, elle avait retenu ses larmes en se disant que, pressée de toutes parts comme elle l'était depuis quelque temps, elle ne savait plus si elle pourrait tenir le coup encore bien longtemps.

Les jumeaux ne faisaient pas encore leurs nuits, comme le disait l'expression consacrée, et ce n'était pas pour aider Marie-Thérèse, qui rêvait de six heures de sommeil ininterrompues, comme elle en avait parfois connu à Montréal, lorsque Lauréanne et son mari s'y mettaient à deux pour la convaincre qu'ils arriveraient à s'occuper des jumeaux sans elle. Il était bien fini ce temps où le mot « repos » avait un certain sens. Souvent, quand elle s'arrachait du lit en pleine nuit au son des pleurs colériques et affamés des deux petits, Marie-Thérèse avait la sensation d'être une marionnette dont on tirait les fils pour la faire se mouvoir.

Pour l'instant, Marie-Thérèse essayait de ne pas regarder trop loin devant elle. Tous ces longs mois d'un hiver qui commençait à peine l'effrayaient. Il valait mieux, se disait-elle, ne penser qu'au moment présent.

Par besoin de se sentir en sécurité, par envie d'un peu de tendresse, par instinct aussi, le bras de Marie-Thérèse se resserra étroitement sur le corps du petit Albert. Celui-ci, un peu surpris, mais ravi, esquissa le plus merveilleux des sourires, délaissant pour un instant la tétine du biberon. Puis il se remit à téter avec vigueur sans quitter sa mère des yeux. Une larme glissa sur la joue de Marie-Thérèse.

Elle était encore jeune et en pleine santé, certes, mais serait-ce suffisant pour passer l'année ? Serait-ce assez pour que, sans relâche, elle arrive à donner le meilleur d'elle-même à ses enfants, à son mari, à tous ceux qu'elle aimait profondément ?

En entendant le vent gémir à la fenêtre, Marie-Thérèse eut une brusque envie d'été, d'air doux et de brise fraîche.

L'été, tout semblait plus facile.

Alors elle espéra de toute son âme que l'hiver ne lui semble pas trop long et que la belle saison revienne vite.

Au moins, se disait-elle, Agnès serait là durant les vacances et, cette fois-ci, Marie-Thérèse s'était bien juré de tenir bon. Pas question que sa fille passe la belle saison à Montréal.

Et Cyrille, de retour du collège lui aussi, pourrait peut-être, cette année-ci, aider son père à la cordonnerie ?

« Pourquoi pas ? Juste le temps d'un été, soupira-t-elle, en déposant délicatement le bébé endormi dans son petit lit. Le temps que je reprenne des forces avant d'attaquer une autre saison à la cordonnerie. Pis en septembre, Cyrille reprendra le chemin du collège. »

TROISIÈME PARTIE
HIVER 1923-1924

CHAPITRE 9

À Montréal, sur la rue Adam

Le 31 décembre 1923, chez les Fortin, dans la cuisine, en compagnie de Lauréanne et de son père

IRÉNÉE AVAIT DÉCLINÉ L'INVITATION DE JAQUELIN et de Marie-Thérèse. Malgré le fait qu'Émile ait décidé que le trajet entre la maison et la gare Hochelaga, puis celui menant de La Pérade au village de Sainte-Adèle-de-la-Merci se feraient en taxi, car le gros homme avait rapidement pris goût au confort, Irénée Lafrance avait choisi de rester à Montréal pour célébrer la fête du Nouvel An.

— Napoléon pis moi, on mange ensemble demain midi, expliqua-t-il à sa fille sur un ton presque chaleureux. Ça fait des semaines qu'on en parle, quand on se retrouve pour un café. On a déjà décidé de tout ce qu'on allait manger. Juste des choses qu'on aime, pis juste lui pis moi. Après la messe, on s'en va chez eux pour préparer notre repas, pis on a ben hâte. Vous inquiétez pas pour moi, je m'ennuierai pas pantoute. Vous saluerez tout le monde de ma part, je viendrai une autre fois.

Devant une telle assurance et ne voulant surtout pas fermer la porte à ce qui ressemblait à de la bonne volonté, Lauréanne n'insista pas.

— Si c'est ce que vous voulez, mon père, je…

— C'est ce que j'veux, trancha Irénée. De toute façon, avec Cyrille pis Agnès en visite, on serait à l'étroit pour dormir, pis ça me tente pas pantoute d'aller à l'hôtel comme toi pis Émile. J'haïs ça les hôtels, pis tu le sais. Ça craque de partout pis le monde parle trop fort. Ça m'énerve. Ça fait que j'vas rester ici, pis ça va être parfait comme ça.

— Bon, si c'est de même, m'en vas aller faire mes bagages… Suis-moi, Agnès, proposa Lauréanne à la jeune fille qui venait de se joindre à eux. On va se préparer. Ton oncle Émile veut partir de bonne heure demain matin, rapport qu'il faut réserver une chambre à l'hôtel avant qu'il y ait pus de place. Pis paraîtrait que ta mère pis ton père nous ont préparé une surprise. Savais-tu ça ?

— Ben oui ! Maman m'a écrit la même affaire, dans sa dernière lettre. J'ai pas mal hâte de voir ce que c'est ! Elle a même écrit que c'était ben beau, pis que papa pis elle étaient très fiers d'eux. Paraîtrait que c'est une surprise qui va être utile pour pas mal de monde. Je me demande ben ce que c'est !

— C'est pareil pour moi ! C'est ben excitant, tout ça… Allez, viens-t'en, ma belle ! On a un tas de petites choses à penser pis à faire avant d'aller dormir.

Depuis qu'Agnès vivait sous leur toit, Lauréanne avait l'impression d'avoir rajeuni de vingt ans !

En moins de vingt-quatre heures, la jeune fille était devenue le centre de son univers, la raison de se lever de bonne humeur le matin et l'excuse pour cuisiner de bons petits plats à chaque repas.

Malgré le surplus d'ouvrage, Lauréanne se sentait le cœur tout léger. Si on ajoutait à cela un mari plein d'entrain et un père moins grincheux, le tableau était complet.

Agnès était sa nièce, bien sûr, mais aussi une amie, parce qu'elle n'était plus tout à fait une enfant. Cet état de choses comblait Lauréanne, qui n'avait jamais réussi à remplacer les amies laissées derrière elle au village. Elle se disait que l'absence d'enfants y était probablement pour quelque chose, dans cette espèce d'indifférence de la part des femmes rencontrées depuis son arrivée à la ville. Bien sûr, Lauréanne était consciente de vivre une relation privilégiée avec son mari, mais il arrivait tout de même que la complicité féminine lui manque, d'où cet échange épistolaire régulier avec Bérangère, une amie d'enfance devenue depuis longtemps l'épouse du marchand général du village. La présence de sa nièce avait clairement atténué cet ennui, mais Agnès était surtout à l'image de la fille qu'elle avait tant rêvé d'avoir, tant par sa gentillesse, sa générosité que par sa bonne humeur.

La jeune fille était douce, affectueuse et serviable. Et comme Lauréanne était d'abord et avant tout sa tante, et non sa mère, les sautes d'humeur propres à son âge étaient de plus en plus rares et de plus en plus superficielles.

Toutes les deux, elles passaient des heures à parler de la mode, des recettes et des études qu'Agnès pourrait entreprendre dans quelques années.

— Je sais pas, ma tante, ce qui me tente le plus. J'aime ben les enfants, ça c'est certain, ça fait que je me dis que je pourrais être institutrice. Mais les malades aussi ont besoin de monde pour les soigner, pis ça avec, ça me tente un peu. Aider les autres, j'ai toujours aimé ça… Ça fait que pour astheure, je sais pas pantoute ce que je veux faire plus tard.

— Laisse le temps passer, ma belle. C'est en vieillissant que ces choses-là vont se préciser. En attendant, profite de ta jeunesse. Ça passe si vite, ce beau temps-là !

À plusieurs reprises, elles avaient cuisiné ensemble, couru les magasins en s'amusant comme deux gamines, et elles s'étaient offert quelques programmes doubles au cinéma.

— Pis quand ce sera le printemps, on ira au parc Dominion ! avait promis Émile. C'est un parc d'attractions, pas trop loin d'ici, avec des tas de manèges. Ça me tente assez d'aller voir de plus près si ça a changé depuis le temps où on y allait, ta tante pis moi. T'en rappelles-tu, Lauréanne ?

— Et comment ! C'est là qu'on s'est connus. Si je me souviens ben, les pommes de tire étaient pas mal bonnes, pis les montagnes russes me faisaient vraiment peur !

— Pis moi, j'aimais ça que t'aies peur parce que tu te collais sur moi !

— Grand fou ! Voir qu'on dit des choses de même devant une fille de l'âge d'Agnès.

Quand de tels propos émaillaient les conversations, la jeune fille se permettait alors de rire gentiment. Habituée à des parents plus discrets, Agnès écoutait ces quelques confidences avec ravissement. Son oncle et sa tante avaient l'air si heureux ensemble que ça faisait envie.

Émile aussi semblait avoir rajeuni.

Depuis qu'Agnès était partie prenante de son quotidien, il avait recommencé à faire toutes sortes de projets, comme lorsque Lauréanne et lui étaient encore de jeunes mariés, débordants d'espoir devant l'avenir.

— M'en vas demander au propriétaire si on peut changer les murs de place, avait-il annoncé à son épouse, peu de temps après leur retour de Sainte-Adèle-de-la-Merci, alors qu'ils se préparaient pour la nuit. J'ai pensé à ça durant toute la journée. T'en penses quoi, ma femme ? Ça serait pas pire si on pouvait installer Agnès dans une vraie chambre. De toute façon, on n'a pas besoin d'un salon double. On y va à peu près jamais, vu qu'on a installé le poste de radio dans la cuisine. La nouvelle pièce déboucherait dans le salon au lieu du couloir, mais c'est pas tellement grave… De quelle couleur, tu penses, qu'on pourrait peinturer les murs ?

— Tu demanderas à Agnès, mon homme ! Y a juste elle qui peut répondre à ça. Mais laisse-moi te dire que t'as une sacrée bonne idée, en voulant lui faire une chambre ben à elle.

Lauréanne était toujours d'accord avec la moindre intention qui laissait supposer qu'Agnès resterait auprès d'eux pour un long moment.

Émile voyait la situation du même œil. Pas une journée ne passait sans qu'on l'entende siffler sa bonne humeur, comme en ce moment même, alors qu'il remplissait une petite valise en prévision de leur court séjour à Sainte-Adèle-de-la-Merci, pour aller fêter le Nouvel An chez Jaquelin et Marie-Thérèse.

Impassible, Irénée assista aux préparatifs sans intervenir d'aucune façon. Cependant, au moment du départ, il resta un long moment dans l'encadrement de la porte pour saluer de la main la jeune Agnès, qui regardait par la lunette arrière de l'auto. Celle-ci répondit joyeusement au salut de son grand-père, puis Irénée, tout frissonnant, claqua la porte, tandis que le taxi disparaissait au coin de la rue.

— Enfin tranquille ! grommela-t-il tout en regagnant la cuisine, traînant ses vieilles savates sur le plancher de bois verni.

Les travaux de réfection du salon allaient bon train et quelques meubles avaient été rangés tout le long du corridor en attendant de reprendre leur place dans ce qui resterait du salon.

Irénée les contourna, puis il s'arrêta sur le pas de la porte de la cuisine. Il jeta un œil avisé sur ses chaussures fatiguées qui lui sortaient des pieds à chaque pas, puis il émit une sorte de bruit de gorge qui pouvait passer pour un ricanement.

— Il y a pas à dire, le cordonnier mal chaussé, c'est moi, observa-t-il, goguenard. Mais sacrifice que j'suis ben dans mes vieilles galoches…

Comme fréquemment, le rire d'Irénée se termina en toux grasse. Le temps de reprendre son souffle et il ajouta sur un ton toujours aussi moqueur :

— Par exemple, faudrait pas que le monde sache que je me promène avec des galoches quand j'suis chez nous, parce qu'on aurait juste à fermer la cordonnerie. Pis si jamais je voulais vendre un jour, ça vaudrait pus rien, une cordonnerie sans clients…

Se trouvant très drôle, Irénée égrena un second rire.

— Bon ! Seul pour la journée ! C'est assez plaisant, ça ! Je fais quoi astheure ? J'ai beau dire que j'suis content de me retrouver tout seul avec personne à qui rendre des comptes, faudrait ben que je sache de quoi j'ai envie ! Quand même ! Deux grandes journées juste à moi, avec un petit peu de Napoléon demain midi, c'est ben en masse pour se sentir tout ragaillardi. Batince que ça me fait plaisir ! Tout seul à faire juste ce que je veux, répéta-t-il aux murs en soupirant d'aise. Pas de chialages, pas d'ostinages, juste moi ! Ça va me faire du bien en sacrament ! Avec Agnès qui vit icitte, ça fait ben du placotage dans la cabane ! Batince que ça jacasse, des femmes ! Pas moyen d'arrêter ça !

Pourtant, malgré ces derniers propos qui auraient pu sembler malveillants, Irénée aimait bien sa petite-fille. Il allait même jusqu'à se dire qu'avec la présence de cette enfant à Montréal, tout semblait plus facile et plus agréable dans l'appartement de la rue Adam.

Certes, on parlait beaucoup plus, mais on se disputait moins, et il savait l'apprécier, même si c'était souvent lui qui déclenchait les discussions.

Irénée poussa un grand soupir.

Curieux que la jeune Agnès lui plaise à ce point !

Lui-même en était tout surpris. Néanmoins, il tolérait sa présence avec indulgence, comme il avait toléré celle du petit Ignace avec une infinie patience, quand il était à Sainte-Adèle-de-la-Merci.

Irénée aurait été bien en peine de dire pourquoi, mais c'était un fait : il aimait vraiment beaucoup ses deux petits-enfants, un peu plus que tous les autres.

Mais de là à savoir pour quelle raison…

Un sourire furtif éclairait invariablement son visage chaque fois qu'il entendait Agnès revenir de l'école. S'il était dans sa chambre, Irénée se dépêchait d'en sortir pour se rendre à la cuisine, simplement pour l'entendre raconter la journée qu'elle venait de passer.

Jamais il ne sentait le besoin de l'interrompre, comme il le faisait par réflexe avec sa propre fille Lauréanne.

Pourquoi donc était-il si tolérant ?

Contre tout bon sens, du moins aux yeux d'Irénée, les propos joyeux et échevelés d'Agnès suffisaient à faire son bonheur, tout comme les questions incessantes du petit Ignace, curieux comme une belette, l'avaient charmé quand il travaillait à la cordonnerie, durant les mois d'automne.

Que se passait-il pour qu'il fasse preuve d'une telle mansuétude ?

Irénée esquissa une grimace, incapable de répondre. De tout temps, les enfants avaient suscité de l'agacement chez lui, surtout quand ils avaient le malheur de se trouver dans son voisinage immédiat.

Même du vivant de son épouse, quand Lauréanne était bébé et qu'elle se mettait à hurler à fendre l'âme, Irénée s'éclipsait sans délai.

— Va falloir que tu m'excuses, ma pauvre Thérèse, disait-il précipitamment, mais l'entendre s'époumoner comme ça, c'est comme si ça me faisait mal aux oreilles. Ça vient me chercher là, tu sais pas comment.

Tout en parlant, Irénée montrait sa poitrine à hauteur de cœur.

— Comment ça fait pour crier si fort, veux-tu ben me dire ? C'est à peine plus gros que mon poing, pis ça hurle à pleins poumons. En sacrifice à part de ça !

— C'est sa façon de se faire entendre, Irénée. C'est tout ce qu'elle a, la pauvre petite, pour se faire comprendre… Allez, mon homme, va marcher un peu. Tu reviendras t'à l'heure, quand notre fille sera changée pis qu'elle aura fini de boire.

Contrairement à son époux, la mère de Lauréanne et de Jaquelin était d'humeur égale, toujours un vague sourire au coin des lèvres, alors qu'elle chantonnait du matin au soir en vaquant à ses occupations.

Le mauvais caractère d'Irénée ne l'avait jamais affectée.

Elle s'appelait Thérèse, comme sa belle-fille qu'elle n'avait pas connue.

Irénée prit une longue inspiration, subitement envahi par une profonde lassitude, teintée de mélancolie. Cela ferait bientôt quarante ans que sa femme était décédée, et il s'ennuyait d'elle comme au premier jour.

Thérèse, la belle Thérèse, comme on la surnommait discrètement dans le dos de son mari.

À ce souvenir, le vieil homme hocha pensivement la tête.

Irénée avait toujours fait semblant de ne pas s'apercevoir que sa femme suscitait quelques envies autour d'elle. Mais comment aurait-il pu en être autrement, puisqu'elle était si jolie, si charmante ? Tout le monde, au village, aimait bien Thérèse Joncas, devenue Thérèse Lafrance. Mais au lieu d'en éprouver de la jalousie, cela lui faisait un petit velours de se répéter, un peu surpris, que c'était lui, Irénée Lafrance, et pas un autre, que cette jolie femme avait choisi.

De quoi donner des ailes au cordonnier qu'il était !

La vie était tout simplement radieuse, à cette époque. Leur nouvelle maison était imposante, comme il l'avait souhaité, la cordonnerie connaissait un bel essor, et un premier bébé était en route.

Que demander de plus à la vie ?

Quelques mois plus tard, la petite Lauréanne était née.

Malgré les cris perçants qu'un nouveau-né était capable de pousser, sa fille était la chose la plus délicate, la plus merveilleuse qu'il lui avait été donné de contempler.

Ce bébé-là était un petit miracle, rien de moins, et elle méritait tout ce qu'il y avait de mieux en ce bas monde.

Irénée avait alors décuplé ses efforts à la cordonnerie pour que sa fille ne manque jamais de rien. Jamais.

Ce furent sans aucun doute les plus belles années de sa vie, celles qu'il avait vécues à partir de son mariage avec Thérèse jusqu'à la naissance de Jaquelin.

Une naissance voulue et longtemps espérée puisque six longues années avaient filé depuis l'arrivée de Lauréanne dans leur vie.

Une naissance qui avait tout détruit en emportant l'âme de son épouse.

L'amour, la famille, l'envie de travailler ne voulaient plus rien dire, si Thérèse n'était plus là pour tout partager.

Pourtant, Irénée avait serré les poings, sans verser la moindre larme, et il avait continué sans relâche, cultivant sa peine comme d'autres cultivent leur jardin. Deux enfants dépendaient désormais uniquement de lui et bien qu'il se sente maladroit devant eux, par respect pour leur mère, Irénée s'était juré de les mener jusqu'à l'âge adulte.

Dans son cœur, la colère envers la vie avait cependant remplacé l'amour envers sa femme, et petit à petit, les années avaient passé encore une fois.

Cependant, et fort curieusement d'ailleurs, de tout ce temps, Irénée ne gardait qu'un vague, un très vague souvenir.

Peut-être était-ce mieux ainsi.

Pour une seconde fois, le vieil homme esquissa une moue et tenta de se rappeler à quoi ressemblait son quotidien durant toutes ces années où il avait tenté d'être à la fois le père et la mère.

Nulle image ne lui vint à l'esprit.

Il n'y avait que la cordonnerie qui se manifestait dans des tons de sépia, en clair-obscur. Pire, Irénée ne se souvenait pas vraiment de ses deux enfants quand ils étaient plus jeunes.

En fait, de la tendre enfance de ses enfants, il ne lui restait que le bruit d'une galopade dans l'escalier, l'éclat d'une dispute entre gamins, et parfois, l'écho d'un rire étouffé...

C'était à la fois intime et impersonnel. Que des bruits appartenant à sa vie passée, mais aucun visage pour les accompagner.

De plus, Irénée n'avait aucune photo pour lui rafraîchir la mémoire. Il n'en avait jamais voulu. Seul un daguerréotype de son mariage était accroché au mur de la cuisine à Sainte-Adèle-de-la-Merci.

Aujourd'hui, même cet unique rappel de ses jeunes années n'existait plus. Si le métal ne brûle pas, la chaleur du brasier l'avait probablement distordu et noirci, au point où Jaquelin ne l'avait jamais retrouvé.

Irénée soupira d'impatience, de frustration, et toujours en traînant les pieds, il s'approcha du poste de radio. Il espérait y trouver une chaîne qui offrirait quelque musique entraînante ayant la propriété magique d'atténuer cette morosité qui n'avait pas du tout été invitée à partager la journée avec lui.

Et dire qu'il se faisait une joie d'être enfin seul !

Le son grinçant d'un harmonica apporta bientôt une note joyeuse, distrayante, faisant reculer la nostalgie d'Irénée.

Il traîna la chaise berçante jusqu'au buffet, et l'oreille tout contre l'appareil, il tapa du pied durant un bon moment en fumant cigarette sur cigarette. Autant en profiter puisque Lauréanne n'était pas là pour lui faire remarquer qu'il fumait trop.

Ensuite, Irénée sortit un jeu de cartes et, en toute impunité, il put tricher allègrement en faisant quelques réussites.

Quand il entendit à la radio le trait prolongé annonçant midi, le vieil homme se demanda si les voyageurs étaient arrivés à Sainte-Adèle-de-la-Merci.

Heureusement, le temps était clair. Froid, très froid même, mais clair.

Il mangea une soupe, laissa la vaisselle traîner dans l'évier, puis il décida de s'allonger pour faire une sieste, ce qu'il ne se permettait jamais, par crainte de passer pour un faible.

Il sombra rapidement dans un sommeil agité où les souvenirs qui se refusaient habituellement à lui étaient tous au rendez-vous, dans un rêve qui semblait presque réel.

Hors de sa portée, comme une image de cinéma, il vit clairement Jaquelin et Lauréanne, encore tout petits, qui couraient en riant. Curieusement, dans son rêve, ils semblaient avoir le même âge alors que dans les faits, Lauréanne était l'aînée de plus de six ans.

Même sa Thérèse était là. Elle l'attendait dans la cuisine de leur ancienne maison en surveillant les enfants, un vague sourire au coin des lèvres.

Mais alors qu'il l'avait connue si jeune, si fraîche, voilà que dans son rêve, elle avait le même âge que lui aujourd'hui. Toutefois, les rides donnaient un petit air coquin à son regard et son sourire était resté le même.

Quant à ses cheveux…

Ils flottaient autour de son visage, comme si le vent entrait librement dans la pièce, les soulevant au passage. Irénée aurait bien voulu y glisser les doigts, comme il avait tant aimé le faire quand ils vivaient encore ensemble, mais ses bras étaient paralysés, incapables du moindre mouvement. Quand il essayait de les soulever, ils étaient lourds, si lourds qu'ils refusaient de bouger.

— Comme ton garçon, Irénée, se mit alors à psalmodier son épouse. Tes bras sont gelés comme la main de Jaquelin. Tel père tel fils, Irénée. Tel père tel fils !

Alors Irénée se mit à pleurer. Debout dans la cuisine de cette maison qu'il avait construite de ses mains, Irénée Lafrance pleurait de tristesse, d'impuissance, de désolation, et comme ses bras étaient paralysés, il ne pouvait essuyer ses larmes qui coulaient, coulaient, coulaient de plus en plus abondantes, véritable ruisseau inondant d'abord son visage, sa poitrine, puis le plancher recouvert d'un prélart à fleurs…

Peu à peu, son regard s'embrouilla et, malgré ses cris de désespoir, Thérèse disparut derrière le rideau de ses larmes, emportant avec elle les enfants et leurs rires.

Quand Irénée s'éveilla, quelques instants plus tard, il avait le visage détrempé.

Le rêve avait donc été réel ?

Il ne se souvenait pas d'avoir déjà pleuré. Même enfant, Irénée Lafrance n'avait jamais versé de larmes ni de douleur ni de chagrin.

C'était bien la seule chose qui lui restait de cette enfance dont il n'avait aucun autre souvenir : il y avait en lui la peur de pleurer pour rien et de se le faire reprocher.

D'une main tremblante, le vieil homme essuya son visage et renifla les derniers vestiges de son chagrin.

De son rêve, il ne restait plus maintenant qu'une sensation d'abandon diffuse et désagréable. Comme une amertume dans le cœur et une courbature dans le creux des reins.

Il lui restait aussi l'image d'une chevelure dorée, qui ondulait dans le vent.

La chevelure de son épouse bien-aimée.

Cette chevelure qu'elle avait léguée à leur fille Lauréanne et qui commençait aujourd'hui à grisonner, impitoyable témoin du passage des années.

Cette chevelure dont Agnès avait hérité, elle aussi, par un curieux concours de circonstances.

Agnès et Ignace, la grande sœur et le petit frère, tout comme il y avait Lauréanne et Jaquelin, la grande sœur et le petit frère…

Curieusement, Irénée se demanda si son rêve n'était pas une chance offerte par la vie, celle de se bâtir quelques souvenirs à travers la présence de ses petits-enfants.

Et tandis qu'Irénée se tirait péniblement des brumes du sommeil, maugréant contre cette « sensiblerie de bonne femme » qui allait lui gâcher ses deux misérables journées de solitude, Émile, Lauréanne et Agnès arrivaient enfin à Sainte-Adèle-de-la-Merci. Le voyage avait été plutôt long et désagréable.

— Il y a pas à dire, lança Émile, à peine entré dans la maison, les autos c'est ben pratique en été, parce que ça va plus vite. Mais l'hiver, avec la neige, ça pourra jamais remplacer une bonne carriole avec un cheval… Ça non ! On en reparlera dans quelques années… Nom d'une pipe que ça a été long ! Une chance qu'il y a un peu de chauffage dans ces engins-là, parce qu'on aurait eu le temps de mourir gelé ! Salut la compagnie, nous v'là enfin !

Un courant d'air froid s'engouffra dans la cuisine quand les visiteurs entrèrent dans la pièce en se dépêchant de refermer derrière eux. Sans en tenir compte, Marie-Thérèse se précipita vers sa fille.

— Je commençais à m'inquiéter, moi là. D'habitude, vous êtes plus pressés que ça pour arriver.

Elle dévorait Agnès des yeux, de ce regard de mère qui voit tout, du plus infime changement dans l'attitude jusqu'à la coupe de cheveux au carré, comme le voulait la mode.

— T'as changé, Agnès, mais ça te va bien…

— Merci, maman. C'est ma tante qui m'a proposé ça. Mes boucles étaient toujours toutes mêlées… Moi, je trouve que ça fait drôle. Je le sais pas encore si j'aime ça, mais je me dis que ça va repousser. Pis dites-vous ben que c'est pas de notre faute si on est en retard.

— Oh non, c'est pas nous autres, rétorqua Émile, interrompant ainsi Agnès. On y est pour rien dans notre retard. On a pris le premier train, comme à l'accoutumée. C'est la route entre La Pérade pis ici qui en finissait plus… C'est de ma faute, aussi. L'auto que j'ai choisie était ben belle, mais ses roues étaient pas assez grandes, je pense. Toujours est-il que l'auto s'est embourbée trois fois dans la neige, nom d'une pipe ! Il a même fallu que j'aille la pousser, par bouttes. J'ai les pieds gelés !

— Ben ici vous aurez pas froid, Émile ! Le poêle dérougit pas depuis ce matin, vu que je cuisine pour le dîner de demain, pis l'annexe au charbon fonctionne à plein régime, dans la cordonnerie. C'est pas chez nous qu'on va avoir froid. Dégreyez-vous pis venez vous réchauffer.

— Je peux pas ! C'est ben gentil de m'offrir ça, ma pauvre Marie-Thérèse, pis c'est pas l'envie de rester au coin du poêle qui manque, mais j'ai pas le temps ! Avez-vous vu l'heure ? Faut que je file jusqu'à l'hôtel en espérant qu'il reste des chambres de libres. Sinon, j'ai ben peur qu'on soit obligés de dormir dans la neige, Lauréanne pis moi !

— Comme si on laisserait faire ça !

Sur ces mots, Marie-Thérèse échangea un regard malicieux avec Jaquelin, qui venait de les rejoindre.

— Si je vous disais que l'hôtel sera pas nécessaire ? suggéra Marie-Thérèse avec un soupçon d'intrigue dans la voix, promenant les yeux de Lauréanne à Émile.

— Ben là, je vous suis pas.

Tout en parlant, Émile regardait tout autour de lui. À première vue, rien n'avait changé dans la cuisine depuis leur dernière visite, et, par la porte entrouverte, il vit que la chambre de Jaquelin et Marie-Thérèse était telle qu'il l'avait toujours connue. Un lit, une commode, une chaise… Il ramena alors les yeux sur sa belle-sœur.

— Ma pauvre Marie-Thérèse, je vois pas… Des fois, il suffit d'un peu plus que de la bonne volonté pour changer les choses. Rappelez-vous ! C'est à peine si vous arriviez à caser tout le monde quand le beau-père vivait chez vous. Pis Cyrille était même pas là ! C'est à cause de ça que vous êtes venue vous reposer chez nous : il manquait de place dans votre grande maison. Pis en plus, vous avez pas de salon où on pourrait monter des lits de fortune, comme on l'a fait chez nous. Non, non, vous allez devoir m'excuser, mais faut vraiment que je ressorte. Pis vite à part de ça.

— Voulez-vous ben vous taire, Émile ! Une vraie pie ! lança Marie-Thérèse en riant, tout en prenant Lauréanne à témoin. Commencez par enlever votre manteau, pis suivez-nous. Jaquelin pis moi, on a quelque chose de beau à vous montrer.

À contrecœur, Émile commença à déboutonner son manteau. Venant vers lui, Cyrille, qui avait suivi le dialogue avec une lueur amusée dans le regard, tendait déjà la main.

— Allez, mon oncle, faites donc ce que maman vous dit, implora-t-il, avec un petit air malicieux, lui aussi. Donnez-moi votre capot de chat pis votre foulard. Vous aussi, ma tante, donnez-moi votre manteau pis votre chapeau. J'vas aller déposer tout ça sur le lit des parents.

— Dis donc, le jeune, t'as ben l'air en forme toi là !

— Ça doit être le temps des fêtes, mon oncle ! Ça fait du bien de pas avoir d'étude, vous savez pas comment.

Il faut dire que depuis son retour du collège, tout et n'importe quoi amusait Cyrille. Même les cris des plus jeunes n'arrivaient pas à l'impatienter.

C'était maintenant qu'il prenait la réelle mesure de l'ennui qu'il avait connu, cette prise de conscience le confortant dans sa décision.

Plus jamais il ne voulait vivre ce qu'il avait enduré ces derniers mois.

Il n'avait qu'à fermer les yeux pour revoir le dortoir et ses bruits nocturnes, les classes immenses et leur écho, le réfectoire et son odeur de chou, le regard d'aigle du préfet, et l'obséquiosité du frère Alfred, tout en courbettes, le tout enrobé des regards condescendants parce qu'il était la pupille d'un curé qui payait sa scolarité...

Non, plus jamais.

Cyrille attendait tout simplement que la réception du Jour de l'An soit passée pour en discuter avec sa mère, car depuis Noël, elle était comme une queue de veau entre le poêle et le comptoir. De toute son âme, Cyrille espérait que sa mère le comprendrait et qu'elle le soutiendrait face au curé Pettigrew quand il lui annoncerait qu'il n'avait pas l'intention de retourner au collège en janvier, et c'était encore à cela qu'il pensait, tandis qu'il disparaissait dans la chambre des parents avec la pile de vêtements, marchant sur la pointe des pieds pour ne pas réveiller les bébés.

— Astheure, vous allez nous suivre en haut, Jaquelin pis moi, enchaînait joyeusement Marie-Thérèse, au même instant.

Jaquelin était déjà au pied de l'escalier.

— Viens, Lauréanne, ajouta-t-il, visiblement heureux, même s'il n'était pas très bavard depuis leur arrivée, de toute évidence fatigué. Passe la première avec Marie. Émile pis moi, on va vous suivre.

Curieuse, Agnès se faufila derrière les femmes.

Connaissant la maison, ce fut elle qui, la première, remarqua le changement.

— Coudonc ? demanda-t-elle en se glissant à côté de Marie-Thérèse, c'est ça votre surprise, maman ? Vous avez ajouté une chambre ?

— On dirait ben...

Marie-Thérèse était resplendissante.

— T'en penses quoi, ma fille ? C'est une bonne idée qu'on a eue là, ton père pis moi ?

Une cloison avait été dressée pour séparer le palier de l'étage en deux parties. Derrière la nouvelle porte, on devinait une chambre, effectivement, là où se trouvait le coin des grands auparavant.

— Ben… Je sais pas trop, émit Agnès, tout hésitante. Si c'était ça, votre surprise, je vois pas en quoi ça me regarde. C'était supposé me faire plaisir… Je le sais pas si ça me fait plaisir, parce que je trouvais ça ben pratique, une table pour faire nos devoirs. Juste en dessous de la fenêtre, on avait assez de lumière pour…

— Crains pas, on a pensé à tout, coupa Jaquelin qui arrivait à l'étage en compagnie d'Émile.

Le gros homme était tout essoufflé d'avoir monté l'escalier.

— Il y a tout ce qu'il faut dans chacune des deux autres chambres, ma fille, expliqua Jaquelin. On a mis la table dans le coin de celle des garçons, proche de la fenêtre, pis ton oncle Ovila a fait un beau pupitre en bois blond pour la chambre des filles. De toute façon, pour l'instant, tu fais pus tes devoirs ici, ça devrait pas trop te déranger… Une chambre pour la visite, ça va être tout aussi utile qu'une table pour les devoirs.

— Ouais, vu comme ça…

Déjà Marie-Thérèse n'écoutait plus Agnès. Elle s'empara de la main de Lauréanne et l'emmena à sa suite pour visiter la nouvelle pièce.

La chambre ressemblait à un écrin. Plutôt petite, les murs avaient été peints en bleu pervenche, la couleur préférée de Lauréanne, et les boiseries qui agrémentaient le tout étaient d'un blanc crème. Un lit, une commode, une table de nuit et une chaise : l'ensemble était très joli.

— C'est ma tante Félicité qui a cousu la courtepointe, dans les mêmes couleurs que les murs, pis moi, c'est à toi que j'ai pensé, Lauréanne, pour choisir les couleurs.

— Mais c'est ben beau !… C'est vrai que j'aime ça, cette sorte de bleu là. Ça me fait penser à un beau ciel d'été…

Regarde, Émile, comme c'est beau ! Finalement, c'est Marie-Thérèse qui avait raison : on aura pas besoin d'aller à l'hôtel, pis on dormira pas non plus dans la neige.

— C'est ça ! Moque-toi donc de moi !

Bien campé sur ses deux jambes, Émile détaillait la pièce à son tour. Visiblement, on avait mis beaucoup de soin à préparer cette chambre. Même si elle était un peu trop féminine à son goût, il n'en restait pas moins que ça serait plus confortable que de se retrouver à l'hôtel. Sur la commode, près de la fenêtre, on avait même pensé à déposer une cuve en acier, un broc pour l'eau et deux serviettes.

— T'as ben raison, ma femme : c'est beau, c'est très beau... Ça fait chic pis il y a tout ce qu'il faut pour être à son aise. J'suis sûr qu'on va ben dormir. Astheure, vous allez m'excuser, les femmes, mais j'aimerais ben aller voir les jumeaux. Je me suis pas mal ennuyé pis...

— Oh non, Émile ! l'interrompit Marie-Thérèse précipitamment. Va falloir attendre un peu. Pour une fois qu'ils dorment longtemps, on va surtout pas les réveiller. Vous vous rattraperez plus tard, quand ça sera l'heure de manger. Parce qu'ils ont commencé à manger...

— Dans ce cas-là, pas de trouble ! J'vas en profiter pour discuter avec mon filleul. Avec son collège, ça fait un moyen bail qu'on a pas eu l'occasion de se parler. Depuis qu'on vient plus souvent, j'y ai pris goût, à ces jasettes entre nous deux. Quand je l'ai vu nous accueillir, t'à l'heure, ça m'a fait comprendre que je m'étais pas mal ennuyé de lui !

— Vous avez raison, Émile, approuva Marie-Thérèse. Je pense que ça va y faire plaisir. Pis quand vous voudrez, vous aurez juste à monter vos valises. La chambre est à vous pour le temps que vous en aurez besoin...

— Bon ! Si c'est de même, glissa Jaquelin, pis que personne y voit d'inconvénients, moi avec, j'vas retourner en bas. Il me reste des petites choses à finir dans la cordonnerie pis après, j'vas venir vous rejoindre dans la cuisine.

— Bonne idée ! Pendant ce temps-là, j'vas montrer les chambres des enfants à Lauréanne. Pis après, on va aller continuer à popoter, pour que tout soit prêt pour demain.

Puis se tournant vers sa belle-sœur, Marie-Thérèse ajouta :

— Mais avant, viens voir les chambres. Tu vas voir que les petits ont rien perdu au change. Là aussi, c'est ben beau, pis pas mal ben organisé pour que tout le monde puisse étudier ou se détendre au besoin.

La visite fut bien commentée, mais cependant très courte, et naturellement, Lauréanne revint sur ses pas, pour s'arrêter devant la chambre d'invités.

— C'est gentil d'avoir pensé à faire ça, tu sais. Une chambre pour nous autres… J'en reviens pas !

— C'est juste qu'on aime ça, vous avoir ici, Jaquelin pis moi… Même en hiver comme maintenant. Par contre, par temps froid, avec des jours raccourcis par les deux bouts, on trouvait que ça faisait long l'aller-retour durant la même journée. Avec une chambre à votre disposition, on s'est dit qu'on avait peut-être des chances de vous voir plus souvent.

— T'as pas tort. C'est sûr qu'avec une aussi belle chambre, on va vous visiter plus souvent. Je pense que ça va faire plaisir à Agnès de venir régulièrement. Même si elle aime la ville pis qu'elle a l'intention de finir son année scolaire avec nous autres, ça l'empêche pas de parler de son amie Geneviève plusieurs fois par semaine.

— Ben c'est tant mieux. Moi aussi, ça va me faire plaisir de la voir plus souvent, ma grande fille. Je m'ennuie d'elle, tu sais. Rends-toi compte ! Ça a fait un ben gros vide dans ma vie, tout ça là ! Cyrille qui part de son côté, pis pas longtemps après, c'est au tour d'Agnès. Tu m'aurais dit il y a un an que ma famille allait être encore plus dispersée qu'elle l'était que je l'aurais pas cru.

Puis, dans un souffle, pour être certaine que personne d'autre n'entendrait, Marie-Thérèse avoua :

— Pis ça vaut pour toi aussi. L'envie de te voir régulièrement m'a pas quittée, Lauréanne… Je m'ennuie de toi, d'Émile, pis du bon temps qu'on a passé ensemble, à Montréal. Je m'ennuie de la ville, tu sais.

— Dans ce cas-là, répliqua Lauréanne sur le même ton, j'espère que t'en as discuté avec Jaquelin. J'osais pas t'en parler, mais si c'est toi qui lances l'idée... L'épicerie est toujours pas vendue, tu sais. On dirait qu'elle vous attend.

— Dis pas de niaiseries comme ça, Lauréanne. Comme si un commerce pouvait attendre après quelqu'un... Pis non, j'ai rien dit à Jaquelin. L'occasion s'est pas présentée, faut croire. Faut dire aussi que mon mari ne chôme pas. Moi non plus. On a pas vraiment le temps de parler d'autre chose que de l'entretien de la maison pis de celui de la cordonnerie. On trime fort, tu sais, du matin au soir. Il nous reste pus grand temps pour nous autres. Pis ça vaut autant pour Jaquelin que pour moi.

— Raison de plus, me semble, pour vous donner le temps de parler du projet, pis de voir si...

— Je pense pas, Lauréanne, coupa Marie-Thérèse, toujours sur le même ton retenu. Pas pour astheure, en tout cas. La cordonnerie, c'est tout ce qu'il connaît, Jaquelin. Il arrête pas de me le dire, pis de me remercier de l'aider à faire un métier qui arrive à faire vivre sa famille. Que veux-tu que je fasse avec ça, moi là ? La cordonnerie, c'est comme sa sécurité à lui, son assurance d'avoir un toit sur nos têtes, pis du manger sur la table. Tant que la cordonnerie fonctionne, on a une maison à nous autres. J'espère que tu comprends ce que je veux dire... Ça fait que je peux pas remettre ça en question tout de suite. Même si c'est pas facile par bouttes.

— Ça me rend triste ce que tu dis là.

— Voyons donc ! Tu vois, astheure que j'suis revenue, l'histoire de l'épicerie, c'est comme un beau rêve.

Marie-Thérèse avait redressé les épaules et tant pour elle-même que pour rassurer sa belle-sœur, elle esquissa un sourire.

— Faut pas t'en faire avec ça. On va s'en sortir, crains pas. Pis ma sécurité à moi, ben c'est la chambre de plus. Si jamais fallait demander à ton père de venir nous aider, on serait moins mal pris que la dernière fois.

À ces mots, Lauréanne leva un regard surpris vers sa belle-sœur.

— Demander au père de revenir ? Voyons donc ! Pour que toi tu dises ça, c'est que ça va pas très bien.

— C'est pas ce que je voulais laisser entendre… On a une belle clientèle, pis on manque pas d'ouvrage, loin de là… Oh ! Pis laisse tomber, Lauréanne. J'aurais pas dû parler comme ça. C'est pas si important dans le fond. Probablement que dans quelques mois, quand les petits vont avoir grandi, que j'vas avoir récupéré des nuits normales, on va pouvoir gérer notre quotidien à notre guise, pis ça va aller mieux.

— Ça, c'est toi qui le dis. Mais si t'as peur de parler à Jaquelin, pis que tu peux pas le faire avec moi, c'est que ça accroche par bouttes. Tu m'enlèveras pas cette idée-là de la tête.

À ces mots, Marie-Thérèse détourna les yeux pour cacher sa confusion, car Lauréanne avait raison. Dans les faits, la cordonnerie était rentable et les clients ne manquaient pas, mais ça n'ajoutait pas de minutes à la journée, tout ça. C'était le temps qui manquait. Le temps et l'énergie. Voilà ce qui accrochait par bouttes !

Retenant un soupir, Marie-Thérèse fit un pas dans la chambre et se pencha pour ajuster le couvre-lit. Elle voulait se donner une certaine contenance, avant d'expliquer, sans se retourner, mais d'une voix qui se voulait détendue :

— Disons qu'il y a des jours où je vois tout en noir, pis d'autres où je vois tout en rose. C'est comme ça la vie, je pense ben, parce qu'il y a des jours où j'suis ben fatiguée, pis d'autres où ça va mieux.

Tout en parlant, Marie-Thérèse s'était redressée. Elle recula d'un pas, et, du regard, elle fit le tour de la pièce. Quoi qu'elle ait pu dire, Marie-Thérèse était heureuse et fière de ce qu'ils avaient réussi à faire, Jaquelin et elle, avec l'aide de son frère Ovila. Même si l'exercice avait rogné du temps qu'ils n'avaient pas en trop, ni l'un ni l'autre, elle était satisfaite du résultat.

— Faudrait pas que tu t'en fasses avec tout ce que je viens de te dire. Pis quand tu prétends que j'ai peur de te parler, c'est pas vrai. C'est en plein ce que je viens de faire, te parler, pis ça m'a fait du bien... On était pas mal plus bas que ça au matin de l'incendie, crois-moi, pis on s'en est sortis ! Astheure que vous êtes là, toi pis Émile, avec ma belle Agnès pis mon grand Cyrille, ça va être une journée toute rose. Pis demain aussi, quand toute ma famille sera là ! Faudrait pas gâcher ce beau plaisir-là avec des pensées sombres. Viens, suis-moi ! On a de l'ouvrage qui nous attend dans la cuisine pour être prêtes à recevoir tout ce beau monde-là, demain. À Noël, mon père m'a donné un vieux fond de brandy, pour que je fasse une sauce chaude avec de la cassonade pis de la crème. Il dit que c'est moi qui fais la meilleure dans le village, c'est donc par ça qu'on va commencer. Tu m'en reparleras. Laisser la sauce reposer durant toute la nuit dans la glacière, ça va y améliorer le goût. C'est pour accompagner le gâteau aux fruits que ma tante Félicité va nous apporter demain. C'est le meilleur dessert de fêtes que je connaisse, pis ça va faire plaisir à mon père !

Sur ce, sans attendre Lauréanne, Marie-Thérèse se dirigea vers l'escalier. C'était sa façon bien à elle de montrer que, pour l'instant, la discussion sur leur avenir immédiat allait s'en tenir à cela.

Quant à Cyrille, il dut attendre jusqu'au 2 janvier pour se retrouver enfin seul avec sa mère.

Après bien des efforts, Jaquelin et Marie-Thérèse avaient fait en sorte que la maison reprenne son allure coutumière. La table de fortune ajoutée dans la cuisine avait été rangée dans l'écurie de la tante Félicité, et la vaisselle, en quantité astronomique, venue d'un peu partout, avait été lavée, triée et rangée. Seule persistait la bonne senteur des tourtières que sa mère avait faites en abondance, et Cyrille en profitait pour s'en gaver afin d'oublier l'odeur de chou qui imprégnait en permanence le réfectoire du collège.

Sachant que son père était au magasin de M. Ferron et que les bébés dormaient, Cyrille se décida donc à rejoindre Marie-Thérèse dans la cordonnerie.

Pour elle, les vacances s'étaient terminées hier en fin d'après-midi, avec le départ de Lauréanne, Émile et Agnès. Le travail, quant à lui, avait repris ce matin même, alors que le commerce avait ouvert ses portes aux clients dès le déjeuner terminé. Cyrille se doutait bien que sa mère serait débordée et qu'il risquait de la déranger en se présentant ainsi à l'improviste. Toutefois, s'il ne parlait pas tout de suite, il y avait de fortes chances qu'il ne puisse le faire avant son départ. Et comme la perspective de retourner au collège était devenue angoissante au point de lui causer de l'insomnie…

Cyrille s'arrêta à quelques pas de la porte donnant sur la cordonnerie. Le battant était entrouvert et il vit sa mère, penchée sur une chaussure, en train de recoudre une semelle. Cyrille n'avait peut-être pas été là durant l'automne, certes, mais il avait cru entendre que sa mère se dirigeait vers la cordonnerie dès qu'elle avait un instant de libre. Ça devait être lourd à porter, tout ça.

Cyrille lui trouva l'air fatigué.

Bien sûr, la journée de la veille avait probablement été épuisante, avec tous ces gens venus partager le premier repas de l'année avec eux. Deux services complets avaient été nécessaires pour arriver à nourrir tout le monde. Heureusement, la tante Lauréanne s'était occupée des jumeaux, avec l'oncle Émile, tandis que sa grand-mère et la tante Félicité avaient aidé à servir la famille affamée. Finalement, tout s'était rondement passé.

On avait bien mangé, bien ri, bien discuté, un peu chanté et Cyrille avait profité de la présence de Judith comme il l'avait fait au souper de Noël chez les grands-parents Gagnon.

Mais ce matin-là, sa mère avait l'air épuisé et cela l'attristait.

Cependant, intimidé, Cyrille n'osait faire les quelques pas qui le séparaient de la cordonnerie. Les mots qui coulaient quand il était encore au collège et qu'il les répétait mentalement se faisaient tout à coup désordonnés. Le jeune homme attendit alors que Marie-Thérèse lève la tête, ce qui ne tarda pas, tout en portant machinalement la main à la hauteur de ses reins pour les masser énergiquement. C'est en faisant rouler sa tête sur son cou pour délier ses muscles qu'elle aperçut Cyrille.

— Ah, t'es là, toi ! Ça fait longtemps que tu me regardes comme ça, sans dire un mot ? demanda-t-elle, surprise de voir son fils aîné en train de l'observer.

— Pas vraiment.

— Tu veux quelque chose ?

— Non... euh, peut-être.

— Ben reste pas planté là, mon gars, viens t'asseoir avec moi. Prends la chaise de ton père pendant qu'il est pas là. On va en profiter pour jaser un peu. Si ça te fait rien, par contre, j'vas continuer ma réparation.

Puis, avec un beau sourire, si franc qu'il arriva presque à chasser la fatigue de son visage, Marie-Thérèse déclara :

— Je suis contente qu'on soit juste nous deux, Cyrille. Me semble qu'on a pas eu l'occasion de se parler vraiment depuis que t'es revenu du collège... Pis, comment c'est là-bas ? Entre toi pis moi, tes lettres disaient pas grand-chose... Alors, mon grand, pressa-t-elle en se répétant, comment c'est là-bas ?

Déstabilisé par cette question qu'il n'attendait pas, Cyrille hésita.

— Je sais pas trop.

— Comment ça, tu sais pas ?

Abandonnant son ouvrage pour un instant, Marie-Thérèse leva un regard surpris. Se heurtant au visage fermé de son fils, elle fronça les sourcils.

— Que c'est qui se passe, mon Cyrille ? T'as vécu là-bas durant un paquet de semaines pis t'es pas capable d'en parler ? Pour un garçon déluré comme toi, celui qui a toujours réponse à tout ou ben quelque chose à raconter, ça me surprend un peu.

— C'est pas ça.

— C'est quoi ?

Cyrille prit une longue inspiration. L'occasion était parfaite.

Le temps de se dire que s'il ne parlait pas maintenant, il ne parlerait pas plus demain, et il s'en voudrait longtemps, Cyrille décida de foncer. Il fixa alors sa mère intensément, puis il confessa honnêtement, mais d'une voix cependant mal assurée :

— Si je veux pas parler du collège, maman, c'est juste que je vois pas vraiment l'intérêt de le faire.

— Comment ça ?

— Je… Parce que j'ai pas l'intention d'y retourner.

Voilà, c'était dit !

Si cette réponse ressemblait à un aveu venu droit du cœur, elle atteignit Marie-Thérèse exactement au même endroit : directement dans le cœur. La chaussure qu'elle était en train de réparer lui échappa des mains et elle tomba sur le plancher avec un bruit sourd.

— Ben voyons donc, toi… Je m'attendais pas à ça, mon garçon, avoua-t-elle bien franchement, devinant que la conversation allait probablement durer un bon moment et qu'elle ne serait peut-être pas nécessairement très agréable. T'as tout du garçon qui aime pas son école. Pourtant tes notes sont bonnes. T'es même le premier dans plusieurs matières. Pis dans tes lettres…

— Elles veulent rien dire, mes lettres, maman, coupa Cyrille.

Petit à petit, le jeune homme prenait de l'assurance. Comme il l'avait tant espéré, sa mère n'avait pas poussé de hauts cris et elle ne semblait pas non plus lui en vouloir.

Cyrille se détendit et il laissa alors parler son cœur. Il en avait tant besoin, lui qui avait souffert de l'éloignement jusqu'à devoir retenir ses larmes, la nuit. Cependant, s'il parlait avec confiance, sa voix, elle, resta amère.

— Le préfet de discipline lit toutes nos lettres avant qu'on puisse les envoyer, expliqua-t-il enfin. C'est pour ça que mes lettres disaient pas grand-chose, parce que j'avais rien écrit d'important.

— Ah… Il fait ça lui ? Comment tu l'appelles encore ?

— Le préfet, le préfet de discipline.

— Eh ben… Me semblait que le courrier, c'était quelque chose de privé… J'avoue que je trouve un peu malaisant qu'on puisse penser autrement. De quoi j'ai l'air, moi là ? Depuis le temps que je vous dis de pas toucher aux lettres des autres… Pis, quoi d'autre, mon garçon, pour que tu veuilles pus retourner au collège ? C'est sûrement pas juste une question de lettres. T'aimes pus apprendre ?

— C'est pas ça non plus.

— Ben c'est quoi d'abord, parce que moi je comprends pas. C'est ben certain que tout peut pas te plaire, c'est de même dans la vie. Pis avant que t'en parles, que tu veuilles pas devenir curé, ça aussi, je peux le comprendre, je te l'ai déjà dit. Sauf que le jour où on sera rendus là, j'vas t'aider. Personne de mon vivant va obliger mon garçon à faire quelque chose qu'il veut pas faire. Faut que tu sois ben sûr de ça, Cyrille. Mais en attendant, c'est pas une raison pour quitter le collège tout de suite. Ici, au village, tu sais ben que le temps des études est fini pour toi… À moins que t'aies l'intention de faire les arts ménagers, ce qui me surprendrait, ou que tu me dises que t'as ben réfléchi à ton affaire pis que tu voudrais travailler au moulin à scie, comme ton oncle Ovila. C'est ça, pis tu sais pas trop comment le dire ? C'est vrai que c'est un bon métier, pis la paye est intéressante. Pas autant que si t'allais à l'université, mais…

— Je vous arrête tout de suite, maman. Le moulin à scie, ça me dit rien pantoute… Pis l'université non plus.

— Pardon ? J'ai-tu ben entendu, moi là ?

Marie-Thérèse en avait oublié de ramasser la chaussure tombée à ses pieds. Elle gonfla ses joues, puis expira bruyamment, le temps de se ressaisir, car elle était dépassée par tout ce qu'elle entendait depuis quelques minutes.

— Si toi, Cyrille Lafrance, tu veux pas étudier, observa-t-elle sérieusement tout en scrutant le visage de son fils, on va devoir fermer toutes les universités de la Terre dans pas longtemps. T'es le gars le plus studieux que je connais.

Devant le silence persistant de Cyrille, elle poursuivit.

— Je pense que tu te rends pas compte de la chance qui t'est offerte, mon garçon.

— Ça a rien à voir, maman. Je le sais que ça pourrait être une sacrée chance. Mais c'est pas ça que je veux.

— Pis c'est quoi que tu veux ?

Il y avait un peu d'impatience dans la voix de Marie-Thérèse.

— Si tu finissais par aboutir, mon gars, je pourrais peut-être finir par y voir clair.

— Ben...

Cyrille sentit la rougeur lui monter aux joues.

— Je voudrais devenir cordonnier, avoua-t-il enfin, dans un souffle. Comme papa pis grand-père Lafrance.

— Pardon ? J'ai-tu ben entendu, moi là ?

Marie-Thérèse en était tout abasourdie.

Sans rien ajouter, elle regarda autour d'elle.

Bien que la pièce fût claire et ensoleillée, Marie-Thérèse sentait une sorte de grisaille autour d'elle. Les chaussures à réparer s'empilaient sur un coin de l'établi, et les outils n'avaient pas été rangés, faute de temps.

Marie-Thérèse retint un soupir d'impatience.

Le rangement de la cordonnerie était une autre corvée qu'elle espérait avoir le temps de faire avant le retour de Jaquelin, juste pour lui faire plaisir. Avant de préparer le dîner, bien entendu, en espérant que les bébés ne soient pas trop exigeants.

Il y avait Ignace, aussi, qui allait sûrement venir faire son tour, à la cuisine ou à la cordonnerie, avec sa ribambelle de questions, et tout cela sur fond de chicanes entre Conrad et Benjamin.

Plus tard, dans la journée, il y aurait un souper à préparer, et encore les bébés, et encore des chaussures...

Cyrille ne voyait-il pas à quel point leur vie pouvait être difficile par moments, alors que lui pouvait tellement espérer mieux grâce au collège...

Pour bien se faire comprendre, Marie-Thérèse rétorqua alors :

— Comme ça, tu veux devenir cordonnier comme ton père pis ton grand-père ? Ben pour faire bonne mesure, mon garçon, j'ajouterais que par les temps qui courent, tu pourrais même dire cordonnier comme ta mère ! Je passe autant d'heures ici, à rabibocher des vieilles chaussures, que j'en passe à préparer les repas de ma famille.

— Pis ça ? Quand on aime ce qu'on fait, on compte pas ses heures, pis c'est pas si difficile, s'enflamma Cyrille, parce que subitement, il avait peur que la situation lui échappe. C'est vous-même qui m'avez dit ça, un jour.

C'était vrai et Marie-Thérèse n'eut pas l'intention d'en dissuader son fils. Jamais, jusqu'à maintenant, elle n'était revenue sur sa parole ni n'avait menti à l'un de ses enfants. Mais on pouvait tout de même ajouter quelques bémols.

— C'est vrai que j'ai déjà dit ça, concéda-t-elle. Mais c'est pas une raison pour se tirer dans le lac sans vérifier la température de l'eau.

— Qu'est-ce que vous voulez dire, maman ?

— Ça veut juste dire que c'est pas parce que tu penses aimer quelque chose qu'il faut te précipiter dedans sans réfléchir.

— Pis si je vous disais que j'y réfléchis depuis des années ?

À ces mots, Marie-Thérèse revit le petit Cyrille, se faufilant dans la cordonnerie à la moindre occasion. Nul doute, il avait toujours été attiré par le métier de son père. Mais était-ce suffisant pour ne voir que cela dès maintenant ?

Durant une fraction de seconde, la tentation de donner suite aux prétentions de Cyrille fut si forte que Marie-Thérèse en eut le souffle coupé.

Mais que se passait-il en elle, à présent ? Après tout, avec Cyrille à la maison, la situation, leur situation, serait nettement plus acceptable, et lui-même venait de dire que ça le tentait depuis longtemps.

Malgré cela, Marie-Thérèse hésitait.

Sans vouloir renier le passé ni discréditer un gagne-pain honorable, elle voulait tout de même tenter de regarder vers l'avenir. La cordonnerie, c'était bien, très bien même, et si l'aîné de leur famille voulait suivre les traces de Jaquelin, ça aurait même pu devenir une belle fierté. Mais cela, c'était avant qu'on offre à Cyrille la possibilité de faire de grandes études.

Était-ce vraiment ce qu'elle souhaitait pour son fils, le voir passer le restant de sa vie courbé devant de vieux souliers ? Des godasses qui ne sentaient pas toujours très bon, de surcroît ?

Marie-Thérèse ne comprenait pas d'où lui venait cette réticence, puisqu'elle-même avait déjà pensé à cette possibilité, et plus d'une fois.

Pourquoi, alors, le simple fait d'entendre prononcer ces mêmes mots à voix haute la décontenançait-elle à ce point ? Car c'était une réalité.

Marie-Thérèse ne comprenait pas, mais elle sentait grandir en elle une ambivalence qui la déchirait.

N'avait-elle pas été heureuse et fière, l'été dernier, quand elle avait compris que la cordonnerie allait rouvrir ses portes grâce à ses efforts ? N'avait-elle pas senti que désormais, sa famille serait à l'abri du besoin ? D'autant plus que ce travail aux côtés de Jaquelin lui plaisait beaucoup.

Alors pourquoi ne voulait-elle pas donner suite à la suggestion de Cyrille ?

Pourquoi ce qui avait déjà semblé bon pour elle ne l'était-il subitement plus pour son fils ?

Que s'était-il passé, depuis ces derniers mois, hormis la naissance des jumeaux, bien entendu, pour que tout lui semble moins attirant ?

Était-ce la fatigue qui rendait l'horizon plus sombre ? Ou le simple fait d'avoir connu autre chose en découvrant la ville et toutes ses possibilités ?

Marie-Thérèse se pencha et elle ramassa la chaussure défraîchie. Elle la tourna entre ses mains, puis la posa sur l'établi.

Elle était perturbée, les pensées tourbillonnaient en elle, un peu confuses, mais une chose restait claire, cependant : Cyrille avait en ce moment la possibilité d'échapper à une vie de routine dans l'odeur des pieds mal lavés et ne serait-ce que pour cela, elle allait tenir bon.

Elle n'avait pas le droit de lui permettre de rester à la maison, pas tout de suite, quand bien même cette proposition venait de lui et que ça allégerait sa tâche à elle.

Après tout, Cyrille n'avait pas tout à fait quatorze ans !

Son aîné avait beau prétendre vouloir être cordonnier depuis longtemps, peut-on vraiment savoir ce que l'on veut faire pour le reste de sa vie à un âge aussi tendre ?

Marie-Thérèse en doutait et son rôle de mère, aussi ingrat fût-il, était d'amener son fils à réfléchir. Elle parlerait donc franchement, quitte à susciter bien de la déception.

— Vois-tu, mon grand, j'entends tout ce que tu me dis, mais je le comprends pas. T'as l'avenir devant toi, mon garçon. T'as l'intelligence pis la chance de pouvoir en faire ce que bon te semble. Pourquoi rapetisser ton horizon comme ça ?

— Parce que c'est ce que je veux… Pis ça serait pas pire que papa, qui a commencé à travailler avec grand-père à douze ans.

— Mais c'était pas son choix ! Oublie jamais ça, mon grand.

— Mais moi, c'est ce que je veux, répéta Cyrille avec insistance.

— C'est plate à dire, mais moi, j'veux pas, Cyrille, rétorqua Marie-Thérèse, sans la moindre hésitation. Pas pour l'instant, du moins. Plus tard, on verra, si jamais l'idée persiste… Pis je veux surtout pas que t'en parles à ton père… Ça lui ferait de la peine parce que pour lui, même s'il aime son ouvrage, être cordonnier, c'est accepter une vie de misère. Avec une seule main, il trouve ça dur.

— Mais moi, j'ai mes deux mains, maman.

Il y avait des trémolos dans la voix de Cyrille.

— Pis le travail me fait pas peur, vous le savez !

— Je mets pas ta vaillance en doute, mon garçon. Va jamais penser ça. Je dis seulement que t'es encore trop jeune pour engager toute ta vie comme ça. Même si je sais que pouvoir compter sur toi m'aiderait drôlement, parce que tu ferais de la belle ouvrage. Je te connais assez pour savoir ça.

— Ben alors pourquoi vous voulez pas que…

— Je te l'ai dit : t'es trop jeune encore pour prendre une décision aussi importante que celle-là. Si tu restes chez nous pis que tu le regrettes, il sera trop tard pour le collège pis tu risquerais de t'en vouloir pour le reste de ta vie. Je veux pas ça pour mon garçon. Je t'aime trop pour ça. Tu vois, Cyrille, le bonheur de nos enfants passe toujours avant le nôtre. Tu comprends peut-être pas ça pour l'instant, c'est juste normal à ton âge, mais demain tu me remercieras. Astheure, Cyrille, j'vas te demander de me laisser travailler un peu. Les jumeaux vont pas tarder à se réveiller de leur sieste du matin, pis j'aimerais avoir fini de recoudre la semelle avant que ton père revienne.

Dire que Cyrille sortit de la maison en coup de vent ne serait pas exact. Il prit la fuite, tout simplement. Le temps d'enfiler son manteau et la porte claquait derrière lui.

Malgré le froid glacial, il courut jusque chez son oncle Anselme. Les poumons en feu et les oreilles gelées, il frappa à la porte, espérant de toute son âme que Judith serait là. À elle, il pourrait tout dire. Avec elle, il pourrait pleurer, car c'était ce qu'il avait envie de faire depuis que sa mère lui avait demandé de quitter la cordonnerie.

Judith comprendrait sa peine et saurait la partager.

Elle comprenait tout, Judith. La preuve, à Noël, quand il lui avait enfin donné sa lettre, en expliquant la raison de son retard, elle avait eu le plus beau des sourires.

— Me semblait aussi que c'était pas ton genre de promettre une chose pis de pas tenir ta promesse… Comme ça, c'est le curé de ton collège qui veut pas que tu m'écrives ?

— C'est en plein ça.

— Pourquoi ? Il y a rien de mal dans le faite d'écrire une lettre.

— Le préfet m'a dit que ça se faisait pas, écrire à sa cousine.

— C'est ben niaiseux, ça ! Merci, Cyrille. J'ai ben hâte de la lire, ta lettre. Je comprenais pas, aussi, pourquoi t'écrivais pas pis ça me faisait de la peine. Je me suis ben gros ennuyée, tu sais.

C'est avec ce petit dialogue en tête que Cyrille avait frappé à la porte.

Ce fut Anselme lui-même qui ouvrit.

— Ben regardez-moi qui c'est qui est là ! C'est de la belle visite, de bon matin. Entre mon garçon. Il fait frette sans bon sens.

— Je veux pas déranger, mon oncle. Je veux juste savoir si Judith est là.

— Ben non… Judith est pas là. Tu l'as ratée de quelques minutes seulement. Depuis que ta sœur vit à Montréal, Geneviève Dumouchel est devenue sa meilleure amie. Tu dois ben savoir comment sont les filles, non ? Tout ça pour dire que Judith pis Geneviève se lâchent pas d'une semelle. Mais comme c'est du bon monde chez elle, on laisse faire, ta tante Géraldine pis moi… Mais rentre, mon Cyrille. Tu peux pas t'en retourner comme ça : les oreilles vont te tomber tellement elles sont rouges ! C'est quoi l'idée de sortir pas de tuque avec un froid de canard comme ça ? Prends le temps de te réchauffer, mon gars, pis tu partiras après… Tu veux une eau chaude ?

Cyrille hésita à peine.

— C'est vrai que ça ferait du bien.

Cette réponse sensée fut accueillie par un large sourire.

— On dirait ben qu'il reste un peu de bon sens dans cette tête-là. Les curés ont pas tout pris ! Allez, ôte ton manteau pis viens t'installer à ras le poêle… Mais regarde-moi donc une minute, toi là… T'as l'air en peine, mon garçon. Que se passe-t-il, pour l'amour du Ciel ?

— Rien, mon oncle…

— Rien ? Si toi t'as rien, dehors les oiseaux s'égosillent ! Prends-moi pas pour un imbécile, mon Cyrille. Je commence à te connaître un peu… Allez, crache le morceau pis dis-moi ce qui se passe !

— C'est le collège, mon oncle.

La réponse avait fusé sur un ton amer.

— Le collège ! Eh ben, je m'attendais pas à ça.

— Ma mère non plus, elle s'attendait pas à ça.

— Ta mère, astheure… Si tu me racontais ça dans le détail, mon Cyrille, hein ? Peut-être ben qu'à deux, on y verrait plus clair.

Quand Cyrille reprit le chemin du retour, il était réchauffé et nanti d'un bonnet prêté par son oncle, mais il restait malheureux comme les pierres.

Non seulement il n'avait pas vu Judith, mais la perspective de repartir pour le collège dans moins d'une semaine pesait de plus en plus lourd sur ses épaules d'enfant, au point où les larmes ne tardèrent pas à couler.

Jamais de toute sa vie Cyrille ne s'était senti aussi seul, aussi incompris.

Pourquoi sa mère refusait-elle de l'écouter ? Pourquoi s'entêtait-elle à vouloir qu'il poursuive ses études à tout prix, alors que lui, il n'espérait qu'une chose : rejoindre son père à la cordonnerie ?

Et pourquoi son oncle Anselme avait-il tenu le même discours ?

N'y avait-il personne sur Terre pour le comprendre ?

Quand il arriva enfin devant la maison de ses parents, Cyrille la contourna à pas lents, puis une fois devant la porte donnant dans la cuisine, il essuya son visage tant bien que mal avec sa mitaine de laine.

Ensuite, il prit une longue inspiration. Si jamais on lui demandait pourquoi il avait les yeux rouges, il dirait que c'était à cause du froid, et ça ne serait pas trop mentir.

Redressant alors les épaules, Cyrille entra dans la maison.

À suivre…

NOTE DE L'AUTEURE

FOUTU PAYS !

Samedi, c'était l'été : sandales et chemisier, quel plaisir ! Hier, jour de Pâques, c'était le printemps : tristounet, soit, mais quand même assez doux pour profiter de l'extérieur. Ça me convient. Mais voilà que ce matin, l'hiver m'attendait sournoisement derrière la porte et à mon grand désespoir, j'ai dû ressorti la petite laine !

Vivement l'été pour de bon…

Je vais vous faire une confidence : j'ai hâte de semer mon potager. J'en ai justement discuté avec Marie-Thérèse, hier en fin de journée, quand mes enfants et mes petits-enfants ont quitté la maison, les uns avec leurs petits chocolats et les autres avec du sirop d'érable. Sur le sujet, Marie-Thérèse et moi, nous nous ressemblons beaucoup : nous aimons faire pousser nos fruits et nos légumes pour en faire des conserves au goût de soleil. Ça réchauffe le cœur quand la saison froide frappe aux carreaux des fenêtres. Toutefois, ce ne sera malheureusement pas ce matin que je vais agrandir le carré du potager, comme j'en ai l'intention. Je vais me contenter d'aller mesurer l'espace disponible et je vais m'amuser à dessiner le potager de mes rêves sur une feuille de papier quadrillée. Sur ce, Marie-Thérèse m'a rétorqué que je me plaignais pour rien, car chez elle, c'est encore l'hiver. Elle ne peut rien mesurer du tout : sa cour ressemble à un grand édredon tout blanc ! Même les piquets de la clôture de cèdre ont complètement disparu à la dernière tempête.

Vous souvenez-vous ? Quand on a quitté Cyrille, on était à Sainte-Adèle-de-la-Merci. Il faisait un froid à pierre fendre et, la goutte au nez, le jeune homme revenait de chez son oncle Anselme. Il avait et il a toujours le cœur en miettes. Personne ici-bas ne semble vouloir faire l'effort de le comprendre. Toutefois, chez les Lafrance, on laisse rarement suinter ses émotions, n'est-ce pas ? De la colère à la rédemption, de la tristesse à la joie la plus intense, on a la pudeur de ses sentiments. Alors Marie-Thérèse ne peut se douter de l'immensité de la détresse qu'elle a semée en affirmant à Cyrille que, pour lui, il n'était pas question de quitter le collège tout de suite.

— On dirait que tu te rends pas compte de la chance qui t'est offerte, mon garçon ! Voyons donc ! Me semble que c'est pas dur à comprendre, ça là. Donne-toi encore du temps, Cyrille. Un jour, tu nous remercieras peut-être, ton père pis moi, d'avoir insisté à ce point-là.

Marie-Thérèse n'a pas tout à fait tort et, en principe, je suis d'accord avec elle. Toutefois, il ne faudrait pas oublier que ce qui ressemble à de la chance pour l'un n'est peut-être qu'une corvée insupportable pour l'autre. Le bonheur n'a pas qu'une seule facette et il ne se mesure pas de la même façon pour tous ! Ainsi, ce qui s'apparente à une infinité de possibilités pour Marie-Thérèse et Jaquelin n'est en fait qu'une prison pour Cyrille. Lui, il n'a qu'un désir en tête : prendre la relève de son père à la cordonnerie. Est-ce vraiment sérieux ? À son âge, c'est difficile à dire, mais sait-on jamais. Il y a parfois des choix de vie qui apparaissent très tôt dans l'existence, même dans l'enfance parfois, et ils sont irrévocables.

Si tel est le cas, la mère et le fils arriveront-ils à se comprendre ? Et que dira le père, face à tout ça ? Sera-t-il fier de voir poindre une succession certaine à la cordonnerie ou, au contraire, sera-t-il désolé d'apprendre que Cyrille ne veut pas profiter de l'occasion qui lui est offerte de viser plus haut ?

Seul le temps pourra répondre à cette question.

En attendant, j'ai bien peur que Cyrille n'ait pas d'autre choix que de reprendre le chemin du collège.

Jaquelin, pour sa part, trop heureux de voir que son père a si facilement accepté de plier bagage pour retourner à Montréal, ne semble pas voir la lourdeur de la charge qu'il a ainsi imposée à sa femme. Elle a beau être jeune et en forme, Marie-Thérèse a tout de même ses limites. Elle a besoin de repos comme tout le monde et, pour l'instant, elle a l'impression de mener deux carrières de front : la famille et la cordonnerie. Comme elle est femme à vouloir donner le meilleur d'elle-même dans tout ce qu'elle fait, le repos accumulé à Montréal ressemble à une peau de chagrin et il rétrécit à vue d'œil.

Qui prendra soin d'elle ? Qui s'apercevra qu'elle brûle la chandelle par les deux bouts au nom de l'amour qu'elle ressent pour son mari ? La tante Félicité ? Sa mère ? Sa belle-sœur Lauréanne ?

Je ne peux le dire pour le moment, car je ne vois pas vraiment d'où viendra le secours dont elle va avoir bientôt besoin. En fait, la seule évidence que j'aperçois à l'horizon, c'est que Marie-Thérèse fonce tout droit vers un mur qui lui semblera insurmontable.

Au bout du compte, Agnès sera peut-être bien obligée de quitter la ville pour retourner chez elle, même si elle n'en a pas du tout envie. Heureusement, pour l'instant, cette demoiselle ne s'en doute pas du tout et ne comptez pas sur moi pour lui mettre la puce à l'oreille. Cette jeune personne aime trop la vie trépidante d'une grande ville pour que j'aille poser un éteignoir sur sa joie. Puis, si Agnès quitte Montréal, Lauréanne et Émile seront bouleversés, et je les aime bien, tous les deux. Leur peine sera la mienne, croyez-moi. Leur nièce, par sa simple présence, a redonné un sens à leur vie et j'estime qu'ils y avaient droit. Il m'apparaît évident que si Agnès s'en va, il y aura des larmes amères, des regrets douloureux, et malheureusement, je ne pourrai y changer quoi que ce soit. Alors, je ne provoquerai rien et je vais laisser les choses évoluer par elles-mêmes.

On ne peut pas toujours dicter ses volontés au destin, même quand on est écrivain !

Il y a aussi Irénée qui s'attache de plus en plus à sa petite-fille. Aussi curieux que cela puisse paraître, c'est un peu à cause d'elle et du petit Ignace si, tout doucement, le vieil homme est en train de faire le point sur une existence qui lui a échappé. Toute sa vie, il a travaillé d'arrache-pied pour oublier le grand drame qui avait entaché son existence, tenant injustement Jaquelin pour responsable du décès de sa mère. À sa défense, je peux toutefois vous assurer que jamais Irénée n'a vu la grande iniquité qu'il engendrait en pensant ainsi. Il était trop bouleversé par sa peine pour être en mesure de voir la situation froidement. De plus, le pauvre homme avait peur de perdre cette famille qu'il portait seul à bout de bras. Alors il a tenu les rênes serrées, si serrées qu'il a été le premier à en souffrir. Résultat : Irénée a l'impression, à bientôt soixante-dix ans, qu'il s'éveille d'un long cauchemar.

Saura-t-il faire la part des choses ?

Saura-t-il apprendre à être heureux sans se sentir coupable, et sans rien enlever aux autres pour y parvenir ?

Difficile à dire. Moi, en tout cas, je ne le sais pas encore.

Nous en sommes là. Ils en sont tous là, ces personnages qui font la belle part de mes journées depuis bientôt un an.

Ce ne sera peut-être pas très gentil, je le concède, mais j'ai bien envie de laisser Irénée se débrouiller tout seul pour l'instant. Il l'a fait durant une bonne quarantaine d'années, il peut bien continuer pour un petit moment encore. On va donc le laisser grogner en paix, marmonner et réfléchir à sa guise, et comme M. Touche-à-Tout s'apprête à quitter Montréal, je vais frapper à sa porte pour lui demander s'il n'aurait pas une place de libre dans son camion, car c'est justement au village que j'ai l'intention de me rendre.

Promis, je vais me faire toute petite pour que vous puissiez vous asseoir à côté de moi.

Vous êtes prêts ? Oui ? Alors en route !

Ce roman vous a plu ? Dites-le nous !

Rejoignez la communauté Charleston
et échangez sur vos lectures

Retrouvez-nous sur

editionscharleston.fr

et sur

Inscrivez-vous à notre newsletter et recevez
des informations sur nos nouveautés, nos événements,
nos jeux-concours... et des cadeaux !

Certifié PEFC

Ce produit est issu de forêts gérées durablement et de sources contrôlées.

PEFC™
10-31-3068

pefc-france.org

Cet ouvrage est composé de matériaux issus de forêts gérées durablement certifiées PEFC™. Le Programme de reconnaissance des certifications forestières (PEFC™) est le plus grand organisme mondial indépendant de contrôle pour une gestion durable des forêts. Pour en savoir plus, consultez le site www.pefc-france.org

Achevé d'imprimer en janvier 2022
par CPI Bussière
À Saint-Amand-Montrond (18)
Dépôt légal : février 2022
N° d'impression : 2058384
Imprimé en France